前 言

Preface

  国际企业活动在世界舞台上并非新鲜事物，就国际性企业的雏形和国际直接投资而言，自十六七世纪起已经逐渐出现。但是，国际企业真正在世界经济舞台上扮演重要角色是在第二次世界大战以后，尤其是 20 世纪 60 年代以后才开始的。时至今日，当全球化的浪潮波及世界的每一个角落时，企业进行国际化经营已经成为一个必然选择。

  改革开放三十多年来，中国的经济体制逐渐从计划经济向市场经济转变，国内经济与世界经济的接轨程度不断加深。同时，在"开放型经济"战略的引导下，越来越多的国内企业走出国门，参与到国际竞争中，实现国际化经营，融入经济全球化的浪潮中。当前的中国已然成为经济全球化的一个重要主体，中国企业在推动经济全球化的同时也面临着巨大的考验。

  国际企业管理是顺应企业国际化和经济全球化的需要而建立和发展起来的一门新学科。虽然只有短短几十年的发展，但国际和国内不乏优秀教材。本书试图在全球化的视野下从中国视角来介绍国际企业管理的相关知识，以为广大的中国读者服务。因此，本书行文中尽可能做到理论阐述深入浅出，方法介绍切实可行，侧重国际经验对中国的借鉴性。同时，在形式上本书各章均设有案例分析、要点提示等内容，方便读者理解与思考。本书适用于高等院校相关专业的本科生，可以帮助他们了解国际企业管理的基本理论与方法，为今后参与国际商务打下一定的基础。同时，本书也适合从事实际经营与管理的人员使用,为其制定企业的国际战略、进入与开发国际市场提供一定的理论指导。

在结构上本书共可分为三大部分十个章节,分别是:经济全球化与企业国际化(第一、二、三章);国际市场的开拓与进入(第四、五章);国际企业经营与管理(第六、七、八、九、十章)。本书在编写的过程中,参考和引用了国内外大量有关的研究成果和文献,但限于篇幅,没有一一列明出处,在此对这些提供帮助的学者、朋友表示诚挚的感谢!另外,本书还得倒浙江大学出版社朱玲编辑的大力支持,在此一并表示感谢!由于编写时间仓促,编者水平有限,文中可能还存在一些缺陷和纰漏,敬请读者批评指正。

马述忠　周夏杰
2010 年春于求是园

目 录

Contents

1 国际企业管理概述 ………………………………………………………… 1

  1.1 国际企业的定义与特征 ……………………………………… 3

  1.2 企业国际化的方式与动机 ………………………………… 9

  1.3 国际企业的形成与发展趋势 ……………………………… 13

  1.4 经济全球化 …………………………………………………… 17

  1.5 国际企业管理的学科性质 ………………………………… 21

2 国际企业管理的相关理论 ……………………………………………… 26

  2.1 国际贸易的基本理论 ……………………………………… 29

  2.2 对外直接投资的基本理论 ………………………………… 41

  2.3 发展中国家的对外直接投资理论 ………………………… 49

3 国际企业经营环境及其管理 …………………………………………… 60

  3.1 国际企业经营环境及其特征 ……………………………… 62

  3.2 国际政治环境 ……………………………………………… 66

  3.3 国际经济环境 ……………………………………………… 75

  3.4 国际法律环境 ……………………………………………… 78

  3.5 国际文化环境 ……………………………………………… 87

4 国际企业战略管理 ……………………………………………………… 98

  4.1 国际企业战略管理概述 …………………………………… 101

  4.2 战略管理基本过程 ………………………………………… 107

4.3　战略管理工具 ……………………………………… 120

4.4　国际企业的战略模式与战略体系 …………………… 131

5　国际企业营销管理 ………………………………………… 149

5.1　国际企业营销管理概述 ……………………………… 152

5.2　国际市场定位与扩张 ………………………………… 157

5.3　国际营销产品策略 …………………………………… 162

5.4　国际营销定价策略 …………………………………… 166

5.5　国际市场分销渠道 …………………………………… 173

5.6　国际市场促销策略 …………………………………… 181

6　国际企业跨文化管理 ……………………………………… 195

6.1　跨文化管理 …………………………………………… 199

6.2　文化的差异与跨国经营管理 ………………………… 201

6.3　跨文化分析模式 ……………………………………… 209

6.4　跨文化管理与沟通 …………………………………… 216

7　国际企业的人力资源管理 ………………………………… 238

7.1　国际人力资源管理概述 ……………………………… 241

7.2　国际企业的人员配备 ………………………………… 248

7.3　国际企业人员的培训与开发 ………………………… 261

7.4　国际企业人员的考评与激励 ………………………… 267

7.5　国际劳工关系管理 …………………………………… 274

8　国际企业的组织管理 ……………………………………… 285

8.1　国际企业组织管理概述 ……………………………… 288

8.2　国际企业组织结构 …………………………………… 299

8.3　控制和协调体系 ……………………………………… 311

9　国际生产与供应链管理 …………………………………… 323

9.1　国际生产管理 ………………………………………… 326

9.2　国际采购 …………………………………… 332

9.3　全球供应链设计 …………………………… 343

9.4　国际企业技术管理 ………………………… 352

10　国际企业财务管理 …………………………… 368

10.1　国际企业财务管理概述 …………………… 370

10.2　国际企业融资管理 ………………………… 382

10.3　国际企业投资管理 ………………………… 391

10.4　国际企业资金管理 ………………………… 406

1 国际企业管理概述

An Overview of International Business Management

将来衡量企业成功的标准只有一条：国际市场份额。走向成功的公司将通过在世界各地找到的市场而获取胜利。

——杰克·韦尔奇(Jack Welch)

☐ **主要内容**
■ 国际企业的内涵
■ 企业国际化的动机
■ 国际企业的发展阶段
■ 经济全球化的兴起与发展
■ 国际企业管理学科性质

☐ **核心概念**
■ 国际企业
■ 跨国公司
■ 绿地投资
■ 直接投资
■ 间接投资
■ 经济全球化

☐ **学习目标**
■ 掌握国际企业、跨国公司等基本概念
■ 掌握国际企业的类型和特征
■ 理解国际企业经营的基本动机
■ 了解国际企业的产生与发展过程
■ 了解经济全球化的表现形式
■ 了解国际企业管理与一般企业管理的区别

【章首案例：中海油海外收购风云】

中国海洋石油有限公司（简称"中海油"）2006 年 1 月 8 日发布消息说，中国海洋石油有限公司与南大西洋石油有限公司（SAPETRO）签署最终协议，将以 22.68 亿美元现金收购尼日利亚海上石油开采许可证（OML130）所持有的 45％的工作权益，该收购价可能会有所调整。本次收购所需资金将来自中海油的内部资金渠道。

OML130 的面积大约为 1295 平方千米，是尼日尔三角洲的一个深水区域，水深大约为 1100～1800 米。OML130 的当前作业方为法国石油巨头道达尔公司。Akpo 是 OML130 中最为重要的一块深水油田，道达尔 2005 年 5 月曾表示，Akpo 将在 2008 年年底正常出油，预计最高产量将达每日 22.5 万桶。能源咨询机构 Wood Mackenzie 估计，Akpo 的石油冷凝储量超过 6 亿桶，商用天然气储量达到 0.07 万亿立方米。

中海油董事长兼首席执行官傅成玉认为，OML130 区域所在的盆地是世界上最大的油气盆地之一，收购协议的签订使中海油获得了该油气田的重要权益以及新的储量增长机会。同时，拥有世界领先的深海石油专家作为作业者的中海油一定能使该油田得到快速而高效的开发。中银国际香港分部分析师 Lawrence Lau 认为，收购将使中海油未来石油产量的增长前景"一片光明"。尚待开发的 Akpo 油田意味着巨大的产量潜能。

一、中海油海外收购之路

进军尼日利亚石油市场，是中海油积极拓展海外石油储备的又一记"重拳"。自从 2001 年上市以来，中海油已经累计出手 14 亿美元用于收购海外石油和天然气资产，涉及的国家包括印度尼西亚、澳大利亚和加拿大等。2005 年，中海油欲以 185 亿美元收购优尼科的举动更是震惊了全球，最终因美国政府的阻挠而未果。

• 2002 年 1 月 18 日，中海油宣布以 5.58 亿美元收购西班牙瑞普索（Repsol-YPE）在印尼五大油田的权益。

• 2002 年 8 月 23 日，中海油确认获要约收购澳大利亚西北礁层天然气项目（"NWS 天然气项目"）的上游生产及储量约 5％的权益，代价约为 3.2 亿美元。

• 2002 年 9 月 27 日，中海油宣布向 BP 收购东固液化天然气项目相当于 12.5％的权益，代价约为 2.75 亿美元。

• 2003 年 3 月 7 日中海油宣布，已与英国天然气集团（BG）的全资子公司英国天然气国际有限公司（"英国天然气"）签订协议，以 6.15 亿美元收购英国天然气在哈萨克斯坦里海北部项目的 1/12(8.33%)权益。

● 2005 年 6 月 23 日,中海油向美国优尼科公司发出要约,以 185 亿美元全现金的方式收购优尼科,这一要约价格比美国雪佛龙公司之前的出价高出约 15 亿美元。

● 2005 年 8 月 2 日,中国海洋石油有限公司宣布已撤回其对优尼科公司的收购要约。此时中海油报价仍然超出雪佛龙公司竞价约 10 亿美元。

二、收购带来了巨大的财富

中海油在 1999 年上市之初市值只有人民币 60 亿元,而现在资产总值已经达到 225 亿美元。

中国海洋石油总公司总经理傅成玉在中央电视台"CCTV2005 中国经济年度人物颁奖典礼"上表示,国际间的兼并收购每天都在发生,少数做成了,多数没有成交,这在国际上是非常正常的现象。如果我们把没有成交定义为失败的话,那么这个失败给我们带来了巨大的财富。

傅成玉还说,首先是在资本市场上,我们的股东没有人有失败,因为我们在国际资本市场上是规范地按照国际游戏规则和我们的竞争对手打了一仗。由于大家都知道的原因,没有成交,但是我们的股东非常高兴,股东对我们的表现非常高兴,资本市场认为我们是一个成熟的企业,我们这一仗没给中国人丢脸,没给中国企业丢脸。我们在 40 天中给我们的股东市值增加了 70 亿美元。不仅是中国企业,当然也包括我们中海油,在国际市场上的形象是花多少钱也买不来的。这也给世界重新认识我们中国、认识中国企业提供了一个新的机会和方法。

资料来源:徐磊.22 亿美元中海油"落子"尼日利亚.中国石油报,2006-01-10(3).

1.1　国际企业的定义与特征

1.1.1　国际企业的定义

国际企业活动在世界经济舞台上并非新的事物。公元前 1 世纪,张骞出使西域开辟丝绸之路打通中国与西亚国家的贸易通道,就足以表明国际贸易的悠久历史。就国际性企业的雏形和国际直接投资而言,自十六七世纪起已经逐渐出现。不过,当初的贸易形式是经由不同国家的国内厂商所进行的国际贸易,其相对重要性在今天已日益降低。取而代之的是,国际企业体系内各个单位彼此之间跨越国界的贸易(对国际企业而言这是贸易的内部化)。而且,今天从事国际企业活动的企业与十六七世纪的国际性企业已经有了巨大的差别。以前的国际性企业,虽然在众多国家内从事企业活动,其母公司也具有充分的控制权,但缺乏共同战略来行使此项控制权利,更未能结合整个公司体系的业务,以求得整个体系的最大效益。而今天的国际企业(以跨国公司为代表),已经从全球视角来结合其生产和市场营销体系,追求管理效率,为全球统一市场服务,以达成其全球性的目标。此外,以前国际性企业的海外投资主要集中于采掘业和种植园,而现在则以制造业为主。而且,其他的对外活动形式如劳务工程(建筑工程、商业咨询、零售及批发)、航空及海洋运输、财务活动(商业银行及投资银行)、信息提供以及技术授权等也越来越活跃,呈现稳步上升的趋势。

上述就国际企业活动的历史稍微作了介绍,下面将对国际企业的概念作进一步的解释。对于国际企业的定义,学界说法不一:一种观点认为,国际企业是指在两个或两个以上国家拥有或控制生产和服务设施,并在母公司一元化决策体系下从事国际化经营活动的企业;另一种观点认为,国际企业可以是在海外设立公司,也可以是在本国进行国际性经营的企业。本书采用李兰甫教授在《国际企业论》一书中对国际企业的定义:凡牵涉或跨越两个或更多国家的企业活动,无论是由私人企业或由国有企业来进行,都可以被称为是国际企业。[①] 这些企业活动涉及货物、劳务、资源、技术由一国移往他国,包括货物买卖、工业投资、特许或授权、劳务提供等。

国际企业的经营活动,含有两个基本过程:一是资源的传送或转移,包括货物、人员、资金、技术等,其传送的方向基本上是由各国之间的经济差异所决定的;二是国际企业与主权国家之间的交互作用,牵涉国际企业对东道国各项环境因素的适应和东道国政府对国际企业活动的规制。

一个需要与国际企业区分的概念是跨国公司,不同的学者对于跨国公司的定义也不尽相同,本书仍采用李兰甫教授对跨国公司的定义:一群具有多国籍的公司整体或体系(但体系内各成员的组织形式或具体内容却不必相同),通常是体系内的母公司设于一个或两个国家,一簇附属公司则散布在发展程度不同的国家。可见,国际企业的概念包含了跨国公司,跨国公司是国际企业的有机组成部分。在国际企业的发展历史中,由于跨国公司具有规模大、资金雄厚、对世界经济影响性大的特点,故被认为是国际企业的典型代表。表1-1为2008年世界500强前20家跨国公司。

---

① 李兰甫.国际企业论.台北:三民书局,1984:5.

表 1-1   2008 年《财富》全球 500 强前 20 家公司

排名	公司名称	公司中文名称	营业收入（百万美元）	利润（百万美元）
1	Wal-Mart Stores	沃尔玛公司	378799	12731
2	Exxon Mobil	埃克森美孚公司	372824	40610
3	Royal Dutch Shell	英荷壳牌集团	355782	31331
4	BP	英国石油公司	291438	20845
5	Toyota Motor	丰田汽车公司	230201	15042
6	Chevron	雪佛龙公司	210783	18688
7	ING Group	荷兰国际集团	201516	12649
8	Total	道达尔公司	187280	18042
9	General Motors	通用汽车公司	182347	−38732
10	ConocoPhillips	康菲石油公司	178558	11891
11	Daimler	戴姆勒股份公司	177167	5446
12	General Electric	通用电气公司	176656	22208
13	Ford Motor	福特汽车公司	172468	−2723
14	Fortis	富通集团	164877	5467
15	AXA	法国安盛集团	162762	7755
16	Sinopec	中国石油化工股份有限公司	159260	4166
17	Citigroup	花旗集团	159229	3617
18	Volkswagen	大众汽车公司	149054	5639
19	Dexia Group	比利时德克夏银行	147648	3467
20	HSBC Holdings	汇丰集团	146500	19133

资料来源：2008 年《财富》全球 500 强排名. http://economy. enorth. com. cn.

国际企业相比国内企业具有明显的差异性，具体表现在经营理念、经营资源、经营过程和经营成果四个方面。

1. 经营理念国际化

所谓经营理念国际化，是指国际企业的生产经营活动是以满足国际顾客需求为宗旨的。因此，国际企业具有世界范围的决策视野和国际化的经营指导思想。尽管，由于各个国际企业对于国际市场的认识不同或介入国际市场的程度不同，其经营指导思想仍会有差异，但总体上国际企业的经营观念越来越趋向国际化。

2. 经营资源国际化

经营资源国际化是企业经营国际化的实质性标志之一。在国际企业中,人、财、物、信息和企业家等经营资源都不同程度地国际化了。美国著名管理学大师彼得·德鲁克(Peter Drucker)提出的合作生产理论认为,在国际分工高度发达的当今世界,产品生产将不再由一个国家的企业独立地提供资本、管理者、劳动力、原材料和半成品等全部生产资源,而越来越趋向于进行国际合作生产。

3. 经营过程国际化

经营过程国际化既是经营观念国际化和经营资源国际化的必然结果,又是企业国际化经营的实际含义。国际企业由于经营导向与资源是国际化的,因而企业制订战略计划,决定企业组织形式,制定生产、营销策略,进行经营协调和控制等一系列经营活动都必须在国际间进行决策与安排,这样就实现了经营过程的国际化。

4. 经营成果国际化

在国际企业中,作为经营成果的产品、工业产权和管理体系会因进行交换而在国际间流动或作为经营资源加入国际经营过程。如产品的国际营销、工业产权的国际贸易和管理体系的国际性输出与转化等都是经营成果国际化的表现形式。

1.1.2 国际企业的构成和类型

国际企业的一个显著特征就是利用全球范围的资源进行优化配置,开展经营活动,这客观上就要求国际企业将它的各种功能和能力向世界范围延伸。为了实现这一延伸,国际企业在组织结构上必须实现多实体化和实体组合化。多实体化是指国际企业不能是一个孤立的实体,而是由多个公司实体所构成。实体组合化是指分散在不同国家或地区的多个实体性公司,虽然执行的经营功能不完全相同,但却应具有共同的目标和战略。这些实体之间,按照分工协作的原则整合起来,形成一个能够有效运行的经营组织。

多实体化和实体组合化过程的进一步发展,使国际企业的组织结构变得日益复杂。现在,绝大多数国际企业(以跨国公司为代表)一般都包括三种基本单位,即母公司、子公司和分公司。母公司是指负责对外直接投资,并对接受投资的经济实体进行控制的公司。一般来说,母公司就是国际企业的总部,它的所在国则被称为母国。母公司是在其母国政府机构注册的法人组织,负责组织和管理国际企业海内外机构的全部生产经营活动。子公司是指经母公司直接投资设立的经济实体(可以在国内也可以在国外设立),如果子公司在母国外设立,其所在国就被称为东道国。子公司一般是在所在国政府机构注册的法人组织,在法律上独立于母公司,在公司名称、章程、组织结构与资金组成等方面,表面上与母公司没有明显的联系,但实际上是受到母公司控制和管理的。分公司就是母公司的分部,它使用母公司的名称和章程,在母公司的直接控制下开展经营活动,财产所有权属于母公司,资产与负债要直接反映到母公司的资产负债表上,而且通常不是独立的法人组织。

由于子公司和分公司的生产经营功能各不相同,所以母公司对它们的控制方式和控制程度也有所差异。国际企业有多种类型,按照不同的分类标准可以将国际企业划分为不同的类型。

1. 按经营项目分类

国际企业直接投资的领域最初主要局限于经济资源开发和初级农产品生产,而后逐渐转向制造业。现在投资制造业的比重又有所下降,而投资服务业的比重逐渐上升。从国际企业的投资领域和经营范围出发,国际企业可以分为以下三类:

(1)以经营资源为主的国际企业。这类企业主要涉及种植业、采矿业和石油开采业的生产经营活动。迄今为止,从事资源工业为主的公司,仍侧重于采矿业和石油开采业,但为了适应各国资源国有化的政策,大都采取了与当地合资经营的形式。

(2)以经营加工制造业为主的国际企业。此类企业最初以加工装配为主,或者是原料加工后出口。随着当地工业化程度的提高,此类外国公司资本转向中间产品部门,生产诸如金属制品、钢材、机械及运输设备等产品。

(3)以提供服务为主的国际企业。服务业主要是指为生产与消费提供劳务的产业,如与贸易和金融有关的商业、运输、财务、保险、电讯、广告、银行咨询、信息以及多国性银行、多国性咨询公司、多国性注册会计师事务所等,都可视为提供劳务的服务业国际企业。它们的共同特点是提供技术、管理、营销决策等服务而非资本。

2. 按公司决策中心进行分类

国际企业的决策哲学体现在公司的全球战略之中。全球战略的制定和执行,要求母公司和子公司进行世界范围的探索,使公司的世界目标和地区目标一致。以决策体系为基础的国际企业可以被分为以下三类:

(1)以民族为中心的国际企业。该类企业的所有决策以保证本国权益为前提。实际上,公司本身的权益往往与国家的权益大相径庭,所谓以民族为中心,不过是指所有决策主要考虑母公司的权益。

(2)以多元为中心的国际企业。该类企业的所有决策以众多子公司的权益为主。多元中心主义注重利用当地的资源,但对公司的全球发展利益缺乏考虑。

(3)以全球为中心的国际企业。该类公司的所有决策,以公司在世界各地权益的统筹考虑为依据。

3. 按公司内部经营结构分类

在全球竞争中,国际企业为了保持竞争优势,不同的国际企业在其母公司与子公司的生产分工上也有所不同。据此可以将国际企业分为以下三类:

(1)横向型国际企业。这种公司一般生产一种单一产品,母公司与子公司之间没有很多专业上的分工,基本上都制造同种产品,经营同类业务。它的主要特点是:在公司内部转移技术、市场营销技能和商标专利等无形资产,不必通过国际市场,有利于母公司和子公司之间在增加产量、扩大规模等方面的协调。

(2)垂直型国际企业。在这种公司内部,母公司和子公司分别制造不同的产品,经营不同的业务,但它们之间的生产过程是相互衔接的。这种公司又有两种具体形式:一种是生产、经营不同行业的相互关联的产品,如自然资源的勘探、开采、提炼、加工制造及市场销售等不同环节;另一种是生产、经营同行业的不同加工程序的产品,如电子工业的零部件的装配、测试、包装、运输等不同的工序。垂直型国际企业的主要特征是:投资多、规模大、生产分工复杂、相互联系密切。中间产品在公司内部转移,一个子公司的产出是另一个子公司的投入,便于公司按其全球战略发挥各子公司的优势,安排专业化生产和协作。此类国际企业兴起于20世纪20年代,并于60年代得到了迅速发展,是目前国际企业的一种重要类型。

(3)混合型国际企业。在这种公司内部,母公司和子公司制造不同的产品,涉足不同的行业,而且它们经营的产品和行业之间没有必然的联系。混合型国际企业由于加强了生产和资本的集中,因而对公司发展规模经济会有一定的作用,但由于经营多种业务,业务的复杂性会给企业管理带来不利的影响。近20年来,随着企业兼并风的扩散,此种类型的公司发展较快。

1.2 企业国际化的方式与动机

1.2.1 企业国际化的基本方式

企业国际化是指国内企业参与国际分工和经济一体化,逐渐发展成为国际企业的进程。企业国际化的进程是一个双向演变的过程,包括内向国际化和外向国际化。从市场状态来看,前者是"国内市场国际化",后者则是"国际市场国内化"。

内向国际化是指企业在本国参与国际化经营活动,主要包括进口、购买技术专利、三来一补、与外商合资合营成为国际企业的子公司或分公司、OEM 和 ODM①。在内向国际化过程中,本土企业可以通过获取国外企业的技术与经验,积累和培育核心竞争力。内向国际化在不同时期有不同的表现形式和内容,以中国企业为例,在改革开放的前 10 年,中国企业的内向国际化更多的表现在技术设备的引进、资金的引进;而随着国有企业改革的深化和对外开放程度的扩大,中国企业内向国际化主要表现在国际合作、国际战略联盟、产权多元化、机制与观念的国际化等方面。

外向国际化路径又称为跨国经营,外向国际化主要包括直接或间接出口、技术转让、国外合资经营、国外建分公司或兼并国外企业。所谓外向型,就是一个本土企业逐渐走向世界的发展过程,这种"从本土走向世界"的发展过程大体要经过如下三步:一是最初的跨国经营过程,即打入国际市场的过程;二是在国外市场的渗透过程,即逐渐在世界各国占领当地市场的过程;三是全球优化组合过程,即企业在第二阶段成功的基础上,以原先在相对独立的基础上发展起来的、企业国外市场的分布组合为基础的总体战略调整,以求增强企业全球体系的整体战略优势。在这三个不同阶段,企业国际化活动的思路也不相同,需要解决的主要管理问题也不同,表 1-2 为国际企业在各阶段的任务。

---

① 贴牌生产(original equipment manufacturer, OEM)和定牌生产(original design manufacturer, ODM)出现较晚,能够降低生产成本,提高品牌附加值。近年来,这种生产方式在国内比较流行,如 TCL 在苏州三星定牌生产洗衣机。

表 1-2　外向型企业国际化的三个阶段

阶段一:跨出国门	阶段二:落地生根	阶段三:全球优化
了解国际商务环境,打入海外市场,在实践中学习国际化经营运作,形成系统分析国际市场信息的能力	增加市场份额,谋求发展壮大,其目标从局部市场渗透到全面市场,企业组织结构适应海外市场发展	多国市场统一谋划,追求全球战略优势,局部海外市场服从全球整体优化
学习阶段	发展阶段	整体优化阶段

资料来源:金润圭.国际商务.上海:立信会计出版社,2006:102.

按照外向国际化的经营内容,企业要想在国外市场站稳,就必须通过东道国市场获取各种国际化经营的知识与资源。这主要包括:①借鉴国际企业本土化经营模式和国际企业本土化的战略经验,深入研究国际市场的结构和差异。②利用分布在世界上的文化圈的关系网络,开发具有不同文化背景的国际细分市场。③通过跨国联盟与并购实施本土化学习战略,利用跨国联盟与并购对企业核心能力的缺陷进行弥补。④具体的功能性本土化学习战略展开,如基于本土经验的国际营销战略、国际品牌建设,国际人力资源开发等。

外向国际化和内向国际化是两个有着密切联系的概念。我国学者鲁桐认为,企业的内向国际化是其外向国际化的必要基础和条件[1]。其具体表现在以下几个方面:①技术、设备进口及合资企业的建立是企业跨国经营(出口、技术转让、合同安排、投资建厂)的前期准备;②内向国际化的方式、速度、规模影响外向国际化的方式和发展速度;③内向国际化的经验积累直接影响企业跨国经营的成功率;④企业的外向国际化也会在一定程度上影响其内向国际化的深度和广度。企业外向国际化是其内向国际化充分发展的结果。从动态的角度看,内向国际化和外向国际化贯穿于企业国际化的整个过程,两者是相互促进、相互影响的。

【专栏 1-1】　华人企业全球化的战略思考框架

2003 年 11 月,TCL 宣布收购法国汤姆逊公司彩电业务,拉开了华人企业海外大收购的序幕。联想、明基、海尔、中海油等一批最优秀的华人企业纷纷投身于这一浪潮。但大多数企业的全球化之路并没有预料中那么顺畅,有的甚至付出了昂贵的代价。这一现象源自以下两个认知误区:一是将"全球化"等同于"走出去",认为全球化就是要把制造实体延伸到海外;二是将"走出去"等同于"海外收购"。

①　鲁桐.WTO 与中国企业国际化.北京:中共中央党校出版社,2000:116.

为什么有的企业能成功弄潮全球化,有的企业却不幸折戟沉沙? 华人企业如何才能有效地避免上述误区,从而成功地获取全球化的红利? 企业要成为全球化竞争中的赢家,首先必须就自己在全球化经营环境中的战略重点做出清晰的思考和选择,然后再根据这一战略重点及自身的能力选择全球化的最佳路径。

确定全球化的战略重点要考虑两个维度:市场的全球化还是资源的全球化。企业可以选择开拓全球市场,也可以选择在全球范围内整合资源,或者兼而有之——在全球范围内利用资源以征战全球市场。根据这两个维度,企业可划分为四种类型:①海外市场开拓者;②海外资源利用者;③全球市场经营者;④本地市场竞争者。

要在市场和资源利用这两个维度做出合适的选择,主要应该考虑四个因素:企业的目标市场是哪里? 企业的资源状况如何? 企业的核心能力或优势是什么? 企业国际化人才的准备度如何?

确定战略重点之后,就要选择实施全球化战略的路径。路径可分为三类:①内部成长,即企业靠自身的努力逐步积累国际化的能力和资源;②收购兼并,即通过收购海外企业的方式比较快速地提升全球化程度;③战略联盟,即与海外企业结成利益共同体来开拓全球市场。

三种路径各有优势和缺点。内部成长速度较慢,但企业可以控制节奏和风险,让企业有时间学习和建立组织能力;收购兼并能快速奏效,但收购整合难度很大,失败率高,跨文化整合尤为艰辛;战略联盟同样能快速进入海外市场,但与合作伙伴之间的关系具有较大脆弱性和不可控性。

企业在选择合适的全球化路径时,除了应该对上述风险、速度和控制力加以权衡之外,还应考虑企业所确定的全球化战略重点和企业自身对全球化组织的管理能力。

全球化是一个艰辛的旅程,企业经历了无数的坎坷和挫折才成就今日的市场地位。全球化之旅要取得成功,企业必须询问自己为什么要全球化、希望得到什么,否则就会陷入为全球化而全球化的危险境地。全球化并不意味着走出去,立足本国同样能像格兰仕那样通达全球市场;并购也不是走出去的唯一选择,华为通过内部成长也取得了令人尊敬的成绩。但是,战略重点和实施路径的选择都必须与企业的组织能力相匹配,量力而为,否则就像在沙地上盖楼那样危险。眼下,华人企业最紧迫的任务就是拿出远见和勇气去提升全球化的组织管理能力,唯有如此才有可能抓住未来的机会并获得成功。

资料来源:杨国安,忻榕,刘胜军等. 华人企业全球化的战略思考框架. 哈佛商业评论,2006(8):24.

1.2.2　企业国际化的基本动机

从一般意义上讲,企业国际扩张是指由于社会生产的高度发展,企业国内经营空间变得拥挤,而国外却存在有利可图的经营空隙,导致的企业资源或产品在国际市场上的有效流动。很自然的,企业将以适合的方式(出口、许可证交易或直接投资)实现经营阵地的扩张或转移,以在更广阔的空间里谋取利益。可见,企业国际扩张旨在寻找机会,降低企业经营成本和风险。

1. 寻求市场

弗农在他的代表性著作《产品生命周期理论》中指出,当企业已经实行标准化,并且已经发展到其产品生命周期的成熟阶段,国内市场面临饱和,企业就会寻求国际市场,以尽量赶在下一代产品出来之前赢取更多的利润。例如,当快餐行业的年收入增长率降低时,各种不同的快餐业如肯德基、麦当劳、必胜客等都开始向俄罗斯、日本、中国等国扩展市场。

此外,国际化对拓展企业市场的作用还体现在,通过国际化可以突破贸易壁垒,保持企业的国际市场地位。通过在原先出口目标市场建立生产线的方式,企业就可以有效地突破高关税和限额配置等贸易壁垒的威胁。例如,许多日本和美国的公司通过在欧盟建立生产基地,挫败了欧盟对于从非成员国间进口商品的贸易壁垒,这一点对于中国的国际企业很有启示意义。

2. 降低成本

企业在海外投资的另外一个动机就是降低生产成本。激烈的竞争压力将会导致公司利润率的降低,因而公司就要寻找降低成本的方法。企业国际化对于成本的贡献主要体现在降低劳动力成本、运输成本和环境成本等几个方面。

追逐廉价劳动力是企业国际化永恒的话题,对某些产业而言,劳动力甚至主导着国际投资的流向。20世纪50年代,许多大型国际企业不仅在本国建立组装生产线,还在新加坡、中国台湾等一些新兴的工业化国家和地区建立完整的生产线基地。此后,由于这些新兴工业化地区的工资水平迅速上涨,国际企业又将生产线转移到马来西亚、泰国、印度尼西亚等劳动力工资水平比较低的国家。国外设厂的另一个成本优势是降低高昂的运输费用。特别是当商品的运输费用占销售价格比较高时,为了降低运输费用,企业可能会放弃在国内扩大生产规模的经济优势,而将商品的生产转向目标市场国,通过运输费用的降低来提高利润率,改善企业的竞争力。

此外,将生产转移到某些生态和环境"友好"的国家,无论从实际操纵还是政治角度上都有助于企业花费较少的费用来维持生产。发达国家很多高能耗、高污染企业纷纷转移到亚洲、非洲和拉丁美洲国家的一个重要原因就是在本国生产的环境成本过高,而在发展中国家生产除了可以利用当地丰富的资源外,还不必担心废弃物排放、环境污染等棘手的问题。

3. 降低风险

一般而言,在适当的规模前提下,企业投资愈分散,经营风险愈小,经营成功的可能性愈大。企业进行生产活动,所要面对的除了政治风险,还有经济的、自然的和社会文化方面的风险。企业进行国际化、分散投资,采取"不把鸡蛋放在一个篮子里"的措施不失为企业规避风险的一个好办法。很明显,企业的投资过分集中在某个国家、某个地区或某一行业,一旦遇到风险,就会由于回旋余地不大而出现较大损失。

1.3　国际企业的形成与发展趋势

1.3.1　国际企业的产生与发展

历史上,在国外设立企业,实行跨国经营,可以追溯到 16 世纪资本主义生产方式的准备时期。当时,西欧国家推行重商主义政策,进行海上掠夺和殖民扩张,积累原始资本。欧洲皇室为了直接控制海外贸易,分享巨额利润,通过授予"特许状"[①]的形式建立了许多特许的贸易公司,如英国在东南亚地区设立的英属东印度公司、在中东的东地中海公司。这种"特许公司"主要从事商品贸易和海上航运,很少在其他国家进行生产制造,活动范围也基本上集中在本国管辖下的殖民地。特许公司拥有武装,在殖民地行使政府的职能。当然,这类公司是殖民统治的产物,与现代意义上的国际企业在本质上有所不同。但其掠夺性的商业活动为资本主义生产方式的确立创造了条件。

19 世纪 50 年代以后,欧洲各国在其殖民地的贸易性质发生了变化,开始转向生产性的经营活动。它们向殖民地各国以及美国大量输出资本,促进了生产和资本的国际化。那时,殖民行政权已经与企业分离,在殖民地从事跨国经营活动的公司,已不再具有政府职能,只是在政治上仍具有支配地位,以保证经营成功。当然,这种殖民地企业仍与现代意义的国际企业有着

---

① 第一次世界大战后,欧洲特许公司已不再能凭借本国的特许在东道国进行殖民掠夺,而需要寻求东道国政府的许可,同时随着殖民地、半殖民地国家的独立,特许公司也慢慢退出历史舞台。

较大差异。在资本主义生产方式确立以后,除了这种纯粹榨取殖民地的公司以外,也出现了一些真正意义上的国际企业。它们通过对外直接投资以保证市场和原材料供应。例如,1850 年,德国西门子公司在英国设厂生产电缆;1865 年,德国的弗里德里克—拜耳化学公司在美国开设了一家制造苯胺的工厂。在同一时期,美国的通用电气公司、国民收银机公司也纷纷在国外设厂。

两次世界大战期间,是国际企业发展较为缓慢的一段时间。由于战争造成的损失、世界性经济危机、各国的贸易保护政策、货币制度的紊乱和卡特尔的盛行,国际企业的海外分支机构只有略微的增长,对外直接投资发展也十分缓慢,对外直接投资总额到 1930 年才赶上战前水平。

第二次世界大战后至 20 世纪 50 年代末,国际对外直接投资迅猛增加,国际企业得到很大的发展。在这一时期,美国垄断资本利用对手和伙伴被战争削弱的机会,凭借在战争期间迅速膨胀起来的经济、军事和政治实力,攫取了资本主义世界的霸主地位,加之第二次世界大战后西欧各国需要医治战争创伤,恢复经济,这都为美国公司对外直接投资创造了极好的条件。到 1950 年,美国公司对外直接投资达 118 亿美元,为 1940 年的 1.7 倍,占资本主义世界资本输出总额的 50.6%。

20 世纪 60 年代后,西欧和日本也开始恢复被战争破坏的经济。由于西欧和日本经济的恢复和发展,它们的对外直接投资也很快发展起来,国际企业数量迅速增加。在 60 年代后期,美国对外直接投资在西方发达国家中的比重略有下降,而同一时期联邦德国和日本的地位开始上升。20 世纪 60 年代主要发达国家的对外直接投资情况如表 1-3 所示。

表 1-3　20 世纪 60 年代主要发达国家的对外直接投资　　单位:亿美元

年　份	日　本	联邦德国	英　国	美　国
1960	2.89	7.58	119.88	327.65
1961	4.54	9.69	129.12	346.64
1962	5.35	12.40	136.49	371.49
1963	6.79	15.27	146.46	406.86
1964	8.00	18.12	164.16	443.86
1965	9.56	20.76	167.97	493.28
1966	11.83	25.13	175.31	547.11

年份	日本	联邦德国	英国	美国
1967	14.58(1.3%)	30.15(2.8%)	175.21(16.2%)	594.86(55%)
1968	20.15	35.87	184.79	649.83
1969	26.83	47.75	200.43	710.16
1971	44.80(2.7%)	72.80(4.4%)	240.20(14.5%)	860.00(52%)

注:括号中的数据表示该年直接投资额占主要发达国家对外直接投资总额的比重。

资料来源:联合国秘书处.发展中的世界跨国公司,1973.

从表 1-3 中可以看出,美国对外直接投资在 20 世纪 60 年代的年增长率超过 10%,居领先地位。但在 60 年代后期,美国对外直接投资在发达国家中的比重略有下降,由 1967 年的 55% 降到 1971 年的 52%,霸主地位开始动摇。

20 世纪 70 年代初至 80 年代末是国际企业对外直接投资向多极化发展的阶段。70 年代以后,西方国家经济状况趋于恶化,美、英等国经济处于滞涨阶段,经济增长缓慢。发达国家中的联邦德国和日本经济实力增强,其国际企业继续崛起,而美国企业的地位相对受到削弱。同时,随着石油大幅度涨价和某些原材料价格上涨,发展中国家扩大了对外经济合作,经济实力得到加强,发展中国家的企业也登上了国际对外投资的舞台,并取得了一定的发展。虽然,发展中国家国际企业的活动大部分还是区域性的,但有些公司已经开始在一些局部领域同发达国家的大型国际企业展开竞争。

1.3.2 国际企业的发展新态势

当今世界经济正在经历一场涉及产业结构、格局、体制、贸易和投资布局的深刻变革,随着国际企业的迅猛发展及经济全球化的纵深推进,世界经济市场化、网络化和自由化趋势已成为不可逆转的潮流。发达国家的资金、技术、管理经验与发展中国家的资源、廉价劳动力和广阔的市场不断地通过国际企业的有效运作与经济全球化的进程而最大限度地聚合在一起。20 世纪 90 年代以来,国际企业的发展呈现出一些新的发展态势。

1. 发达国家国际企业主导 FDI 投资

对外直接投资(foreign direct investment,FDI)的年流出总量(从母国流向东道国的外国分支机构或子公司的金融流量值,包括实物资产价值)及与之相对应的 FDI 流入量呈现增长趋势。2006 年全球外国直接投资流入量连续第三年出现增长,达到 1.3 万亿美元,增长 38%。这一数字接近 2000 年创造的 1.4 万亿美元的历史纪录。[①]

虽然,2006 年外国直接投资在包括发达国家、发展中国家和东南欧及独联体(独联体)中的转型期经济体这三大类经济体中均出现增长,但发达国家的国际企业是外国直接投资最主要的来源。它们占了全球外资流出量的 84%。除了来自美国的外国直接投资外,来源于欧盟国家的外资流出量占了世界总量的将近一半,特别是法国、西班牙和英国(依流出量大小次序排列)。

2. 国际企业呈现战略联盟趋势

国际企业缔结战略联盟是一种新的国际竞争形式,它改变了国际市场的竞争格局。这种联盟是指两个以上的国际企业出于对整个世界市场的预期和企业自身总体经营目标的考虑,采取一种长期性合作的经营方式。通过这种形式,国际企业可以以最快的速度和最低的代价实现自己的全球战略。

大型国际企业在参与国际市场的竞争时,其产品往往具有技术和资金密集的特性,这就使得高技术产品的研制更多地依赖国际企业在技术、资金及人才方面拥有的垄断优势。但是随着科学的发展和竞争的加剧,新产品、新技术的研制费用、难度、风险也在相应增加,并且产品标准化趋势不断加强,新产品的生命周期不断缩短,纵然是实力雄厚的国际企业也难以独立承受技术创新所带来的巨大风险和所需的巨额资金。因此,20 世纪 80 年代以来,世界主要国际企业为了保持和扩大发展空间,纷纷组建不同形式的战略联盟,通过这些战略联盟既可以巩固企业原有的资源,又能够在共享外部资源的情况下,相互交换企业经营所需的其他资源。

3. 绿地投资和并购已成为国际企业投资的重要内容

20 世纪 90 年代以来,并购和绿地投资[②]成为国际企业投资的重要方式。发达国家由于其基础设施较为完备,法律法规也比较健全,投资环境比较稳定,因此,对发达国家的投资大多通过跨国企业并购的方式进行。而对于发展中国家的投资,由于受到制度、文化和交易成本因素的影响,一般采取绿地投资的方式。

2004 年,跨国并购案增长了 28%,价值达 3810 亿美元,全部并购[③]数量增长了近 50%,价值超过 2 万亿美元。[④] 这些并购案主要发生在发达国家。

---

① 联合国贸易发展会议.2007 年世界投资报告.北京:中国财政经济出版社,2008.

② 绿地投资又称创建投资,是指跨国公司等投资主体在东道国境内依照东道国的法律设置的部分或全部资产所有权归外国投资者所有的企业。创建投资会直接导致东道国生产能力、产出和就业的增长。

③ 全部并购是指国内并购和国外并购的总和。

④ 联合国贸易发展会议.2005 年世界投资报告.北京:中国财政经济出版社,2006.

而发展中国家近年来接受的绿地投资越来越多,呈现出通过绿地项目接受的外国直接投资多于通过并购方式接受的外国直接投资的趋势。2004 年,发展中国家接受绿地投资项目数量已从 2003 年的 9300 个增加到了 9800个,超过发达国家吸引的绿地投资项目数量。另外一个值得关注的现象是,此类投资在发展中国家的地理分布上相当集中。例如,从 2004 年已收集到相关信息的 4800 个投资项目来看,多数绿地投资集中在亚洲地区。

4. 发展中国家跨国公司不断崛起

与发达国家相比,发展中国家跨国公司数量少、力量弱,但是发展中国家的跨国公司的发展速度却在不断加快。随着来自"南方"的跨国公司的崛起,在世界非金融跨国公司 100 强榜上,来自发展中经济体的企业数量从2004 年的 5 家增加到 2007 年的 7 家。2005 年,发展中经济体非金融跨国公司 100 强的国外销售额和国外雇员总数分别增长 48％和 73％。在发展中国家最大的 100 家跨国公司榜中亚洲占了大多数,共计有 78 家,其后是非洲和拉丁美洲,各占 11 家。

就国际直接投资而言,随着新兴经济体的出现,外国直接投资的地理分布特征正在发生改变,南南外国直接投资的增长,是近期出现的重要趋势。2006 年非洲跨国并购的交易金额达到创纪录的 180 亿美元,这其中一半的收购是由来自亚洲发展中经济体的跨国公司导演的。2006 年南亚、东亚和东南亚的外国直接投资流入量仍保持增长,增长幅度达到 19％,创下 2000亿美元的新高。2006 年,西亚 14 个经济体的外国直接投资流入量增长44％,攀升至前所未有的 600 亿美元。

1.4　经济全球化

1.4.1　经济全球化内涵

尽管各国政府仍对穿越其边界的产品、人员和资本拥有最终的控制权,但是,全球经济正在日益缠绕到一起。全球化这一概念是在 1983 年由美国经济学家 T. 莱维特在其《市场全球化》一文中首先提出来的,表现为各个国家和经济实体之间越来越互相依赖的一种趋势,这种趋势的特征是非国家化即各国间的边界越来越没有意义。它有别于国际化,后者是指国家间的互相合作。关于全球化的概念,众说纷纭,比较公认的看法是:全球化是指当代人类社会生活跨越国家和地区界限,在全球范围内展现的全方位的沟通、联系、相互影响的客观历史进程与趋势,是以经济全球化为先导的经济、政治和文化的全球性整合运动。

可以说,经济全球化是在层次、深度和广度上更进一步的国际化,从其核心内容来看,主要是指生产要素在全球范围内的大规模流动、优化配置和重组,是世界各国、各地区的经济融为统一的相互依存的经济体系的进程和现象。经济合作与发展组织(OECD)①前首席经济学家奥斯特雷(S. Ostry)在 1990 年第一次完整地提出了"经济全球化"的概念:经济全球化使生产要素正在以更快的速度在全球范围内流动,从而实现资源在全世界范围内的最优配置。第二次世界大战以后,特别是近 20 年来,在技术进步的推动下,经济全球化进程逐渐加快,成为世界经济发展的主流。

全球化生产战略以及生产与配送流程的共享在今天已经成为司空见惯的现象。因为全球化,我们可以买到品种更多、质量更高、价格更低的商品,譬如,本国不能生产的调料。尽管在我们生活的地方新鲜水果和蔬菜并非全年都能生长,但是,我们却可以随时买到它们。当我们购买的产品带有产地标志时,我们知道其原产地,但许多产品有太多的零部件和成分,使我们很难说清这些产品产自哪里。例如,洛杉矶巴斯蒂德餐馆中的一道主菜——烧烤小牛排,其配料中的香料来自马来西亚、印度和中国,酒来自法国,雪利酒醋来自西班牙,香草来自土耳其和澳大利亚,葱来自加拿大,椰子来自墨西哥,小牛肉、椰子、柠檬和洋葱都来自美国以外的地方。在端上饭桌之前所有配料的行走路程之和为 66584 千米,这比绕着赤道走两圈半还长。

1.4.2 经济全球化的表现形式

经济全球化是一个整体概念,表现为不同的具体形式,主要包括市场全球化、贸易全球化、生产全球化和资本全球化。

1. 市场全球化

市场全球化是指通过向世界提供标准化的产品,把本来独特和分离的国家市场合并成一个巨大的全球市场。在这个全球市场中,各个国家市场不分国界,是一个统一体,即不同国家中消费者的嗜好和偏爱正在趋同于某些全球标准。像可口可乐的软饮料和麦当劳的汉堡包,通常都被认为是这

---

① 前身为 1948 年 4 月 16 日由西欧 10 多个国家成立的欧洲经济合作组织。1960 年 12 月 14 日,加拿大、美国及欧洲经济合作组织的成员国等共 20 个国家签署《经济合作与发展组织公约》,决定成立经济合作与发展组织。在公约获得规定数目的成员国议会的批准后,《经济合作与发展组织公约》于 1961 年 9 月 30 日在巴黎生效,经济合作与发展组织正式成立。总部设在巴黎。

种潮流的典型代表,已经越来越为世界各国的消费者所接受。可口可乐和麦当劳不仅是这一潮流的倡导者,也是这一潮流的促动者。通过向世界提供标准化的产品,它们正帮助创立一个全球市场。

市场全球化将各个国家的市场联系起来,为各行各业的企业提供了竞争平台。当一家企业进入一个新的市场后,其竞争对手为了避免先入企业占先,也会很快跟进。就如可口可乐与百事可乐等大型跨国公司的竞争从未停止过一样,虽然市场全球化的发展会导致各个企业之间展开竞争,但正是得益于激烈的全球竞争使许多企业不断地发展壮大。当全世界的企业争相进入国外市场时,它们也会把本企业一套成功的生产体系或者经营管理体系带入这个国家,并在跨国市场上产生一定的共性,进一步推动市场全球化的发展。因此,多样性被更大的一致性所替代。由于一个又一个竞争者的跟进,在越来越多的产业中,说什么德国市场、美国市场、巴西市场或日本市场已不再具有任何意义。对许多公司而言,全球只有一个市场。

市场全球化把原来独立和分离的国家市场合并成一个全球性的大市场,但是,能不能就此认为国家市场应完全让位于全球市场呢?当然不能。虽然在全球销售的标准化产品可以为许多国家接受,但世界上不同国家市场之间仍然存在着巨大的差异。各国有着各自深厚的文化根源和习俗,而与之相联系的整个国家的法律、法规体系,消费者的价值观念、嗜好和偏爱,也会各不相同,不同国家的企业制度、生产方式、经营策略、分销渠道等各个方面也有很大差异。所以,国家市场和全球市场是并行不悖的,国家市场不可能让位于全球市场。尽管全球化能带来诸多益处,但是企业仍需持续不断地关注市场变化,以确保自己没有忽视所在国消费者的需求。用调整后的产品来满足消费者需求所带来的效益有可能超过标准化的结果。例如,像软饮料、快餐之类的消费品明显是仍将持续受到欢迎的全球化产品,但有时候也应对它们作一些细微的调整,以便更好地适应当地的口味。在日本南部,可口可乐公司在其传统配方中多加了些糖以适应当地的消费者,并能够和有着更甜口味的百事可乐展开竞争。世界各地的麦当劳也根据不同地区消费者的不同口味不断推出新的产品。

2. 贸易全球化

国际贸易是世界经济中一个古老的现象,它极大地促进了经济全球化的发展,经济全球化的一个重要表现就是贸易自由化。世界各国经济连成一体应当是以贸易联系的密切程度为基础的。德国经济学家卡尔·海因茨·巴奎指出:"世界出口率越高,跨国界的贸易额在世界生产中所占的比例越高,世界经济就越强烈地全球化。"

贸易全球化就是在国际贸易领域内,各民族国家之间普遍出现的全面减少或消除国际贸易障碍的趋势,成为带动世界经济增长的强大助推器和"引擎"。第二次世界大战后,发达国家为了从国际市场获得满足国内需求的必需品,纷纷提出实行贸易自由化的主张。贸易自由化以《关税与贸易总协定》(GATT)的正式实施为标志,在一系列的谈判和协议签订后,进入了快速发展时期。1995年世界贸易组织(WTO)①成立,标志着一个以贸易自由化为中心的多边贸易体制框架已建立,新的"游戏规则"已制定,国际贸易手段、商品标准、合同样式将逐步统一、规范。可以预见,随着全球贸易自由化的持续推进,资金、技术、人员等生产要素将在全球范围内更加自由、更大规模地流动。

3. 生产全球化

经济全球化的主要特点是生产全球化。生产全球化是指企业为了降低生产成本、运输成本和经营成本,基于各国在生产要素禀赋上的不同,将自己的生产活动分散到各个区位以达到最优化配置资源的最终目标。生产全球化的过程就是有关国家参与国际分工的过程。这种国际分工是建立在各国生产要素(如劳动力、能源、土地和资本)、成本和质量的差异基础上的,其理论根据就是大卫·李嘉图(David Ricardo)的比较优势说。当代社会的生产是高度现代化的大规模生产,它既要求不断增加投入以发展新技术、新工艺,又要求分工更加精细化、专业化,协作进一步扩大化、广泛化。以往在一个国家范围内的分工与协作关系,必然发展为一系列国家之间的国际分工和协作关系,从而使各个国家的生产活动密切联系、相互依赖,在国际范围内结成一个整体。整个地球俨然成了一个大工厂,各国经济不断融合、互补,形成新的嫁接优势。

4. 资本全球化

资本全球化是指生产资本、商品资本、金融资本的国际化,实质是跨国公司或跨国银行(投资机构)在世界范围的活动,其主要原因之一在于跨越国界的跨国企业的合并、收购。第二次世界大战后,资本国际化趋势愈加明显,国际直接投资增长速度空前加快。由于平均利润率下降、生产成本增加和环保投资加大等原因,发达国家以及此后的中等发达国家和地区(如亚洲"四小龙")加速了产业结构的升级换代,向发展中国家和地区转移所谓的夕阳产业,引发了强劲的资本国际化浪潮。资本是连接世界各国经济的桥梁和纽带,而

---

① 世界贸易组织是负责监督成员经济体之间各种贸易协议得到执行的一个国际组织,前身是1948年开始实施的关税及贸易总协定的秘书处。截至2008年5月16日,世界贸易组织共有152个成员。

作为资本国际化最重要载体和主角的跨国公司的蓬勃发展,突出反映了生产全球化和资本全球化及其相互交融的新变化,极大地推动了全球化进程。

在资本全球化过程中,货币资本和金融资本的积累是加速发展的。引起人们严重关注和思考的是用于直接投资和商品交易的资金所占比例仅在5％～7％,这意味着相当多的资本流入"以钱生钱"的有价证券或金融衍生物交易市场,转入金融投机活动。一方面,大批投资者避开充满经营风险的产业部门,优先考虑的是向国家提供货款、安全可靠地定期获取利息,与其自己从事产业经营活动,不如坐吃利息;另一方面,发达国家内高等和中等收入阶层大量购买各种金融债券,卷入金融交易,使利息收入成为日常收入的重要来源,从而形成一个"靠剪息票为生者的社会"。全球资本市场自成一股力量,个别政府已越来越无法以政策直接控制国内金融市场,即使美国这样的强国也无法办到。

1.5　国际企业管理的学科性质

国际企业管理是顺应企业国际化和经济全球化的需要而建立和发展起来的一个新学科。它借助于社会学、人类学、政治经济学、国际经济、国际贸易、国际商法、工商管理以及计算机和网络等学科的理论(见图 1-1),在过去40 多年中逐渐形成了一个完整的体系,成为管理门类(一级学科)、工商管理(二级学科)下面的一个独立分支。

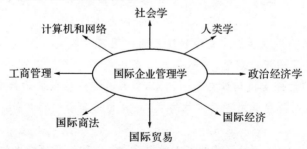

图 1-1　国际企业管理的学科体系

每一门学科都有自己的研究对象和研究方向。国际企业管理的研究重点是国际企业经济活动过程中的各种管理关系及其发展和变化规律。这些规律相互影响,相互制约,其关系变化直接或间接地决定着管理关系的发展变化,形成了一定的规律性。研究和掌握这些客观规律性,可以使国际企业以最少的耗费和投入,完成有形和无形商品的流通过程,获取最佳的社会效益和经济效益。

国际企业管理学科的设置,经历了一个管理学与经济学分设,再到国际企业管理由一般企业管理中独立出来的过程。20世纪中叶以来,随着国际工商业的蓬勃发展,从事国际工商业活动的企业数量和规模迅速增长,大批企业在世界范围内开展跨国经营活动,成为国际经济舞台上的主角。国际化经营的实践要求企业管理的研究和培训有相应的发展,于是,一门新的学科——国际企业管理诞生了。

国际企业管理不同于一般的企业管理,也不只是一般企业管理专业的简单延伸和发展,它具有相对的独立性。首先,企业面临的环境不同。国际环境比国内环境更为复杂,包含更多的不可控因素。其次,企业承担的风险不同。从事国际工商业活动的企业除了要承担国内企业应承担的风险外,还要承担因跨国经营可能招致的其他风险,如汇率风险、政治风险、远途运输风险等。最后,企业采用的管理方式不同。由于国家间存在着政治、法律和文化等方面的差异,在国内适用的管理方式在海外企业就不一定适用。因此,国际化经营的企业在人事、财务、营销和生产诸方面应根据各国的具体情况采用相应的管理方式、决策程序和策略手段。

☐ 本章小结

■ 国际企业是指经营活动牵涉或跨越两个或更多国家国界的企业。

■ 跨国公司的不同的定义和称谓反映了跨国公司的复杂形态。本书认为跨国公司是一群具有多国籍的公司整体或体系(但体系内各成员的组织形式或具体内容却不必相同),通常是体系内的母公司设于一个或两个国家,一簇附属公司则散布在发展程度不同的国家。

■ 按不同的标准划分,国际企业有多种类型。虽然国际企业的实体名称不一,它们的分支机构设在不同国家,但都具有一些共同的特征。

■ 企业国际化具有两种基本方式:一种是内向型国际化;另一种是外向型国际化。

■ 企业进行国际性经营的基本动机是:扩大市场、降低成本和降低风险。

■ 现代意义上的国际企业诞生于19世纪中期,成长于第二次世界大战之后。20世纪80年代后国际企业发展呈现多极化趋势。

■ 全球化是当今世界经济发展的重要特征。

■ 经济全球化表现特征包括市场全球化、生产全球化、贸易全球化和资本全球化。

■ 国际企业管理是顺应企业国际化和经济全球化的需要而建立和发展起来的一个新专业。在过去的40多年中逐渐形成了一个完整的体系,已成为管理门类(一级学科)、工商管理(二级学科)下面的一个独立的分支。

■ 国际企业管理不同于一般的企业管理,也不只是一般企业管理专业的简单延伸和发展,它具有相对的独立性。

思考题

1. 什么是国际企业、跨国公司?

2. 企业国际化包括哪几种方式?

3. 国际企业与国内经营企业的区别是什么?

4. 国际企业经营的基本动机之一是获取国外的资源,那么东道国可以获得什么样的好处?为什么有些国家并不欢迎国际企业的投资?

5. 企业国际化的发展阶段是什么?

6. 当今国际企业发展的新趋势是什么?

7. 分析经济全球化产生的原因。经济全球化给发展中国家带来了怎样的挑战?

8. 为什么国际企业管理不同于一般企业管理?

【章尾案例:青岛啤酒,内向国际化】

国际化对于青岛啤酒来说,是一个远方的灯塔,一开始只能看到光芒,现在已经越来越接近了。在青岛啤酒总部面向大海的办公室里,青岛啤酒总裁金志国用一种很谦逊的态度谈及关于青岛啤酒国际化这个话题,每当青岛啤酒在国际化道路上越前进一步,就越发认识到自己与真正国际化公司的差距。

青岛啤酒的动作似乎总与业界风向相反。20世纪90年代中期,青岛啤酒率先以收购方式大步整合啤酒业。当华润、燕京大举扩张进入中国啤酒前三强的时候,青岛啤酒进入全面整合消化期;而现在对手开始控制收购速度、准备进入消化整合时,青岛啤酒内部上上下下讨论的是国际化。

一、整合,跨出国门的前奏

时至今日,已经没有人再怀疑金志国是否具备接替彭作义的能力。彭作义时代,青岛啤酒率先在啤酒行业开始跨地域的并购,青岛啤酒前期的并购潮快速做大了青岛啤酒,但也使得青岛啤酒在"失控"的阴影中战战兢兢,如履薄冰。金志国上任后,青岛啤酒适时调整了发展战略,2002年一年仅并购了2家企业。

并购很光彩,整合很痛苦。并购只是完成了整合的20%,剩下的80%是要消化。金志国把他在青岛啤酒工作的重心放在消化以前的并购。过去三年是中国啤酒行业并购最频繁的三年,以华润为首的中资企业和以 AB 为首的外资军团在这三年里已经将"收购争夺战"演绎至巅峰。而青岛啤酒则恰好相反,青岛啤酒在这三年整合的时间里学会了放弃。

整合永远没有止境,三年整合,青岛啤酒新建并优化了 148 项制度、170 个流程和 24 个管理机制。但是青岛啤酒并不满足,在用三年时间成功地整合了有形资源之后,它把目光放在整合无形资源、建立公司文化和制度建设方面。在金志国看来,企业领导者的任务就是确定战略,确定与之最匹配的制度,环境在变,整合的重点、内容也在因时而动。

二、联盟内向国际化

青岛啤酒有一个众所周知的国际化两步论:第一步是在已经国际化的国内市场获胜,即内向国际化;第二步是外向拓展。青岛啤酒发力的重点放在实现其内向国际化,同时,外向国际化在原有基础上不放松。两者不是非此即彼,而是轻重缓急。

金志国认为,中国是啤酒消费的最大市场之一,国外市场饱和,导致跨国公司纷纷来华,如果青岛啤酒放弃国内市场将得不偿失。1998 年青岛啤酒在大规模扩张之前,还缺乏明确的发展战略目标,结果家门口的青岛啤酒份额却被崂山啤酒夺走,直到 1998 年之后兼并崂啤后才重拾山河。

在这个竞争充分的国内市场,青岛啤酒选择了联盟借力。"单打独斗不一定能取胜,不如与国际资本建立战略联盟"。青岛啤酒有一个口号,学习 AB,赶超朝日。而巧合的是,这两家跨国公司均是青岛啤酒的合作伙伴。2005 年 4 月,美国啤酒巨头 AB 公司完成对青岛啤酒的增持,成为青岛啤酒最大的非政府股东。

直到今天,外界仍然认为这是一次非常危险的交易。但金志国始终对股权博弈充满自信。后来的事实也证明,青岛啤酒与 AB 合资之后,在资本市场获得了青睐。三年来,青岛啤酒 A 股价格从 5～6 元涨至 10～11 元,香港 H 股由 3 元上涨至 7～8 元。目前,AB 公司按照 20% 的股权派驻的董事、监事已经进入了青岛啤酒董事会下设的委员会,为公司的运作更加规范、法人治理结构的进一步提升提供了很好的资源保证。把竞争对手变成合作伙伴,至少会少了敌人。青岛啤酒联盟借力实现内向国际化,在国内市场站稳脚,国外市场也就自然而然地攻破了。

国际化是个系统的问题,不是出口增长 100% 就国际化了,单向的输出也不是国际化,国际化是在经营管理、核心竞争力、人力资源、财务管理等各方面全方位发展的综合概念。与 AB 的接触让青岛啤酒更加明确了国际化的未来。金志国用好奇两个字形容青岛啤酒与 AB 接触过程中的所得。从

2004 年 4 月至 2005 年这一年时间中,与 AB 在 5 个模块层面的最佳实践交流行动,让青岛啤酒人掌握了聚焦关键点的方法。

尽管"青岛啤酒"的品牌在国际上拥有相当的知名度,但金志国知道,这距离一个国际化品牌还很远。2005 年,充满激情和活力的青岛啤酒新标识已面向消费者。与此同时,青岛啤酒开启了国内啤酒企业体育营销的先河,开始赞助中国网球公开赛等体育竞技比赛。

青岛啤酒的海外市场已经完成了西欧、北美、亚洲铁三角。现在青岛啤酒正在开发南非、美洲和南美洲以及澳大利亚市场。面对这个国际化版图,青岛啤酒始终把内向国际化看做是公司战略的重点,认为只要把内向国际化做好了,外向国际化也将自然达成。

资料来源:肖可.青岛啤酒:内向国际化.经济观察报,2005-06-06.

讨论问题

1. 青岛啤酒的国际化的动机是什么?

2. 青岛啤酒选择内向国际化经营有什么特点?

【主要参考文献】

[1]阿尔温德 V. 帕达克.国际管理.北京:机械工业出版社,2006:16—22.

[2]贺晓琴.跨国公司与经济全球化.世界经济研究.1998(3):21—24.

[3]康晶,王春芝.国际企业管理的发展趋势.技术经济,2001(16):74—76.

[4]吴文武.跨国公司与经济发展——兼论中国的跨国公司战略.经济研究,2006(6):38—44.

[5]金润圭.国际商务.上海:立信会计出版社,2006:100—122.

[6]梁能.国际商务.上海:上海人民出版社,1998:15—18.

[7]查尔斯·W.L.希尔.国际商务(第 5 版).北京:中国人民大学出版社,2005:3—38.

[8]方虹.国际企业管理.北京:首都经济贸易大学出版社,2006:19—21.

[9]张世鹏.论资本全球化.当代世界与社会主义,1997(2):26—31.

[10]李兰甫.国际企业论.台北:三民书局.1984:5—7.

[11]夏晴,吴海珍.国际商务.北京:中国商务出版社,2005:10—15.

[12]贾建华,孙莹.国际商务教程.北京:首都经贸大学出版社,2006:2—6.

[13]高强.企业国际化的三个阶段.华北电力大学学报.1999(2):18—21.

[14]高原,张彦宁.国际企业管理新趋势.学术交流,1999(2):8—9.

2 | 国际企业管理的相关理论

Theories about International Business Management

当现实发生变化,理论也会随之变化。

——彼得·林德特(Peter Lindert)

☐ **主要内容**
- 国际贸易的基本理论
- 对外直接投资的基本理论
- 发展中国家的对外直接投资理论

☐ **核心概念**
- 要素禀赋
- 国家竞争优势
- 产品生命周期
- 垄断优势
- 内部化优势

☐ **学习目标**
- 掌握国家竞争优势理论的主要内容
- 掌握垄断优势理论、内部化理论、产品生命周期理论和国际生产折衷理论的主要内容
- 理解绝对优势理论、比较优势理论和要素禀赋理论
- 了解小岛理论的主要观点
- 了解发展中国家的对外投资理论的主要内容

【章首案例：华为出海之后】

作为一个电信设备供应商，华为在国际市场上经历了"屡战屡败"、"屡败屡战"，演绎了从一个销售产品到推销方案和服务，从拼价格到树品牌，从非主流到跻身世界主流设备提供商的一个嬗变过程。

早在 1994 年，当华为自主开发的数字程控交换机刚刚取得一定的市场地位时，华为就预感到未来中国市场竞争的激烈和参与国际市场的战略意义。这一年，华为首次在北京参加国际通信展。1995 年底，华为总裁任正非勾勒了华为未来国际化的蓝图，指出华为未来 3～5 年的主要任务是与国际接轨，提出华为要在产品战略研究系统上、市场营销上、生产工艺装备及管理上，乃至在整个公司的企业文化及经营管理上，全面与国际接轨。

1996 年，华为在国内的销售额达到 26 亿元人民币，已经在国内同行中占据领先地位。随着市场增量的下降，在传统产品市场上，收入与利润的增长已变得异常困难，因此，华为在公司战略上做出调整，开始在海外市场寻找突破口，以维持自身的持续发展。

华为国际化路径基本上延续了它在中国国内市场所采用的"农村包围城市"的先易后难策略。首先瞄准的是毗邻深圳的香港特别行政区，然后沿着新型市场国家（俄罗斯）到发展中国家（亚非拉），再到发达国家（欧美）市场的线路不断发展。

1996 年，华为与长江实业旗下的和记电讯合作，提供以窄带交换机为核心的"商业网"产品。我国香港是全球电信最发达的地区之一，全球著名的电信公司都看好这一市场，纷纷将最先进的交换机销往该地。而当地的运营商也竞相采取新技术、推出新业务吸引客户。与国际同类产品相比，华为除价格优势外，它可以比较灵活地提供新的电信业务生成环境，从而帮助和记电讯在我国香港与其他电信企业的竞争中取得差异化优势。

经过我国香港市场的初步尝试，华为的 C&C08 机打入香港市话网，开通了许多中国内地市场未开通的新业务。这是华为大型交换机从国内走向海外市场的第一步。2000 年之后，华为进入包括泰国、新加坡、马来西亚等东南亚市场，特别是在华人比较聚集的泰国市场，华为连续获得较大的移动智能网订单。

随后，华为开始考虑新型转轨国家的市场开拓，重点是市场规模相对较大的独联体市场。虽然华为在中国国内已是小有名气,但在俄罗斯人眼里,电信是朗讯、西门子等国际巨头的专利,他们从内心不信任华为;当时俄罗斯经济处于低谷,市场异常萧条,开拓非常艰难;而且在金融风暴后的俄罗斯市场,资本市场极其混乱,资金链短路,市场开拓的风险极大。一些大的国际电信设备供应商因为看不到短期收益而退出了俄罗斯市场。而华为却是反其道而行之,实施所谓的"土狼战术",派出100多人的营销队伍,在经过严格培训后,派到俄罗斯进行市场开拓。2003年,华为在俄罗斯及周边独联体市场的销售额超过3亿美元,名列独联体市场国际大型设备供应商的前茅。

华为海外路线还有一个重要特征就是沿着中国的外交路线走,尤其在亚非市场的开拓较为典型。作为一家民营企业,华为屡获国家外交上的有力支持。2000年11月,吴邦国副总理访问非洲时亲点任正非随行。目的之一就是了解中国政府能提供哪些协助,帮助华为开拓非洲市场。当时华为进入非洲市场已有3年。

在亚洲,中国与周边国家传统友好关系素来已久,华为利用当地华裔在电信运营上占据的优势,积极开拓亚洲市场。譬如与中国有着传统友好关系的泰国,华为每年的销售额达到1亿美元左右。

2001年"出海"的华为一边在发展中国家继续扩大"战果",一边切入欧洲成熟市场,这标志着华为国际化进入第二阶段。对于通信领域领先的欧洲市场,华为进入的策略是首先与欧洲本土著名的一流代理商建立良好的合作关系并借此来进入当地市场。

华为进入欧洲市场要比新型市场艰难,原因之一就在于欧洲电信运营商对于外来设备商的准入门槛很高,对中国高科技品牌的认可度较低,英国电信便是典型。从2002年开始,英国电信对华为进行为期2年的认证,然后华为才进入到其"符合资格的供应商短名单"之中,从而有资格进入英国电信的招标程序。在经过对华为全方位的认证和考察后,华为由此才进入英国电信市场。

在欧洲市场的攻伐战略中,"价廉"并不仅仅是华为占有市场的唯一法器,它更重视产品的性价比、产品质量、技术优势和售后服务等配套系统。在欧洲市场,华为在某些特色领域的丰富应用经验和特色解决方案也赢得了欧洲客商的一致推崇:从城市的无线市话到偏远地区的普遍服务,从提供宽带移动数据业务到建设企业专网。华为在欧洲当地派驻代表,听取当地运营商个性化的需求,尽快赢得了欧洲用户的信任。2004

年3月25日,华为在英国设立欧洲地区总部。这是华为在海外的最大机构之一,也是中国企业在英国的最大投资项目。英国《泰晤士报》的权威评论称:"此举是中国企业走向国际化的一个重要标志。"

华为在国际市场上的攻伐的最后"城头堡"就是美国市场。华为人认为,进入对手最多和最强的美国市场,华为才真正进入了群雄逐鹿的国际市场。从1997年至1998年,顺应中美关系改善的契机,华为进入美国市场。

华为在美国市场的核心竞争体现在性价比上。华为芯片以前进口需要200美元一片,而自己设计到美国加工生产,只要10多美元。2002年,华为的数据通信产业产品出口额增长200%,而思科在中国市场的整体价格平均降低了15%。最关键的是华为在中国仅以美国硅谷1/5的人力资源成本获得高技能的人才,从而使华为的产品价格比思科产品价格低30%左右。这正是思科长期的盟友EDS(电子数据系统公司)与华为签订协议在美国销售华为设备的原因所在。这也是华为冲击美国这个高端市场的"杀手锏"。可以说,2003年1月思科状告华为侵犯知识产权一案就是在这种背景下发生的。华为与思科的知识产权的诉讼以和解告终,标志着华为在这次"国际化入围考试资格小测验"中,证明了自己的"合法身份",甚至赢得了众多国际企业的刮目相看。

当然对华为来说,国际化还有很多问题,如不久将来的海外上市、公司全方位战略转型、十几年海外征战的成本控制以及海外公司的文化整合等问题,都是摆在华为国际化面前的一个又一个艰难的考题。

资料来源:郄永忠.华为出海之后.企业管理,2005(9):36—41.

2.1　国际贸易的基本理论

2.1.1　绝对优势理论

有关国际贸易的第一种理论产生于16世纪中叶的英国,称为重商主义。其主要观点为金银是国民财富的主体,也是使商业保持活力的必需品。重商主义者认为,贸易是一种零和博弈(指一个国家获利导致另一个国家损失),一国的最大利益是保持贸易顺差,这样就能积累金银,增加国民财富。重商主义理论一贯主张政府干预以便达到对外贸易顺差。他们认为"货币产生贸易,贸易增加货币"①,建议通过关税和配额限制进口,并对出口实行补贴以达到出口最大化而进口最小化的目的。

亚当·斯密(Adam Smith)在其著名的《国富论》中,抨击重商主义者关于贸易是零和博弈的论断。斯密认为各国生产不同商品的效率不同。英国凭借其高超的制造工艺,成为世界上效率最高的纺织品生产者,而法国由于综合了优良气候、肥沃土壤和积累的专长等条件,拥有世界上效率最高的酿酒业。英国生产纺织品有绝对优势,而法国生产酒有绝对优势。

【专栏 2-1】 亚当·斯密

亚当·斯密(1723—1790)是经济学的主要创立者。1723 年,亚当·斯密出生在苏格兰法夫郡(County Fife)的寇克卡迪(Kirkcaldy)。在当时,有些居民仍将香烟当货币来使用。斯密在其少年时代就显示出聪明的天分,而且他还接受了正统的苏格兰式教育。17 岁时,他便进入了牛津大学,学习了 6 年。他回到爱丁堡后,讲授政治经济学,其中的许多观点后来被写入《国富论》中。1751 年他接受了格拉斯哥大学(University of Glasgow)的逻辑学教授职位,两年后获得道德哲学教授职位,直至 1764 年。在这段时期,他写了他的第一本著作《道德情操论》(1759),对道德标准的本源进行了探究,并提出了质疑,在英国和欧洲大陆立即引起了强烈的反响。

《国富论》的写作始于 18 世纪 60 年代末,虽然这部杰作的初稿于 1770 年就基本完成了,但他又花费了 6 年时间对它进行雕琢,最终于 1776 年出版。亚当·斯密驳斥了旧的重商学说,强调劳动分工会引起生产的大量增长,抨击了阻碍工业发展的一整套腐朽的、武断的政治限制。斯密认为自由市场实际上是个自行调整机制,自动倾向于生产社会最迫切需要的货品种类的数量。但是如果自由竞争受到阻障,那只"无形的手"就不会把工作做得恰到好处。因而亚当·斯密相信自由贸易,为坚决反对高关税而申辩。事实上,他坚决反对政府对商业和自由市场的干涉。他声言这样的干涉几乎总要降低经济效益,最终使公众付出较高的代价。亚当·斯密虽然没有发明"放任政策"这个术语,但是他为建立这个概念所做的工作比任何其他人都多。

这位洞察到这个世界经济本质的伟人是"象牙塔"教授的典型。众所周知,他不仅心不在焉,而且一生中都在忍受神经紊乱的病痛,这经常使得他的头不停地摇动,并造成了他古怪的演讲方式与走路姿态。作为一个真正

---

① 托马斯·孟.英国得自对外贸易的财富.北京:商务印书馆,1959.

的知识分子,他的一生都在著书立说以及给他的学生们演讲,和同时代的思想家们,如大卫·休谟(David Hume)、本杰明·富兰克林(Benjamin Franklin)、费朗斯瓦·魁奈(Francois Quesnay)和塞缪尔·约翰逊(Samuel Johnson)博士对话交流。斯密终生未娶,在爱丁堡度过了他的余生,于 1790 年 7 月 17 日逝世,享年 67 岁。

资料来源:Robert L. Heilbroner. *The Worldly Philosophers: the Lives, Times, and Ideas of the Great Economic Thinkers*. New York: Simon and Schuster, 1972:11-12.

按照斯密的说法,各国应该专门生产具有绝对优势的商品,然后用它们交换其他国家生产的商品。在斯密那个年代,该理论建议英国专门生产纺织品而法国专门生产酒。这两个国家可以通过物物交换,英国出售纺织品购买酒,法国出售酒购买纺织品,以此来满足两国对纺织品和酒的需求。斯密的基本论点是一国不应该生产可以以较低成本从别国购买的商品。并且斯密也证明各国若按绝对优势分工生产,然后交换,则对各国都有利。下面对斯密的绝对优势理论予以证明。

考察加纳与印度之间贸易的效应。假设加纳和印度各有 600 单位资源,这些资源可以用于生产大米或可可;又假设在加纳生产 1 吨可可需要 10 单位资源,生产 1 吨大米则需 20 单位资源。因此,加纳可以只生产 60 吨可可,或只生产 30 吨大米,或者这两个极端数字之间的各种组合,如图 2-1 所示的 GG' 线。GG' 线可看成是加纳的生产可能性边界线[①]。同样,假设印度需要 40 单位资源才能生产 1 吨可可,10 单位资源生产 1 吨大米,因此印度可以只生产 15 吨可可,或只生产 60 吨大米,或者这两个极端数字之间的任意组合,如图 2-1 所示的 II' 线。II' 线是印度的生产可能性边界线。显然,加纳生产可可有绝对优势(印度生产 1 吨可可比加纳需要更多的资源),而印度生产大米有绝对优势。

现在考虑一种情况,假设没有一个国家与别国从事贸易,每个国家将一半资源用于生产大米,另一半资源用于生产可可,每个国家也必须同时消费所生产的商品。加纳可以生产 30 吨可可和 15 吨大米(见图 2-1A 点),而印度可以生产 7.5 吨可可和 30 吨大米(见图 2-1B 点)。没有贸易,两国生产的总和是 37.5 吨可可和 45 吨大米。如果每个国家专门生产具有绝对优势的商品,然后与别国交换自己没有生产的商品,加纳可以生产 60 吨可可,而

---

① 生产可能性边界(production possibility frontier, PPF)用来表示经济社会在既定资源和技术条件下所能生产的各种商品最大数量的组合,反映了资源稀缺性与选择性的经济学特征。

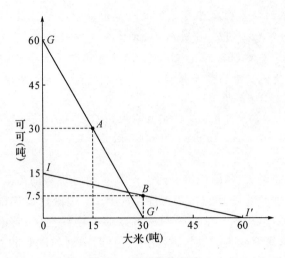

图 2-1　绝对优势理论

印度可以生产 60 吨大米。显然,通过分工两种商品的生产总量会增加,可可的产量将从 37.5 吨增加到 60 吨,同时大米的生产从 45 吨增加到 60 吨,因而分工生产带来的产量的增加是 22.5 吨可可和 15 吨大米。表 2-1 概括了这些数字。

表 2-1　绝对优势和贸易利益

生产 1 吨可可或大米需要的资源		
	可可	大米
加纳	10	20
印度	40	10
无贸易时的生产和消费		
	可可	大米
加纳	30	15
印度	7.5	30
总产量	37.5	45
分工后生产		
	可可	大米
加纳	60	0
印度	0	60
总产量	60	60

续表

加纳以 20 吨可可与印度交换 20 吨大米后的消费		
	可可	大米
加纳	40	20
印度	20	40
分工和贸易后消费的增加		
	可可	大米
加纳	12.5	10
印度	10	5

资料来源:查尔斯·W. L. 希尔. 国际商务(第 5 版). 北京:中国人民大学出版社, 2005:147.

假若加纳和印度按 1∶1 的比例交换可可与大米,即 1 吨可可的价格等于 1 吨大米的价格,若加纳决定出口 20 吨可可给印度并从印度进口 20 吨大米,贸易后的最终消费是 20 吨可可和 40 吨大米,比分工贸易前多消费 12.5 吨可可和 10 吨大米。同样,印度分工贸易后最终消费 40 吨可可和 20 吨大米,比分工贸易前多消费 10 吨可可和 5 吨大米。这样,分工和贸易的结果是可可和大米的产出都可以增加,两国的消费者也可以消费得更多。因此,亚当·斯密认为,双方进行贸易可以用本国劳动生产率高、成本低,也就是具有绝对优势的产品去换取本国劳动生产率低、成本高、处于劣势的产品可以给所有参与者都带来净利益。

2.1.2　比较优势理论

大卫·李嘉图(David Ricardo)通过探索当一个国家生产的所有产品都具有绝对优势时可能会发生的情况,他将斯密的理论向前推进了一步。按照李嘉图的比较优势理论,一个国家分工生产最有效率的产品,而从别国购买自己生产效率相对较低的产品,甚至从别国购买自己能更有效生产的产品,这样做仍然是有意义的。下面对李嘉图的理论予以证明。

假设加纳生产可可和大米都更有效率,也就是说,加纳生产两种商品都具有绝对优势。假如在加纳 10 单位资源可生产 1 吨可可,15 单位资源可生产 1 吨大米。这样,给定 600 单位资源,加纳可以只生产 60 吨可可或只生产 40 吨大米,或它生产可能性边界线上的任何组合(见图 2-2GG′线)。在印度,假设以 40 单位资源生产 1 吨可可,20 单位资源生产 1 吨大米,这样,印度可以只生产 15 吨可可或只生产 30 吨大米,或它生产可能性边界线上的任何组合(见图 2-2II′线)。再次假设无贸易时,每个国家以一半资源生产可可,另一半资源生产大米。此时,加纳将生产 30 吨可可和 20 吨大米(见图 2-2A 点),而印度将生产 7.5 吨可可和 15 吨大米(见图 2-2B 点)。

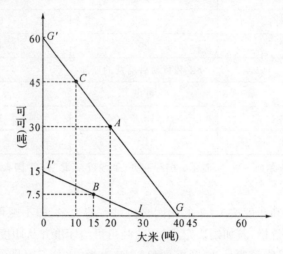

图 2-2　比较优势理论

加纳生产两种产品均具有绝对优势的角度看,加纳为什么要与印度进行贸易呢? 虽然加纳生产可可和大米都有绝对优势,但加纳生产可可的产量是印度的 4 倍,而大米的产量仅为印度的 1.33 倍,相比之下,加纳生产可可比生产大米效率更高。无贸易时,两国共生产可可 37.5 吨,大米 35 吨,此时两国只能消费各自生产的产品。但在分工贸易下,两国可以增加可可和大米生产的总量,从而使两国消费者可以消费更多的产品。

假设加纳利用相对优势生产可可,产量从 30 吨增加到 45 吨,这需要利用 450 单位资源,剩下 150 单位资源用于生产 10 吨大米(见图 2-2C 点)。同时印度专门生产大米,产量为 30 吨。现在可可和大米的总产量增加了,分工前产量为 37.5 吨可可和 35 吨大米,分工后是 45 吨可可和 40 吨大米。表 2-2 概括了产量增加的来源。

表 2-2　绝对优势和贸易利益

生产 1 吨可可或大米需要的资源		
	可可	大米
加纳	10	15
印度	40	20

无贸易时的生产和消费		
	可可	大米
加纳	30	20
印度	7.5	15
总产量	37.5	35

分工后生产		
	可可	大米
加纳	45	10
印度	0	30
总产量	45	40

加纳以 11 吨可可与印度交换 11 吨大米后的消费		
	可可	大米
加纳	34	21
印度	11	19

分工和贸易后消费的增加		
	可可	大米
加纳	4	1
印度	3.5	4

资料来源:查尔斯·W. L. 希尔. 国际商务(第 5 版). 北京:中国人民大学出版社,2005:149.

从表 2-2 中可以看出,假若加纳和印度仍按 1∶1 的比例交换可可与大米,两国之间用 11 吨可可交换 11 吨大米,均能比分工贸易前消费得更多。加纳可以多消费 4 吨可可和 1 吨大米。印度可以多消费 4 吨大米和 3.5 吨可可。分工与贸易不仅使产量提高,而且使两国都从中获利。

比较优势理论提供的基本信息是生产在无限制的自由贸易下比在有限制的贸易下效率更高。李嘉图的理论认为,如果没有贸易限制,各国消费者可以消费更多,即使一些国家生产任何产品均无绝对优势,这种情况也可发生。换句话说,比较优势理论比绝对优势理论更深入地指出贸易是一种正和博弈,各参与方均能实现经济收益。因此,这个理论为鼓励自由贸易提供了一个强大的理论基础。

但是,比较优势也存在较大的不足。首先,比较成本理论的分析方法属于静态分析。该理论认为世界是一个静态均衡的世界,是一个各国间、各经济集团间利益和谐一致的世界。李嘉图提出了九个假定作为其论述的前提条件：①只考虑两个国家两种商品；②坚持劳动价值论，假定所有的劳动都是同质的；③生产是在成本不变的情况下进行的；④没有运输费用；⑤包括劳动在内的生产要素都是充分就业的，它们在国内完全流动，在国际之间不能流动；⑥生产要素市场和商品市场是完全竞争的市场；⑦收入分配没有变化；⑧贸易是按物物交换的方式进行的；⑨不存在技术进步和经济发展，国际经济是静态的。其次，李嘉图解释了劳动生产率差异引起国际贸易，但没有进一步解释造成各国劳动生产率差异的原因。最后，该理论的一条重要结论是：各国根据比较优势原则，将进行完全的专业化生产。而现实中，难以找到一个国家在国际贸易中进行完全的专业化生产。一般来说，各国多会生产一些与进口商品相替代的产品。同时，根据其结论进行推导，两国比较优势差距越大，则贸易的空间越大。那么，当前的国际贸易应该主要发生在发达国家与发展中国家之间。这也与当前国际贸易主要发生在发达国家之间的现实相违背。

2.1.3　要素禀赋理论

瑞典经济学家埃里·赫克歇尔(Eli Heckscher)于 1919 年发表了题为《对外贸易对收入分配的影响》的文章，其中提出了要素禀赋理论。1933 年，赫克歇尔的学生伯蒂尔·俄林(Bertil Ohlin)出版了《区域贸易和国际贸易》一书。在这一著作中，俄林进一步发展了要素禀赋理论，因此这一理论常常被称为赫克歇尔—俄林理论，或简写成 H-O 理论。该理论认为，一国应出口具有比较优势的产品，即需在生产上密集使用该国相对充裕而便宜的生产要素的产品，而进口需在生产上密集使用该国相对稀缺而昂贵的生产要素的产品。简言之，劳动力丰富的国家出口劳动密集型商品，而进口资本密集型商品；资本丰富的国家出口资本密集型商品，进口劳动密集型商品。现代经济学家在分析要素禀赋理论时认为，这一理论发展了亚当·斯密和大卫·李嘉图的古典贸易理论，弥补了古典贸易理论的不足。下面将对 H-O 模型作详细介绍。

假定只有两种生产要素——劳动力和资本，只有两种商品 X、Y，且 X 是劳动密集型商品，Y 是资本密集型商品。要素密集是通过对两种商品生产中投入的资本—劳动比率进行比较而确定的，资本—劳动比率高的为资本密集型商品，资本—劳动比率低的为劳动密集型商品。还假定只有两个国家 A、B，且 B 国资本充裕，A 国劳动力充裕。要素充裕是通过对两国生产要素相对价格或生产要素总量相对比例进行比较而确定的，B 国的资本价格与劳动力价格之比小于 A 国,则 B 国资本充裕,A 国劳动力充裕;或者 B 国的资本总量与劳动力总量之比大于 A 国,则 B 国资本充裕,A 国劳动力充裕。此外,为了分析方便,假设两国具有相同的偏好,有同一组社会无差异曲线。H-O 定理表明资本充裕的国家在资本密集型商品上具有相对优势,劳动力充裕的国家在劳动力密集型商品上具有相对优势,一个国家在进行国际贸易时出口密集使用本国相对充裕和便宜的生产要素的商品,而进口密集使用本国相对缺乏和昂贵的生产要素的商品。

图 2-3 所示为两国国际贸易前的均衡,图中横轴表示 X 商品的数量,纵轴表示 Y 商品的数量,曲线 Ⅰ、Ⅱ 是社会无差异曲线,社会无差异曲线是能带来一国相同效用满足程度的两种商品不同数量组合的点的连线。它是由个人无差异曲线[①]合成的,且具有与个人无差异曲线相同的性质。由于两国具有相同的偏好,所以图中只有一组社会无差异曲线。图中曲线 PPF_A 和 PPF_B 分别是国家 A、B 的生产可能性边界,由于国家 A 劳动力充裕、国家 B 资本充裕;X 商品劳动密集,Y 商品资本密集,国家 A 生产商品 X 相对较多,国家 B 生产商品 Y 相对较多,这样曲线 PPF_A 平而宽,曲线 PPF_B 陡而窄。

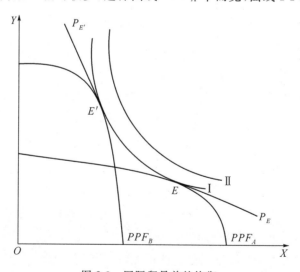

图 2-3 国际贸易前的均衡

图 2-3 中,社会无差异曲线 Ⅰ 与 PPF_A、PPF_B 分别相切于 E、E' 点。E、

---

① 无差异曲线(indifference curve)是一条向右下方倾斜的曲线,其斜率一般为负值,这在经济学中表明在收入与价格既定的条件下,消费者为了获得同样的满足程度,增加一种商品的消费就必须减少另一种商品,两种商品在消费者偏好不变的条件下,不能同时减少或增多。

E' 所表示 X 和 Y 商品的数量组合分别是国际贸易前国家 A、B 的 X 和 Y 商品的生产量和消费量，E、E' 分别是国家 A、B 的生产点和消费点。过 E 点的 PPF_A 切线斜率为 P_E，它是国家 A 的 X 商品相对价格（P_X/P_Y）或机会成本①。过 E' 点的 PPF_B 切线斜率为 $P_{E'}$，它是国家 B 的 X 商品的相对价格。图中显示过 E 点的切线比过 E' 点的切线平坦，这意味着 $P_E < P_{E'}$，也即国家 A 的 X 商品的相对价格小于国家 B 的 X 商品的相对价格，国家 A 在 X 商品上具有相对优势，国家 B 在 Y 商品上具有相对优势。国家 A 出口 X 进口 Y、国家 B 出口 Y 进口 X，两国都是出口密集使用其相对充裕的生产要素的商品，而进口密集使用其相对缺乏的生产要素的商品。

　　下面用图 2-4 进一步说明各国进行国际贸易时的进出口商品数量和来自国际贸易的利益。

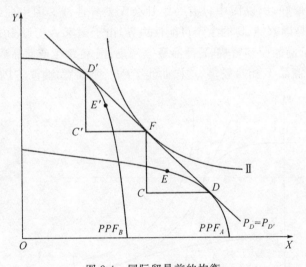

图 2-4　国际贸易前的均衡

　　当国家 A 出口 X 进口 Y，国家 B 出口 Y 进口 X 时，国家 A 逐步增加 X 生产、减少 Y 的生产；国家 B 逐步增加 Y 的生产、减少 X 的生产。国家 A 的生产点沿 PPF_A 从 E 向 X 轴方向移动，国家 B 的生产点沿 PPF_B 从 E' 向 Y 轴方向移动。这使得国家 A 的 X 商品相对价格上涨，过生产点的 PPF_A 斜率变大；国家 B 的 X 商品相对价格下跌，过生产点的 PPF_B 斜率变小。当两国 X 商品相对价格都变成 P_D 时，生产点的移动就停止。这时斜率为 P_D 的直线与 PPF_A、PPF_B 分别相切于 D、D'，D、D' 分别为国家 A、B 国际贸易后

──────────

　　① 机会成本（opportunity cost）是指任何决策，必须作出一定的选择，被舍弃掉的选项中的最高价值者即是这次决策的机会成本。

的生产点。这条斜率为 P_D 的直线同时还与社会无差异曲线 Ⅱ 相切于 F 点，F 点所表示的 X、Y 商品数量为国家 A、B 的消费量。国家 A 的消费点 F 是通过出口 DC 段的 X、进口 CF 段的 Y 来实现的。国家 B 的消费点 F 是通过出口 $D'C'$ 段的 Y、进口 $C'F$ 段的 X 来实现的。此时 $DC=C'F$、$CF=D'C'$。国家 A、B 通过国际贸易提高了本国消费水平，获得了来自国际贸易的利益。

2.1.4　国家竞争优势理论

国家竞争优势理论又被称为钻石理论，是由美国哈佛商学院著名的战略管理学家迈克尔·波特（Michael Porter）提出的。波特的钻石模型用于分析一个国家某种产业为什么会在国际上有较强的竞争力。波特认为，有四个因素决定一个国家某种产业的竞争力：①要素禀赋，是指一个国家生产要素的状况，如熟练劳动力或特定产业内竞争所必需的基础设施；②国内需求情况，是指该产业产品或服务的国内需求特性；③相关与支持产业，是指该国有无具备国际竞争力的供给产业和相关产业；④企业战略、组织与竞争，是指一国家调控企业如何创建、组织、管理的情况和国内竞争的性质。这四个因素构成一个菱形结构，如图 2-5 所示。

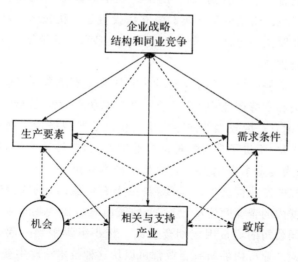

图 2-5　波特的"钻石"模型

资料来源：Michael E Porter. The Competitive Advantage of Nations. *Harvard Business Review*, 1990(2)：77.

1. 要素禀赋

波特进一步发展了赫克歇尔—俄林理论中的要素禀赋，详细地分析了生产要素的特性。他认识到要素的差异，将其划分为基本要素（如自然资源、气候、地理位置和人口)与高级要素(如通信基础设施、高级熟练劳动力、研究设备和专有技术)。他认为高级要素对竞争优势是最有意义的。与自然赋予的基本要素不同,高级要素是一种通过个人、公司和政府投资的产品。因此,政府投资于基础教育和高等教育,刺激高等教育机构的高级研究,改进人员的总体技术和知识水平,可以提升一个国家的高级要素。高级要素与基本要素之间的关系是复杂的,基本要素可能提供了初始优势,随后又因投资于高级要素而得以增强和扩大;反之,基本要素不利会导致投资高级要素的压力。

2. 国内需求情况

企业通常对它们关系最密切的客户的需要最敏感。因此,国内需求特性在形成国内制品的特点以及对创新与质量产生压力方面特别重要。波特认为,如果一个国家国内消费者层次高、需求大,则该国的企业能赢得竞争优势。高层次的和有需求的消费者迫使当地企业满足产品的高质量标准,生产新颖的产品。波特指出,日本高阶层的和有知识的人士购买照相机有助于刺激日本照相机行业提高产品质量和引入创新模式。一个类似的例子可以在手机设备行业中看到,斯堪的纳维亚半岛高层次的和有需求的当地消费者促使芬兰的诺基亚和瑞典的爱立信投资于手机技术。结果,诺基亚、爱立信与摩托罗拉一起,成为全球移动电话设备行业的统领者。

3. 相关与支持产业

国家竞争优势的第三个广义特性是在国际上有竞争力的供应商或相关产业。在相关和支持产业中,投资于生产的高级要素可以给该产业带来连带的好处,帮助它获取较强的国际竞争地位。瑞典加强合成钢制品(如滚珠轴承和切割工具)促进了瑞典特种钢行业的发展,同样美国半导体行业的技术领导地位,为美国个人电脑和其他几个技术先进的电子产品的成功打下了基础。这样的产业群之所以重要,是由于有价值的知识能够在地理位置接近的产业群内的企业间流动,当一个地区内雇员在企业间流动,或国内产业协会使不同公司的雇员因定期会议或工作小组集中到一起时,技术流动就发生了。该产业群内的所有企业都可以从这种技术流动中获得收益。

4. 企业战略、组织与竞争

国家竞争优势的第四个广义特性是一个国家内企业的战略、组织与竞争。波特在这里提出了两个要点:第一个要点是各个国家不同"管理思想体系"的特征,对建立国家竞争优势有不同的影响。例如,由于德国和日本企业的高层管理人员中工程师出身的人占多数,这些企业往往强调改进制造业流程和产品设计。相反,许多美国企业高层管理者中金融背景的人占主导地位,导致许多美国企业不重视改进制造工序和产品设计,此外美国企业普遍有追求最大短期金融回报的现象。按照波特的说法,这些不同管理思想体系导致的一个结果是美国的工程技术产业竞争力相对较弱,而在这些产业中,制造流程和产品设计都是很重要的(如汽车工业)。第二个要点是活跃的国内竞争与一个行业内竞争优势的创造和维持之间存在较强的关联性。活跃的国内竞争导致企业寻求各种方式来提高效率,使它们成为较好的国际竞争者。国内竞争给企业造成压力,使其不得不提高质量、降低成本以及投资于提升高级要素。所有这些都有助于创造世界级的竞争者。芬兰的诺基亚手机设备在全球市场上声名鹊起就得益于强烈的国内竞争。

除以上四个因素之外,波特还认为两个附加变量可以严重影响国家菱形结构:机遇与政府。随机事件,如重大创新,可以导致旧产业结构的瓦解或形成产业结构的飞跃,并为一个国家的企业提供取代其他企业的机会。政府通过其政策选择,可以削弱或增强国家优势。例如,法规可以改变国内需求条件,反托拉斯①政策可以影响一个产业内竞争的强度以及政府对教育的投资可以改变本国的高级要素。

2.2 对外直接投资的基本理论

2.2.1 垄断优势理论

垄断优势理论又称所有权优势理论或公司特有优势理论,是最早研究对外直接投资的理论,由美国麻省理工学院教授海默(Stephan Hymer)于1960年首先提出,其导师查尔斯·金德尔伯格(Charles P. Kindleberger)对此理论进行了补充和发展。此理论认为,考察对外直接投资应从"垄断优势"着眼。这种垄断优势可以划分为两类:一类是包括生产技术、管理与组织技能及销售技能等一切无形资产在内的知识资产优势;一类是由于企业规模大而产生的规模经济优势。

海默总结出企业海外投资的两个条件:一个是市场缺陷使有些公司居于垄断或寡占地位,这些公司可以通过同时拥有并控制多家企业而牟利;另

---

① 托拉斯直译为商业信托(business trust),垄断组织的高级形式之一,是指在同一商品领域中,通过生产企业间的收购、合并以及托管等形式,由控股公司在此基础上设立一巨大企业,以此包容所有相关企业以此达到企业一体化目的的垄断形式。通过这种形式,托拉斯企业的内部企业可以对市场进行独占,并且通过制定企业内部统一价格等手段来使企业在市场中居于主导地位,实现利润的最大化。

一个是在同一产业中,不同企业的经营能力各不相同,当企业拥有生产某种产品的优势时,就自然会想方设法将其发挥到极致。海默还进一步指出,从消除东道国市场障碍的角度看,跨国公司的优势有一种补偿的作用,亦即它们起码足以抵消东道国当地企业的优势。金德尔伯格对此作了进一步引申,列出了各种可能的补偿优势,如商标、营销技巧、专利技术、融资渠道、管理技能和规模经济等。

垄断优势论对企业对外直接投资的条件和原因作了科学的分析和说明,将研究从流通领域转入生产领域,摆脱了新古典贸易和金融理论的思想束缚。它从理论上开创了以国际直接投资为对象的新研究领域,使国际直接投资的理论研究开始成为独立学科。这一理论既解释了跨国公司为了在更大范围内发挥垄断优势而进行横向投资,也解释了跨国公司为了维护垄断地位而将部分工序尤其是劳动密集型工序,转移到国外生产的纵向投资,对跨国公司对外直接投资理论的发展产生了很大影响。但该理论无法解释不具有技术等垄断优势的发展中国家为什么也日益增多地向发达国家进行直接投资。

2.2.2 内部化理论

内部化理论又称市场内部化理论,是由英国学者巴克莱(Peter J. Buckley)、卡森(Mark Casson)与加拿大学者拉格曼(A. M. Rugman)于 1976 年在《跨国公司的未来》一书中提出的。

内部化理论从国际分工不通过世界市场,而是通过跨国公司内部来进行出发,研究了世界市场的不完全性以及跨国公司的性质,并由此解释了跨国公司对外直接投资的动机与决定因素,其中市场不完全性及企业的性质是内部化理论的核心。该理论建立在三个假设的基础上:①企业在不完全市场上从事经营的目的是追求利润的最大化;②当生产要素特别是中间产品的市场不完全时,企业就有可能以内部市场取代外部市场,统一管理经营活动;③内部化超越国界时就产生了跨国公司。

内部化理论认为跨国公司直接投资源于三点:①外部市场机制失败,这主要是同中间产品(如原材料、半成品、技术、信息、商誉等)的性质和买方不确定性有关。买方不确定性是指买方对技术不了解,卖方对产品保密,不愿透露技术内容,因此跨国公司愿意国外投资。②交易成本的不确定性,公司无法控制全部因素。如果实现市场内部化,即把市场建立在公司内部,通过内部转移价格可以起到润滑作用。③合理配置资源,提高经济效益。国际直接投资倾向于高技术产业,强调管理能力,使交易成本最小化,保证跨国公司经验优势,就是为了实现上述各方面要求。

市场内部化的过程则取决于四个因素:①产业特定因素,这与产品性质、外部市场的结构和规模经济有关;②区位特定因素,如区位地理上的距离、文化差异和社会特点等;③国家特定因素,如有关国家的政治和财政制度;④公司特定因素,如不同企业组织内部市场的管理能力。在这几个因素中,产业特定因素是最关键的因素。因为如果某一产业的生产活动存在着多阶段生产的特点,那么就必然存在中间产品,若中间产品的供需在外部市场进行,则供需双方无论如何协调,也难以排除外部市场供需间的剧烈变动,于是为了克服中间产品的市场不完全性,就可能出现市场内部化。市场内部化会给企业带来多方面的收益。

该理论有助于说明各种类型跨国公司形成的基础,还解释了跨国公司在出口、直接投资与许可证安排这三种方式之间选择的根据。内部化理论是西方学者跨国公司理论研究的一个重要转折,有助于对跨国公司的成因及其对外投资行为的进一步深入理解。其后有些学者将技术优势及内部化概念进一步引申,以解释发展中国家跨国公司的发展。

2.2.3 产品生命周期理论

产品生命周期理论是企业经营战略和市场营销学中的重要内容。美国哈佛大学商学院教授刘易斯·威尔士(Louis Wells)和雷蒙德·维农(Raymond Vernon)将产品生命周期理论引进国际贸易理论之中,分析产品在其创新阶段、增长阶段、成熟阶段在不同国家的生产和出口,以此说明国际贸易的流动方向。

【专栏 2-2】 中国电器走向世界,美国自行车"远足"

《参考消息》上曾连续转载了两篇关于赫菲公司的报道,一条译自美国《洛杉矶时报》,题目是"中国电器走向世界",另一篇是美国《芝加哥论坛报》9 月 28 日的文章,"赫菲公司开始自行车'远足'",报道赫菲(Huppy)公司将自行车生产转移到了中国。

中国电器从进口到出口,美国自行车从早期生产出口到完全放弃生产,都反映了产品技术周期和生产成本比较优势的动态变化。我们先来看美国的自行车生产,自詹姆斯·斯达利(James Starley)在 1873 年发明了自行车后不久,美国人艾伯特·波普(Albert Pope)在 1878 年就建立了美国第一家生产自行车的工厂。100 多年来,美国一直生产并出口自行车,名牌产品包括 Schwinn 等。近年来,随着本国劳动成本的上升,美国逐渐放弃自行车生产。1999年秋,位于俄亥俄州代顿市的美国最大的自行车制造商赫菲公司决定关闭在美国的最后两家自行车厂,把生产转移到中国大陆的六家工厂,中国台湾地区和墨西哥各一家工厂。

赫菲公司将自行车生产转移到中国等地的做法在美国并非首次出现。从电视机、打字机到服装,许多曾经是美国生产并出口的产品,现在纷纷转移到劳动力充裕的国家进行生产。赫菲自行车"远足"中国只不过是一系列产业转移中的一例。

另外,中国的家用电器正从原来的进口转为出口。在纽约的市场上,同索尼、菲利浦和三星等品牌同台竞技的有中国的康佳电视机。5年前,中国的电视机还有70%是外国产的,现在中国产的电视机已在国内市场上占有80%的份额。此外,微波炉生产商格兰仕也在大力开发国际市场。格兰仕利用日本的技术,投资500万美元建立了微波炉生产线。目前,中国的微波炉生产商已经控制了70%的国内市场,并占领了25%的欧洲市场。中国电器正在走向世界。

资料来源:海闻.国际贸易.上海:上海人民出版社,2003:185.

1. 创新阶段

创新阶段,要求投入的技术比较高,要求熟练的劳动者进行生产和生产过程的改进。这一时期的产品可以说是技术密集型的。第二次世界大战后,在相当长的一个时期里,许许多多的新型消费品和生产上的新型的自动化的机器设备,大多数是在美国发明并引进生产的。例如电冰箱、电视机、录音机、录像机、洗衣机、计算机、机器人等,都是在美国发明并最早投入市场的。这是因为这一时期美国的人均 GDP 超过其他国家,创造了一种比较高的消费模式,为新的消费品提供了广阔的市场。同时,一种新型的产品的诞生需要有大量的科技人才和熟练的劳动者。第二次世界大战后,许多国家的科技人才移居到美国,美国吸引了世界各国相当大一部分知识分子;同时美国的劳动者接受了较高水平的文化教育,熟练劳动者较多。此外,由于美国劳动力相对比较稀缺,劳动工资较高,不仅仅在生产中趋向于使用新技术和新的机器设备替代人力,而且在生活中也力求使用新型的设备减少家务劳动。因此,生产中的新型机器设备和家庭使用的各种新型用具源源不断地出现。这些新产品首先在美国市场上销售,发展到一定程度后,才逐渐出口到其他发达国家。

2. 增长阶段

增长阶段,技术开始标准化,产品比较成熟,市场迅速扩张,生产规模急剧扩大,从而要求投入的资本比较多。这一时期的产品可以说是资本密集型的。新产品在国内市场上的销售急剧增长的同时大量出口。其他一些发达国家的厂商,开始模仿这些产品的生产。它们开始为本国的消费者生产,而后出口,并且成为该产品的主要出口国。这是因为这些国家的政府为保护本国新产品的生产,实施贸易保护主义政策,利用关税和非关税壁垒阻碍美国产品的进入。同时,采用国内生产的方式有助于降低运输成本和生产成本,还有利于提高售后服务的质量,增强其他发达国家的产品竞争力。此外,美国的一些厂商为了绕过贸易壁垒,将企业迁移到这些国家就地生产和销售,从而导致美国国内的生产和出口急剧下降。

3. 成熟阶段

成熟阶段,技术已经陈旧,开始扩散,这些技术和生产设备,不仅比较便宜,而且易于操作,生产中使用大量的非熟练劳动者。这一时期的产品可以说是劳动密集型的。由于外国的技术水平和美国的技术水平逐渐接近,差距日益缩小,同时外国的工资水平仍然低于美国,因此该产品在其他一些发达国家生产和出口,而美国逐渐成为该产品的净进口国。同时,在这一阶段,由于技术日益陈旧,技术的转让费用愈来愈低,技术逐渐在发展中国家扩散,一些发展中国家开始引进该产品的技术进行生产和出口。最后,由于该产品的技术已经陈旧,相对比较便宜,生产过程也都简单化了,发展中国家成为主要的生产和出口国。

在产品的第一个阶段,美国是出口国,而其他发达国家和发展中国家是进口国;第二个阶段,美国的出口下降,其他发达国家的出口开始上升,发展中国家仍然是进口国;第三个阶段,美国已成为净进口国,发达国家的出口开始下降,而发展中国家的出口上升[1]。如图 2-6 所示。

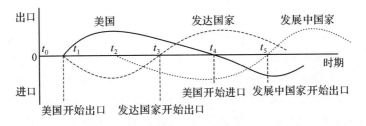

图 2-6　产品生命周期理论

当然维农的理论也存在不少的缺陷。该理论适用于解释企业最初作为一个投资者进入国外市场的情况,但不能全面解释跨国公司的投资行为,也不能解释没有明显产品生命周期阶段区别的产品及海外市场专门设计的产

① 彼得·林德特.国际经济学(第 10 版).北京:经济科学出版社,1992:128.

品的对外直接投资行为。另外,在产品标准化阶段,如果跨国公司的技术优势完全消失,那么,为什么发展中国家的当地企业不去大量生产,而欢迎跨国公司去直接投资。对于这个问题,维农的理论不能作出解释。

2.2.4 国际生产折衷理论

国际生产折衷理论又称国际生产综合理论,是由英国瑞丁大学教授邓宁(John H. Dunning)于 1977 年在《贸易,经济活动的区位和跨国企业:折衷理论方法探索》中提出了国际生产折衷理论。1981 年,他在《国际生产和跨国企业》一书中对折衷理论又作了进一步阐述。

折衷理论的核心是所有权特定优势、内部化特定优势和区位特定优势。所有权特定优势包括两个方面,一是由于独占无形资产所产生的优势,一是企业规模经济所产生的优势。

内部化特定优势,是指跨国公司运用所有权特定优势,以节约或消除交易成本的能力。内部化的根源在于外部市场失效。邓宁把市场失效分为结构性市场失效和交易性市场失效两类,结构性市场失效是指由于东道国贸易壁垒所引起的市场失效;交易性市场失效是指由于交易渠道不畅或有关信息不易获得而导致的市场失效。

区位特定优势是东道国拥有的优势,企业只能适应和利用这项优势。它包括两个方面:一方面是东道国不可转移的要素禀赋所产生的优势,如自然资源丰富、地理位置方便等;另一方面是东道国的政治经济制度、政策法规等形成的有利条件和良好的基础设施等。

企业必须同时兼备所有权优势、内部化优势和区位优势,才能从事有利的海外直接投资活动。如果企业仅有所有权优势和内部化优势,而不具备区位优势,这就意味着缺乏有利的海外投资场所,因此企业只能将有关优势在国内加以利用,而后依靠产品出口来供应当地市场。如果企业只有所有权优势和区位优势,则说明企业拥有的所有权优势难以在内部利用,只能将其转让给外国企业。如果企业具备了内部化优势和区位优势而无所有权优势,则意味着企业缺乏对外直接投资的基本前提,海外扩张无法成功。

国际生产折衷理论的分析过程与主要结论可以归纳为以下四个方面:①跨国公司是市场不完全性的产物,市场不完全导致跨国公司拥有所有权特定优势,该优势是对外直接投资的必要条件。②所有权优势还不足以说明企业对外直接投资的动因,还必须引入内部化优势才能说明对外直接投资为什么优于许可证贸易。③仅仅考虑所有权优势和内部化优势仍不足以说明企业为什么把生产地点设在国外而不是在国内生产并出口产品,必须引入区位优势,才能说明企业在对外直接投资和出口之间的选择。④企业拥有的所有权优势、内部化优势和区位优势,决定了企业对外直接投资的动因和条件。

邓宁的国际生产折衷论克服了传统的对外投资理论只注重资本流动方面的研究的不足,他将直接投资、国际贸易、区位选择等综合起来加以考虑,使国际投资研究向比较全面和综合的方向发展。国际生产折衷理论是在吸收过去国际贸易和投资理论精髓的基础上提出来的,既肯定了绝对优势对国际直接投资的作用,又强调了诱发国际直接投资的相对优势。

2.2.5　边际产业扩张理论

边际产业扩张理论是在 20 世纪 70 年代中期由日本一桥大学的小岛清教授(Kiyoshi Kojima)提出的。

小岛清认为,各国经济情况均有特点,所以根据美国对外直接投资状况研究出来的理论无法解释日本的对外直接投资。他认为,日本对外投资之所以成功,主要是由于对外投资企业能够利用国际分工原则,把国内失去优势的部门转移到国外,建立新的出口基地;在国内集中发展那些具有比较优势的产业,使国内产业结构更趋合理,促进对外贸易的发展。

为了清楚地表达他的观点,小岛清用一幅图来形象地进行阐述。在图 2-7 中,Ⅰ-Ⅰ线是投资国日本的商品成本线,假定其中商品 a 至商品 z 都可用 100 日元生产出来。Ⅱ-Ⅱ线(虚线)是对方国家商品成本由低到高的顺序线(假设 a' 是 0.8 美元,z' 是 5 美元)。两线相交于 m 点,这一点表示按外汇汇率计算(如 100 日元＝1 美元)两国 m 商品的成本比率相等(在美元汇率上涨时,Ⅱ-Ⅱ线会整体向左上方移动,下跌时则向右下方移动)。以 m 商品为分界点,左边的 a、b、c 产业就是日本的边际产业,而右边的 x、y、z 产业则是日本具有比较优势的产业。边际产业扩张理论认为,对外直接投资应当从 a、b、c 等边际产业开始。这种投资的结果是使对方国家相应产业的商品成本降低至 a''、b''、c''。对方国家以这些商品与日本交换 x、y、z 商品,双方就能实现利益更大、数量更多的贸易。

如果与上述顺序相反,从 z、y、x 等母国具有比较优势的产业开始进行对外直接投资,那就是逆贸易导向的美国式的对外直接投资。这样投资的结果,虽然带来了对方国家商品成本降低(低于 z'、y' 和 x'),但不可能使母国有比较优势的产业形成更大的比较优势,只不过是用国外的生产代替了本国的出口贸易而已。

小岛清的边际产业扩张理论是在运用国际贸易理论中的赫克歇尔—俄

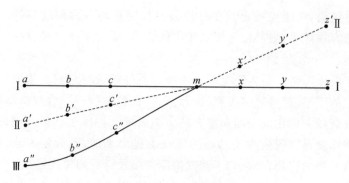

图 2-7　边际产业扩张理论

林的资源禀赋差异导致比较成本差异的原理来分析日本对外直接投资的基础上所提出来的。其主要内容包括：

第一，在对外直接投资的特点上，边际产业扩张理论认为，对外直接投资不单是货币资本的流动，而是资本、技术、经营管理知识的综合体由投资国的特定产业部门的特定企业向东道国的同一产业部门的特定企业（子公司、合办企业）的转移，是投资国先进生产函数向东道国的转移和普及。

第二，在投资主体上，该理论认为对外直接投资应该从本国的边际产业（或边际性企业、边际性生产部门）开始依次进行。所谓"边际产业"（也称为比较劣势产业），是指在本国内已经或即将丧失比较优势，而在东道国具有显在或潜在比较优势的产业或领域。由于同大企业相比，中小企业更易趋于比较劣势，成为边际性企业，因此中小企业更要进行对外直接投资。

第三，在投资方式上，该理论主张应从与对方国家（即东道国）技术差距最小的产业或领域依次进行投资，不以技术优势为武器，不搞拥有全部股份的"飞地"式的子公司，而采取与东道国合办形式，或者采用像产品分享方式那样的非股权安排方式。

第四，在投资的区位选择上，该理论积极主张向发展中国家工业的投资，并要从差距小、容易转移的技术开始，按次序地进行。在小岛清看来，从比较成本的原理角度看，日本向发达国家（美国）的投资是不合理的。他认为，几乎找不出有什么正当理由来解释日本要直接投资于美国小汽车等产业，如果说有，那也仅限于可以节省运费、关税及贸易障碍性费用以及其他交易费用等。与其这样，不如由美国企业向日本的小型汽车生产进行投资，日本企业向美国的大型汽车生产进行投资，即实行所谓"协议性的产业内部交互投资"。

第五，在投资的目的和作用上，该理论认为对外投资的目的在于振兴并促进东道国的比较优势产业，特别是要适应发展中国家的需要，依次移植新工业、转让新技术,从而分阶段地促进其经济的发展。对外投资应起"教师的作用",应该分阶段地转让所有权给当地企业带来积极的波及效果,使当地企业提高劳动生产率,教会并普及技术和经营技能,使当地企业家能够独立进行新的生产。

第六,在投资与贸易的关系上,"日本式"的对外直接投资所带来的不是取代贸易(替代关系),而是互补贸易、创造和扩大贸易。也就是说,这种投资不会替代投资国国内同类产品的出口,反而会带动相关产品的出口,是一种顺贸易导向型的对外直接投资。这种投资将投资国技术、管理等优势移植到东道国,使东道国生产效果得到改善,生产成本大大降低,创造出盈利更多的贸易机会。对比于投资发生之前,投资国可以以更低的成本从东道国进口产品,且扩大进口规模,给东道国留下更多的利益。

小岛清的边际产业扩张理论,是在当时的国际对外直接投资理论无法解释和指导日本的对外投资活动的背景下提出的。该理论指出并非拥有垄断优势的企业才能进行跨国经营,比较符合日本的国情和 20 世纪六七十年代特定历史条件下日本对外直接投资的实践,较有说服力的解释了日本企业对外直接投资的动因,也较好地说明了美国出口贸易条件恶化、出口量减少的原因。但是,边际产业扩张理论无法解释发展中国家的对外直接投资,也无法解释 20 世纪 80 年代之后日本对外直接投资的实践。20 世纪 80 年代以来,日本对北美发达国家制造业的对外直接投资迅速增加,且以进口替代型为主,这表明日本与美国企业的直接投资模式有趋同的趋势。

2.3　发展中国家的对外直接投资理论

2.3.1　小规模技术理论

美国哈佛大学研究跨国公司的著名教授刘易斯·威尔斯(Louis T. Wells)在其《第三世界跨国企业》一书中,提出了小规模技术理论。威尔斯用小规模技术理论来解释发展中国家企业对外投资竞争优势的来源。他认为,发展中国家跨国企业的竞争优势来自低生产成本,这种低生产成本是与其母国的市场特征紧密相关的。

威尔斯主要从三个方面分析了发展中国家跨国企业的比较优势:第一,拥有为小市场提供服务的规模生产技术。需求有限是低收入国家制成品市场的一个普遍特征,大规模生产技术无法从这种小市场需求中获得规模收益,这个市场空档正好被发展中国家跨国企业所利用,他们以此开发了满足小市场需求的生产技术而获得竞争优势。第二,发展中国家在民族产品的海外生产上颇具优势。发展中国家对外投资具有鲜明的文化特点,这些境外投资主要是为服务于海外同一种族团体的需要而建立的。如华人社团在食品加工、餐饮、新闻出版等方面的需求,带动了一部分东亚、东南亚国家和地区的境外投资。而这些民族产品往往利用母国的当地资源,在生产成本上占有优势。第三,低价产品营销战略。与发达国家跨国公司的产品相比,物美价廉是发展中国家的特点。当然这一特点也自然成为发展中国家跨国公司提高市场占有率的有力武器。而发达国家的跨国公司其产品的营销策略往往是投入大量的广告费用,树立产品形象,以创造品牌效应。

小规模技术理论没有一概而论地认为发达国家企业就具有竞争优势,而是区别了不同产品和不同市场。它认为在民族产品、与小规模技术相联系的非名牌产品以及发展中国家市场上,发展中国家的企业与发达国家的企业相比是可能具有竞争优势的。威尔斯的理论摒弃了那种只能依赖垄断技术优势打入国际市场的传统观点,将发展中国家对外直接投资的竞争优势与这些国家自身的市场特征有机结合起来,从而为经济落后国家发展对外直接投资提供了理论依据。小规模技术理论强调发展中国家跨国公司具有的竞争优势不是绝对优势,而是相对优势。这个"相对"主要包括两个方面:一方面相对于发达国家的跨国公司,发展中国家的跨国公司拥有适合当地市场条件的生产技术。因而,在同类型发展中国家市场具有竞争优势。另一方面,相对于欠发达国家的当地企业,许多发展中国家的跨国公司又具有先进的生产技术,因而具有竞争优势。

但从本质上看,小规模技术理论是技术被动论。威尔士显然继承了维农的产品生命周期理论,认为发展中国家所生产的产品主要是使用"降级技术"生产在西方国家早已成熟的产品。再有,他将发展中国家跨国公司的竞争优势仅仅局限于小规模生产技术的使用,可能会导致这些国家在国际生产体系中的位置永远处于边缘地带和产品生命周期的最后阶段。同时该理论很难解释一些发展中国家的高新技术企业的对外投资行为,也无法解释当今发展中国家对发达国家的直接投资日趋增长的现象。

2.3.2　技术地方化理论

英国经济学家拉奥(Sanjaya Lall)在 1983 年出版了《新跨国公司:第三世界企业的发展》一书,提出用技术地方化理论来解释发展中国家对外直接投资行为。拉奥深入研究了印度跨国公司的竞争优势和投资动机,认为发展中国家跨国公司的技术特征尽管表现为规模小、使用标准化技术和劳动密集型技术,但这种技术的形成却包含着企业内在的创新活动。

在拉奥看来,导致发展中国家能够形成和发展自己独特优势主要有以下四个因素:①发展中国家技术知识的当地化是在不同于发达国家的环境中进行的,这种新的环境往往与一国的要素价格及其质量相联系。②发展中国家通过对进口的技术和产品进行某些改造,使他们的产品能更好地满足当地或邻国市场的需求,这种创新活动必然形成竞争优势。③发展中国家企业竞争优势不仅来自于其生产过程和产品与当地的供给条件、需求条件紧密结合,而且还来自创新活动中所产生的技术在小规模生产条件下具有更高的经济效益。④从产品特征看,发展中国家企业往往能开发出与名牌产品不同的消费品,特别是当东道国市场较大、消费者的品位和购买能力有很大差别时,来自发展中国家的产品仍有一定的竞争能力。

拉奥的技术地方化理论,不仅分析了发展中国家企业的国际竞争优势是什么,也强调了形成竞争优势所特有的企业创新活动。在拉奥看来,企业的技术吸收过程是一种不可逆转的创新活动,这种创新往往受当地的生产供给、需求条件和企业特有的学习活动的直接影响。

与威尔斯的小规模技术理论相比,拉奥更强调企业技术引进的再生过程,即欠发达国家对外国技术的改进不是一种被动的模仿和复制,而是对技术的消化、引进和创新。正是这种创新活动给企业带来新的竞争优势。虽然拉奥的技术地方化理论对企业技术创新活动的描述是粗线条的,但它把发展中国家跨国公司研究的注意力引向微观层次,以证明落后国家企业以比较优势参与国际生产和经营活动的可能性。

2.3.3　技术创新产业升级理论

英国学者坎特韦尔(John A. Cantwell)和托兰惕诺(Paz Estrella Tolentino)在 20 世纪 90 年代初期共同提出了技术创新产业升级理论,用以解释 20 世纪 80 年代以来发展中国家和地区对经济发达国家的直接投资加速增长的趋势。

坎特韦尔和托兰惕诺主要从技术累积论出发,解释发展中国家和地区的对外直接投资活动。他们提出了两个基本命题:①发展中国家和地区产业结构的升级,说明了发展中国家企业技术能力的稳定提高和扩大,这种技术能力的提高是不断积累的结果。②发展中国家和地区企业技术能力的提高是与其对外直接投资的增长直接相关的。现有的技术能力水平是影响其国际生产活动的决定因素,同时也影响发展中国家跨国公司对外投资的形式和增长速度。在上述两个命题的基础上,该理论的基本结论是:发展中国家和地区对外直接投资的产业分布和地理分布是随着时间的推移而逐渐变化的,并且是可以预测的。

根据坎特韦尔等人的研究,发展中国家跨国公司对外直接投资受其国内产业结构和内生技术创新能力的影响。在产业分布上,首先是以自然资源开发为主的纵向一体化生产活动,然后是进口替代和出口导向为主的横向一体化生产活动。从海外经营的地理扩展看,发展中国家跨国公司在很大程度上受"心理距离"的影响,其对外直接投资遵循以下的发展顺序:首先,是在周边国家进行直接投资,充分利用种族联系;其次,随着海外投资经验的积累,种族因素的重要性下降,逐步从周边国家向其他发展中国家扩展直接投资;最后,在经验积累的基础上,随着工业化程度的提高,产业结构发生了明显变化,开始从事高科技领域的生产和开发活动。同时,为了获得更先进复杂的制造业技术,开始向发达国家投资。如中国台湾地区的跨国公司在化学、半导体、计算机领域,新加坡的跨国公司在计算机、生物技术、基因工程、电子技术领域,韩国以及我国香港地区的企业在半导体、软件开发、电信技术等领域都占有一席之地。这些国家和地区对发达国家的投资也表现出良好的竞争力。

技术创新产业升级理论是以技术积累为内在动力,以地域扩展为基础的。随着技术积累固有的能量的扩展,对外直接投资逐步从资源依赖型向技术依赖型发展,而且对外投资的产业也逐步升级,其构成与地区分布的变化密切相关。

该理论解释了20世纪80年代以来发展中国家,尤其是新兴工业化国家和地区对外投资由发展中国家向发达国家、由传统产业向高技术产业流动的轨迹,对于发展中国家通过对外投资来加强技术创新与积累,进而提升产业结构和加强国际竞争力具有普遍的指导意义。

2.3.4 产业集群理论

产业集群是指在特定区域中,具有竞争与合作关系,且在地理上集中,有交互关联性的企业、专业化供应商、服务供应商、金融机构、相关产业的厂商及其他相关机构等组成的群体。它代表着介于纯市场组织和科层组织之间的一种新的空间经济组织形式。

【专栏 2-3】 中关村电脑城

中关村电脑城(又称北京新技术产业开发试验区)初步建成于1988年。这个试验区是在20世纪80年代全世界兴建科学园区的热潮中始建的,目前已逐步成为一个有中国特色的电子产品的研究和销售中心。

试验区的范围包括北京市西北郊海淀区大约 100 平方千米的区域。在这个区域内,分布着北京大学、清华大学等 70 余所高等院校以及中国科学院等 230 多家政府研究机构。试验区拥有的研究人员和技术人员超过 38 万人。放眼全世界,科研机构和人员如此密集的地方还绝无仅有。

1991 年底,试验区拥有的高科技企业是 200 家,到 1999 年 9 月,这类企业已跃升为 4500 家。许多代表中国一流水平的高科技企业从试验区诞生,如中科院出资创建的顶尖级电脑公司联想,民营高科技企业的代表、经营中文打字机的四通,北京大学投资兴办、专营电子出版的北大方正等。外资企业约占 1000 家,IBM、微软和 AT&T 等欧美企业也积极在此建立研发中心。

在海淀区中心部,有一条南北走向、长约 10 千米的电子街,两旁密布着据称多达 2 万家的商店。自从 1999 年江泽民主席提出"把中关村建成中国的硅谷"以后,中关村的道路被拓宽,两旁建起了大楼,环境整治一新。目前中关村有 3 家比较有名的电子市场,"硅谷电脑城"、"海龙电子城"和"太平洋电脑市场"。这 3 家市场都很大,建筑面积都在 4 万~5 万平方米,形成具有一定规模的企业群落。群落内的每个企业都能分享生产、销售、信息、辅助性服务等方面的外部规模经济效益,增强了中小企业的竞争优势与生存发展能力。

资料来源:海闻. 国际贸易. 上海:上海人民出版社,2003:171.

同一产业相关的企业群居在一起,相互竞争和协作,对提高产业的竞争力有很强的促进作用。具体体现在如下四个方面。

1.产业集群提高了产业的整体竞争能力

产业集群的最重要特点之一,就是它的地理集中性,即大量的相关产业相互集中在特定的地域范围内。在产业集群内,大量企业既展开激烈的市场竞争,又进行多种形式的合作。如联合开发新产品,开拓新市场,建立生产供应链,由此形成一种既有竞争又有合作的合作竞争机制。这种机制的根本特征是互动互助、集体行动。在产业集群内部,许多单个的小企业一旦用发达的区域网络联合起来,其表现出来的竞争能力就不再是单个企业的竞争力,而是一种比所有单个企业竞争力简单叠加起来更加具有优势的全新的集群竞争力。

2.产业集群加强了集群内企业间的有效合作

在绝大部分市场经济国家中,企业都是创新体系主体,企业之间的技术合作和其他的非正式互动关系是知识转移的最直接、最重要的形式。集群的发展正好符合了这方面的要求。集群内的企业因为地域的接近和领导者之间的密切联系,形成共同的正式或非正式的行为规范和惯例,彼此之间容易建立密切的合作关系,从而减少机会主义倾向,降低合作的风险和成本。因此,其合作的机会和成功的可能性无疑会大大增加。

3. 产业集群增加了企业的创新能力

集群不仅有利于提高生产率,也有利于促进企业的创新。这种创新具体体现在观念、管理、技术、制度和环境等许多方面。一般地讲,集群对创新的影响主要集中在三个方面:

(1)集群能够为企业提供一种良好的创新氛围。企业彼此接近,会受到竞争的隐形压力,迫使企业不断进行技术创新和组织管理创新。同时在产业集群中,由于地理接近,企业间密切合作,可以面对面打交道,这样将有利于各种新思想、新观念、新技术和新知识的传播,由此形成知识的溢出效应,获取"学习经济",增强企业的研究和创新能力。

(2)集群有利于促进知识和技术的转移扩散。在新经济时代,产业布局不再像工业经济时代那样各行各业只是简单地聚集在一起,而是相互关联、高度专业化的产业有规律地聚集在一个区域,形成各具特色的产业集群。集群内由于空间接近性和共同的产业文化背景,不仅可以加强显性知识的传播与扩散,而且更重要的是可以加强隐性知识的传播与扩散,并通过隐性知识的快速流动进一步促进显性知识的流动与扩散。

(3)集群可以降低企业创新的成本。由于地理位置接近,相互之间进行频繁的交流就成为可能,为企业进行创新提供了较多的学习机会。尤其是隐性知识的交流,更能激发新思维、新方法的产生。由于存在着"学习曲线",使集群内专业化小企业学习新技术变得容易和低成本。同时,建立在相互信任基础上的竞争合作机制,也有助于企业间进行技术创新的合作,从而降低新产品开发和技术创新的成本。

4. 产业集群发挥了资源共享效应,有利于形成"区位品牌"

"区位品牌"即产业区位,是品牌的象征,如法国的香水、意大利的时装、瑞士的手表等。单个企业要建立自己的品牌,需要庞大的资金投入,然而企业通过集群,整合集群内企业的整体力量,加大广告宣传的投入力度,利用群体效应,容易形成"区位品牌"。这种区域品牌是由企业共同的生产区位产生的,一旦形成之后,就可以为区内的所有企业所享受。因此,区域品牌同样具有外部效应,不仅有利于企业对外交往,开拓国内外市场,也有利于提升整个区域的形象,大大增强了集群内企业的比较竞争优势。

产业集群从整体出发挖掘特定区域的竞争优势,突破了企业和单一产业的边界,着眼于一个特定区域中,具有竞争和合作关系的企业、相关机构、政府、民间组织等的互动。这样使他们能够从一个区域整体来系统思考经济、社会的协调发展，考察可能构成特定区域竞争优势的产业集群，考虑临近地区间的竞争与合作。

本章小结

■ 亚当·斯密的绝对优势理论以一国的成本绝对低廉为贸易发生的先决条件。大卫·李嘉图发展了亚当·斯密的理论，提出了比较优势理论，认为即使一个国家各个行业的生产都缺乏效率，没有成本绝对低廉的产品，但是只要集中力量生产成本相对比较低廉或不利程度相对比较小从而相对效率较高的产品，通过国际贸易，也能获得经济利益即比较利益。

■ 赫克歇尔和俄林指出天赋资源即要素禀赋是贸易的基础，一个区域或国家如果利用其相对丰富的生产要素去生产某种商品，通过交换就能得到比较利益。

■ 迈克尔·波特的国家竞争优势理论指出，一个国家的产业是否能在国际上具有竞争力，取决于该国的国家竞争优势，而国家竞争优势是由要素条件、需求条件、相关的供应商和支持性产业、竞争状况、机会以及政府等六种因素的相互作用决定的。

■ 对外直接投资理论是从理论上解释国际企业对外直接投资动机、条件和流向，比较有影响的对外直接投资理论有海默的垄断优势理论、巴克莱和卡森的内部化理论、维农的产品生命周期理论、邓宁的国际生产折衷理论以及日本学者小岛清的小岛理论。

■ 海默的垄断优势理论指出，一家公司之所以对外直接投资，是因为其拥有比东道国同类企业更有利的垄断优势。

■ 巴克莱和卡森的内部化理论把市场的不完善归结为市场机制内在的缺陷，并从中间品的特性与市场机制的矛盾来论证内部化的必要性，认为跨国化就是企业内部化过程超越国界的表现，而跨国公司就是将其资源在国际范围内进行内部转让的基础上建立的。

■ 维农的产品生命周期理论指出，产品的生命周期可分成创新、成熟和标准化三个阶段，产品生命周期的各个阶段在不同的国家里有不同的特征，国际企业的对外直接投资与产品生命周期有关。

■ 邓宁的国际生产折衷理论可以归结为一个简单的公式，即所有权优势＋区位优势＋内部化优势＝对外直接投资，该理论说明了国际企业经营方式和优势组合之间的关系，同时也说明了国际生产类型的决策因素。

■ 日本的小岛清教授提出的小岛理论的核心是"对外直接投资应该从

本国(投资国)已经处于或将陷于比较劣势的产业(这也是对方国家具有显在或潜在比较优势的产业)依次进行"。

■ 为了解释发展中国家对外投资的原因,美国哈佛大学教授威尔斯、英国经济学家拉奥、英国里丁大学教授坎特韦尔分别从不同角度提出了自己的理论。威尔斯系统地分析了发展中国家对外直接投资竞争优势的来源,并对发展中国家对外直接投资的动因和前景进行了深入分析,提出了小规模技术理论。拉奥提出了技术地方化理论,坎特韦尔提出了技术创新产业升级理论,这些理论从另外一个角度解释了对外投资的动因。

思考题

1. 简述亚当·斯密的绝对优势理论的要点。

2. 运用比较优势理论阐述自由贸易的合理性。

3. 试述波特国家竞争优势理论的主要内容。

4. 试述海默的垄断优势理论的主要内容。

5. 试述巴克莱和卡森的内部化理论的主要内容。

6. 试述维农的产品生命周期理论的主要观点,并解释该理论对我国企业对外直接投资有何借鉴意义。

7. 试用邓宁的国际生产折衷理论分析跨国公司如何选择不同的国际化方式。

8. 分析发展中国家的企业对外直接投资的竞争优势的来源。

【章尾案例:印度软件业崛起探因】

印度是当前世界上五大软件供应国之一,是仅次于美国的第二大计算机软件出口大国,软件产品已远销世界 133 个国家。印度同时还为 55 个国家提供软件人员培训。印度软件的出口规模、产品质量和产品成本等综合指标均名列世界第一。印度软件业迅速崛起和国际化的原因主要有以下几个方面。

一、大力兴建软件科技园区

自 1991 年在著名的科技中心班加罗尔建立全国第一个计算机软件技术园区开始,先后在海德拉巴、马德拉斯、孟买、普那、新德里、加尔各答等地建立了 20 多个软件科技园区,形成了全国的软件技术网络,区内企业超过5500 家。特别是班加罗尔,已成为印度软件之都,吸引了海内外 400 多家著名信息技术公司进驻,被誉为世界十大硅谷之一。对于在软件园区注册的企业,可享受包括免除国内地方税、一定的产品内销比例以及进口设备免关税等优惠待遇。印度税法的有关补充条款则进一步规定在 2010 年前凡是符合条件的软件企业一律免征所得税,对软件开发所必须进口的设备进行不同档次的关税减免。印度软件科技园区通过更为优惠的政策和良好的设施及服务,帮助印度软件出口企业开辟国际市场,大大促进了软件开发和出口,从而带动了全国软件产业的发展和软件出口。此后,印度的软件技术园区发展迅速,已成为印度软件产业开发和出口的主要基地。

二、高等教育的国际化

印度政府尤其注重高等教育,且高等教育相当发达。早在 20 世纪 50 年代初,尼赫鲁政府就曾效仿美国麻省理工学院(MIT)的模式先后建立了 6 所被视为印度科学皇冠上瑰宝的印度"MIT",印度还在全国所有地区设立印度信息技术学院,以印度理工学院为鉴,专门培养高水平的信息技术人才。经过历届政府几十年的不懈努力,今天的印度已有国立大学 250 多所,各种公立学院 1 万多所。此外,全国还有私立理工学院 1100 多所。德里大学、贝拿勒斯印度教大学、贾瓦哈拉尔·尼赫鲁大学、国际大学、孟买大学、亚格拉大学更是享誉世界。20 世纪 90 年代以来,印度每年正规高等院校的入学人数高达 350 多万,仅次于美国和俄罗斯,居世界第三位。

三、高水平的英语与国际化人才

由于印度曾是英国的殖民地,所以英语至今仍是印度官方语言,印度人的英语水平较其他非英语国家来说往往高出一筹。英语是全球软件、因特网的语言。这就使英语成为印度发展信息产业特有的一种资源优势,使得印度人在开发研制软件上能紧跟时代潮流,大大加快了科研开发的速度。印度软件产业的成功,人才无疑是第一大要素。目前,印度有 410 万技术工人,仅次于美国和俄罗斯。印度的软件人才有 35 万,并有 320 万专业人员服务于计算机软件公司。从 1980 年开始,印度政府对软件产业实行了一系列优惠政策,为海外留学或工作人员回国开办软件企业及从事软件开发工作大开"绿灯"。几十年来,印度的大学生都可以自由地到国外去求职,尤其是 6 所完全与国际接轨的理工学院的毕业生,每年都有 80% 左右到国外就业;学生学成之后也不回国,而是在国外发展。正是这几十年的积累,印度有大量高科技人才在西方工作,美国硅谷的工作人员中有 38% 是印度裔。美国的软件工程师中,印度人约占 1/3。如今在美国硅谷新崛起的 2100 家公司中,有 820 家是由印度年轻工程师创立的,还有数以千计的印度高级人才进入了美国公司的高级领导层。正是这些所谓的"外流"人才,为印度的软件业发展作出了巨大的贡献。虽然印度对于人才外流问题持一种"国际化"的态度,但并不表示他们赞成外流越多越好。印度的雅息技术公司提出了各种各样的措施来吸引和留住自己的职工,如优化生活环境、提高福利待遇、创造发展机会等。印度信息系统技术有限公司率先为它的职工提供了优先认股权。另外,印度政府也采取了一些优惠措施吸引国外人才到印度来创业和发展,吸引外流人才回国工作。

四、质量管理的国际化和出口导向战略

软件企业的质量标准就是竞争优势。印度大力鼓励企业按照国际标准制造软件产品,到 1998 年 3 月印度已有 127 家软件生产企业获得 ISO 9000 质量认证。1999 年又有 49 家先后获得这一认证,还有 30 家也在 2000 年获得了认证。印度目前是世界上软件企业获得 ISO 9000 认证最多的国家。为了进一步提高软件业的国际竞争力,印度电子部率先从美国引进了软件能力成熟度模型(CMM),对项目过程中基本上所有的数据都会有记录,最后把收集的数据提交质量保证部门进行分析,以改进流程。目前,全球共有 52 家软件企业获得 SEI-CMM5 级认证,其中有 43 家是印度企业,仅在班加罗尔就有 20 家。印度通过各种质量认证的企业已达 270 多家,并且许多企业同时建立了多种质量管理体系。通过严格的软件开发过程管理,印度软件公司率先建立了"软件工厂",不仅软件品质可靠,而且工期和成本均可控,从而使软件外包由"手工作坊"阶段进入到"大工业"阶段,树立了印度软件外包高质量、低成本、按时间、守协议的形象。在此基础上,印度几大软件公司大力拓展与国际多个领域著名公司的业务合作。印度软件产业属于出口导向型产业,以定制软件开发和服务出口为主,在软件模块设计开发方面有较强的优势。

五、政府支持

1984 年,拉吉夫·甘地执政伊始,就把计算机软件的开发当成了一件大事,提出要通过发展计算机软件"把印度带入 21 世纪",并制定了《计算机软件出口、开发和培训政策》。20 世纪 80 年代后期,印度政府提出了国家信息技术政策,确定了优先发展软件产业的目标。1991 年,印度实行自由经济以来,外国企业纷至沓来。拉奥总理执政后,政府又采取了许多优惠政策支持信息产业特别是软件业的发展,比如,免除进入高科技园区的公司进出口软件的双重赋税,允许外商控股 100%,免征全部产品用于出口的软件商的所得税等。1998 年 5 月,瓦杰帕伊总理明确提出"要把印度建成一个名副其实的信息技术超级大国",并成立了以他为组长的"国家信息技术特别工作组",制订了"印度信息技术行动计划",在税收、贷款、投资等方面全方位采取措施,为信息技术产业提供政策支持。印度政府为信息技术产业,尤其是软件出口企业制定了一系列的优惠政策,并相继修改了《公司法》、《所得税

法》和《关税法》等法律,为软件产业的出口创造条件。为鼓励软件企业入驻软件园,印度政府还允许软件园比照享受出口加工区的所有优惠政策,如额外允许入园企业10年免征所得税。由于拥有良好的区域环境和优惠政策,班加罗尔平均每两周就能吸引到3家外资企业。

资料来源:魏晓燕.印度软件业崛起探因.广东工业大学学报.2006(4):86—88.

讨论问题

1. 赫克歇尔—俄林理论在多大程度上解释了印度软件产业的兴起?
2. 运用迈克尔·波特的钻石模型分析印度软件业兴起的原因。

【主要参考文献】

[1]查尔斯·W.L.希尔.国际商务(第5版).北京:中国人民大学出版社,2005:146—149.

[2]陈恒,王蕾.小岛清的边际产业扩张论评介.商业经济,2008(12):32—33.

[3]丹尼斯 R.阿普尔亚德.国际经济学(第4版).北京:机械工业出版社,2005:20—21.

[4]海闻,P.林德特,王新奎.国际贸易.上海:上海人民出版社,2002:184—186.

[5]胡日东,衣长军.基于小规模技术理论的福建省民营企业境外直接投资战略分析.经济地理,2006(2):280—283.

[6]金润圭.国际商务.上海:立信会计出版社,2006:39—63.

[7]李尔华.跨国公司经营与管理.北京:清华大学出版社,北京交通大学出版社,2005:28—50.

[8]宓红.从小规模技术理论看浙江民营企业对外直接投资的优势.亚太经济,2003(4):65—67.

[9]唐礼智.国际直接投资经典理论评述及其衍生投资模式分析.四川师范大学学报,2003(5):44—47.

[10]田明华.国际商务.北京:电子工业出版社,2007:72—83.

[11]王俊宜,李权.国际贸易.北京:中国发展出版社,2003:73—77.

[12]衣长军,胡日东.对外直接投资理论评述及对民营企业的启示.技术经济,2007(11):39—46.

[13]赵艳平,杨升建,李兰."边际产业扩张论"对我国中小企业的适用性分析.山东经济,2007(4):36—38.

3 国际企业经营环境及其管理

Managing Environment Issue in International Business

在比利牛斯山脉这一侧是正确的事,在另一侧却是谬误的。

——孟德斯鸠(Montesquieu)

☐ **主要内容**
- 国际企业经营环境及其特征
- 国际政治环境
- 国际经济环境
- 国际法律环境
- 国际文化环境

☐ **核心概念**
- 国际企业经营环境
- 国际政治环境
- 政治风险
- 政府干预
- 国际法律环境
- 国家经济环境

☐ **学习目标**
- 掌握国际经济环境和国际政治环境的构成要素及其与国际企业经营之间的关系
- 理解国际法律环境、国际文化环境的构成要素及其与国际企业经营之间的关系
- 了解国际企业经营环境的基本内容和特征

【章首案例:高油价的连锁反应导致通用汽车公司面临巨大考验】

2008 年 7 月 2 日,美林(Merrill Lynch)发表报告指出,美国最大的汽车制造商——通用汽车公司将需要筹集约 150 亿美元(其中包括循环信贷),以应付流动支出。由于油价高企导致汽油、柴油等燃料价格剧涨,卡车、大型多功能运动型车(SUV)等高油耗车的销量急剧减少。美林称,如果汽车市场的情况持续恶化,而通用汽车又无法筹集足够的资金来改善资产负债状况的话,有可能面临破产。

通用汽车公司拒绝直接评价美林发表的报告,不过公司发言人 Renee Rashid-Merem 表示,通用汽车有充足的流动性资金来度过 2008 年的行业低迷期,如果市场状况进一步恶化,公司可以采取更多的措施来削减成本。

一、现金需求巨幅上升

美林的分析师 John Murphy 表示,汽车销量下跌、产品组合恶化、原材料成本上涨是汽车公司的盈利大幅减少的三个主要原因。根据新近发布的 6 月份美国市场新车销量数据,全美市场整体销量减少约 118.9 万辆,同比下跌 18.3%,创下 15 年来的最低水平。其中,通用汽车在美销量下跌 18.5%,由 2006 年同期的 326300 辆跌至 265937 辆。

在高油耗车已然减少的背景下,John Murphy 还调低了对美国轻型车销售量的预期,2008 年的预估值从 1480 万辆下调至 1430 万辆,2009 年的预测估值也从 1530 万辆降至 1400 万辆。

美林认为,由于销售下跌,通用汽车的现金需求显著上升,融资金额也将超出之前的预期,但是目前通用汽车没有完全意识到信贷市场紧缩环境下融资的困难程度。通用汽车的股价在 7 月 2 日触及 54 年来的新低,收报 9.98 美元,下跌 15%。美林将通用汽车的评级从"买入"下调至"沽售",目标价也从 28 美元大幅降至 7 美元。

二、通用自救效果如何?

事实上,由于美国汽车市场整体疲弱以及产品结构上的问题,通用汽车近年来的财务状况一直不佳。根据通用汽车于 2008 年 2 月份发布的年度财务报告,2007 年通用汽车的营业收入为 1810 亿美元,亏损额高达 387 亿美元,创下成立 100 年来的最大年度亏损额。

虽然通用汽车公司表示,2007 年的巨额亏损主要是因为第三季度有一笔高达 380 亿美元的税收额度冲抵,但是在扣除这些特殊项目损益之后,通用汽车在 2007 年仍然亏损 2300 万美元。而在 2006 年,通用汽车的营业收入为 2060 亿美元,扣除特殊项目损益后盈利 22 亿美元。

美林的最新报告称,最近油价急升,使消费者放弃通用汽车的大型多功能运动型车(SUV)的趋势加速,这意味着大型 SUV 已经过时,削弱了通用汽车的盈利能力。通用汽车被迫调整产品结构。

2008 年以来,通用汽车紧急展开自救。6 月下旬通用汽车宣布,将暂停开发下一代大型皮卡和 SUV 产品,专注于燃油效率高的汽车研发。此前,通用汽车已经决定,在 2010 年之前关闭 4 家皮卡和 SUV 制造厂。而针对销售下滑的趋势,通用汽车计划于本月底举行促销活动,为客户提供 6 年的免息分期,以保证销量第一的地位。

而在削减成本方面,通用汽车在 2 月份年度财报出台以后,马上宣布将对 74000 名小时工进行新一轮的一次性买断裁员计划,用新的工人替代16000 名非组装线上的工人。通用汽车首席财务官亨德森表示,希望通过一系列措施的施行,使公司在 2010 年或 2011 年盈利。

通用汽车的主席兼首席执行官 Rick Wagoner 在 6 月初的一次会议上表示,通用汽车未来的应对策略包括,进军中国、俄罗斯和南美等国家和地区新兴市场,推进新技术的发展以及重新审视北美市场等战略。

资料来源:谭璐.21 世纪经济报道.通用困境,2008-07-04.

3.1 国际企业经营环境及其特征

3.1.1 国际企业的经营环境

经营环境是指围绕并影响企业生存和发展的各种因素的总和。这些因素在不同程度上独立于企业而存在,可给企业带来机会或威胁。从某种意义上说,企业的兴衰存亡就取决于企业是否能够适应其所在的经营环境。跨国经营使国际企业所面临的环境多元化、复杂化,因而企业认知环境的重要性就更为突出。从地域空间来看,跨国经营环境由母国环境、东道国环境和国际环境三部分构成,其中东道国环境是国际企业环境分析的重点。

母国环境由本国的直接环境因素和间接环境因素所构成,这些因素不仅影响国内经营,也影响海外业务。母国的经济、政治和社会状况促使本国政府制定鼓励或限制对外投资或出口的政策法规。例如,当政府面临外汇短缺时,可能限制资金的外流,这将制约以该国为基地的跨国公司的海外扩张。相反,如果国内失业率高,跨国公司可能会遇到进口限制。

东道国环境是指企业在国外市场经营时,所面临的各种直接和间接的环境因素。在国内环境中,经营者所面临的许多因素维持不变,单一的货币、同质且熟悉的文化、共同的语言、熟悉的基础结构。管理者自身就是在这样的环境中成长、生活和工作的,他们能对之加以预见、接受并做出本能的反应。而在跨国经营中,具有这样特性的因素少之又少。同时,在不同东道国各类环境的差别、机会以及威胁也大不相同。例如,对于中国的跨国公司而言,在东南亚地区运营时可能发现政治环境有很大差别,但在美国和欧盟国家运营时可能发现文化差异会更大。

企业的跨国经营还涉及资源和业务在不同国家之间的流动。母国环境和东道国环境之间以及各东道国环境之间的相互作用就构成了跨国经营的国际环境。国际环境包含一系列多样化的政治、法律与经济因素,国际机构、国际货币体系以及国际协议则构成国际环境的主体。联合国及其所属机构等国际组织、欧盟等区域性组织、石油输出国组织等国际工业组织的政策和活动都会对企业的跨国经营活动构成直接或间接影响。图 3-1 所示是一个海外企业的跨国经营环境模型,箭头表示包括商品、服务、资金、人员、信息、技术等生产要素和产出物在内的资源和业务的国际流动。

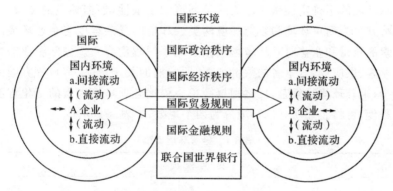

图 3-1　跨国经营环境模型

3.1.2　国际企业经营环境的一般特征

经营环境的构成因素十分复杂,它们对企业经营状况的影响方式、方向和强度互不相同。区别各种因素的特征并据以对之归类,有助于管理者加深对经营环境的认识。

1.环境的结构

就总体而言,各项经营环境因素依照其与企业业务的远近可以分为相互联系的两大类:间接环境与直接环境。

间接环境又称为一般环境或客观环境,是在长期和短期内对企业经营活动产生影响而企业又基本上无力改变的外部因素的总和。构成间接环境的因素复杂多样,对不同企业发生作用的条件也不相同,这些因素包括政治、经济、法律、社会文化和技术等。

直接环境又称作业环境,是那些对企业业务活动产生直接作用的因素的总和。这些因素包括企业的竞争地位、产业状况、客户关系以及企业与供应商、贷款人和劳动力市场的关系。简言之,直接环境由围绕企业的客户、供应商、竞争者以及管理团体所组成。直接环境又可细分为两类:市场环境,即企业在市场上要面对的那些实体如客户和竞争者;事务环境,即企业直接交往的其他实体,如供应商、投资者、贷款人、借款人以及管理者。

2. 环境的定位

根据环境的变化程度,可以将环境分为动态环境和稳定环境两类。稳定是指环境因素基本不变且可加以分辨和预见;动态是指环境因素不可预测,不能根据过去的经验加以推测。诸如经济发展中不可预见的变化、顾客需求和偏好的迅速改变、政府不稳定性、人口特点的意外变化、利益集团影响的扩大、技术的突飞猛进等因素都会影响环境变化的程度。

与环境的不确定性密切相关的是环境的复杂性,根据环境的复杂程度,可以将其分为简单环境和复杂环境两类。环境的复杂程度与企业环境的组成因素的数量和企业对其环境影响因素的了解程度有关。国际企业需要接触的顾客、供应商、竞争者的数量越多,所掌握的关于产品、客户等方面的信息越少,则其环境越复杂,反之则越简单。根据各项环境因素的变化程度和复杂程度,可将企业所处的环境分为四个象限,如表 3-1 所示。

表 3-1 经营环境象限

	变 化 程 度	
	稳 定	动 态
复杂程度	Ⅰ. 稳定、简单的环境:环境影响因素较少、环境因素变化不大且环境因素容易了解	Ⅲ. 动态、简单的环境:环境影响因素较少且处于不断变化之中,但环境因素比较容易掌握
	Ⅱ. 稳定、复杂的环境:环境影响因素多、环境因素基本保持不变、掌握环境因素较难	Ⅳ. 动态、复杂的环境:环境影响因素多且处于不断变化之中,掌握环境因素困难

3. 环境的影响

环境对企业的经营有着十分重大的影响,它一方面限制了管理者的"行动自由";另一方面又扩大了企业寻求外来资源与支持的机会。对环境的良好适应可以为企业达到经营目标带来机会。反之,则会对企业经营目标的达成构成威胁。

间接环境对企业活动的作用通过两条途径来实现:一是直接作用于企

业活动;二是以直接环境为媒介作用于企业活动。各种间接环境因素的作用方向与强度并不一致,其作用的大小也因产业的特征不同或产品生命周期不同而有所差异。

一般而言,政治因素常常对企业的经营活动造成直接影响。政府制定的政策、实施的法令和条例都会制约或促进企业的经营活动。而经济因素则对构成直接环境的每个要项都起着决定作用。例如,经济发展状况决定着购买力,制约着市场规模。社会文化因素则一方面影响着企业员工的行为,另一方面也影响着消费者行为。一个社会普遍的信念、规范、价值观影响消费者的消费态度、趣味、意见以致形成人们的生活方式,并对产品的嗜好产生影响。技术因素则通过产业用户、竞争对手以及供应业者的活动影响特定企业的经营活动,或直接作用于该企业。

企业弄清间接环境与产业特性之间的关系十分重要,如各种间接环境因素与产业特性因素的相互作用是否有意义,强度与方向如何,会造成什么机会与威胁,都是经营者需要考虑的问题。间接环境与产业特性的关系如表 3-2 所示。

表 3-2 间接环境与产业特性之间的相互作用

产业特性因素 / 环境因素	消费资料	生产资料	用其他的产品代替与补充完善的可能性	生产规模的经济效应与经验曲线效果	资本密集程度	技术革新的可能性	卖方集中程度
政治因素							○
经济因素	○	○	○	○	○		
法律因素							○
社会文化因素	○						
自然资源因素		○	○		○	○	
技术因素		○	○				

资料来源:杨德新.跨国经营与跨国公司.北京:中国统计出版社,1996:34.

注:○表示间接环境与产业特性之间存在相互作用。

直接环境对企业经营的影响常通过构成直接环境的各要素之间的相互作用而实现,这种相互作用称为直接环境构成者的结构特性。结构特性的表现方式很多,且因产业而异。就一般情况而言,顾客的结构特性表现为市场规模和消费偏好。供应者的结构特性则包括供应商数目、企业规模与分布、对供应产品的依赖程度、对本企业的供货比例四个方面。供应商数目多、规模小、对供应产品的依赖程度高、向本企业供货比例也高的情况下,供应商谈判交易地位低,基础也就弱。相反,在供货商数目少、交易集中于少数大规模经营者手中、对向本企业供货的依赖程度低、供货比例也低的情况下,企业作为买方在交易上就处于困难地位。

竞争对手的结构特性表现在以下几个方面:①竞争对手数目;②企业规模与分布;③对竞争产品的依赖程度;④是否掌握了拳头产品。当竞争对手多、规模差距又不太大时,易引起激烈的价格竞争,成为企业的威胁。如果竞争对手规模大、拥有拳头产品、对竞争产品的依赖程度低也容易对企业经营构成威胁。

中间商(批发商和零售商)的结构特性与顾客的结构特性相对应,主要体现在以下几个方面:①中间商数目;②经营规模与分布;③中间商形态性质的差异;④本企业产品的交易比重。中间商数目制约特定产品的流通范围,经营规模与分布和企业产品的交易比重制约中间商与企业谈判交易的力量。

3.2　国际政治环境

3.2.1　国际政治环境分析

政治环境是指在特定社会中影响和限制各个组织和个人的法律、政府机构和压力集团[①]。国际政治环境好坏对国际企业经营的成败起着十分重要的作用。首先,政府制定的政策、规章和法律直接影响商务环境。什么产业将受到国家的保护,什么产业将面临公开竞争,这些都由各国政府决定。此外,政府还决定有关劳动力的规章制度和财产法规,决定财政和货币政策,这些政策又将影响投资和回报。其次,一国的政治稳定和政治情绪影响政府采取的行动,这些行动可能极大地影响在该国企业经营的可行性。一些政治运动可能会改变一国政府对外国公司的现行态度并促成新的管制。这就是为什么有些国家地理位置不佳,气候条件不良,资源缺乏,但由于政局稳定,鼓励企业经营,依旧能够吸引大量外资的原因。

对任何一个企业而言,不论它是国内企业还是国际企业,政府与政治环境都是十分重要的,因为政府是企业活动的一个组成部分,而各种压力集团(本国的或是跨国的)也在不同程度上影响着企业的经营活动(但还不及政府地位的重要)。一国政府对企业、竞争、利润的态度,对企业经营活动的限制或鼓励,对货物、资金、人员跨国界流通所实行的管制,乃至政府的稳定与

---

① 加里·阿姆斯特朗,菲利普·科特勒.市场营销教程(第9版).北京:华夏出版社,2004.

否,政府机关办事效率的高低等,都会影响国际企业和国内企业的经营绩效。尤其对国际企业而言,政府更是起着至关重要的作用,政府对准许或不允许外商在其政治疆界内从事企业活动,几乎具有完全的控制力。

虽然政治的影响力如此全面、如此重要,但对国内企业和国际企业来说,却有一重要差别。对于国内企业而言,本地政治环境是一既定的相对不变条件;而对于国际企业而言,东道国政治环境是有别于母国的可变条件,且世界政治局势和国与国之间的关系状况成为影响其经营的重要因素。因此,企业的跨国生产经营活动面临更为复杂多变的政治环境。图3-2为政治环境对国际企业经营的影响路径。

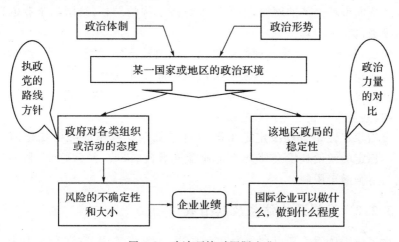

图 3-2　政治环境对国际企业

政治环境的重要特点之一是其影响一般通过势力集团行动的形式,或是通过政府行动或是国家行动的形式出现的,因而带有极大的强制性。例如,东道国政府在经济政策调整中,宣布对某些行业或领域进行限制,会立即导致这些行业或领域的外资企业不得不做出经营中止或战略调整。又如,当东道国由于各种原因爆发战争,有关地区的所有经济活动都会受到很大的影响,甚至发生财产损毁和人员伤亡事件。所有这些,国际企业都无法抗拒。相反,东道国政府对外商投资的鼓励政策和措施又会给国际企业创造良机,给企业跨国经营提供温室。

政治环境的另一特点是其变化性。1989年,东欧诸国(原社会主义的波兰、匈牙利、民主德国、保加利亚、捷克斯洛伐克、罗马尼亚)发生了牵动世界全局的巨变。这六个国家的执政党先后宣布放弃一党执政,同意采取多党联合执政,三权分立,自由选举,更改国名,去掉了"社会主义"或"人民"字眼。有五个政党先后丢掉政权,唯有保加利亚社会党在1990年6月中旬的选举中获胜,仍继续执掌政权。这种变化的范围之广、程度之深、速度之快,大大出乎人们的意料。甚至连早已期待东欧变化的西方人士和东欧各国的反对派也感到意外。在东欧剧变的冲击下,前南斯拉夫的执政党——南共联盟于1989年10月也决定在南斯拉夫实行多党制,大部分共和国联盟更改了党名和纲领。原社会主义的阿尔巴尼亚,亦开始了同样急剧的变化。苏联是具有74年社会主义历史的世界上第一个社会主义国家,曾是称霸世界的两个超级大国之一。但在1991年"8·19"事变后发生了急剧变化,在短短的两三个月时间里,国家已经肢解为波罗的海地区各独立国家以及俄罗斯、乌克兰等松散的联邦国家[①]。这些国家的政治剧变带来了经济制度由中央计划经济向市场经济的剧变,加上国内经济结构的调整,给国际企业创造了新的投资机会和市场。

相反,各种政治力量作用的结果也可能使政治环境朝另一个方向发展,不仅造成新投资进入困难,而且还可能使国际企业原有经营活动受到伤害。伊朗巴列维国王[②]在1979年被霍梅尼推翻后,在伊外资企业受到不同程度的影响,甚至有些企业资产被冻结。

政治稳定性是企业决定走出国门时需要反复权衡的关键变化因素之一。不稳定的政治环境会使外资企业遭遇暴乱、没收、经营管制、利润汇出限制与本金撤出限制。

3.2.2 世界政治体系及其组成

世界政治体系一般可划分为三个系统:一是以美国、欧洲和日本为代表的西方资本主义国家;二是中国、朝鲜等社会主义国家;三是其他发展中国家。由于各国政治制度十分复杂,这种划分也就缺乏十分科学的政治学或经济学基础。实际上,西方各国垄断和竞争的成分各不相同,社会主义国家市场经济成分相互间差异很大,其他发展中国家的制度也各有差异,有社会主义制度也有资本主义制度,甚至有更接近原始状态的社会制度。

1. 意识形态

政治制度是建立在一定的意识形态基础之上的。意识形态是一种观念或思想体系,旨在解释和改造世界。共产主义和资本主义这两种思想体系对人类社会产生了重要的影响。

---

① 程林鹏.世界末大震荡.南京:江苏人民出版社,1992:40—43.
② 穆罕穆德·礼萨·巴列维,伊朗巴列维王朝第二代君主。1979年1月16日在霍梅尼发动的反国王运动的压力下被迫出走,王朝被推翻。在位期间,强化君主专政,独揽大权,先后更换了23名首相,力图重振"大波斯帝国"。

马克思主义认为,共产主义是人类社会发展史上继资本主义制度之后的一种以生产资料公有制为基础的、消灭了一切剥削关系的社会制度。早期的东欧和苏联等社会主义国家在其建立时都在不同程度上剥夺了原私有企业,实行生产资料公有制(包括集体所有制)和集中的计划经济,国家宏观经济计划指令或指导企业的供产销行为。

资本主义则是关于生产资料私有制的自由经营思想,其核心在于:一切生产资料和劳动产品都成为商品;社会经济行为的主体是各私有企业;资源在各地区、各部门的配置与流动以及社会再生产的组织都取决于价值规律和竞争规律;政府的职能主要限于国防、警察、消防、其他公共服务以及政府与政府间的关系。

在现实生活中,这样的资本主义并不存在。现有的资本主义国家相当复杂,绝大多数都强调对私营经济的调控,许多政府还拥有企业。政府管理和调控国民经济的手段有相关法律作为依据。政府还对特殊行业,如法律、医疗实行审批制度,对银行业、保险业、运输业和公用事业进行特别管理。

2. 政治组织制度

政治组织制度有民主与集权之分。民主思想源于古希腊关于公民应该参与决策的思想。与民主制相对立的是集权制。在集权制国家,单一政党、个人或个人组织独掌政权,不允许有反对力量。在这样的政权中,只有少数人有决策权。如表 3-3 所示。

表 3-3　民主社会和集权社会

	民主社会	集权社会
个人权利	社会关心个人权利,政府尊重个人权利	根据国家的需要支配个人权利
选择自由	在个人和政治机构中占首位	在经济上有限,在政治上不存在,因为政治决策由权贵做出
经济独立或主动性	社会进步依赖于个人主动性和企业家精神。承担风险得到补偿,失败不会使个人陷入困境	社会进步取决于个人与政治团体预定目标的一致性。失败的威胁阻碍承担风险的行为,企业家精神降低到不存在的程度
与外国人的经济合作	认为这种合作有益于社会并能改善生活水平,故加以鼓励	认为这种合作危害社会,个人也不清楚什么对社会有利,故加以阻止
稀缺资源配置	由市场力量决定,政府当局由普选产生	政府当局和优先事项由权贵决定,而不顾民意。经济决策集中化,由政府当局做出
政治和社会思想的表达	通过决定政府组成的多元政治机构	通过支配政治统治集团的一方政党

世界各国政府组织形式与其赖以建立的理论形式有一定的差距。例如,英国就采取君主立宪的议会政府制。国内按地域划分选区,每一选区选出在下议院①中代表本区的议员。选举至少每5年进行一次。大选后,君主邀请在下议院中占多数席位政党的领袖出任首相并选出内阁。在下议院中拥有第二位席位数的政党成为反对党。其他政党则可与多数党或反对党结盟。每一政党选举各自的领导人,这些人或者成为首相,或者成为反对党领袖。而法国则直接选举任期7年的总统,后者确定总理并根据总理的推荐选举内阁。下议院由民选的国民议会组成,通过间接投票选出的上议院②则负责立法,从而使立法与执行机构相分离。在多数民主制国家中,虽然有多个政党参加选举,但只有很少的政党占支配地位,因而它们组成政府不会有什么困难。而在一些国家如意大利,国内政党众多且各政党之间实力较为均衡,则一般是一个少数席位政党与其他一些少数席位政党联合组成政府。

3. 政府的行为

东道国政府是跨国经营政治环境的关键角色。在大多数情况下,东道国政府都会实施对在其治内经营的外国企业业务产生影响的政治活动。虽然每一个政府都会给人以独立起作用的印象,但多数国家的政府都是由存在利益冲突的各种群体所组成。政府行为受到当地压力集团或特殊利益集团以及政府自身利益的极大影响。跨国公司对所有这些因素所导致的政府行动不仅要有认识,而且要纳入其经营策略之中。做到这一点的关键在于弄清楚政府行为背后的理论基础。

政府在总体上是民族利益的代表,这些利益大致包括以下五个方面:①自我保护,这是任何实体,包括政府和国家的首要目标;②安全,每个实体都是尽可能地扩大其生存机会,降低外来危险;③繁荣,改善国民生活条件是一贯重要的考虑;④威望,大多数政府或国家把这一点当作目标或帮助实现其他目标的手段而加以追求;⑤意识形态,政府通常保护或推崇与其他目标相结合的意识形态。

由于传统资本主义崇尚自由放任和自由竞争,政府职能只限于维护私有财产不受侵犯、抵制外来侵略和从事一些无利可图但于社会有益的事业。

---

① 下议院:始自英国的平民院,下议院通常按人口比例由选民分选区选举产生,定期改选。下议院一般都享有立法和监督政府、监督财政等权力。尤其在议会制(内阁制)国家,下议院被赋予更多权力。内阁的组成、条约的缔结、财政预算的制定等,均须先经下议院审查和通过。

② 上议院:某些国家两院制议会的组成部分,有权否决下议院所通过的法案。议员由间接选举产生或由国家元首制定,任期比下议院议员长,有的终身任职,也有世袭。

资本主义在从自由竞争过渡到垄断的过程中，混合经济模式为许多国家所接受，政府对经济实行一定的引导，当企业生产经营损及公共利益时，就会受到政府的干预。当然，各国干预的方式有很大的差异，美国政府直接拥有的企业很少，政府以"最终购买者"的身份实行"下游控制"，或通过相应政策以税率、利息等手段进行干预。英、法等国政府拥有一些企业，直接对这部分企业的经营活动进行控制，同时借助于一些经济手段甚至政治手段对市场进行干预。例如，法国经济在传统上以私营企业为主，但同时也依靠政府的中央计划指导。法国政府表明总体经济发展方向，但不规定每个产业或企业应实现的目标。政府会根据其计划，利用一些特殊鼓励措施来刺激产业增长。这些措施包括特别信用政策、某些部门的折旧补贴、有利的出口条件以及政府的优先订货等。

多党制国家的各主要党派对政府控制或干预经济有不同的倾向。保守党（英）、共和党（美）、基督教民主党（德）等倾向于政府少干预企业，让企业自由经营与竞争，尽量减少政府参与经济活动的比重；相反，工党、民主党、社会党则一般热衷于"社会福利"，要求政府有一定的参与，甚至主张政府控制一国的主要部门。同时，西方国家还存在"政策循环"现象，西方社会的民选政府，基于选票考虑，往往在竞争时拍胸许诺；一旦当选，在任内开始的一两年，为满足选民（实则几大压力集团）要求，或为了"还愿"，会采取扩张经济的政策，如增加政府开支，降低利息率（放松银根），降低个人所得税和企业所得税等。这一扩张政策会使经济达到"高潮"继而呈现"过热"的局面。于是，为了维持平衡发展，又不得不采取紧缩政策，经济由高潮进入衰退，下一届政府又如是重演。在这种政策循环的不同阶段，政府对外资及进口贸易可能采取完全不同的政策。

社会主义国家政府对国民经济发展有十分重要的控制与调节作用。过去，各国国有经济和集体所有制经济在国民经济中占有绝对比重，私有经济成分很少，国家通过统一的国民经济计划决定国民经济的重大调整与生产布局，直接控制国有企业的供产销与人财物活动，控制和引导集体企业的经营活动，对外经济活动仅局限于国际贸易。通过不断摸索和对社会主义理论新的认识，主要社会主义国家开始强调市场机制在经济发展中的地位与作用，减少政府对经济活动的直接干预，增加以经济手段为主的发挥市场机制作用的间接干预与引导，扩大企业自主权，发展多种经济成分，扩大生产领域的国际合作。

至于其他发展中国家，情况相对复杂。它们之中绝大多数曾是帝国主义的殖民地或附属国，因而有着强烈的独立自主、自力更生的愿望。新独立的国家民族主义倾向很强。发展中国家有一些是军人政权,实行军事专政。一般说来,许多发展中国家在维护政治独立的前提下,实行对外开放,引进国内建设急需的资金和技术。由于经济发展阶段较低,国民经济结构单调,尽管给了外国投资者一些优惠待遇,但吸引外国高层次投资者仍有困难。由于彼此间休戚相关,发展中国家较为欢迎同属发展中国家的投资者。

3.2.3 政治风险分析与防御

政治风险是指一国政治政策、政治事件或政治环境可能影响商业环境,从而导致企业失去部分或全部投资价值,或者迫使企业接受低于预期的收益率。许多行为、事件和情况都会引发政治风险(见表 3-4)。本节论述最常见的几种风险。

表 3-4 政治风险的诱发因素

种 类	结 果
强行征用或国有化	政府或政治集团单方面接管企业当地资产,即使赔偿,也只是资产价值的很小一部分。这种事情在 20 世纪六七十年代时有发生(例如古巴、智力、委内瑞拉、乌干达)
国际战争或国内冲突	损害或毁坏企业当地资产
单方面毁约	政府拒绝执行最初与外企谈判达成的协议。修改协议对企业不利,而对东道国有利,因为它重新分配当地经营的利润
政府破坏性动作	为提高商品满意度,政府采取诸如单方面设置非关税壁垒这样的措施,这会影响到商品供应链和针对当地消费者的商品分销
伤害平民的行为	针对企业当地员工的有害行为,通常包括绑架、敲诈和恐怖活动
限制利润流出	对外企汇出利润横加阻拦(如朝鲜)
不同观点	对劳工权利和环境责任的不同理解,会在母国市场造成强烈反应
歧视性税收政策	外企税负高于本地企业,或者在一些情况下,根据企业国籍实行差别待遇

1. 系统性政治风险

根据惯例,一国政治进程不会使外企经营遭受不公正待遇,如果这样做,就没有企业愿意接受投资该国的风险。但是企业必须要面对公共政策改变引发的政治风险。譬如,新政治领导人施政方针不同于前任,反对个人主义而崇尚集体主义,这些调整改变了所有企业的商务系统。同时,政府公共政策可能只针对某一具体经济部门,因为政府认为外企在该部门影响力过大。在这两种情形下,政治变化产生的系统性风险影响所有企业。系统性变化引发的政治风险不一定减少企业利润,相反,选举或政策改变可能为外国投资者带来机遇。例如,1990年阿根廷新政府实行激进政策,对国有企业放松管制并进行私有化,看到机遇接受风险的投资者都赚得盆满钵满。

2. 程序性政治风险

人员、产品和资金每天都在全球各地流动。不论是企业还是国家,每项流动都要引发程序事务。政治行为有时会引起摩擦,从而妨碍到这些事务。例如,政府腐败、劳资纠纷和司法不公都会提高交易成本,需要引起注意。

【专栏 3-1】 索马里海盗

海盗,这一古老的职业,在2008年又成为国际社会关注的焦点。2008年以来,海盗们制造的劫持事件比往年增加了两倍。据国际海事组织海盗监控中心提供的数据,自1月以来,索马里附近海域有95艘船只遇抢,40艘被劫,600多名船员遭绑架,现至少还有18艘船只和200多名船员掌控在海盗手中。

索马里海盗活动猖獗的亚丁湾位于印度洋和红海之间,是连接亚、非、欧三大洲和太平洋、印度洋、大西洋三大洋的海上咽喉,被称作世界航运的生命线。每年约有100个国家和地区的近两万艘船只经过这里,世界14%的海运贸易和30%的石油运输要过往此地。而如今,由于索马里海盗的存在,这条"黄金航线"成为各类船只的"百慕大"。

在海盗活动的海域,不论是货船、客轮还是油轮,甚至军火船,都面临威胁,其中包括2008年9月25日遭劫的乌克兰军火船"费那号",11月15日被劫、价值超过1亿美元的超级油轮"天狼星"号以及11月14日被劫的中国渔船"天裕8号"。2008年11月30日,他们第一次盯上大型客轮,向一艘载客1000人的美国邮轮连开8枪。

在数年前,索马里海盗劫持船只的赎金数额还在1万至10万美元之间,到了2008年,已经在50万至200万美元之间,甚至更高。9月25日,载有33辆T-72型主战坦克和大量弹药的乌克兰货轮遭劫持后,海盗开出的价码高达3500万美元。联合国秘书长索马里问题特别代表艾哈迈杜·乌尔德·阿卜杜拉在2008年年底表示,索马里海盗2008年的收入可能达到创纪录的1.2亿美元,这几乎相当于一些小国家一年的GDP。

针对索马里海盗对国际运输的威胁,联合国安理会于2008年12月16日一致通过第1851号决议,呼吁国际社会积极参与打击索马里沿岸的海盗和海上武装抢劫行为。2009年1月6日,中国海军护航舰艇编队抵达亚丁湾、索马里海域预定海区,并开始组织实施护航任务。

资料来源:汤水富.索马里海盗:恐怖新势力.http://news.xinhuanet.com.2009-01-05.

3. 分配性政治风险

许多国家把外国投资者看成国家兴旺发达的推动者。当外国投资者取得极大成功时,一些国家就怀疑利润分配不公,想知道自己是否获得了公平的份额。政府官员通常判定自己没有获得公平份额,然后就开始悄悄干预以便索取更多,但不至于激怒外企,以防它们离开。为从外企那里获得更大利益,国家通常修改税法、调整结构和改变货币政策。分配性政治风险的表现形式难以捉摸,例如,几乎没人认为美国是分配性政治风险极高的国家,但是,对于烟草企业来说,美国可能是世界上政治风险最高的国家。美国政府通过税收、条例、商业惯例和负债来对抗国内外烟草企业。这些政策的实施,使烟草企业增加了几千亿美元的直接成本,间接成本更是不可估量。

4. 灾难性政治风险

灾难性政治风险会给一国之内的所有企业带来负面影响。灾难性政治风险源自诸如种族冲突、社会动荡或战争这样的突发事件。这些冲击会破坏所有企业的商业环境,如果失控,这些风险就可能毁掉企业甚至国家。

国际企业不可能避免具有较大政治风险的地区,因为在这些地区经营的利益可能远远超过风险。国际管理者也不能完全消除政治、经济和宗教环境的变化,但是,公司和管理者可以通过多种手段来减轻这种风险。图3-3的框架可以帮助国际管理者处理这些风险。一方面,国际企业的管理者可以通过主动防御战略来预防潜在的政治危机,另一方面,公司也可以采取被动防御战略,寻求在可能出现的风险中保护自己不受损失。在这两种方案中,公司可能会以直接或者间接的方式被牵扯进去。

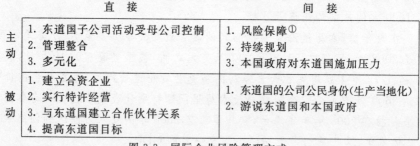

	直 接	间 接
主动	1. 东道国子公司活动受母公司控制 2. 管理整合 3. 多元化	1. 风险保障① 2. 持续规划 3. 本国政府对东道国施加压力
被动	1. 建立合资企业 2. 实行特许经营 3. 与东道国建立合作伙伴关系 4. 提高东道国目标	1. 东道国的公司公民身份(生产当地化) 2. 游说东道国和本国政府

图 3-3 国际企业风险管理方式

① 企业可以通过保险的方式来防止政治风险。像海外私人投资公司(overseas private investment corporation,OPIC)、世界银行的多边投资保障机构(MIGA)这样的国际机构为在发展中国家和不发达国家经营的国际企业提供低息基金和保险。OPIC有美国政府的支持,而MIGA的权力则来自世界银行,两个机构都可以提供高达2亿美元的保险。

3.3　国际经济环境

3.3.1　国家经济环境

在国际企业经营中所必须对付的各种不可控因素中,经济因素的影响至为重要。评估和预测一国范围内从局部到全局的经济状况是企业管理者的一个重要任务。当企业涉足跨国经营后,这种评估范围又扩大到目标国和全球范围。

对经济环境的分析有两重重要内容和目的。第一,通过全盘评价一国总体经济状况为企业定位。就总体而言,一国经济环境状况影响和决定着企业发展方向、产品内容、生产地点、生产技术与主要生产特征,决定着经营方式的主要特点,如能否充分依赖当地产品市场和资本市场。第二,评估经济因素变化对企业的影响,从而调整企业战略管理和职能管理。一国各项经济因素总是在不断变化,各项经济因素又是相互关联的,这样,任意经济因素的变化都有可能牵一发而动全身,从而使企业经营受到多方面的影响。图 3-4 为一国经济环境对国际企业经营的影响路径。

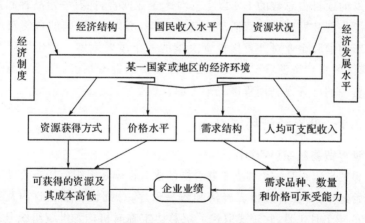

图 3-4　经济环境对国际企业经营的影响路径

东道国的经济发展水平,对投资国的投资决策有重要影响。国家的经济发展水平不同,对原材料的供应、机械设备的选择和消费品的需求也就不同,对直接投资项目的选择就有所差别。例如,发展中国家处于工业化发展时期,一般对机械设备等资产性投资有较大的需求,而对一般消费品往往采取限制的政策。而发达国家工业化水平高,高技术、资本密集型产业优势明显,发展中国家在这些方面同发达国家的竞争往往处于不利地位。可见,经济发展水平对投资决策是非常重要的。

国民总收入(GNI)包括来自国内的生产收入和国内企业参与国际生产活动所获得的收入。根据定义,GNI 是一国在一年内生产的所有商品和劳务的价值。具体地说,GNI 是本国拥有的生产要素新生产的最终商品和劳务的市场价值。例如,在美国生产的福特 SUV 的价值和使用美国资本与管理而在墨西哥生产的福特 SUV 的部分价值,都应计入美国 GNI,但是,使用日本资本和管理而在美国生产的日本丰田的部分价值应计入日本 GNI,而不是美国 GNI。

GNI 是衡量一国经济活动的主要方法。GNI 的重要组成部分就是国内生产总值(GDP)。GDP 是指在一国边界之内,一年生产的所有商品和劳务的总值,而不管是本国企业还是外国企业生产的。从技术上讲,GDP 加上来自进出口收入和国内企业的国际经营收入就等于 GNI。

GNI 的绝对数量极大地揭示了一个国家的市场机遇。例如,在拉美,乌拉圭和巴西是邻居,但是 2003 年乌拉圭 GNI 是 440 亿美元,而巴西是 1.4 万亿美元,为此,许多外企投资巴西然后出口到乌拉圭,而不是在乌拉圭投资。

开发和利用东道国的自然资源,是国际企业对外直接投资的主要目的之一。据统计,在美国和日本等西方发达国家的对外直接投资中,属于自然资源开发的项目占总数的 1/4 以上。对于企业而言,拥有一定品种和数量的自然资源是其开展生产经营活动的基本前提,所以,东道国的自然资源状况就成为影响国际企业对外直接投资决策的一个重要因素。对于国际企业而言,东道国的自然资源状况主要包括自然资源的拥有情况、自然资源的可开采性和资源的已开发利用程度三个方面。

3.3.2 世界经济环境

1.世界贸易组织(WTO)

世界贸易组织是一个独立于联合国的永久性国际组织。1995 年 1 月 1 日正式开始运作,负责管理世界经济和贸易秩序,总部设在瑞士日内瓦莱蒙湖畔。1996 年 1 月 1 日,它正式取代关贸总协定临时机构。世贸组织是具有法人地位的国际组织,在调解成员争端方面具有很高的权威性。它的前身是1947 年订立的关税及贸易总协定。与关贸总协定相比,世贸组织涵盖货物贸易、服务贸易以及知识产权贸易,而关贸总协定只适用于商品货物贸易。世贸组织与国际货币基金组织、世界银行一起被称为世界经济发展的三大支柱。

世界贸易组织的基本原则是非歧视贸易原则,包括最惠国待遇和国民待遇条款;可预见的和不断扩大的市场准入程度,主要是对关税的规定;促进公平竞争,致力于建立开放、公平、无扭曲竞争的"自由贸易"环境和规则;

鼓励发展与经济改革。目标是建立一个完整的,包括货物、服务、与贸易有关的投资及知识产权等内容的,更具活力、更持久的多边贸易体系,使之可以包括关贸总协定贸易自由化的成果和乌拉圭回合多边贸易谈判的所有成果。其主要职能是:组织实施各项贸易协定;为各成员提供多边贸易谈判场所,并为多边谈判结果提供框架;解决成员间发生的贸易争端;对各成员的贸易政策与法规进行定期审议;协调与国际货币基金组织、世界银行的关系。

　　根据世界贸易组织成员的承诺,在发生贸易争端时,当事各方不应采取单边行动对抗,而是通过争端解决机制寻求救济并遵守其规则及其所做出的裁决。争端解决的程序是:

　　(1)磋商:根据《争端解决规则和程序谅解》规定,争端当事方应当首先采取磋商方式解决贸易纠纷。

　　(2)成立专家小组:如果有关成员在 10 天内对磋商置之不理或在 60 天后未获解决,受损害的一方可要求争端解决机构成立专家小组。专家小组一般由 3 人组成,依当事人的请求,对争端案件进行审查,听取双方陈述,调查分析事实,提出调查结果,帮助争端解决机构作出建议或裁决。

　　(3)通过专家组报告:争端解决机构在接到专家组报告后 20～60 天内研究通过,除非当事方决定上诉,或经协商一致反对通过这一报告。

　　(4)上诉机构审议:专家小组的终期报告公布后,争端各方均有上诉的机会。上诉由争端解决机构设立的常设上诉机构受理。

　　(5)争端解决机构裁决:争端解决机构应在上诉机构的报告向世贸组织成员散发后的 30 天内通过该报告,一经采纳,则争端各方必须无条件接受。

　　(6)执行和监督:争端解决机构监督裁决和建议的执行情况。如果违背义务的一方未能履行建议并拒绝提供补偿时,受侵害的一方可以要求争端解决机构授权采取报复措施,中止协议项下的减让或其他义务。

2.区域经济联盟

(1)北美自由贸易协定

　　北美自由贸易协定(NAFTA)是由美国国会在 1993 年 11 月发布的,于1994 年 1 月 1 日起生效。NAFTA 将美国、加拿大和墨西哥联系在一起,包括了 3.64 亿消费者,比欧盟高出 25%,每年的产出 6.5 万亿美元。NAFTA 将美国和美国的第一大贸易伙伴(加拿大)和第三大贸易伙伴(墨西哥)紧密联合在一起。

　　NAFTA 是建立在加拿大贸易协定的基础上的,目的是希望可以提高生产效率,提高北美生产者在全球范围内的竞争能力,提高所有成员国的生活水平。除了通过改善北美的投资环境并且为新兴的公司提供更为强大的市场外,NAFTA 建立的另外一个重要目的是提高经济增长。

(2)东南亚国家联盟

东南亚国家联盟(ASEAN)成立于1967年8月8日,东盟地区的人口数达到5亿,面积为450万平方千米,总国民生产总值7370亿美元,贸易总额达7200亿美元。

东盟的合作诱导了更深层次的区域融合。自东盟自由贸易区(AFTA)发起以来的三年中,东盟国家之间的出口总量已经从1993年的432.6亿美元增长到1996年的将近800亿美元,平均每年的增长速率在28.3%。在此过程中,东盟国家融合贸易占东盟国家总贸易值的比率从20%增长到25%。东盟非常有希望成为一个强大的经济联盟,因为东盟一直都在增加与其他东亚国家之间的合作,东盟、中国、印度、日本和韩国每年都进行一次会晤。

(3)南部共同市场

南部共同市场协议是在1991年3月签署的,它要求所有的成员国每6个月削减一次关税,目的是逐渐消除所有成员国之间的关税,在1994年12月3日之前建立一个关税联盟,该关税联盟中的成员国一致对外保持相同的关税水平。南部共同市场的目标是不仅要建立商品的自由贸易,而且要建立成员国之间的资金、劳动力和服务都可以自由流动的体系。到目前为止,商品的自由贸易已经基本上达到了,现在正在促进资金的自由流动。

(4)欧洲联盟

欧洲联盟(EU),建立于第二次世界大战之后,目的是为了将欧洲通过和平的方式联合起来建造一个欧洲经济恢复和发展的良好经济环境。欧盟现在包括15个国家,3.2亿人口,属于共同的机构,享有共同的政策。

欧盟成员国同意为了统一,共同分享它们的部分统治权,建造它们共同的联邦共和国。成员国的部分统治权如贸易和农业已经委托给欧盟,欧盟已经可以像一个羽翼丰满的国家一样直接作为一个整体同美国和其他的国家进行谈判。但是欧盟成员国在安全和防御等方面仍然保持着独立的统治权,它们对于政治联盟的寻求也与美国的方式相同也采用联邦的方式。

3.4 国际法律环境

3.4.1 世界主要法律体系及其异同

从商业意义上讲,世界逐渐缩小为一个地球村,但是法律标准在世界各国仍然不同,国家法律对管理计划和企业经营有重大影响。世界上主要国家的法律制度分属英美法系和大陆法系,另外,尚有少数国家的法律属伊斯兰法系和土著法。绝大多数国家的法律系统都不是单一的,而是多种法系的混合。一国的法律体系反映了该国的历史、宗教与道德规范、政治哲学、伦理传统以及通过与其他文化接触而吸收的外来文化。法律体制一般分为如下几类。

1. 英美法系(又称普通法法系)

英美法系是指以英国普通法为基础发展起来的法律的总称。它首先产生于英国,后扩大到曾经是英国殖民地、附属国的许多国家和地区,包括美国、加拿大、印度、巴基斯坦、孟加拉、马来西亚、新加坡、澳大利亚、新西兰以及非洲的个别国家和地区。在 18 世纪至 19 世纪,随着英国殖民地的扩张,英国法被传入这些国家和地区,英美法系发展成为世界主要法系之一。英美法系中存在两大分支,即英国法和美国法,它们在法律分类、宪法形式、法院权力等方面存在一定的差别。英美法系的主要特点是注重法典的延续性,以判例法(简单解释判例法就是以前怎么判,现在还是怎么判)为主要形式。

2. 大陆法系(又称民法法系)

在大陆法系中,法律规范以法典的形式存在,法典为第一法律渊源。法典是各部门法典的系统的综合的汇编,法律分为民法、商法和刑法。政府官员负责法律条文的解释和实施细则的制订。司法系统的每一部分都有自己的管理结构和法规。由于大陆法系国家不是依据法院以前的裁决,同样的条文,可能产生解释上的偏差,因此在实行大陆法的国家,明确的法律条文非常重要。大陆法源于古罗马法及此后的拿破仑法典。现在,欧洲大陆国家及其前殖民地国家以及部分亚非国家等 70 多个国家属于这一体系,法国是其中的典型代表。

3. 伊斯兰法系(又称阿拉伯法系)

伊斯兰法系依靠宗教和教会信条来确定法律法规。例如,沙特阿拉伯信奉严格的穆斯林法律和政治制度,其穆斯林法以宗教领袖解释的《古兰经》的教义和穆斯林法为基础。这种法系授予宗教领袖最高法律权力,而宗教领袖则通过宗教权力管理社会。伊斯兰商法与其他法律系统没有很大的区别,主要区别之一在于禁止利息,从而在很大程度上影响了银行和金融业的活动。

4. 土著法(又称非洲习惯法)①

土著法包括部落法和英美法,一些学者利用比较分析的方法,将非洲习

---

① 弗兰西斯·斯奈尔(Francis Snyder)和西蒙·罗伯特(Simon Robert)等人则认为"非洲习惯法"这一概念是殖民时期的一种创造而不是前殖民主义的产物。殖民者侵占非洲后,将殖民者国家的法律移植到非洲,为了与非洲本土法相区别,便将其称作"非洲习惯法"。

惯法与现代欧洲法进行比较,认为尽管非洲法的渊源和类型与现代欧洲法律体系有差别,但是它完全适用非洲的社会环境和经济背景,并始终随着时代的变化而发展,也符合现代的法制思想和精神。现在没有一个国家属纯粹的土著法系统,但约有 30 个国家的法律是土著法与其他法系的混合。

在跨国经营中,英美法和大陆法的差别的影响主要涉及以下几个方面:

第一,代理权。在大陆法国家,除非特别立据和公证,代理权不予接受。由于一切都显得很正规,公证员在这些国家就十分重要。公证员对所有文件,包括婚姻协议,进行公证。而在英美法国家,虽然也需要公证,但仅限于正规文件,如遗嘱、财产契约等。

第二,工业产权。在英美法中,对专利、商标、工艺、版权一类的工业财产的所有权以最先使用而确立。但在大陆法国家,这类产权以注册先后为准。

第三,契约。在英美法中,双方或多方签订了合同,就得按合同条款办事。不论什么原因都不能违反合同,除非是发生地震、洪水一类不可预见的天灾。在大陆法中,除了天灾,发生罢工、骚乱等不可预见的人祸时也可以不执行合同。

第四,合伙关系。在英美法中,合伙中的人在法律面前是个人,可以相互起诉或作为个人被起诉。每个人的私有财产在法律上被认为不与合伙财产相分离。与之相反,大陆法则把普通合伙当作一个单一的法律实体。

第五,公司和有限责任公司。在英美法中,公司就是法人。在大陆法中,公司被认为是依据合同而组成的,因此,许多大陆法国家要求形成这种合同关系需要有一定的人数,不论何时,人数一旦降到法定人数之下,公司关系就不复存在,股东就对公司债务负有个人责任。

第六,董事会与股东的关系。在英美法国家,董事会对股东负责,以受托人身份行事。在大陆法国家,董事会对股东无信托责任[①],尽管也是行使控制职责,但却是对公司负责。

与法系差别同等重要的是各国解决法律问题的法律程序差异。同时,立法和司法之间的差距在不同国家互不相同。有些国家虽有完备的法律条文,但由于司法力量不足或司法系统落后而往往成为一纸空文。

法律意识在不同国家也相距甚远。例如,美国社会可能比其他国家更倾向于诉诸法律来解决问题,但日本社会则正好相反,一般不愿意对簿公

---

① 信托责任是指企业管理层要有全心全意为股东利益(而非管理层自身的利益,比如办公条件、薪酬水平、通过安排损害企业的交易拿回扣等)而运作企业资产的责任。

堂,而倾向于和解和调解。其主要原因是在日本人的观念中法律过于无情,诉诸法律会使双方伤和气,所以日本的律师数量很少。

3.4.2　影响国际企业经营的重要法律因素

各国法律环境互不相同,以这样或那样的方式影响着国际企业的经营。国际企业除了需要注意一国的法律健全性和稳定性外,还需要特别注意有关外国投资者权益、子公司所有权、工业产权保护、财务、人事、广告等关键领域的国别法律的影响。

1. 立法的完备与稳定状况

企业到别国展开业务,依靠的是东道国在法律上提供的保护。如果东道国关于外国人对投资的管理、使用、享有以及对投资收益的权利没有明确的规定,对外国人的投资保护没有明确的规定,外国投资者就无法可依,投资也就得不到保障。如果立法不够完备,投资者在资本投入、税款交纳、利润分配与汇出、资本抽回、当地从业人员雇佣等方面就会无所适从。

虽然国无常法,但法律制定同样存在着阶段性。如果朝令夕改,投资者也一样得不到法律的有效保护。一国政治稳定状况、法制健全状况都是影响立法稳定的重要因素。

就目前情况来看,发达国家立法较为完备,法律条款相对稳定、健全。当然,主要发达国家也存在立法种类繁多、条款庞杂的问题,往往使外国企业感到限制过多。大多数发展中国家法制不是十分健全,立法的完备性与稳定性比不上发达国家。特别是少数发展中国家政局不稳,政权更替频繁,使立法缺乏连续性。当然,目前多数发展中国家都致力于经济发展,对外资企业持欢迎态度,通过立法给予外国投资一些优惠待遇,如中国政府对外资企业就实行优惠税率。

2. 对外资的态度

一国对外资的态度存在差异,在法律规定上通过以下几个方面表现出来。

（1）投资范围

一般东道国并不会在所有经济领域都对外国投资者完全给予国民待遇,而会对外国资本的流向进行一定的限制。经济发达国家对外国投资一般采取传统的自由主义政策,但多数国家都不准外国资本进入关系到国家安全和国计民生的重要部门。例如,美国绝对禁止外资进入国防和军事部门,而对通信事业、交通运输、自然资源开发、水力发电开发等部门,亦对外资采取形式不同的限制。2007 年中海油竞购优尼科失败,在很大程度上也是由于受到美国政府的干预。发展中国家和地区,一般鼓励外资投向有利于国民经济发展特别是新兴产业部门,而禁止在国防、军事工业、通信事业或支配国家命脉的部门投资,同时,在民族工业集中的行业也会限制外资进入。

（2）股权安排

大多数发达国家对外资股权没有特别的规定,但也有些国家对外资在某些重要领域的股权比例有一定的限度。例如,在美国,外国人在电报企业的合营公司或卫星通信公司中所占股权不得超过20%。而在有些发展中国家,所有外国投资,都要采取与当地资本合营的形式,有的甚至规定外国资本在合资企业中只能处于少数股权的地位。

（3）资本抽回和利润汇出

有关利润汇出,多数国家没有限制,有的则作某种限制,如规定汇出限额,允许外国投资者的汇出利润不超过资本的一定比例等。就总体情况而言,由于资本抽回关系到投资企业的经营与发展,对资本抽回比利润汇出的限制要多且更为严格。许多国家对资本抽回做出期限、额度或其他方面的限制。

（4）税收

大多数发达国家对外资企业与本国公司采取一视同仁的态度,不存在税收优惠问题,而发展中国家为了鼓励外资进入,大多采取税负从轻的态度,并制订了一些税收优惠措施,如对一定时期的营业收入给予税收减免,对再投资的利润实行减税,资本货物进口免征关税等。

3. 商贸政策与法规

（1）进口壁垒

一些国家出于保护民族经济的目的,会采取保护关税、进口配额等贸易保护主义政策。关税和非关税壁垒能够限制商品进口,但同时也会刺激外国资本的涌入。一方面,当企业原有销售市场采取保护主义政策、建立进口壁垒后,直接投资成为企业绕过贸易壁垒、前去保护原有市场的有效手段。另一方面,在已实行贸易壁垒的国家或行业投资,壁垒作为挡风墙可以减少来自国际市场同行的产品竞争压力。

（2）价格管制

各国政府对价格采取管制的以粮食、药品等必需品最为普遍,有些国家也有法律规定,禁止商品在成本以下销售,或中间商将出售价格低于批发成本加上该商品的平均分销成本,其目的在于维护工商业公平竞争及防止不公平竞争。此外,还有其他方面的价格管制。例如,美国与西欧的反托拉斯法有关价格协定的规定,美国有关对公司内部转移价格的限制。

（3）广告法规

对于广告，各国限制较多。英国法律对广告有虚假陈词、诽谤言词、鼓励犯罪、蔑视法庭、侵犯商标等行为，订有各种惩处规定。美国法律也规定一切虚假广告宣传均属非法。许多国家对户外广告有限制，对有损美观和风景、扰乱安宁秩序和风俗的，都加以禁止。日本的"广告取缔法"还订有取缔和处罚条款。有些国家对某些商品不许做广告，如英美意等国禁止有关香烟的电视广告，英、芬兰等国禁止酒类电视广告。

（4）促销鼓励

许多国家限制企业在促销中使用奖赏。例如，奥地利通常不允许提供折扣促销，因为造成对购买者差别对待的折扣被认为是违法的。在法国，在成本价之下销售产品或用赠送品或折扣诱导购买者购买另外的物品都是违法的，同时，用非本企业日常业务产品作诱导物也是违法的，如肥皂制造商不能向购买者违法提供玻璃制品或茶杯作为诱导物。

此外，国际企业还要注意东道国保护消费者权益、保护公平竞争、反污染、反贪污贿赂、反托拉斯、限制雇佣外国劳工等方面的法律。

【专栏 3-2】 瑞士何以成为瑞士军刀的故乡

第二次世界大战后，从欧洲返回的战士杜撰了"瑞士军刀"这个词，用来形容瑞士军人专门佩带的、由瑞士生产的随身小折刀。今天，这种刀几乎已经成为一种潮流，在纽约的当代艺术博物馆中展出，被送往太空，作为美国总统向客人赠送的礼物。

但是最近，联邦法庭做出一项裁决，认同中国可以生产并销售廉价的瑞士军刀仿制品——甚至也可以使用"瑞士军刀"的名字。康涅狄格州弗施纳(Forschner)集团的主席詹姆斯·肯尼迪说："这项决定绝对有害无益。"该集团从 20 世纪 50 年代以来一直在进口瑞士军刀，他们希望通过法律手段阻止中国军刀的销售，但结果却是他们输掉了这场官司。

在美国商业法律中，出现了越来越多，同时也越来越激烈的争论，瑞士与中国的军刀之争不过是冰山一角而已：谁拥有这种全世界畅销产品的地理名称？"瑞士军刀"是否和瑞士奶酪、百慕大短裤和法国油炸食品一样，是一个专有的名称？佛罗里达大学教师琼·科恩(Joel Cohen)进行了一项市场调研，他发现，由于设计外形和名称的一致，大多数消费者认为中国制造的军刀是瑞士生产的，质量没有任何问题，根本不知道实际上是由中国生产的。"问题的关键就在这里，"科恩说，"一方面瑞士军刀以其超越的质量而闻名遐迩，另一方面却有人在进行仿造，因为他们知道消费者不可能对质量有什么怀疑。"

销售中国生产军刀的箭牌(Arrow)贸易公司最终赢得了这场官司,他们声称自己所销售的产品在质量上绝不比瑞士军刀差。路易斯·艾德勒(Louis Ederer)说:"这种产品的市场销售价格远远低于瑞士军刀的售价,其质量和它的价格相比绝对是物有所值的。"箭牌贸易公司的一份法律简报指出:"把一种特定的奶酪称为'瑞士奶酪'并不能说是虚假广告,即便这种奶酪是在威斯康星生产的也无关紧要。"

1993 年,一位联邦法官发现中国版的军刀具有误导公众的趋向。这位法官把瑞士军刀比做劳斯莱斯,把中国军刀比做 Yugo,判定箭牌贸易公司应立即停止销售中国生产的军刀。但在最近的一次审判中,上诉法庭驳回了原判,认可了箭牌贸易公司的推理,"瑞士军刀"在某种意义上更类似于"英格兰松饼"或者"法国喇叭"。于是,上诉法庭把这一案件转回审判庭,重新决定是否有必要附加"中国制造"的标签。

资料来源:Benjamin Weiser. It Slices, It Dices, It Outrages the Swiss. *The Washington Post*, 1994-7-30(F1).

3.4.3　国际法与国际企业经营

国际法(又称国际公法)是指适用主权国家之间以及其他具有国际人格的实体之间的法律规则的总体。国际法产生的方式主要有两种:一是惯例。惯例是在国际交通通讯联系不畅、国际交往相对简单的年代产生国际法的主要方法。在那个年代,经过多年演变的行为方式成为各国处理相互关系的"游戏规则"。二是条约。条约是两个或多个国家签订的协定,它赋予了签约国相互权利和义务。

在经营日益国际化的今天,以条约或公约等形式出现的有关国际经济与商务的国际法律规范越来越多,它们主要通过签约国国内法院产生效力,在调整跨国经营关系、保护国际企业权益方面发挥着越来越重要的作用。以下几个方面是关系到国际企业与跨国经营权益的主要国际法律问题。

1. 待遇标准

在跨国经营中,一国的国民(自然人和法人)要与母国和东道国发生关系。母国政府对自己在国外的国民有属人优先权,应对之进行管辖并保护其在海外的权益;东道国对其境内的一切外国人(除依国际法享有治外法权者外)有属地优先权,外国人应受东道国法律的管辖。解决这两种管辖权的冲突就在于确定如何对待外国人的待遇标准。从世界各国的实践来看,对外国人的待遇标准大致有以下四种:①国民待遇。国民待遇标准①是指外国人在享受权利和承担义务方面同本国国民有同等的地位,即对外国人与本国人一视同仁。一般的国家,特别是广大的发展中国家,都普遍采用这一标准。②最惠国待遇。② 最惠国待遇是指缔约国一方使另一方国民享受同前者给予第三国国民同等的权利,其特点是创造同第三国国民间平等待遇。③差别待遇。差别待遇一般是指在不同国籍个人和实体间的不平等关系,如给予优惠、课以义务或限制一定范围内的权利等,使外国国民同本国国民或在该的的第三国国民相比,显有差别及不利待遇。④国际待遇。国际待遇标准是针对国民待遇标准而言的,主要为英美等发达国家所提倡。它们认为东道国对于外国投资,不仅应予以与本国国民同等的待遇,还必须符合"国际标准",若国民待遇低于国际文明标准,投资国仍有理由行使外交保护权。

国际法对外国人的待遇标准并无具体的规定,一般由母国政府和东道国政府基于国内法规协商,在双边协定中加以规定。协商和确定的出发点是扩大经济合作机会,避免歧视待遇。国际企业在外国展开业务之前,并不一定必须有这样的协定,但这种协定却为国际企业在该国的权益提供了保护。

2. 工业产权保护

国际企业在他国展开业务需要特别注意保护好自己的产权(包括专利、商标、专有技术等)。尽管大多数国家都对专利和商标等工业产权实施保护,但它们只在授予国或注册国管辖范围内有效,不能提供在国外的保护。这样,专利或商标如需在外国使用,则需外国政府平行授予或注册。由于各国的商标注册或专利授予体制有很大的差别,国际企业为了保护其工业产权,就必须在其使用商标或专利的每个国家提出注册或授予申请。

一些国际协定简化了在国外保护工业产权的程序。其中最有影响力的如1883年签署的《保护工业产权巴黎公约》。该公约的两个最重要的规定是"国民待遇"和"专利申请优先权"。根据前一个原则,成员国必须给予其他成员国的国民与本国国民一样的待遇,但这一点并不表明交换待遇,只是表明每个国家在对待本国公民和外国人时保持其法律的同一性。根据后一个原则,专利申请人向成员国之一递交第一份专利申请时,就在所有成员国有

---

① 按美国友好、通商、航海条约所下的定义是:"缔约国一方对在其境内的他方国民、公司、产品、船舶及其他客体在同样条件下,不低于本国国民同等待遇。"

② 现在,最惠国待遇已倾向于国民待遇的原则,并在国民待遇的基础上实行最惠国待遇。例如,我国1982年同瑞典王国签订的相互保护投资协定规定:"缔约双方应始终保证公平合理地对待缔约另一方投资者的投资。""缔约任何一方的投资者在缔约的另一方境内的投资所享受的待遇,不应低于第三国投资者所享受的待遇。"

了先于任何其他提出同样专利申请的人的一年的优先权。这样,此优先权原则就使第一申请人有了足够的时间在其他国家申请保护,这一点在那些法律规定专利能力以在任何国家更早的公开为准的国度尤为有用。此外,该公约还有一个专利独立原则即如果公司的专利在一个成员国取消或过期,并不意味着在其他成员国自动取消或过期,专利人依然有在专利授予后三年内和专利申请日后四年内使用其专利的权利。

3. 国际税收协定

国际税收协定是指两个或两个以上的国家为了协调相互间在处理跨国纳税人征纳税务方面的税收关系,依照平等原则,通过政府间谈判所缔结的确定其在国际税收分配关系的具有法律效力的书面税收协议。国际税收协定按照参加的多少可分为双边税收协定和多边税收协定。按其协调的范围大小,可分为一般税收协定①和特定税收协定②。

国际税收税定是目前国际间协调税收管辖权最主要、最有效的形式。

有权征税是主权国家的重要权利,但世界上不存在明确而统一的税收管辖权理论,也没有一个国际法对谁有权征税和一个国家税收管辖权的范围有多大作出具体规定。因此,跨国界业务会受到不同税收政策的税收管辖权重叠所带来的负面或正面影响。

有关对谁征税和对什么来源征税的税收体制在国与国之间相差甚远。两个税收管辖权可能对同一笔财产或收入提出征税要求。这就是有关国家政府对企业在海外的纳税实行抵免并商定双边税收协定的原因。国际税收协定依其内容大致分为两类:一类主要是关于对从事国际运输业务的海运企业和空运企业避免国际双重课税的单项国际税收协定;另一类主要是关于所得税和财产税课征的综合性国际税收协定。我国自进入 20 世纪 80 年代以来,已与 30 多个国家和地区签订了综合性双边税收协定。

4. 国际商务争端

解决国际商务争端的途径依其选择顺序主要有以下几条:第一,争端双方直接谈判;第二,自愿仲裁;第三,通过司法程序向外国法院或国际法庭提请诉讼。

在自愿仲裁的情况下,争端双方选择一个或多个公正的专家就双方陈述的争议进行评判裁决。专家的调查限于争端双方达成的裁决协议所规定的问题。专家的裁决以通行的商业标准和做法为准绳。自愿仲裁也可请常

① 一般税收协定是指各自签订的关于国家间各种国际税收问题协调的税收协定。
② 特定税收协定是指各自签订的关于国家间某一特殊国际税收问题的税收协定。

设仲裁机构进行。由于国际经济交往的日益频繁,国际商事争议日增,处理争议也逐渐倾向交由具有国际声誉的国内和国际常设仲裁机构,如瑞典斯德哥尔摩商事仲裁院、英国伦敦仲裁院、美国仲裁协会、国际商会仲裁院等。自愿仲裁的优点是避免了在外国法庭打官司的不便。

诉讼是指将起诉提交法院,请求赔偿裁决。联合国设在荷兰海牙的国际法庭①是审理一个国家起诉另一个国家的主要机构。如果东道国违反了国际法,国际企业可向国际法庭申诉。法庭作出有利或不利于争端国家的判决。如有必要,判决可由联合国安理会通过采取包括军事行动在内的手段来执行。由于国际法庭的当事人必须是主权国家,故需要母国代表国际企业。20 世纪80 年代早期,美国政府就代表其国际企业向伊朗政府提出过诉讼。

有些国际争端可向东道国法院、母国法院或第三国法院提请诉讼。联合碳化物公司在印度博帕(Bhopal)的工厂发生大泄漏事故后,印度政府就向美国的法院对联合碳化物公司提出起诉。

3.5 国际文化环境

3.5.1 跨国经营与文化

调查文化多样性对国际企业的影响时,一个很明显的现象是,民族文化的差异尽管非常重要,但其影响程度却取决于企业本身、产业和世界经济的发展阶段。如表 3-5 所示,在国际企业的发展过程中,文化多样性对企业的重要作用差异显著,因而世界各地的企业人力资源的管理方法也同样会相应的有所不同。

表 3-5 国际企业的演变

	国内阶段	国内跨地区阶段	国际阶段	全球阶段
竞争战略	国内	多个国内市场	国际	全球
世界贸易重要性	不重要	重要	非常重要	占主导地位
最初定位	生产/服务	市场	价格/成本	战略
生产/服务	新、独特	更加标准化	完全标准化	大规模定制化
强调阶段类型	产品工艺	流程工艺	不强调工艺	产品和工艺流程
技术	专用、专有	有限共享	广泛共享	完全共享

---

① 海牙国际法庭又称海牙国际法院,其正式名称为国际法院(International Court of Justice),位于荷兰海牙,是联合国六大机构之一,成立于 1946 年。

续表

	国内阶段	国内跨地区阶段	国际阶段	全球阶段
研发/销售	高	减少	很低	很高
边际收益	高	减少	很低	高,但很快下降
竞争者	没有	减少	许多	重要(很少或很多)
市场	小,国内	大,多个国内市场	大规模,跨国市场	大规模,全球市场
生产地点	国内	国内,初级外国市场	跨国,基于低成本	全球,成本最低
出口	没有	增长,潜力很大	大量,饱和	进口,出口,"转移"
结构	职能部门高度集权	国际职能部门	跨国分支机构集权	全球联盟、"协调"合作和分权

资料来源:南希·阿德勒.国际组织行为(第 4 版).北京:北京大学出版社,2004:96.

1. 国内阶段

如表 3-5 和表 3-6 所示,大多数企业最初往往从国内的、民族主义的角度出发从事经营活动。企业只为国内市场提供特定的产品和服务,由于产品和服务品种独特性,缺乏国际竞争力。企业对不同民族的文化差异缺乏敏感性,当这些企业出口产品时,常常无视国外消费者的特殊性,拒绝对产品做相应的改变。国外的购买者在产品设计、生产和营销方面,比公司内部人员更容易感受到文化差异带来的不便。在最初阶段,来自母公司所在国的人、设想和战略在管理中占主导地位,处于国内经营阶段的公司认为,跨文化管理和全球化人力资源体系与他们毫不相关。

2. 国内跨地区阶段

在第二阶段,国内竞争开始出现,相应产生了对国外市场和产品的初步需要。由于在最初国内阶段忽视了文化问题,在第二阶段,文化差异的敏感性就成为公司制定发展战略的关键因素。在国内阶段的公司,产品销往国内市场,而现在,企业则需要分别注意不同的海外市场。

原先在国内阶段提供产品和服务的技术及管理方法,这时仍被认为是最佳的选择,但在国内市场多样化阶段,多数公司开始认识到可能会有其他更好的管理方法,而且,每一种方式适用于不同的国家。企业开始接受卖者和买者之间巨大的文化差异,母公司的人员对产品做相应的调整,以适应国外市场的消费者和合作伙伴。尽管文化差异在设计和销售产品及提供服务方面非常重要,但其在全球生产环节中,则更为关键。经理们必须学会运用合适的方法,在不同的国家管理不同的人员。

3. 多国阶段

就全球范围而言,在 1980 年以前,许多企业已开始进入多国经营阶段。这大大改变了的竞争环境,同时也对管理方法在文化上的适应性提出了更高的要求。在这个阶段,国际企业生产的产品几乎完全相同,仅在价格上保持着竞争优势。在全球范围内,从价格敏感性和成本敏感性角度看,文化意识的重要性降低了。在提供相同产品和服务的跨国公司之间,价格竞争使公司忽视了多数文化差异的重要性,也忽视了所有文化敏感性带来的好处。

如表 3-6 所示,在这一阶段企业的产品设计和营销设想上,不再是国内阶段"唯一的好方法"或在多个国内市场阶段时"有许多好方法",而是有"一个成本最低的方法"。市场已成为没有地理分界概念的全球市场。公司可以通过流程设计、全球范围的资源采购和规模效益来取得竞争优势。价格竞争大大降低了文化差异的影响程度。

表 3-6　企业跨文化演变

	国内	国内跨地区	国际	全球
战略	国内	多个国内市场	国际	全球
最初定位	产品/服务	市场	价格/成本	战略
视角	民族中心主义	以区域为中心	国际的	全球/多个中心
文化敏感性	不重要	很重要	有些重要	非常重要
文化对象	没有	客户	雇员	雇员和客户
水平	没有	工人和客户	管理者	执行官
战略设想	"一种方式"或"一种最好的方式"	"许多好方法"作用相同	同时存在"一个成本最低的方法"	"许多好方法"

资料来源:南希·阿德勒. 国际组织行为(第 4 版). 北京:北京大学出版社,2004:189.

4. 全球或跨国阶段

尽管目前的大多数企业继续处于跨国公司阶段,但第四个阶段已在全球竞争的企业中浮出水面。在这个阶段,高质量、尽可能低的成本是基本的要求和最低可接受标准。竞争优势来自战略性头脑、大规模定制化、比竞争对手更快的学习和文化适应速度。文化又一次成为关键的竞争要素。

无论顾客来自世界的什么地方,在跨国界环境中竞争的全球公司,需要理解顾客潜在的需求。他们需要把世界范围内的客户需求迅速转变成产品和服务,及时以最低的价格提供产品和服务,同时使产品富有适当的文化特性。

同以前各个阶段相比,此阶段的产品、服务和定价都会发生巨大改变。公司会在产品设计上考虑相应的文化因素、更加关注迅速增长的市场需求和较低的生产成本。毋庸置疑,文化成为这个高级阶段的关键因素。同样,跨文化管理的能力、跨国界的团队和全球性国际联盟,已成为跨国公司成功的重要基础。因此,在以前各个阶段不被重视的全球人力资源战略现在则变为组织生存和成功的必要前提。

3.5.2　文化的要素

文化对国际企业的经营至关重要,在跨国经营中,企业应该关注哪些文化要素呢?一般而言,一国的文化组成包括物质文化、社会结构、美学观念、语言、宗教、价值观和观念六个部分。

1. 物质文化

物质文化是指社会的科技水平、经济结构和物质环境对社会行为的影响。计算机、电话的文化自然不同于戏班子、烽火台的文化;高速公路和载重卡车的文化,也自然不同于田间小道加乡村马车的文化。

物质文化的差异对社会行为的巨大影响是难以估计的。亨利·福特的汽车装配线从根本上改变了人们的工作方式;小汽车的普及带来了郊外居民区的发展、城乡差别的缩小、购物中心的出现以及相应而来的生活方式、消费方式的巨大改变。微波炉、麦当劳所改变的不仅仅是人们的饮食方式,更是人们的饮食构成。从这一观点来看,处在经济发展起飞阶段的中国和其他新兴工业国(如巴西、阿根廷、墨西哥、印度),今后的消费结构、消费行为、管理行为和管理方式都将发生巨大的变化,会给国际企业带来很多新的机会。

2. 社会结构

社会结构是指人际关系的组织方式。以社会组织的基本单位为例,有的社会是父母加子女的原子家庭,有的社会则是几代同堂的大家庭,而在很多非洲国家,以血缘种族为基础的部落是社会的基本组织机构。社会结构的差异既有受一定生产力发展水平而决定的社会分工方式的影响,也受种种历史的、非经济因素的影响。例如,荷兰、英国,至今仍然保留着封建社会的王室制度,阶层的界限分明,且很难逾越,血统的因素仍然在很大程度上决定人的命运。而同样是发达国家的美国其社会的阶层区别,则相对模糊,突破阶层界限的自由流动也较为普遍。

从各种职业在社会结构中的地位来看,美国医生的地位远在大学教授之上,在中国却相反;政府职员的地位在亚洲国家很高,在美国却很低。妇女的地位,青少年、老年的社会地位在各种文化中也不相同。在澳大利亚和加拿大,管理阶层中的女性占40%以上,而在日本和韩国的同类职位上,女性则连5%都不到。在美国,年轻是一笔资本;在沙特阿拉伯,年龄则被认为是经验的同义词,老年人往往更有地位。

3. 美学观念

在一种文化里,其艺术(包括音乐、绘画、舞蹈、戏剧和建筑)中一切被认为是美好的东西,甚至是特定颜色的象征意义,都被叫做美学。

对于要在不同文化背景下经营的企业来说,美学很重要。广告、产品包装,甚至工作制服颜色的恰当选择都会增加成功的机会,商家要充分利用这一点。

4. 语言

民族文化的种种区别,几乎没有比语言更明显的了。作为思维工具和沟通媒介,语言与文化的其他种种方面有着不可分割的联系。几乎每个民族都有自己的语言。语言既是民族文化的载体,又是民族文化的反映。凡与美国人共同用过餐的人大概都会注意到,美国人的美食语汇非常贫乏。夸奖一种食品好吃,不论是鸡鸭鱼肉,还是蔬菜水果,不论是冷盘热炒,还是甜羹点心,用的都是一个词,"delicious"。但是关于汽车的词汇却非常丰富。掌握主动权是"in the driver's seat",改变策略是"shift gears",情绪低落则是"running low on gas"。

在国际经营中,如果不对各个文化群体中的语言差异引起足够的重视,很容易会对企业造成不良影响。不少中国企业在产品出口时,直接用汉字的拼音作为产品品名,例如"扑克牌"的拼音为"puke",在英语中是"呕吐"的意思。也有的企业把"陈年黄酒"直译为"rotten yellow rice wine",效果当然不会很好。

5. 价值观和准则

价值观构成了文化的基础,提供了建立和判断某种社会准则的背景。价值观可能包括一个社会对个人自由、民主、真理、公正、诚实、忠诚、社会责任、妇女作用、爱情、性、婚姻等概念的态度。价值观不仅仅是抽象的概念,同时也被赋予了很重的感情色彩,人们争论、斗争,甚至为自由这样的价值观而牺牲。价值观也经常反映一个社会的政治和经济制度,自由主义就是一种强调个人自由的哲学价值体系的反映。

准则是影响人们相互行为的社会规则,其可以进一步分成两大类:社会习俗和道德准则。社会习俗是日常生活惯例,诸如在特定环境下适当的穿戴规则、社会礼节、使用餐具的正确方法、邻里行为等。社会习俗定义了人们被期待的行为方式,违反社会习俗通常不算是一件严重的事情。

道德准则被认为是社会发挥作用和社会生活的核心准则,比社会习俗有更为重要的意义。因此,违反道德准则可能受到严重的惩罚。不同的文化中道德准则有很大差异。在美国消费酒精饮料是被广泛接受的,而在沙特阿拉伯消费酒精被看成违反了重要的社会道德准则,将受到监禁的惩罚。

6. 宗教

从人类的价值观出发往往能够追溯到宗教信仰。信仰不同宗教的人对工作、节俭和物质生活的态度也不尽相同。了解宗教如何影响商务实践显得尤为重要。目前世界上影响力比较大的宗教包括基督教、伊斯兰教、印度教、佛教、儒教、犹太教和神道教七种,这七种宗教都有其不同的教义、教旨,影响着人们的行为。

📖 本章小结

■ 国际企业经营环境,是指存在于国际企业经营过程中的不可控制的因素和力量,这些因素和力量是影响企业国际商务活动及其目标实现的外部条件。

■ 国际经营环境可分为四个类别,即政治环境、经济环境、法律环境和文化环境。

■ 国际企业经营环境具有客观性、差异性、相关性和不确定性等四个特征。

■ 国际企业的经营环境比仅在一个国家经营要复杂得多,如何科学地进行分析,如何科学地进行决策,如何通过科学的决策取得经营的成功,是从事国际性经营的管理人员必须随时考虑的问题。

■ 政治环境是指在特定社会中影响和限制各个组织和个人的法律、政府机构和压力集团。国际政治环境对国际企业经营的影响表现在两个方面:首先,政府制定的政策、规章和法律直接影响商务环境;其次,一国的政治稳定和政治情绪及政府采取的行动,极大地影响在该国经商的可行性。

■ 世界政治体系中大致有三个系统:一是美国、欧洲和日本为代表的西方资本主义国家;二是中国、朝鲜等社会主义国家;三是其他发展中国家。

■ 对经济环境的分析有两重重要内容和目的。第一,通过全盘评价一国总体经济状况为企业定位。第二,评估经济因素变化对企业的影响,从而调整企业战略管理和职能管理。

■ 各国法律环境互不相同,以这样或那样的方式影响着国际企业的经营。主要表现在三个方面:①立法的完备与稳定状况;②对外资的态度;

③商贸政策与法规。

■ 国际法律规范主要通过签约国国内法院产生效力,在调整跨国经营关系、保护国际企业权益方面发挥着越来越重要的作用。待遇标准、工业产权保护、税收协定、国际商务争端、关系到国际企业与跨国经营权益的主要国际法律问题。

■ 民族文化的差异尽管非常重要,但其影响程度却取决于公司本身、产业和世界经济的发展阶段。

■ 文化对国际企业的经营至关重要,一般而言,一国的文化组成包括物质文化、社会结构、美学观念、语言、价值观和准则、宗教六个部分。

思考题

1. 简述国际经营环境的基本内容和特征。

2. 为什么在国际化经营过程中,对企业经营环境的分析是一项十分重要的管理工作?

3. 什么是政治风险,如何防范?

4. 试分析国家经济环境对国际企业经营的影响。

5. 试分析国际条约与公约对国际企业经营的影响。

6. 企业管理人员在国际化经营过程中为什么要重视企业文化环境分析?

【章尾案例:政府做靠山,前路仍艰险】

受经济危机的影响,通用和克莱斯勒正接受着前所未有的考验。奥巴马政府正在挽救通用汽车和克莱斯勒,但同时也承诺这两家受到沉重打击的汽车制造商将"自力更生,而不是处于国家的监护之下"。奥巴马团队深信,克莱斯勒和通用能够利用加速破产的过程把自己重新塑造为规模较小、行动敏捷、能够在全球市场上搏杀的公司,并最终偿还280多亿美元的联邦政府贷款。假设这两家汽车公司可以按照政府希望的那样去做,那么它们将变得比以往更加强大。

不过,要想实现这个愿望,美国政府必须向它们贷款几十亿美元,甚至可能还要在公司中参股。但问题是,它们何时才能摆脱国家这座靠山呢?毕竟,浴火重生的通用汽车和克莱斯勒将出现在一个严酷程度前所未有的市场上。一个简单的现实:汽车公司多如牛毛,而它们争夺的购车者却少之又少。从中国到德国,世界各国政府都一直在不遗余力地支持本国的汽车工业。不仅如此,越来越多的外国厂商开始抢占美国市场,而这里通常是通用汽车和克莱斯勒的主要收入来源。市场竞争将会异常惨烈,通用和克莱斯勒无法实现快速反弹,此外,外国公司还在想方设法从它们身上榨取利益。

在全球经济不景气的情况下,实力不济的公司要么被淘汰、要么被更强大的竞争对手吞并。这正是零售业目前的状况。在消费者开支缩减到历史最低点的时候,因公司破产而关闭店面的现象在美国比比皆是。汽车业正在经受有史以来最严重的衰退,所以人们也许会认为优胜劣汰的情形也会出现在这个行业中。然而事实是,迄今为止没有一家大型汽车厂商被淘汰出局。正如通用汽车公司首席执行官韩德胜所说,汽车工业鲜有遭遇消亡命运,汽车企业数量仍将保持不变,通用将努力保留其能够维持的品牌。正如韩德胜所说,通用正在努力变革以在危机中寻求生存。沃尔沃、悍马和土星等品牌正待价而沽,庞蒂克已经被砍掉,而如萨博等其他品牌也可能会被放弃。

就全球范围而言,许多二流的汽车公司仍然会生存下去,因为政府担心任其消亡会带来严重后果,或者决意要保留国内汽车产业。日本政府已经在帮助三菱渡过难关。法国和德国也采取了同样的措施。俄罗斯为 Av-toVAZ 公司提供了资金,这家处境艰难的公司在俄罗斯国内销售汽车。中国正积极扶持国内汽车生产商,而这些公司已逐渐成为通用汽车和其他外国汽车生产商的强劲对手。

现在,世界各地有近 30 家著名公司在争夺这块市场,可是在过去的一年里这块蛋糕却缩小了 30% 以上。全球汽车业一年可生产近 9000 万辆汽车,但销售量只有 5500 万辆左右。对于两家元气大伤的汽车公司来说,这绝不是个宽松的环境。这正是有些人认为克莱斯勒的拯救计划被误导的原因之一。

这些竞争对手中有许多都已嗅到了机遇,它们迫切希望抢夺底特律的顾客。据 J. D. Power & Associates 预测,未来 5 年里全世界的汽车生产商每年将在美国推出近 60 款车型。起亚和大众正在美国修建新工厂。丰田汽车已指示密西西比的一家工厂生产更多的普锐斯混合动力汽车,一旦市场回暖,它还会生产其他车型。此外,如果有人收购了通用汽车的土星零售网络(已经有两家连锁经销商提出了报价),它就会为中国的汽车生产商或印度的塔塔汽车公司提供跳板。与此同时,印度的 Mahindra & Mahindra 公司计划从 2010 年开始在美国市场销售汽车。

名声一落千丈的通用汽车和克莱斯勒即使在破产后重新崛起,也几乎于事无补。许多美国人一直认为通用和克莱斯勒的汽车款式陈旧、质量粗糙。现在,由于这些公司接连遭受打击,因此即使有政府的担保也不一定对其销售有明显的拉动作用。此外,许多美国人都认为,奥巴马政府把老百姓的钱浪费在了那些在过去几年中犯下大量错误的公司身上。人们对通用汽车和克莱斯勒非常不满,因为它们是经济系统的负担。

美国信誉协会最近对世界各地的 7 万名受访者进行了调查,询问他们对世界上最大的 600 家公司的印象。2008 年,通用汽车击败了马自达、起亚、福特、菲亚特以及一些长期发展滞后的对手。到 2009 年,通用估计只能压倒为摆脱倒闭困境而努力多年的三菱和 AvtoVAZ 公司了。几乎没有哪家著名汽车生产商的销售额能以如此快的速度出现这么大的降幅。

人口统计学方面的数据也对通用汽车和克莱斯勒不利。未来若干年里,汽车生产商将展开对美国下一代驾车者的争夺战,美国这一总数达 7300 万的人群年龄在 21~33 岁,他们对购买通用和克莱斯勒的产品没有太大兴趣。汽车品牌态度的 AutoStrategem 公司的丹·戈瑞尔的研究结果显示,截至目前(底特律的)品牌对年轻一代似乎没有太大吸引力,许多人没有看到他们的朋友使用这些品牌,因此他们自己也不会买这些品牌的汽车。

通用汽车负责北美地区销售和市场营销的副总裁马克·拉内维承认,通用汽车的公司灾难给其汽车产品形象带来了负面影响。正是由于这个原因,他计划在破产的第一周前后,或者至少在破产申请所造成的轰动效应褪去之前,大幅削减公司的广告。对通用汽车来说,唯一的一个好消息是现在它只要投资 4 个品牌,而不是 8 个品牌。这意味着公司最重要的两个品牌——雪佛兰和凯迪拉克——每年获得的市场营销经费接近 13 亿美元,比现有预算翻了一番,而这个数字几乎接近丰田拨给旗下同名品牌汽车及雷克萨斯的宣传费用。拉内维没有排除放弃通用汽车这个名字的可能性,不过他说现在还不是讨论这个问题的时候。投资额增加、投资的目标品牌数量减少是件好事,但几乎没有人相信通用汽车可以迅速再现昔日雄风。

克莱斯勒面临的挑战更为严峻。这辆吉普车品牌依然保持着强大的实力,但它销售的为郊区通勤人士设计的汽车使公司狂野不羁的形象大受影响。购买道奇汽车的往往是收入低、信用得分不太高的人,在当下的危险时期,这是个充满风险的细分市场。而克莱斯勒未来的合作伙伴——意大利的菲亚特还在考虑是否应该保留克莱斯勒品牌。

当然,除非企业拥有正确的产品组合,否则市场营销的意义将微不足道。随着成本的降低,理论上说通用汽车在别克和商用车品牌上的投资额会增加,而这两个品牌已经很久没有推出新车型了。通用公司新上任的产品负责人托马斯·史蒂芬斯说,别克将首次拥有全系列车型,目的是希望吸引更富有的客户并且帮助通用汽车保住市场份额。这对于生存而言至关重要,因为公司需要出售足够多的汽车来偿还债务(债务额仍有可能达到 100 亿至 200 亿美元)并为新车型开发提供资金。

与此同时,克莱斯勒对与菲亚特结盟寄予了厚望,菲亚特公司首席执行官塞尔吉奥·马尔基翁已经承诺为美国供应市场急需的小型汽车。但是,破产后的克莱斯勒将背负近 210 亿美元债务。除非政府以债转股的形式为克莱斯勒减少一些压力,否则这将是个极其沉重的负担。

通用汽车和克莱斯勒均表示,它们可以保住美国的市场份额。但是,从品牌所受到的猛烈抨击和竞争对手的相对实力来看,通用汽车和克莱斯勒几乎肯定要丢城失地。2010—2015 年,美国的汽车市场将与今天的欧洲市场越来越接近,它将分为两个层次:一些中等规模的公司占据高端,而大批小公司将在下游展开争夺。通用汽车的市场份额可能从现在的 19.1% 下降至 14%～17%,公司也将因此归入福特和本田所在的梯队,而丰田最终将获得近 20% 的市场份额。克莱斯勒的情况更糟糕,其市场份额将萎缩至 6%,甚至还比不上日产汽车公司。

在通用汽车和克莱斯勒努力重塑自我的时候,需要牢记的一点是:奥巴马政府有自己的施政安排且这个安排并不是总与商界需求保持一致的。美国财政部已经清楚地为通用汽车和克莱斯勒指明了道路,要求其成为有生存能力的企业,但是刺激燃料经济的新法规很可能会让汽车变得更昂贵,而且也根本无法保证消费者会购买新的节油汽车。因此,虽然政府的政策是要保护底特律,但是它的规定却增加了汽车生产商尤其是实力薄弱的生产商赚钱的难度。

美国政府这一冒险的行业政策实验的代价相当高。它的失败不仅会让奥巴马政府成员在政治上和经济上遭受灭顶之灾,而且还会影响到美国的长期繁荣,大幅削弱美国的工业能力。但是,奥巴马团队清楚地认识到,这次冒险是值得的,因为没有属于自己的 21 世纪汽车工业的美国将实力大减。美国政府已经给了通用汽车和克莱斯勒战斗的机会。问题是,它们能否赢得购车者,在不失败、不被外国列强瓜分或取代的情况下挨过未来几年的艰苦时光?

参考资料:戴维·韦尔奇,戴维·基利. 政府做靠山,前路仍艰险. 商业周刊,2009(7).

讨论问题

1. 通用和克莱斯勒公司目前所面临的外部环境是怎样的?

2. 美国通用公司已经破产而通用中国的销售业绩却稳步上升,请解释原因。

【主要参考文献】

[1] 陈向,田志龙.我国民营科技企业国际化经营的政治风险及其管理.中国科技产业,2001(10):59－62.

[2] 约翰 D.丹尼尔斯,李 H.拉德巴赫,丹尼尔 P.沙利文.国际商务环境与运作(第11版).北京:机械工业出版社,2008:58－63.

[3] 阿尔温德 V.帕达克.国际管理.北京:机械工业出版社,2006:76－79.

[4] 查尔斯·W.L.希尔.国际商务(第5版).北京:中国人民大学出版社,2005:46－79.

[5] 李兰甫.国际企业论.台北:三民书局,1984:253－282.

[6] 马春光.国际企业管理.北京:对外经贸大学出版社,2005:30－36.

[7] 谭力文,吴先明.国际企业管理(修订版).武汉:武汉大学出版社,2002:20－85.

[8] 田明华.国际商务.北京:电子工业出版社,2007:20－76.

[9] 王建华,邹志波,曹细玉.国际商务——理论与实务.北京:清华大学出版社,2006:10－70.

[10] 邹树彬.分销渠道管理.广东:广东经济出版社,2000:12－65.

[11] 菲利普 R.凯特奥拉.国际市场营销学(第10版).北京:机械工业出版社,2000:355－373.

[12] 刘冬梅,李京.我国企业跨国经营如何规避政治风险.经营与管理,2005(3):41－42.

[13] 金润圭.国际商务.上海:立信会计出版社,2006:12－44.

[14] 梁能.国际商务.上海:上海人民出版社,1998:15－62.

[15] 刘冀生.企业经营战略.北京:清华大学出版社,1995:38－49.

[16] 马萨基·科塔比,克里斯蒂安·赫尔森.全球营销管理(第3版).北京:中国人民大学出版社,2005:109－160.

[17] 南希·阿德勒 国际组织行为(第4版).北京:北京大学出版社,2004:5－13.

[18] 史建军.我国企业海外投资的政治风险及规避.产业与科技论坛,2008(5):33－35.

[19] 沃伦·基根.全球营销管理(第7版).北京:清华大学出版社,2004.

[20] 邢以群.管理学(第2版).杭州:浙江大学出版社,2004:95－103.

[21] 杨德新.跨国经营与跨国公司.北京:中国统计出版社,1996:197－275.

4 | 国际企业战略管理

International Strategy Management

爱丽丝问道:"请你告诉我,从这儿可以去哪儿?"猫回答:"这要看你想去哪儿。"

——刘易斯·卡罗尔(Lewis Carroll)

□ **主要内容**
- 国际企业战略管理概述
- 战略管理基本过程
- 战略管理工具
- 国际企业的战略模式与战略体系

□ **核心概念**
- 国际企业战略管理
- 总成本领先战略
- 标歧战略
- 目标聚焦战略
- 多元经营战略
- 防御型战略
- 国际战略
- 多国战略
- 地区战略
- 跨国战略

□ **学习目标**
- 掌握国际企业战略管理的基本流程
- 理解外部因素评价矩阵、波特物力模型、GE 矩阵、SWOT 分析模型的主要内容和作用
- 理解价值链分析法以及麦肯锡 7S 模型的内容和制定过程

- 理解四种跨国经营战略模式的异同
- 理解总成本领先战略、标歧立异战略、目标集聚战略、一体化战略、加强型战略、多元经营战略、防御性战略的含义
- 理解四种国际经营战略的区别及使用条件
- 了解国际企业战略管理的特征

【章首案例：肯德基赢在中国】

假如要列举广受中国人欢迎的西方品牌，肯德基当之无愧。1987年这家美国快餐连锁店在北京天安门广场附近开设了其首家中国分店。之后20年，肯德基连锁店如雨后春笋般开遍神州大地，目前共计达2000家，这无论如何都称得上成绩辉煌。

肯德基中国前业务发展副总裁、肯德基母公司百胜餐饮集团的前身Tricon公司的中国执行委员会委员刘国栋指出，肯德基在中国取得空前成功，秘诀在于几个主要元素：市场环境、人才、市场策略及执行。在他的新书《肯德基在中国：成功的秘诀》中，刘国栋指出，肯德基的成功首先归功于特殊的市场环境。战略取决于环境，一个适用于成熟稳定的市场经济体的战略不一定适用于中国，因为中国拥有多元民族、复杂的地理环境、悠久的历史文化，而中国的商业环境自1978年改革开放以来迅速地发展变化。举例来说，1973年肯德基进入香港，次年急速发展到11家餐厅。但因错估市场情况，未能开发一个合适的商业模式，结果到1975年时已相继关闭所有餐厅，并撤出香港。10年后，带着从失败中吸取的教训，肯德基卷土重来，通过特许授权的方式，将香港的经营权交给一个由本地投资者组成的公司Birdland。

肯德基早期在亚洲积累的经验为它1987年进入中国大陆市场提供了无价的参考与借鉴经验。20世纪80年代后期至90年代初期，外企除了和本地企业合资经营外，几乎没有其他的选择。在这个时代背景下，肯德基选择与有政府背景的当地企业合作，充分利用其有形和无形的当地资源。而当合资经营不再是硬性条规时，肯德基开始转向独资，以避免与合作伙伴出现意见分歧而陷入僵局。

肯德基中国的另一个成功要素是其领导团队，特别是其被称为"台湾帮"的先锋领导层——大多来自中国台湾，但也不乏来自亚洲其他国家和地区的华人。这批肯德基中国的领导团队来中国大陆之前大多具备了快餐行业至少10年，甚至是15年到20年的经验。虽然他们大多受西方教

育,但身为华人,他们更容易了解中国国情,有的还有麦当劳工作经验。这一因素使管理层对中国市场具有直觉和深度的理解,这是肯德基中国取得成功的一个重要因素。

刘国栋认为,对于外国公司或非本地公司而言,成功的关键在于充分了解当地市场环境。而了解有时靠直觉。所谓的"直觉",就是不用做市场调研,不用召开无数次会议,就能想出解决问题的办法或设想出某种战略方向。而省下的资源和时间将增添企业未来取得成功的概率,因为在这瞬息万变的动态市场环境下,速度是一个制胜因素。快速地想出点子、做出决定和执行决定,随着时间的推移,日积月累,最终有助于企业在市场上取得相对成功。

直觉有助于推动产品本土化,这绝对是成功的另一个重要因素。肯德基中国比其他同行更快速引进新产品。同时,肯德基以鸡肉为主要食品这一点使它在中国市场占尽优势。毕竟,中国人最偏爱猪肉,其次就是鸡肉了,而牛肉和羊肉受欢迎的程度则差得多,这使肯德基占了绝对优势。

肯德基从一开始就努力开发更适合中国消费者口味的产品。在中国,肯德基连锁店数量是麦当劳的两倍,而在中国以外正好相反。虽然肯德基的传统美式炸鸡已广为中国消费者接受,但肯德基并没有松懈发展新产品。为了迎合中国消费者的口味,肯德基推出具有中国风格的早餐粥品、老北京鸡肉卷配海鲜沙拉以及辣鸡串等,最近还推出了中国式的油条。

尽管肯德基尽量做到产品中西结合并富有中国本土特色,但它的竞争同行也已经不仅仅是汉堡王或是麦当劳了,中国本土快餐行业也在抢攻市场。打响品牌的有遍及各大城市的日式连锁快餐店"味千拉面",还有来势汹汹的本土品牌"真功夫"。或许正是激烈的市场竞争促使肯德基中国最新推出中式快餐品牌的原因。

肯德基在中国正在得到迅速发展,但也存在不足之处。刘国栋认为,肯德基应该更注重新产品的口味、质量及价格,而不是一味追求新产品的数量,因为这可能会分散消费者对其主要产品的注意力。他还建议公司提拔中国本土人才,以便几年后他们能够胜任全国性、区域性甚至全球性的领导职位。他认为,虽然台湾帮对肯德基在中国的创立及发展起了功不可没的作用,现在是把领导棒子交给本地人的时候了;这绝不是利己主义,而是因为本地人对市场的了解会比"台湾帮"更加透彻。

当然,过往的成就并不能保证未来的成功。因此,"本地帮"会不会像"台湾帮"那样优秀甚至比"台湾帮"更加优秀?这还有待观察,并且在很大程度上取决于本地领导班子的成长以及未来中国市场的演变。

企业经营的成败系于战略的执行。而在中国,成功的战略执行不仅需要适合的本土化产品、人才、制度及程序,而且还需要根据新的政策、市场机会或危机灵活地调整方向。只有对市场最敏锐、行动最迅速的公司才能领先于同行"。

资料来源:哈佛商业评论网.肯德基赢在中国. http://www.hbrchina.com.

4.1 国际企业战略管理概述

4.1.1 国际企业战略管理的概念及层次

1.战略管理的概念

有一则小故事很好地解释了企业为什么要进行战略管理。两个在同一产业相互竞争的公司经理,他们正在进行一次野营以商讨可能的两公司合并。当他们共同走入密林深处时,突然遇到了一只灰熊,灰熊直立起身子向他们吼叫。其中一位经理立即从背包里取出一双运动鞋,另一位经理忙说:"喂,你不要指望跑得过熊。"取鞋的经理回答道:"我可能跑不过那只熊,但肯定能跑过你。"这个小故事很形象地比喻了战略管理活动的意义,即实现和保持竞争优势。

对于战略管理的概念,不同的学者有不同的定义。明茨伯格的 5P 模型[1]认为,从企业未来发展的角度来看,战略表现为一种计划,而从企业过去发展历程的角度来看,战略则表现为一种模式。如果从产业层次来看,战略表现为一种定位,而从企业层次来看,战略则表现为一种观念。此外,战略也表现为企业在竞争中采用的一种计谋。学者弗雷德·R.戴维则将战略管理定义为:制定、实施和评价使组织能够达到其目标的、跨功能决策的艺术与科学。[2]

---

[1] 加拿大麦吉尔大学教授明茨伯格(H. Mintzberg)有如下表述:人们在生产经营活动中不同的场合以不同的方式赋予企业战略不同的内涵,说明人们可以根据需要接受多样化的战略定义。在这种观点的基础上,明茨伯格借鉴市场营销学中的四要素(4P)的提法,提出企业战略是由五种规范的定义阐述的,即计划(Plan)、计策(Ploy)、模式(Pattern)、定位(Position)和观念(Perspective),这构成了企业战略的"5P"。

[2] 弗雷德·R.戴维.战略管理.北京:经济科学出版社,2001:18.

2. 战略管理的特点

(1)战略管理具有全局性

企业的战略管理是以企业全局为对象,根据企业总体发展的需要而制定的。它所管理的是企业的总体活动,所追求的是企业的整体效益。虽然这种管理也包括企业的局部活动,但是这些局部活动是作为总体活动的有机组成部分在战略管理中出现的。具体地说,战略管理不是强调企业某一事业部或某一职能部门的重要性,而是通过制定企业的使命、目标和战略来协调企业各部门的活动。在评价和控制的过程中,战略管理重视的不是各个事业部门或职能部门自身的表现,而是它们对实现企业使命、目标、战略的贡献大小。这就使得战略管理具有综合性和系统性的特点。

(2)战略管理的主体是企业的高层管理人员

战略决策涉及企业活动的各个方面,虽然它也需要企业上、下层管理者和全体员工的参与和支持,但企业的最高层管理人员介入战略决策是非常重要的。这不仅是由于他们统观企业全局,了解企业的全面情况,更重要的是他们具有对战略实施所需资源进行分配的权力。

(3)战略管理涉及企业大量资源的配置问题

战略决策需要在相当长的一段时间内致力于一系列的活动,而实施这些活动需要有大量的资源作为保证。为保证战略目标的实现,企业需要对所拥有的资源进行统筹规划,合理配置。

(4)战略管理具有长远性

战略管理中的战略决策是对企业未来较长时期(5年以上)内,就企业如何生存和发展进行统筹规划。从这一点上来说,战略管理也是面向未来的管理,战略决策要以管理人员所期望或预测将要发生的情况为基础。在迅速变化和竞争性的环境中,企业要取得成功必须对未来可能的变化制定应对措施。

(5)战略管理需要考虑企业外部环境中的诸多因素

在一个开放的环境中,企业的经营活动影响着外部环境,但同时也受到这些不能由企业所控制的外部因素的影响。在未来竞争的环境中,企业要使自己占据有利地位并取得竞争优势,就必须考虑包括竞争者、顾客、资金供给者、政府等与其经营活动密切相关的外部因素,以使企业的行为适应不断变化中的外部环境。

3. 战略管理的层次

大型企业战略呈金字塔形,由上至下分四个基本层次。

（1）公司总战略

公司总战略是企业最高层次战略即利用公司内所有的资源——资金、技术、生产、营销以及人力来达成公司总目标，它将企业与外部环境（本国环境、外国环境与国际环境）联成一体。

（2）企业战略

企业战略是关于企业在某个特定行业（如计算机行业），或某个特定市场（如中国），或特定产品细分市场（如笔记本市场），或某个特定环境中运作的整体计划，它强调的是企业的经营领域是什么；企业应该进入什么经营领域；企业应该在哪个市场上运作；如何将企业的不同业务与市场进行有效地组合。例如，选择经营活动与市场、确定派息政策和扩张顺序、选择长期资本筹措方法等都是企业层的战略决策。

（3）战略经营单位

战略经营单位（strategic business unit，SBU）[①]是企业的作业部门，其职能是经营特定产品或服务某一市场分区、特定国家或区域或某一类客户，在小企业或只经营一种产品或业务的情况下，战略经营单位层的战略与企业战略没什么区别。在国际企业中，战略经营单位有时是有一定自主权的区域或国别联属企业。因此，可以根据产品与服务线或地域分布来辨别跨国公司的各个战略经营单位（见表 4-1）。

表 4-1　根据产品与服务线和地理位置划分战略经营单位（SBU）

产品与服务线	甲国	乙国	丙国	丁国
产品与服务线 A	SBU A甲	SBU A乙	SBU A丙/丁	
产品与服务线 B	SBU B甲	SBU B乙	SBU B丙	SBU B丁
产品与服务线 C	SBU C甲	SBU C乙/丙		SBU C丁
产品与服务线 D	SBU D甲	SBU D乙	SBU D丙	SBU D丁

资料来源：杨德新.跨国经营与跨国公司.北京：中国统计出版社，1996：523.

---

①　战略经营单元是公司中的一个单位，或者职能单元，它是以企业所服务的独立的产品、行业或市场为基础，由企业若干事业部或事业部的某些部分组成的战略组织。战略业务单位必须在公司总体目标和战略的约束下，执行自己的战略管理过程。在这个执行过程中其经营能力不是持续稳定的，而是在不断变化的，可能会得到加强，也可能会被削弱，这取决于公司的资源分配状况。

在国际企业中,每个战略经营单位都有自己的经营战略。这些战略根据各自的独特环境、公司总战略以及企业战略而制定,其目的是使各自的资源和战略优势得到最佳利用,为完成企业跨国经营战略和目标服务。

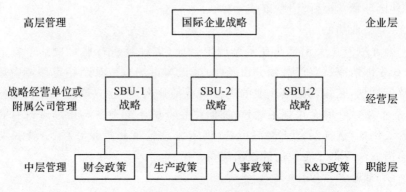

图 4-1　国际企业战略层次

资料来源:杨德新.跨国经营与国际企业.北京:中国统计出版社,1996:524.

（4）职能战略

职能战略是战略经营单位中各个职能部门的战略或政策,这些部门包括财会、营销、人事、生产管理、研究与开发等部门。职能战略突出强调两方面问题:一是将战略经营单位各职能部门的下属部门和活动联成一体;二是将众多职能领域政策与职能领域环境变化挂钩。例如,通过营销战略就可将众多的广告、定价的相关政策和活动联成一体。

如果说企业层和战略经营单位层战略强调的是"做正确的事情",那么,职能层战略则强调"把事情做正确"。职能部门经理们考虑的是生产和营销系统的效率和效果,希望通过有竞争力的产品和良好的服务来提高企业市场份额。因此,其政策强调行动性,突出作业问题。此外,职能层战略对于进行的活动有高度专一性,很少需要组织内其他部门的配合。

4.1.2　企业战略的发展阶段

1. 早期战略思想阶段

在此阶段,虽没有出现完整的战略理论体系,但企业已经开始意识到战略的重要性,并形成早期的战略思想。美国哈佛大学的迈克尔·波特（Michael Porter）教授对此作了精辟的概括,总结了早期战略思想阶段的三种观点。

20 世纪初,法约尔对企业内部的管理活动进行整合,将工业企业中的各种活动划分成六大类,即技术活动、商业活动、财务活动、安全活动、会计活动和管理活动,并提出了管理的五项职能:计划、组织、指挥、协调和控制,其中计划职能是战略管理的首要职能。这可以说是最早出现的企业战略思想。

1938 年,美国经济学家切斯特·巴纳德(Chester I. Barnard)在《经理人员的职能》一书中,首次将组织理论从管理理论和战略理论中分离出来,提出管理工作的重点在于创造组织的效率,而战略管理工作则应注重组织的效能,即如何使企业组织与环境相适应。这种关于组织与环境相"匹配"的主张成为现代战略分析方法的基础。

19 世纪 60 年代,哈佛大学的安德鲁斯(Kenneth R. Andrews)对战略进行了四个方面的界定,将战略划分为四个构成要素,即市场机会、公司实力、个人价值观和渴望与社会责任。其中市场机会和社会责任是外部环境因素,公司实力、个人价值观和渴望则是企业内部因素。他还主张企业应通过更好地配置自身的资源,形成独特的能力,以获取竞争优势。

2. 传统战略理论阶段

进入 20 世纪 60 年代后,随着全球性竞争加剧,人们也认识到未来是不可预测的,环境是不确定、不连续的,这就从根本上动摇了战略管理理论关于未来可以计划、可以预测的思想。这时,以环境变化分析为中心的战略理论开始占据主导地位。1962 年,钱德勒(Alfred D. Chandler, Jr.)分析了环境、战略和组织结构之间的相互关系,提出了"结构追随战略"的论点。他认为企业经营战略应当适应环境(满足市场需要),而企业组织结构又必须适应企业战略,随着战略的发展变化而变化。钱德勒还确立了"环境—战略—结构"这一以环境为基础的经典战略理论分析方法。随后,在这一分析框架下,形成了两个最主要的学派——计划学派和设计学派。

计划学派以安索夫(H. Igor Ansoff)为主要代表。安索夫对企业发展的基本原理、理论和程序进行了研究,初步形成了企业战略管理研究的理论框架。另外,安索夫还系统地提出了战略管理的模式。计划学派认为战略构造应该是一个有控制、有意识的正式计划过程。企业的高层管理人员负责计划的全过程,战略计划的实施则应通过目标、项目、预算的分解来进行,具体制订和实施计划的人员必须对高层管理人员负责。战略行为是企业对其经营的外部环境的适应过程以及由此而产生的企业内部结构化的过程,其目的是追求自身的生存与发展。

设计学派的代表人物是安德鲁斯(K. Andrews),他在 1971 发表的经典著作《公司战略概念》一书中首次提出了公司的战略思想问题,阐明了制订与实施公司战略的两阶段战略管理模式。安德鲁斯的最大贡献是提出了战略制定的 SWOT 分析框架。设计学派认为战略制定是一个有意识控制的思想过程。企业的经理是企业战略的唯一制定者,战略制定过程是简单而又非正式的一次成型过程,成型之后即付诸实施。设计学派还认为最佳战略应具有创造性和灵活性。

不难看出,尽管这一时期学者们的研究方法和具体主张不尽相同,但其核心思想是一致的,主要体现在两个方面:一是企业战略的出发点是适应环境;二是企业战略的实施要求组织结构变化与之相适应。

3. 竞争战略理论阶段

随着企业战略理论和企业经营实践的发展,企业战略理论的研究重点逐步转移到企业竞争方面。回顾近 20 年来的发展历程,企业竞争战略理论涌现出了三大主要战略学派:行业结构学派、核心能力学派和战略资源学派。战略管理理论演进的三个阶段及其主要特征如表 4-2 所示。

表 4-2　战略管理的演进

	早期战略思想	传统战略理论	竞争战略理论
各时代开始的时间	20 世纪 50 年代初开始出现	20 世纪 60 年代初始出现	20 世纪 70 年代初开始出现
管理的重点	以对环境的预测和制订长期计划为重点	以适应环境变化和制定长远发展战略为重点	以主动应对环境突变及出现的机会和威胁,制定和实施战略并重为重点
前提	认为过去的情况必将持续到未来,未来是可以预测出来的	认为环境发展趋势和变化均需预测和了解;环境变化的主动权在企业	单纯周期性计划不能完全适应环境变化的需要,企业能力是个变数
管理的程序	周期性程序	周期性程序	因地制宜与周期性程序并存

(1)行业结构学派

行业结构学派的创立者和代表人物是迈克尔·波特教授。波特的杰出贡献在于,实现了产业组织理论和企业竞争战略理论的创新性兼容,并把战略制定过程和战略实施过程有机地统一起来。波特认为,构成企业环境的最关键部分就是企业投入竞争的一个或几个行业,行业结构极大地影响着竞争规则的确立以及可供企业选择的竞争战略。为此,行业结构分析是确立竞争战略的基石,理解行业结构永远是战略制定的起点。为此,波特创造性地建立了五种竞争力量分析模型。他认为一个行业的竞争状态和盈利能力取决于五种基本竞争力量之间的相互作用,即进入威胁、替代威胁、买方讨价还价能力、供方讨价还价能力和现有竞争对手的竞争,而其中每种竞争力量又受到诸多经济技术因素的影响。在这种指导思想下,波特提出了赢得竞争优势的三种最一般的基本竞争战略:总成本领先战略、差异化战略、专一化战略。

（2）核心能力学派

1990 年，普拉哈拉德（C. K. Prahalad）和哈默尔（Gary Hamel）首先提出核心能力概念。所谓核心能力，就是所有能力中最核心、最根本的部分，它可以通过向外辐射，作用于其他各种能力，影响其他能力的发挥和效果。

核心能力学派认为，现代市场竞争与其说是基于产品的竞争，不如说是基于核心能力的竞争。企业的经营能否成功，已经不再取决于企业的产品、市场的结构，而取决于它的市场反应能力，即对市场趋势的预测和对变化中的顾客需求的快速反应。可以说，企业战略的目标就在于识别和开发竞争对手难以模仿的核心能力。另外，企业要获得和保持持续的竞争优势，就必须在核心能力、核心产品和最终产品三个层面上参与竞争。在核心能力层面上，企业的目标应是在产品性能的特殊设计与开发方面建立起领导地位，以保证企业在产品制造和销售方面的独特优势。

（3）战略资源学派

战略资源学派认为，企业战略的主要内容是如何培育企业独特的战略资源以及最大限度地优化配置这种战略资源的能力。企业竞争战略的选择必须最大限度地有利于培植和发展企业的战略资源，而战略管理的主要工作就是培植和发展企业对自身拥有的战略资源的运用能力，即核心能力。核心能力的形成需要企业不断地积累战略制定所需的各种资源，需要企业不断学习、不断创新、不断超越。只有在核心能力达到一定水平后，企业才能通过一系列组合和整合的方式形成自己独特的且不易被人模仿、替代和占有的战略资源，才能获得和保持持续的竞争优势。

尽管三大学派在企业战略研究的侧重点上各有不同，但他们都把买方市场作为主要经济特征，环境呈现复杂多样性的变化作为战略研究的时代背景，并且将市场竞争作为战略研究的主要内容，以谋求建立和维持企业的竞争优势作为战略目标。

4.2　战略管理基本过程

4.2.1　战略制定

1. 战略管理模型

研究和实施战略管理的最好方法是采用模型。每个模型都代表了某种过程。图 4-2 所示是一种被广泛接受的、综合的战略管理过程模型。虽然这一模型并不能保证企业的成功，但它清楚地描述了一种实用的制定、实施和评价战略管理的过程与方法，明确了战略管理过程中主要要素间的关系。

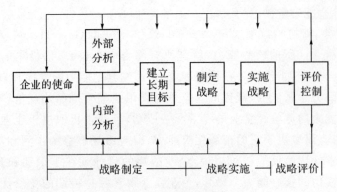

图 4-2　战略管理模型

所谓企业使命,是指企业在社会经济发展中所应担当的角色和责任,也是指企业的根本性质和存在的理由,它说明了企业的经营领域、经营思想,为企业目标的确立与战略的制定提供了依据。企业使命应该包含以下的含义:

(1)企业的使命实际上就是企业存在的原因,是企业生存的目的定位。如果一个企业找不到合理的原因或者存在的原因连自己都不明确,那么这个企业就不可能在激烈的市场竞争中长久存在。

(2)企业使命是企业生产经营的哲学定位,也就是经营观念。企业确定的使命为企业确立了一个经营的基本指导思想、原则、方向、经营哲学等,它不是企业具体的战略目标,不一定表述为文字,但影响经营者的决策和思维。这中间包含了企业经营的哲学定位、价值观以及企业的形象定位。

(3)企业使命是企业生产经营的形象定位。它反映了企业试图为自己树立的形象,诸如"我们是一个愿意承担责任的企业"、"我们是一个健康成长的企业"、"我们是一个在技术上卓有成就的企业"等。

【专栏 4-1】　著名企业的企业使命

1. 麦当劳的愿景:控制全球食品服务业。

2. 柯达的愿景:只要是图片都是我们的业务。

3. 索尼公司的愿景(使命):为包括我们的股东、顾客、员工,乃至商业伙伴在内的所有人提供创造和实现他们美好梦想的机会 Dream In Sony。

4. 通用电器使命:以科技及创新改善生活品质,在对顾客、员工、社会与股东的责任之间求取互相依赖的平衡。

5. 微软公司愿景(使命):计算机进入家庭,放在每一张桌子上,使用微软的软件。

6. 福特公司愿景(使命):汽车要进入家庭。

7. 中国移动通信:

企业使命:创无限通信世界,做信息社会栋梁,

企业经营宗旨:追求客户满意服务。

8. 上海家化公司:奉献优质产品,帮助人们实现清洁、美丽、优雅的生活。

9. 波士顿咨询公司的企业使命:协助客户创造并保持竞争优势,以提高客户的业绩。

资料来源:MBA智库百科. 什么是企业使命. http://wiki.mbalib.com/wik.

长期目标是企业经营活动所要达到的结果。长期目标应具有的特征包括:数量化、可度量、实际、易理解、有挑战性、分层次、可达到以及适用于企业内各部门。它通常以各种指标表述,如资产增长率、销售增长率、盈利率、纵向一体化的性质和程度、每股收益等。长期目标除了为企业发展提供评价标准外,还有其他两个作用:第一是激励作用,一个共同的目标会带给员工一种使命感,让他们知道自己和伙伴们在为一个共同目标工作;第二是竞争作用,通过清晰地表明自己希望得到的竞争位置,企业可以劝导竞争者将努力集中于别处。

2. 企业外部环境分析

外部环境分析的目的在于确认有限的可以使企业受益的机会和企业应当回避的威胁。外部分析并不是列举所有会影响企业经营的因素。相反,它只是要确认那些关键的、值得做出反应的变化因素。通过制定可以利用外部机会或减轻潜在威胁的方案,国际企业应能够对这些因素做出或进攻性或防御性的反应。

外部因素可以大致分为五类:①经济因素;②社会、文化、人口和环境因素;③政治、政府和法律因素;④技术因素;⑤竞争因素。

外部因素的变化会影响工业用品、消费品和服务的需求变化。外部因素会影响被开发产品的类型;市场定位和细分战略的性质;所提供服务的类型;对收购或售出企业的选择以及供应商和分销商的选择。识别和评价外部机会与威胁可以使企业制定明确的任务,设计实现长期目标所需要的战略以及制定实现年度目标所需要的政策。

【专栏 4-2】 危机中的生存

2007年的世界经济危机使很多企业面临困境,人们不禁要问在经济衰退的情况下,企业该如何生存。经济衰退就像阿拉斯加的冬天,很多动物可

以在阿拉斯加愉快地度过春季、夏季和秋季,但是当冬天到来的时候,阿拉斯加的环境变得异常恶劣,只有适者能够生存。

如果你不是非常强壮,如果你还没有积蓄大量的脂肪,或者没有培养冬眠的本领,恐怕你的日子会很艰难。"但是我怎样才能变得更强壮呢?怎样才能使皮肤变得更厚呢?现在,这里天气开始有点冷了!"但是很遗憾,阿拉斯加的冬天并不是努力变得更强壮的好时候,时间有一点点晚了。

不过,从审视低迷时期公司生存战略的角度看,倒还是有几个生存技巧的。

首先,可以看到很多公司显露出管理学界称为"威胁—僵化效应"(threat-rigidity effects)的迹象。公司面临业绩下滑的威胁时,倾向于收缩战线,集中精力经营他们擅长的某项业务(例如其核心产品或服务),不再经营其他业务,在管理控制上变得更加等级森严、自上而下。

不幸的是,这样做往往把事情变得更糟,或者至少阻碍企业找到可能的解决办法。公司的明智做法是采取开放的姿态,积极探索潜在的收入来源,进行自下而上式管理流程的试验,以此激发新想法和新创意。

例如,英国一家为各种物流系统提供定制软件并提供配套人员培训的公司。他们的绝大多数客户是像通用和福特这样的汽车公司。显然他们的处境不妙,这场经济衰退对这家公司来说,无疑就像阿拉斯加的冬天。一开始的时候,他们也同样采取了常见的削减成本和一轮一轮的裁员措施。

但一段时间后,该公司的首席执行官决定尝试某个不同的做法。他启动了一些举措,让所有的员工开动脑筋,思考潜在的新的收入来源,而员工们都满腔热情地参与进来。多数想法都是垃圾,有些想法马马虎虎,但也有少数想法非常棒。现在,其中一个想法已经给他们带来了巨大的新的收入来源。

其中一个团队注意到,在他们的汽车客户中,一个提供配件的业务部门总是做得非常好。这很好理解,因为在经济低迷的时候,人们不再买新车了,更多的人需要修车。这大大帮助了配件部门。因此,这个团队提议设计一款针对汽车公司配件部门的存货控制软件。这个想法奏效了。

这种做法跟通常的"威胁—僵化效应"恰恰相反——不是收缩战线,不采取自上而下的管理方式,而是采取开放的姿态,组织自下而上的活动,并且尝试新的做法。

当冬天的暴风雪把你的耳朵冻红的时候,采取这种做法需要勇气,因为这种做法看上去是在花钱,而不是省钱。但是,找到你客户的"配件部"可能恰恰会帮助你熬过经济低迷期。

资料来源:弗里克·韦穆伦.你的公司有这样生存的勇气吗.http://www.hbrchina.com/c/oversea_article-layoutId-26-id-2692.html 2009-07-13.

为了进行外部分析,公司必须首先搜集竞争情报和包括社会、文化、人口、环境、经济、政治、法律、政府和技术发展趋势等方面的信息。信息一旦被收集进来,应当及时进行整理与评价。

不同的产业在不同的时期会遇到不同的关键影响因素,与供应商或分销商的关系常常是关键影响因素之一。其他被广泛采用的变量包括市场份额、竞争产品的生命力、世界经济形式、国外分支机构、专有权优势、价格竞争力、技术优势、人口迁移、利率及环境污染等。

一般而言,关键影响因素应当有如下特征:①对于实现长期及年度目标是主要的;②可度量;③数量相对较少;④分层级,即有些适用于公司整体,有些则适合于分公司或分部门领域。而最终形成的最重要的关键影响因素表应当广泛地在组织内传播。

3. 企业内部环境分析

所有的企业都只能在某些职能领域方面具有优势与劣势,没有一家企业在所有的领域都有同样的优势或劣势。例如,海尔以出色的生产和售后服务著称,而宝洁公司则以高超的营销闻名。内部优势与劣势加上外部机会与威胁及明确的企业使命,共同构成建立企业目标与战略的基础。建立目标和战略的出发点便是要利用内部优势并克服内部劣势。

进行内部分析的过程和进行外部分析的过程非常类似。确定公司的优势和劣势需要有来自整个企业的管理者和员工共同参与。内部分析需要收集和吸收有关企业的管理、营销、财务会计、生产作业、研究与开发及计算机信息系统运行方面的信息。

战略管理是一个企业组织内各方面高度相互作用的过程,它要求对管理、营销、财务会计、生产作业、研究与开发及计算机信息系统等职能领域进行有效地协调。尽管战略管理过程由战略制定者总体负责,但成功的战略管理要求来自所有职能部门的管理者和员工共同工作并提供想法与信息。例如,财务主管可能会限制供应生产主管选择的经营方案数量。企业成功的关键便在于各职能业务领域管理者之间的有效协调与相互理解。

不能认识和理解企业各职能部门间的关系对于战略管理是非常不利的。而且随着企业规模、经营产品和服务种类及经营地域的扩大,需要掌握和管理的这类关系的数量也在急剧增加。

4.2.2 战略制定与选择

企业战略并不是唯一的,一般企业根据需要会制定多个备选战略,从中挑选出最适合企业发展的战略。重要的战略制定技术可以被综合于一个三阶段决策系统之中。这一框架中所包含的各种方法适用于所有规模和类型的企业,并可以帮助战略制定者确定、评价和选择战略。

战略制定的第一阶段被称为"信息输入阶段",收集与分析制定战略所需要输入的基本信息。第二阶段为"匹配阶段",通过将关键内部及外部因素进行排列而集中进行可行备选战略的制定。第三阶段为决策阶段,揭示各种备选战略的相对吸引力,从而为选择特定战略提供客观基础。

战略制定框架中所有的战略工具的使用,都要求将直觉性判断与分析性判断相结合。需要注意的是,对战略决策负责的永远是战略制定者自己,而不是各种分析方法。伦茨(R. T. Lenz)曾强调计划过程从重文字到重数字的转变给人们一种错误的确定感,它会减少对话、讨论和争论,而这些都是增进理解、检验假设和增加知识的手段。[①] 战略制定者必须警惕这种可能性,并用分析的方法促进而不是削弱企业内部的相互沟通。

1. 信息输入阶段

信息输入的方法要求战略制定者在战略制定过程的早期阶段就将主观观念定量化。在输入阶段的矩阵中就内部及外部因素的相对重要性进行一些必要的排序,可以使战略制定者更为有效地建立和评价备选战略。当然,在确定适当的权重和评分的过程中需要决策者具有丰富的经验和良好的直觉性判断。

2. 匹配阶段

战略有时被定义为将企业的内部资源和技能等要素与由外部因素造成的机会与威胁进行匹配。[②] 战略制定系统中的匹配阶段可用诸如 SWOT 模型、GE 矩阵等战略工具。这些方法依赖于输入阶段得到的信息并将外部机会和威胁与内部优势和劣势进行匹配。将外部与内部的重要因素相匹配是有效建立备选战略的关键。例如,拥有过剩流动资金(内部优势)的企业可以通过收购信息产业的一个企业而得到该产业年增长 20%(外部机会)的机会。当然在绝大多数场合,实际的外部和内部关系要复杂得多,这要求在战略制定中进行多重匹配。匹配的基本原理如表 4-2 所示。

---

① R. T. Lenz. Managing the Evolution of the Strategic Planning Process. *Business Horizons* 30, No. 1:37.

② Robert Grant. The Resource-Based Theory of Competitive Advantage, Implications for Strategy Formulation. *California Management Review*(Spring 1992):114.

表 4-2 为制定备选战略而将关键外部与内部因素进行匹配

关键内部因素		关键外部因素		所得战略
能力过剩 （内部优势）	+	在信息产业 20% 的年增长率 （外部机会）	=	收购信息产业的公司
能力不足 （内部劣势）	+	两家国外竞争者退出本产业 （外部机会）	=	收购竞争者设施 （横向一体化）
较强的 R&D 能力 （内部优势）	+	青少年人口的减少 （外部威胁）	=	为成年人开发新产品
员工士气低下 （内部劣势）	+	劳动力减少 （外部威胁）	=	加强员工福利

3. 决策阶段

管理者的分析与直觉是战略制定决策的基础。前面刚刚讨论过的匹配技术则确定了企业的备选战略，这些战略很可能已被参与战略分析和选择活动的管理者和雇员建议过。从匹配分析中得出的任何附加的战略都可予以讨论并可列入备选战略清单。在战略决策的过程中，管理者可以通过一些管理工具对各备选战略进行分析，并确定最终的企业战略。

4.2.3 战略实施

战略的实施会影响到企业所有的部门和功能领域。对于战略实施来说，最重要的管理问题包括制定年度目标、制定政策、配置资源、处理冲突和组织结构调整等。

1. 年度目标

年度目标对于战略实施非常重要，原因在于：①它是配置资源的基础；②它是评价管理者的主要尺度；③它是监测运作过程，使其向实现长期目标方向前进的工具；④它突出了公司、各分公司和各部门的工作重点。企业应当投入相当多的时间和努力，以保证年度目标恰当合理、与长期目标一致并支持企业战略的实施，图 4-3 为某企业的分层次年度目标。

企业各个层次的目标应当保持一致并形成一个支持总体目标的网络。目标的横向一致性和纵向一致性同样重要。例如，当营销部门不能销售更多的产品时，生产部门超年度计划生产便是无效的。

年度目标应当与员工和管理者的价值观符合，并由被明确陈述的政策支持。为了使员工和管理者明确实现目标对于成功实施战略的重要性，可以将奖励与惩罚同目标实现情况相挂钩。明确的年度目标虽不能保证战略的成功实施，但它增加了实现个人及组织目标的可能性。

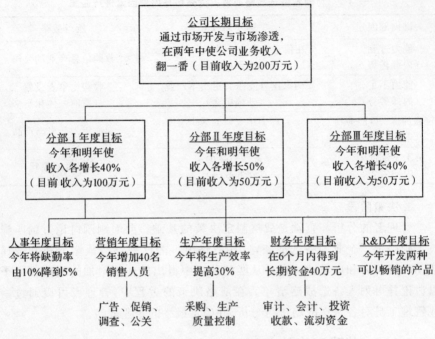

图 4-3　企业分层次年度目标

2. 制定政策

实施企业战略,需要有具体政策来指导日常工作。广义的政策是指具体的准则、方法、程序、规则、形式及支持和鼓励为实现既定目标而努力工作的管理活动。政策是战略实施的工具,政策为奖励和惩罚员工在各种管理活动中的行为确定了标准与约束。同时,它还明确了在追求企业目标时可以做什么和不可以做什么。

有些政策可以被用于所有的分部门和各职能部门,有些政策仅适用于某一部门。无论其范围和形式如何,政策都是一种实施战略和实现目标的工具。一般,企业政策都应当以书面的形式予以陈述。表 4-3 所示是支持公司战略、分部门目标及职能部门目标的各种政策举例。

3. 资源配置

资源配置是战略管理中的一项中心活动。战略管理使资源能够按照年度目标所确定的优先顺序进行配置。对于战略管理来说,再也没有比不按年度目标确定的轻重缓急顺序来配置资源更为有害了。

所有企业都至少拥有包括财力资源、物力资源、人力资源及技术资源在内的四种可以用于实现预期目标的资源。将资源分配到特定分部或部门并不意味着战略可以被成功地实施。企业过度保护资源、过于强调短期财务指标、企业内部战略目标不明确或缺乏足够的知识等都会妨碍资源的有效配置。

表 4-3　不同层级的政策

公司战略：以实现销售增长和盈利的目标
支持性政策：
(1)"所有商店的营业时间都是周一至周六的早 8 点到晚 8 点。"(如果商店目前每周营业 40 小时,这一政策将增加零售额)
(2)"每个商店都必须上交月控制数据报告"(这一政策可以降低销售费用比率)
(3)"所有商店都必须按月营业额 5％的比例上缴盈利以支持公司的广告宣传"(使企业在全国建立声誉)
(4)"各商店都必须遵循公司手册中所规定的统一定价原则"(这一政策有助于使用户相信公司的所有商品在产品价格和质量上的一致性)
分部目标：将分部的收入从 2007 年的 1000 万元提高到 2009 年的 1500 万元。
支持性政策：
(1)"自 2008 年 1 月起,分部销售员必须每周上交业务活动报告,报告内容包括：方位用户次数、业务旅行的总里程数、售出商品的单位数、销售总金额及发展新客户总数"(本政策可以避免销售人员过于偏重某些特定地区)
(2)"自 2008 年 1 月起,分部将把毛利润的 5％以年度奖金的形式发给员工"(这一政策可以提高员工生产效率)
(3)"通过采用改进的生产方式,自 2008 年 1 月起将库存水平降低到 30％"(本政策可以减少生产支出,以将更多的资金用于营销)
生产部门目标：将产量从 2008 年的 20000 个单位提高到 30000 个单位。
支持政策：
(1)"自 2008 年 1 月起,员工可自愿进行多至每周 20 小时的加班工作,并纳入绩效考核"(本政策可降低企业外部雇工的需要)
(2)"自 2008 年 1 月起,对全年未缺勤一天的雇员发放 500 元全勤奖"(本政策可以减少缺勤并提高生产效率)
(3)"自 2008 年 1 月起,必须通过租赁,而不是购买的方式添置新设备"(本政策可以减少债务支出,从而可将更多的资金投资于生产工艺的提高)

4. 处理冲突

冲突可以被定义为双方或多方在一个或多个问题上的分歧。目标间的相互依赖和为得到有限资源而进行的竞争性行为往往导致冲突。

在企业中,冲突是不可避免的,因此在功能失调影响到企业业绩之前便处理和解决好冲突显得十分重要。当然冲突并不总是坏事,例如冲突可以激发对立群体采取行动,从而使管理者发现问题。

处理与解决冲突的方法包括回避、缓解和正视三类。回避的方法是指无视问题而寄希望于冲突的自行解决,管理者通常采取将相互矛盾的个人或群体进行分离的措施。缓解的方法则是通过减弱矛盾双方的冲突,强调双方的共同点和共同利益,采用少数服从多数或请求更高级权威裁决来解决冲突。正视的方法包括对立双方交换人员以便促进相互理解,专注于诸如公司生存这样更高层级的目标,或召开会议使对立双方各抒己见等形式。

5. 组织结构与战略匹配

战略的变化往往要求组织结构发生相应的变化。其主要原因有两个:第一,组织结构在很大程度上决定了目标和政策是如何建立的。例如,地域型组织结构企业的目标和政策将以地域型的术语来表述,而在按产品类型构造企业组织结构的公司中,目标与政策则在很大程度上用产品型语言予以描述。制定目标与政策组织的结构方式会对所有战略实施活动产生相当大的影响。第二,企业的组织结构决定了资源配置方式。如果企业组织是按用户群体构造的,那么资源便也按这一形式配置。同理,如果企业组织是按职能型业务领域构造的,那么资源也将按照职能领域配置。改变组织结构的侧重点通常是战略实施活动的一部分,除非新的或修改后的战略同原战略所侧重的职能领域相同。

战略的变化导致组织结构的变化,组织结构的重新设计能够促进公司战略的实施。离开了战略或任务,组织结构就没有意义。钱德勒发现了往往重复出现于公司发展和战略改变过程中的一种特定的组织结构演变顺序(见图4-4)。

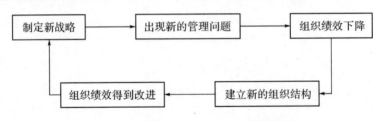

图 4-4 钱德勒的战略——组织结构关系

资料来源:弗雷德·R. 戴维. 战略管理. 北京:经济科学出版社,2001:264.

一般而言,小企业倾向于按职能设置组织结构(集中化),中型企业实行分布式的组织结构(分散式),大型企业采用矩阵或网络式组织结构。随着企业的不断成长或多种基本经营战略的相互结合,企业组织结构将经历由简单到复杂的发展过程。但是对特定战略或特定类型的企业来说,不存在一种最为理想的组织结构设计。对某一企业适用的组织结构不一定适用于另一家类似的企业。

4.2.3 战略控制与评价

战略管理决策会对企业产生显著和持久性的影响,错误的战略决策会给企业带来严重的损失,而及时的评价可以使管理者对潜在问题防患于未然。战略评价包含三项基本活动:①考察企业战略的内在基础;②将预期结果与实际结果进行比较;③采取纠正措施以保证行动与计划一致。

对战略的评价必须从短期和长期两个方面进行。理查德·鲁梅特 (Richard Rumelt)提出了可用于战略评价的四条标准:一致、协调、优越和可行(见表4-5)。协调和优越主要用于对公司外部环境的评估,而一致和可行则主要用于内部环境评估。

表 4-5 鲁梅特的四条战略评价准则

一致	①尽管更换了人员,管理问题仍持续不断,并且这一问题是因事而发生,而不是因人而发生的,那么便可能存在战略的不一致。②如果一个组织部门的成功意味着或被理解为意味着另一个部门的失败,那么战略间可能存在不一致。③如果政策问题不断地被上交到最高领导层来解决,那么可能存在战略的不一致。
协调	协调是指在评价时既要考察单个趋势,又要考察组合趋势。在战略制定中企业内部因素与外部因素相匹配的困难之一在于,绝大多数变化趋势都是与其他多种趋势相互作用的结果,对此必须综合考察。
可行	一个好的战略必须做到既不过度耗费资源,又不造成无法解决的派生问题。对战略的最终的和主要的检验标准是其可行性,即依靠自身的物力、人力及财力资源能否实施这一战略。企业的财力资源是最容易定量考察的,通常也是确定采用何种战略的第一制约因素。人员及组织能力对于战略选择在实践中更重要,但定量性却差一些。因此,在评价战略时,很重要的一点是要考察企业在以往是否已经展示了实行既定战略所需要的能力、技术及人才。
优越	战略必须能够在特定的业务领域使企业创造和保持竞争优势。竞争优势通常来自如下三方面的优越性:①资源;②技能;③位置。对资源的合理配置可以提高整体效能,位置可以在企业战略中发挥关键作用。好的位置是可防御的,即攻占这一位置需要付出巨大的代价,这会阻止竞争者向本公司发动全面的进攻。只要基础性的关键内外部因素保持不变,位置优势便趋于自我延续。因此,地位牢固公司很难被搞垮。虽然并不是所有的位置都与企业规模相关,但大企业的确可以将其规模转化为竞争优势,而小企业则不得不寻求能够带来其他方面优势的产品或市场位置。良好位置的主要特征是,它能使企业从某种经营策略中获得优势,而不处于该位置的企业则不能类似地受益于同样的策略。因此,在评价某种战略时,企业应当考察与之相联系的位置优势特性。

资料来源:李福海.战略管理学.成都:四川大学出版社,2004:212.

1.战略评价过程

战略评价对于所有类型和规模的企业来说都是必要的。战略评价应能够做到从管理的角度对预期和假设提出问题,从而引发对目标和价值观的审视,激发建立变通战略和判定评价标准的创造性。

无论大企业还是小企业,在各个层级实行一定程度的深入实际的走动式管理①对于有效的战略评价都是必要的。战略评价活动应当连续地进行，而不只是在特定时期或在发生了问题时才进行。连续而不定期的战略评价可以建立并有效监视经营战略过程中的各种考核基准。

企业管理者和员工应保持对目标实现进程的了解。当关键影响因素变化时，企业成员均应参与采取适当调整行动的决策。在战略评价中，正如在战略制定和实施中一样，人是决定性因素，企业管理者和员工应自觉地努力使公司向既定目标不断迈进。

2. 战略评价框架

表 4-6 从应当考虑的关键问题、对这些问题的各种答案及企业应采取的适当行动等方面概括了战略评价活动。没有一成不变的企业战略，因为企业的外部与内部环境总是在不断地发生着变化，同时企业也不可能总是能够朝着既定的目标前进，因此必须不断对企业战略进行纠正，图 4-5 描述了各种战略评价活动之间的关系。

表 4-6　战略评价决策矩阵

公司内部战略地位是否已发生重大变化	公司外部战略地位是否已发生重大变化	公司是否已令人满意地朝既定目标前进	结　果
否	否	否	采取纠正措施
是	是	是	采取纠正措施
是	是	否	采取纠正措施
是	否	是	采取纠正措施
是	否	否	采取纠正措施
否	是	是	采取纠正措施
否	是	否	采取纠正措施
否	否	是	继续目前的战略进程

(1)检查战略基础

如图 4-5 所示，管理者可以用修正的外部因素评价矩阵(EFE)和内部因素评价矩阵(IFE)的方法检查企业战略的基础。修正的 IFE 矩阵侧重于企业在管理、营销、财务、生产、研究与开发及计算机信息系统上优势和劣势的变化。修正的 EFE 矩阵则表明企业战略如何对关键机会与威胁做出反应。

---

①　走动管理(management by wandering around，MBWA)是指高阶主管利用时间经常抽空前往各个办公室走动，以获得更丰富、更直接的员工工作问题，并及时了解所属员工工作困境的一种策略。

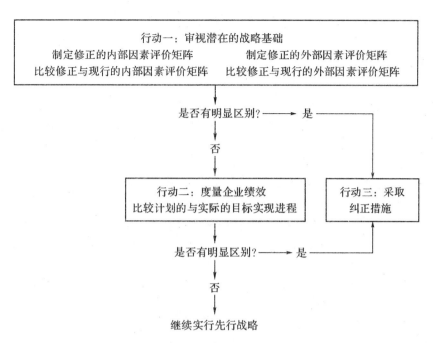

图 4-5　战略评价框架

　　企业长期和年度目标的实现会受到众多内部或外部因素的阻碍。从外部看,如竞争者行动、需求变化、技术变化、经济状况变化、人口迁移及政府行动都会阻碍企业实现目标。从内部看,企业有可能采取了无效的战略或者战略实施活动不利亦或是原目标制定得过于乐观等也会影响目标实现。对于构成现行战略基础的外部机会与威胁和内部优势与劣势,企业应不断地监视其所发生的变化。

　　(2)度量企业绩效

　　度量企业绩效是一项非常重要的战略评价活动。这一活动包括将预期结果与实际结果进行比较,研究实际进程对计划的偏离,评价个人绩效以及在实现既定目标过程中已取得的进展。

　　战略评价基于定量和定性两种标准。其选择取决于特定企业的规模、产业、战略和管理宗旨。采取收缩战略的企业与采取市场开发战略的企业的评价标准就完全不同。企业通常会利用一些财务比率如投资收益率、股本收益率、盈利率、市场份额、负债对股东权益比率、每股收益等作为战略评价的定量标准。此外,由于出勤率低、频繁调动、生产质量的下降和数量的减少以及员工满意程度等人员因素都可以导致绩效的下降,因此质量指标[1]在战略评价中也经常被运用。

(3)采取纠正措施

采取纠正措施是指企业通过调整组织结构、对某一或多个关键人员进行调整、修改企业任务陈述、建立或修改目标、制定新政策、发行股票、增加销售人员、重新配置资源或采取新的绩效激励措施等对战略及其执行进行调整。采取纠正措施不一定意味着放弃现行战略或必须制定新战略。

尽管采取纠正措施会引起员工和管理者的不安,但为了保证企业按既定目标前进采取纠正措施仍是必要的。一个有效的解决办法是让员工共同参与战略评价活动以克服对变革的害怕。根据厄瑞兹(Erez)和坎弗(Kanfer)的观点,人们在理解了变革,感觉到可以控制局势并意识到为了实施变革必须采取行动时,最容易接受变革。[2]

纠正措施应当能够使企业更好地发挥内部优势,更好地利用外部机会,更好地回避、减少外部威胁以及更好地弥补内部劣势。管理者应当为纠正措施制定明确的实施时间表和适当的风险允许度。

4.3 战略管理工具

4.3.1 环境分析工具

1.外部因素评价矩阵

外部因素评价矩阵(EFE矩阵),是一种对外部环境进行分析的工具,其做法是从机会和威胁两个方面找出影响企业未来发展的关键因素,根据各个因素影响程度的大小确定权数,再按企业对各关键因素的有效反应程度对各关键因素进行评分,最后算出企业的总加权分数。通过EFE矩阵,企业就可以对自己所面临的机会与威胁汇总,刻画出企业的全部吸引力。

EFE矩阵可以按如下五个步骤来建立:

(1)列出在外部分析过程中确认的关键因素:因素总数在 10～20 个;因素包括影响企业和所在产业的各种机会与威胁;首先列举机会,然后列举威

---

① 质量指标(quality indicator)是指在计划和统计工作中,反映了生产效果或工作质量的各种指标,如劳动生产率、单位面积产量、单位产品成本、设备利用率等。质量指标是总体指标的派生指标,用相对数或平均数表示,以反映现象之间的内在联系和对比关系。

② M. Erez and E Kanfer. The Role of Goal Acceptance in Goal Setting and Task Performance. *Academy of Management Review* 8，No. 3；457.

胁;尽量具体,可能时采用百分比、比率和对比数字。

(2)赋予每个因素以权重:数值由 0.0(不重要)到 1.0(非常重要);权重反映该因素对于企业在产业中取得成功的影响的相对大小性;一般机会比威胁得到更高的权重,但当威胁因素特别严重时也可得到高权重;可以通过对成功的和不成功竞争者进行比较以及通过集体讨论确定各因素的权重;所有因素的权重总和必须等于1;此步骤的权重以产业为基准。

(3)按照企业现行战略对关键因素的有效反应程度为各关键因素进行评分:分值范围从1(有效反映程度很低)到4(有效反映程度很好);评分反映了企业现行战略的有效性,因此它是以公司为基准的。

(4)用每个因素的权重乘以它的评分,即得到每个因素的加权分数。

(5)将所有因素的加权分数相加,得到企业的总加权分数。

无论 EFE 矩阵包含多少因素,总加权分数的范围都是从最低的 1.0 到最高的 4.0,平均分为 2.5。高于 2.5 则说明企业对外部影响因素能做出反应。一般,EFE 矩阵应包含 10～20 个关键因素。

内部因素评价矩阵的建立过程和方法与外部因素评价矩阵相类似,所不同的是内部因素所需要列出的是在内部分析过程中确定的关键因素即企业内部的优势和劣势。

2. 波特的五力模型

五力分析模型是由迈克尔·波特于 20 世纪 80 年代初提出的,五力分别是:供应商的讨价还价能力、购买者的讨价还价能力、潜在竞争者进入的能力、替代品的替代能力、行业内竞争者现在的竞争能力(见图 4-6)。

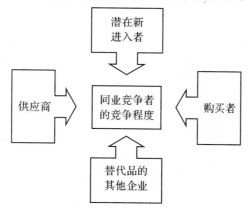

图 4-6 五力模型

资料来源:Michael E. Porter. How Competitive Forces Shape Strategy. *Harbard Business Review*,1979(2):57.

(1)供应商的议价能力

供应商主要通过它提高投入要素价格与降低单位价值质量的能力,来影响行业中现有企业的盈利能力与产品竞争力。供应商力量的强弱主要取决于他们所提供给买主的是什么投入要素,当供方所提供的投入要素其价值构成了买主产品总成本的较大比例、对买主产品生产过程非常重要,或者严重影响买主产品的质量时,供应商对于买主的潜在讨价还价力量就大大增强。

(2)购买者的议价能力

购买者主要通过它压价与要求提供较高的产品或服务质量的能力,来影响行业中现有企业的盈利能力。当购买者总数较少,且购买量较大或是所购买的基本上是一种标准化产品,并且市场供应充足时,购买者的议价能力就高,即所谓的客大欺店。

(3)新进入者的威胁

新进入者在给行业带来新生产能力、新资源的同时,也可能会与现有企业发生原材料与市场份额的竞争,最终导致行业中现有企业盈利水平降低,严重的话还有可能危及这些企业的生存。竞争性进入威胁的严重程度取决于两方面的因素,即进入新领域的障碍大小与预期现有企业对于进入者的反应情况。

(4)替代品的威胁

两个处于同行业或不同行业中的企业,可能会由于所生产的产品是互为替代品,从而在它们之间产生相互竞争行为,这种源自替代品的竞争会以各种形式影响行业中现有企业的竞争战略。首先,现有企业产品售价以及获利潜力的提高,将由于存在替代品而受到限制;其次,由于替代品生产者的侵入,使得现有企业必须提高产品质量或者通过降低成本来降低售价或者使其产品具有特色,否则其销量与利润增长的目标就有可能受挫;最后,源自替代品生产者的竞争强度,受产品买主转换成本高低的影响。总之,替代品价格越低、质量越好、用户转换成本越低,其所能产生的竞争压力就越强。而这种来自替代品生产者的竞争压力的强度,可以具体通过考察替代品销售增长率、替代品厂家生产能力与盈利扩张情况来加以描述。

(5)同业竞争者的竞争程度

大部分行业中的企业,相互之间的利益都是紧密联系在一起的,作为企业整体战略一部分的各企业竞争战略,其目标都在于使得自己的企业获得相对于竞争对手的优势,所以,在实施中就必然会产生冲突与对抗现象,这些冲突与对抗就构成了现有企业之间的竞争。现有企业之间的竞争常常表现在价格、广告、产品介绍、售后服务等方面,其竞争强度与许多因素有关。

波特的五力模型为企业制定竞争战略提供了方向。企业可以采取尽可能地将自身的经营与竞争力量隔绝开来、努力从自身利益需要出发影响行业竞争规则、先占领有利的市场地位再发起进攻性竞争行动等手段来对付这五种竞争力量,以增强自己的市场地位与竞争实力。

【专栏 4-3】 绘制你的竞争定位图

2007 年 6 月,苹果公司推出了划时代的 iPhone 手机,这对手机巨头摩托罗拉是个不小的压力。于是,仅仅 8 周之后,摩托罗拉就推出了 Razr 手机的第二代产品 Razr2。但在推出这款产品之前,摩托罗拉的高管都有些忧心忡忡,他们不清楚 iPhone 的推出是否已经导致手机市场的竞争态势发生了预想不到的变化? iPhone 手机是开创了一个新的缝隙市场,还是将与 Razr2 手机直接竞争? Razr2 手机增添的一些新特性能够使价格提高多少? 公司是否应该突出 Razr2 手机的噪声滤除专利技术?

如今,许多公司都面临着与摩托罗拉类似的问题。在严酷的竞争环境下,它们必须比过去更快地打造全新的竞争优势,同时更迅捷地摧毁其他公司的优势。在这个过程中,公司高管迫切需要一些新方法,帮助他们系统地分析自己和其他公司在超竞争市场中的定位。长期跟踪产品的价格与其主要利益之间的关系,就是高管可以使用的一种方法。超竞争理论的提出者理查德·达韦尼提供了一种简单的工具,即价格—利益定位图,使得公司高管无须进行费时费力的消费者调查,就能快速、客观地评估自己和其他公司在超竞争市场中的定位。

绘制价格—利益定位图包括三个步骤:首先,界定市场,凡是可能与自己公司产品构成竞争或替代关系的产品,都应该纳入考虑范围;其次,明确价格分析的范围,同时确定产品的主要利益(可通过调研机构、政府部门或公司有关部门来获取评估数据),随后通过回归分析,找出最能解释价格差异的产品利益;第三,根据市场中每个公司的产品和利益水平,在图上确定坐标位,画出一条"预期价格线"。

从价格—利益图中可以看出市场的竞争态势。位居预期价格线之上的产品,售价更高,这往往是因为它们提供了顾客青睐的次要利益,公司希望以此获取更大利润;处于预期价格线之下的产品,售价较低,这是因为公司希望借降价(可能取消了某些次要利益)来扩大市场份额。公司战略的不同导致了其市场地位的不同。

以摩托罗拉为例,绘出了手机行业的竞争定位图。通过回归分析,发现手机价格的差异有 65% 是由其高级功能(包括 MP3 播放、拍照、发邮件等)决定的,其次是显示质量(色彩、高清屏幕和触摸屏)和先进的连通性(蓝牙、3G 等),而电池寿命和通话质量只是竞争的基本条件。竞争定位图上显示手机行业原来有 5 个细分市场,包括中端市场、高端市场和超高端市场等,而新面市的 iPhone 又开创了一个新的细分市场:顶级高端市场。摩托罗拉的产品分布于其中 4 个细分市场,但并未进入顶级高端市场。不过,其位于超高端市场的 Q 手机很可能会受到 iPhone 的冲击。而且,如果 iPhone 像 iPod 一样打造全系列产品,它就会向竞争定位图的右下方移动,摩托罗拉的全系列 Razr 产品届时将受到全面挑战。因此,从价格—利益定位图上看,公司要采取的对策可能就是增强消费者所青睐的高级功能,而不是添加次要特性。

价格—利益定位图可以帮助公司找出市场中没有竞争或竞争压力较小的区域,从产品主要利益与价格之间关系的变化中发现商机,并能够预见到竞争对手的战略。虽然价格—利益图不是一种万能的工具,但这个工具能使高管基于事实进行决策,避免由于自己的主观干扰而犯下致命错误。

资料来源:理查德·达韦尼.绘制你的竞争定位图. http://www.hbrchina.com.

4.3.2 战略制定与决策工具

1. GE 矩阵

GE 矩阵法又称麦肯锡矩阵,可以根据企业在市场上的实力和所在市场的吸引力对企业竞争力进行评估。在需要对产业吸引力和业务实力作广义而灵活的定义时,可以以 GE 矩阵为基础进行战略规划。GE 矩阵按市场吸引力和业务自身实力两个维度评估现有业务,每个维度分三级,分成九个格以表示两个维度上不同级别的组合(见图 4-7)。矩阵坐标纵轴为产业吸引力,横轴为业务实力。每条轴上用两条线将数轴划为三部分,这样坐标就成为网格图。

企业通常用以评价行业吸引力因素如市场增长率、市场规模、盈利性、竞争对手、进入壁垒、市场容量、宏观环境(政治、经济、法律和技术环境)、通货膨胀、人才的可获得性、行业的获利能力。企业竞争力的评估则一般采用营销能力、知名度、技术开发能力、产品质量、行业经验、融资能力、管理水平、产品系列宽度、生产能力和人力资源等。当然企业并不需要将这些因素都纳入评价范围,选择的方法是既不能遗漏重要因素,又不能将微不足道的因素纳入分析中。

对影响企业发展的内部和外部因素进行筛选后,需要根据每一因素的

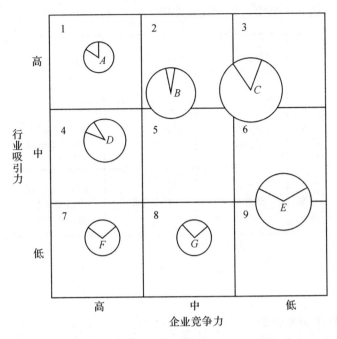

图 4-7　GE 矩阵示意

吸引力大小对其评分。若一因素对所有竞争对手的影响相似,则对其影响做总体评估;若一因素对不同竞争者有不同影响,可比较它对自己业务的影响和重要竞争对手的影响。在这里可以采取五级评分标准(1=毫无吸引力,2=没有吸引力,3=中性影响,4=有吸引力,5=极有吸引力)。然后也使用五级标准对内部因素进行类似的评定(1=极度竞争劣势,2=竞争劣势,3=同竞争对手持平,4=竞争优势,5=极度竞争优势)。进行内部因素评定时,应该选择一个总体上最强的竞争对手作为对比的对象。

　　对内外部因素进行评定后,需要对各因素加权,使所有因素的加权系数总和为1,然后用其在第二步中的得分乘以其权重系数,再分别相加,就得到所评估的企业在实力和吸引力方面的得分(介于1和5之间,1代表产业吸引力低或业务实力弱,而5代表产业吸引力高或业务实力强)。最后将每一项产品与业务在矩阵途中以不同的圆圈表示,圆面积大小代表该项产品或业务的市场规模,而扇形的面积代表其市场份额。

　　位于矩阵图不同区域的产品需要采取不同的发展战略,简单地说就是"高位优先发展,中位谨慎发展,低位捞它一把"。如果用图 4-7 进行分析,则1、2、4象限采取增长与发展战略,应优先分配资源;3、5、7象限采取维持或有选择发展战略,保护规模,调整发展方向;6、8、9象限采取停止、转移、撤退战略。具体的各个象限的发展战略如图 4-8 所示。

	高	尺量扩大投资，谋求主导地位	市场细分以追求主导地位	专门化，采取购并策略
行业吸引力	中	选择细分市场大力投入	选择细分市场专门化	专门化，谋求小块市场份额
	低	维持低位	减少投资	集中于竞争对手盈利业务，或放弃市场
		高	中	低
			企业竞争力	

图 4-8　GE 矩阵战略选择

2. SWOT 分析模型

SWOT 分析是指对企业的优势、劣势、机会和威胁进行分析，实际上是将对企业内外部条件各方面内容进行综合和概括，进而分析组织的优劣势、面临的机会和威胁的一种方法。可以通过分析帮助企业把资源和行动集中在自己的强项和有最多机会的地方。

环境威胁是指环境中一种不利的发展趋势所形成的挑战，如果不采取果断的战略行为，这种不利趋势将导致公司的竞争地位受到削弱。环境机会就是对公司行为富有吸引力的领域，在这一领域中，该公司将拥有竞争优势。对环境的分析可以采用 PEST 分析①或是前面介绍的五力分析。

识别环境中有吸引力的机会是一回事，拥有在机会中成功所必需的竞争能力又是另一回事。当两个企业处在同一市场或者说它们都有能力向同一顾客群体提供产品和服务时，如果其中一个企业有更高的盈利率或盈利潜力，那么，我们就认为这个企业比另外一个企业更具有竞争优势。

由于企业是一个整体，同时由于竞争优势来源的广泛性，所以，在作优劣势分析时必须从整个价值链的每个环节出发，将企业与竞争对手作详细

---

①　PEST 分析是指宏观环境的分析，即影响一切行业和企业的各种宏观力量。不同行业和企业根据自身特点和经营需要，分析的具体内容会有差异，但一般都应对政治（political）、经济（economic）、技术（technological）和社会（social）这四大类影响企业的主要外部环境因素进行分析，也就是所谓的 PEST 分析。

的对比。如产品是否新颖,制造工艺是否复杂,销售渠道是否畅通以及价格是否具有竞争性等。需要指出的是,衡量一个企业及其产品是否具有竞争优势,只能是站在现有潜在用户角度上,而不是站在企业的角度上。

在对企业的内部优势与劣势和外部机会与威胁进行综合分析后,可以得出图4-9的四种组合。象限1是优势与机会的最佳组合,企业宜采取增长型战略;象限2则是优势与威胁的组合,企业可以采用多种经营战略;象限3是机会与劣势的组合,企业可以采取扭转型战略,找出企业劣势并积极加以改进或是及时改变产品或市场,寻求新的"利基市场机会"[①];至于象限4,则一般采取防御性战略,进行收缩或是退出市场。

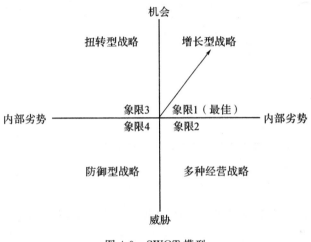

图 4-9　SWOT 模型

4.3.3　战略实施与控制工具

1. 价值链分析法

"价值链分析法"由迈克尔·波特提出,其把企业内外价值增加的活动分为基本活动和支持性活动,基本活动涉及企业生产、销售、进料后勤、发货后勤、售后服务。支持性活动涉及人事、财务、计划、研究与开发、采购等,基本活动和支持性活动构成了企业的价值链。不同的企业参与的价值活动中,并不是每个环节都创造价值,实际上只有某些特定的价值活动才真正创造价值,这些真正创造价值的经营活动,就是价值链上的"战略环节"。企业

---

①　利基市场(Niche market)指向那些被市场中的统治者/有绝对优势的企业忽略的某些细分市场。利基战略指企业根据自身所特有的资源优势,通过专业化细节来占领这些市场,从而最大限度地获取收益所采用的战略。

要保持的竞争优势,实际上就是企业在价值链某些特定的战略环节上的优势。运用价值链的分析方法来确定核心竞争力,就是要求企业密切关注组织的资源状态,要求企业特别关注和培养在价值链的关键环节上获得重要的核心竞争力,以形成和巩固企业在行业内的竞争优势。企业的优势既可以来源于价值活动所涉及的市场范围的调整,也可来源于企业间协调或合用价值链所带来的最优化效益。

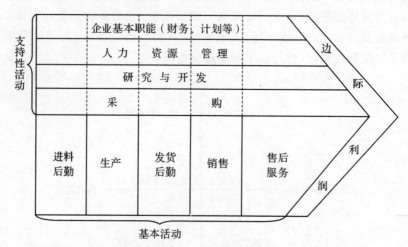

图 4-10　波特价值链

价值活动是企业所从事的物质上和技术上的界限分明的各项活动,这些活动是企业创造对买方有价值的产品的基石。利润是总价值与从事各种价值活动的总成本之差。

价值活动分为基本活动和支持性活动两大类。基本活动是涉及产品的物质创造及其销售、转移买方和售后服务的各种活动。支持性活动是辅助基本活动,并通过提供采购投入、技术、人力资源以及各种公司范围的职能支持基本活动。各种基本活动有以下五种类型:

(1)进料后勤:接收、存储和分配相关联的各种活动,如原材料搬运、仓储、库存控制、车辆调度和向供应商退货。进料后勤的管理效率决定了投入生产过程的原材料的数量、品种、规格、质量以及时间和地点,关系到企业的正常运转。

(2)生产作业:将投入转化为最终产品的各种相关活动,如机械加工、包装、组装、设备维护、检测等。

(3)发货后勤:集中、存储和将产品发送给买方有关的各种活动,如产成品库存管理、原材料搬运、送货车辆调度等。

(4)销售:提供买方购买产品的方式和引导它们进行购买相关的各种活

动,如广告、促销、销售队伍、渠道建设等。

(5)服务:与提供服务以增加或保持产品价值有关的各种活动,如安装、维修、培训、零部件供应等。

企业全部活动除掉主题活动以外的都属于支持性活动的范畴,主要包括以下四种基本类型:

(1)采购:购买用于企业价值链各种投入的活动,采购既包括企业生产原料的采购,也包括支持性活动相关的购买行为,如研发设备的购买等。

(2)研究与开发:技术开发活动贯穿于企业的产品开发、设计以致企业价值活动的全过程。

(3)人力资源管理:包括各种涉及所有类型人员的招聘、雇佣、培训、开发和报酬等各种活动。人力资源管理不仅对基本和支持性活动起到辅助作用,而且支撑着整个价值链。

(4)企业基本职能:支撑了企业的价值链条,包括企业的全面管理、质量管理、财务活动、战略规划活动、法律与工会活动、公共关系活动等。

价值链的框架是将链条从基础材料到最终用户分解为独立工序,以理解成本行为和差异来源。通过分析每道工序系统的成本、收入和价值,业务部门可以获得成本差异、累计优势。企业价值链进行分析的目的在于分析公司运行的哪个环节可以提高客户价值或降低生产成本。企业进行价值链分析时需要注意四个问题:①是否可以在降低成本的同时维持价值(收入)不变;②是否可以在提高价值的同时保持成本不变;③是否可以在降低工序投入的同时保持成本收入不变;④企业是否可以同时实现前面三条。

2. 麦肯锡 7S 模型

7S 模型由麦肯锡公司提出,该模型指出了企业在发展过程中必须全面考虑的各方面情况,包括结构(structure)、制度(systems)、风格(style)、员工(staff)、技能(skills)、战略(strategy)、共同价值观(shared valueds)。也就是说,企业仅具有明确的战略和深思熟虑的行动计划是远远不够的,因为企业还可能会在战略执行过程中失误。

在 7S 模型中,战略、结构和制度被认为是企业成功的"硬件",风格、人员、技能和共同价值观被认为是企业成功经营的"软件"。

(1)硬件要素分析

①战略。是企业根据内外环境及可取得资源的情况,为求得企业生存和长期稳定地发展,对企业发展目标、达到目标的途径和手段的总体谋划,它是企业经营思想的集中体现,是一系列战略决策的结果,同时又是制定企业规划和计划的基础。

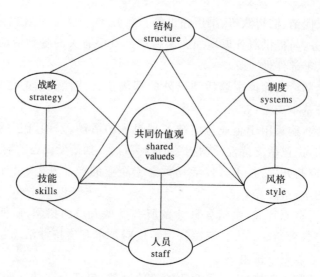

图 4-11　麦肯锡 7S 模型

②结构。战略需要健全的组织结构来保证实施。组织结构是企业的组织意义和组织机制赖以生存的基础,是企业组织的构成形式,即企业的目标、协同、人员、职位、相互关系、信息等组织要素的有效排列组合方式。就是将企业的目标任务分解到职位,再把职位综合到部门,由众多的部门组成垂直的权力系统和水平分工协作系统的一个有机的整体。组织结构是为战略实施服务的,不同的战略需要不同的组织结构与之对应,组织结构必须与战略相协调。如通用电气公司,在 20 世纪 50 年代末期,执行的是简单的事业部制,但那时企业已经开始从事大规模经营的战略。到了 60 年代,该公司的销售额大幅度提高,而行政管理却跟不上,造成多种经营失控,影响了利润的增长。在 70 年代初,企业重新设计了组织结构,采用了战略经营单位结构,使行政管理滞后的问题得到了解决,妥善地控制了多种经营,利润也相应地得到了提高。由此看出,企业组织结构一定要适应实施企业战略的需要,它是企业战略贯彻实施的组织保证。

③制度。企业的发展和战略实施需要完善的制度作为保证,而实际上各项制度又是企业精神和战略思想的具体体现。所以,在战略实施过程中,应制定与战略思想相一致的制度体系,要防止制度的不配套、不协调,更要避免背离战略的制度出现。例如,在 3M 公司,一个人只要参加新产品创新事业的开发工作,他在公司里的职位和薪酬自然会随着产品的成绩而改变,即使开始他只是一个生产一线的工程师。如果产品打入市场,他就可以提升为产品工程师,如果产品的年销售额达到 500 万美元,他就可以成为产品线经理。这种制度极大地激发了员工创新的积极性,促进了企业发展。

（2）软件要素分析

①风格。杰出企业都呈现出既中央集权又地方分权的宽严并济的管理风格，它们一方面让生产部门和产品开发部门极端自主，另一方面又固执地遵守着几项流传久远的价值观。

②共同的价值观。由于战略是企业发展的指导思想，只有企业的所有员工都领会了这种思想并用其指导实际行动，战略才能得到成功的实施。因此，战略研究不能只停留在企业高层管理者和战略研究人员这一个层次上，而应该让执行战略的所有人员都能够了解企业的整个战略意图。企业在准备战略实施时，要通过各种手段进行宣传，使企业的所有成员都能够理解它、掌握它，并用它来指导自己的行动。日本在经营管理方面的一个重要经验就是注重沟通领导层和执行层的思想，使得领导层制定的战略能够顺利地、迅速地付诸实施。

③人员。战略实施还需要充分的人力准备，有时战略实施的成败就在于有无适合的人员去实施。IBM的一个重要原则就是尊重个人，并且花很多时间来执行这个原则。他们坚信员工不论职位高低，都是产生效能的源泉。企业在做好组织设计的同时，应注意配备符合战略思想需要的员工队伍，将他们培训好，分配给他们适当的工作，并加强宣传教育，使企业各层次人员都树立起与企业的战略相适应的思想观念和工作作风。如麦当劳的员工都十分有礼貌地提供微笑服务；IBM的销售工程师技术水平都很高，可以帮助顾客解决技术上的难题；迪斯尼的员工生活态度都十分乐观，他们为顾客带来了欢乐。

④技能。在执行公司战略时，需要员工掌握一定的技能，这有赖于严格、系统的培训。松下幸之助认为，每个人都要经过严格的训练，才能成为优秀的人才，譬如在运动场上驰骋的健将们，他们惊人的体质和技术就是长期在生理和精神上严格训练的结果。如果不接受训练，一个人即使有非常好的天赋资质，也可能无从发挥。

综上，在企业发展过程中，要全面考虑企业的整体情况，只有在软硬两方面七个要素都能够很好地沟通和协调的情况下，企业才能获得成功。

4.4　国际企业的战略模式与战略体系

4.4.1　一般竞争战略

一般竞争战略由美国哈佛商学院著名的战略管理学家迈克尔·波特提出，包括总成本领先战略、标岐立异战略、目标集聚战略三种。这三种战略在架构上差异很大，成功地实施它们需要不同的资源和技能。

1. 总成本领先战略

总成本领先战略在 20 世纪 70 年代由于经验曲线概念的流行而得到普遍的应用。企业通过采用一系列针对本战略的具体政策在产业中赢得总成本领先。成本领先要求积极地建立起达到有效规模的生产设施,在经验基础上全力以赴降低成本,抓紧成本与管理费用的控制,最大限度地减小研究开发、服务、推销、广告等方面的成本费用。为了达到这些目标,有必要在管理方面对成本控制给予高度重视。尽管质量、服务以及其他方面也不容忽视,但贯穿于整个战略中的主题是使成本低于竞争对手。

尽管可能存在着强大的竞争作用力,但处于低成本地位的公司可以获得高于产业平均水平的收益。低成本意味着当别的公司在竞争过程中已失去利润时,这个公司仍然可以获取利润,这就可以使公司在与竞争对手的争斗中受到保护。低成本地位有利于公司在强大的买方威胁中保卫自己,因为买方公司的压力最多只能将价格压到效率居于其次的竞争对手的水平。低成本也构成对强大供方威胁的防卫,因为低成本在对付卖方产品涨价中具有较高的灵活性。此外,低成本地位通常使公司与替代品竞争时所处的地位比产业中其他竞争者有利。

讨价还价使利润蒙受损失的过程只能持续到效率居于其次的竞争对手也难以为继时为止,而且在竞争压力下效率较低的竞争对手会先遇上麻烦。可以说,低成本可以在全部五类竞争作用力的威胁中保护公司。

赢得总成本最低的地位通常要求具备较高的相对市场份额或其他优势,诸如良好的原材料供应等。或许也可能要求产品的设计要便于制造生产,保持一个较宽的相关产品系列以分散成本。由此,实行低成本战略就可能要有很高的购买先进设备的前期投资、激进的定价和承受初始亏损,以攫取市场份额。高市场份额又可增进采购经济性而使成本进一步降低。一旦赢得了成本领先地位,所获得的较高的利润又可对新设备、现代化设施进行再投资以维护成本上的领先地位。这种再投资往往是保持低成本地位的先决条件。

2. 标歧立异战略

标歧立异战略是将公司提供的产品或服务标歧立异,形成一些在全产业范围中具有独特性的东西。实现标歧立异战略可以有许多方式:设计、品牌形象、技术特点、外观特点、客户服务、经销网络及其他方面的独特性。最理想的情况是公司使自己在几个方面都标歧立异。例如,三一重工不仅以其经销网络和优良的零配件供应服务著称,而且以其极为优质耐用的产品享有盛誉。标歧立异战略并不意味着公司可以忽略成本,但此时成本不是公司的首要战略目标。

标歧立异战略能建立起对付五种竞争作用力的防御地位,如果它可以实现,企业就能在产业中赢得超常收益。标歧立异战略利用客户对品牌的忠诚以及由此产生对价格的敏感性下降使公司得以避开竞争。某一竞争对手要战胜这种"独特性"需付出的努力就构成了进入壁垒。因此,它也可使利润增加却不必追求低成本。产品歧异带来较高的收益,可以用来对付供方压力,同时可以缓解买方压力,当客户缺乏选择余地时其价格敏感性也就不高。最后,采取标歧立异战略而赢得顾客忠诚的公司,在面对替代品威胁时,其所处地位比其他竞争对手也更为有利。

实现产品歧异有时会与争取占领更大的市场份额相矛盾,即这一战略与提高市场份额两者不可兼顾。一般建立歧异的活动总是成本高昂,如广泛的研究、产品设计、高质量的材料或周密的顾客服务等,实现产品歧异将意味着以成本地位为代价。同时,即便全产业范围内的顾客都了解公司的独特优点,也并不是所有顾客都愿意或有能力支付公司所要求的较高价格(当然在诸如机械设备行业中,这种愿出高价的客户占了多数,因而三一重工的产品尽管标价很高,仍有着占统治地位的市场份额)。

3. 目标集聚战略

目标集聚战略是主攻某个特定的顾客群、某产品系列的一个细分区段或某一个地区市场。与低成本与产品歧异战略不同,集聚战略是围绕着很好地为某一特定目标服务这一中心建立的,它所制定的每一项职能性方针都要考虑这一目标。这一战略的前提是,公司能够以更高的效率、更好的效果为某一狭窄的战略对象服务,从而超过在更广阔范围内的竞争对手。尽管从整个市场的角度看,集聚战略未能取得低成本或歧异优势,但它的确在其狭窄的市场目标中获得了一种或两种优势地位。一般,企业或者通过较好满足特定对象的需要实现了标歧立异,或者在为这一对象服务时实现了低成本,或者两者兼得。三种基本战略之间的区别如图 4-12 所示。

战略优势

		独特性	低成本地位
战略目标	整个产业范围	差异化战略	成本领先战略
	特定细分市场	成本聚焦战略	差异化聚焦战略

图 4-12　三种战略的区别

资料来源:迈克尔·波特. 竞争战略. 北京: 华夏出版社,2005:32.

采用目标集聚战略的公司也具有赢得超过产业平均水平收益的潜力。它的目标集中意味着公司对于其战略实施对象或者处于低成本地位,或者具有高歧异优势,或者兼有两者。正如我们已在成本领先战略与产品歧异战略中已经讨论过的那样,这些优势保护公司不受各个竞争作用力的威胁。目标集聚战略也可以用来选择对替代品最具抵抗力或竞争对手最弱之处作为公司的战略目标。目标集聚战略常常意味着对获取的整体市场份额的限制,它包含着利润率与销售量之间互为代价的关系。

三种基本战略在架构上的差异远甚于上面所列举的功能上的差异。成功地实施它们需要不同的资源和技能。基本战略也意味着在组织安排、控制程序和创新体制上的差异。对企业而言,保持采用其中一种战略作为首要目标对赢得成功是通常所采用的方式。三种基本战略在资源和组织结构上的区别如表 4-8 所示。

表 4-8　三种基本战略的适用条件

基本战略	通常需要的基本技能和资源	基本组织要求
总成本领先战略	持续的资本投资和良好的融资能力 工艺加工技能 对工人严格监督 所设计的产品易于制造 低成本的分销系统	结构分明的组织和责任 以严格的定量目标为基础的激励 严格的成本控制 经常、详细的控制报告
标歧立异战略	强大的生产营销能力 产品加工 对创造性的鉴别能力 很强的基础研究能力 在质量或技术上领先的公司声誉 在产业中有悠久的传统或具有能从其他业务中得到独特的技能组合 得到销售渠道的高度合作	在研究与开发、产品开发和市场营销部门之间的密切协作 重视主观评价和激励,而不是定量指标 有轻松愉快的气氛,以吸引高技能工人、科学家和创造性人才
目标集聚战略	针对具体战略目标,由上述各项组合构成	针对具体战略目标,由上述各项组合构成

资料来源:迈克尔·波特. 竞争战略. 北京:华夏出版社,2005:33.

4.4.2　企业一般经营战略

国际企业可以选择的各种经营战略包括一体化战略、加强型战略、多元经营战略和防御性战略四类。

1. 一体化战略

（1）前向一体化

前向一体化战略是指获得分销商或零售商的所有权或加强对它们的控制，也就是指企业根据市场的需要和生产技术的可能条件，利用自己的优势，把成品进行深加工的战略。在生产过程中，物流从顺方向移动，称为前向一体化，采用这种战略，是为获得原有成品深加工的高附加价值。一般是把相关的前向企业合并起来，组成统一的经济联合体，这通常是制造商的战略。

当一个企业发现它的价值链上的前面环节对它的生存和发展至关重要时，它就会加强前向环节的控制。典型的实施这一战略的例子是可口可乐公司，它发现决定可乐销售量的不仅仅是零售商和最终消费者，分装商也起了很大作用时，就开始不断地收购国内外分装商，并帮助它们提高生产和销售效率。

适合采用前向一体化战略的情况包括：

①企业现在利用的销售商或成本高昂，或不可靠，或不能满足企业的销售需要；

②可利用的高质量销售商数量有限，采取前向一体化的公司将获得竞争优势；

③企业具备销售自己产品所需要的资金和人力资源；

④当稳定的生产对企业十分重要，这是由于通过前向一体化，企业可以更好地预见对自己产品的需求；

⑤现在利用的经销商或零售商有较高的利润，这意味着通过前向一体化，企业可以在销售自己的产品中获得高额剩润，并可以为自己的产品制定更有竞争力的价格。

（2）后向一体化

后向一体化战略是指企业利用自己在产品上的优势，把原来属于外购的原材料或零件，改为自行生产的战略。在生产过程中，物流从反方向移动，即通过获得供应商的所有权或增强对其控制来求得发展的战略。在供货成本太高或供货方不可靠或不能保证供应时，企业经常采用这种战略。现在，一些大型企业开始在全球竞争中减少供货方数量，同时加强对它们的产品质量、服务的要求以及对它们的控制。这也是后向一体化的重要表现。

适合采用后向一体化战略的情况包括：

①企业当前的供应商或供货成本很高，或不可靠，或不能满足企业对零件、部件、组装件或原材料的需求；

②供应商数量少而需方竞争者数量多；

③企业具备自己生产原材料所需要的资金和人力资源；

④价格的稳定性至关重要，这是由于通过后向一体化，企业可稳定其原材料的成本，进而稳定其产品的价格；

⑤现在利用的供应商利润丰厚，这意味着它所经营的领域属于十分值得进入的产业；

⑥企业需要尽快地获取所需资源。

（3）横向一体化战略

横向一体化战略也叫水平一体化战略，是指为了扩大生产规模、降低成本、巩固企业的市场地位、提高企业竞争优势、增强企业实力而与同行业企业进行联合的一种战略。其实质是资本在同一产业和部门内的集中，目的是实现扩大规模、降低产品成本、巩固市场地位。国际化经营是横向一体化的一种形式。

适合横向一体化战略的情况如下：

①企业在一个成长着的环境中进行竞争；

②规模的扩大可以提供很大的竞争优势；

③企业具有成功管理更大的组织所需要的资金与人才；

④竞争者由于缺乏管理经验或特定资源而停滞不前（当竞争者是因为整个产业销售量下降而经营不善时，不适用于横向一体化战略进行兼并）。

2. 加强型战略

市场渗透、市场开发和产品开发被称为加强型战略，因为它们要求加强努力的程度，以提高企业现有产品的竞争地位。

（1）市场渗透

市场渗透战略是指实现市场逐步扩张的拓展战略，该战略可以通过扩大生产规模、提高生产能力、增加产品功能、改进产品用途、拓宽销售渠道、开发新市场、降低产品成本、集中资源优势等单一策略或组合策略来开展。

特别适合采用市场渗透战略的情况如下：

①企业特定产品与服务在当前市场中还未达到饱和；

②现有用户对产品的使用率还可显著提高；

③在整个产业的销售额增长时主要竞争者的市场份额在下降；

④在历史上销售额与营销费用曾高度相关；

⑤规模的提高可带来很大的竞争优势。

（2）市场开发

市场开发战略是由现有产品和新市场组合而产生的战略。它是发展现有产品的新顾客群或新的市场从而扩大产品销售量的战略。市场发展可以分为区域性发展、国内市场发展和国际市场发展等。日本松下公司曾将国内已饱和的黑白电视机和老型号彩色电视机推向国外市场,维持其增长速度,就是市场开发战略的一例。

市场开发战略尤其适用于以下情况:

①可得到新的、可靠的、经济的和高质量的销售渠道;

②企业在所经营的领域非常成功;

③存在未开发或未饱和的市场;

④企业拥有扩大经营所需要的资金和人力资源;

⑤企业存在过剩的生产能力;

⑥企业的主业属于区域扩张型或正在迅速全球化的产业。

（3）产品开发

产品开发战略,是指在现有市场上通过改良现有产品或开发新产品来扩大销售量的战略。产品开发战略是建立在市场观念和社会观念的基础上,企业向现有市场提供新产品,以满足顾客需要,增加销售的一种战略。这种战略的核心内容是激发顾客新的需求,以高质量的新品种引导消费潮流。

企业以现有顾客为其新产品的销售市场,应特别注意了解他们对现有产品的意见和建议,根据他们的需要去开发新的产品,增加产品性能或者开发不同质量、不同规格的系列产品,充分满足他们的需要,达到扩大销售的目的。

特别适合于采用产品开发战略的情况如下:

①企业拥有成功的、处于产品生命周期中成熟阶段的产品。此时可以吸引老用户适用改进了的新产品,因为他们对企业现有产品或服务已具有满意的使用经验。

②企业所参与竞争的产业属快速发展着的高技术产业。

③主要竞争对手以可比价格提供更高质量的产品。

④企业在高速增长的产业中参与竞争。

⑤企业拥有非常强的研究与开发能力。

3. 多元经营战略

多元经营战略分为三种基本类型:集中化多元经营、横向多元化经营和混合式多元经营。20 世纪 60 年代和 70 年代企业热衷于多元经营,其出发点在于避免对单一产业的依赖。

（1）集中化多元经营

集中化多元经营战略又称同心多角化经营,是指企业以一种主要产品为圆心,充分利用该产品在技术、市场上的优势和特长,不断向外扩散,生产多种产品,充实产品系列结构的战略。这种发展战略有利于企业利用原有的技术、资源、渠道。

适用于集中多元化经营战略的情况包括以下六种:

①企业参与竞争的产业属于零增长的产业;

②增加新的但却相关的产品将会显著地促进现有产品的销售;

③企业能够以高度竞争力的价格提供新的相关产品;

④新的但相关的产品所具有的季节性销售波动正好可以弥补企业现有生产周期的波动;

⑤企业现有产品正处于产品生命周期中的衰退期;

⑥企业拥有强有力的管理队伍。

(2)横向多元化经营

横向多元化经营战略,也称为水平多角化经营战略,是指企业利用原有的市场,采用不同的技术来跨行业发展新产品,增加产品种类和生产新产品以销售给原市场的顾客,以满足他们新的需求。

横向多元化意味着向其他行业投资,有一定的风险,必须具备一定的能力才能实施。但由于服务对象未变,处理好了易于稳定顾客。与密集增长中的新产品开发略有不同,后者开发的新产品不仅可以对原有顾客,也可以针对新顾客,开发的新产品是同一行业的产品。前者开发的新产品是对原有的顾客,并且开发的新产品是新行业的产品。

特别适合于横向多元化经营的情况包括:

①通过增加新的、不相关的产品,企业从现有产品和服务中得到的盈利可显著增加;

②企业参与竞争的产业属于高度竞争或停止增长的产业(低产业盈利和投资回报率);

③企业可利用现有销售渠道向现有用户营销新产品;

④新产品的销售波动周期与企业现有产品的波动周期可互补。

(3)混合式多元经营

混合式多元经营战略是指企业向与原产品、技术、市场无关的经营范围扩展,即通过收购、兼并其他行业的企业,或者在其他行业投资,把业务扩展到其他行业中去,新产品、新业务与企业的现有产品、技术、市场毫无关系。它是实力雄厚的大企业集团采用的一种经营战略。对大企业来说,采用集团多元化经营战略可以广泛利用自身的人、财、物、技术、时间、信息等资源,最大限度地开拓市场,提高自身的竞争能力。另外,可以向具有更优经济特征的行业发展,以改善企业的整体盈利能力和灵活性及应变能力,求得企业的整体发展。此外,多元化经营可以产生新的"协同"作用,增强企业的整体实力,能适应引导甚至驾驭营销环境的变化。例如,美国通用电气公司20世纪80年代收购美国业主再保险公司和美国无线电公司,从而从单纯的工业生产行业进入金融服务业和电视广播行业。

特别适用于采用混合式多元经营战略的情况包括以下五种:

①企业主营产业正经历着年销售额和盈利的下降;

②企业拥有在新产业成功竞争所需要的资金与管理人才;

③企业有机会收购一个不相关的但却有良好投资机会的企业;

④收购与被收购企业间目前已存在资金上的融合(混合式多元化经营更多的是出于盈利方面的考虑);

⑤企业现有产品的市场已饱和。

4. 防御性战略

(1)收缩

收缩战略是指企业通过减少成本与资产而重组企业,以扭转销售和盈利的下降。收缩战略的目的在于加强组织所具有的基本的和独特的竞争能力。收缩战略的具体内容包括:出售土地和建筑物以换取现金、压缩产品系列、停止无盈利的业务、关闭废弃的工厂、削减雇员以及建立支出控制系统。

适用收缩战略的五种情况如下:

①企业具有明显而独特的竞争力,但在一定时期内没能做到持续地实现企业目标;

②企业在特定产业的竞争者中属于弱者;

③企业受低效率、低盈利的困扰,并承受股东要求改进业绩的压力;

④企业在长时间内未能做到利用外部机会、减少外部威胁、发挥内部优势以及克服内部劣势;

⑤公司已非常迅速地发展成为大型企业,从而需要大规模改组。

(2)剥离

出售企业的分部、分公司或任何一部分被称为剥离。剥离经常被用于为下一步的战略性收购或投资筹款。剥离可以是全面收缩战略的一部分,其目的在于使组织摆脱那些不盈利、需要太多资金或与公司其他活动不相适宜的业务。

特别适用采用剥离战略的情况有以下五种:

①企业已采取收缩战略但没能做到改善经营;

②分公司为保持竞争力而需要投入的资源超出了公司的供给能力;

③分公司的失利使公司整体业绩不佳；

④分公司与其他公司组织不相适宜（分公司与总公司在市场、用户、管理人、员工、价值观及需求等方面的过大差异）；

⑤企业急需大笔资金而又不能从其他合理途径得到这些资金。

（3）合资经营

当两个或更多的公司想结成暂时的合作关系以共同利用某些机会时，进行合资经营是一种比较好的方式。因为企业没有独自地进行投资，这种战略也被看做是防御性的。合资经营通常的做法是两个或更多的企业共同组建一个独立的组织，并按各自的股份分享这一新建实体的所有权。另一种合作形式是合作经营，包括合伙研究与开发、互相销售产品、相互特许经营、交叉生产以及共同投标联盟等。

最适合合资经营的情况包括以下六种：

①私营企业与国有企业组建合资企业；

②本国公司与外国公司组建合资企业；

③合资双方或多方可以很好地进行优势互补；

④投资项目具有很大的盈利潜力，但需要大量的资源，并有很大风险；

⑤两家或多家小企业难以同大公司竞争；

⑥存在迅速采用某种新技术的需要。

4.4.3　企业国际战略

所有的国际企业都面临的一个根本战略性困境就是怎样应对全球竞争，即所谓的全球—当地两难困境。一方面，公司必须对其业务所在国家的市场的特定需求做出反应。当公司做出这种选择的时候，它所采取的就是当地反应方案。另一方面，公司面临着提高效率的压力，它必须减少当地条件差异的影响，以便于在世界范围内拓展类似的经营活动。倾向于后者战略的公司采用的是全球—体化方案。

可以解决这种难题的方案大体上有四种，即国际战略、多国战略、地区战略和跨国战略，各种战略的内容如表 4-9 所示。各种战略的适用性取决于企业面临的降低成本和地区调适压力的程度大小。图 4-13 说明了何时采用何种战略最为适合。

表 4-9   国际战略内容

战略内容	跨国战略	国际战略	多国战略	地区战略
全球市场	是,尽可能地利用,可根据当地情况进行调整	是,几乎不具备针对当地实际情况作出调整的灵活性	否,将每个国家视为独立的市场	否,将主要地区视为相类似的市场
单个价值链活动的世界区位	是,任何地方,只要能够给公司带来最大价值	否,仅仅局限于销售和生产,当地的生产照搬总部的模式	否,全部或者大多数的价值链活动都选址在生产和销售国家	否,但是一些活动可以选址在国家内的不同地区
全球产品	是,尽最大可能,必要时有一些当地化的产品;企业主要依赖全球的品牌知名度	是,尽最大可能,几乎不针对当地情况进行调整;公司主要依赖全球的品牌知名度	否,产品需要针对当地情况作出调整以更好地服务于当地用户	否,但是在主要的经济区内提供的产品都是类似的
全球营销	是,全球产品的开发战略都是类似的	是,尽最大可能	否,营销主要针对当地的客户	否,但是每个地区被看做是同质的
全球竞争行为	从任何国家获得的资源都可以用来攻击和防卫	在所有的国家进行攻击和防卫,但是只使用来自于总部的资源	否,以国家为单位进行规划并且提供资金支持	否,但是地区的资源可以用来攻击和防卫

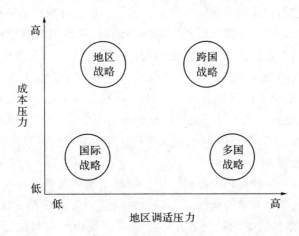

图 4-13   四种基本战略

1. 国际战略

企业采取国际战略是想通过向国外市场转让有价值的技能和产品来创造价值,而那里的当地竞争者又缺少这些技能和产品。多数国际企业通过向新的海外市场转移在母国开发的差异化的产品已创造了价值。它们往往把产品开发职能(如研究与开发)集中于母国。然而,它们往往又会在各个有业务的主要的国家之间建立制造与营销职能,同时它们也可能采取一些本土化的产品和营销策略。在多数国际公司中,总部对营销和产品战略保持严密的控制。

例如,微软开发其产品的核心设计都在华盛顿州的雷德蒙德总部,并在那里编写了大多数的电脑程序。但公司允许各国子公司制定它们自己的营销和分销策略,并且改造产品的某些方面,以顾及一些基本的地区差异,如语言和字母系统等。

如果一个企业拥有的核心能力,是当地市场竞争者所缺乏的,并且企业面临的地区调适和降低成本的压力都相对较弱,则采取国际战略是有效的。在这种情形下,国际战略能具有很大的盈利性。但当地区调适的压力很高时,企业采取这一战略往往收效甚微。

2. 多国战略

采用多国战略的企业寻求的是地区调适最大化。多国企业的关键区别特征是广泛地改造其提供的产品和营销策略以适应不同的国别条件。与之相一致的是,它们也往往在其从事业务的各主要国家的市场中建立一整套创造价值的活动,包括生产、营销及研究与开发。因此,它们通常难以通过经验曲线效应和区位经济来实现其价值。所以,许多多国企业有一个高的成本构成。它们在利用企业内部的核心能力方面往往也不甚理想。

当地区调适压力高而降低成本的压力低时,采取多国别战略最为有效。与重复建造生产设施点相关的高成本构成使这一战略不适合成本压力大的行业。与此战略相关的另一不足之处是许多多国企业已发展成分散的联盟,即各国的子公司都有各自为政。一个典型的例子是 20 世纪 70 年代后期,飞利浦在美国的子公司拒绝采用总公司的 V2000 制式录像机,相反却购买由松下公司生产的 VHS 制式的录像机并贴上自己的标签进行销售。

3. 地区战略

地区战略是一种妥协的战略。它试图利用跨国战略和国际战略的经济效益和区位优势以及多地战略以适应当地的优势。它没有全球范围内的商品和价值链,地区战略的提倡者在一个特定区域内管理与跨国战略和国际战略一样,这样也能节省成本,同时它又给了公司在当地反应上以更大的灵活性。

就一些贸易集团来说,比如欧盟(EU)和北美自由贸易协定(NAFTA),它们使成员国的顾客需求和期望趋于相同。贸易集团减少了政府以及行业对于产品要求的差异。因此,在整个贸易集团内,公司可以将地区产品和区位优势应用到所有价值链活动中。贸易集团的发展使以前的多地战略的提倡者,尤其是美国的和欧洲的,都开始采取地区战略。比如,宝洁公司和杜邦公司已经把它们在墨西哥、美国和加拿大的分支机构整合成一个地区组织。凭借这种战略,这些公司同时赢得了本地适应以及跨国化所带来的优势。

4. 跨国战略

实行跨国战略有三个目标,除了寻找当地的优势和从国际企业全球范围的经营中获得规模效应外,还要取得全球学习效应。[①]

地区调适的压力与成本的降低对企业提出了相冲突的要求,因为地区调适本身就会抬高企业的成本。卡特彼勒公司的例子或许能为企业如何实行跨国战略提供一些启示。20 世纪 80 年代,与低成本的竞争者(诸如日本的松下和日立等)竞争,迫使卡特彼勒寻求更大的成本节约。同时各民族国家在建筑实践和政府管制上的不同使得卡特彼勒必须保持对地方需求作出反应。因此,卡特彼勒在降低成本与地区调适上面临着巨大的压力。为了应对成本压力,卡特彼勒公司重新设计了产品以应用许多同样的零部件,并在有利的区位投资建造了几家上规模的零部件制造厂,以此来满足全球需要和实现规模经济。公司对其全球每一个主要市场的装配厂都增加了集中制造的零部件。在这些厂,卡特彼勒公司增添了地区产品的特色,根据地方的需要对最终产品作了改制。通过采取这一战略,卡特彼勒公司获得了全球制造的许多效益,同时又通过对各国市场提供差异化的产品应对地区调适的压力。卡特彼勒公司从 80 年代早期开始采取这一战略,至 1997 年该公司的人均产出量翻番,大大降低了其总成本的构成。在此期间,小松与日立公司仍然紧紧抱住以日本为中心的全球战略不放,结果它们的成本优势渐渐丧失了,并不断地把市场份额拱手让给卡特彼勒公司。

不同的战略适用于不同的国际企业。在有些产业中企业采取跨国战略能具有竞争优势,但在另一些产业中,地区、多国和国际战略却更为有效。各种战略的优缺点如表 4-10 所示。例如,在半导体工业中,地区调适的压力几乎不存在,企业基本是依靠成本取得优势。显然,采取全球战略而非跨国战略显然是最佳的。但在某些消费品市场,诸如汽车和消费电子工业,企业必须努力采取跨国战略。

---

① 巴特利特和戈沙尔还认为技能和产品供应的流向绝不应都是单向的,即从母公司流向外国的子公司。相反,它们也可从国外子公司流向母国以及从国外的子公司流向在其他外国的子公司。他们把这一过程称为全球学习。

表 4-10　四种战略的优缺点

战　略	优　点	缺　点
地区战略	利用经验曲线效应 利用区位经济	较缺乏地区调适 不参与全球竞争
国际战略	向外国市场转移独特的能力	缺乏地区调适 不能实现区位经济 不能利用经验曲线效应
多国战略	根据地区调适的要求提供改制的产品和特定的营销	不能实现区位经济 不能利用经验曲线效应 不能向国外市场转移独特的能力
跨国战略	利用经验效应 利用区位经济 根据地区调适的要求提供改制的产品和特定的营销 全球的学习效应	因组织问题而难以贯彻实施

本章小结

■ 国际企业战略管理就是在全球竞争分析(包括外部环境与内部条件分析)的基础上,确立国际企业的战略模式、战略目标与经营方向,进行战略规划,并组织实施与控制的全过程。

■ 企业战略的发展阶段包括早期战略思想阶段、传统战略理论阶段、竞争战略理论阶段三个。

■ 国际企业战略管理包括外部分析、内部分析、建立长期目标、制定战略、实施战略、评价控制等主要内容。

■ 国际企业战略管理具有:①全局性;②主体是企业的高层管理人员;③涉及企业大量资源的配置;④长远性;⑤需要考虑企业外部环境中的诸多因素的特点。

■ 国际企业的经营战略是国际企业在生产经营活动中必不可少的一个环节,科学合理的战略计划对国际企业的生存和发展具有积极的推动作用。

■ 虽然通用的战略模型大多不是针对国际企业的,但它们对企业的国际化发展研究还是有参考价值的。本章主要介绍了 GE 矩阵、SWOT 分析模型、价值链分析法、麦肯锡 7S 矩阵等几个战略管理模型。

■ 企业的竞争战略优势可分为"成本优势和服务优势"两大类,这两种战略优势又可定位"整个市场和局部市场"这两类不同的市场,由此波特提出了对付竞争力量的可行方法。

■ 国际企业可以选择的各种经营战略包括:一体化战略、加强型战略、多元经营战略和防御性战略四类。

■ 波特的价值链分析模型指出,只要把企业的所有活动按价值链规律进行系统化分解就可找出对企业竞争力最具关键作用的"战略环节",而企业的竞争优势,就是整条价值链中一两个"战略环节"的特定优势。

■ 国际企业战略模式包括:国际战略、多国战略、地区战略、跨国战略四种,其选择因国际企业经营的不同而不同。

思考题

1. 简述国际企业战略管理的含义和内容。

2. 为什么说国际企业战略管理是国际企业在生产经营活动中必不可少的一个环节?

3. 试述五力战略模型的主要内容。

4. 试述 SWOT 分析的主要内容。

5. 试述价值链分析法的主要内容。

6. 试运用波特的企业价值链分析模型,对某家你所了解的企业进行价值链分析。

7. 试比较四种战略模式即国际战略、多国战略、地区战略和跨国战略的不同。

8. 多元经营的优缺点是什么?

【章尾案例:联想集团战略大盘点】

在杨元庆的带领下,联想集团凭借成功的并购整合,在竞争激烈的全球 PC 市场,已连续 12 年保持在中国市场的领先位置,并在全球获得持续增长。联想财报显示,截至 2008 年 9 月 30 日,联想 2008 财年上半年营业额达 85 亿美元。

面对全球经济形势,联想高层表现得务实和稳健。联想集团董事局主席杨元庆认为,如果说联想正面临全球经济的冬天,那么冬天才刚刚开始。这对联想是一个挑战,同时它也给联想带来了变革的机遇,让联想进一步提升核心竞争力。同时,杨元庆也坚信联想不仅能够度过这个冬天,而且在下一个春天来临时,将变得更加强大,能够更好地抓住下一步增长机遇。

联想集团总裁兼首席执行官威廉·阿梅里奥认为,面对不景气的市场环境,平衡增长及盈利尤为重要。为此,联想开始在全球推行三大战略,即加速拓展高增长市场,推出创新产品和技术,提升运营效率。

一、加速拓展高增长市场

加速拓展高增长市场是联想全球战略的核心部分之一,为此联想一方面向全球尤其是新兴市场拓展双业务模式,另一方面把握快速增长的消费业务。

1. 拓展新兴市场

在俄罗斯市场,联想快速开拓了消费渠道,核心总代理已经达到 4 家,店面覆盖已经达到 1005 家。联想在消费市场份额首次进入前 9 名,整体业务增长 189%。这一跨越在联想内部被形象地称为"俄罗斯业务起跳"。在印度市场,联想也取得了两位数的增长,市场份额已经位列第 3。AC·尼尔森数据显示,从 2007 年到 2008 年,联想在印度的品牌知名度从第 7 位跃升为第 2 位,品牌认知度和品牌表现力都从第 5 位上升到第 2 位。在其他新兴市场,联想上一财季也都取得了令人振奋的增长。在土耳其,联想市场增速达 80%,高于 18% 的市场平均增速;在巴西,联想增速达 42%,高于 30% 的市场平均增速。

2. 消费业务

消费市场是一个高增长的领域。针对这一领域,联想成立了全球消费业务单元,完成了全球消费业务的战略规划,在全球推出专为个人用户设计的 IdeaPad 笔记本和 IdeaCentre 台式电脑系列产品,与定位于商用客户的 ThinkPad 笔记本和 ThinkCentre 台式电脑相互补充。

目前,联想全球消费业务单元不仅组建了开发消费类市场销售及营销的团队,打通了从销售、市场到研发、供应链和产品设计的全部流程,而且制定了消费业务的全球拓展计划,涵盖从产品设计、财务规划到软件和外设开发的各个方面。

面对全球消费市场,联想在产品上不断推陈出新,全盘布局消费产品,不断扩大领先优势。为了促进全球消费业务的发展,联想还在全球启动名为"Idea Everywhere"的整合营销战略。

二、永不停息的创新步伐

在 IT 行业,推动业务发展的永远都是创新。联想作为全球 PC 领导厂商,一直以创新作为企业发展的原动力,通过全力打造创新技术和产品,不断满足极具挑战的客户需求。

目前,联想集团拥有以中国北京、日本东京和美国罗利三大研发基地为支点的全球研发架构。1700 多名极富创新精神的世界级工程师、科学家和科研精英,组建了全球一体化研发团队。同时,联想为技术创新建立了 24 小时不间歇的全球研发运作体系,创立了 46 个全球顶级实验室。凭借全球研发实力,联想的自主创新更加贴合 IT 发展的最前沿。联想"深腾 7000"是国内第一个实际性能突破每秒百万亿次的异构机群系统,通过包含多种不同架构服务器节点,从而满足用户多样化的应用需求,既能支持大规模科学计算,又能支持大规模商业运算。

针对个人用户,联想于 2008 年 9 月,推出安全理财电脑 IdeaCentre Qa5000V,这是联想基于联想客户端虚拟化平台推出的第一款产品,该产品通过了公安部和中国银联的安全认证,为个人网上理财带来革命性的安全保障。基于 LCVP 技术,联想安全理财电脑为用户提供了一个完全独立的供理财专用的操作系统——"安全理财室"。通过与中国银联和国内各商业银行等金融机构的合作,联想安全理财电脑目前可以保护国内主流银行的各类网上银行操作和网上支付操作。

绿色 PC 不仅能够为客户节省成本,更能体现客户对整体社会发展的绿色关爱。联想的绿色 PC——ThinkCentre M 系列商用台式电脑,凭借众多绿色环保技术和软件的应用以及减少有害物质使用,让绿色的思想贯穿于产品的每一个细节,帮助企业实现可持续发展。

三、提升全球运作效率

作为一家国际化企业,联想秉承全球资源配置模式构建全球竞争力。这种模式将企业的核心功能,包括管理、运营、工艺和生产等环节,集成到任何能拥有最佳资源、人才,能创造出最佳创意和效率的地区,从而充分利用不同国家和地区在价值链上的优势,打造最佳流程,并以 IT 系统将其固化,形成创新业务模式,构建联想独特的竞争优势。

供应链是全球资源配置的重要一环。联想拥有北京、美国罗利、新加坡和巴黎 4 个营运中心,营销中心位于印度的班加罗尔。为进一步降低成本,提升效率,联想不但在印度新建了工厂,而且对墨西哥和波兰的工厂进行了调整。现在联想已在北京、上海、深圳、印度、墨西哥、波兰等地设立了 9 个生产中心,支撑全球 60 多个国家的分支机构以及 160 多个国家的业务网络高效运营。

同时,联想正在进行全球 IT 系统的建设,通过整合流程,建立一个新的统一的 IT 系统。目前,这一耗资 20 亿元的 IT 系统改造项目已进程过半。杨元庆指出,当这一全球布局完成后,它将在联想的全球拓展中发挥出巨大威力。

作为一家全球化的企业,在国内企业感受到冬天的寒意之前,联想更早地从欧美市场感受到了全球金融危机的压力。联想正在进一步完善全球战略布局,加强运营管理,提升运营效率,为春天积蓄力量,并将适时推出更适合用户的产品,为增长注入持久动力。

资料来源:哈佛商业评论. 胜在 2008,挑战 2009——联想集团战略大盘点. http://www.hbrchina.com.

讨论问题

1. 试分析联想采用的是何种竞争战略。

2. 为何联想所拓展的新市场以发展中国家为主。

3. 试分析收购 IBM 笔记本业务对联想经营的影响。

【主要参考文献】

[1] F. R. David. How Do We Choose Among Alternative Growth Strategies?. *Management Planning*,1985(4):14-17.

[2] 查尔斯·W. L. 希尔. 国际商务(第 5 版). 北京:中国人民大学出版社,2005:437—442.

[3] 范晓屏. 国际经营与管理. 北京:科学出版社,2002:146—190.

[4] 范晓屏. 国际经营与管理. 北京:科学出版社,2002:146—190.

[5] 冯雪. 企业战略管理理论的发展历程和新趋势科. 技情报开发与经济,2008(10):169—170.

[6] 弗雷德·R. 戴维. 战略管理. 北京:经济科学出版社,2001:90—329.

[7] 克里斯托弗·巴特莱特. 跨国管理——理论、案例分析与阅读材料(第 4 版). 北京:中国财经出版社,2005:277—288.

[8] 李兰甫. 国际企业论. 台北:三民书局,1998:581—596.

[9] 迈克尔·波特. 竞争战略. 北京:华夏出版社,2005:30—37.

[10] 杨德新. 跨国经营与跨国公司. 北京:中国统计出版社,1996:521—559.

[11] 杨锡怀,冷克平,王江. 企业战略管理——理论与案例(第 2 版). 北京:高等教育出版社,2004:3—31.

[12] 约翰 B. 库伦,帕利文·帕玻提斯. 国际企业管理战略要径(第 3 版). 北京:清华大学出版社,2007:135—160.

[13] 约翰 B. 库伦. 多国管理战略要径. 北京:机械工业出版社,2000:76—113.

[14] 张向前. 西方企业战略管理学派分析. 商业时代,2007(5):53—54.

[15] 赵风华. 谈企业战略管理中的平衡关系. 商场现代化,2008(23):64—65.

[16] 钟耕深、徐向艺. 战略管理. 济南:山东人民出版社,2006:369—380.

5 | 国际企业营销管理

International Marketing Management

企业只有两项基本职能：营销和创新。成果是由营销和创新创造的，而其余所有都是成本。

——彼德·德鲁克(Peter Drucker)

▢ 主要内容

■ 国际企业营销的含义、特征、类型、影响因素和发展阶段

■ 国际营销观念和国际营销组合

■ 国际市场定位和扩张

■ 国际营销产品策略

■ 国际营销定价策略

■ 国际营销分销策略

■ 国际营销促销策略

▢ 核心概念

■ 国际市场营销

■ 国际营销组合

■ 品牌

■ 产品扩张策略

■ 成本导向定价法

■ 竞争导向定价法

■ 顾客导向定价法

■ 公共关系

■ 广告促销

▢ 学习目标

■ 掌握产品概念

■ 掌握国际营销定价方法和定价策略

■ 掌握国际分销渠道的选择策略

■ 理解国际市场营销和国际市场营销组合的含义

■ 理解国际市场环境吸引力评价体系

■ 理解国际市场营销计划的制订方法

■ 理解国际营销的产品策略

■ 理解国际分销渠道的基本结构和选择标准

■ 了解国际营销的类型、影响因素和发展阶段

■ 了解倾销与反倾销

【章首案例：宝洁公司跨国经营制胜之术】

改革开放以来，许多世界著名的跨国公司依靠其品牌优势在中国展开激烈的国际竞争，美国宝洁公司（Proctor ＆ Gamble Co.）是典型之一。宝洁公司在日用化学品市场上知名度相当高，至今已开发出的品牌涉及洗涤和清洁用品、纸品、美容美发、保健用品、食品饮料，共计 300 多种。

早在 1890 年，宝洁公司即在象牙谷工厂设立产品分析中心，以对肥皂生产工艺进行分析和改进。宝洁公司产品分析中心是美国工业史上最早的产品研究机构之一。目前，宝洁公司在全世界共建立了 18 个技术开发中心，拥有 8300 多名科研人员，每年研究与开发的费用达到 15 亿美元，平均每年申请专利 2 万次。早在 50 年代，宝洁公司推出汰渍洗衣粉，其高效的洗涤效果和合理的价格使之成为 50 年代洗涤用品的首选。佳洁士牙膏、海飞丝洗发液、帮宝适一次性纸尿裤等都是宝洁公司的创新产品。因为宝洁公司在发明、推广、应用先进技术以及提高了亿万消费者的生活质量所作出的突出成就，1995 年 10 月 18 日，美国前总统克林顿首次在白宫主持仪式，授予宝洁公司"美国国家技术成就奖"。

宝洁公司为了推销产品，非常注重研究市场。1924 年，宝洁公司成立市场研究部门，研究顾客的消费偏好和购买习惯，成为美国历史上第一个这种机构。宝洁公司市场服务部总监曾说过："新产品的产生，首先是对市场的调查研究，它有两个目标：一是已拥有这个产品，调查消费者还有什么要求；二是完全没有这种产品，这就需要了解消费者的需求，开发新产品。"新产品开发后，宝洁公司还要对市场上的同类产品进行比较。宝洁公司有一支人数众多的专业调查队伍。调查研究的方法包括定量样本研究、定性效果分析、举办消费者座谈会、入户访问、商品调查等，宝洁公司每年和 700 万以上的消费者进行交流，以了解用户的满意程度和反应。

宝洁公司非常注重产品宣传，善于利用广告塑造宝洁产品形象。在长

期的电视广告宣传中,宝洁公司形成了一套自己的风格特点,使宝洁产品深入人心。宝洁公司善于利用报纸、杂志、电台、电视等大众媒体,虽然投入了巨额广告费,但取得的效果却是长远的。

1988年,这家总部位于美国辛辛那提的家庭消费品巨头首先将海飞丝投入中国市场,随后又引进了玉兰油、帮宝适及护舒宝等一系列在美国本土颇受欢迎的品牌。目前,它在中国内地的员工已达6300人,并且掌握着一个覆盖面十分广泛的销售网络,这足以使它在这个当今全球增长最快的消费品零售市场上保持兴旺发达。中国经济总体上虽然繁荣依旧,但随着国际知名家庭消费品牌纷纷涌入并抢占市场份额,争夺城市消费者的竞争已变得日趋激烈。与此同时,农村地区的零售增长则正以迅猛的速度赶超北京和上海这样的大都市。

目前,宝洁公司在华零售额中,有1/3来自国内24座大城市。宝洁公司负责大中华区业务的副总裁克里斯托弗·哈索尔说:"我们要把更多的宝洁产品送到广大内陆地区,这对我们来说是一个有待开发的商机。"赢得广大农村人口的青睐可能要比将产品卖给成熟老练的城里人更加复杂难办。中国农村有多达7亿的潜在消费大众,其中,大都是宝洁产品的初次购买者。农村居民每年人均收入仅合466美元,尚不足城市居民的1/3。更糟的是,中国农村人口的需求并非整齐划一,30多个省市自治区的文化风俗各不相同,购买习惯也迥异。城市居民买东西大都去沃尔玛和家乐福之类的大型零售超市,而农村消费者则仍局限在夫妻店内购物。为了赢得农村消费者,宝洁公司尽可能地派遣更多的推销人员前往偏乡僻壤,以便对当地农村居民的需求和购买能力有所感知。这些被称为客户调查经理的人通常会在农家呆上几天,他们发现,低价产品有利于促销,而研制与文化传统对路的产品同样也很重要。中国城市居民乐意花上10元人民币,买一支带有异国口味的佳洁士牙膏。而生活在农村地区的消费者则很可能喜欢5元的佳洁士盐白牙膏,因为他们中的许多人都相信盐可以使牙齿变白。于是,宝洁公司采取了与玉兰润肤霜、汰渍洗衣粉、飘柔洗发水以及帮宝适纸尿裤同样的细分市场营销策略。长江商学院副院长蒋炯文说:"宝洁公司在华经营战略审慎而周密,它们并没有盲目地照搬在西方市场获得成功的那套做法。"还有一件事与赢得农村消费者同样重要,那就是将产品送到乡间的千家万户。

现在,宝洁已在中国建立起了十分广泛的销售网络,其产品占据了国内几乎所有城市和大部分城镇的50万个零售店,只是在农村基本上还属于一片空白。不过,这一切都在发生着变化。在距北京西南1.5小时车程的高碑店,宝洁产品在当地150个村庄的300家零售商店中都有销售,其覆盖面积超过了该地区所有村庄总数的一半。宝洁公司的区域分销员白风武透露，2000年公司还向当地另外50家零售店供货。白风武不仅负责送货,还提供诸如宣传海报和产品展示箱等销售辅助用品,他的送货汽车上印着汰渍洗衣粉、舒肤佳香皂、潘婷洗发水及其他宝洁产品的标识。宝洁公司企业营销副总裁说:"我们打算深入中国农村,扩大在那里的市场占有率。"2000年4月份宝洁公司与中国商务部签订的一项协议将使公司如虎添翼。根据该项协议,宝洁公司将致力于现有零售网络的提高改善,并建立新的零售网点,向大约一万个村子的当地人提供零售技巧方面的培训。中国政府之所以对该计划持赞赏态度,是因为它已对外承诺从本土铲除假冒产品,同时刺激农村消费和推动经济增长。

面对宝洁公司进军中国农村市场的经营战略,它的对手们也不会袖手旁观。中国洗衣粉和牙膏生产商南风化工集团股份有限公司已大幅提升了它的市场份额。在一定程度上,这是该公司借助其分布在各地的众多促销业务员推销自家产品的成果。与此同时,英国和荷兰联营的家庭日用消费品巨头联合利华有限公司也对其曾经混乱不堪的分销网络进行了重组,眼下它的奥妙洗衣粉、中华牙膏和清扬洗发水等品牌的销售势头也十分迅猛。

从1988年8月,宝洁公司与中方组建了广州宝洁有限公司到2000年,宝洁公司已经在中国投资了11家企业,投资总额超过3亿美元,这些企业效益良好,多数进入了全国最大500家外商投资企业行列。宝洁公司在中国市场根据中国消费者的需求和中国文化的特点,相继推出"海飞丝"、"飘柔"、"潘婷"、"舒肤佳"、"玉兰油"等一系列著名品牌,在中国消费者心中已经树立了相当的地位。

资料来源:谢康. 产品经营:宝洁公司跨国经营制胜之术. 上市公司,2000(8):20—21.

5.1 国际企业营销管理概述

5.1.1 国际企业营销的含义与特征

国际企业营销管理是将一个公司的资源和目标集中于全球性营销机会的过程,其推动力来源于两个方面:一是抓住机会发展,二是企业生存需要。国际企业营销管理最基本的目标是创造顾客价值和市场优势。本章将介绍国际企业营销的基本概念、国际企业市场定位与扩张以及具体的营销组合策略。

美国著名市场营销学家菲利普·R.凯特奥拉(Philip R. Cateora)在《国际市场营销学》一书中对国际市场营销作了如下定义,国际市场营销是指对商品和劳务流入一个以上国家的消费者或用户手中的过程进行计划、定价、促销和引导,以便获取利润的活动。

从这一定义中我们可以发现,无论是国际营销还是国内营销,营销的基本概念、过程和原理都是适用的,本质上都是将组织的资源与目标集中于环境中的机遇和需求的过程,都是为了取得利润。同时,我们也可以发现,尽管营销原理具有普遍适用性,但是,营销实践却因国家的不同而有很大差异。这种差异的存在意味着国际市场营销不能直接将一国的成功模式套用在另一个国家。随着顾客、竞争对手、分销渠道和消费者偏好的不同,营销计划也应有所变化与调整。

国际营销的困难来源于一系列陌生问题和应付国外市场上出现的程度不同的不确定因素所需要的各种各样的策略。市场竞争、法律限制、政府管制、气候条件、文化差异以及其他一些不可控制的因素都有可能会影响一个营销计划的成功实施。在国内营销活动中,企业对所在国的市场环境具有文化上的敏感性,对由于市场环境造成的对营销活动的冲击能够自发地做出相对正确的反映。而在国际营销中,企业必须改变原有的决策习惯,企业决策或评估市场潜能过程所使用的参照系统必须符合东道国的特殊性。通过对东道国市场不可控因素(人口、经济、政治、法律、社会文化和竞争环境等)的调研,组合企业的可控因素(产品、定价、分销、促销等)制订营销计划,以适应东道国市场的特殊性,从而取得企业竞争优势并获得利润。

5.1.2　影响国际营销的因素

影响国际营销活动的因素由企业的可控因素、外部环境的不可控因素两个层次组成,其中,外部不可控因素包括母国不可控因素和东道国不可控因素两个部分。各因素的相关关系如图5-1所示。

1. 企业的可控因素

一个成功的营销计划可以最大限度地适应经营环境的不确定性和特殊性。在资源允许的条件下,企业可以综合运用产品、价格、分销渠道、促销等手段,以满足市场的需求并获得利润。为了适应不断变化的市场条件、消费者偏好或公司目标,企业可以在短期甚至较长期内调整可控因素。

2. 母国不可控因素

母国不可控因素主要包括政治与法律力量、经济力量、技术力量、文化力量和企业所在行业的竞争状况。一国的对外政策和相关法律直接决定了企业国际营销的成败。国内经济形势是另一个不可控的重要变量,它对企业在国际市场上的竞争地位和投资能力具有重大影响。此外,汇率和利率

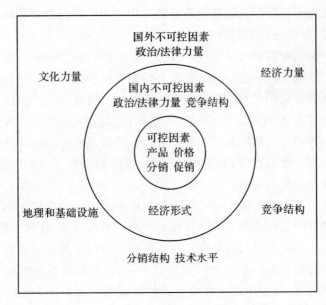

图 5-1　影响国际营销的可控和不可控因素

也是一个不可忽视的因素。如果本币相对于外币升值,则本国出口数量会下降,同时,对外直接投资额会上升。另外,由于资本倾向于流向收益率最高的地方,本国货币利率偏低也会引起对外直接投资额上升,导致资本外流。

3. 东道国不可控因素

国际营销比国内营销更复杂、更具挑战性的原因,就在于它们面临着母国和东道国两个层面的不确定性。在本国经营的企业可以轻而易举地预测商业形势,调整企业决策,但是,国际营销计划的制订却常常涉及大量不可预见的政治、文化和经济冲突。政治和法律力量、经济力量、竞争力量、技术水平、分销结构、地理和基础设施、文化力量,这七个方面构成了国际营销者在制订营销计划时必须应对的国外不可控因素。

5.1.3　国际营销的发展阶段

从市场营销的理论和实践看,企业开展国际营销活动的历史演进过程大致可分为五个发展阶段,通常情况下企业是按照以下顺序由低到高逐一开展活动的,但也可能存在直接从中间某一阶段开始或者同时处于几个阶段的情况。企业处于哪个阶段主要决定于该企业本身经济实力与对国际市场的重视程度。这五个可能重叠的阶段也可以用来描述一家公司的国际营销参与程度。

1. 非直接对外营销阶段

在非直接对外营销阶段中,公司并不积极地寻找或培养国外客户,公司的产品可能是在自己并不知情的情况下由国内的贸易公司代理销售到国外,或者产品通过国内的批发商或分销商在厂商并不鼓励的情况下销售到国外。近年来,随着越来越多的公司在互联网上宣传自己的产品,不少公司因为国外客户浏览交易网站进行网上采购而获得订单。

2. 非经常性对外营销阶段

非经常性对外营销阶段是指企业因为生产水平和需求的变化,产生临时性的库存,从而引起非经常性的对外销售,国外市场被认为是国内市场的延伸和补充。由于这种生产过剩是暂时的,企业并没有打算维持国外市场,只是把为国内目标市场设计的市场营销组合直接推向国外,组织结构和产品很少因外销而发生变化。当国内需求回升吸收了过剩产品后,企业就会撤回对外销售活动。属于此类的企业比较少,因为客户倾向于寻找长期业务伙伴,同时,一般企业也乐于提供长期服务。

3. 经常性对外营销阶段

在经常性对外营销阶段,企业更加重视国际市场。企业不再只是简单地把国际市场看作国内市场的延伸,而是明确地把国际市场作为自己的目标市场,有固定的生产能力能够满足国外市场的需求。企业或者聘用国内外的进出口贸易中间商,或者在重要的外国市场建立自己的销售子公司来进行销售。随着海外需求的增加,企业逐步加强针对外国市场的生产能力,能够根据国际市场上消费者的需求对市场营销组合作一定修改,以适应国际市场需求,海外利润成为公司整体目标的组成部分。

4. 国际营销阶段

在国际营销阶段,企业全面地参与国际营销活动。企业在全球范围内寻找市场,将整个世界视作一个整体,包括国内市场在内的世界市场被看做是一个个独立的国家市场,各国市场的特殊性成为企业营销战略的基础。企业根据这些市场各自的特征,实行差异化的营销策略,有计划地将产品销往各国市场。不仅如此,企业还在境外建立生产基地,成为国际企业或跨国公司。

5. 全球营销阶段

全球营销阶段发生的最深刻变化体现在企业的市场导向和计划方面。在这一阶段,企业根据各个国家市场的共性制定策略,通过经营活动的标准化使收益最大化。企业的整个经营、组织机构、资金走向、生产和营销都以全球市场的共性为基础。

5.1.4　国际营销观念

处于不同国际营销阶段的企业,会有不同的国际营销观念导向。基本的国际营销观念可以概括为三种,即国内市场延伸观念、国别市场观念和全球营销观念,每一种观念都反映了公司的经营思想和国际营销管理导向。

1.国内市场延伸观念

国内市场延伸观念是指国内公司力图把国内生产的产品销售到国外市场上去,它把国际业务看做第二位的,是国内业务的延伸。它的主要动机是解决生产能力过剩的问题,国外销售被视为国内业务有利可图的延伸。由于企业本身资源的限制,很少针对国外市场调整营销组合方案,总是寻找和国内市场相似的市场以便产品能被接受,然后以和国内销售一样的方式将产品销售给国外客户。

2.国别市场观念

公司一旦意识到市场差异和海外业务的重要性,其营销管理导向就可能转变到国别市场策略。以这一观念为导向的公司,意识到各国市场大不相同,只有对每一个国家制订独立的计划,才能取得销售成功。以此为导向的企业以国别为基础,对每一个国家采取不同的营销组合策略。企业开始注重分析各个国家中不同的社会、经济、政治、文化、科技环境及由此造成的消费者的不同需求,在不同的目标市场国家提供不同的产品,使用不同的定价策略,采用不同的分销渠道,并使用不同的促销计划。彼此之间几乎没有相互的影响,不考虑与其他市场的协调问题,并且把广告活动当地化。

3.全球营销观念

以全球营销观念为管理导向的公司通常成为全球公司,它们所开展的营销活动是全球营销,市场范围是整个世界。为了适应全球营销的复杂性,全球营销观念衍化为全球标准化、全球本土化、全球混合三种导向。不同的全球公司针对产品的特点采用不同的导向。

西奥多·来维特(Theodore Levitt)在其论文《市场的全球化》中提出全球标准化观念。在这一导向指导下,企业将世界市场视为一个统一的市场,强调需求的相似性,忽视需求的差异性,把具有相似需求的潜在消费者群体归入一个全球性的细分市场,在全球范围里实行标准化的营销管理。采用这一导向的优点在于:第一,企业可以利用规模效应来节约成本。第二,企业通过标准化全球营销可以形成全球统一的品牌形象,实现组织结构的单纯化和管理控制的程序化。第三,企业通过标准化全球营销有利于规避市场风险。由于竞争越来越激烈,企业以全球细分市场为目标市场,可占领更多的市场份额,有效降低风险。全球标准化观念比较适用于于三类产品:需求存在着全球类似性的产品,例如汽车、农产品等;需要技术标准化的产品,如电器等;研究开发成本高的技术密集型产品。

全球本土化导向强调市场需求的差异性,认为应按照消费者所处的地理位置、所在国籍及其文化背景和生活方式等标准来进行市场细分,针对各细分市场的不同需求推出不同营销策略。采用这一导向的优点在于:第一,可以更好地满足消费者。支持全球本土化的学者认为,世界市场是异质化的,有针对性的营销组合策略往往比标准化营销更为有效,在各国市场的竞争中会显示出更强的竞争力。第二,可以获得垄断优势。企业基于不同市场之间的差异,采用针对当地细分市场的更为准确的定位战略,获得在此细分市场的准垄断地位和建立价格歧视的条件,以此为基础可以设定较高的价格,从而抵消标准化全球营销所具有的成本优势。第三,可以减少全球企业内部的摩擦成本。标准化所带来的规模经济可以降低生产成本,但标准化也会在一定程度上增加在总部和分支机构之间的摩擦,从而产生协调和配置成本。全球本土化营销则可以很好地解决这个问题。

全球混合导向认为,企业在进行全球营销时,应该将全球标准化与全球本土化的优点结合起来,通过两者的优势互补来增强企业的适应性。既要致力于需求的共性,追求市场营销组合各要素的标准化,又要注意到需求的差异性。该理论认为,企业在实施全球混合化时所面临的最关键的问题是要决定标准化和本土化各占多大比例。其具体的做法包括:①以标准化为主同时辅以本土化。肯德基公司是一家典型的采取这种做法的公司,它在推行全球标准化的同时,注重根据各个市场的区别,对其市场营销组合作相应修改,如针对中国市场其推出了老北京鸡肉卷。②以本土化为主同时辅以标准化。一般而言,为了维持品牌形象的全球统一,国际企业总会要求在部分营销要素上保持尽可能的一致。简单地说,全球混合化导向就是"思维全球化,行动本土化"。这一导向兼顾了全球化与本土化,更易于树立全球统一形象,且相对而言成本费用也不会增加太多。

5.2 国际市场定位与扩张

5.2.1 国际市场环境吸引力评价

一个国家的政治、经济、法律、文化制度及其环境会明显地影响国际企业将该国作为一个市场或投资场所的吸引力,在一国从事商务活动,其相关的收益、成本和风险受到该国政治、经济、文化和法律制度的影响,吸引力的大小取决于在该国长期从事商务活动的收益与成本、风险之间的差额。

一般意义而言,在一个国家长期从事商务活动的货币收益是由市场大小、市场上消费者的现有购买力和未来购买力决定的。一些市场仅用消费者人数来衡量是非常大的市场(如中国和印度),但较低的生活水平可能意味着其购买力有限,所以用经济收益来衡量,这些市场就是相对小的市场。国际企业应了解这种区别,同时也需要了解一个国家可能的未来前景,如1970 年的中国被看成是一个极为贫穷的国家,但到 2007 年,用 GDP 度量,中国已成为世界第四经济大国。通过较早识别和投资于一个有潜力的未来经济后起之秀,国际企业可以在该国商务实践中建立品牌信誉和商务优势,如果该国取得持续高经济增长率,则上述做法会收到丰厚的回报。相反,迟来的企业可能会发现,由于缺乏品牌信誉和必要的经验而难以在该市场上取得很大的优势,也即早日进入有潜力的未来经济后起之秀国的企业可能获得实质性的第一进入者优势,而迟来的企业可能陷入迟进入者劣势。一个国家的经济制度和产权制度是合理预测经济前景的良好指标,通常产权受到很好保护的自由市场经济国家比产权保护差的国家更易取得较高的经济增长率。国际企业应综合考虑一个国家的经济制度、产权制度以及市场大小(以人口度量),构成一个合理的指标体系,以判断在一个国家从事商务活动潜在的长期利益。

许多政治、经济和法律因素也同时决定了国际企业在一个国家从事商务活动的成本。这里的政治因素是指在一国从事商务活动的成本因需要收买政治势力以便取得政府许可而增加。经济因素主要是指一国经济的复杂性。在一个相对初级或不发达的国家从事商务活动可能需要很高的成本,因为缺少商务活动所需要的基础设施,这无疑会增加成本。而在经济相对发达的国家从事商务活动,其成本则要低许多。法律因素也同样构成企业成本,在一个法律和规章对产品安全、环境污染等制定了严格标准的国家从事商务活动可能需要更高的成本。

与成本一样,在一个国家从事商务活动的风险是由许多政治、经济和法律因素决定的。政治风险可定义为由政治力量引起的一国商务环境的剧烈变化,从而对特定国际企业的利润和其他目标产生负面影响的可能性。经历着社会动乱和骚乱的国家,其政治风险一般也较大。经济风险可以定义为经济管理不当将引起一国商务环境的剧烈变化,从而对企业的利润和其他目标产生不利影响的可能性。如何衡量经济管理不当,可预见的一个指标是通货膨胀率,另一个指标是企业和政府的债务水平。20 世纪 90 年代亚洲发生金融危机时,通货膨胀率和企业负债率骤增,巨大的经济风险使国际投资者对亚洲市场望而却步、纷纷撤资。在法律方面,当一国的法律制度不能对违反合同或侵犯财产权提供适当的保护时,法律风险就产生了。法律风险可以定义为贸易伙伴可能违反合同或企业被剥夺财产权的可能性。当一个国家的法律风险较高时,国际企业可能不愿意与该国企业签订一项长期合同或合资协定。例如,20世纪70年代,印度政府通过一项法律,要求所有外国投资者都必须以与印度公司搞合资企业的形式进入时,美国IBM和可口可乐公司结束了其在印度的投资。它们认为,印度的法律制度不可能对知识产权提供足够的保护,如果合资的话,印度伙伴可能剥夺美国公司的知识产权,而这恰好是IBM和可口可乐公司取得竞争优势的核心部分。

一国对外国企业作为一种潜在市场的综合吸引力取决于在该国从事商务活动相关的收益、成本和风险的平衡。一般而言,比较在外国从事国际商务活动相关的成本和风险,在经济发达国家和政治稳定的民主国家较低,而在不发达国家和政治不稳定的国家较高。当然,潜在的长期经营收益并非仅取决于国家当前的经济发展水平或政治稳定状况;相反,收益与未来的经济增长相关性可能更高。可以得出这样一个一般规律,在其他条件不变的情况下,要在收益、成本、风险之间取得平衡,在政治稳定的发达或发展中国家进行投资最适合,而实行混合经济或指令经济且政治不稳定的发展中国家是最不适合投资的,在那里投机的金融泡沫导致了过度负债,增加了投资的经济风险。

5.2.3 国际市场调研

通过市场调研得到的市场信息是制定成功的营销策略的关键。国内市场调研与国际市场调研的基本区别在于后者的范围更广。根据所需信息不同,调研可分为三种类型:①有关国家、地区市场的一般信息;②有关国家的社会、经济、消费和产业发展趋势的信息,借以预测营销需求的变化;③具体市场信息,据此做出有关产品、定价、分销和促销的决策,制定营销组合计划。在国内进行市场调研时,重点自然是第三类,通常不会过多地关注有关本国的政治稳定性、文化特征和地理形态的信息。国际市场调研所面对的复杂环境要求搜集和评价以下种类的信息:①经济形势,有关经济增长、通货膨胀和商业周期的一般性资料,具体行业的经济研究,国家主要经济指数等;②社会与政治气候,包括生态环境、消费偏好等;③市场面貌,东道国产品的国内市场以及国外市场状况;④技术进展,尤其是与公司在东道国所设的分部的业务有关的技术发展现状;⑤竞争状况,从国际范围内考察竞争者的产品、销售收益和经营策略。正确的营销决策需要这些方面的深度信息。

国际市场调研的目标是为管理层提供进行正确决策所需的准确信息和资料。然而，在国外市场获取准确的信息比在国内市场上更难，原因是不管市场调研人员搜集到的是二手资料还是原始资料，其在传递和理解上都存在着局限性。在进行原始资料搜集时，调查对象的表达能力和回答的愿意程度、缺乏人口统计资料造成的取样代表性问题以及语言障碍造成的理解差异，都会引起对调查结果的曲解。在搜集第二手资料时，对同样信息的曲解主要是来自资料的可得性、可靠性和可比性方面的限制。因此，成功的国际市场调研工作依赖于三项关键性的工作：①必须让了解外国文化的当地人加入调研小组；②必须采用多种方法来对所获资料进行验证；③高级管理人员即使是决策层，也应该与外国顾客有一定的直接交谈或对之进行一定的直接观察。

5.2.4 制订营销计划过程

国际企业在经营环境、组织机构、控制任务方面的复杂性导致了国际计划的复杂性和计划过程的差异。下面介绍营销计划制订过程的四个阶段。

1. 分析和筛选，使公司需要与东道国需要相一致

国际营销计划的首要问题是决定对哪一个业已存在的国家市场进行市场投资。在对公司目标、资源和限制条件进行分析的基础上确定筛选的标准并对目标市场国进行评价。评价标准包括最低限度的市场潜力、最低限度的利润、投资收益率、可接受的竞争水平、政治稳定性、可接受的法律规定及其他与公司产品有关的标准等。评价标准一旦确定，就可对计划在其中从事经营活动的环境进行全面的分析，环境包括前面讨论过的不可控因素（母国和东道国的限制因素）、营销目标以及公司在每个计划周期开始时的优势和劣势。第一阶段的结果为开展下列五项工作提供了必不可少的基本信息，分别是：①评估有关国家的市场潜力；②发现足以使某国被淘汰的重大问题；③确定需要进一步分析的环境因素；④确定营销组合中哪一部分可以实行全球标准化，哪一部分必须做出调整以及如何调整以适应当地市场的需要；⑤制订和实施营销行动计划。

2. 使营销组合适应目标市场

目标市场选定以后，应根据第一阶段中获得的数据资料对营销组合进行评估。在什么情况下营销组合策略可以标准化？在什么情况下，它们必须做出调整以满足目标市场的要求？这一阶段的决策失误可能会因没有标准化而降低效率，或因不恰当的定价、广告和促销而造成严重的损失。这一阶段的目标是选定某种营销组合,使其适应由环境中不可控因素造成的文化制约,从而有效地实现企业目标。在这一阶段,需要解决三个问题:①营销组合的哪些因素可以标准化? 在哪些国家由于文化差异大而不可能实行标准化? ②需要对营销组合要素作什么样的调整才能适应目标市场的文化和环境条件? ③考虑到调整所需的费用,进入某一市场是否仍然有利可图? 根据第二阶段的分析结果,可以进行第二轮筛选,再淘汰一些国家。

【专栏 5-1】 鱼缸理论及其戴尔案例

日本全面质量管理(TQM)专家司马正次提出鱼缸理论:发现客户最本质的需求。鱼缸就象征着企业所面对的经营环境,而鱼就是目标客户。经营者要做的就是先跳进鱼缸,实际深入到用户所处的环境,接触那些用户,学着和鱼儿一起游泳,了解他们所处的环境,真正体验作为一个客户对产品的需求。然后,跳出鱼缸,站到一个相对更高、更广的环境中,重新审视分析客户状况,以发现他们最本质的需求。

戴尔公司是这一理论的最好执行者。它对顾客群进行了细分,向不同顾客提供不同的增值服务。戴尔对个人电脑进行配置,对大型用户提供支持,它也可以按顾客要求装载标准软件,在机器上贴上资产条形码。对于一些用户,戴尔有现场小组,协助采购个人电脑并提供服务。其采用的"虚拟一体化"模式可以让自己比其他模式更快、更有效地满足顾客需求。而且,它使戴尔可以快速、有效地对变化作出反应。戴尔通过花时间与用户交流,跟踪技术趋势,尽量超前于变化,甚至创造变化、改变变化。

资料来源:沈思. 决定一生的 99 个简单法则. 西安:陕西师范大学出版社,2005.

3. 制订营销计划

这一阶段要为目标市场制订一个营销计划,不管这个目标市场是单个国家,还是全球市场。营销计划始于形势分析,最终要选择市场进入方式和具体的行动计划。要回答做什么、谁做、如何做、什么时候做等问题,还要确定预算及预期的销售额和利润。

4. 实施营销计划并对所有营销计划予以协调和控制

许多企业还没有做到对自己的营销计划实施尽可能周密的控制,如果它们能对营销计划实行持续的监督、控制,就可以取得更大的成功。评估和控制制度要求绩效与目标相一致,即当绩效未达目标时,采取纠正措施。协调和控制国际营销活动是困难而又极其重要的管理任务,全球导向为有效地履行这一任务提供了方便。

5.3 国际营销产品策略

5.3.1 全球市场与产品

产品是消费者获得和用于满足其需要的任何东西。消费者所购买的或追求的是需要的满足,而不是具体形态的物质特性。宝马 4S 店出售的汽车是一种产品,同样,将顾客从一个地方送到另一个地方如提供出租车服务,也是一种产品。国际企业面对的是全球市场,不同国家由于其经济和文化发展程度的不同,消费者的需求也有所不同;同时,国际企业在全球销售的产品还受到各国不同标准的限制。

本书第 2 章讨论了不同国家的文化差异。在很多重要的方面,包括社会结构、语言、宗教、教育等在不同的国家有着不同的国情。文化差异最重要的影响莫过于传统所带来的影响,这一点对食品和饮料企业特别重要。由于历史和其他特殊的原因,国与国之间还存在着一系列其他的差异。例如,不同国家的人对气味有着不同的偏好。生产光亮剂和蜡制品的美国庄臣父子公司生产的柠檬味的"碧丽珠"牌家具光亮剂就不太受日本老年人的喜欢。细致的市场调查发现,原来这种光亮剂的气味和 20 世纪 40 年代在日本广泛使用的一种厕所消毒剂很相似。该公司及时调整产品的气味后,市场销量骤增。

不同国家的经济发展水平也影响着该国消费者对商品的需求。像美国这样高度发达的国家的公司倾向于在产品中加入许多额外的功能。这些产品特性对于欠发达国家的消费者来说通常是不需要的,这些国家的消费者需要的是更基本的产品。例如,在欠发达国家中出售的汽车通常缺乏在西方销售的汽车所具有的许多功能,如空调、转向助力器、电动摇窗、无线电及CD 机等。在欠发达国家中,购买一件耐用品可能要花去消费者收入的很大一部分,因此,产品的可靠性与发达国家相比,或许是一项更重要的产品特性。而发达国家的消费者通常不愿意牺牲他们所偏好的特性以换取较低的价格,他们更乐意多花钱购买那些按照他们的品位和偏好特别开发的、具有附加功能的产品。

各国政府强制执行的不尽相同的产品标准,也限制了国际企业的产品销售,使得企业必须生产符合当地市场标准的产品。一个简单的例子便是美国的电压是 110V,而中国是 220V,为了出口美国市场,中国的电器企业必须按 110V 电压的标准生产产品。

5.3.2　产品品牌策略

品牌是一种名称、术语、标记、符号或设计,或是它们的组合,其目的是借以辨认某个销售者或某一群销售者的产品或服务,并使之同竞争对手的产品和服务区别开来。品牌具有品牌形象,它包含了消费者对于产品属性、功用、使用情景、使用者、制造商与经销商之特点的理解。这些意义和意象是消费者决策的强大驱动力,也是强势品牌在销售额和利润上能够成为市场领头羊的原因之一。对于国际企业而言,制定切实可行的品牌战略,发挥品牌的杠杆作用,对于提高企业竞争力有着十分关键的作用。一般而言,国际企业在布置品牌战略时有五种选择,包括:产品线扩展、品牌延伸、多品牌、新品牌和合作品牌战略。

1.产品线扩展策略

产品线扩展是指公司在同样的品牌名称下面,在相同的产品名称中引进增加的项目内容,如新口味、形式、颜色、增加成分、包装规格等。例如,一家外国冰淇淋公司引进了数条冰淇淋线,包括多个本地风味,其他还有减肥冰淇淋和大经济包装冰淇淋。产品线扩展可以是创新、模仿(模仿竞争者)或填补市场空缺。产品线扩展较之于新产品其存活率要高,且较易成功,是企业建立一项新业务的最好方法之一。

然而,产品线扩展也有风险,它可能使品牌名称丧失它特定的意义。有时因为原来的品牌过于强大,致使它的产品线扩展造成混乱,加上销售数量不足,可能难以冲抵它们的开发和促销成本。产品线扩展能否成功取决于六种因素:①品牌强势度;②品牌标志性;③企业促销和广告投入;④品牌进入市场的先发优势(进入市场的时间差异);⑤公司的规模和市场竞争力;⑥产品线的拓展所带来的利润。

2.品牌延伸策略

一家公司可以对新产品沿用过去的品牌。我们所熟知的海尔就是用自己的公司名来命名其生产的不同产品。延伸品牌战略有不少的优点,一个被认可的品牌会使新产品迅速为消费者熟悉和接受,节约相当可观的宣传成本。同时,还可以使企业更早地进入新产品的生产状态。延伸品牌战略也存在风险。新产品可能使购买者失望,影响其对公司其他产品的信任。延伸的名称也有可能不适合新产品。不恰当地使用品牌延伸可能会失去品牌在消费者心目中的独特位置。当消费者不再将某一品牌与独特的产品或同一系列产品联系在一起时,品牌在消费者心中的地位将淡化。中国著名白酒制造企业茅台集团将自己在白酒界的品牌茅台延伸到啤酒的战略就明显地混淆了国酒茅台在中国人心目中的定位。

3. 多品牌策略

大型国际企业经常在相同产品类目中引进多个品牌。这样做的益处很多,首先,这是一种深层次市场细分的方法,它为不同买主提供了差异化的性能。例如,宝洁公司光在洗发水中就有四个品牌,这不仅能使宝洁公司占领不同需求的消费品市场,还能占领更多的分销商货架。其次,企业可以通过建立侧翼品牌的方式保护其主要品牌。日本著名的手表制造商精工为它高价(精工)和低价(阿尔巴)手表取名不同,以保护它的侧翼。另外,企业如果通过兼并的方式获取竞争公司的品牌,保留原品牌还可以继承该品牌的忠诚者。

引进多品牌也同样存在风险,每个品牌仅仅只占领了很小的市场份额,可能毫无利润。企业理想的多品牌战略应该是建立一套严格的审查程序,选择新品牌,并除去较弱的品牌,一个企业的品牌应蚕食竞争者品牌而不是自我竞争。

4. 合作品牌策略

合作品牌是指两个或更多的品牌在一个提供物上联合起来。每个品牌的发起人期望另一个品牌能强化自我品牌的偏好或购买意愿。合作品牌的形式有多种。一种是中间产品合作品牌。如新加坡航空公司为乘客供应罗菲斯酒店的饭菜。另一种形式是同一公司合作品牌,如通用面粉公司的特里克斯和约波兰特酸奶。还有一种形式是合资合作品牌,如在日本的通用电气和日立日光灯。最后一种是多发起人合作品牌,例如托利金德是苹果公司、IBM 和摩托罗拉公司技术联盟下的品牌。

5. 新品牌

当公司在新商品项目录中推出一个产品,它可能发现原有的品牌名不适于它。如果国美决定进军洗发水行业,它们的产品肯定不会是国美洗发水,这会伤害它现在的品牌形象,并且对新产品市场的开拓也没有帮助。在决定是否要引进新品牌名称时,企业需要对以下问题进行考量:新建品牌的风险;新建品牌的持久性;若新建品牌失败,企业规避风险的应对措施;新建品牌是否对企业原有品牌簇有杠杆作用;新建品牌后产品是否能够盈利。

5.3.3 产品的包装

包装是指设计并生产容器或包扎物的一系列活动。包装已经成为产品战略中的一个要素,是一种强有力的营销手段。设计良好的包装能为消费者创造方便价值,为生产者创造促销价值。好的包装能执行许多推销任务,它能吸引注意力,说明产品的特色,给消费者以信心,形成一个有利的总体印象。

为新产品制定有效的包装,这需要做出大量的决策。首先要建立包装概念即包装基本上应为何物,或为一个特定产品起什么作用。包装的主要作用应为优质产品提供保护,引进一个新颖的使用方式,提示产品或公司的某种质量,或者是其他某些作用。在包装概念被确定后,还必须为包装设计的其他要素做出决策,如包装物的大小、形状、材料、色彩、文字说明以及品牌标记。包装设计的各个要素必须相互协调,如包装大小与包装材料和色彩的协调。包装设计的要素也必须与定价、广告和其他市场营销要素相互协调。同时,包装还要保证在正常情况下经得起磨损;保证字迹清楚和色彩协调;具有吸引力且便于处理;赢得有利的消费者反应。此外,还应尽可能地符合环保的要求。

5.3.4　产品扩张战略

企业通过增加市场份额而对现有市场进一步渗透以及在单一国内市场领域中将现有的产品线扩展到某一新的产品市场中等传统的扩张方法,比较适用于国内运作,在此便不做赘述。针对国际企业的全球市场扩张,本节将介绍五种全球市场的产品扩张战略。这五种战略的选择取决于三个要素:产品的功能预期能够满足的需求;目标市场环境和购买力;企业的营销预算。

1. 双重延伸战略

许多公司将产品、沟通双重延伸作为寻求国外市场机会的战略之一。在适当的条件下,这是最简单的营销战略,并且在许多实践中也是最有效的战略。使用这种方法可以节约成本。两种最明显的成本节约来源是:产品制造的规模经济;避免了重复的产品研发和营销沟通标准化所带来的效益。当然,此种战略在节约营销成本的同时,也容易导致国际企业营销工作的失败,正如在前几节内容提到的,不同国家消费者的需求是不一样的。

2. 产品延伸、沟通调整战略

当一种产品满足了不同的需求,或吸引了另一不同的细分市场,或者在与本国市场相同或相似的使用环境下执行了一种不同的功能时,公司可能需要对营销沟通进行调整。自行车和小摩托车正是运用这种方法来营销的产品实例。它们在美国满足的是娱乐需要,但在其他许多国家则是作为基本的交通工具。产品延伸、沟通调整战略会转换产品的使用价值,虽然在物质形式上还是同一种产品,但会偏离最初的设计或建造意图,最后以执行一种新功能或用途而告终。产品延伸、沟通调整战略的吸引力在于它的实施成本相对较低。因为这种战略中的产品并未改变,避免了因生产线改变而引发成本增加。这种方法的唯一成本在于确定产品的不同功能,并修改与之相应的营销策略。

3. 产品调整、沟通延伸战略

全球产品计划的第三种方法是维持本国市场的基本沟通战略不变的情况下对其进行延伸,同时使产品适应于当地的使用或偏好条件。埃克森美孚一直采用这种战略,它为了普遍适应不同市场的天气情况而改变其汽油的组成,同时在不改变其基本沟通策略的情况下对其进行了扩展。

4. 双重调整战略

当国际企业将新的市场与本国市场进行比较时,有时会发现不仅环境条件、顾客偏好不同,而且产品所执行的功能或消费者对广告的接受程度可能也是不一样的。从本质上说,这是一种战略二(产品延伸、沟通调整战略)与战略三(产品调整、沟通延伸战略)的市场条件的组合。联合利华公司在英国的衣物柔顺剂市场的经历说明了调整的典型途径。许多年来,这种产品在 10 个国家销售,在这 10 个国家里,这种产品共有 7 种不同的品牌名称,被装在不同的瓶中,在不同国家其营销战略也不相同。它们选择了在当地语言中较具感染力的名称,包装设计也以符合当地口味为准。

5. 产品创造战略

当潜在顾客无力购买一种产品时,公司应当考虑的战略是创造战略。换而言之,公司可能需要开发一种完全崭新的商品,使得潜在顾客可以在可接受的价位下满足需要。虽然这是一种被动的改变,但如果产品开发成本并不太大,在不发达国家的批量市场中就是一种回报较大的产品战略。全球竞争者中的赢家是那些能够开发出可以提供最大利益的产品,从而为购买者创造最大价值的公司。产品创造战略通常意味着产品业绩的高水准和低价位,最终转换成为巨大的消费者价值。

5.4 国际营销定价策略

5.4.1 影响国际产品定价的因素

国际企业产品定价受到包括定价目标、成本、市场需求、市场竞争结构和政府的价格调控政策五个因素的影响,在本节内容中将作详细介绍。

1. 定价目标

面对不同的国外市场,企业的定价目标不可能完全一样。有些企业将国外市场看作国内市场的延伸和补充,采用比较保守的定价策略。另一些企业将国际市场看得和国内市场一样重要,则往往采取进取型的定价策略。企业针对各个国外市场设定的不同目标,对定价策略也有很大影响。在迅速发展的国外市场上,企业可能更注重市场占有率的增长而暂时降低对利润的要求,采取低价渗透策略。而在低速发展的国外市场上,企业可能更多地考虑投资的回收,而采用高价撇脂策略。

企业的定价目标主要有以下几种:

维持生存——企业生产能力过剩,在国际市场面临激烈竞争导致出口受阻时,为了确保工厂继续开工和使存货出手,企业必须制定较低的价格,以求扩大销量。

当期利润最大化——企业出于对目标市场的国家政治形势和经济形势复杂多变等原因的考虑,希望以最快的速度收回初期开拓市场的投入并获取最大的利润,往往会为产品确定一个最高价格。采用这种定价策略,会使企业面临两种风险:①可能会损害企业的长远利益。②对产品的需求弹性的测定和对产品生产、销售总成本的预计往往会有偏差,由此定出的价格可能不准确,企业可能会因定价过高而达不到预期销售量,或者定价低于可达到的最高售价而蒙受损失。

市场占有率最大化——在目标市场的需求弹性较大、低定价能刺激市场需求的情况下,企业通过价格战吓退现有和潜在的竞争者,迅速扩展市场份额,占领市场。

产品质量最优化——采用这种策略,企业需要在生产和市场营销过程中始终贯彻产品质量最优化的指导思想,并辅以相应的优质服务。

2. 成本因素

成本核算在定价中十分重要。国际营销与国内营销某些相同的成本项目对于两者的重要性可能差异很大。例如运费、保险费等在国际营销成本中占有较大比重。而另外一些成本项目则是国际营销所特有的,例如关税等。现在我们将对国际营销具有特殊意义的成本项目分别进行说明。

(1)关税。关税是当货物从一国进入另一国时所缴纳的费用,它是一种特殊形式的税收。关税对进出口货物的价格有直接的影响,一般是用关税率来表示的,可以按从量、从价或混合方式征收。此外,各国还可能征收交易税、增值税和零售税等,这些税收也会影响产品的最终售价。

(2)中间商与运输成本。各个国家的市场分销体系与结构存在着很大的差别。短而直接的分销体系能够降低产品的销售成本;反之,分销渠道缺乏效率则会增加产品的销售成本。出口产品价格还包括运输费用。据了解,全部运输成本约占出口产品价格的 15% 左右。

（3）风险成本。在国际营销实践中,风险成本主要包括融资、通货膨胀及汇率风险。此外,为了减少买卖双方的风险及交易障碍,经常需要有银行信用的介入,这也会增加费用负担。

3. 市场需求

各国的文化背景、自然环境、经济条件等因素存在着差异性,决定了各国消费者的消费偏好不尽相同。对某一产品感兴趣的消费者的数量和他们的需求,对确定产品的最终价格有重要意义。但仅有需求是不够的,还需要有支付能力作为后盾。所以,外国消费者的支付能力对企业出口产品定价有很大影响。

4. 市场竞争结构

国际营销与国内市场营销不同,企业在不同的国外市场面对着不同的竞争形势和竞争对手,竞争者的定价策略也千差万别。因此,企业就不得不针对不同的竞争状况而制定相应的价格策略。竞争对企业定价自由造成了限制,企业不得不适应市场的价格。除非企业的产品独一无二并且受专利保护,否则没有可能实行高价策略。

5. 政府的价格调控政策

东道国政府可以从很多方面影响企业的定价政策,比如关税、税收、汇率、利息、竞争政策以及行业发展规划等。一些国家为保护民族工业而订立的关税和其他限制政策使得进口商品成本迅速增加。此外,企业还要受到各国政府的有关价格规定的限制,比如政府对进口商品实行的最低限价和最高限价。

即使东道国政府的干预很小,企业仍面临着如何对付国际价格协定的问题。国际价格协定是同行业各企业之间为了避免恶性竞争,尤其是竞相削价而达成的价格协议。这种协议有时是在政府支持下,由同一行业中的企业共同达成的;有时则是由政府直接出面,通过国际会议达成的多国协议。企业必须注意目标市场的价格协议,同时,企业应关注各国的公平交易法(或反不正当竞争法)对价格协定的影响。

本国政府一般会鼓励企业走出去,如政府的价格补贴,可以降低出口产品价格,增强产品国际竞争力。我国实行出口产品退税制就是为了增强出口产品的竞争力。

5.4.2 国际产品定价的方法与策略

定价方法,是企业在特定的定价目标指导下,依据对成本、需求及竞争等状况的研究,运用价格决策理论,对产品价格进行计算的具体方法。定价方法主要包括成本导向、竞争导向和顾客导向三种类型。

1. 成本导向定价法

以产品单位成本为基本依据,再加上预期利润来确定价格的成本导向定价法,是企业最常用、最基本的定价方法。但它容易忽视市场需求、竞争和价格水平的变化,有时候与定价目标相脱节。此外,运用这一方法制定的价格均是建立在对销量主观预测的基础上,从而降低了价格制定的科学性。因此,在采用成本导向定价法时,还需要充分考虑需求和竞争状况,以此来确定最终的市场价格水平。成本导向定价法又衍生出了总成本加成定价法、目标收益定价法、变动成本定价法等几种具体的定价方法。

(1)总成本加成定价法

在总成本加成定价方法下,把所有为生产某种产品而发生的耗费均计入成本的范围,计算单位产品的变动成本,分摊相应的固定成本,再按一定的目标利润率来决定价格。此种方法简化了定价工作,便于企业开展经济核算。同时,若某个行业的所有企业都使用这种定价方法,它们的价格就会趋于相似,因而价格竞争就会减少。而且,在成本加成的基础上制定出来的价格,对买方和卖方来说都比较公平,卖方能得到正常利润,买方也不会觉得受到了额外剥削。

(2)目标收益定价法

目标收益定价法是根据企业的投资总额、预期销量和投资回收期等因素来确定价格的。目标收益定价法很少考虑到市场竞争和需求的实际情况,只是从保证生产者的利益出发制定价格。另外,先确定产品销量、再计算产品价格的做法,完全颠倒了价格与销量的因果关系,把销量看成是价格的决定因素,在实际中很难行得通。不过,对于需求比较稳定的大型制造业、供不应求且价格弹性小的商品、市场占有率高且具有垄断性的商品,在科学预测价格、销量、成本和利润四要素的基础上,目标收益法仍不失为一种有效的定价方法。

(3)变动成本定价法

采用变动成本定价法是以单位产品变动成本作为定价依据和可接受价格的最低界限。变动成本定价法改变了售价低于总成本便拒绝交易的传统做法,对于有效地应对竞争、开拓新市场、调节需求的季节差异、形成最优产品组合,可以发挥巨大的作用。但是,过低的成本有可能被指控为从事不正当竞争,并招致竞争者的报复,在国际市场容易被进口国认定为"倾销"。

2. 竞争导向定价法

竞争导向定价法是以竞争者的价格为导向的。它的特点是:价格与商品成本和需求不发生直接关系而与竞争者的定价相关联。竞争者的价格变动了,则相应地调整其商品价格。竞争导向定价主要包括以下几种方法。

（1）随行就市定价法

完全竞争的市场结构条件下,为了避免竞争特别是价格竞争带来的损失,大多数将产品价格保持在市场平均价格水平上,利用这样的价格来获得平均报酬。此外,采用随行就市定价法,企业就不必去全面了解消费者对不同价差的反应,也不会引起价格波动。

（2）产品差别定价法

企业通过不同营销努力,使同种同质的产品在消费者心目中树立起不同的产品形象,进而选取低于或高于竞争者的价格作为本企业产品价格。产品差别定价法的运用,首先要求企业占有较大的市场份额,消费者能够将企业产品与企业本身联系起来。其次在质量大体相同的条件下实行差别定价是有限的,尤其对于定位为"质优价高"形象的企业来说,必须支付较大的广告、包装和售后服务方面的费用。

（3）密封投标定价法

在招标竞标的情况下,企业在对其竞争对手了解的基础上定价。在招标投标方式下,投标价格是企业能否中标的关键性因素。高价格固然能带来较高的利润,但中标机会相对减少;反之,低价格、低利润,虽然中标机会大,但其机会成本高、利润少。

3. 顾客导向定价法

根据市场需求状况和消费者对产品的感觉差异来确定价格的方法叫做顾客导向定价法,又称需求导向定价法。顾客导向定价法主要包括理解价值定价法、需求差异定价法和逆向定价法。

（1）理解价值定价法

理解价值定价法是指企业以消费者对商品价值的理解度为定价依据,运用各种营销策略和手段,影响消费者对商品价值的认知,形成对企业有利的价值观念,再根据商品在消费者心目中的价值来制定价格。理解价值定价法的关键和难点,是获得消费者对有关商品价值理解的准确资料。企业必须通过广泛的市场调研,了解消费者的需求偏好,根据产品的性能、用途、质量、品牌、服务等要素,判定消费者对商品的理解价值,制定商品的初始价格。然后,在初始价格条件下,预测可能的销量,分析目标成本和销售收入,在比较成本与收入、销量与价格的基础上,确定该定价方案的可行性,并制定最终价格。

（2）需求差异定价法

所谓需求差异定价法,是指产品价格的确定以需求为依据,强调适应消费者需求的不同特性,而将成本补偿放在次要的地位。这种定价方法,其好处是可以使企业定价最大限度地符合市场需求,促进商品销售,有利于企业获取最佳的经济效益。

（3）逆向定价法

逆向定价法主要不是考虑产品成本,而重点考虑需求状况。依据消费者能够接受的最终销售价格,逆向推算出中间商的批发价和生产企业的出厂价格。其特点是价格能反映市场需求情况,有利于加强与中间商的良好关系,保证中间商的正常利润,使产品迅速向市场渗透,并可根据市场供求情况及时调整,定价比较灵活。

5.4.3　倾销与反倾销

1.倾销

《关贸总协定》第六条将倾销定义为:“将一国产品以低于正常价值或公平价格的价格进入另一国市场内,并对某一缔约国领土内已建立的某项工业造成实质性损害或损害威胁,或对某一国内产业的兴建产生实质性损害。”[①]此处的正常价值或公平价格通常根据具体情况而定,一般有如下可供选择的标准:①出口国或原产地国的国内销售价格。②对第三国的出口价格。③机构价格,即被指控倾销产品成本加上一定幅度的利润。④替代国价格。⑤相似产品在进口国的销售价格。西方发达国家对来自其被视为市场经济国家的倾销产品,主要采用前三种方法确定正常价值,而对于来自被视为非市场经济国家的倾销产品,主要采用后两种方法确定正常价值。

倾销可分为四种类型:

零星倾销——制造商抛售库存,处理过剩产品。这类制造商既要保护其在国内的竞争地位,又要避免发起可能伤害国内市场的价格战,因此,必然选择不论定价多低,只要能减少损失就大量销售的办法向海外市场倾销。

掠夺倾销——企业实施亏本销售,旨在进入某个外国市场,而且主要为了排斥国外竞争者。这种倾销持续时间较长。一旦企业在市场上的地位确立,该企业便依据其垄断地位而提价。

持久倾销——企业在某一国际市场持续地以比在其他市场低的价格销

---

① 对外经济贸易合作部国际经贸关系司.乌拉圭回合多边贸易谈判结果法律文本.北京:法律出版社,2000:78.

售,是持续时间最长的一类倾销。其适用前提是各个市场的营销成本和需求特点各有不同。

逆向倾销——母公司从海外子公司输入廉价产品,以低于国内市场价格销售海外产品而被控告在国内市场倾销,这种情况在国际营销实践中时有发生。

国外许多公司事实上都曾进行过倾销。它们为了逃避反倾销调查,除了采取多种国际营销方式,变单纯的出口为在东道国生产,降低成本及低价销售这些合理的方法外,还通过给进口商回扣、把出口产品伪装成进口国内生产的产品、开具假文件隐瞒出口产品真实价值等手段隐瞒倾销行为。

2. 反倾销

如果国际贸易中存在倾销,则进口国为保护国内市场和产业,就会开展反倾销。所谓反倾销,是指进口国反倾销调查当局依法对给本国产业造成损害的倾销行为采取征收反倾销税等措施以抵消损害后果的法律行为。通常,反倾销确立须具备三个前提条件:①存在倾销行为;②构成损害,即对国内产业产生重大损害或对国内新产业产生重大威胁;③倾销与损害间存在着因果关系。反倾销调查程序包括申诉、立案、调查、裁决、司法审查等阶段。

(1)反倾销申诉

反倾销调查的发起须由进口方境内声称受损害的产业或其代表提交书面申请。提起申请的产业须具代表性,只有其集体产量不低于进口国同类产品生产总量25%的生产商方能代表该行业提出指控,且不能有占进口国同类产品生产总量50%以上的生产商反对该项申诉。

(2)进口国主管当局审查立案

立案是反倾销调查工作的开始,进口方当局应审查申诉人提供的申诉材料的准确性和充分性,以决定是否立案。在正式决定立案调查后,进口方当局应立即发布立案公告通知其产品面临被调查的当事方或其他各利害关系方。公告应包括出口国及倾销产品的名称;开始调查日期;所指控倾销的证据;所称构成损害因素的概述;当事方的申诉送达地点;当事方发表意见的时限。

(3)反倾销调查

调查是指反倾销立案后,主管当局根据反倾销申诉人提出的申请,在一定期限内,对被诉方的产品倾销、国内工业损害以及两者之间的因果关系,从事实和法律上予以查证的过程。进口方当局如果发现无充分证据证明存在倾销或存在工业损害,反倾销调查应立即终止。一般情况下,反倾销调查应在一年内结束。被控倾销产品的出口商、生产商或其他利害关系方有权要求参与反倾销调查,陈述自己的意见和观点。

(4)初裁与终裁

进口国当局将在申诉方和应诉方提供材料的基础上,做出关于倾销和损害初步裁定。如果初裁关于倾销或损害的结论有一项是否定性的,则调查应立即终止。如果初裁关于倾销和损害的结论均为肯定的,并初步认定了两者间的因果关系,则进口方当局可以采取临时反倾销措施,并继续进行调查,进而做出最终裁决。

(5)行政复审与司法审议

行政复审是指在征收反倾销税的一段合理时间后,进口方调查机关可主动或应有关当事方的请求,对征收反倾销税或价格承诺是否有必要延续进行审查,以确定是否继续或终止征收反倾销税或履行价格承诺。实践中,复审的形式有年度复审、日落复审等。而司法审议则是指在反倾销诉讼中,当事人对进口方当局的终裁以及行政复审决定的行政行为不服,可要求独立的司法、仲裁、或行政法庭或通过诉讼程序,进行司法审议,目的是确定终裁或行政复审决定的正确性。

5.5　国际市场分销渠道

大多数生产商都要和营销中介机构打交道,以便将其产品提供给市场。营销中介机构组成了分销渠道。这里采用斯特恩(Stern)和艾尔·安塞利(El. Ansary)对分销渠道所下的定义。分销渠道是促使产品或服务顺利地被使用或消费的一整套相互依存的组织。分销渠道在企业营销中占有重要的地位,它可以疏通生产者和终端用户之间的阻碍,提高交易效率,降低交易成本,还可以帮助企业规避市场风险,是企业重要的无形资产。

5.5.1　国际市场进入渠道策略

企业产品进入国际市场有四种渠道,即直接出口、间接出口、国外生产和许可贸易。

1. 直接出口

直接出口是指企业不通过国内的专业外贸公司而直接将产品卖给国外客户(中间商或最终用户)。但是,采用这一方式的企业必须具备进出口经营权。这在一定程度上限制了企业对该种国际市场进入方式的选择。企业直接出口的具体方式有直接出口给最终用户、利用国外代理商、利用国外经销商、设办事处、设营销子公司。

上述各种直接出口方式各有其优缺点,企业可根据自身的具体情况,分别采用或同时使用。与间接出口相比,直接出口可以直接参与国外的营销活动,因而能更深入地了解国际市场的需求动态,也可以增强对国际市场营销的控制程度。直接出口的不足之处在于:需要承担较高的营销费用;同时,需要配备和培养一支自己的专业国际营销队伍。另外,企业还需要去解决建立外销渠道、联系客户、发展客户等工作中所遇到的种种困难。

2. 间接出口

间接出口是指企业将产品卖给国内的出口商或委托国内的外贸代理机构将产品推向国际市场。间接出口的主要优点是:可利用出口商或外贸代理机构的渠道和经验快速打入国际市场,可以避免在出口资金方面所遇到的困难,不必承担外汇风险和各种信贷方面的风险,不需要配备和培养自己的专业国际营销队伍,从而节省相应的工资及培训费用。间接出口的局限性在于:生产企业对国外市场的控制程度较低,难以得到国际营销的直接经验和国际市场信息,因此,难以及时根据国际需求的变化调整产品结构以提高产品的适应性和竞争力。间接出口方式适用于没有进出口经营权的企业以及实力较小的中小企业和新建企业。

3. 国外生产

国外生产是指企业把生产转移到其他国家的领土上就地生产和销售,在国际市场营销实践中,大部分的跨国企业都以这种方式打入别国市场。国外生产的具体形式如下。

(1)组装业务

生产企业在国内生产出某种产品的全部或大部分零部件,然后运到国外就地组装,将成品就地销售或再出口。采用这种方式的主要优点是运费、工资、关税等各种成本费用均较低,同时,由于能带动当地就业,因而当地政府较为支持;缺点是没有充分利用当地的其他资源。

(2)合同制造

企业与国外的生产企业签订合同,规定由对方按照本企业的要求生产某种产品,然后由本企业进行产品的营销。采用这种方法的优点在于投资少、风险低,能有效实施对目标市场的控制;缺点在于一旦合同期满,国外合作方可能成为大的竞争对手,同时产品质量也难以得到有效的控制。

(3)海外合营

企业与国外某一个或某几个企业共同在国外投资,联合建立新企业,投资各方共同管理、同享利润、共担风险。采用这种方法的优点在于:可以充分利用合作伙伴在当地的优势,做到优势互补,与合同制造相比,企业对生产与营销的控制程度更高;缺点在于企业需要投入较多的资金和管理资源,同时,由于合作各方的文化背景、经营理念等方面存在着差异,在企业实际运营过程中可能产生冲突,最终影响企业效益的实现。

(4)海外独资生产

企业在国外直接投资设立一个新企业或通过收购的方式控制一个现成的企业进行产品的生产和销售。采用这种方法的优点在于可掌握全部所有权和利润,不存在与合作方冲突的问题;主要缺点在于投入额及相应的风险较大,退出成本高,应变能力差。

4.许可贸易

许可贸易是指企业(许可方)与国外另一企业(被许可方)签订许可协议,授权对方在一定期间和范围内使用本公司的专利权、版权、商标及产品或工艺方面的诀窍等从事生产和销售,以向对方收取许可费用作为回报。企业采用许可贸易方式进入国际市场的优点在于:可以避开各种关税及非关税壁垒,较易进入目标市场,同时,由于没有进行直接投资,因而风险相对较小;主要缺点在于:收取许可费方面,对国外被许可方的依赖性较大;由被许可方生产的产品质量难以保证;在许可协议终止之后,被许可方有可能成为企业的竞争对手。

企业进入国外市场的方式与成本、风险、控制度的关系如图 5-2 所示。

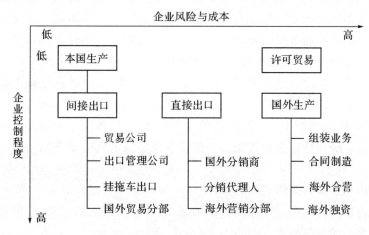

图 5-2　企业进入国外市场的方式与成本、风险、控制度的关系

5.5.2　国际分销渠道的设计

在设计国际分销渠道时,企业必须确定理想的渠道是什么? 可行的是什么? 可适用的又是什么? 设计一个渠道系统的步骤可以细分为:分析需

要,建立渠道目标,识别主要的渠道选择方案,对方案作出评价。

1. 分析顾客需要的服务产出水平

分销渠道可提供包括选择产品批量、选择产品种类、节约等候时间、提供空间便利和服务支持五种服务产出。营销渠道的设计者必须了解目标市场中消费者购买什么商品、在什么地方购买、为何购买、何时买和如何买以及目标顾客需要的服务产出水平(即人们在购买一个产品时想要和所期望的服务类型和水平)。日本的分销商便是一个例子,它们在零售技巧、商品陈列等方面花了大力气,但销售却始终不尽如人意,而折扣则大行其道,因为消费者更愿意接受较低水平的服务而带来的低价格。

2. 建立渠道目标和限制因素

渠道目标应表述为目标服务产出水平。在竞争情况下,渠道机构在安排其功能任务时,把某些期望达到的服务产出水平的整个渠道费用最小化。一般来说,可依据消费者对不同服务产出水平来细分市场。有效的渠道计划工作,首先要决定达到什么目标,进入哪个市场。目标包括预期要达到的顾客服务水平、中间机构应该发挥的功能等。

渠道目标因产品特性不同而不同。易腐商品要求较直接的营销;体积庞大的产品,要求采用运输距离最短、在产品从生产者向消费者移动的过程中搬运次数最少的渠道布局。非标准化产品,如顾客定制机器和特制模型等则由公司销售代表直接销售,因为中间商缺乏必要的知识。需要安装或长期服务的产品通常也由公司或者独家代理商经销。单位价值高的产品一般由公司推销员销售,很少通过中间机构。

渠道设计必须适应大环境。当经济不景气时,生产者总是要求以最经济的方法将其产品推入市场。这就意味着利用较短的渠道,取消一些非根本性的服务(这些服务会提高产品的最终价格)。法律规定和限制也将影响渠道设计。法律往往禁止可能会严重减少竞争或者倾向于垄断的各种渠道安排。

3. 识别主要的渠道选择方案

渠道选择方案由三方面的要素确定,包括中间机构的类型、中间机构的数目和贸易关系的确定。

(1)中间机构的类型包括批发商、代理商、零售商、经纪人、公司推销队伍等多种类型。国际企业首先应该根据公司已确定目标市场的服务产出要求和渠道交易成本决定承担其渠道工作的中间单位的类型。

(2)确定中间机构的数目有三种战略可供选择:专营性分销、选择性分销和密集性分销。专营性分销是指严格地限制经营公司产品或服务的中间商数目。它适用于生产商想对销售商实行大量的服务水平和服务售点的控制。专营性分销能提高产品的形象和允许更高的售价。它要求的是公司与销售商之间紧密的合伙人关系。在销售新汽车、某些主要电器用具和某些妇女服装时常采用这种方式。选择性分销利用一家以上的经销机构来经营某一种特定产品。此种方式能使生产者获得足够的市场覆盖面,与密集性分销相比有较大的控制力和较低的成本投入。密集性分销的特点是尽可能多地使用商店销售商品或服务。当消费者要求在当地能大量、方便地购买时,实行密集性分销就至关重要。该战略一般用于方便品项目,如香烟、汽油、肥皂、零食小吃和口香糖等。

(3)贸易关系的主要内容有价格政策、销售条件、地区权利以及每一方所应提供的具体服务。价格政策要求生产者制定价目表和折扣细目单。销售条件是指付款条件和生产者的担保。大多数生产者对于付款较早的分销商给予现金折扣。生产者也可以向分销商提供有关商品质量不好或价格下跌等方面的担保。分销商的地区权利是贸易关系组合的另一个要素。分销商需要知道生产者打算在哪些地区给予其他分销商以特许权。

双方的义务和责任,必须十分谨慎地确定,尤其是在采用特许共营和独家代理等渠道形式时。例如,麦当劳公司向加盟的特许经营者提供房屋、促销支持、记账制度、人员培训和一般行政管理与技术协助。而反过来,该专营者必须在物资设备方面符合公司的标准,对公司新的促销方案予以合作,提供公司需要的情报,并采购特定的食品。

4. 对主要的渠道方案进行评估

假设生产者已经识别了几种渠道方案,就要确定哪一种最能满足公司的长期目标。每一渠道都需要以经济性、可控性和适应性这三种标准进行评估。下面以公司自组推销队伍与采用代理两个方式为例进行说明。

(1)经济标准

每一种渠道方案都将产生不同水平的销售量和成本。首先是比较各方案中间机构的销售量,本例中即比较公司自组推销队伍和代理商的销售能力,然后估计每一种渠道不同的销售量的成本。如图5-3所示,利用推销代理行的固定成本比公司组建自己的推销部门低。但是,利用代理行的费用增长很快,因为推销代理行的佣金比公司推销员高。最后一步是比较销售量与成本。在某一个销售水平上 S_B 两种渠道的销售成本相等。当销售量小于 S_B 时,利用推销代理行较为有利;而当销售量高于 S_B 时,利用公司推销机构则更为适宜。一般来讲,代理商适宜于小型公司,或者在某一个很小的区域开展业务的大型公司,因为这个区域的销售量很低,没有必要使用公司自己的推销员。

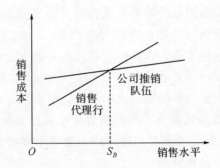

图 5-3　关于选择公司推销员和制造厂商销售代理行的损益临界成本

（2）控制标准

企业对渠道控制力的强弱是渠道评价的另一个考衡因素。使用销售代理商意味着会减弱公司对市场的控制力。销售代理商是一个独立的公司，它关心的是其本身利润的最大化。此外，代理商的推销人员可能没有掌握有关公司产品的技术细节，或者不能有效地运用它的促销材料。

（3）适应性标准

为了发展渠道，渠道成员互相之间都允诺在某种程度下在一个特定的时期内持续维持义务，但由于生产商对变化市场响应的能力问题，其允诺的持续时间在缩短。在迅速变化和不确定的产品市场上，生产商需要寻求能获得最大控制的渠道结构和政策，以适应不断变化的营销战略。

5.5.3　国际分销渠道的管理

公司在确定了渠道方案之后，必须对每个中间商进行选择、激励和评价。此外，随着时间的变化，渠道安排必须调整。

1.选择渠道成员

每个生产者为其所选中的渠道吸引合格的中间商方面的能力是不同的。有些生产者能轻而易举地招到中间商。例如，丰田汽车公司吸引了新的商人经销它的凌志汽车。有些生产者则必须进行很大努力去找到足够数量的合格的中间商，甚至大公司也经常发现很难找到合格的分销商与经销商。

不管生产者找中间商难也好、易也好，它们至少要确定从哪些方面来鉴别中间商的优劣，并从以下几个方面对中间商进行评价：经营规模、经营时间、经营的其他产品、成长和盈利记录、偿付能力、推销能力、顾客类型、合作态度和声誉。

2. 激励渠道成员

生产者必须不断地激励中间商,促使其做好工作。促使它们加入渠道体系的条件固然已提供了若干激励因素,但是,这些因素还必须通过生产者经常的监督管理和再鼓励机制得到补充。

中间机构把目标放在以合作、合伙或分销计划为基础的关系上。大多数生产商也在设法获得中间机构的合作。为了做到这一点,它们采用各种正面鼓励或反面制裁的方式,其不足之处是生产者并没有真正了解分销商的需要、问题、实力和弱点。相反,只是基于那种粗糙的刺激反应的想法,应用各种各样的激发手段。

较为精明的方法是首先弄清楚在市场覆盖面、产品供应、市场开发、账务要求、技术建议和服务以及市场情报等方面,制造商要从经销商那里得到什么,而经销商又有哪些期望。制造商需要在哪些政策上得到分销商的合作,并引进一种能够巩固这种合作的方案,从而与经销商建立较为长期的伙伴合作关系。例如,一家假牙供应商不是简单支付 35% 的销售佣金给经销商,而是对完成基础销售的支付 20%,备有 60 天存货的支付 5%,及时交付账单的支付 5%。当经销商提供了关于顾客的购买信息报告时,最后支付剩余的 5%。

此外,分销计划也是一种较为有效的联系供应或分销商的方法。对它的定义为:建立一个有计划的、专业管理的纵向营销系统,把制造商和分销商双方的需要结合起来。[①] 企业应探求分销商的各种需要,制定推销方案(销售目标、存货水平、铺面空间和商品陈列显示安排、销售培训要求以及广告促销计划等),以帮助每个分销商的经营尽可能达到最佳水平。

3. 评价渠道成员

生产商必须定期按一定标准衡量中间商的表现,如销售定额完成情况、平均存货水平、向顾客交货时间、对损坏和遗失商品的处理、与公司促销和培训计划的合作情况。生产商要对为其工作的中间商作出评议、训练或激励,而如果中间商不能胜任时,则中止双方关系。

4. 渠道改进安排

生产商的任务不能仅限于设计一个良好的渠道系统和推动其运转。渠道系统还要求定期进行改进,以适应市场新的动态。当消费者的购买方式发生变化、市场扩大、新的竞争者兴起和创新的分销战略出现以及产品进入

---

① Bert C. McCammon, Jr. Perspectives for Distribution Programming, in Vertical Marketing Systems, ed. Louis P. Bucklin(Glenview, IL: Scott, Foresman, 1970), 43.

产品生命周期的后一阶段时,便有必要对渠道进行改进。渠道改进可分为三个层次,包括增减个别渠道成员、增减某些特定的市场渠道和创立一个全新的方式在所有市场中销售其产品。

斯特恩(Stern)和吉米尼(Gemini)咨询公司总结了改变过时的分销系统走向目标顾客理想系统的 14 个步骤,包括:回顾现有材料和开展渠道研究;全面了解当前分销系统;组织现行渠道研讨会和个别谈话;分析竞争者渠道;估计当前渠道的短期机会;制订短期进攻计划;通过深度小组座谈和个别谈话,调研数量高的最终用户;对高数量最终用户进行需要分析;分析当前采用的行业标准和制度;设计"理想的"渠道系统;设计"管理导向"系统,既是理想化又受现实限制;差距分析,即在当前系统、理想系统和管理导向系统中寻找差距;有创意地制定战略选择方案;设计最优渠道。

5.5.4　渠道系统分类与竞争

随着全球经济的发展,国际企业的分销渠道系统也在发生着变化。本节将介绍垂直、水平和多渠道三个营销系统以及这些渠道系统的合作、冲突和竞争。

垂直营销系统是由生产者、批发商和零售商所组成的一种统一的联合体。垂直营销系统有利于增强渠道控制力,消除渠道成员为追求各自利益而造成的冲突。渠道中的成员能够通过增强谈判实力、减少重复服务获得效益。在消费品销售中,垂直营销系统已经成为一种占主导地位的分销形式,占全部市场的 70%~80%,垂直营销系统可分为公司式、管理式和合同式三种类型。

水平营销系统是由两个或两个以上的公司联合开发的共生渠道。水平营销系统可以解决公司因为缺乏资本、技术或生产资源而无力进行市场资源争夺的困境,增强渠道成员的抗风险能力。此外,公司之间的联合还可以产生巨大的协同作用,增强企业竞争力。

多渠道营销系统是指一个公司建立两条或更多的营销渠道以达到一个或更多的顾客细分市场的做法。这种做法首先是增加了市场覆盖面。不断增加渠道可以帮助企业获得它当前渠道所没有的顾客细分市场,如增加乡村代理商以达到人口稀少的地区农业顾客市场。第二是降低渠道成本。公司可以增加能降低向现有顾客销售成本的新渠道,如电话销售而不是人员访问小客户。第三是利于向顾客定制化销售。公司可以增加销售特征更适合顾客要求的渠道,如利用技术型推销员销售较复杂的设备。

无论对渠道进行怎样好的设计和管理,渠道成员之间总会产生某些冲突,最基本的原因就是各个独立的业务实体的利益不可能总是一致的。一定的渠道冲突具有建设性的作用,它能给企业改进分销渠道带来更多的动力。当然,更多的渠道冲突是失调的,对企业有不利的影响。我们研究的关键在于如何更好地管理和协调冲突。一个比较有效的解决方法是采用超级目标法,即渠道成员以某种方式签订一个基于他们共同目标的协议,内容包括市场份额、高品质或顾客满意。当渠道面临外部威胁,如一个更有效渠道的外部竞争、法律的不利规定或消费者偏好的改变时,超级目标法能够很好地发挥作用。另一种有用的冲突管理方法是在两个或两个以上的渠道层次上互换人员。例如,通用汽车公司的一些主管可能会被调到部分经销商店去工作,而某些经销商业主可以在通用汽车公司有关经销政策的领域内工作。可以推测,经过互换人员,一方的人就能接触另一方的观点,带来更多的理解。

5.6　国际市场促销策略

促销是指企业通过人员推销或非人员推销的方式,向目标顾客传递商品或劳务的存在、性能、特征等信息,帮助消费者认识商品或劳务所带来的利益,从而引起消费者的兴趣,激发消费者的购买欲望及购买行为的活动。

促销本质上是一种通知、说服和沟通的过程,即谁通过什么渠道对谁说什么内容。沟通者有意识地安排信息、选择渠道媒介,以便对特定沟通对象的行为与态度进行有效的影响。现代企业运用广告、人员推销、公关宣传三种基本促销方式组合成一个策略系统,使企业的全部促销活动互相配合、协调一致,最大限度地发挥整体效果,从而顺利实现企业目标。这种方式体现了现代市场营销理论的核心思想——整体营销。促销组合是一种系统化的整体策略,三种基本促销方式构成了这一整体策略的三个子系统。每个子系统都包括了一些可变因素(具体的促销手段或工具),某一因素的改变意味着组合关系的变化,也就意味着一个新的促销策略。

5.6.1　国际广告策略

国际广告是国际营销活动发展的产物,指为了配合国际营销活动,在产品出口目标国或地区所做的商品广告。它是以本国的广告为母体,再进入世界市场进行广告宣传,使出口产品能迅速地进入国际市场,为产品赢得声誉,扩大产品的销售,实现销售目标。国际广告由于其诉求对象和目标市场是国际性的,广告代理是世界性的,因而有自身的一些特点:①国际广告必须考虑进口国的经济环境。②国际广告必须尊重东道国的风俗习惯。③国际广告必须适应各国的文化。④国际广告必须尊重各国的宗教信仰。⑤国际广告应遵守各国对广告的管制。⑥国际广告要注意各国的自然环境、人民的收入水平以及国民的文化教育水平和各国的语言文字特点。

制定国际广告策略,首先必须有一个具体的广告目标。一般而言广告目标有两个:一是通过广告在公众中树立企业或产品的良好形象;二是引起和刺激公众对本企业产品的兴趣并导致购买。当然,最终的目标是为了盈利。国际广告的策略包括标准化策略、差异化策略、形象广告策略和产品广告策略。国际广告的标准化和差异化策略取决于消费者购买产品的动机,当不同市场对相同的广告做出相同程度的反应或企业采取全球营销战略时公司就可采用"标准化"的广告策略。采用形象广告策略可以塑造企业及其产品、商标的形象,并巩固和发展这一形象,使消费者对企业及其产品产生信赖和感情,而不是单纯地销售产品。采用产品广告策略的目标在于推销产品。

广告内容的设计是一项较为复杂的工作,既要有科学性,又要有艺术性,而且必须与广告目标紧密相连,为实现广告目标服务。广告内容设计包括以下几项决策:①以强调情感为主,还是以强调理性为主。②以对比为主,还是以陈述为主。③以正面叙述为主,还是以正反双面叙述为主。④广告主题长期不变还是经常改变。

在国际市场广告促销活动中,使用最多的广告中介仍是报纸、杂志、广播与电视四大媒体。在选择广告媒体时,应着重考虑以下问题:①媒体的传播与影响范围;②媒体的社会威望与特点;③媒体发布广告的时间;④媒体费用;⑤媒体组合形式。同时由于世界各地的媒体的特点不同,广告管理法规不同,在运用媒体组合策略时,必须考虑各地媒体的具体情况。

国际广告管理体制一般有三种。一种是由总公司对公司系统的广告方针政策实行集中管理,在各地的广告活动亦由总公司统一实施。第二种是对广告方针政策实行集中管理,但广告业务的实施则由各国当地的机构承担。第三种是广告方针政策的管理和广告业务的实施全由当地公司直接负责。

国际广告代理商主要有两大类型:一是本国的广告代理商,二是国外当地的广告代理商。对于国际广告代理机构的选择应从以下方面考虑:①广告主与广告代理商的广告理想是否一致;②广告公司的作业能力是否具备;③广告公司的经验与实绩如何;④广告公司规模的大小;⑤广告代理商是否具备一定的资金能力。

5.6.2 国际市场人员推销策略

人员推销是指企业派出或委托推销人员、销售服务人员或售货员,亲自向国际市场顾客介绍、宣传、推销产品。人员推销的主要任务是:①发现市场机会,发掘市场潜在需求,培养国际市场新客户;②接近顾客,推荐商品,说服顾客,接受订货,洽谈交易;③搞好销售服务,包括:免费送货上门安装,提供咨询服务,开展技术协助,及时办理交货事宜,必要时帮助用户和中间商解决财务问题,搞好产品维修等;④传递产品信息,让现有顾客和潜在顾客了解企业的产品和服务,树立形象,提高信誉;⑤进行市场研究,反馈市场信息,制定营销策略。在促销方式中,人员推销最直接,也最为灵活,推销人员可当场对产品进行示范性使用,克服国际市场存在的各种障碍,同时可以促进买卖双方的良好关系。人员推销方式还可以及时了解顾客的反应和竞争者的情况,可以迅速反馈信息,提供有价值的意见。

在国际市场上,人员推销通常包括四个类型:①企业经常性派出的外销人员或跨国公司的销售人员;②企业临时派出的有特殊任务的推销人员和销售服务人员;③企业在国外的分支机构(或附属机构)的推销人员;④国际市场上的代理商和经销商。其结构类型包括地区结构型、产品结构型、顾客结构型和综合结构型。地区结构型是指每个推销员负责一个或几个地区内企业各种产品的推销业务,这种结构目标明确,容易考核推销人员的工作成绩,发挥推销人员的综合能力,也有利于企业节约推销费用,适用于产品和市场差异小的情况。产品结构型是指每个推销人员专门推销一种或几种产品,如果企业的出口产品种类多、分布范围广、差异性大、技术性能和技术结构复杂,采用这种形式效果较好。顾客结构型按不同的顾客类型来组织推销人员结构。采用这种形式,有利于促进企业与顾客之间的关系,但若顾客分布地区较分散或销售路线过长,往往使推销费用过大。综合结构型综合地采用上述三种结构形式来组织国际市场推销人员。若企业规模大、产品多、市场范围广和顾客分散,上述三种单一的形式都无法有效地提高推销效率,则可以采取综合结构型。

国际市场推销人员的管理主要包括招聘、培训、激励和评估。国际市场推销人员的招聘多数是在目标市场所在国进行的。因为当地人对本国的风俗习惯、消费行为和商业惯例更加了解,并与当地政府及工商界人士,或者与消费者及潜在客户有着各种各样的联系。企业也可以从国内选派能适应海外目标市场环境的人员出国进行推销工作。

对于国际市场推销人员的培训我们需要了解以下三点内容:①培训的

地点与内容,国际企业的推销人员培训多数是安排在目标市场国。若在当地招聘推销人员,培训的重点应是产品知识、企业概况和推销技巧。若从企业现有职员中选派推销人员,培训重点应为派驻国市场营销环境和当地商业习惯等内容。②对推销高科技产品推销人员的培训,高科技产品的市场具有很高的相似性,培训的任务与技术要求也更加复杂,可以把推销人员集中起来,聘请专家在企业培训中心或者地区培训中心进行培训。③对海外经销商推销员的培训,为海外经销商培训推销人员通常是免费的,因为经销商推销人员的素质与技能的提高必然会带来海外市场产品销量的增加,生产厂家也可从中受益。

对海外推销人员的激励,可分为物质奖励与精神鼓励两个方面。企业对推销人员的激励,应综合运用物质奖励和精神鼓励两种手段,调动海外推销人员的积极性,提高他们的推销业绩,同时要考虑到不同社会文化因素的影响。海外推销人员可能来自不同的国家或地区,有着不同的社会文化背景、行为准则与价值观念,因而对同样的激励措施可能会做出不同的反应。

对海外推销人员成绩进行考核与评估是进行激励的基础。推销人员的考核评估指标可分为两个方面:一是直接的推销效果,比如所推销的产品数量与价值、推销的成本费用等;二是间接的推销效果,如访问的顾客人数与频率、产品与企业知名度的增加程度等。企业在对人员推销效果进行考核与评估时,还应考虑到当地市场的特点以及不同社会文化因素的影响。比如,企业同时在多个海外市场上进行推销,可按市场特征进行分组,规定每个小组考核的指标,从而更好地分析比较不同市场条件下推销员的推销成绩。

5.6.3　国际市场公关策略

公共关系主要是指企业或其他经济组织,为了取得国际市场上社会公众和顾客的了解与信赖,促进销售,建立企业与公众之间的良好关系,而进行的各种活动的总称。建立公共关系,比较典型的形式是通过第三者(主要是新闻媒介)对本企业及产品进行宣传报道,通过多种形式沟通企业与公众、企业与顾客的关系,融洽感情。为了达到良好的公共关系效果,加强企业与媒体、消费者之间的关系是必须受到重视的途径,同时由于国际公共关系的特殊性,企业还应改善与东道国政府的关系,树立良好公众形象。

企业在运用公共关系促进国际市场营销以前,首先必须认真确定企业的公众对象。一般来说,企业在国际市场上公共关系的对象包括内部职工、股东、顾客、供应商、经销商、竞争者、金融界、新闻界和当地政府等。

企业开展国际市场公共关系活动,主要任务包括:①搜集国际市场公众对本企业产品、营销策略等各方面的意见,了解本企业在国际市场的形象和知名度。②建立与公众之间的联系制度。③与国际目标市场的公众,建立固定的公开往来制度,在国际社会搞一些赞助、捐赠等活动。④协助企业处理有关对外联络、对外宣传、信息沟通等事务。⑤理顺企业与社会公众之间的关系,为企业顺利地开展国际市场营销开辟道路。⑥树立企业公众服务形象。⑦补救企业的营销战略失误,纠正社会对企业不利的舆论。

公共关系对企业竞争战略的成败具有重大影响,因此公共关系策略的制定必须慎之又慎。一般而言,一个行之有效的国际公共关系策略须按如下程序进行:

开展公众调查——搜集、了解目标市场公众对本企业的意见和态度,分析企业及其产品在公众中的形象和知名度,总结经验教训,发现潜在问题。

确定公共关系目标,制定详细的公共关系计划——根据公众调查分析的资料信息和企业的促销目标,确定企业开展国际市场公共关系应达到的目标,包括近期、中期和远期目标,按照目标,再制定具体的公共关系活动计划。

实施计划与沟通信息——按国际市场公共关系计划,企业通过多种形式、途径和渠道把企业的公关行动传达给社会公众,沟通企业与社会公众之间的关系。这样既可以扩大企业的国际影响和社会声誉,又便于听取社会公众的意见,接受社会公众对企业的监督。

公共关系效果评价——在公共关系实施过程中和实施之后,企业必须对公众信息进行反馈,了解国际公众对公共关系策略和企业产品的反应以及公共关系目标是否实现、任务是否完成。评价和反馈工作,可以由企业公共关系部门完成,也可以聘请目标市场上有关机构和国际性公共关系公司、市场调查研究咨询公司代为进行。

5.6.4　促销计划制订和管理

促销的本质就是信息的沟通与传播,促销计划的制订需解决三个问题:传播什么、对谁传播和怎样传播。那么如何制订有效的促销方案呢?制订促销方案大致可分为如下几步:确定目标受众;确定传播目的;设计信息;选择传播渠道;编制总促销预算;决定促销组合;建立反馈系统。

1. 确定目标受众

国际企业在制定促销战略时,必须一开始就要在心中有明确的目标受众,受众可能是个人、小组、特殊公众或一般公众。目标受众将会极大地影响信息传播者的下列决策:准备说什么,打算如何说,什么时候说,在什么地方说,谁来说。

2. 确定传播目标

当确认了目标受众后,营销信息传播者必须确定寻求什么样的反应,尽管最终目标是促成消费者购买,但购买行为是消费者进行决策的长期过程的最终结果,营销信息的传播需要知道如何把目标受众从他们目前对产品的反应推向更高的购买阶段。

图 5-4 所示为四种最为著名的反应层次模型。所有这些模型都假设购买者依次经过认识、情感、行动三个阶段。AIDI 模型反映了各阶段传播的目标,效应层次模型、创新采用模型、沟通模型分别反映了购买者在各阶段对不同商品的认识过程。效应层次模型适用于目标受众高度参与该产品项目并在认识上差异显著的情况,如购买汽车;创新采用模型适用于受众对产品项目高度参与但认识上很少或没有差异的情况,如购买铝制框架;沟通模型适用于目标受众对产品项目参与低且认识上差异不显著的情况,如购买食盐。

阶段	AIDI 模型	效应层次模型	创新采用模型	沟通模型
认知阶段	注意	知晓 了解	知晓	接触 接收 认知反应
感知阶段	兴趣 欲望	喜爱 偏好 信任	兴趣 评估	态度 意图
行为阶段	行动	购买	试用 采用	行动

图 5-4　反应层次模型

3. 设计信息

传播目标明确以后,信息传播者就需要制定一个有效的信息。制定信息需要解决四个问题:说什么(信息内容),如何合乎逻辑地叙述(信息结构),以什么符号进行叙述(信息形式),谁来说(信息源)。

信息内容——信息传播者要决定对目标受众说什么,以期产生所希望的反应。在决策最佳信息内容时,公司管理层需要寻找诉求、主题、构思或独特的推销主题,即制定某种利益、动机、认同来说服目标受众。企业可以从三个角度切入来制订信息内容:①显示产品实用价值符合购买者的利益(尤其适用于工业用品和大批量购买);②激发购买者某种否定或肯定的情感以促使其购买(较适用于产品与竞争品功能类似情况下);③指导受众有意识分辨什么是适合普遍社会道德价值的(在社会事业推广中运用较为广泛)。

信息结构——一个信息的有效性,像它的内容一样也依靠它的结构。信息结构决策包括:是否要提出结论,采用何种信息方式①以及表达次序。

信息形式——信息传播者必须为信息设计具有吸引力的形式。如在一个印刷广告中,信息传播者需要决定标题、文稿、插图和颜色等广告内容。如果是电视直销,信息传播者还得仔细选择字眼、音质、音调、体态语言、脸部表情、举止、服装、姿势和发型以达到良好的宣传目标。

信息源——有吸引力的信息源发出的信息往往可获得更大的注意与记忆。信息由具有较高信誉的信息源进行传播时,更有说服力。专长、可靠性和令人喜爱,这三个因素通常是评价信息源吸引力的标准。医生、科学家和教授在他们各自的专门领域里所作的评价举足轻重;朋友的产品介绍比陌生人、销售人员更值得信赖。而融入诸如坦率、幽默等品质,则会使信息源更令人喜爱。

4.选择传播渠道

信息传播者必须选择有效的信息传播渠道来传递信息,在不同的情况下应采用不同的渠道。信息传播渠道有两大类,即人员的和非人员的。

人员的信息传播渠道包括两个或更多的人相互之间直接进行信息传播。可以进一步细分为提倡者、专家和社会渠道三类。提倡者渠道由公司的销售人员在目标市场上与购买者接触所构成;专家渠道由具有专门知识的独立个人对目标购买者进行评述所构成;社会渠道是由邻居、朋友、家庭成员与目标购买者的交谈所构成。

非人员传播渠道就是传递信息不需人员接触或信息反馈的媒介。它们包括大众性的和有选择的媒体、事件等类型。

5.编制总促销预算

确定促销预算包括两个主要问题:①应花多少投资来进行促销活动;②这些投资应如何在众多的促销工具之间合理分配。这需要与整体营销组合决策相配合。如果用于促销的支出比用于产品开发、降低售价、改进分销渠道等方面更有效,那么促销支出就可以多一些;否则,就应该少一些。事实上,增加新产品开发、降低售价、改进分销渠道等方面的费用支出,会使顾客感到更多实惠。但促销可以帮助顾客认识产品,引起兴趣,促使其购买,

---

① 单面信息受众对信息传播的地位已有偏好倾向时,能发挥很好的效果;当受众对产品持反对态度时,双面信息较有效果,同时双面信息对受过良好教育的受众更有效。

并且由于促销的影响,顾客购买后心理上的满足也会增强。所以对于企业来说,促销也是一种实在价值的创造过程。

一般来讲,在下述情况下促销活动比其他市场营销活动具有更大的作用,可以适当增加促销预算。当竞争者产品相似,市场领导者有意在顾客心理上造成差异现象时可大力增加促销预算。在产品生命周期的介绍期,需要企业进行大规模的促销活动来介绍产品并引起购买者的兴趣;在成熟期,也需要多采取促销措施来维持市场份额。此外,以邮购方式销售产品和用自动售货机销售产品的企业应多采取促销措施,增大顾客对产品的熟悉度。

6. 确定促销组合

最佳促销组合的确定是一个非常复杂的问题,必须综合分析,比较各种不同促销工具对销售额和利润的影响。不同的促销组合所导致的不同销售效果,可以用销售反应函数来表示。图 5-5 表明了各种不同的促销组合与各种不同的销售额之间的关系,假设只有两种促销工具广告(A)与人员推销(D)参与反应。

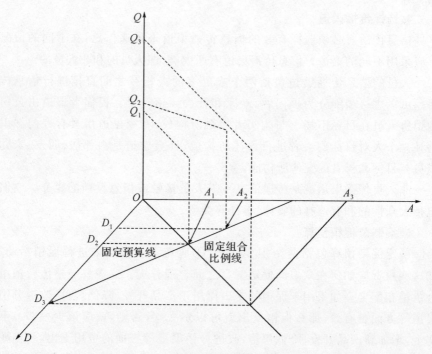

图 5-5 促销组合与销售额之间关系

图 5-5 中,Q 表示各种促销组合下的销售额。由 A 轴到 D 轴的直线表示在固定预算下不同的促销组合。由 A_1 到 D_1 的促销组合,可以得到销售

额 Q_1；增加广告费用支出，减少人员推销费用支出，但促销总费用不变，则得到销售额 Q_2。增加促销总预算，与第一个组合的比例相同，则得到的销售额为 Q_3。经过各种组合试验，企业营销人员就可以得出可能取得各种不同销售额的不同促销组合，将这些不同的促销组合代入利润函数，比较各促销组合所能得到的利润就可以确定最佳促销组合。

7. 建立反馈系统

国际企业在市场上采取促销活动后，还必须调查促销活动对目标受众的影响力。这种调查需与目标沟通对象中的一组样本人员接触，询问他们对信息的反应、对产品的态度和购买行为的变化过程等。企业根据反馈信息，决定是否调整整体营销策略或是某个方面的营销对策。

📖 本章小结

■ 国际营销是指对商品和劳务流入一个以上国家的消费者或用户手中的过程进行计划、定价、促销和引导、以便获取利润的活动。

■ 有三个方面的因素影响国际营销活动：企业的可控因素、国内不可控因素和国外不可控因素。

■ 企业进入国际市场的类型，依发展阶段的不同可以分为：非直接对外、非经常性对外、经常性对外、国际营销和全球营销五个阶段。

■ 基本的国际营销观念可以概括为三种，即国内市场延伸观念、国别市场观念和全球营销观念。

■ 一国的市场环境吸引力取决于在该国长期从事商务活动的收益与成本风险之间的差额。

■ 制订营销计划过程包括分析和筛选；使营销组合适应目标市场；制订营销计划；实施、协调和控制营销计划四个阶段。

■ 国际企业的品牌战略包括产品线扩展、品牌延伸、多品牌、新品牌和合作品牌战略五种。

■ 产品扩张战略包括：双重延伸战略，产品延伸、沟通调整战略，产品调整、沟通延伸战略，双重调整战略以及产品创造战略五种。

■ 影响国际营销定价的因素包括定价目标、成本因素、市场竞争结构以及政府的价格调控政策。

■ 国际营销定价的主要方法有成本导向定价法、竞争导向定价法和顾客需求导向定价法。

■ 国际分销渠道的评估标准有经济标准、控制标准和适应性标准。

■ 国际分销渠道的管理包括选择渠道成员、激励渠道成员、评价渠道成员和渠道改进四项工作。

■ 国际上比较流行的分销渠道系统有垂直营销系统、水平营销系统和多渠道营销系统。

■ 国际促销策略主要包括广告促销、公共关系和人员推销三种。

思考题

1. 国际营销的发展阶段与国际营销管理之间有何内在联系?
2. 国际市场调研的目的是什么?
3. 国际企业应如何制订营销计划?
4. 国际企业产品扩张战略包括哪些内容?
5. 我国企业如何应对国外反倾销审查?
6. 国际分销渠道的选择标准有哪些?
7. 国际企业应如何选择广告媒体?

【章尾案例:高端攻略,一骑绝尘】

人头马这匹占着全世界高档白兰地酒销量50％的"头马",是如何在中国高档白兰地市场上一直稳坐头把交椅并占据着20％市场份额的? 那些市场绩效飘忽不定、可持续扩张乏力的众多国内酒品牌,从洋酒人头马在中国市场上成功的营销策略里也许能得到些启发!

一、市场定性

没有对目标市场的正确定性,就不可能有正确的决策。"人头马"公司始终认为中国市场将是世界最大的酒类消费品市场。虽然中低档酒的份额暂时占绝对优势,但依据80∶20原理,以20％比例的消费者计算,2亿多人消费高档酒,从概率上讲是行得通的。随着中国经济的突飞猛进,白兰地在中国的市场上也一定会有骄人的业绩,于是人头马公司坚定不移地将中国市场定为其可持续性发展的战略市场。

二、时机把握

对时机的把握不是随缘,而是市场定性下的信心、执著和寻找。20世纪90年代初,一场政治风波使很多跨国公司压缩了在华的投资。可人头马公司却坚守着既定的目标和方向,认为,更多同行的退出,恰好是自己前进和攻击的最佳时机,因为这时少了很多对手和阻力。在这种弱竞争环境下的洋品牌市场,用常规的同质竞争就能取得营销的胜利。于是,人头马毫不犹豫地投入大量的人力、物力,在中国迅速组建了自己的营销渠道,很快占领了巨大的空白市场。迄今为止,人头马公司已在中国建立起了12个经销分公司,产品进入了 2000 多个高档酒店、宾馆。2002 年,人头马在中国市场的销售额达到了 6000 万元。

三、因地制宜

1996 年 8 月,法国人头马公司总裁亲自考察中国酒类市场时发现,中国消者在喝人头马这样高档的白兰地时,竟然像喝普通的白酒一样大杯豪饮。尽管这部分消费者出手阔绰,但站在消费者角度来想,喝几千元一瓶的酒着实不太划算,为了让消费者能在保全"豪饮"面子的同时又节约消费,人头马专门研制生产了一种可加冰的人头马投放到中国市场,果然这种产品一上市就大受欢迎。人头马公司没有为"豪饮"而欣喜,而是站在消费者的角度考虑问题,因地制宜的产品策略迅速跨越了与中国消费者的文化隔阂。

四、品牌溶入

在众多的外资跨国公司与中国本土企业的合资中,往往以跨国公司强势控股地方品牌的合作模式而形成所谓的"强强联合",外资控股方的目的一般是让中国的产品变成贴牌产品,在利用中方产品在本土的渠道及相应资源的过程中,培养其产品在中国市场的可持续发展。如果成功,中方品牌将会逐渐消失,如果不成功,其可即时撤资,将衰败的烂摊子留下。这种品牌阴谋完全是一种以强制弱的品牌强权主义,中国不少三资企业吃尽了这样的苦头.然而人头马公司却认为这种合作是对自己信心的丧失和跨国品牌合作诚信的亵渎。1979 年 11 月,人头马集团找到天富葡萄酿酒公司洽谈合作,面对中方坚决主张由中方控股的合资资本结构,人头马的决策竟出乎许多人的意料:完全同意。人头马公司深谙合资的真谛:优势互补和成功概率的最大化才是合作最本质的目的。人头马知道,在市场经济并不发达的中国市场,中方控股除了拥有地缘优势、有利于企业更好地适应中国的政治经济环境、能制订出符合中国市场的发展计划外,中方控股还有利于企业获得包括政府在内的各种支持,有利于开拓产品市场。于是 1980 年 5 月由天富葡萄酿酒公司、法国人头马远东有限公司和我国香港技术与贸易研究社共同组建成立了中法合营的王朝葡萄酿酒有限公司。从此在双方互相包容、优势互补、强强联合的合资方针的指导下,随着天津王朝模式的成功推广,人头马公司在默默无闻中已将其文化、观念和产品渗透到中国市场。

五、打造国际质量

俗话说"葡萄酒是种出来的",王朝公司自 1997 年以来,全面实施了"原料基地化"策略,在河北、天津、山东、宁夏等地开发了 3 万亩无公害、无污染、无病害的绿色葡萄种植基地,就地建成了大型现代化发酵站,保证了年产量 3 万吨的原料供给。同时在葡萄基地建立了技术辅导站,并以技术为手段,以价格为调节,通过以质论价达到限产目的,保证了高质量原料,为生产出高质量产品提供了必备的物质条件。在生产过程中实施质量否决权制度:下道工序是上道工序的质量监督官,对上一道工序下来的产品有一票否决权,切实做到不合格的半成品不允许流入下一道工序,不合格的产品不允许出厂。为了更好地使"王朝品牌"与国际接轨,增强品牌美誉度和长远品牌整合力,1998 年底,公司开始实施 ISO 14001 环境体系标准,从种植到生产等环节推行绿色环保系统,追求最大化的无污染、无病害。

六、经销商融入品牌

由于王朝葡萄酒在国内是响当当的名牌中高档葡萄酒,因而想做王朝酒经销代理商的单位非常多。当王朝酒以其高质量、高档次在人民大会堂和钓鱼台国宾馆一炮打响后,王朝酒名声大振,经销商纷纷前来订货。王朝公司在发展起步阶段,也像其他酒厂一样对经销商大开方便之门,经销商进入的门槛很低,有时甚至是先发货,销售完再结算。进入 20 世纪 90 年代末期,全国各地的酒类市场弥漫着硝烟战火,市场处于低迷疲软状态。在降价风波此起彼伏的情况下,王朝酒业没有随波逐流、望风而动,而是审时度势,调整市场战略,以一种逆向思维的方式向市场挑战。1999 年王朝人经过反复调查研究,决定实施"货款保证金制度":各地王朝酒的经销商需向王朝公司缴纳 20 万～200 万元不等的保证金后,才能得到发货权;年终可得到一定的奖励。这一制度的实施使王朝的货款回笼率提高到 90% 以上,使一批有实力、懂经营、讲信誉的王朝客户得到了保留,也使一些资金实力不强的客户遭到了淘汰。同时,王朝对目标市场进行全面跟进,将王朝品牌的资源具体融入经销商运作王朝产品的市场范围中。这样,厂商的互融带来了互赢,厂商的互赢又推动了王朝品牌在中国市场上更大范围的兴盛。

七、随遇而动的促销策略

通过大量的定性调查和研究,人头马公司发现:节日合家团圆的喜庆气氛是中国最看重的社会文化,而且喜庆之日必备美酒助兴。于是,人头马写出了迎合中国人心理的广告语:"人头马一开,好运自然来。"同时通过电视广告推动,人头马的品牌知名度扶摇直上,几乎成了洋酒的代名词。但人头马知道,无论怎样地毯式广告轰炸,有效消费群体还是那些有经济实力的富裕者。当建立起知名度后,人头马公司在中国市场上马上采用了新的策略,将广告费用转移到渠道推广上。把大量的资金投入到酒吧、宾馆等终端消费场所,通过赞助大型酒会、聚会,定期举办商务休闲活动等大力倡导其高雅品位、传播其优雅的文化内涵。而更独特的则是它的人力公关。在目标酒吧等终端消费场所,分布着许多具有"绅士"风度的公关员,他们会不时地请目标消费者喝上一杯醇香的人头马,这时客人往往以为遇到了也热爱白兰地的知己。这看起来好像和目前中国酒类终端市场上流行的促销小姐没有什么区别,而实际目的却相差甚远。促销小姐的目的就是直销,让消费者马上选喝自己品牌的酒,而人头马的"绅士"们的目的并不只是卖酒,而是给那些目标消费者形成一种影响,同时融入这个阶层圈子里,成为他们的朋友。这些消费者就会基于对朋友的认同而成为人头马的忠实主顾,而且他们的其他朋友往往成了跟进的消费者。所以,人头马公司对市场人员有一条重要要求:必须表现得像"绅士"。公司规定业务员自主决定费用的开支,上下班没有具体约束。考核的标准则是:营销场所样板陈列的好坏、具体销售份额和其所交朋友圈子的广度和深度。

可以看到人头马公司之所以在中国洋酒市场上占有如此重要的地位,是与它在中国市场恰如其分的营销策略密不可分的。

资料来源:郑新涛,聂伟.人头马:高端攻略—骑绝尘.销售与市场,2004(4):8—11.

讨论问题

1. 论述人头马公司在中国的品牌策略。

2. 论述人头马公司在中国市场的营销组合策略。

【主要参考文献】

[1]Warren J. Keegan. Multinational Product Planning: Strategic Alternatives. *Journal of Marketing*, 1969(1):58-62.

[2]查尔斯·W.L.希尔.国际商务(第5版).北京:中国人民大学出版社,2005:602—604.

[3]德尔 I.霍金斯.消费者行为学(第10版).北京:机械工业出版社,2007:528—546.

[4]菲利普·科特勒.市场营销管理(亚洲版.第2版).北京:中国人民大学出版社,2001:512—531.

[5]菲利普 R.凯特奥拉.国际市场营销学(第10版).北京:机械工业出版社,2000:355—373.

[6]郭羽诞,邵来安.国际商务.上海:立信会计出版社,2007:279—281.

[7]金润圭,杨蓉.国际商务.上海:立信会计出版社,2006:213—215.

[8]李先国.促销管理.北京:中国人民大学出版社,1997:2—17.

[9]梁能.国际商务.上海:上海人民出版社,1998:189.

[10]马春光.国际企业管理.北京:对外经贸大学出版社,2005:449—451.

[11]马莉、付同青.产品定价方法及其运用.价格月刊,2004(7):41—42.

[12]沈铖.从国际营销观念到全球营销观念的演变.中南财经政法大学学

报，2004(2)：118—120.

[13]谭力文，吴先明.国际企业管理(修订版).武汉：武汉大学出版社，2002：265—270.

[14]田明华.国际商务.北京：电子工业出版社，2007：245—248.

[15]王建华，邹志波，曹细玉.国际商务—理论与实务.北京：清华大学出版社，2006：181—184.

[16]沃伦·基根.全球营销管理(第7版).北京：清华大学出版社，2004：278—381.

[17]薛求知，刘子馨.国际商务管理(第2版).上海：复旦大学出版社，2007：209—211.

[18]约翰 D.丹尼尔斯.国际商务环境与运作(第11版).北京：机械工业出版社，2008：420—422.

[19]邹树彬.分销渠道管理.广州：广东经济出版社，2000：227—240.

6 | 国际企业跨文化管理

Cross-Cultural Management in International Business

以微妙的但却一致的方式塑造着生活的深深的文化暗流,还未得到有意识的阐述。就像看不见的飞机气流一样,文化潜流规定我们的生活,但是,它们的影响才刚刚被意识到。

——爱德华·T.霍尔(Edward T. Hall)

☐ 主要内容
- ■ 跨文化管理
- ■ 文化的差异与跨国经营管理
- ■ 跨文化分析模式
- ■ 跨文化管理与沟通

☐ 核心概念
- ■ 跨文化管理
- ■ 文化差异
- ■ 文化融合
- ■ 文化协同
- ■ 正规系统层次
- ■ 多元文化

☐ 学习目标
- ■ 掌握国际企业跨文化管理的策略
- ■ 掌握文化协同的过程
- ■ 理解跨文化管理的特点
- ■ 理解文化差异对跨国经营的影响
- ■ 理解东西方文化的差异
- ■ 理解多文化团队管理的方式
- ■ 理解企业对东道国文化适应的方式

【章首案例：全球整合，文化先行】

2008年春节前夕，一个阳光明媚的早晨，联想集团有限公司台式电脑业务市场营销执行总监迪利普·巴蒂亚(Dilip Bhatia)踩着轻快的步子，走进了联想集团北京研发中心的一间小会议室。作为联想内部参与海外派遣计划的中高层管理者之一，巴蒂亚携妻子和两个女儿，于2006年夏天从联想位于美国北卡罗来纳州罗利市的全球总部来到北京，开始了在中国为期两年的工作。在中国的这段经历将使巴蒂亚受益无穷，就在两年半以前，联想刚刚宣布收购IBM公司个人电脑业务时，但巴蒂亚还在为自己的未来担忧。那时，他已为IBM效力6年，并已担任台式电脑产品营销总监。实际上，对此忧心忡忡的绝非仅有巴蒂亚及其昔日老IBM个人电脑部的员工，全世界都在观望：这个从20年前区区十来人规模发展起来的中国高科技巨人在吞下全球个人电脑行业巨象后，如何能避免此前中国企业在海外并购后出现的一蹶不振并取得前所未有的增长？2005年5月，凭借收购IBM个人电脑业务，联想开始在全球范围内与国际顶尖高科技公司展开抗衡。单是合并后公司结构庞大复杂给经营上带来的挑战，就足以让人替联想捏上一把汗。在并购完成后，为了实现全球业务效益的最大化，联想采取了目前世界顶尖企业均逐步推广的全球资源配置战略，即充分利用全球各地有竞争力的资源，通过系统和完善的管理，使得业务模式在各个环节上都更具竞争力。在这种战略指导下，联想分别在美国罗利、新加坡和北京设立了总部，其中全球总部移到了美国，由董事长杨元庆亲自坐镇，而之前曾为戴尔公司打理亚洲业务的首席执行官威廉·阿梅里奥(William Amelio)则常驻新加坡。此外，联想还建立了以北京、日本东京和美国罗利三大研发基地为支点的全球研发架构，并在具备技术、人才和服务优势的印度设立了全球营销中心。收购后，联想一跃成为一个在全球66个国家拥有分支机构、在166个国家开展业务、在全球拥有超过2.5万名员工、年营业额达146亿美元的科技巨人。如此庞大的企业在管理上也自有其微妙之处。杨元庆带领的中国管理团队初登国际舞台，收购完成半年以后才接手出任首席执行官的阿梅里奥用自己从戴尔带来的团队替换了部分来自联想和IBM的高管。杨元庆是老板，阿梅里奥向他汇报，但他们各自对掌控这一庞大企业又都担负着同等责任。表面上看，收购后联想面临的是如何将老联想和老IBM的优秀人才和技术融合在一起，但实质上，联想面对的是如何调和两个民族文化和三个企业文化的难题。

面对合并后跨全球团队因地域、经济发展、文化习俗等方面的不同而出现的种种矛盾甚至冲突，以董事长杨元庆为首的联想管理层提出了以"坦诚、信任、妥协"为基础、建造"赢"的文化的整合战略。最主要的是团队之间要建立信任。在联想，有来自老联想的人，有来自老 IBM 的人，也有外聘的人。如何在这三个团队之间建立信任，成为联想的核心任务。

为了首先在高管团队之间建立信任，联想在并购之初专门安排了定期的"过渡与转型"会议，除了讨论公司战略与规划之外，还专门安排非正式的团队活动，以面对面的沟通来加强相互的了解和信任。例如，公司鼓励吸引一些来自于其他团队的成员一起加入到活动中去，使公司真正地融合在一起。

信任在碰撞中建立，而随着整合初见成效，联想又开始挖掘高管层内部在碰撞中暴露出的更深层问题，寻求建立更深入的信任。在杨元庆和阿梅里奥的共同主导下，联想最高层管理团队于 2007 年 12 月在美国举行了一次信任研讨会，由每一位与会高管直言自己事先思考好的对现存问题的看法，并站在从自身做起的角度提出解决方案，然后汇总形成整个高管团队共同的行动计划。

但是在实际管理中，单纯有信任似乎还不够。对于在中国土生土长的老联想主管来说，收购之初的兴奋期过后，很多人都体会到了一种类似挫败感的痛苦。明明自己认为是成功经验的东西，到了"老外"那边却很难沟通或获得认可。而来自 IBM 的一套严格的流程管理措施，在中国的环境里又时常有些"水土不服"。联想消费业务部驻北京的市场营销运作总监项远在这方面的体会就很深。两年前还在上海担任联想市场销售经理的项远表示，收购完成时，很多老联想人都沉浸在成功的喜悦和自豪中，憧憬着很快可以把自己作为中国企业的成功经验复制到国际市场中去。不过大家很快就发现，其实这中间还是有很大的差距。自收购以来的 3 个月里一点成就感都没有，联想的员工每天就是和老外耗来耗去，时常为一件很小的事各自告各自的老板，然后老板再参与进来。

针对管理中需要理解和技巧的问题，联想推出了多种管理培训。其中让项远感到受益最多的是为期一年的外派工作项目，即调动不同国家和地区的中高层主管到其他地区甚至其他的部门去工作半年或一年，以了解和适应不同的文化和工作方式。2006 年 9 月至 2007 年 9 月项远被调至美国罗利总部为联想首席市场官担任了一年的助理。回北京后，他被提升为消费业务部的市场营销运作总监。对于项远来说，在美国的这一年给了他脱胎换骨的改变。这一年，他看到了许多与众不同的东西，也为他未来的职业生涯提供了一个非常新的视角。

在用人方面，联想从整合一开始就确立了国际化和多元化的原则，其结果是联想各地的业务中,都可以看到各种肤色和文化背景的雇员,用巴蒂亚的话形容,联想就好比一个"联合国"。为了消除文化隔膜,联想的内部沟通部门自 2006 年 6 月起发起了名为"文化鸡尾酒"的系列促进文化融合活动,取意于鸡尾酒混合不同色彩和味道后更加迷人的特质,比喻联想面临东西方文化和思想的碰撞、沟通和交融的挑战。"文化鸡尾酒"由网上和网下两类活动组成,联想员工可以通过内部网络访问"文化鸡尾酒"论坛,内部沟通部门还会经常就具体问题推出高管访谈或网下沙龙。网上论坛的讨论内容主要涉及联想员工在日常工作和生活中遇到的具体文化差异案例,譬如一些外籍员工反映,中国员工在用英文回答反问句时,经常是"Yes"表示"No",或者在说"试试"时,也是在表示拒绝。

对于密切关注联想并购后命运的中国商界人士和研究人员来说,联想迄今的成功为中国企业走向全球化提供了一个良性示范。北京大学北大国际 MBA 项目美方院长杨壮认为,联想在并购后实现的文化整合尤其值得中国企业借鉴。联想最新公布的业绩显示,受亚洲市场销售额大幅提高推动,这家按发货量计算位居全球第四位的科技公司 2007 年第四季度实现净利润 1.717 亿美元,较 2006 年同期的 5770 万美元增长两倍。业绩公布后,包括瑞士信贷和美林在内的国际券商纷纷调高了对联想在香港证券交易所上市的 H 股评级。不过在杨壮看来,联想迄今仍然只是取得了阶段性胜利。接下来还有如何保持的问题。在变化的环境中,特别是在当前的环境中,如何在技术上进行创新?如何进行深一层的文化整合?是联想所面临的又一难题。根据联想提供的数据,目前联想在中国消费市场的占有率已接近 40%,在印度按产品价值计算占有率为 9.4%,但在全球除中国以外地区的总体市场份额还只有略超过 1%。在中国以外的全球市场,联想面临着来自惠普和戴尔等传统占统治地位的大品牌的挑战。而在笔记本电脑领域,也面临着东芝、松下和索尼等次一级对手的抗衡。不过联想的决策者们似乎对此已做好了准备。杨元庆表示,联想新一年里仍将寻求进一步提升全球个人电脑市场的占有率。具体来说,联想会进一步巩固过去几年里在交易型业务和中小企业方面已经取得的进展,另外还会在全球范围内拓展消费业务,使得消费业务在未来几年里能够成为我们增长的一个新动力。

资料来源:李茸.全球整合,文化先行.商业周刊.2008(3):46—47.

6.1 跨文化管理

6.1.1 跨文化管理的概念及特点

跨文化管理是在 20 世纪 70 年代后期的美国逐步形成和发展起来的,又称为"交叉文化管理",是指涉及不同文化背景的人、物、事的管理。它研究的是在跨文化条件下如何克服异质文化的冲突,进行卓有成效的管理,其目的是在不同形态的文化氛围中设计出切实可行的管理机制,更合理地配置企业资源,特别是最大限度地挖掘和利用企业人力资源的潜力和价值,从而提高企业的综合效益。

跨文化管理作为一门研究多元文化企业管理的一般规律的学科,较之于其他学科,有其自身的特点。

1. 复杂性

跨文化管理在以往管理的基础上增加了新的文化维度,扩大了管理的范围和难度,把管理的复杂性提到一个新的高度。以往管理考虑的是二重人格,即个人人格和组织人格;在跨文化管理中,除了个人人格和组织人格以外,还需考虑国家人格(民族人格)。以往的管理是在同质或大致同质文化背景下的管理,而跨文化管理则是在两种或两种以上不同质文化背景下的管理,大型的国际企业往往在全球几十个国家都设有分公司或子公司,这就意味着这些企业要在几十种不同的文化背景下整合公司的职员。

2. 特殊性

管理是围绕各项管理职能,如计划、组织、控制、领导等展开的,管理的内容十分广泛,包括生产、营销、人事、财务等许多方面,而跨文化管理主要研究国际企业对来自不同文化环境中的人的管理。

3. 共同性

跨文化不能按照某一个国家的管理文化进行管理,它是一种最大限度追求人类共同性的管理,或者说尽量按照国际惯例形式的管理。

4. 协商性

跨文化管理在没有国际惯例参照的情况下,只能采取协商的方式,用"求同存异"的原则解决管理中的冲突,任何一方不能把自己的意愿强加给另一方。

6.1.2 跨文化管理战略

管理者识别文化多样性及其潜在利弊的能力决定了一个组织管理多样

性的方法和途径。管理者对文化多样性最常见的态度就是狭隘主义,即不承认文化的多样性,或者否定文化多样性对组织的影响。在狭隘主义组织里,管理者认为母国的方法是唯一的管理方法。另外一种最常见的反应是民族中心主义,即管理者认识到文化的多样性,并认为文化多样性会给企业的管理带来负面影响。而当管理者明确承认文化概念,对文化多样性的利弊有深刻认识,才能够协同增效。采用协同方法的管理者相信由于文化背景的不同,东道国的方式与他国的方式有所不同,但没有哪种方式一定比其他方式优越。管理者相信将母国的方式与他国的方式创造性地结合起来就能造就组织和工作的最佳途径,多元文化对企业的影响如表 6-1 所示。

表 6-1　哪种企业从文化多样性中受益

企业类型	感　知	战　略	最可能的后果	频　率
	感知文化多样性对组织的影响是什么	如何处理文化多样性对组织的影响	管理人员对感知和战略期待的结果是什么	感知和战略是否普遍
狭隘主义:母国的方式是唯一方式	没有影响:文化多样性对组织没有影响	忽视差异:忽略文化多样性对组织的影响	问题:有问题产生,但是不能归咎于文化多样性	非常普遍
民族中心主义:母国的方式是最好的	负面影响:文化多样性给组织带来麻烦	减少差异:减少组织多样性的来源和对组织的影响	有些问题,无优点:通过减少多样性来减少问题,漠视潜在利益	常见
协同:改进母国和他国的方式可以把工作做得更好	潜在负面和正面影响:文化的多样性对组织有利有弊	管理差异:认识和利用文化差异为组织创造优势	有些问题,但有优点:承认文化多样性并从中受益	少见

每一种假设和感知对企业管理多样性的方法都有不同的意义。如果在狭隘型企业中,管理者假设文化多样性的影响微不足道,管理人员将选择忽视多样性的战略。这种战略排除了管理多样性的可能,即排除了强化积极影响、减少负面影响的可能。

同样,在民族中心主义的企业文化中,如果管理人员假设文化多样性的影响只是负面的,管理人员将选择减少组织内文化多样性的来源及其影响的战略。奉行民族中心主义的管理人员通常会采取两种方式:一是试图挑选文化背景相似的雇员;二是试图将按照优势文化的行为模式对所有员工进行同化。民族中心型的企业由于减少了企业内文化多样性的可能,也就排除了从员工和顾客的多种文化中受益的全部可能性。

把文化多样性的影响视为既有潜在积极性又有消极性的管理人员,所采取的理念是试图管理文化多样性的影响而不是管理多样性本身。在管理文化多样性的影响时,管理人员采用协同的方法减少潜在的问题,而不是试图减少多样性本身。同样,通过管理多样性的影响而不是忽视多样性,他们才能将潜在受益最大化。采用协同方法的组织培训其成员承认文化的差异性,以便其更好地为组织创造优势。

一般的,漠视或减少文化差异的战略在企业中较为普遍。只有当管理人员意识到文化多样性及其对组织的潜在益处,管理人员才有可能选择管理文化多样性,而不是漠视或减少多样性。文化多样性具有潜在的利弊影响,不是多样性本身,而是企业对待多样性的方法最终决定企业的成本和收益。

6.2　文化的差异与跨国经营管理

6.2.1　文化及其特点

1.文化的含义

不同学者对文化的定义不尽相同,但通常认为,文化是某一特定人类社会的独特生活方式,即一代又一代延续下来的独特思维方式、观念、感情、信仰与行为。它包括三个层面:一是为一群体所共有的学习和使用的思维方式的心理层面;二是群体内各成员间相互作用的社会层面;三是一群体不同代别之间延续的思维方式与实践的历史层面。

人类学家普遍认为人类文化有以下四种特征:

(1)文化不是与生固有的,而是通过学习取得的,是在某个社会群体中成长的个人的经验总结,这个过程称之为适宜(适应)社会存在的文化类型。

(2)文化的众多方面并非独立存在,知识、价值观、信仰、习惯以及其他构成文化的内容互相联系并形成一个综合的整体。

(3)文化具有共享性。由已有的行为特征所构成的文化为该社会群体所分享,使这一群体的行为具有高度的一致性。

(4)文化规定着不同群体之间的界限,使不同群体的行为方式具有鲜明的特色。任何文化都是为某一团体(民族)的所有成员或大多数成员所共同拥有的,特定的文化支配着特定人群的行为方式。

2.文化的个性与共性

人类历史演进中的条件和过程的差异,决定了不同文化具有不同的特点。同时人类文化发展过程中也存在着共同的条件和过程,这又决定了不同文化之间存在着内容上的重叠。前者成为文化的个性,后者则成为文化的共性。

社会根据传统思想和历史所遗留下来的集体意志与社会机制来管理、组织和规范个人,并制定规则以约束个人,因此不同的文化培育了不同的个性。在大多数情况下,某种文化所要求的行为来源于自小的学习与模仿,而它所造成的一种行为特征的总体就形成每一成员个性的核心,并贯穿于他的一生,使得个性的特色在不同文化之间完全不一样。这就是人们常说的美国人的个性、日本人的个性、德国人的个性。尽管同一文化中不同人的个性也存在差别,但在与其他文化比较时,某种特定文化的各成员会展示出这种文化所特有的风格和特点。

人类文化的共同内容即共性则反映了人类一般的生理特征和他们适应自然和社会环境的一般需要。人类学家乔治·默克多(George P. Murdock)曾列出了包括历法、清洁训练、求婚、劳动分工、教育、道德、礼仪、食物禁忌、姿势、问候、好客等 73 种文化共性。[①]

不同文化之间的差异与其说是个性的差异,不如说是共性范围内个性的差异。正是异国相同文化现象中的不同价值特征使跨国经营者在不经意的情况下遇到麻烦。例如,由于不同的国家有不同的历法和节假日,如果不仔细考虑彼此的差异,在会晤计划、生产日程和交货日期上就很容易出现误会。

3. 文化的层次

世界各国皆有其独特的文化,各国文化渗透到其政治、经济以及人们的工作、生活等各方面。从跨国经营的角度来看,文化乃是一系列规则,这些规则为企业外的人所广泛接受,通过他们的赞同或否定使这些规则对企业的行为产生广泛的约束力。东道国文化可以作为企业经营规则的补充约束企业行为,也可以通过对企业行为的惩罚而改变企业的行为。

为了有效地认识和驾驭文化差异,首先需要认识文化的层次。爱德华·霍尔(Edward T. Hall)认为,文化可以分为以下三个层次:

(1)正规系统层次。该层次有一套无人争辩的原则,人们用"你不能那样,你要这样"之类的特殊方式教别人这套原则。当人做错事,行为未被批准或得到纠正时,就学到了正规原则。正规系统变化很慢,这种一致性和对

---

① George P. Murdock. The Common Donominator of Culture, in Ralph Linton, *The Science of Man in the World Crises*. Columbia University Press, 1945:123-142.

变化的抗拒性使社会生活比较稳定。社会成员无需过多考虑就能够相信正在做的一些事。等级观念、宗教规定等都属此层次。

（2）非正规系统层次。该层次包含那些没有专门定义的，但可通过观察别人、学习范例而获得的态度、习惯等。当一个人观察别人干什么、什么可以接受时，就知道了他应该做什么、如何做。适当的礼节规则、对待空间和距离的不同态度即属此层次。

（3）技术系统层次。该层次最能用言语明确表示。学习技术系统是从教师向学生的单向技术转移。学习技术规则或破坏技术规则都与个人感情关系极少。当技术系统与正规系统或非正规系统的关系越少时，技术的变化就越容易被接受；反之亦然。一个简单的例子是从使用一种工具换成使用另一种工具可能不会遇到什么障碍，但号召从使用农家肥变为使用化肥可能遇到比较多的抗拒，因为使用化肥被认为会影响人与土地的神秘关系。①

文化差异对跨国经营的影响可以从原因和对象两方面进行。就前者而言，通常会存在以下几个方面的问题：

第一，误解文化层次。有些文化范畴在一种文化中属于一种系统，在另一种文化中却属于另一种系统。例如，一般文化认为，水是具有实际用途的东西，干净的水对于生产和生活具有头等重要的意义。但在一些阿拉伯村庄，骆驼用过的有浓重味道的水被赋予了神秘的象征意义。这种水被认为可以使男人得到强大的体力与生育能力，任何清理水的企图必然会遭到村民们的抵制。冲突的原因在于前者仅将水看做是技术系统的问题，后者则将水看做是正规系统问题。

第二，忽视正规系统和非正规系统的重要性。第二次世界大战后，美国工程师同日本工程师一道重建日本工业。美国工程师根据技术和培训情况择优录取当地人员，结果发生了罢工。当由日本人进行人员选择时，他们选择年龄大的、受人尊敬的男人当领导，尽管他们缺乏工程技术方面的训练。然后，这些人又选择年轻工程师当他们的助手，工作进展得很顺利。美国人犯的一个很大的错误就是忽视了社会等级在日本文化正规系统中的地位。

第三，忽略某些文化因素在当地的实际情况。例如，产品包装和广告须仔细考虑受众的接受能力与接受程度。一家美国公司就因此吃了暗亏，该公司向非洲出口婴儿食品，使用通常的标签，上面有一个微笑的儿童，并说明这种儿童食品装在罐子里。然而不幸的是，当地人看到这些标签后认为

---

① Edward T. Hall. Beyond Culture. *Anchor Books*，1976.

罐子里装的是小孩的肉,销售状况可想而知。

就文化差异的影响对象来看,不同经营活动受文化差异影响的程度不同,与公众直接相互作用的活动受影响较大,而与公众间接发生相互作用的活动受影响较小。例如,财务和会计受文化差异的影响最小,而营销活动则可能受较大影响。在不同的文化环境中,营销策略所包含的设计、包装、促销、定价都必须作相应的调整,以适应当地文化。

文化因素对跨国经营的影响也取决于外国企业对进入当地文化的兴趣与进入深度的状况。一家外国企业可以只销售其产品或者只向当地企业授权进行产品生产,也可以直接在东道国进行生产和营销。企业进入东道国文化的深度不同,当地文化对企业不同职能区域的影响程度也不尽相同。企业卷入东道国文化越深,对东道国文化的依赖越深,企业就越需要理解东道国的社会文化环境。

国际企业与东道国文化环境之间存在相互作用的关系,国际企业也可在某种程度上控制环境的某些方面。企业可以通过对当地人提供雇佣和培训,向当地转移技术、生产和促销新产品来改变环境条件。当然,企业对东道国环境的影响是有限度的。就一般情况而言,大型跨国公司比规模较小、进入不深的企业更能改变社会文化环境。

6.2.2 东西文化的横向比较

1. 东西方企业文化比较

东西方概念既是个地域范畴,又是个意识形态范畴;既是个文化历史传统范畴,又是个现代社会制度文化范畴。在不同的角度、内容之下,东西方的具体所指是不同的,一些国家、民族、地区的企业文化,在不同的标准之下有时属于东方类,有时属于西方类。

就地域范畴而言,东西方企业文化国际比较的内容可以从下述几个方面进行把握。

(1)东西方深层文化比较。其中包括东西方企业文化核心(诸如企业灵魂、企业精神、企业价值观、企业经营宗旨)、企业文化思想基础(诸如东西方企业经营思想、企业管理哲学)、企业规范与准则文化(东西方企业行为准则、价值取向、企业伦理道德等)的比较。

具体说来,在社会与历史(即文明)起源方面,东方主要源于农业民族与社会,西方主要源于狩猎民族与社会;在思想文化与哲学传统方面,东方强调直观与领悟,注重整体与综合,讲究和谐与统一,西方则强调理性与实验,注重具体与分析;在人生哲学方面,东方是大彻大悟、难得糊涂、修身养性,西方却是挑战、冒险、竞争、出人头地；在思想支撑方面，东方靠的是集团、家庭，西方奉行和倡导的是个人主义、自由主义；在组织与管理基础上，东方注重关系、情感，西方处处强调契约和理性。

(2)东西方企业体制(或组织)文化比较。东西方企业组织文化规范(或体制文化规范)比较，包括企业组织系统特性、企业组织结构基础、宏观控制系统特征、微观控制系统特征等方面的比较。在企业组织系统性状上，东方多半是更为推崇灵活的组织，从文化历史渊源角度看，企业文化特性表现出更大的弹性，西方为僵硬的组织(刚性组织文化)；在组织基础上，东方是含蓄职务主义，不那么明确、外化，而是更多的模糊，西方则有明确的指令链、严格的等级结构；在宏观控制系统上，东方的企业在一定范围内可以信息共享、网络结构化，西方企业系统组织构造化、严格控制；东方的企业微观调控靠人，西方则主要靠规范。

(3)东西方企业决策文化比较。东西方企业决策文化比较很多，不能一一进行，只能集中在以下三个方面。①东西方企业决策主体意识：东方倡导和奉行的是集团或集体决策原则，西方企业靠的是责任角色决断。②东西方决策时延：东方企业决策通常缓慢，但执行与贯彻时却可能有迅雷不及掩耳之势，西方企业决策常常十分果断，但落实时可能受阻。③东西方决策程序：东方经常是弹性程序，或者是不严格程序、人为程序，西方是刚性程序，或者是严格程序、非人为程序。

(4)企业世界文化。东方神秘主义、天人合一观、集体主义、整体论等正在引起西方当代文化的强烈反响和关注，正像西方近现代的科学技术和整个物质文明引起东方文化的高度重视一样，这种相互渗透、影响和结合，正在为企业世界文化的出现奠定坚实的文化基础，企业文化从中获得了将企业生态利基、社会利基和市场利基全面统一起来的可能和思想工具。但与这种企业文化合流相并行的，还有一股同样强大的企业文化分流，那就是企业社会文化、企业民族文化也在得到前所未有的发展，和分流并存。两大潮流并行不悖是今后相当长时期的基本趋势。东西方企业文化趋同，企业世界文化只有在这个意义上才是真实的。

2. 中、日企业文化的特点

一般来说，中日企业文化具有浓厚的东方经营文化色彩，美国企业文化是典型的西方欧美文化。

中日企业文化所以会具有东方文化色彩，不仅有地域文化国际示范传递，而且受历史文化渊源影响。从根本上说，这两个社会都相当长时期地受以孔孟为代表的儒学、儒家思想的深远影响。在日常思维方法和行为方式中注重伦理道德观念的遵奉。

中日两国社会与民族文化的共同核心是以伦理道德为主基轴的儒家思想(当然也包括法、道家的一些合理的东西)。在东方文化这一大文化氛围之中,中日企业文化包含着许多共同点。森岛通夫认为,日本资本主义在起步时就以一个按儒家思想经营的现代化工厂为其核心,日本注定要沿着一条与英国资本主义完全不同的道路发展。日本的资本主义以民族主义的、家长式的和反个人主义的、集体主义或团队主义为企业文化的重要特征。中国企业的价值观、中国企业文化术语在许多方面与日本的如出一辙。儒家学说以及中国传统文化中的仁、义、礼、智、信、忠、孝、和等观念,大量地渗透到中日两国企业文化之中。日本企业所倡导的"工业报国"、"人和"与"忠诚心"以及团队精神、家庭式经营等,与中国企业所奉行和提倡的"实业救国"、"科学救国"、"爱厂如家"、"讲团结"、"以诚相待、以信为本"等,都或多或少地反映出儒家伦理道德的影子。相形之下,这些概念和思想在西方欧美企业文化中却很难找到。

作为典型的东方企业文化(即在东方或中国传统文化基础上形成的企业文化),中日企业文化有以下几大特点。

(1)封闭性、保守性、排他性

日本企业的家族式或泛家族式经营、年功序列、终身雇佣制,中国企业的"铁饭碗"等,都使企业员工的眼界十分狭隘,终身全力在企业内部经营。企业间、企业与整个社会都缺乏因要素的流动而呈现出的开放性和活性。企业成了包含浓厚的伦理道德意识在内的家庭之外的社会家庭:厂长、经理、董事长、总裁成了家长,企业具有强烈的封闭性、保守性和排他性。

当然,这些特性在中日两国企业中的表现形式是不同的:在日本,由于其在大力继承发扬东方文化的同时,不失时机、科学地引进了西方市场经济文化、竞争与商业创新文化和经济社会选择文化,从而使日本企业的上述特性一方面不影响其内部活力,另一方面对外则主要表现为企业上下一致协同抗争的团队竞争意识。而在中国,传统的中央集权计划经济的文化氛围,使得中国企业的上述特性表现为内部的活性不足(或丧失殆尽),对外缺乏竞争与协作精神。

(2)超稳定性

从企业结构到企业理念,企业外界的涨落和冲击,只引起企业内部既定的、有限的变动,通常不造成质变和彻底改观。这在很大程度上是由于作为特殊生产要素的人力资本、人力资源与企业牢牢地联在一起所造成的。从企业文化的具体内容看,日本的家族经营观念和突出要求职工对企业忠诚献身的最高行为准则深入人心,企业领导层集体决策,个人对集体负绝对责任以及终身雇佣等,使得企业文化共同体的存续与发展具有相当的稳定性,使得企业文化持久延续、难得变异。

中国过去的民族资本企业也有相同的特点。经济体制改革前的中国企业很少有独立的企业文化,"铁饭碗"的观念长期使职工思想稳定,乐天知命。在改革的一定阶段,职工并未成为可以流动的生产要素,而思想、心理却产生了相当程度的动荡。企业的稳定因职工思想、心理的动荡而产生危机。不解决这一问题,新中国企业文化的稳定性就会是虚幻的,企业内职工的团结以及对企业的"忠诚"、"献身"都会缺乏可靠的基础。可以说,如何把中国企业文化共同体破除铁板一块的趋稳定状态,并避免在打破僵局后走向混乱,是当代中国企业文化创新的一个重大课题。

(3)情感性、微妙性和亲密性

东方企业文化视企业为大家族,在其中讲究泛家族主义,通行"和为贵"、"仁爱"、"礼让"。中国企业文化以儒家伦理为核心,以情感为基础,注重感情投资,倡导诸如"关心职工生活"、"尊重领导"等。日本企业常向职工宣扬"礼貌谦让"、"温情友爱"等信条。业主、厂长、经理等扮演着严父慈母的角色,并通过自身示范、讲解向职工传播企业经营哲学和人生价值观。

东方企业文化及其所派生出的具体文化,都使得企业文化共同体内充满着浓厚的家庭气氛和家庭情感,这种非理性的情感文化氛围一旦同企业职工认同的企业经营思想、管理哲学、企业宗旨等理性文化结合起来,就会产生出极大的内聚力和激发力,从而大大提高企业的劳动生产率。

6.2.3　文化差异对国际企业经营的影响

20 世纪 80 年代,随着对国际企业研究的深入,人们开始认识到文化差异和多元文化给国际企业经营所带来的益处,而不仅仅单纯地认为文化差异会影响企业的经营绩效。

1.文化差异导致的管理困难

国际企业中的文化差异(多元文化)给国际企业管理带来的影响主要表现在以下几个方面:

第一,文化差异使国际企业的管理变得更为复杂。来自不同文化的员工有着不同的价值观、信念和文化传统。这也决定了国际企业的员工有着不同的需要和期望以及与此相一致的为满足需要和期望而具有的不同的行为规范和表现方式。在国际企业中,员工相同的行为并不代表相同的意愿和期望。比如,有的员工可能是以沉默来表示支持,有的可能是以沉默来表示反对,也有的可能是以沉默来表示自己的不理解或不关心。这种意义的不明确,使国际企业的管理增加了难度。再者,为使来自不同文化环境的员工的需要和期望得到满足,国际企业的管理活动必须能够针对不同文化的特点进行沟通、激励、领导和控制,这也使管理活动变得更加复杂。此外,文化差异还可能导致国际企业管理中的混乱和冲突。在国际企业中,往往存在着不同程度的民族中心主义,如何有效地管理并消除民族中心主义所导致的混乱和冲突是国际企业管理中的又一项难题。

第二,文化差异使国际企业的决策活动变得更为困难。由于文化差异,国际企业中经常出现沟通和交流的失误和误解。不少国际企业都会将员工的意见与建议作为决策的重要参考依据,而源于文化差异的交流失误使得这一点很难做到。同时由于文化差异的存在,国际企业的员工有着不同的工作动机、需要和期望,使得国际企业难以达成一致的、能为大家所接受的协议和决策,从而增加了国际企业管理中决策活动的难度。

第三,文化差异使国际企业的决策实施和统一行动变得更加困难。首先,对于企业的决策方案和管理制度,不同文化的职员往往有着不同的理解,因而在工作中有着不同的行为表现。其次,即使对决策和管理制度的理解是相似的,也有可能导致不同的工作行为。最后,"民族中心主义"有可能使职员为了显示其存在而故意表现出与众不同的行为。可见,文化差异加大了国际企业管理中决策实施和统一行动的难度。

2. 多元文化的优点

文化差异给国际企业带来的困难主要集中在过程中,而当国际企业需要发展,如开发新项目、提出新观点、发展新的市场计划、采用新的经营方式、对发展前景进行预计和判断时,国际企业中的多元文化则变得十分有益。

第一,多元文化使国际企业易于产生新观点、新方法。国际企业在对所处的政治、社会、经济、法律和文化环境进行分析,对本行业、本企业的发展前景、发展趋势进行预测和评价,对本企业究竟采用怎样的竞争战略与竞争对手进行竞争时,企业中的多元文化使这一切变得更为容易。多元文化使国际企业更易于对某一问题从多个角度进行分析和理解。多元文化下的多种观点使国际企业对某一问题的把握更为深刻、全面、透彻,这是单一文化下的企业所难以获得的优势。此外,多元文化使企业易于产生新观点、新主意、新思想。

第二,多元文化使国际企业具有了更多的选择。每一文化对某一特定问题都有其认识和解决方法,多元文化下的国际企业在解决某一特定问题时具有了更多的选择。这一方面增加了国际企业管理的弹性,另一方面也增加了国际企业解决问题的技巧,使国际企业的管理活动变得更具艺术性和高效率。

第三,多元文化使国际企业更易于在国际市场上取得发展。国际企业中的多元文化使国际企业的经营者懂得了文化对国际企业的生存和发展的重要意义,从而使其能够自觉地进行角色转换,更恰当地理解另一文化的消费者的需求和期望,制订出针对企业顾客的具有其民族特点的市场战略,开发出受顾客欢迎的具有其文化特色的产品和服务。正是多元文化,使国际企业的经营者在与同自己有着截然不同的文化背景的顾客打交道时变得富有信心。

6.3 跨文化分析模式

6.3.1 霍夫斯坦德的跨文化研究

霍夫斯坦德(G. Hofstede)文化分析框架是迄今为止在跨文化管理研究中较为完整、系统的文化分析模式。它说明了一个国家的管理原则与方式是建立在其文化基础上的,只有透过文化的差异性观察不同国家的管理方式的差异性,才能提升跨文化管理活动的目标性及有效性。霍氏认为,文化是在一个环境中的人们共同的心理程序,不是一种个体特征,而是具有相同的教育和生活经验的许多人所共有的心理程序。不同的群体、区域或国家的这种程序互有差异。这种文化差异主要可分为四个维度:权力距离、不确定性避免、个人主义与集体主义以及男性度与女性度。

1.文化差异的四个指标

(1)权力距离

权力距离是指在一个组织当中,权力的集中程度和领导的独裁程度以及一个社会在多大的程度上可以接受组织当中这种权力分配的不平等,在企业当中可以理解为员工和管理者之间的社会距离。一种文化究竟是大的权力距离还是小的权力距离,必然会从该社会内权力大小不等的成员的价值观中反映出来。因此,研究社会成员的价值观就可以判定一个社会对权力差距的接受程度。

例如,美国是权力距离相对较小的国家,美国员工倾向于不接受管理特权的观念,下级通常认为上级是"和我一样的人"。所以在美国,员工与管理者之间更平等,关系也更融洽,员工也更善于学习、进步和超越自我,从而实现个人价值。

（2）不确定性避免

在任何一个社会中，人们对于不确定的、含糊的、前途未卜的情境，都会感到面对的是一种威胁，从而总是试图加以防止。防止的方法很多，例如提供更大的职业稳定性、订立更多的正规条令、努力获得专门的知识等。不同民族、国家或地区，防止不确定性的迫切程度是不一样的。相对而言，在不确定性避免程度低的社会当中，人们普遍有一种安全感，倾向于放松的生活态度和鼓励冒险的倾向。而在不确定性避免程度高的社会当中，人们则普遍有一种高度的紧迫感和进取心，因而易形成一种努力工作的内心冲动。

日本是不确定性避免程度较高的社会，因而在日本，"全面质量管理"这一员工广泛参与的管理形式取得了极大的成功，"终身雇佣制"也得到了很好地推行。与此相反，美国是不确定性避免程度低的社会，同样的人本主义政策在美国企业中则不一定行得通，比如在日本推行良好的"全面质量管理"，在美国却几乎没有成效。此外，不确定性避免程度低的社会，人们较容易接受生活中固有的不确定性，能够接受更多的意见，上级对下属的授权被执行得更为彻底，员工倾向于自主管理和独立的工作。而在不确定性避免程度高的社会，上级倾向于对下属进行严格的控制和清晰的指示。

（3）个人主义与集体主义

"个人主义"是指一种结合松散的社会组织结构，其中每个人重视自身的价值与需要，依靠个人的努力来为自己谋取利益。"集体主义"则是指一种结合紧密的社会组织，其中的人往往以"在群体之内"和"在群体之外"来区分，他们期望得到"群体之内"的人员的照顾，但同时也以对该群体保持绝对的忠诚作为回报。美国是崇尚个人主义的社会，强调个性自由及个人的成就，因而开展员工之间个人竞争，并对个人表现进行奖励，是有效的人本主义激励政策。中国和日本都是崇尚集体主义的社会，员工对组织有一种感情依赖，容易构建员工和管理者之间和谐的关系。

（4）男性度与女性度

男性度与女性度是指社会上居于统治地位的价值标准。对于男性社会而言，居于统治地位的是男性气概，如自信武断，进取好胜，对于金钱的索取，执著而坦然；而女性社会则完全与之相反。美国是男性度较强的国家，企业当中重大决策通常由高层做出，员工由于频繁地变换工作，对企业缺乏认同感，因而员工通常不会积极地参与管理。中国是一个女性度的社会，注重和谐和道德伦理，崇尚积极入世的精神。

2. 文化四指标对企业管理的影响

霍夫斯坦特认为，以上四种文化指标或因素对于管理中的领导方式、组织机构和激励内容,会产生巨大的影响。

(1)对领导方式的影响

对企业领导方式影响最大的因素是"个人主义与集体主义"以及"接受权力差距的程度"。霍夫斯坦特认为美国是个人主义最高的国家,因此美国的领导理论以被领导者追求个人利益为基点。然而美国的领导理论并不适用于第三世界国家,因为这些国家属于集体主义社会,职工关心群体,希望从群体中得到保障,并且愿意以对群体的忠诚为报酬。霍夫斯坦特还认为"接受权力差距的程度",直接影响到实现职工参与管理的情况。法国和比利时"接受权力差距的程度"很高,因此人民通常没有参与管理的要求,所以企业中很少看到工人参与管理的情况;荷兰、瑞士等国"接受权力差距的程度"处于中间状态,因此企业中存在参与管理,但有一定的限度。

(2)对组织结构的影响

对企业组织结构影响最大的因素是"接受权力差距的程度"和"防止不确定性的程度"。这是因为组织的主要功能就是分配权力以及减少或防止经营中的不确定性。法国接受权力差距的程度大,又迫切要求防止经营中的不确定性,因此倾向于"金字塔"式的传统层次结构。联邦德国虽然有较强的防止不确定性的心理,但接受权力差距的程度较小,因此注重规则制度。美国、荷兰、瑞士等国,接受权力差距的程度处于中间状态,因此在这类国家中是各种组织形式并存。

(3)对激励内容的影响

对企业激励内容影响最大的因素是"个人主义与集体主义"、"防止不确定性的程度"和"男性化与女性化"。美国等国家是个人主义程度很高的国家,所以这些国家的激励方法多从个人出发,以个人的自我实现和个人获得尊严作为激励的主要内容。第三世界国家与日本是集体主义程度较高的国家,激励就要着眼于个人与集体的关系,过分奖励个人往往行不通。美国人倾向于"男性化",所以适于把承担风险、进取获胜作为激励的内容。日本和法国虽然也倾向于"男性化",但是防止不肯定性的心理较强,因此一种无危险、很安全的工作岗位就成了激励因素。荷兰和北欧各国人民的价值观倾向于"女性化",防止不确定性的心理又比较强,因此他们不像美国人那样爱好个人竞争,而以维护良好的人际关系作为激励因素。

6.3.2 川普涅尔和特纳文化分析模式

在川普涅尔和特纳(Fons Trompenaars and Charles Hanpden-Turner)的文化分析模式中,文化的本质不在于那些表面可以看到的东西。文化是群体共享的思维系统,是人们理解与解释世界、解决问题与调和所处的两难境地的一种方法。每一种文化都具有其解决问题与调和困境的特殊方法。总体来说,每一种文化都面临需要解决的三个方面的问题:①在我们与他人的关系中产生的问题;②在时间流逝过程中产生的问题;③在人们与环境的关系中产生的问题。所以,对一种文化的分析可以透过这三个方面来进行,这就是人与人(或群体)的关系、人与时间的关系及人与环境的关系。

根据这个假设,川普涅尔与特纳以著名心理学家帕森斯(Talcott Parsons)的价值观取向与关系取向的理论为基础,提出了国家文化的七个基本方面,其中包括五种普遍的关于人的关系取向及人们对时间与环境的态度。

(1)普遍性与具体性

所谓普遍性,是指以共同的"规则"为基础的行为价值取向。根据普遍性的价值取向,人的思想与实践可以不受任何限制地运用于任何地方,"真"与"好"是普遍的。根据具体性①的价值取向,人们的思想与实践必须根据情景因素进行调整,"真"与"好"是依具体情景而定的。例如,在任何一个社会中,一个普遍性规则是,当交通路口出现红灯时就不允许人们穿越街口。在普遍性社会中,即使在对面马路没有汽车行驶(即通过马路也不会给自己造成伤害)的情况下,人们还是要等到红灯变成绿灯以后再穿越马路。但在具体性社会中,在这种情况下,人们就有可能在仍然是红灯时就穿越了马路。所以,普遍性社会强调的是"规则",具体性社会强调的则是"关系"和情景。②

在高普遍性的社会,如在美国、澳大利亚、英国、德国及一些北欧国家中,人们重视客观规则,而不是个人之间的关系,商业活动应当遵守大家普遍同意的"游戏规则",人情是人情、生意是生意,商业活动是公司与公司之间的关系,而不是人与人之间的关系,因此必须使用有法律效力的合同来规范商业关系。在做生意的过程中需要理性与专业,在管理过程中则必须遵守统一的规则与程序,并通过对每个人都适用的共同标准而达成公平。在高具体性的社会,如在韩国、俄罗斯、中国等国家中,人们重视主观性的人际关系与信任,做生意时人们首先想到的是关系,而不是法律合同。良好的人际关系和广泛的关系网络,是生意成功的重要保证。当到高具体性的社会做生意,如到新加坡做生意时,人们需要了解"个人关系"的含义。当到高普遍性的社会做生意,如到美国做生意,人们就需要认真准备理性的、专业化

---

① 所谓具体性是,指以"关系"为基础的一种价值取向。

② Fons Trompenaars and Charles Hanpden-Turner. *Riding the Waves of Culture. Understandding Cultural Diversity in Business*. 2ed. London: Nicholas Brealey Publishing, 1998:32.

的论据,以便能够使商业伙伴接受自己想法和建议,在做生意的过程中遇到任何有疑问的事情,都需要与自己的律师进行认真讨论。

(2)个人主义与共有主义

川普涅尔和特纳提出的个人主义与共有主义的内容与霍夫施坦特提出的个人主义与集体主义的价值观的基本含义是相似的。个人主义文化的核心是"自我取向"的价值观,这种价值观将自我视为一个独立的个体追求个体目标;共有主义文化的核心则是"群体取向"的价值观,这种价值观将自己视为群体的一个部分,追求的是共同目标。

个人主义价值取向的国家如美国、俄罗斯、墨西哥等国家中,更多地使用第一人称"我"与别人进行交谈和交往,强调个人责任,表现个人的观点和目标,以个体激励为主,快速决策,接受较高的离职率,追求绩效,崇尚英雄与冠军,为个人创造提供自由空间。在共有主义取向的国家如印度尼西亚、委内瑞拉、意大利、新加坡和日本等国家中,人们在与他人交谈和交往时更多地使用的是"我们",公司强调群体责任,寻求将个性特征与组织结构进行整合,重视群体凝聚力,有较低的人员流动率。当到共有主义文化的国家做生意,人们应当具有耐心并注意与生意伙伴建立持续性的良好关系,在谈判的过程中,由于共有主义文化的谈判者大都是非常"强硬的"谈判者,故要想说服他们就必须善于作出让步,并在谈判过程中准备多样化的选择。当到个人主义文化的国家做生意,如到澳大利亚做生意时,人们应当学会快速决策,其目标是尽快达成交易,必须尊重对方的谈判代表,因为他们确实具有作出决策的权力。

(3)中性与情感性

中性文化是指人们对情感采取抑制或控制的文化。日本与英国是高中性文化的国家,这些国家的人们试图不表现他们的情感,他们行动冷静,镇定自若。情感性文化是指情感公开,自然表露的文化,墨西哥、瑞士与荷兰是典型的情感文化的国家。

在人们之间的关系中,理性与情感扮演着重要的角色。在中性文化的社会中,如在日本、印度尼西亚和印度,人们不愿意表露自己的思想和情感,自制与自我控制是一种普遍现象,人们在发言和演讲时常常照本宣科,避免过分热情的行为。在情感文化的社会中,如在科威特、埃及、西班牙和法国,人们总是通过语言的和非语言的形式直接表达自己的思想和情感,情感流露非常自然,在发言和演讲时慷慨陈词,激动人心。当到中性文化国家做生意,如到印度做生意时,人们必须更多地以书面形式与对方进行沟通,要认识到缺乏情感并不意味着对生意没有兴趣。而当到情感文化国家做生意,如到法国做生意时,就必须尽量试图热情对待对方。在谈判中,当对方表示"不同意"时,并不意味着他们对谈判已经没有兴趣了,在谈判过程中,个人问题也可以成为交谈的话题。

（4）特殊性与扩散性

特殊性文化是指个体具有较大的公共空间,他们愿意与其他人分享这种公共空间,但自己的私人空间却严格限制他人进入,个人常常是开放的,外向的,并且更直接,组织中的管理者常常将工作与私人生活严格区分开来。扩散性文化是指个体公共空间与私人空间是重叠的,进入了个体的公共空间也就进入了他的私人空间,工作与私人生活常常是无法分开的。美国是典型的特殊性文化,而中国则是典型的扩散性文化。

在特殊性文化中,管理被视为通过奖励而实现目标的过程,私人的事情必须与工作分离,以避免利益冲突,工作要求与规则非常清晰、详细。在扩散性文化中,管理被视为一种持续性改善的过程,私人事务与工作是相互渗透的,管理者在对雇员进行判断时考虑的是整体情况,工作要求与规则较为模糊。当到扩散性文化国家做生意,如到日本做生意时,人们必须了解自己生意伙伴的历史,要尊重他们的头衔、年龄与背景,在谈判过程中要顺其自然,而不要人为地去"推动",因此必须有耐心。而到特殊性文化的国家做生意,如到奥地利做生意时,人们就需要了解自己的生意伙伴的目标、原则和量化指标,做事情要快速并表现出效率,事先规划会谈的内容、结构和时间,而且要遵守预订的内容与时间,不要试图利用身份或者头衔达到什么,不要过多地谈论与生意本身无关的事情。

（5）成就文化与归因文化

成就文化是指人们的功能与身份必须一致。成就文化给予高成就者较高的评价,不管他是谁,只要他取得了成就,就会得到社会认可。一个人的地位与影响力取决于其所达成的成就,即教育水平、经验与工作绩效。美国、澳大利亚和瑞士等国家是成就取向的社会。归因文化根据出身、年龄、性别及社会联系等因素确定人们的地位与身份。埃及、阿根廷、沙特阿拉伯、西班牙等国家是归因取向的社会。更确切地说,成就文化根据人们"做了什么"来确定他们的社会地位,而在归因文化则根据人们"是什么"来确定他们的社会地位。

在成就取向的社会中,只有当人们做与自己的任务相关的事情时才使用头衔,人们在组织中对上级的尊重取决于上级的工作绩效和能力,年龄并不是决定一个人在组织中的地位的重要因素,目标管理和绩效薪酬是最有效的管理手段,对决策的质疑是基于技术和功能的因素。而在归因取向的社会中,人们广泛地使用各种头衔,特别是在组织中,头衔是确定一个人的地位的主要标志,对上司的尊重是基于上司对组织认同程度,绝大多数高级管理者都是男性且多为中年人,目标管理和绩效薪酬制并非是最有效的管理工具,只有具有最高职权的人才能对决策提出质疑。当到归因取向的国家做生意,如到泰国做生意时,谈判小组最好由年龄较大、地位较高的人组成,这样容易获得对方的尊敬。人们必须尊重对方的身份和地位,在称呼对方时要首先使用对方的头衔以表示对对方的尊重。相反,当到成就取向的国家做生意,如到加拿大做生意时,谈判小组最好由技术人员组成,要特别注意准备充分的数据,用技术和数据去说服对方,要尊重对方的知识及所提供的信息,使用头衔的目的是为了表明对对方能力和知识的尊重。

(6)时间取向

除上述五种价值取向外,川普涅尔和特纳认为,另一种主要的文化因素是人们对待时间的态度。对时间的观点可以归结为两个类别:一是对时间持续性与同时性的理解;二是对过去、现在和未来的理解。

将时间视为持续性的文化认为,时间是由不同的"点"连接起来的"直线",是以有规则的间隔方式流失的连续性事件。在这种文化中(如在美国和英国),人们常常在一段时间内只做一件事情,严格遵循制订的工作程序与进度,强调"准时"与"秩序","正确地做事情"比"做正确的事情"更重要。效率被视为以最小的努力达成最大的结果,关系具有工具性意义,同时时间被视为一种"商品"。在同时性时间取向的文化中,如在法国和阿拉伯国家中,时间被视为将过去、现在和未来压缩的循环性和重复性,人们常常在同一时间内做多种事情,工作日程或会议进程的安排只是大致的,人们不太注意"准时"的概念,可以根据具体情况随时变更时间安排,强调时间的灵活性。

尽管在不同的文化中,过去、现在与未来是一种普遍的概念,但不同的文化对过去、现在与未来强调的侧重点是不同的。例如在俄罗斯、德国及意大利等国家中,人们认为未来比过去和现在都重要。在西班牙、印度尼西亚等国家,人们认为现在比过去和未来更重要。当到未来文化取向的国家做生意,如到美国和德国做生意时,国际管理者必须强调机会的重要性,强调计划与报告的技术方面,详细制订达成目标的具体期限等。当到过去与现在取向的国家做生意,如到法国和比利时做生意时,国际管理者要重视文化的历史与传统,在安排会议程序时需要考虑灵活性,努力发现各种内部关系对业务的影响或限制等。

(7)环境

川普涅尔和特纳认为,最后一种文化因素是人们同环境打交道的方式。在这方面存在着两种不同的价值取向:一种是控制环境的价值取向或称为"内在控制"的价值取向;另一种是适应环境的价值取向或称为"外在控制"的价值取向。这两种价值取向对人们如何控制日常社会及管理具有直接的影响。

内在控制的文化对环境采取的是进攻性态度,关注自身和组织的职能,当环境超出自己的控制范围时人们就会感到不舒服。在公司中,明确的目标必须与明确的奖励联系在一起,人们愿意公开讨论歧异与冲突,重视以事先规划为特征的战略在经营活动中的作用,而且战略与日常业务运作是分离的。外在控制的文化采取的是与环境和谐相处的态度,人们认为环境在决定未来的过程中最有影响力。对外在环境保持灵活性是成功的重要保证,人们愿意为保持和谐而妥协,强调义务,关心他人如客户、同事和合作伙伴,追求不同群体之间的目标一致性。当到内在控制文化的国家中做生意,如到韩国做生意时,国际管理者要学会"打重球",也就是要果断,赢得自己的目标是最重要的,同时要做好"有所得就有所失"的心理准备。当到外在控制文化的国家做生意,如到西班牙做生意时,国际管理者要有耐心,要圆滑、坚韧,保持关系是最重要的,要强调双赢。

川普涅尔和特纳认为,文化只存在差异性,而没有"对"与"错"、"好"与"坏"之分。文化的差异性表现的是不同文化所选择的解决问题方法的不同。因此,在国际管理中,不存在一种"最佳的方法",国际管理者必须根据具体文化的要求,选择适当的管理方法与模式。一个国家的文化如果具有调和与适应其他国家文化的特征,这种文化就有助于这个国家在经济上获得成功,换句话说,一种文化越具有包容性、开放性和多样化,其对社会经济的成功就越具有推动作用。如果一种文化对其他文化采取排斥态度,这种文化就将会阻碍经济的发展。这正像当一个人总是认为自己的行为方式或自己对事物的了解"最正确"的时候,他就会对新的信息和与自己的见解不同的观点采取排斥的态度,这也意味着这个人进入了其"知识与思维生命周期"的下降阶段。所以,吸收与适应其他文化的要求,是国际企业在竞争中获得优势的必要条件之一。

6.4 跨文化管理与沟通

6.4.1 跨文化沟通障碍

沟通是意图的交流,即信息传输者尝试让接受者明白其所要表达的意思。沟通包括任何形式的理解和思考行为。沟通的内容包括言语信息(对话)和非言语信息(声调、面部表情、动作、身体姿势等)。它包含发送者有意发出的和不经意发出的信息。

　　每一种沟通交流都必然有一个信息发出者和一个信息接收者(见图 6-1),但是为什么发出和接收到的不是同一个信息呢? 原因是,沟通通常是间接的,它是一种象征性的行为。人们传达的信息必须用符号对其具体化,信息发出者必须把他们要表达的意思转换成接收者可以理解的代码,也就是语言和动作,接收者必须把这些语言和动作解译成自己能够理解的信息。

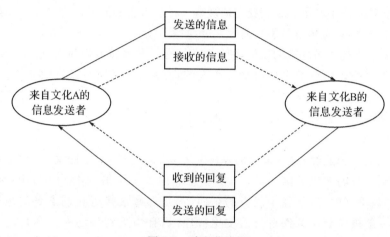

图 6-1　跨文化沟通

　　意思与符号之间的互译过程基于个人的文化背景因人而异。信息发出者与接受者之间的文化背景差异越大,对特定言行理解的偏差就越大。跨文化沟通就是不同文化的人之间的信息传递,跨文化误解就是指信息接收者(第二文化背景方)没有接受发送者欲传达的信息。双方的文化差异越大,出现沟通障碍的机会就越多。例如,一位日本商人想暗示他的挪威客户他对这笔销售不感兴趣,但出于礼貌,他便说:"这笔交易太难。"挪威客人却把此话错误地理解为,还有未解决的问题,而不是这桩生意谈砸了的意思。

　　当然,沟通并不一定都会产生误解。跨文化沟通产生的误解是由错误的思维、理解和评价导致的。当信息接收者和发送者来自不同的文化背景时,准确传达信息的可能性就会降低。文化能够强烈地影响,甚至在某种意义上决定人们怎么理解所面对的情况。人们的文化背景决定了使用的归类方式以及对其所附加的含义。跨文化误解的来源包括无意识的文化自闭、文化自省能力的缺位、假定相似性以及文化优越感。

（1）无意识的文化自闭

人类大部分的理解活动都是在潜意识中，因此，人们很少意识到自我判断的假设及其前提。本土文化观念从未强迫人们去检视这些假定或它们产生的文化背景，因为同一文化形态下的人共同分享着这些假定。但是，在其他文化环境中工作时，事情的进展便不会那么顺利了。例如，当一群在科威特做生意的加拿大商人和一位科威特高官会晤时，他们发现会谈并不是在一个密闭的会议室里，并且不断被打断，这就使得加拿大人感到不可理解。加拿大人的假定是，如此重要人物应拥有宽阔的私人办公室，并且有多名私人秘书，同时会谈不应被打断。他们错误地理解了科威特人的开放式办公室和不断被打断的会谈，以为该官员不是高级人员，而且对这笔生意不感兴趣。加拿大人对科威特人的办公环境的误解，使他们失去了与科威特合作的兴趣。

事情的症结在于这些加拿大商人的理解是基于他们自身的北美文化，而不是中东文化。开放式的办公环境是中东文化的一个特点，该科威特人很可能就是一名对生意有浓厚兴趣的高级官员。

（2）文化自身能力的缺位

在国际企业经营中，最大的障碍并不是如何去理解不同文化，而是如何意识到自身的文化定位。正如人类学家爱德华·霍尔（Edward Hall）所说："那些最不了解、最不利于研究的东西，正是那些最接近我们本身的东西。"人们一般极少会注意到自身的文化特性，只有当听到外国人描述自己的时候才会表现得非常惊讶。许多美国人会很惊讶地发现，外国人认为他们是匆忙的、过分守法的、工作刻苦的、极度直率以及过分好奇的（见表6-2）。

当人们开始从其他文化的人眼中了解自己的时候，表明已经开始修正自己的举止，重点关注那些最适当和最有效的特征，而最大限度地减少那些毫无意义的特征。人们越具有自我文化意识，就越能预测出自己的行为会给别人造成的影响。

表 6-2　外国人眼中的美国人

美国人最显著的性格特征					
法国	日本	西欧	英国	巴西	墨西哥
勤奋刻苦	国家主义	积极	友好	聪明	勤奋刻苦
积极	友好	善于创造	自我放纵	善于创造	聪明
善于创造	果断	友好	积极	积极	善于创造
果断	粗鲁	世故	勤奋刻苦	勤奋刻苦	果断
友好	自我放纵	聪明	国家主义	国家主义	贪婪

续表

美国人最不突出的性格特点					
法国	日本	西欧	英国	巴西	墨西哥
懒惰	勤奋刻苦	懒惰	懒惰	懒惰	懒惰
粗鲁	懒惰	性感	世故	自我放纵	诚实
诚实	诚实	贪婪	性感	性感	粗鲁
世故	性感	粗鲁	果断	世故	性感

资料来源:新闻周刊.1983-07-11

（3）假定相似性

假定相似性即假定其他人与自己相似,或另一个人的处境和自己的处境类似,但事实却并非如此。假定相似性是一个非常普遍的现象。有学者曾对此做过研究,让 14 个来自不同国家的经理描述一个外国同事的工作和生活目标(见图 6-2),结果每位经理都认为他们的外国同事更像他们自己。

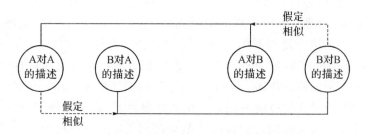

图 6-2　假定相似性:来自其他文化的人似乎很像我

假定相似性产生的原因在于眼界狭小。人们通常假定唯一的方式就是自己的方式,唯一的世界观就是自己的世界观。因此,人们只用自己的世界观去看待他人。多数国际企业管理者都不认为他们思想狭隘,坚信自己能够理解欣赏外国人的观点,但事实上并非总是如此。例如,当巴厘岛的工人家庭拒绝采取节育措施时,解释说这会破坏灵魂再生,很少西方管理者愿意从该地区的文化角度思考。相反,他们轻易下结论认为巴厘人过于迷信,害怕接受西方的医疗技术。

（4）文化优越感

在跨文化交际中,人们把自己的文化作为判断标准,认为与自己文化相似的就是正常的,而不同的则是异常的。自己的文化成了自在的标准,因为没有其他文化与自己的文化相同,就倾向于判定其他文化都是落后的。在北京申办 2008 年奥运会期间,一个国际动物协会的代表给国际奥委会写了一封信,表示反对北京举办 2008 年奥运会,其理由非常简单,因为中国人吃狗肉。在他看来,狗是"人类最好的朋友",吃狗肉的民族一定是不文明的民族。一位印度人对此提出了自己的看法,认为尽管印度人不吃狗肉,但如果因为吃狗肉就不能举办奥运会,那么印度人也可以提出凡是吃牛肉的国家都不能举办奥运会。在印度,牛是神圣的动物。

6.4.2 创造文化协同

1. 文化协同

文化协同作为管理文化多样性影响的一种方法,涉及包括制定和实施企业政策、战略、结构等在内的一整套过程。文化协同创造了一种新的超越成员主流文化的管理组织方式。这种方法认为全球化组织包含文化的相似性和文化的差异性,并建议既不要漠视文化多样性,又不要减少文化多样性,而应该把它视为设计和发展组织系统的资源。站在协同的角度看,文化的多样性是所有全球化学习型组织的重要资源。

一系列互异的、关于工作背景下文化间相互作用的假设,奠定了文化协同方法的基石(见表 6-3)。第一种常见的误导假设称为同质化,这种假设认为所有的人基本上是相同的,这种情况最常见,尤其是在美国,当地的"熔炉"神话就以此为基础。相反,文化协同的假设前提是异质化,协同建立在并不完全相同的假设基础上,即社会有不同的群体构成,每一个群体都有自己的文化特色。文化协同不是假设相似性很重要,而是假设相似性和差异性同等重要。文化协同的假设前提是异曲同工论——存在很多生活、工作的方式(异曲),也存在很多实现目标(同工)的方式,没有哪一种文化方式天生就更优越。协同方法坚持文化权变论,认为方式是否最佳取决于采用方式的人所具备的特定文化。

表 6-3 文化假设及其管理意义

	常见但误导的假设		不常见但较为中肯的假设
同质论	熔炉主义:我们完全相同	异质论	我们并不完全相同;社会群体有差别
相似论	相似主义:"他们"很像我	异同论	很多人和我在文化上有差异,但也有相似之处
狭隘主义论	方式唯一主义:我们的方式是唯一的方式;不承认有其他的生活或工作方式	异曲同工论	人生活工作的文化方式很多,实现目标的途径各异

续表

	常见但误导的假设		不常见但较为中肯的假设
种族主义论	方式最优主义：我们的方式最好；其他方式都不好	文化权变论	实现同样的目标可以采用很多不同的好方法，这取决于采用方式的人的文化背景

资料来源：Nancy J. Adler. Domestic Multiculturalism：Cross-Cultural Management in the Public Sector，in William Eddy.

2. 用文化协同解决问题

文化协同型组织在不触犯组织内任何文化规范的同时，能够很好地反映所有成员在他们的战略、结构和过程中各自文化的各个方面。协同型企业中的管理人员总是把文化多样性作为解决问题的重要资源。如图 6-3 所示概括了通过协同方法解决组织问题的过程，包括描述当前形势、解释当前形势和创造文化协同三个步骤。

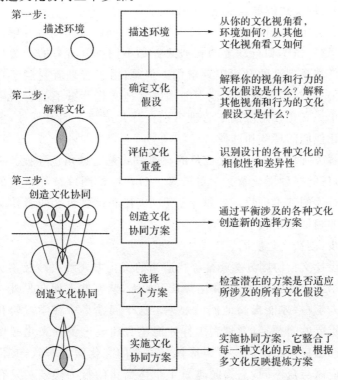

图 6-3　创造文化协同

资料来源：南希·阿德勒. 国际组织行为学（第 4 版）. 北京：北京大学出版社，2004：80.

221

第一步:描述当前形势。

当前形势的描述是发现解决复杂的多文化难题过程中最困难也是最关键的步骤之一。在国际企业管理中应该从各种文化视角描述当前的形势(不仅仅从自己的角度),避免从单一文化视角描述或评估当前形势。如果企业管理者只从自身的文化视角去看待当前形势,就很容易产生冲突与误解。一位埃及经理在招待完他的加拿大客人后,邀请他加盟一个新的合资企业,加拿大人很愉快地接受了,并建议第二天早上再次会面,由各自的律师完成细节工作。但是到第二天,这个埃及人并没有露面。这令加拿大人很奇怪,他想知道自己到底做错了什么。问题出在加拿大人和埃及人对邀请律师出席有不同的看法,加拿大人把律师的到场视为有助于成功地完成谈判工作,而埃及人则把律师到场视为对他口头承诺的不信任。加拿大人喜欢通过律师提供的理性而正规服务,完成达成协议工作;相反,埃及人经常依靠与对方建立私人关系来达成同样的目的。

第二步:用文化解释当前的形势。

创造文化协同过程中的第二步所要解决的问题就是明确并解释所涉及的文化在思想、情感和行动上的相似之处和不同点。所有的行为从行为者自身的角度都是理性的和可以理解的。但是,由于管理者受制于自身文化的局限和偏见,在很多情况下他不能理解其他文化背景下的行为模式背后的逻辑。单一文化视角限制了管理者在全球化形势下的灵活性,多种视角则能够强化他们的理解和选择。

一种解决管理者单一文化视角的有效方式是通过角色互换。在解释文化过程中,任何一种文化背景下的管理人员都应试图理解导致其他文化背景的人的行为的基本假设。在这个过程中,管理者要明确两者在文化假设和行为上的相似之处和不同点。

第三步:创造文化协同。

企业设计文化协同方案就是寻找适当的文化方式解决涉及多文化背景的问题。第一个问题是:一种文化背景下的人,从哪些方面向另外一种文化背景下的人学习,才能提高他们的效率。这个问题集中在学习转化。第二个也是更重要的问题是:管理者怎样才能整合和改进各种文化起作用的方式。这个问题集中在协同。答案应该与所有的文化假设一致,文化协同的解决方案应该与众不同,它要超越每个个体文化的行为模式。只有充分了解当前形势,并且从跨文化角度加以解释,才有可能选择最佳的解决方案,并进行评估。

企业必须对文化协同方案进行精心设计,在员工明白为解决文化协同问题有必要进行改变之前,他们必须培养文化自知意识(对自身文化的假设和行为模式的理解)和跨文化意识(对他人文化的假设和行为模式的理解),没有对文化动态性的理解,计划的改变常常得不到理想中的结果。有了对文化的理解,企业才可以实施旨在形成高质量的客户服务、员工高效率和工作高满意度的改变。

【专栏 6-1】　创造文化协同案例

乌干达和菲律宾

情景描述

一位在加利福尼亚一所大医院任职的乌干达医生,了解到一位菲律宾护士没有正确使用一种特殊的仪器来治疗病人。为此,他教导这位护士正确使用的程序,并问她是否明白,护士说她明白了。由于护士继续使用不正确的治疗方法,两个小时后病人的情况加重。这位医生严厉斥责这位护士,护士还是确信她理解了操作程序。问题出在哪里?

解释

通过分析情景,医生终于明白许多菲律宾人愿意顺从有地位的人,对菲律宾护士而言,医生的地位显然要比她高,他年龄大而她年龄小;他是医生而她是护士;他是男人而她是女人。基于护士的文化假设,她不能跟医生说她不理解,否则暗示医生没有教好,使医生下不了台阶。而基于医生的文化假设,他希望"坦诚的沟通和交流",他希望护士能回答他是否明白了他的教导,如果不明白可以向他询问,他认为,没有充分地理解治疗的方式就冒充治疗病人是不称职的表现。

协同方案

经过分析,医院的行政主管建议采用文化协同的解决方案。医生首次教导护士时应当让护士描述她要操作的程序。当医生听的时候,他们可以评估护士理解的准确程度,并确定需要进一步解释的地方,不需要直接问她是否明白,护士也就不会被动地对上司说"理解了"。医院行政主管在没有触犯双方文化假设的情况下,很好地解决了这个问题。

资料来源:南希·阿德勒.国际组织行为(第 4 版).北京:北京大学出版社,2004:83.

6.4.3　管理多文化团队

本节讨论如何管理组织内的文化多样性,主要解决三个问题:一是全球化团队中文化的多样性;二是高效多文化团队的组成需要哪些要素;三是如何管理和领导多文化团队。

1. 文化多样性对团队的影响

跨文化团队是指团队成员来自两种以上的文化群体。跨文化团队又分成三种类型：象征性团队，即只有一个成员来自其他文化背景；双重文化团队，即团队成员来自两种文化背景；多重文化团队，即团队成员来自三种及以上的文化背景。

文化多样性对团队的效率既有积极影响又有消极影响。多样化在增加潜在效率的同时，也增加了团队成员管理过程的复杂性，在这个过程中团队必须了解过程的全部结果。跨文化团队有可能比同质型团队有更高的绩效，但是也可能由于错误的过程而造成更大的损失。如下面模型所示，跨文化团队的实际绩效可能较高，也可能较低，或与同质型团队没有差别。

$$（↓或↑）实际绩效＝（↑）潜在绩效－（↑）错误过程产生的损失$$

例如，跨文化团队可以对某一环境从多种视角考虑，因此可能会增加他们的洞察能力，结果所取得的绩效也可能较高。但是，在解释和评估这些视角时，跨文化团队比同质型团队所遇到的困难更大，因此由于错误过程也可能造成损失。

由于跨文化团队成员用类似方法观察、理解和行动显得更加困难，因此文化多样性会使团队运行面临更多的挑战，多样性使决策达成一致变得更困难。而同质型团队成员彼此之间进行准确的沟通显得更容易，也更乐于相互信赖。跨文化团队成员由于对未来期望、相关信息是否准确、特定决策有无必要等常常看法不一致，他们比同质型团队成员承受的压力往往更高。因此，在跨文化团队中错误的感觉、沟通不畅、不正确的解释和评价层出不穷。多样性增加了团队运行过程中的不确定性、复杂性和固有的混乱性，由此也减少了团队的绩效。

如表 6-4 所示，跨文化团队不信任、沟通欠佳、承受压力过大都会减弱团队的凝聚力。更重要的是，这些态度和感知方面的沟通问题也经常会降低团队的绩效。

表6-4　跨文化团队的多样性：有利之处和不利之处

有利之处	不利之处
多样性能增加创新 　视野更开阔 　更多更好的想法 　群体思维少	多样性导致凝聚力丧失 　不信任 　人际间亲密程度差 　不准确的定型 　更多文化内对话
多样性强化集思广益 　观念 　视角 　意思 　争论	沟通不畅 　交流放慢：说话、解释问题不自然、不准确 压力 　许多无效的行为 　对难以达成一致的紧张
产生更多的创新 　更好地确定问题 　更多的方案 　更好的办法 　更好的决策	凝聚力的缺乏导致不能 　统一观念 　在需要时同意 　对决策进行审查 　采取相关行动
团队会变得 　更有效率 　更有绩效	团队会变得 　没有绩效 　没有效率

资料来源：南希·阿德勒. 国际组织行为（第 4 版）. 北京：北京大学出版社，2004：98.

2. 高效多文化团队的条件

跨文化团队有可能变成组织内最有效率、绩效最大的团队。但同时，如果没有处理好文化协调问题，跨文化团队也有可能变成组织内最没有效率的团队。它们的绩效经常不理想。图 6-4 为跨文化团队的相对绩效。

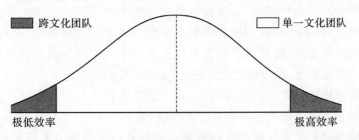

图 6-4　团队效率

高绩效团队与低绩效团队的区别在于它们如何管理自身的多样性，而不是通常所认为的团队中是否存在多样性。管理得好，多样化就是团队的一项资产和产生绩效的资源。如果不被重视,多样性就会导致运作问题,进而降低团队的绩效。由于多样性常常被忽略,得不到有效的管理,所以跨文化团队的表现经常低于期望,也低于组织标准。

如表 6-5 所示,跨文化团队的绩效取决于它们的任务、发展阶段及管理多样性的方式。当团队达成一致的需要比团队创造性地解决问题的需要的重要性低时,多样性就显得很有价值。只有团队意识到什么时候需要增加多样化,什么时候需要减少多样性,创造性和一致性如何进行平衡,多样性才会成为团队运作的优势。团队领导必须准确地评估每一种形势,并且强调有利于团队当前任务和团队总目标的那些方面。

表 6-5　有效管理团队多元化

	有效率	无效率
多样性很有效率:		多样性没有效率:
任务	创新的	常规的
阶段	分歧(早期)	集中(后期)
条件	识别差异	忽略差异
	根据与任务相关的能力挑选	根据种族挑选成员
成员	互相尊重	民族中心主义
	权利平等	文化支配
	不寻常的目标	个人目标
	外部反馈	无反馈(自治)

是否需要多样性及在多大程度上需要,取决于团队任务的性质。当任务要求团队成员扮演专业程度很高的角色时,跨文化团队往往更有利。当每个人所做的工作相同时,成员在思维和行为上相近反而会使工作进展更顺利。例如,企业的顾问团队如果包括广泛的专家——财务的、营销的、生产的和战略的专家,通常工作会更有效。而汽车生产线上组装团队的成员如果手工熟练程度、配合程度比较接近,通常工作会更出色。

文化多样性给需要创造和创新、富于挑战性任务的团队提供了最大可能的益处。当团队成员从事重复的、常规的简单任务时,多样性就没有什么帮助。随着能做更多常规工作的机器人和计算机辅助制造系统的诞生,现在人们面对充满挑战性的非常规任务愈来愈多,几乎所有这些任务都得益于管理良好的多样性。团队成员职位越高,他们参与具有挑战性、创新性项目的机会就越多,因此他们从管理良好的多样性中获益的可能性就越大。

可以说,对于高级经理人员而言,无论是组织内的高级经理人员还是跨组织的高级经理人员,管理良好的多样性都特别有意义。

一般而言,工作团队的发展要经历三个基本阶段:导入、工作和行动。早期阶段,一个团队必须建立凝聚力,成员之间需要开始相互了解和建立信赖。进入第二阶段后,创造性变得越来越重要,团队必须在界定目标、收集和分析信息、开发行动方案形式方面进行磨合。尽管多样性对团队的早期发展可能有阻碍,但多样性在这个阶段还是有很高价值,团队需要创造性(由发散性促成)以取得成功。在第三阶段也是最后阶段,集中又变得重要起来,团队需要在决策和措施上取得一致,团队的凝聚力成为影响团队效率的重要因素。可以发现,多样性在最后实施或"行动"阶段并没有什么帮助;反之,在计划和开发项目的工作阶段,多样性通常更有价值。表 6-6 概括了在团队发展的每个阶段多样性产生的利弊。

表 6-6　团队发展的不同阶段与多样性管理

阶　段	过　程	多样性的影响	管理方式
导入:团队形成	建立信任(发展凝聚力)	阻碍工作进程	利用相似性和理解差异
工作:问题描述和分析	开发创意	推动工作进程	利用差异
行动:决策和实施	达成一致(协议和行动)	阻碍工作进程	识别并创造相似性

3. 多文化团队管理

跨文化团队能够产生高绩效的原因在于合理地利用团队的多样性,懂得当多样性能够提升绩效表现时就利用它的多样性,当多样性会降低绩效表现时,就减少多样性的影响。下面介绍如何才能更好地管理多文化团队,从而更加有效地利用多文化团队的多样性。

（1）团队成员挑选

一旦承认团队文化背景多样性,管理者在挑选成员时,不应基于他们的民族,而应该主要看他们与任务相关的能力。为了使团队效率最大化,成员的选择应是能力水平保持一致(有助于准确地进行沟通和建立互信)而在态度方面异质化(确保解决问题的办法多种多样)。

（2）承认差异

团队不应该忽略或减少文化差异,如果不首先承认、理解和尊重跨文化差异,团队不可能开始增进沟通。为了强化对差异的识别,团队成员首先应当在不解释或不评价文化的前提下,对当前的每一种文化进行描述,在开始增加理解和尊重之前,团队成员必须知晓自己的文化局限性以及他们可能在不经意间对其他文化背景的同伴的期望做出限制的方式,只有成员开始认识到实际差异,他们才能理解来自其他文化背景的成员的所思所想及他们为什么要这样做(文化解释)。然后,管理人员所需要了解的是每一种文化的成员能够作什么贡献,这些贡献对其他文化成员作贡献有什么帮助(文化创造)。

(3)建立愿景或超常目标

跨文化团队的成员在目标和任务上取得共识的难度,通常要比同质型团队大。为了使团队绩效最大,领导者必须帮助团队建立共同的愿景或超常目标。这种目标应该超越个体成员的分歧,较高的目标需要团队成员之间的协调和合作,通常会减少偏见,增进相互理解。当团队成员需要其他成员持续的支持,以获得对所有文化成员和整个组织都很重要的结果时,这种做法就尤为有效。

(4)共享权利

一个团队中有越多的成员充分参与到团队的事务中来,这个团队通常会有更多更好的创意,因此文化支配(在不同文化成员之间权利赋予不恰当)对提高绩效有抑制作用,它抑制了非支配成员作出贡献。在跨国团队里,领导必须提防对东道国成员授予的不恰当权利。团队领导应当按照每一个成员完成任务的能力大小,而不是根据一些预设的文化相对优劣度来分配权利。

(5)提供反馈

单一文化团队基于成员有相似的价值观,能很快确立评判标准,而跨文化团队在最终达成一致之前通常要经历艰难过程。为了鼓励团队有效运作,经理人员在团队发展早期,应该向团队成员提供有关运作过程和运作结果的正面反馈。另外,如果能教导团队成员重视多样性,承认每一个成员所作的贡献,信赖团队的集体评判,则积极的外部反馈(来自这个团队以外的团队领导或高级经理人员)通常有助于团队成员把团队当成一个整体看待。

【专栏 6-2】 唐僧的团队管理

《西游记》中的唐僧团队,虽然是虚拟的,但是师徒历经百险求取真经的故事,不仅家喻户晓,而且是中国文化的集中代表。这个团队最大的好处就是互补性:领导有权威、有目标,但能力差点;员工有能力,但是自我约束力差,目标不够明确,有时还会开小差。但是总的来看,这个团队是个非常成功的团队。

阿里巴巴的总裁马云,就非常欣赏唐僧团队,认为一个理想的团队就应该有这四种角色。一个坚强的团队,基本上要有四种人:德者、能者、智者、劳者。德者领导团队,能者攻克难关,智者出谋划策,劳者执行有力。

德者居上。唐僧是一个目标坚定、品德高尚的人,他受唐王之命,去西天求取真经,以普度众生,广播善缘。要说降妖伏魔的本领,他连最差的白龙马都赶不上,但为什么他能够担任西天取经如此大任的团队领导?关键在于唐僧有三大领导素质:

首先,目标明确,善定愿景。

作为一个团队领导,能够为团队设定前进目标,描绘未来美好生活是必要素质。领导如果不会制定目标,肯定是个糟糕的领导。唐僧从一开始,就为这个团队设定了西天取经的目标,而且历经磨难,从不动摇。一个企业,也应选择这样的人作领导,团队的领导本身就是企业文化的传承者和传播者,只有他自己坚定不移地信奉公司的文化,以身作则,才能更好地实现团队的目标。

其次,手握紧箍,以权制人。

如果唐僧没有紧箍咒,估计早被孙悟空一棒打死,或者使唤不动他。这也是一个领导的必备技能,一定要树立自己的权威,没有权威,也就无法成为领导。但是唐僧从来不滥用自己的权力,只有在大是大非的时候,才动用自己的惩罚权,这对企业领导也是有借鉴意义的。组织赋予的惩罚权千万不要滥用,奖励胜于惩罚,这是领导艺术的基本原理。

第三,以情感人,以德化人。

最初的时候,孙悟空并不尊重唐僧,老觉得这个师傅肉眼凡胎、不识好歹,但是在历经艰险后,唐僧的执著、善良和对自己的关心也感化了孙悟空,让他死心塌地保护唐僧。作为一个团队领导,情感管理也是非常重要的,尤其在中国文化的大背景下。中国人往往是做生意先交朋友,先认可人,再认可事,对事情的判断主观性比较大。所以在塑造团队精神的时候,领导一定要学会进行情感投资,要多与下属交流、沟通,关心团队成员的衣食住行,塑造一种家庭的氛围。

总的来说,作为企业领导,要用人为能,攻心为上。目光如炬,明察秋毫,洞若观火,高瞻远瞩,有眼光就不会犯方向性的错误。

资料来源:马云.一个用(唐僧团队)管理理念创造阿里巴巴奇迹.http://www.ma-yun.org.

6.4.4　国际企业对东道国文化的适应

本章到目前为止介绍的基本是关于国际企业内部跨文化的管理。但一个不可否认的事实是,企业的绩效不仅取决于其对内部多元文化的管理,还取决于企业对外部多元文化环境的适应。下面就国际企业如何适应东道国文化作简单的介绍。

1. 增强文化意识

文化的差异是一种客观存在,跨国经营者首先面临的问题是是否需要根据东道国文化的特点对公司的活动作相应的调整,如果调整,又在多大程度上进行调整。为此,跨国经营者必须先了解母国文化与东道国文化究竟存在多大差异以及这些差异主要表现在哪些方面。认识文化间的差异是件十分困难的事情,没有通用的方法可以使用。但有一点可以肯定,就是对不同文化的理解是以对文化差异的敏感程度和愿意学习更多东道国文化的愿望为起点的。要做到这一点,必须要有一种虚心的态度,要抱着超越种族观念、信仰、感情和行为习惯的信念,切忌一开始就以母国文化尺度来度量东道国文化。

文化的自我意识不是一下子就能培养的,它最终取决于在与其他文化的人的影响中获得的经验,这是一个点滴积累的过程,一个通过学习了解自身文化行为从而学习了解其他文化中人们行为的过程。当一个人进入外国时通常会遇到文化的震荡。文化震荡是在新的不同的文化中由于必须学习和对付一系列新的文化暗示和期望,同时又发现自己文化中的那一套不适用或行不通时所经受的总体创伤。人们学习和了解外国文化要经过三个基本阶段。第一阶段,新奇。此阶段犹如一个旅游者进入一个新的国度,由于一切都新奇而感到很高兴。第二阶段,文化震荡。新奇过后会感到挫折、压抑和迷茫。他们在国外任职的能力受到挑战。第三阶段,由于对东道国文化有一定的了解而开始慢慢适应,文化震荡开始慢慢消退。从严格的意义上来讲,第三阶段才是培养文化自我意识的起点。

2. 国家的分类

有些国家的文化更为接近或相似,因为它们具有许多共同点,如语言、宗教、地理位置、种族以及经济发展水平等。有学者曾在跨国文化研究的基础上根据行为准则和价值观的异同性将所研究的国家和地区分为九类:远东国家、阿拉伯国家、近东国家、北欧日耳曼国家、日耳曼国家、盎格鲁国家、拉丁欧洲国家、拉丁美洲国家以及不归于以上八类的独立国家。每一类内部各国之间文化差异甚小,而不同类国家之间的文化差异较大。从某种意义上说,这种分类方式给国际企业的跨文化适应以及其营销、产品政策的制定提供了方向。

3. 判定公司对外国文化意识的需要程度

一个公司需要具备外国文化意识的程度主要取决于以下四个方面的因素(见图 6-6)。

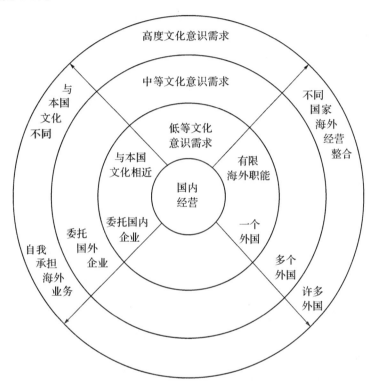

图 6-6　企业经营与文化适应

(1)海外经营职能的多少。公司所涉及的海外经营职能越多,就越需要具备外国文化意识;反之,这种需要就越低。例如,企业仅仅是出口产品,则主要需要了解目标市场的需求特征、广告管理和促销手段。而如果是海外生产,则需要认识东道国影响采购、生产、销售、人事、财务等职能的一系列文化因素。而如果生产和营销活动跨越了多个国家,企业就不仅要了解母国文化与某个东道国文化的差异,还要深刻认识不同东道国之间的文化差异,这些认识与了解对于实现跨国公司经营整合职能十分重要。

(2)东道国数量。发生业务交往的国家越多,对有关国家文化任职需求就越高,反之亦然。

(3)母国与东道国文化的异同性。两种文化越接近,对外国文化的意识需求就越低;反之,需求就越高。

(4)海外业务承担方式。在本企业独立承担海外业务的情况下,对东道国文化意识需求较强;反之,如果将业务转包或委托给其他企业完成,则对东道国文化意识需求较低。

一个企业从以上四个方面分析其海外业务情况后,就可以制定本企业对东道国文化意识的需求程度,给企业文化意识需求予以定位。

4. 企业行为的重新规范与选择

在以上工作的基础上,公司可以确定本企业为顺利展开预定的跨国经营活动需要在体制、结构以及管理方法上所需的调整。由于不同企业在不同时期展开的经营活动并不一样,且有关国家文化特点不一致,因而这种调整的内容和程度存在很大的差异。

5. 学习外国文化

在跨国经营中,学习外国文化的必要途径主要有两种:一是语言与文化培训;二是在文化境遇中学习。

要使企业能迅速进入当地市场,个人和群体的学习与培训是必不可少的。这种学习和培训要有助于有关人员了解文化的一般特点以及需要展开业务活动的国家文化的具体特征。在这种学习和培训中,语言培训占有突出地位,因为语言不仅是交流的工具,也是文化的载体,学好一门语言离不开认识和把握一种文化;反之,学习一门语言也有助于了解相应的文化。作为普通派出人员,要能基本掌握工作语言;作为高层管理人员,应尽可能地认知有声语言和无声语言,了解当地文化更为深层的东西。

东道国文化中控制行为的原则只能在真实的境遇中才会显露出来。境遇具体到社会生活的各个方面,如问候语话别、工作、进餐、交谈、控制、吵架、相爱、上学、生儿育女、娱乐等,这些都是经营者学习与掌握与他们的使命最有关系的非文字行为的地方。

在学习中,需要注意几点。一是要有文化敏感性,注意当地的习惯和传统,绝不能对当地的人民抱有成见,绝不可批评他们的生活方式。二是要认识到东道国文化的复杂性。避免对东道国的境况进行迅速而简单的评价。大多数国家内部都有不同的民族、不同的宗教群体、不同的社会群体、不同的社会阶层或种姓。所以,仅根据某一局部或某一方面所得出的看法往往存在错误,至少存在片面性。三是要设身处地,假设自己是东道国文化的代表,以此来反观本国的文化会有哪些看法和结论,如果这些看法或结论与你事实上掌握的母国的文化观点有什么出入的话,仔细分析这些出入产生的原因和特点则很有利于你加深对东道国文化的认识与理解。

🔲 本章小结

■ 跨文化管理作为一门研究多元文化企业管理的一般规律的学科,较之于其他学科,具有复杂性、特殊性、共同性、协商性的特点。

■ 文化是某一特定人类社会的独特生活方式,即一代又一代延续下来的独特思维方式、观念、感情、信仰与行为。它包括三个层面:一是为一群体所共有的学习和使用的思维方式的心理层面;二是群体内各成员间相互作用的社会层面;三是一群体不同代别之间延续的思维方式与实践的历史层面。

■ 不同文化之间的差异与其说是个性的差异,不如说是共性范围内个性的差异,也正是异国相同文化现象中的不同价值特征使跨国经营者在不经意的情况下遇到麻烦。

■ 爱德华·霍尔认为,文化可以分为正规系统层次、非正规系统层次和技术系统层次三个层次。

■ 文化差异对跨国经营的影响可以从原因和对象两方面进行。通常会存在以下三个方面的问题:第一,误解文化层次;第二,忽视正规系统和非正规系统的重要性;第三,忽略某些文化因素在当地的实际情况。

■ 文化差异导致的管理困难包括三个方面:第一,文化差异使国际企业的管理变得更为复杂;第二,文化差异使国际企业的决策活动变得更为困难;第三,文化差异使国际企业的决策实施和统一行动变得更加困难。

■ 多元文化的优点主要包括三个方面:第一,多元文化使国际企业易于产生新观点、新方法;第二,多元文化使国际企业具有了更多的选择;第三,多元文化使国际企业更易于在国际市场上取得发展。

■ 文化是在一个环境中的人们共同的心理程序,不是一种个体特征,而是具有相同的教育和生活经验的许多人所共有的心理程序。不同的群体、区域或国家的这种程序互有差异。

■ 霍夫施泰德认为,对管理活动和管理模式有影响的文化价值观主要有四个方面:①个人主义与集体主义;②权力差距;③不确定性的规避;④价值观念的男性度与女性度。

■ 川普涅尔与特纳以著名心理学家帕森斯的价值观取向与关系取向的理论为基础,提出了国家文化的七个基本方面,包括:普遍性与具体性;个人主义与共有主义;中性与情感性;特殊性与扩散性;成就文化与归因文化;时间取向和环境。

■ 文化只存在差异性,而没有"对"与"错"、"好"与"坏"之分。文化的差异性表现的是不同文化所选择的解决问题方法的不同。在国际管理中,不存在一种"最佳的方法",国际管理者必须根据具体文化的要求,选择适当的管理方法与模式。

■ 跨文化误解的来源包括无意识的文化自闭、文化自省能力的缺位、假定相似性以及文化优越感。

思考题

1. 跨文化管理有什么特点?

2. 文化差异对跨国经营的影响主要体现在哪些方面?

3. 什么是文化差异?试比较东西方文化差异。

4. 国际企业如何利用多元文化增强企业的竞争力?

5. 为什么国际企业经营要适应当地文化?

6. 企业如何进行跨文化团队管理?

7. 如何消除跨文化误解?

8. 国际企业如何适应东道国文化?

【章尾案例:不同文化中的冲突】

一位在一家大型日本制造企业(这家企业坐落于美国境内)工作的美籍销售经理向一位美国顾客卖出了一份几百万美元的订单,这样一份订单只能由设在东京的公司总部来开具,顾客要求对产品的标准规范作一些改动,并且规定了交付的期限。

由于公司之前从未与这位美国客户做过生意,所以销售经理非常希望能够提供良好的服务,并且按期交付。为了保证能得到相应的回复,她召集可能会参与这笔订单生意的所有分销经理们召开了一次战略部署会议。她给了每位参与者一份会议日程,参加会议的销售经理中,除她自己之外还有四位美国人、三位日本人、日籍财务与客户负责人以及与东京总部的日籍联络员,三位日籍经理在美国的时间都还不到两年。

会议包括以下几个部分:一是关于如何应对顾客要求的自由讨论时间,二是对可能的时间底线的讨论,三是每位经理下一步该做什么。在自由讨论时间里,美籍经理们占尽了主导地位,参与得异常热烈,他们对时间底线提出了建议,也建议了一份操作计划。相较之下,除了在彼此之间以日文交谈,日本经理们很少说话,即使当销售经理就美国经理们建议的实行计划征求他们的意见时,其中两位日本经理表示,他们还要多一点时间来考虑。另外一位则认为,在这么短的时间内完成这笔订单是比较困难的。

销售经理自己非常想与客户做成这笔订单,但考虑到会议中日本的销售经理很少参与,于是销售经理给每位与会者发了一封电子邮件,其中包括美籍经理们提出来的建议,并且要求予以反馈。在邮件中,她明确表示决策的紧迫性,如果在一个星期内没有得到任何反馈,她就认为大家都没有异议,就按照美国经理们建议的方案开始行动。

一个星期之后,日本经理们没有任何反应,销售经理感到很高兴,方案全票通过,于是她开始着手准备。她将详细说明和日期期限传真到了东京的总部,要求对这份订单予以优先关注。一个星期过去后,总部却没有任何回应,于是她又向总部发了一份传真,要求总部批准她接这份订单。第二天,得到的答复是"感谢你的提议,我们正在考虑你的请求"。

另一方面,客户不断地催问有关订单的情况。由于心里着急,销售经理再次向东京发了一份传真,其中说明了顾客要求的事项和时间限制,并提醒总部联络员这笔订单的数量巨大,若是得不到即刻批准的话订单就会落空。另外,她还请联络员帮忙查查看是什么原因造成了耽搁和延误。三天之后,联络员告诉她,她的提议遭遇了一些阻力,恐怕难以按时批复。

得知这一消息后,客户给这位销售经理延长了一个星期的时间,一星期后他们就会另寻供应商。尽管,销售经理再三努力,生意最终没有做成。这位销售经理于是找到子公司的日籍总裁,向他说明了情况,并且抱怨公司总部和身在美国的日本同事们毫无责任心。总裁表示,他能理解她的不满,但她也确实对子公司与总部之间关系的某些方面不甚了解,联络员早已经告知总裁,总部否决了她的订单,因为已将下几个月的大部分产出都供应给了另一位日本客户。

得知这一消息,销售经理非常生气,她责问总裁,如果子公司中的美国人无法从日本人那里得到支持,而只是被总部当成"二等公民"来看待的话,又怎么还能指望他们招徕更多的顾客呢?她质问,为什么东京已经与其他顾客达成协议了却不告诉她一声呢?

这位销售经理将失去订单的责任归咎于日籍经理的不合作。她认为日籍经理做决策过慢,整个事情都是由于日本人不参与会议引起的。邀请了他们参会,他们却只是坐着,彼此用日文交谈。同时日籍经理也从来不回复电子邮件,会议一结束就把电子邮件发到了他们的信箱中,但一周之后还是没有收到回复。日本人太过自负地认为他们的产品在竞争中是特别优质的,同时也由于太过保守而无法对市场需求做出快速反应。要是日本的大客户提出了类似要求的话,总部的反应就会快得多,这使得我和我的客户有这样一种感觉,就是我们这个市场并不重要。

身在美国的日方认为,美国的销售人员太没耐心了,他们把所有事情都当成是突发情况,从来不做预先计划。他们总是临时通知召开会议,并且希望与会者能马上把一个开会前还一无所知的问题给解决了。看起来美国人并不需要我们的回馈,他们说话太快了,还用了那么多俚语。

"会议中,等到我们搞明白他们在说什么的时候,他们已经开始讨论另一个完全不同的问题了,所以我们也放弃参与进去的念头了。会议支持人说了点什么有关'时间限制'的问题,不过我们并不明白她究竟想要什么,于是为了不拖延会议时间我们也只有点头答应。他们怎么还能希望我们在他们的自由讨论时间里保持严肃认真呢?这根本就是公开猜测嘛!这可是不负责任的做法。"

"美国人也太过依赖于书面沟通了,他们发给我们的备忘录和电子邮件太多了!他们看上去相当满足于坐在办公室中,弄出一大堆的书面材料,却不管其他人会对此作何反应。他们做生意时也太呆板了,根本不考虑别人的想法。他们拼命强调快点做决定,但看起来却根本没有考虑所做出的是不是正确的决定,这不是负责任的做法,也没有为整个团队全体考虑。"

"他们也没有为总部考虑过,他们发来传真,要求快速做出回复,却没有想到总部需要克服的困难,比如说,来自世界各地的众多客户的需求都得分析分析。真正的问题在于:我们的美国客户根本没有忠诚度,他们仅仅由于价钱或是周转时间等因素,就有可能从一个供应商转而投向另一个,他们对我们不忠诚我们干吗要对他们忠诚呢?同时,我们也认为,销售团队的工作还不够努力,还没有做到让客户理解我们对他们是多么的忠诚。"

资料来源:C. C. 克拉克,G. D. 利普.不同文化中冲突的解决办法.1998.

讨论问题

1. 在冲突解决和决策制定上,日本制造企业的管理人员和美国管理者有何不同?

2. 为什么日本人会认为美国经理们"毫无耐心"?

3. 为了加强双方之间的合作,你会怎么做?

4. 为什么日本人对于美方发的电子邮件和手写留言毫无反应?

【主要参考文献】

[1]韩福荣.国际企业管理.北京:北京工业大学出版社,2006:367—382.

[2]李天元.从文化差异角度看跨国公司的跨文化管理与竞争优势.企业家天地.2008(5):248—249.

[3]马春光.国际企业管理.北京:对外经济贸易大学出版社,2005:324—367.

[4]南希·阿德勒.国际组织行为(第4版).北京:北京大学出版社,2004:

49—102.

[5]谭伟东.西方企业文化纵横——当代企业管理思想.北京:北京大学出版社,2001:287—295.

[6]王维波,康晶.不同文化背景下跨国公司的管理模式.长春理工大学学报(社会科学版),2002(2):14—17.

[7]张新胜,王湲等.国际管理学——全球化时代的管理.北京:中国人民大学出版社,2002:314—346.

[8]张云峰,于晓东.跨国公司的跨文化管理.北京:中国外资,2005(5):46—47.

[9]Jhon B Cullen.国际企业管理战略要径(第3版).北京:清华大学出版社,2005:47—85.

[10]查尔斯.W.L.希尔.国际商务(第5版).北京:中国人民大学出版社,2005:87—115.

[11]董泽文.企业跨文化管理初探.现代管理科学,2005(1):106—107.

[12]马国臣,张永兵,刘涛.中国企业跨国经营中的跨文化管理探讨.济南:山东大学学报哲学社会科学版,2005(1):132—135.

[13]马剑虹,高丽,胡笑晨.跨文化协同增效研究的3种典型视角.心理科学进展,2006(14):757—761.

[14]David H Holt,Karen W Wigginton.跨国管理(第2版).北京:清华大学出版社,2005:245—295.

[15]阿尔温德.V.帕达克,拉比S.巴贾特.国际管理.北京:机械工业出版社,2006:295—314.

[16]陈春花.企业文化管理.广州:华南理工大学出版社,2003:156—174.

[17]陈佳贵,黄速建.跨文化管理:碰撞中的协同.广州:广东经济出版社,2000:27—58.

7 国际企业的人力资源管理

Human Resource Management of International Business

无法评估，就无法管理。

——琼·玛格丽塔(Joan Margarita)

▢ 主要内容
- 国际人力资源管理概述
- 国际企业的人员配备
- 国际企业人员的培训与开发
- 国际企业人员的考评与激励
- 国际劳工关系管理

▢ 核心概念
- 国际人力资源管理
- 文化差异
- 跨文化培训
- 管理人员当地化
- 管理人员国际化
- 劳资关系

▢ 学习目标
- 掌握国际企业各阶段的人力资源管理策略
- 理解国际人力资源管理的含义及其复杂性
- 理解各主要国家人力资源开发模式的差别及其原因
- 理解国际企业外派人员的选择标准
- 理解国际企业人员的考评方法、奖惩原则及工资福利政策
- 了解国际企业人员的来源、标准
- 了解国际企业人员培训的目的、基本方式、对象及内容
- 了解影响劳资关系的主要因素

【章首案例：减薪而不裁员】

　　作为商业规模达每年 340 亿美元的联合技术公司的总裁艾瑞·布斯比近乎尝试了一切方法以削减劳动力成本。布斯比已下令停止招聘并延期付薪，还要求一些高级管理人员休一周无薪假。他的公司今年已削减了 1.1 万个就业岗位。但有一件事他不愿去考虑：直接降低薪水。他认为降薪会影响士气，重拾工作激情会非常困难。

　　但是布斯比的这种想法已经不像原来那么普遍了。几十年来，减薪曾是经理们最忌讳的事。老板可以降低分红、取消加薪，甚至削减待遇，但是一个员工的基本工资是神圣不可侵犯的。薪水永远是禁区，触动基本工资永远是会造成极深层的感情伤疤并损伤士气、令人分心且有害于生产力。

　　然而在 2008 年过去 9 个月里，越来越多的大公司（包括联邦快递、惠普、AMD 和纽约时报）都已经调整了员工的基本工资。多数公司已对高级经理大幅减薪，普通员工的薪金降幅相对较小。根据翰威特公司对美国 518 家大型公司的一份研究报告，约 16％ 的公司在这次经济衰退中已经降低了基本工资，另外 21％ 的公司称正在考虑这么做。与之形成鲜明对照的是，在 2001 年至 2002 年的低迷时期，这样做的公司很少，以至于翰威特公司当时甚至都没有公布这项结果。

　　在失业率增高和经营模式受挫时，与临时解雇相比，减薪是一种受欢迎的方式，一些人对此表示认可。统一减薪可被认为是为了共同利益所做的共同牺牲，美国总统巴拉克·奥巴马甚至在他的就职演说中说无私的工人宁愿减少自己的工作时间也不愿看到一位朋友丢掉工作。Gymboree 第一季度的收入报表显示其削减基本工资多达 10％，经理主管一级甚至更多，其首席执行官马修·麦克考利发现员工感激企业为保住他们的工作所做的一切努力，在上个季度企业获得了历史上最高的店内服务分数。惠普公司也因"艰难"的减薪决定而使得这个科技巨头创造了更多的长期价值，同时也更有利于将资金投向 2009 年的发展计划。

　　密歇根大学罗斯商学院教授大卫·尤里奇认为，并不仅有薪水才能让员工与公司联系在一起，在管理良好的公司中调整薪水的风险相对较小。如果将为公司奔忙的员工由解雇转为减薪，甚至还可以促进他们的积极性。

　　但是也有人力资源专家认为，管理人员对减薪的危险性重视不足。

传统意义上,对减薪的不满集中在对士气和生产力的影响上。对一个表现出色的员工来说,尽管他表现一流但今年只会带更少的钱回家,这似乎是打击工作热情的铁定之招。普通员工可以容忍收入的缩水,这是因为他们无处可去。但对明星级员工来说,当猎头公司反复打电话过来,他们可能会为更好的机会而离去。翰威特公司的阿伯士认为削减工资显然违反了公司几十年来一直在谈论的理论和原则——根据表现决定收入。一些人称,削减收入和胆怯没有什么区别,应该做出明确决定——奖励谁和开除谁,而如今的公司却正在对每位员工施予同样的痛苦。

为什么这次大家会改变看法?这次经济低迷的深度和严重性当然是一个很明显的原因。从事减薪研究的加利福尼亚大学教授大卫·莱文将原因归于这次的经济危机。当企业声称需要大动作时,员工的选择少了,而公司的可信性会由此增加。也有专家认为,是对更强大的生产力的追求导致了公司延缓裁员并"保持最佳形态"。

另一个需要着重考虑的是人力统计学方面的问题。很多公司敏锐地意识到留住具有全球经验和特殊技能人才的必要性。这类员工可能工资很高或是在现有的环境下未能得到充分利用,但若不留住这些人,经济一旦复苏,经理们担心可能会出现大范围的人才短缺。

如今,员工只要能保住工作,也许会更愿意接受减薪。关键是要确保明星员工仍然要比表现逊色的同事挣得多,就算被减薪了也如此。杜克大学行为经济学教授丹·艾瑞尔利研究了减薪和工作的价值,他认为薪水被经济学家称为"地位上的利益",意味着人们更关心相对于同级的人自己可以赚多少,而不是他们可以带回家的绝对工资水平。这就是为什么华尔街的银行家会为他们的奖金没有几个街区外的竞争对手多而大怒不已,而那些哀伤的美国汽车工人在得知仍有很多其他产业的工人被解雇时心怀些许安慰的原因。

真正的问题将会在雇员开始拿自己与其他公司没有减薪的员工相比较时到来,曾经看似不错的工作岗位可能突然就像是一个陷阱。正如艾瑞尔利所说:"开始大规模招聘的时候麻烦就会出现。"那些企业人力资源负责人说,到那时不让最好的员工离开公司就会成为棘手的事。

资料来源:詹纳·麦格雷戈. 减薪而不裁员. http://www.businessweekchina.com.

7.1 国际人力资源管理概述

7.1.1 国际人力资源管理的概念

1.国际人力资源管理的职能

国际人力资源管理是随着企业国际化而出现的人力资源管理的新类型。越来越多的企业已经认识到,国际人力资源管理是企业国际经营活动成功的关键性因素之一。有效的国际人力资源管理是保证国际企业全球经营战略目标顺利实现的基础。

一个有效的国际人力资源管理体系既包括企业范围内的人力资源管理政策与程序,也包括适应不同国家、地区的人力资源管理政策和程序。尤其对于国际企业而言,通常需要调整公司的人力资源管理方式,以适应不同国家的传统、文化和社会制度。当涉及非管理职位的雇员时,调整人力资源管理政策更是具有特殊的必要性。这些雇员通常是东道国公民,他们通常期望国际企业的人力资源管理方式能够符合当地的传统。将不适当的人力资源管理方式强加给东道国公民,就可能带来触犯当地文化规范和价值观念的风险,甚至可能导致违法的行为。

L.K.施特罗(Linda K. Stroh)与保拉·M.卡利久里(Paola M. Caligi-uri)调查了60家美国大型国际企业,试图研究国际企业的人力资源管理实践和政策对企业全球竞争力的影响。他们发现,成功的国际企业的共同特征是将人力资源视为一种"战略伙伴"。每当公司决定进入一个新的国外市场之前,人力资源管理部门首先需要向最高管理层提供关于该地区或国家的政治、经济及劳工政策方面的建议,这将成为公司进行决策的重要基础数据。"在当地进行业务的计划之前,人力资源主管必须了解当地商业、政治和社会环境,更重要的是必须能将这种环境的相似性与差异性传递给总公司主管、管理者和即将外派的人员,同时也必须传递给当地主管、管理层和雇员。根据这些情况,人力资源主管必须能将雇佣、培训与开发计划聚合在一起。"[①]在这个过程中,国际企业人力资源管理部门的主要职能包括:

(1)参与公司的国外经营战略规划的设计,并向最高管理层提供有关决策信息。

---

① Linda K. Stroh, Paola M. Caligiuri. Increasing Global Competitibeness through Effective People Management. *Journal of World Business*. 1998(33):3.

（2）分析不同文化背景的人力资源组合趋势及当地劳动力教育水平，如识字率、学徒工制度等。

（3）分析当地关于劳工管理的各项法律与法规，如劳工医疗保险规定、最低工资规定、劳动合同条款，雇佣招聘广告条例、工业关系等，以保证公司能严格地遵守当地劳工法律。

（4）研究当地文化价值观与规范，如价值观、工作行为特征、雇员对奖励的态度等，负责协调当地分公司与当地政府、社区和其他利益群体的关系。

（5）招聘与选择国际管理人员及外国雇员，为在不同经济环境中工作的管理者和雇员制定报酬标准与福利政策，为外派人员提供各种行政事务的服务，如为外派人员提供在海外工作的各种后勤保障服务。

（6）根据公司国际经营目标及不同国家和地区分公司的具体特征，对国际管理者和外国雇员进行开发与培训，这包括提供跨文化的语言技能、沟通技能培训，在职务任期内和任期之后的职业开发规划管理战略等。

2. 国际人力资源管理与国内人力资源管理

学者摩根（Morgan）提出了国际人力资源管理的一个模型（见图7-1），将国际人力资源管理定义为人力资源管理职能、雇员类型和经营所在国之间的相互作用。其模型包括广义的人力资源管理职能、国家的类型和雇员的类型三个方面。

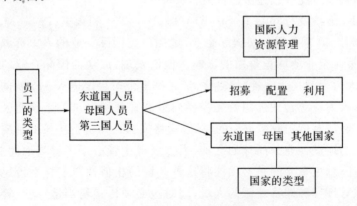

图7-1　国际人力资源管理模型

从上述模型中可以发现，国际人力资源管理所涉及的职能同国内人力资源管理基本相同，只是后者只涉及一国内部的雇员。当一个公司进入国际舞台后，人力资源管理的所有基本活动仍然保留，但却以更复杂的面目出现。对管理者而言，导致这种复杂性的因素主要有两个：其一是跨国组织涉及不同的国家，其雇员队伍是不同国籍的雇员组合；其二是国际企业必须调整公司的人力资源管理政策，以适应公司经营所在国的风俗文化、商业规则和社会制度的要求。从根本上讲,国际人力资源管理与国内人力资源管理的差别主要不在于做什么,而在于怎样做。

　　国际企业人力资源管理在员工队伍的来源、构成、工作地点及流动范围等方面具有许多特殊性。国内企业的员工来源基本上比较单一且具有相同或相近的文化背景,而国际企业的员工队伍则具有来源、国籍和文化背景多样化的特点;国内企业即使拥有多样化的员工队伍,员工的工作地点和流动仍局限于一国范围,而国际企业员工的工作地点则分布在不同的国家,而且员工在公司内的工作流动可能是在不同的国家,甚至是地区范围或全球范围的流动。因此,面临着不同的语言文化环境、法律政治环境、经济物质环境等,即离开母国的外派员工进入异国他乡会直接面对陌生的工作与生活环境。

7.1.2　国际人力资源管理的特点

　　国际人力资源管理在管理职能上虽然与一般的人力资源管理基本相同,但更为复杂。学者多林(Doling)将国际人力资源管理的特殊性归纳为以下五点。

1. 更多的功能与管理活动

　　为了便于在国际环境中经营,人力资源部门必须面对一些在国内环境中所不存在的情况,如国际税收、国际迁移、外派人员的管理服务、东道国政府的规章制度以及语言翻译。

　　在国际税收方面,外派人员要负担母国与东道国的纳税义务,所以国际企业需要通过设计税收均等化政策以调整与特定的国际任职相联系的税收方面有利或不利的因素。由于各东道国之间在税法方面的巨大差异以及完成外派任职的时间与履行母国国际纳税义务的时间存在的差异,使得税收均等化政策的管理更加复杂。一般,多数国际企业会借助一些会计公司提供的国际税收咨询服务。

　　国际迁移与迁移前的跨文化导向涉及的内容复杂多样,如安排赴任前的培训,提供有关移民与旅行的详细资料,提供住房,购物、医疗保险、娱乐以及最终确定报酬细类等。国际人力资源部门必须将这些问题一一解决,以便外派人员更好地开展业务。

　　此外,国际企业还需要向在东道国工作的外派人员提供相关的管理方面的服务。由于政策与程序并非总是清晰的,可能与当地情况相冲突。提供管理服务通常是耗时而且复杂的。例如,一种管理方法在东道国可能是合法的、可以接受的,但是在母国可能是违法的或不道德的。这就进一步加大了向国外任职的外派人员提供管理服务的复杂性。

对于人力资源管理部门来说,东道国政策和规章制度也是必须面对的问题,特别是在一些发展中国家更是如此。在那里,只有与当地政府官员搞好关系才能比较容易地获得工作许可以及其他重要的从业资格。

2. 更广阔的视野

国内人力资源经理一般只负责对单一国籍的雇员群体的管理,他们面对相同的报酬政策并被单一政府课税。由于国际人力资源管理的对象涉及多种国际雇员群体,如一起在海外子公司地区总部工作的母国人员、东道国人员与第三国人员,所以更需要具备全球视野。一般而言,在外派人员福利问题上,无论其国籍如何,所有的外派人员都应得到相应的国外服务或外派津贴。但是,也有的公司从成本角度考虑,只向其在海外任职工作的母国雇员支付这类津贴。对于指派到公司的母国工作的外籍雇员则不支付这种津贴,当不同国籍的员工在一起工作时这种政策就会产生复杂的公平问题,而且这些问题的解决仍是国际人力资源管理领域的主要挑战之一。

3. 对雇员生活更大程度的干预

为了保证企业外派工作的顺利,国际人力资源部门需要保证外派人员理解住房安排、医疗保险以及向外派人员所提供的报酬等各个方面的公司政策。许多国际企业设有国际人事服务专门机构来协调上述服务的管理,并向外派人员与第三国人员在其任职期间提供处理银行事务、投资、租房以及协调家庭出访和最终归国等方面的服务。

相对于国内企业,跨国人力资源管理与雇员的家庭存在更多的直接联系,他们可能需要帮助雇员的家庭寻找合适的住房,安排员工子女上学的学校,甚至可能被要求开发或经营娱乐项目。而在国内,人力资源管理对雇员家庭生活的参与局限于与公司提供的保险计划相关的事务。

4. 更大的风险

失败的外派任职所产生的人力资源与财务方面的损失通常远大于在国内任职中失败的损失。对于国际企业来说,外派任职失败的成本一直居高不下。平均每项失败的直接成本(薪资、培训费、旅行与迁移支出)对于母公司都可能是国内薪资加迁移费用的 3 倍。同时,外派失败还意味着丧失市场份额和损害海外顾客关系等间接成本。

与国际人力资源管理相关的另一个风险是恐怖主义,许多主要的国际公司目前在计划国际会议与任职时都慎重地考虑这个因素。据估计,国际企业每年将其收益的 1%～2%用于防止恐怖主义。很明显,恐怖主义还影响到员工赴某些高危险国家或地区任职的意愿和成本。

5.受更多的外部因素的影响

影响国际人力资源管理的主要外部因素是东道国的类型、经济状况及其习惯经营方式。相对于发展中国家,发达国家劳动的成本较高,更富有组织性,而且当地政府通常要求国际企业在当地的人力资源管理方式必须与当地在诸如劳动关系、纳税、健康与安全等方面的政策保持一致,这些因素在很大程度上限制了国际人力资源经理的活动。在一些发展中国家,劳动成本低、缺乏组织性,而且政府的规定并不健全,国际企业在学习正统规则上所需的时间成本较低。然而,人力资源经理必须花费更多的时间学习、了解和适应当地的经营方式以及有关赠送礼品等方面的一般行为规则。人力资源经理还可能更多地参与公司有关提供或资助的住房、教育以及当地不能提供的其他设施的计划。

7.1.3　企业国际化与国际人力资源管理

学者阿德勒(Adler)指出,国际企业人力资源管理系统有三个主要特征,即跨国范围、跨国代表和跨国过程。跨国范围是指人力资源决策必须覆盖全球范围,而不是局限于某个国家或地区范围。这需要保证决策在一致性(公平对待所有雇员)和灵活性(满足不同国家雇员的需要)之间取得平衡。跨国代表反映了公司管理人员的多国籍人员构成。为了实现跨国范围,每个国家应该在企业的各管理职层都有自己的代表性人员。企业拥有跨国代表性也是实现第三个特征的先决条件。跨国过程是指企业计划和决策过程中涉及来自多种文化的代表性人员和观点,利用与不同文化相联系的观点与知识的多样性来提高决策的质量。跨国过程也是一个协商的过程,先由公司提出新的战略构想,再由总公司"协调、评判、审批并投入必要的资金"。

阿德勒和嘎达(Adler and Ghadar)在弗农(R. Vernon)国际产品生命周期三阶段论的基础上,进一步提出第四个阶段,在这一阶段,公司必须实施差异化与一体化。[①] 引入了第四阶段之后,他们进一步提出了一个模型,将主要强调战略与组织问题的产品生命周期各阶段与文化和人力资源管理联系起来。

根据阿德勒和嘎达的观点,一个国家或地区文化背景的影响在各阶段是不同的,他们将这些阶段划分为:

国内阶段:注重母国市场和出口;

---

①　Adler, N. J., Ghadar. Strategic Human Resource Management: A Global Perspective. in I. Beardwell and L. Holden (eds.) *Human Resource Management: A Contemporary Perspective*. Harlow, England: Pearson Education, 2000.

国际阶段:强调当地反应与学习的转移;

多国阶段:强调全球战略、低成本与价格竞争;

全球阶段:强调当地反应与全球一体化。

国际企业所处的国际发展阶段会决定国际企业的国际人力资源政策,因此在企业国际化的不同阶段,国际人力资源管理的重点也不相同。了解它们之间的差异,有助于理解全球竞争中人力资源的作用以及建立与激烈的全球竞争相适应的人力资源管理系统的必要性。

文化因素在第一阶段几乎不发生作用,管理运作基于民族中心观念,可以忽略外国文化的影响,对待国外顾客的态度是"我们允许你购买我们的产品"。在这个阶段,并不涉及任何实际意义上的国际人力资源管理,可能涉及母国管理人员偶然或短暂地对国外代理或销售机构的商务视察或基于项目的短期任职;在人员选拔方面,相关管理人员的产品与技术能力是最重要的因素。

与此相反,在第二阶段,每个国外市场的文化差异在涉及外部关系时变得十分重要。依据多中心观点,产品设计、营销与生产更关注于在公司产品与相关国外细分市场之间寻求和建立匹配性。国际企业的人力资源管理在这一阶段明显地转变为国际人力资源管理,管理人员到国外任职的职责转向提供一般管理与技术专门知识以及实施财务控制。各国或地区市场之间的差异要求国际企业采取差异化方式,调整其产品与经营方式来适应当地环境。因此,在选拔外派人员时,除技术能力外,诸如语言技能、跨文化适应能力与敏感性等选拔标准也变得十分重要。由于要求对本地环境的理解,所以在销售、营销及人事的职能领域的管理岗位通常招聘和使用东道国当地人员。

在第三阶段,产品竞争高度全球化,成本与价格竞争成为国际竞争的核心内容,公司将降低成本作为保持价格竞争力的主要途径,这种低成本战略与重视文化敏感性缺乏相关性,而与利用每个国家或地区生产要素之间的价格差异所产生的成本优势和利用规模经济存在着更密切的联系。由于在世界范围构筑一体化经营与成本优势成为跨国或国内公司进行国际竞争的重要基础,所以这一阶段的外派人员选拔强调在国际岗位招聘优秀的管理人员,而无论其国籍如何。建立一支所有成员共享同一组织价值与准则的管理队伍便成为人力资源管理最重要的目标与任务之一。只有这样,国际企业才能在经营活动分布在世界各地和管理人员来自不同国家的条件下实现公司全球经营管理的一体化目标。而且,这一阶段人力资源管理的重心也转向管理开发、职业生涯咨询以及对外派人员的管理。

到第四阶段,公司认识到,在国际市场上竞争,除具备成本与价格优势外,产品与服务还必须满足很高的质量标准,还要使产品适应单个国别市场或细分市场的特殊偏好。阿德勒和嘎达认为这一阶段的企业需要"理解其潜在顾客的需要,迅速将其转化为产品与服务,以最低成本方式生产这些产品与服务,采取文化上适应和时间上及时的方式将它们提供给顾客"。在这个过程中,文化敏感性就变得至关重要了(文化要素与各阶段组织与环境相互作用的相对重要性见表7-1)。在这一阶段,国际人力资源管理的主要任务是如何使公司的人力资源同时满足全球一体化与当地反应的要求。文化的多样性表现在所覆盖的市场和组织方面,有效的国际人力资源管理是将这种文化多样性视为一种机遇,而不是不得不解决的问题。通过保持观念的多样性来增强创造性与灵活性,这也是解决问题与鼓励创新的一种重要方法。国际人力资源管理强调为有前途的管理者提供成长与积累经验的机会,以便在组织内部建立一种不断学习的氛围。

表 7-1　企业全球化和人力资源管理

	国内阶段	国际阶段	多国阶段	全球阶段
主要导向	产品/服务	市场	价格	战略
战略	国内	多国/国际化	全球化	跨国化
世界范围的战略	少量出口	增加国际营销向国外转移技术	多国筹供、生产和营销国际化	获取全球战略竞争优势
外派人员	无或很少	许多	较少	许多
外派动机	考察	销售、控制或技术转移	控制	协调与整合
外派对象	—	好的管理者和销售人员	优秀的管理者	高潜质经理和高级行政主管
目的	报酬	完成特定的任务	完成特定任务和职业开发	职业开发和组织开发
职业影响	负的	对国内职业生涯不利	对全球职业生涯有利	成为主管的必要条件
培训与开发	无	有限	较长	贯穿于整个职业生涯
培训对象	无	外派人员	外派人员	高级主管
职业快车道	国内	国外	国际	全球

续表

	国内阶段	国际阶段	多国阶段	全球阶段
主管人员国际	母国	母国	母国、外国	多国
必要技能	技术和管理	文化适应	对文化差异的敏感性	跨文化交流、影响和整合

资料来源：Jaap Paauwe and Philip Dewe. Human Resource Management in Mulitnational Corporations：Theories and Models，in Anne-will Itavaing and Joris Van Ruysseveldt. International Human Resource Management：An Intergrater Approach，2004：88.

7.2　国际企业的人员配备

7.2.1　国际企业人员的来源

国际企业人力资源的重要特征之一就是其员工来自不同的国家或地区，这也是国际企业全球竞争力的一个重要基础。从跨国公司的角度来划分，通常将国际企业员工分为三类：母国人员、东道国人员与第三国人员。

1. 来自公司母国的员工

母公司所在国员工指的是国际企业子公司中来自母公司所在国并拥有母国国籍的员工。母国员工也构成跨国公司外派人员的主体，他们通常受母公司指派经营和管理公司的国外子公司，母国外派人员一般是管理者和技术专家。

母国外派人员在国际企业全球经营中具有重要的战略地位。他们实际上执行的是一种平衡与控制职能，国际企业通过向海外公司派遣母国人员来确保下属公司经营平衡，便于符合母公司高层的战略意图。特别是在海外子公司面临较大的经营风险时，母公司通过外派母国管理人员作为下属公司的高层，为母公司提供丰富的驻在国信息和经营建议，使母公司能够把握子公司的经营方向，进而在经营中降低风险，提高盈利水平。外派员工可以迅速了解所在国消费者和中间商对本公司产品或服务的反应，由此增加母公司对外国消费者和外国市场的了解，有助于母公司产品的推广。母国外派人员通常会被派到与母公司具有不同文化背景和价值标准的经营体系中，以确保公司整体经营的平稳运行。当外派人员回国后，他们在海外下属公司的经验将被母公司吸收和推广。

母国外派人员对于国外子公司的经营也具有重要的作用。他们在母公司中有着丰富的工作经验，能将母公司的战略意图、先进技术、管理方式与经验带入国外子公司并传授给东道国员工。

当然,母国外派管理人员对公司经营也存在一些不利的方面。首先,较东道国员工而言,外派管理人员成本较高,除了提高外派人员工资以外,公司还必须提供高额的人员安置费、生活津贴以及其他福利(外派员工住房、子女上学等费用)、员工保险等一些费用。其次,外派管理人员还必须有一个相当长的对异国文化的学习适应过程,他们必须了解他国的法律及复杂的政治经济关系,以东道国的文化为标准来规范企业经营。外派的管理人员也必须花费大量的精力与财力用以协调公司与当地政府、社区和消费者的关系,才能使企业正常地运转。

2. 来自东道国的员工

东道国员工指的是那些在跨国公司海外子公司工作的具有东道国国籍的员工。国际企业在海外子公司中使用东道国员工的主要优势在于他们熟悉当地的经济和人文环境,精通当地的语言或方言,具有在当地工作的经验,能够更为有效地与当地员工进行沟通和管理当地员工,更为重要的一点是雇佣东道国员工的成本较使用母国外派员工要低得多。

利用东道国员工也有一些不利之处,首先,由于东道国员工工作往往局限于本国,他们对国际企业母公司的经营策略很难完全理解,这就可能导致子公司在经营上偏重于局部利益而忽视国际企业的全球战略部署和全球利益。其次,文化和观念上的差异也会导致东道国员工与母公司之间沟通上的障碍,在企业经营与发展方向上难以保持一致。

一般来讲,国际企业出于成本、文化差异以及当地形象等方面的考虑,倾向于更多地使用东道国合格的员工。而且在一些国家,特别是发展中国家,政府为了提高本国的就业率,保持当地社会的相对稳定,甚至会要求外资企业在当地的经营必须雇佣一定比例的当地员工并进入当地公司的管理层。跨国公司在这种政策下除了雇佣大量的东道国管理人员外也就没有其他选择了。

3. 第三国员工

第三国员工是指来自子公司所在国和母公司所在国之外的第三国或者拥有母国与东道国之外的第三国国籍的公司员工。例如,一位瑞士管理人员在一家加拿大国际企业设在日本东京的子公司工作,这位管理人员就是典型的第三国员工。此外,目前在国际企业内部人员国际流动也越来越大,不再仅仅是母国员工向国外子公司单向流动,而是将其子公司所在国的优秀的东道国员工派往设在其他国家的子公司工作,这类员工数量的增长也增加了国际企业人员配备中第三国员工的数量。例如欧洲的许多专业人员

（如软件设计师和工程师），为了得到更好的待遇，总是追随着自己满意的公司从一个国家到另一个国家，在欧洲这些人员常常被称为"欧洲经理"。他们的工作地点是整个欧洲，这部分管理人员同样属于第三国员工。

许多国际企业尤其是北美的国际企业在最近十年来注重使用第三国员工来代替母国人员。首先，因为第三国员工通常熟悉多种语言，能够用多种语言交流。其次，第三国员工通常具有更强的文化敏感性，使得他们能在东道国比母国人员建立更有效的人际关系。再者，第三国管理者被派往东道国通常是由于他们在公司已有良好的绩效记录，第三国员工，外派目的在于工作而不是接受培训。最后，在雇佣成本上，第三国员工通常低于母国员工，甚至东道国员工。

国际企业在某些国家或地区使用第三国员工也会受到当地政策的限制。有些东道国政府倾向于将第三国员工等同为母国员工，并认为他们占据了本国员工潜在的工作岗位，因此当地政府的政策会限制在本地公司中工作的第三国人员的数量。现实中，第三国管理人员在国际企业中所占的比重也少于母国和东道国的管理人员。当然随着全球经济一体化的进程，许多国际企业都越来越多地考虑雇佣、开发和保持具有国际经验和全球观念的管理人员，而不太考虑他们的出生国、国籍或居民身份。

7.2.2　国际企业人事政策

国际人力资源管理最重要的任务之一就是人员配备，即为跨国公司在不同地区的经营活动配备有效的管理人员。国际人力资源配备与国内人力资源配备尽管在一般原则上有相似之处，但与国内人力资源配备相比，国际人力资源配备更加复杂，它必须与公司具体的国际业务类型相匹配，满足公司全球战略要求，顾及公司从事经营活动的不同国家和地区的人力资源及素质，适应当地特殊的文化与商业习俗的要求。

在全球化竞争的今天，国际企业在世界市场的竞争能力主要取决于其人力资源的质量。国际人力资源管理研究者根据不同的人力资源配备的价值取向，将国际人力资源的配备方法划分为母国中心主义取向的人员配备方法、多中心主义取向的人员配备方法、地区中心主义取向的人员配备方法和全球中心主义取向的人员配备方法。[①]

1. 母国中心主义取向的人员配备方法

母国中心主义取向是指跨国公司倾向于从公司总部所在国选派本国人

① Helen Dersky. *International Management：Managing across Borders and Cultures*. Prentice Hall, 3ed. 2000：348-351.

去填补海外分公司的管理职位空缺。跨国公司在海外建立分公司的初期，常常倾向于使用这种人员配备方法，以便控制其初期业务的发展。这时，公司选派的人员大多是具有海外业务经验的管理者。例如，澳大利亚一家财务公司要在上海建立独资的分公司，该公司原负责中国业务的部门经理，被委派担任了上海分公司总经理。由于文化的差异性，不同国家的公司在使用本国外派人员方面也具有明显差别。美国与欧洲的公司在不发达地区倾向于使用东道国人，在发达地区则倾向于使用本国人。日本公司则相反，他们在不发达地区使用本国人，而在发达地区则使用东道国人。[①]

使用本国人担任海外分公司管理职位的好处是：首先，这些人通常长期为总公司服务，对公司政策、业务程序、管理技术与方法以及公司文化非常熟悉，对公司全球经营目标及产业特征十分清楚，也了解公司的产品与技术特征，这便于公司初期业务的顺利开展。其次，他们长期接受公司的技术与管理培训，具有当地管理者所不具有的技术和管理方面的优势。特别是在当地缺乏跨国公司所需要的技术与管理专家时，外派人员就会成为跨国公司的唯一选择。再次，外派人员由于来自公司总部，他们对公司的忠诚度要高于当地管理者，并与公司总部在沟通方面不会存在任何障碍，有利于总公司直接控制其海外分公司的业务决策与监督决策的实施。最后，外派人员可以保持公司的"外国形象"。在发展中国家中，"外国形象"常有利于公司市场营销战略的实施。一些研究者发现，在一些发展中国家中，一旦产品和服务贴上了外国标签，就很容易受到当地消费者的青睐。[②]

这种国际人力资源配备方法也存在其自身的劣势。首先，外派人员需要较长的"文化适应期"，他们需要花费时间了解当地文化、法律及商业习俗。特别是当他们对当地环境不熟悉时，他们在当地开展业务的能力会受到限制，这将会给跨国公司初期业务的发展造成困难。其次，在海外公司工作的外派人员或许会面对沟通的困难，特别是当外派人员在语言方面存在沟通障碍时，这会导致他们工作绩效低下，甚至有可能半途而废打道回府，给跨国公司的形象和业务带来严重损失。再次，如果当地主要管理职位全部都由外派人员"把持"，当地管理者缺乏担任高级管理职位的机会，就会导致当地管理者对公司缺乏忠诚感，甚至公司难以留住当地管理人才。最后，这种方法使公司需要支付较高的人力资源成本，一些中小型的跨国公司往

---

①　B. S. Chakravarthy, and H. V. Perlmutter. Strategic Planning for a Global Business. *Columbia Journal of World Business*，No. 20，1985：156.

②　E. L. Miller, and J. L. Cheng. A Closer Look at the Decision to Accept an Overseas Position. *Management International Review*，No. 18，1978：25-27.

往难以应付其成本压力。

2. 多中心主义取向的人员配备方法

信奉多中心主义取向的跨国公司认为,东道国公司的职位应该让东道国公民担任。只要公司仍保持强盛的盈利能力及有效地实现经营目标,就可以让东道国管理者按照他们所熟悉的管理方式自主地管理分公司的业务活动。

现在,许多跨国公司在海外分公司的低层或中层管理职位上大量使用当地管理者。首先,外派人员在海外工作的失败率非常高,使跨国公司为此付出了沉重代价。其次,许多国家的政府都希望跨国公司聘用当地管理与技术人才。在一些发展中国家,政府为了保证本国经济发展的利益,制定了一些对跨国公司在本地从事经营活动的强制性法规。例如巴西政府规定,在巴西从事经营活动的外国分公司中,巴西籍管理人员至少要达到 2/3。最后,许多大型国际企业由于人员储备迟于业务的迅速发展,不得不大量使用当地管理者和技术人员。

聘请东道国公民担任当地分公司的管理职位,其主要优势是:首先,东道国管理人员熟悉当地文化及商务活动的规范与方式,特别是熟悉当地市场和消费者的消费行为,不会像外派人员那样,需要时间去适应当地的环境与文化;其次,他们已经具有现成的业务关系网络,这便于公司业务的顺利扩展;再次,东道国管理人员的相对人力成本相对廉价;最后,东道国管理者可以帮助跨国公司与当地雇员、消费者、政府机构和社区建立更加和谐的关系。

聘请东道国公民担任当地分公司的管理职位,特别是高级管理职位的主要劣势是:首先,母公司对分公司业务活动的控制与协调相对来说比较困难,特别是当母公司的战略目标与分公司的经营目标出现冲突时。其次,一般来说,当地管理者对外国公司的忠诚度比外派人员要低,因此当地管理人员的流动性也较高,一旦公司高级管理人员"跳槽",他们带走的不只是个人的经验与能力,还可能是公司的部分业务。最后,当地管理者常常缺乏全球视野,对公司的全球战略意图的理解要比外派人员肤浅,使得总公司目标与分公司目标冲突。

3. 地区中心主义取向的人员配备方法

地区中心主义人员配备是指按照地区对全球市场进行管理。例如,亚洲市场需要通过跨国公司设在香港或新加坡的亚洲总部进行统一管理。因此,管理者招聘工作也应按照地区来进行。一般来说,跨国公司通常以地区如西欧、南美、北美、东亚、中东、东南亚等地区为基础,寻求适合该地区某个国家分公司的管理者。例如,当宝洁公司在中国南方建立第一家合资企业时,其总经理由一位分别在澳大利亚、日本和中国香港地区分公司工作过的澳大利亚人担任,负责宝洁在中国区的业务运作。

一般而言,跨国公司在两种情况下会大量聘请"第三国人"担任跨国公司在某个国家分公司的管理职务。第一种情况是,跨国公司在一个国家中的业务处于稳定增长期,例如美国的跨国公司一般在国际化中期阶段即业务稳定发展的阶段,愿意雇佣第三国人承担管理职务。第二种情况是,跨国公司在某个国家处于政治与竞争的压力和威胁之中。例如,在 20 世纪 80 年代期间,"人质"问题①使美国与伊朗的关系非常紧张。在这种情况下,美国跨国公司在伊朗的分公司通常选择英国人和加拿大人到伊朗去工作。

使用"第三国人"的优势是:首先,他们的工薪与福利要比本国外派人员低得多,这样可以节省跨国公司在人员工资方面的支出。美国跨国公司常常雇佣其他国家和地区的华人,到中国分公司担任管理职位,其中一个重要原因也在于节省成本开支。其次,"第三国人"常常能够从一个"外来人"的视野,更好地理解公司的政策,他们有可能比外派人员更有效地执行公司的政策。最后,"第三国人"相对来说对文化的适应性更强且更富有经验,这有利于公司当地业务的开展。例如,一个葡萄牙人会比一个英国人更适应巴西的文化环境,因为葡萄牙和巴西使用的是同一种语言。

4. 全球中心主义取向的人员配备方法

采用全球中心主义人员配备方法的跨国公司认为,最佳资格的人选可以来自任何背景和任何文化,整个世界都是它们的产品、服务与资源市场,所以,应当在全球经济和世界市场的架构中实现资源配置、人员配置、生产制造和市场营销。②

经济全球化与管理国际化,必然伴随着人力资源的全球化。近年来,跨国公司出现了在全球范围内招聘管理者,并派遣他们到公司总部担任高级管理职位的趋势。例如,澳大利亚断山集团(BHP)现任首席执行官是从美国招聘的一位美国人。美国通用汽车公司全球采购部的副总经理是西班牙人,施乐公司的副首席执行官是意大利人。目前在世界级跨国公司中,几乎都有"外国人"在公司总部最高管理层担任职务。

---

① 人质问题:1979 年 11 月 4 日,伊朗首都德黑兰的一些学生占领美国驻伊朗大使馆,扣留美国使馆人员作为人质,要求美国把正在纽约医治癌症的前伊朗国王巴列维引渡回国受审。

② D. A. Heenan. Multinational Management, Text and Cases. Harcourt Brace & Company, 1998:644-646.

全球中心主义取向有助于跨国公司更好地开发全球竞争优势。国际企业以优厚的待遇和薪酬条件作为"诱饵",在全球范围内争夺优秀经营人才,促进企业的发展。当然,这种人力资源争夺战也使一些发展中国家面临着优秀经营人才大量流失的困境。对发展中国家来说,如何采取有效的人力资源管理政策,防止自己培养出来的优秀管理人才的流失,是在经济全球化进程中亟待解决的问题(见表 7-2)。

表 7-2　国际企业人事政策与人力资源管理活动

	一国中心主义	多中心主义	地区中心主义	全球倾向
招聘和选拔	母国公民占据关键职位,东道国技术专长和过去在母国的业绩进行选拔,东道国公民占据最低层次的管理职位	母国公民占据高层职位,东道国公民占据中层职位。根据与母国文化的吻合程度来选拔东道国公民	母国公民占据高层管理职位和技术职位,地区内国家的公民占据中下层管理职位	整个公司在全世界范围内选择最合适于职位的人选
跨文化适应培训	十分有限或没有;没有语言要求	对母国人员有限;有一些语言培训	对母国公民仅限于中等水平的培训	持续的文化适应和多语言培训
国际任职的影响	可能会对个人事业发展造成不利影响	可能对母国公民的发展不利	对事业没有影响或有一定积极的影响	职业发展需要国际任职
评　估	按对公司贡献的大小的母国标准	按对公司贡献大小的东道国标准	按对公司贡献大小的地区标准	按对公司贡献大小的全球标准
报　酬	对外派人员支付额外的报酬和奖励	对外派人员支付额外的报酬,对东道国公民实行东道国报酬标准	由于任命期较长,对外派人员的额外报酬较少	全球相似的支付和奖励,有一些当地调整

7.2.3　国际企业战略与人力资源政策

国际企业的人力资源管理是为企业的竞争服务的,不同的国际企业由于其生产、销售的特殊性会采取不同的国际战略。因此,企业的国际人力资源政策必须与企业的国际战略相一致。图 7-2 所示为第 4 章讨论过的不同跨国战略与支持这些战略的国际人力资源管理倾向之间的联系。将国际人力资源管理与特定的跨国战略相配合,是成功地实施战略的关键。和国际企业所有的战略决策一样,国际人力资源管理决策主要基于公司怎样面对全球与地区的两难问题。当公司需要十分了解东道国情况的雇员时,国际人力资源管理决策就关注当地反应能力。当公司需要具备世界级竞争力的管理者而不在乎其国籍时,国际人力资源管理的决策就会反应全球化的压力。①

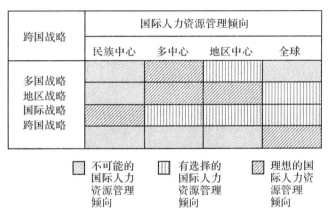

图 7-2　国际人力资源管理倾向与国际战略

采用多国战略的公司重视对当地情况的反应能力,因此,多中心的国家人力资源管理对每个国家区别对待,从而为增强国家层次的灵活性提供了适当的国际人力资源模式。特别是大量使用东道国的管理者和雇员,为公司了解当地情况奠定了基础。也就是说,多中心的国际人力资源管理政策有助于实施多地区战略,因为,当地管理者通常更了解当地消费者的偏好、分销渠道、政府规定、工人预期心理以及当地商业环境特有的其他特征。

如图 7-2 所示,地区中心的国际人力资源管理政策也可以服务于采用多国战略的公司。但是,这类公司的管理者必须谨慎地估计其国际人力资源管理的需要,其中包括三个关键性问题,即他们是否能找到了解东道国商业环境的第三国雇员? 为保证这些管理者在等于或高于东道国管理者层次上履行职责,应对他们进行哪些必要的培训与开发? 保证这些管理者全身心投入国际任职所需支付怎样的报酬? 此外,高层管理者必须考虑他们对第三国外派管理者在选拔、培训、发展和保留方面的投资能否带来足够大的效益。

采用地区战略的公司收益需要协调设在不同国家的下属单位的活动。但是,由于这些下属单位同处于世界的一个地区,地区中心的国际人力资源管理战略可以最有力地支持公司的战略意图。而民族中心的国际人力资源

---

① Adler, Nancy. Susan Bartholomew. Globalization and Huamn Resource Management. *Research in Global Strategic Management*, No. 3, 1992:179-201.

管理倾向几乎无法服务于采用地区战略的公司,但多中心的或全球国际人力资源管理倾向中的某些因素却可以支持地区战略。例如,强调生产地区性协调的企业会发现,多中心的国际人力资源管理方法是十分有效的。设在东道国的生产机构也可以设计适合当地条件的人力资源管理方式,即使其产品面对地区销售或为地区性产品供应零部件。在这种情况下,只需地区的高层管理者具备地区性眼光。同时,应利用地区或全球国际人力资源管理政策对其加以管理。与此相对照,在地区范围内共享研究开发和产品知识的公司会发现,只有利用地区或全球国际人力资源管理方式才能招聘、选拔和开发具备一定能力的人员。在这种情况下,各个层次的合格管理者需要具备有关地区市场、政府、国家文化、语言和社会制度方面的知识。

国际战略强调价值链上游的全球化,即由母国集中控制的子公司生产和销售几乎不需要进行地方性调整的全球产品。由于需要产品的标准化和集中化控制,民族中心的国际人力资源管理可以提供最有效、最理想的人力资源管理方式。这种国际人力资源管理方式对于采用纯粹的国际战略的公司更为有效,如波音公司即采取此种方式。然而,对大多数企业而言,纯粹的国际战略是很难取得成功的。绝大多数采用国际战略的公司都有一些产品需要针对地区或当地需求进行适应性调整,大多数这类公司出于对低成本、顾客集中或政治方面的考虑从事海外生产。所以,根据公司所面临的独特情形,需要综合运用多中心、地区中心或全球国际人力资源管理方式。例如,对高层管理者采用民族中心倾向的国际人力资源管理,而对当地生产管理者采用多中心的管理方法。

采用跨国战略的公司几乎毫不例外地采用全球性倾向的国际人力资源管理。跨国公司需要一个高度灵活的组织,从而实现其价值链上的区位优势最大化。这样,跨国公司就必须选拔和培训具有不同国家背景的管理者,使他们能够胜任在世界各地的任职。跨国公司中的管理者必须主动地接受全球企业文化,能够灵活对待不同的文化和国家社会制度。

任何一种跨国战略的成功都要求认真评价公司的国际人力资源管理方式,成功的企业对国际人力资源管理倾向的选择主要取决于它是否能最好地支持其跨国战略的实施。但是,通常任何单独的国际人力资源管理倾向都不能准确地恰好适合公司的跨国战略,因此,没有几家公司完全遵循一种国际人力资源管理倾向。通常的情况是跨国公司选择一种总体的方式,再结合其战略需要,选择一些具体的国际人力资源管理方法和程序。由于国际人力资源管理是支撑价值链各个层次的关键,因此,国际人力资源管理倾向与公司跨国战略的错误组合将会导致国际企业在市场竞争中的失利。

7.2.4　外派人员选择与作用

1. 外派人员的选择

为海外工作进行人力资源配备是一个复杂的人力资源管理过程。它与国内人员配备选择的标准既有相同之处，又有不同之点。跨国公司派遣到国外工作的人可以被归为四类：第一，首席执行官；第二，职能部门主管；第三，排除技术故障的技术人员；第四，业务操作者。虽然，这四类人员的选择都有各自独特的标准，但一般而言国际企业在为其海外业务选择管理人员时，其标准包括如下几个方面。

（1）文化敏感性与适应性

文化敏感性与适应性是跨国公司选择外派人员的最重要的标准之一，也是招聘国内管理者与国外管理者的最大区别之一。外派管理者必须能够适应与自己国家不同的文化环境，了解为什么外国员工和同事会有与自己不同的行为方式。因此，外派管理者必须具有较强的文化敏感性。当然，对一个外国人来说，要想完全达到对另一种文化的适应性，常常是非常困难的，也是需要一定的时间过程的。因此，许多美国和欧洲的跨国公司通常采用招聘在他们国家留学的外国学生的方式，去弥补本国管理者在文化适应性方面的不足。例如，当美国的一些公司决定到中国开展业务时，他们首先将人员招聘的重点放在在美国留学的中国学生身上。

（2）独立性与稳定性

独立性与稳定性是一种从事外派任务所必需的心理素质。在许多海外的工作中，管理者所从事的工作比他们在国内要复杂得多。在国外环境中，没有多少人可以依赖，而在公司总部，有许多技术顾问可以协助他们工作。所以在国外的工作中，管理者需具有对文化冲击的心理承受力，以顺利完成海外派遣任务。

（3）年龄、经历与教育

一般而言，年轻的管理者更热心于国际性工作，他们比一些年长管理者更欣赏其他文化。但年轻人常常缺乏管理经验与技术技能，缺乏对现实世界的体验与经历。所以，对跨国公司来说，如何求得年龄与经验之间的平衡，是在制定外派人员甄选标准时需要解决的一个重要问题。美国和欧洲的跨国公司在甄选外派人员时，主要考虑的是经验与能力，而不过分强调年龄标准（尽管在实际决策过程中，年龄也是一个考虑的因素）。

学位与学历是所有跨国公司在招聘外派人员时要考虑的重要标准，特别对国际高级管理人员。然而，关于最理想的学位究竟是什么，并不存在普遍的原则。许多跨国公司都自己设计一些培训课程来培训自己的管理者。例如,德国西门子公司就为其国际管理团队提供特殊培训,以便帮助他们更有效地处理在海外工作中将会遇到的各种问题。

(4)语言能力

外语的知识与能力,也是跨国公司在招聘与甄选外派管理者的一个关键的标准。熟练的外语不仅可以使外派管理者直接地、无障碍地与当地员工和同事进行自如的沟通与交流,也是外派管理者与当地人建立关系、减少冲突的重要保证。

(5)家庭因素

当选择外派人员时,家庭是另一项考虑的因素。为了获得成功,外派人员必须有一个支持他的工作委派并能适应新环境的家庭。一些企业如福特、埃克森等,在对职务申请人进行面试时,也对申请人配偶进行面试,并将配偶的态度作为决策的重要参考依据。而摩托罗拉公司还采取直接向配偶支付报酬的方式,鼓励管理者的配偶与管理者一起到国外工作。

(6)技术、管理与领导能力

技术、管理与领导能力是外派管理人员胜任国外工作的关键能力要求,也是甄选外派管理人员的主要标准。然而,并非所有的在国内成功的管理者都会在国外职务上做得出色。在确定职位申请人是否具有所需要的领导能力时,许多还会考虑如成熟性、情绪稳定性、沟通能力、独立性、创造性、首创性和身体健康等因素。如职位申请人能满足这些要求,并在国内是一个有效的管理者,公司就会认为这个人在海外也将做得同样好。

2. 国际企业外派的动机

外派被视为从母公司或总部调往国外子公司或海外经营的过程,外派人员在国际企业全球经营中具有十分重要的作用。艾兹特洛姆和加尔布雷斯(Edstrom 和 Galbraith)将国际企业派遣其母公司员工到海外任职的目的归纳为填充国外空缺岗位、管理开发和组织开发三种。

(1)填补国外空缺岗位

填补国外空缺岗位是出于向国外经营转移技术与管理知识的目的,而向国外指派管理人员的过程。这种调动主要涉及较低层次的技术性岗位。

公司有时也出于将其管理体制延伸到国外经营的目的填充空缺的岗位,也就是通过制定相关的纪律与规定来实施对国外经营的控制。在跨国公司中,这种控制通常是通过行政或财务控制体系来实施的。这种管理体制中的工作人员必须接受组织权威的合法性并了解相关的规则与规定,此外,他们还必须具备其岗位所要求的技术能力。企业可以利用管理人员的国际调动来保证公司管理体制更为有效地运转和有效地实施跨国公司计划的变革。

国际企业在发展中国家任职的外派人员许多是出于填补职位空缺的考虑,因为在这些国家,技术工程师和优秀的管理者较少。但是,随着这些国家教育与工业化水平的提高,填补职位空缺型的外派人员数量相应地会逐步减少。

(2)管理开发

基于管理开发的国际任职主要是使管理人员积累国际经验,为其将来在国外子公司或母公司担当重要岗位的工作奠定基础。这类外派不受国外经营所在地是否存在可供利用的合格人才状况的影响,主要是基于这种国际任职能否使外派人员获取特殊技能的考虑,并根据这种需要来确定外派人员的任职地点。这种调动通常局限于技术和行政职能部门的母公司人员和少数东道国人员。管理开发性外派人员一般数量不大,但国际任职的次数较多。

国际任职或外派已成为国际企业开发全球管理者和全球思维的一种重要途径。例如,爱立信公司经常有计划地每一两年就将30～100名工程师或管理人员从一国的经营单位调到另一国的经营单位任职。

(3)组织开发

组织开发的目的是通过国外子公司之间和母公司与其子公司之间的大规模调动促进管理人员的社会化,并建立一种国际沟通与人际网络。社会化控制手段比传统的管理制度战略具有更大程度的分散化,意味着管理人员个人将通过社会化过程了解和内部化组织要求的职能行为以及决定这些行为的规则,从而降低制定相关程序、实施监督等的必要性。

可以说,外派人员对国际企业具有重要的意义,其不仅是决定跨国公司国际经营成败的主要因素,也是跨国公司获取和保持竞争优势的主要手段,是重要的战略性资源。

3. 外派人员的类型

学者博格(Borg)调查了200名第一次到国外任职的管理人员,在13年后,根据这些当年的外派人员结束海外任职后的情况,将外派人员划分为四种类型。

(1)被同化的管理人员:在任职期间或之后继续留在国外任职或离开公司的人员,占全部人员的25%。

(2)当地导向的管理人员:在第一次国外任职后就回国,并返回出国前的地方,大约占38%。

(3)不确定的管理人员：完成两项或多项海外任职后回国的管理人员，大约占15%。他们之所以被称为“不确定”，是因为其导向难以确定，其中绝大多数具有当地导向性，只有少数人再次出国

(4)世界导向的管理人员：从事多项国外任职并最终留在国外四海为家的管理人员，占比22%。

这四种类型的外派人员在忠诚的倾向性、归属方向、流动性以及离职率方面存在着明显的差异(见图7-3和图7-4)。

忠诚于母公司经营 \ 忠诚于国外当地经营	低	高
低	视自己为自由代理人的外派人员	本地化的外派人员
高	思乡型外派人员	视自己为双重公民身份的外派人员

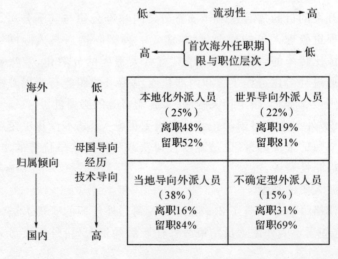

图7-3　不同类型外派人员的忠诚倾向

资料来源：Black，J. S.，Gergersen，H. B.，and Mendenhall M. E. *Global Assignments：Successfully Expatriating and Repatriating International Managers*. Jossey-Bass Publishers，San Francisco，CA，1992.

图7-4　不同类型外派人员的特征

资料来源：Borg，M. International Transfers of Managers in Multinational Corporations. *Studia Oeconomiae Negotorium*，27，Acta Universitatis Upsaliensis，Uppsala，1998.

表 7-3 所示综合了四种不同类型的外派人员在履行填补岗位空缺、管理开发和组织开发三种组织职能方面的贡献。

表 7-3 外派人员对组织职能的贡献差异

组织职能 外派人员类型	填补岗位空缺	管理开发	组织开发
被同化的管理人员	低	低	适中
当地导向的管理人员	低	适中	低
不确定的管理人员	高	适中	适中
世界导向的管理人员	高	高	高

资料来源：Malcolm Borg，Anne-wil Harzing. *Composing an International Staff*，in edited by Anne-wil Harzing and Joris Van Ruysseveldt. SAGE Publications Ltd. 1995：199.

7.3 国际企业人员的培训与开发

7.3.1 国际企业外派人员培训

1. 外派人员跨文化培训的内容

对于外派人员的跨文化培训的内容，包括知识认知类和经验技能类两大类。

（1）知识认知类

知识认知类是跨文化培训的一项基础内容，它使受训者对有关跨文化的知识建立理性认识。知识认知类培训的内容主要包括：①文化的概念与内涵、文化的价值模式、特定文化环境的分析介绍等。②文化的影响领域。

文化具有广泛的影响力，其中有一些与工作密切相关。如员工行为、管理风格、决策、行业规范、职能部门等，因此根据不同的工作性质和任务特点，要将文化对特定领域的影响告诉受训者。例如，加拿大和中国的人力资源培训就存在差异，一名成功的中国经理未必会在加拿大同样受到好评。在美国堪称谈判专家的人到了韩国可能会被认为过于傲慢。此时，他们就要事先理解文化如何影响交流、谈判以及领导风格等方面的内容。这类培训的具体培训内容包括：

环境介绍：向受训者提供东道国的气候、地理、学校和住房等信息。

文化介绍：使受训者能够熟悉东道国的文化和价值体系。

文化学习：通过做习题进行自学的方式，使受训者能够了解其他文化中的一些基本概念、态度、习惯、价值观和角色观念。

语言训练:往往是一些基本的口语训练,学习语言是了解当地人行为方式及其原因的最好方法。

(2)经验技能类

如果说知识认知类的内容主要说明"是什么"的问题,那么经验技能类的培训内容则主要解决"怎么做"的问题。经验技能类培训是要把存在于头脑中的知识化为行动,检验掌握与运用知识的能力。典型的该类培训包括以下内容:

①学习任职所在国的历史、宗教信仰、政治结构、时事等方面的基础知识,理解该国文化的价值观和信念。比如,美国文化强调对个人的尊重,是植根于美国的历史的,当时从欧洲来到美国的人都是为了追求个人自由。

②评价本国文化如何影响雇员的是非判断、好坏观念、举止、价值观和风俗,以避免戴着有色眼镜去看待不同文化。

③一旦雇员明白了母国文化如何塑造了他的性格和世界观,就开始学习其他外国文化。在此阶段,跨文化咨询着重于母国和外国的文化差异是如何形成的,比如,在德国能否直呼邻居的姓氏。

④根据母国文化特征建立一个雇员个人文化特征资料,在每一个特征上标出雇员的个人位置。由此,在新的文化特征下,雇员就知道应该如何去有效地适应新的文化环境。

⑤调整行为。尽管改变一个人的性格十分困难,但是学会如何改变自己的行为去适应新的文化环境相对容易一些。

⑥外派人员在工作、家庭、社区环境中应用这些经验知识。员工通过这些技能实例练习就能学会如何运用所学到的知识。

⑦设计特殊情况下的附加培训项目,如针对地区经理设计特殊的培训项目以帮助他们实现自己的目标。

2. 外派人员培训的方式

在跨文化的培训过程中,可以使用的方法是多种多样的,但最基本的跨文化培训的方式包括四个方面。

(1)信息培训

信息培训是跨文化培训中最普遍使用的培训方式之一。这种培训的方式是通过观看电视纪录片、由专家进行课堂讲授、向受训者指定各种阅读参考书等,对国际管理者进行跨文化培训。这种培训方式的目的是为国际管理者提供有关国家的文化知识,包括外国的人文地理、政治经济、历史文化、风土人情、文化习俗等方面的信息和知识。

（2）归因培训

这种培训的目的在于,使国际管理者理解另一种文化中的人们做事情的方式。其重点是介绍另一种文化的价值观系统、信念及行为方式,以便当国际管理者被派到海外工作时,能迅速适应当地的情况。许多跨国公司使用"教练系统"协助受训的国际管理者去感受外国人的行为。一些公司也将受训者短期派往国外,通过短期实习开发国际管理者跨文化的敏感性与适应力。

（3）文化知识培训

这种培训其目的是使外派人员与管理者感受自己的文化,并在此基础上与他们即将去工作的那个国家或地区的文化进行比较,从自己的文化角度,去解释外国人的行为方式与自己的行为方式差异性的原因,懂得为什么那些在不同文化环境中生活的人们会有不同的思维方式与行为模式。由于文化的惯性,很多管理者对自身文化往往缺乏认识。一位美国研究者在对日本人的"鞠躬"行为进行研究时惊奇地发现,许多日本人根本不了解在外国人看来是日本人象征的"鞠躬"行为的文化含义。这表明,尽管人们长期生活于自己的文化中,但是人们未必对自己的文化了如指掌。

（4）认知行为矫正

培训人员通过对某些行为的奖励与惩罚,向受训者暗示或明示哪些行为是被鼓励的,哪些行为是被禁止的,并讲解文化冲突的应对方法与技巧。

跨文化培训必须与公司的发展阶段及其全球化经营战略相适应。在公司发展的不同阶段,无论是组织结构设计,还是战略目标选择,无论是公司规模,还是公司所采取的管理方式,都是具有很大差异性的。国际人力资源管理部门必须根据公司发展的阶段及公司整体的全球化战略要求,设计有效的跨文化培训项目。

7.3.2　东道国和第三国人员培训与开发

尽管国际企业可以通过外派的形式,在国外子公司的管理职位上使用自己的派出人员,但它们不可能不雇佣当地的劳动力。例如中国银行、中国国际航空公司、中远集团等企业在其他国家的分公司,在中层以上的管理职位基本上都是由总公司外派人员担任的,但中层及中层以下的管理人员和一般雇员则基本上是在当地招聘的。所以,任何一个国际企业都会面临对当地或第三国雇员进行培训与开发的任务。特别是那些在发展中国家进行经营活动的国际企业,更应当重视对当地雇员的技术与技能的培训。对员工的培训除了直接的生产效率的提高外,培训作为雇员与公司之间的心理契约利益成分的重要内容,能够吸引有能力的雇员加入到公司的行列中来。

对国外分公司的雇员的培训,其方法必须适应当地的要求与水平。国际人力资源管理部门必须选择为当地雇员所接受的方式进行培训。例如在中国,对雇员的培训可以采用"讲课—考试"这种被动式的培训方法,而在美国则需采用参与培训过程的主动式学习方法才能够达到培训的目标。一般来说,对外国分公司员工的培训方法,大致有以下几种。

(1)在职培训

在职培训是对雇员进行培训的最普遍使用的方法。这种培训方法主要是对雇员进行与工作相关的技能培训,例如新机器的操作、新计算机软件的应用、新工作程序的实施等。在职培训通常由管理者或人力资源管理部门的培训专家担任主要培训者。这种培训方式可以通过安排简单的课程,以讲授方式进行,也可以在工作现场通过"讲解—演示—操作"方式进行。例如,培训者向雇员讲解新的工序操作规范,演示操作程序,然后要求雇员按照规范进行操作。在职培训的优势在于,它可以在日常工作过程中更新雇员的技能。

(2)基础培训

基础培训是一种离岗培训的方法,但培训地点仍然在企业内。它常常使用模拟方法,利用试验设备及培训支持系统对雇员进行技术技能的更新。例如,雇员在与工作现场相同的标准模拟环境中,学习操作新机械设备的能力,并通过精心设计的模拟设备,监测与评估自己的操作技能。这种培训方法对那些要求反复实践才能掌握的技能的传授是非常有效的。

(3)见习培训

见习种培训与中国传统的学徒工制度类似。员工一般都是从学徒工与有经验师傅一起工作,并且在师傅的指导下,学习与工作相关的技能,然后通过人力资源管理部门统一举行的绩效评估与测试而获得资格证书。这种培训形式特别适用于那些需要员工独立掌握许多手工艺技能的工作。在欧洲,特别是在德国,这种学徒工式的培训非常流行。此外,东南亚和拉美的员工也非常愿意接受见习培训。

(4)职务外培训

管理者常常参加由大学及一些培训机构提供的各种公开的研讨会及其他的一些正式培训项目,但是,一线操作的雇员却很少有这样的机会。所以,为了给一线雇员提供进行继续教育的机会,许多企业都采取了一些措施,例如,许多 IT 公司为雇员提供参加各种 IT 技术演示会的机会,鼓励雇员参加各种业余培训班,并为雇员提供一定的资助。

在发达国家,对雇员的培训主要强调技术技能及与工作相关的责任,而在发展中国家,对雇员的培训主要强调安全、质量、控制与工作标准。除此之外,一些国际企业还为员工提供更为广泛的培训项目。例如,通用电气在匈牙利的分公司,除了为当地雇员提供一些基本技能培训项目外,还为雇员提供诸如金融、市场营销、项目管理、客户关系与环境保护等方面的培训课程。

7.3.3　国际企业培训与开发的模式比较

跨国人力资源开发与管理的各种模式是在各国不同的文化法律背景、价值观念、教育与培训体系的影响下,并在各国企业跨国经营的具体实践中形成的。下面介绍一些主要国家的培训与开发模式。

1. 国际企业人力资源开发与管理的美国模式

美国国际企业的人力资源开发与管理主要体现了个人主义文化的影响,强调个人权利,注重社会范围内的公正,倡导社会合作,更注重积极的自由。在人力资源管理中,美国公司重视个性发展,强调个性的表现力、主动性、创造性、向权威挑战、追求多样性。由于美国民族与文化的多样性,其国际企业形成了一种宽容、和谐的企业氛围,并善于在企业发展后及时改变人力资源管理的重点,因而他们的跨国经营企业成功的较多。

在招聘与培训方面,美国公司采用包括通过报纸广告、雇员自荐、内部提升、上门求职、国家就业服务等各种类型的招聘战略。在招聘的过程中公司注重个人成就(如教育、天赋、经验)。美国公司非常重视对员工的培训,培训方式主要有企业自设培训机构、利用专门的培训机构和跨国管理人员的职前国外训练等。例如在 IBM 公司,组织的各个层次都要进行正规的行政与管理人才开发项目,此外还提供了新经理培训、IBM 领导项目以及 IBM 全球经理项目等。

在人才的评价和开发方面,美国许多公司都有鉴定和开发管理人才的计划,其目的在于培养那些愿意终生为企业工作的合格的经理人员。在许多美国公司中,上一级经理人员有责任确定潜在的管理人才,并且管理业绩考核常包括对管理后备力量的考察。例如在 IBM 公司,当年轻的管理人员被任命到海外去时,直接上司往往要担当特别重要的角色。但是在美国的个人主义的文化中,职业生涯管理依然是个人的责任,而这些个人目标可能与完成当前的组织任命或参与管理研究开发不相一致。因此,美国公司经理人员的流动是比较频繁的。

正确选派国外子公司的经理和主要管理人员,是国际企业人力资源管理中特殊而又重要的工作。许多美国公司总部较少干预下属部门的人事配备工作,下属的部门和单位自己招聘经理人员或后备经理人员,并按公司的规定来确定人员的职位和提升。海外子公司较多地聘用东道国公民在其下属单位的管理层中,中低级的管理人员几乎都是东道国国民。

2. 跨国人力资源开发与管理的日本模式

日本企业以强调团队精神而在市场中取胜,强调集团主义与业绩主义相结合的献身价值和严格的纪律观念。日本企业文化以"和"为主导,和谐、互助、团结、合作、忍让是日本企业成为高效能团队的精神主导和联系纽带。日本企业采用终身雇佣制并依据职工的学龄、工龄、能力、效率等确定职工工资制度。

第二次世界大战以后,日本的一些大型公司,如日本电气、三菱、索尼等,在人力资源开发上逐渐形成了独特的模式,其特点是招聘卓越人才,在工作的竞争中不断淘汰能力较差者,将最优秀的管理人员提升到高层管理岗位上。日本的大型公司把招聘对象集中在著名大学的毕业生上,而不是有经验的经理。公司认为年轻人更容易塑造,以适应特定的公司文化。日本的两所公立大学(东京和京都)的毕业生在日本工商界占主导地位。

日本公司更注重管理人员的个人品质而不是其技术能力,这意味着公司管理人员的开发必须有战略眼光,员工在进入公司后的5~8年内是业绩和发展潜力的考核期,不同技术和职能管理工作的业绩是考核的重点。经过考核期后引入竞争机制,每隔4年晋升一次,没有获得晋升的管理人员可能离开公司或者被安排到不重要的岗位。

在日本模式中,日本公司总部统一领导全公司范围的人事配备工作,海外子公司的总经理由上级直接委派,高级管理人员绝大部分为本国派遣,中低级管理人员只有约一半是东道国公民。但是,近年来日本公司也意识到管理层多元化的重要性,开始聘用一些东道国或第三国公民。

3. 跨国人力资源开发与管理的德国模式

德国文化受欧洲文艺复兴运动和法国资产阶级大革命的民主、自由等价值观影响很深。同时德国强调依法治国,拥有完备的法律体系,这为建立注重诚信、遵守法律的企业文化奠定了基础。德国人讲究信用、严谨、追求完美的行为习惯,对企业形成独特的文化产生了极大影响,几乎所有的企业都把人事管理放在第一线,都有一套比较科学的人事评价标准和奖惩措施。德国企业通常采用垂直管理,没有越位,也很少相互交叉。

德国存在两种主要的职业教育与培训形式,一种是包括一般的和专业化的职业技术学校以及学院;另一种称为双重体系,即把在职学徒培训和颁发熟练工人证等的业余职业学校培训相结合。双重体系是德国职业培训中最重要的一部分,其中的培训和资格证书是全国标准化的,由此产生了一支训练有素的全国性劳动大军。德国公司都大力投资于培训,接受过各种在职培训的工人占工人总数的 80%。

在德国企业,员工进入公司后的 2～5 年是他的考核期。在这段时期,员工通过职能部门之间的流动全面了解公司情况,确定适合自己的工作,然后固定在合适的职能部门向上发展。这样便于雇员全面了解公司情况,并确定自己适合的工作或职能。在以后的职业发展中,每个人必须不懈地学习和掌握新的技能,才能被提升到更高职位上去。

德国企业十分重视让企业管理人员去国外工作,以学习了解和掌握国际经济管理的知识经验,这是德国企业在人才管理战略中的一个重点。目前在德国最大的 25 家公司总经理中,有 15 人在国外工作过很长时间,对国际市场的竞争对手了如指掌。

4. 跨国公司人力资源开发与管理的英荷模式

英国与荷兰具有保持良好的文化传统特色。受此影响,英荷企业普遍思维保守,管理制度严格,员工的福利待遇能得到充分的保障。

英国与荷兰的招聘并不刻意追求杰出人才,公司依照特定技术或职能岗位的需要录用大学毕业生。例如在壳牌公司,新录用的大学毕业生中 80% 是学习技术的。在这些新员工职业生涯的最初几年,安排他们到特定职能部门工作和发展,考核期后,有较大发展潜力的职员被提升到重要岗位。

英荷模式注重培养管理人员的全面知识和技能。英国和荷兰企业普遍采用系统考核和评估的方式,确定管理人员的发展潜力。由经过心理学家培训的高层管理人员观察和评估被考核人员的工作能力和素质,最后结果在一定程度上取决于公司高层管理人员的集体判断。

在海外派遣方面,许多英荷公司以国家层面的地域单位为基础来管理他们的人员选派工作。各附属机构管理自身的人事配备工作,但总部会委派人事专家到下属机构以加强上下的协调。

7.4　国际企业人员的考评与激励

7.4.1　国际企业人员的考核

1. 影响子公司绩效的因素

随着公司地理位置的扩展、产品和运作模式的多样化,绩效管理将越来越复杂。国际企业需要一个有效的制度来管理其全球企业的绩效,这个制度必须有利于公司的战略和竞争,同时还应有一个不给子公司或分公司增加麻烦的报告程序。如图 7-5 所示,国际企业对其在外国的子公司或分公司的市场业绩、总利润及竞争力的贡献上都有明确的期望值。当根据期望对于公司的绩效进行评估时,考虑影响目标实现的各种不同限制因素是很重要的。一般有以下四个主要的限制因素。

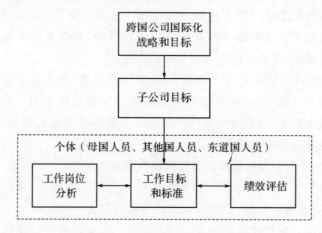

图 7-5 绩效管理的基本要素

资料来源:M. Tahvanainen,D. Welch. Expatriate Job Performance Management:A Review and Critique in New Challenges for Europen and International Business. 1995.

(1)整体与局部的关系

国际企业在各个不同国家要同时面对不同的环境。为了整体利益和必要的控制经常会牺牲子公司的短期利益。一般,国际企业在一个特定的市场建立子公司的通常是为了与其主要的全球竞争对手争夺具有战略地位的市场,进入该市场的目的是利用攻击性的价格政策来挑战竞争对手的现金流量。普希克(V. Puick)曾对此解释说:"这家子公司的资产负债表可能经常出现赤字,但是通过这种消耗竞争对手资源的战略,它可以在另一市场取得更高的回报。常规的投资收益战略显然是不能取得这种效果的。"[1]无疑,这些由于全球决策对于企业绩效产生的后果在绩效管理中要综合考虑。

(2)不可比数据

从子公司所获得的数据有时并不具有可比性,母公司不能仅以此为标

---

① V. Puick Strategy Human Resource Management in a Multinational Firm, in Strategic Management of Multiantional Corporations:The Essentials, H. V. Wortael and L. H. Wortzel, eds. New York:John Wiley, 1985:429-430.

准而评价子公司的绩效。例如,巴西的销售可能是惊人的高,但是巴西政府一年内也许强行实施新的汇率控制,这使得跨国公司不可能收回利润。在这种情况下子公司可能表现出良好绩效,但对母公司的贡献却不明显。

（3）国际环境的多变性

国际环境巨大变动要求公司的长期目标具有灵活性,以便对潜在的市场机遇迅速作出反应。普希克指出,不灵活的方法意味着子公司可能正在执行一种不再适合新环境的战略。考虑一下过去20年内一些重大国际事件对跨国企业的影响,1991年的波斯湾战争,1992年欧洲统一市场的形成,中国30多年的改革开放,1997年香港回归,阿富汗战争,2007年的全球经济危机。这些事件都对相关国家的国际企业的全球战略和本地战略产生了深刻的影响。由于子公司在这种多变而且波动的环境中经营,它们必须将长期目标调整到特定市场的特定情况。当子公司的经理认识到由总公司所制定的目标不切实际、不灵活,并且没有考虑由于变化的环境使当地情况发生变化时,对子公司的绩效评估就会受到影响。

（4）成熟的不同层次

没有母公司的基础性支持,国外子公司的市场开发一般比国内更慢,更难以实现,因为在国内已建立的品牌能够支持新产品,新的商务领域易受其他子公司的交叉效应辅助。国外市场需要比国内市场更多的时间来实现其目的,在绩效管理过程中应当考虑这一情况。此外,还需要考虑母公司所在国与国外子公司之间的习俗与工作实践存在的诸多差异。例如,不能因为墨西哥工人的生产率是美国工人生产率的一半而解雇墨西哥的经理,在墨西哥,这一生产率可能是其他一般的墨西哥工厂生产率的3倍或4倍。

综上所述,当评估外国子公司的绩效时,有许多重要的限制因素需要考虑。由于评估主要是基于战略因素,这会直接影响对子公司经理的评估及其福利的取得。

2. 国际人力资源绩效考核的特点

国际人力资源管理中绩效考核的目的不仅仅是为员工薪酬调整和晋升提供依据,而且加入了许多新的因素。比如重视个人、团队业务和公司的目标的密切结合,将绩效考核作为把相关各方的目的相结合的一个契合点。

国际人力资源管理中绩效考核的目标包括战略方向和业绩。这与一般企业通常关注业绩有很大的差别,特别突出了战略方向,有利于实现企业的长远发展。同时,在业绩评价中,国际企业的考核标准也更为全面,既包括员工在财务、客户关系、员工关系和合作伙伴之间的一些作为,又包括员工的领导能力、战略计划、客户关注程度、信息和分析能力、人力资源开发、过程管理法等方面的表现。

当然不同的国家的企业,由于受本国文化的影响在人力资源绩效考核上仍存在着差异,表 7-4 所示为主要国家之间的绩效管理差异。

表 7-4　主要国家的绩效管理差异

美国企业	日本企业	德国企业
以职位分析为基础; 能力主义、快速评价、迅捷晋升、无情淘汰	年功序列; 福利型管理; 重视能力、资历和适应性三者平衡; 晋升缓慢	小幅度定期提薪、晋升、调换工作; 公平竞争的择优机制

资料来源:林新奇. 国际人力资源管理. 上海:复旦大学出版社,2004:282.

3. 国际人力资源绩效考核的操作

(1)多人比较法

多人比较法是将一个员工的工作绩效与一个或多个其他人作比较。这是一种相对的而不是绝对的衡量方法。此类方法最常用的三种形式:分组排序法、个体排序法和配对比较法。

多人比较法可以与其他各种方法结合使用,以便得到一个按绝对标准和相对标准衡量都为优秀的人员名单。例如,可综合使用评价表法和个体排序法,以提供更为准确的有关被考评者的信息。

(2)书面描述法

书面描述法即写一份记叙性材料,描述一个员工的所长、所短、过去的绩效和潜能等,然后提出予以改进和提高的建议。书面描述不需要采取某种复杂的格式,也不需要经过多少培训就能完成。但是,这种评价可能不仅取决于员工的实际绩效水平,也与评估者的评价能力有很大关系。

(3)关键事件法

关键事件法是指将注意力集中在那些区分有效的和无效的工作绩效的关键行为方面。评估者记下一些细小但能说明员工所作的是特别有效果的或无效果的事件。为某一个人记下一长串关键事件,就可以给员工指明他有哪些期望的或不期望的行为。

(4)评分表法

评分表法是一种最古老也最常用的绩效评估方法。它首先列出一系列绩效因素,如工作的数量与质量、职务知识、协作与出勤以及忠诚、诚实和首创精神等;然后评估者逐一对表中的每一项给出评分。评分表法设计和执行的总时间耗费较少,而且便于做定量分析和比较。

（5）行为定位评分法

行为定位评分法是近年来日益得到重视的一种绩效评估方法。这种方法综合了关键事件法和评分表法的主要要素，考评按某一序数值尺度对各项指标打分。不过，评分项目是某人从事某项职务的具体行为事例，而不是一般的个人特质描述。

（6）目标管理法

目标管理法是对经理人员和专门职业人员进行绩效评估的首选方法。在目标管理法下，每一个员工都确定有若干具体的指标，这些指标是其工作成功开展的关键目标，因此它们的完成情况可以作为评价员工的依据。目标管理重结果更甚于手段，管理者通常用利润、销售额和成本等作为指标。

（7）关键业绩指标法

关键业绩指标法考评主要目的是两个：一是绩效改进，二是价值评价。面向绩效改进的考核，重点是问题的解决及方法的改进，从而实现绩效的改进。它往往不与薪酬直接挂钩，但可以为价值评价提供依据。

面向价值评价的绩效考核，强调的重点是公正与公平，因为它和员工的利益直接挂钩。这种考核要求主管的评价要比较准确，而且对同类人员的考核要严格把握同一尺度，这对于行政服务人员、一线生产人员比较好操作。而对于职位内容变动较大或价值创造周期较长的职位来说，这种评价就比较难操作。有一种方法可以将两者统一起来，就是在日常的考核中强调绩效的持续改进，而在需进行价值评价的时候，由人力资源部门制定全企业统一的评价标准尺度。这样，一方面评价的结果会比较公平，另一方面员工的绩效改进也已达到较高水平，员工可以凭借自己出色的工作表现获得较高的报酬与认可。

7.4.2　国际企业人员的薪酬与激励

1. 薪酬与激励

薪酬是指员工从企业所得到的金钱和各种形式的服务和福利，它作为企业给员工的劳动回报的一部分，是劳动者应得的劳动报酬。员工的劳动报酬收入不仅限于货币收入，而且包括非货币收入。薪酬激励是人力资源管理的重要方面。良好而有效的薪酬激励有助于提高员工的工作满意度和工作绩效，进而提高企业的竞争力。

薪酬包括外在报酬与内在报酬两个方面。外在报酬是指员工因受到雇用而获得的各种形式的收入，包括工资或薪水、绩效工资、短期奖励、股票期权等长期奖励、津贴以及各种非货币形式的福利、服务和员工保护等。外在报酬的优点在于比较容易定性和定量分析。

内在报酬是指企业为员工提供较多的学习机会、挑战性工作、职业安全感以及员工通过自己努力工作而受到晋升、表扬等奖励。内在报酬的特点是难以进行清晰的定义,不易进行定量分析和比较,操作难度比较大,需要较高水平的管理艺术。

在管理学中出现过许多激励理论,如马斯洛的需求理论、赫兹伯格的双因素理论等都是其中有代表性的激励理论。

马斯洛(Maslow)把个人的需求分为生理需求、安全需求、社交需求、尊重需求和自我实现需求五个方面。生理需求主要是指生理上和生存上的基本需求;安全需求是指员工需要工作的安全感;社交需求主要是指人们之间的人际关系,良好的人际关系可以使员工心情愉快,更好地发挥自己的能力;尊重需求是指员工希望自己得到他人的尊重,这将有利于提高员工的自信心,激发出员工的潜能;自我实现需求是指员工希望可以完全发挥自己的才能,实现自己的人生目标。在激励的过程中,管理者需要了解每个员工的不同需求,因人而异使用不同的激励手段。

赫兹伯格(Herzberg)把组织激励的因素分为保健因素和激励因素。保健因素是指那些只能消除不满,并不能使员工达到非常满意的因素。它又可以分为物质享受和工作条件及工作环境两大部分。物质享受体现在员工的工资、奖金、福利制度和奖惩制度上。它可以使员工更加安心、愉快地投入到工作中去,并促使员工努力提高自己的工作水平及工作能力。工作条件和工作环境主要体现在企业设备、总体方针、规章制度和人际关系上,它可以提高员工的工作效率。激励因素是指能够激发员工的工作热情和积极性,并使员工感到非常满意的因素。它体现在对员工的尊重与赞美、给予员工发挥才能的适当平台、使员工获得成就感等方面。尊重员工、赞美员工可以建立员工的自信心,会使其更加热心于本职工作,提高工作水平。实现员工的成就感则可以激发出员工的潜力,留住企业的优秀人才。了解这些激励条件,企业就可以结合自身特点对员工进行激励。

由于国际人力资源管理需要面对不同国家的社会文化与法律制度背景,薪酬激励不能照搬本国企业的做法。即使在本公司内部,也要面临文化多样性的矛盾,国际企业需要开发特别的薪酬激励计划,以弥补工作人员及其家人为了国外工作所作的个人牺牲。因此,国际人力资源薪酬与激励管理面临着相当的复杂性。

2. 驻外人员薪酬管理

平衡表法是确定外派人员报酬最常见的方法。这一方法将国家间的购买力均等化,从而使员工能够在国外任职时享受到与母国一样的生活标准。此外,在这种方法下,任命地区间生活质量的差别可以通过物质激励手段得以补偿。母国员工的支出被划分为所得税、住房支出、商品服务支出(食品、服装、娱乐等)以及储备金(如储蓄、养老金等)。平衡表法力图通过为外派人员在东道国提供与母国相同的生活标准,加上一定的物质激励(如奖金、津贴),使其接受海外任命。

典型的外派人员报酬体系包括基本工资、国外服务奖金、各种形式的补助、差别纳税以及福利。一个外派人员的总体报酬通常相当于他在母国任职时收入的三倍。考虑到昂贵的外派成本,近年来许多公司已经开始逐渐减少对外派人员的使用。

(1)基本工资

外派人员的基本工资通常与其在母国类似职位的基本工资水平相同,以其母国货币或当地货币进行支付。

(2)国外服务奖金

国外服务奖金是外派人员由于其在本国以外工作而得到的额外报酬,是激励员工接受国外任命的手段。外派人员必须生活在远离家庭和朋友的异国他乡,必须应付新的文化和语言,必须适应新的工作习惯和做法,这些不适可以通过国外服务奖金得到一定的补偿。多数公司的国外服务奖金额是税后基本工资的 10%～30%,平均为 16%。[①]

(3)补贴

补贴在外派人员的报酬体系中通常有四种形式:艰苦补贴、住房补贴、生活成本补贴以及教育补贴。当企业将外派人员派往那些医疗、学校、零售商店等基本设施与其母国标准相差很大的艰苦地区任职时,通常会支付艰苦补贴。住房补贴一般是用以保证外派人员在国外能够支付得起与母国同质量住房的费用。在住房非常昂贵的地区(如伦敦、东京),这类补贴会高达外派人员总体报酬的 10%～30%。生活成本补贴用以确保外派人员子女能够接受充分的母国标准的学校教育。东道国的公共学校有时对外派人员的子女不合适,这种情况下,他们需要进入私立学校就读。

(4)纳税

除非东道国外派人员的母国间有互惠纳税协议,否则外派人员必须向母国和东道国政府双重纳税。当没有互惠纳税协议时,公司一般要为外派人员支付在东道国的所得税。此外,当东道国较高的所得税税率减少了外

---

① G. W. Latta. Expatriate Incentives. *HR Focus*, 75,1998(3):3.

派人员的净收入时,公司会对此差额给予补偿。

(5)福利

许多公司还要保证其外派人员在国外的医疗、养老金等福利与在母国一致。对公司来说,这项花费成本很大,因为许多福利在公司母国属于纳税可抵扣项目(如医疗和养老金福利),而在国外却不可以抵减。

驻外人员的薪酬激励管理可能是国际人力资源薪酬管理的主要问题。一般,驻外人员薪酬有如下两个特点:第一,薪酬水平较高,其中很大的一部分主要在各种各样的福利和总部提供的各类服务上。由于各国的福利计划通常会不一样,驻外人员除了享受东道国国内的福利以外,还可能要求继续享有母国的福利,以便为以后的回国作准备。驻外人员在两国之间的活动需要很大数额的额外补贴。第二,标准较复杂。驻外人员薪酬有许许多多的制定标准,包括以本国为基础、以所在国为基础、以总部为基础和以全球为基础四种确定方式。

7.5　国际劳工关系管理

7.5.1　劳工关系概念

1. 国际企业的劳工关系

在世界不同的国家中,劳工关系的性质和结构具有明显的差异性。国际管理者需要了解这些差异性,并熟练地掌握与不同的环境要求相适应的管理劳工关系差异性的方法和战略。

劳工关系"涉及的是这样一个过程,通过这个过程,管理者和雇员确定他们在工作场所中的关系"①。劳工关系是人力资源管理的一个方面,但它强调的是劳资集体谈判及与之相关的调解架构。较之于雇主与工会之间的集体关系,劳工关系的范围更为宽泛。

国际企业用以处理劳工关系的方法在不同国家是非常不同的。在许多国家中,劳工关系不仅受传统与法律规定的影响,而且也受文化及社会政策环境的影响。在中国,工会的性质和员工对工会的态度与许多其他国家都不同。较之与中国的工会组织来说,世界上许多其他国家的工会组织更愿意采取激进的工业行动。

---

① J. Eaton, J. *Comparative Emploment Relations: An Introduction*. Cambridge: Polity Press, 2000.

一个具体国家的劳工关系体制对国际企业选择进入这个国家的战略，是一个重要的限定因素。例如，由于东道国在一个具体产业领域中规定了工资水平，就会限制一个公司的投资欲望，较高的工资水平或许会降低企业在那个国家中的竞争能力。这对那些想到工资水平较高的发达国家进行投资的企业来说，更是一个需要考虑的因素。

国际管理者处理劳工关系的能力即处理回避破坏性功能冲突、降低工业争议和保持雇员劳动生产率的能力，是决定公司全球经营成功的重要因素。当一个企业在全球从事经营活动时，管理者必须清楚地认识到，不同的国家处理劳工关系的方法及态度是不同的，法律与法规及环境压力也是不同的。他们必须考虑劳工关系的以下三个主要的方面：第一，员工参与公司经营过程的程度，这将直接影响员工的士气和劳动生产率；第二，工会在员工与管理层关系中的角色和重要性；第三，具体的人力资源政策与规定，如聘用、报酬和培训等。有研究显示，很多国际性投资失败的原因，就是缺乏对这些条件的重视。

2. 劳工关系中的冲突过程

冲突是影响公司中人们的行为与绩效的重要因素之一，它同时也会影响人力资源管理。本节将介绍冲突过程的性质、动力及有效地解决冲突的方法。

（1）造成冲突的原因

在跨国经营过程中，冲突是不可避免的。但是在不同的情况下，处理与反应冲突的方式是不同的，解决冲突的方法也是不同的。从劳工关系的角度来看，一个需要考虑的重要方面是解决冲突与压制冲突之间的区别。解决冲突一般来说包括识别冲突以及降低或消除实际的冲突源。压制冲突则包括压制或回避冲突以及不让冲突表面化。许多企业在经营过程中，特别是在处理劳工关系方面，常常使用压制冲突的方法。这就是在许多国家中，劳工关系非常不稳定的主要原因之一。在企业经营的过程中冲突是无法避免的，这主要是由以下的原因造成的。

①缺乏沟通。误解与困惑常常是由于模糊与无效沟通造成的。在劳工关系方面，各方在沟通过程中形成误解与困惑是屡见不鲜的，因此冲突在所难免。尤其是在跨文化环境中，由于无效沟通，将会扩大冲突的范围。

②资源分配。许多企业由于资源的有限性和节约成本的需要，在员工或在部门之间需要共享企业资源。这通常是造成冲突的潜在来源。例如，在股东、管理层及雇员之间的财富分配方式，是最典型的一种产生冲突的来源。

③竞争性目标。企业各部门的目标是互不相同的。财务部门的目标与人力资源部门的目标是不同的，与市场营销部门的目标也是不同的。工会与管理层的目标更是不同的。这些不同常常会导致冲突。

④工作活动的相互依赖性。无论员工来自公司的哪个部门，他们彼此之间都需要相互合作，才能达成工作目标，这就会存在潜在的冲突。特别是当两个或更多的部门之间的任务独立性程度不同的时候，更会是这样。

⑤知觉差异性。不同的人对同种事物与情景存在不同的认识。例如有些管理者会认为削减工人成本是经营管理的一种正常合理的方法，而另一些也可能认为，削减工人成本是对企业稳定运行的威胁，特别是在动荡不定的劳工关系环境中。在很多情况下，这些认知差异性会导致争议与冲突。

⑥价值观的差异性。导致冲突的最常见的原因是价值观的差异性，这种差异性通常存在于工会与管理层之间。价值观差异性的程度将会对冲突强度产生重要的影响。

⑦企业结构。如果一个企业的结构不能与公司外部环境、战略或企业文化相吻合，就会成为产生紧张与冲突的来源。

⑧企业文化。企业文化如果与其他重要变量如公司环境、战略与结构不协调的话，它也将成为产生紧张与冲突的源泉。

⑨个人风格。不同的个人行为、态度和方法也可能成为导致冲突的根源。对一些人的管理可能会比另一些人更容易产生冲突。

⑩责任与义务的模糊。当对工作结果的责任模糊时，也会产生冲突。由于这个原因，运作不佳的绩效管理系统就可能导致大量的冲突。同样，纪律程序及由于不良行为和能力不足而解雇雇员，也是导致冲突的重要原因。

⑪角色不满。当由于各种原因使员工产生不满时，也会出现冲突。当员工对他们的工作角色不满时，就有可能导致冲突。

(2)解决冲突的方法

在选择方法解决与管理过程中的冲突时，存在着大量可使用的方法和技术，现介绍其中较为基本的五种方法。

①竞争。竞争是指冲突中的一方试图采取强制性手段以在争议中获胜，显然，这是一种"输或赢"的冲突解决方式。在这种方式中，一方要求的满足是以另一方的要求被忽略为基础的。这种方法具有明显的长期劣势，这种方式常常出现在澳大利亚和英国的劳工关系中。

②和解。在使用和解战略时，一方投降，另一方获胜，故这种方法也是解决冲突的"输或赢"方法。在工会非常激进的环境中，管理层通常采取这种方法以希望获得有利的地位，降低在未来工会处理问题的激进程度。

③妥协。妥协是介于竞争与和解之间的一种战略,争议双方可以达成一种具有可行性的协议。在这种协议中,争议双方对他们可接受的结果获得了有限的满足,它导致一种"半赢半输"的局面。

④回避。回避是指一方回避或延迟冲突的爆发。在有些情况下,采取这种战略是合理的,但在很多情况下,回避战略表现的是一种双输情景,即冲突的核心问题并没有获得解决,而是仍然保留下来或得到了压制。当一些诱发因素打乱了工作关系时,那些没有获得解决的问题或许会导致集中爆发。

⑤合作。合作是指冲突各方建立一个满足各方要求的创造性解决方案,这是一种双赢结果。但合作性解决方案常常需要时间,且达成这种方案相对来说是困难的。德国的工业关系体制的典型特征就是它更多地使用合作性解决工业争议的方法。

在不同的国家中,文化的差异性使人对待冲突的态度、对冲突情景的反应以及采取的解决冲突的方式具有重要区别。在高情景文化中,如在中国和日本,在解决冲突过程中寻求妥协与合作的倾向。而在低情景文化国家,如澳大利亚和英国,人们将冲突视为生活的正常部分,甚至是商业生活中的一个积极因素。

一般来说,与信奉集体主义文化的中国和日本相比,个人主义文化的国家如澳大利亚和美国具有接受公开冲突的倾向。此外,个人主义文化也具有采取竞争性方法解决冲突的倾向,而集体主义文化则倾向于采取妥协与合作的方法解决冲突。权力距离也会影响冲突的解决方式。在低权力距离的社会中,人们不愿意接受权威式的命令,因此在低权力距离的澳大利亚和有关国家,工会较为好战,工业冲突频繁发生。

7.5.2　影响国际劳资关系的主要因素

受全球化的影响,世界各国在劳工关系体制方面出现了某些趋同现象。尽管如此,国家之间的主要差异性仍然存在。当一个企业越来越全球化的时候,它就需要考虑不同国家之间的劳工关系的差异性。这些差异性的内容包括劳工工会化程度、政府介入劳工关系事务的程度、劳工关系体制的性质及特征、工会的结构、劳资集体谈判的方式、劳工关系协议的建立、集体协议的实施、劳资合作的水平等。

1. 劳工工会化程度

不同国家的工会化程度是极其不同的。例如在瑞典,超过70%的工人参加了工会,挪威、芬兰、德国和新西兰等国的工会化程度相对来说也比较高,但在西班牙、印度和印度尼西亚等国,其工会化程度就较低。近年来,绝大多数国家的工会人数都在下降。在过去20年中,美国工会会员人数的下降非常引人注目,但在欧洲许多国家中,工会会员人数的下降率就比较低。工会化程度对一个公司处理雇员—管理层之间关系的方式具有极其重要的影响。例如,在工会化程度较高的国家中,如果管理者试图在传统上被认为是劳工关系事务的问题上,通过与个体雇员打交道的方式处理这些事务,这种方式会导致管理层与工会之间的严重冲突或导致工业行动的后果。许多在具有较高工会化水平的东道国从事经营活动的合资企业都会面临严重的劳工关系问题,特别是当习惯于直接与个体雇员打交道的外派管理者试图在福利待遇和工作条件方面直接与当地雇员进行谈判时,就可能会造成严重后果。

2. 政府介入劳工关系事务的程度

在许多国家中,工会都不是由政府直接控制的。在员工—管理层关系中,政府条例的实际标准或政府介入工会活动的某些形式在不同的国家具有非常重要的差异性。例如,在欧洲许多国家中,政府对外国公司可以变动雇佣层次的幅度都作出了限制。但是,在美国和澳大利亚就不存在这些限制。

政府介入劳工关系这一现实对国际企业来说具有重要的影响,这是由两个原因造成的。首先,政府在例如雇佣层次、雇员招聘与解雇方面的条例将对跨国公司在这方面的灵活性程度产生重要的影响,也会影响公司可能的战略选择。此外,最低工资的增长也会使跨国公司重新考虑其生产位置,以便能保持其全球竞争力。其次,政府介入劳工关系的现实降低了市场力量在决定员工—管理层谈判结果方面的作用。由政府规则,而不是市场力量所决定的劳工关系的结果一般对国际企业来说很难预测和控制。

3. 劳工关系体制的性质及特征

劳工关系的实际性质及特征在不同的国家是不同的。例如,在美国和加拿大就同时存在着两种不同的劳工关系系统。其中一个系统是有组织的工会。在这个系统中,工会代表在报酬福利、安全事务、一般工作条件等方面代表工会会员与雇主进行交涉。而另一个系统则是由非工会会员构成的。而绝大多数国家实施的工业关系体制都是以单一的占支配地位的系统为特征的,这种系统包括了所有或绝大多数的工人。

4. 工会的结构

不同国家的工会的结构也是不同的。在西方国家中,工会要么是产业工会,要么是行业工会。产业工会代表一个具体产业中的所有等级或类型的雇员,而行业工会则代表属于一个具体行业或职业群体,或具有特殊职业技能的工人。近年来,又出现了大企业联合体工会,这种工会中的会员是跨产业和跨职业类别的。工会结构根据其仅仅包括一个公司,还是具有广泛基础的程度又有所区别。例如在日本,工会只包括一个单一企业是常见的,而在美国,全国工会则是非常普遍的。这种不同的结构形式对跨国公司也会产生重要影响。当一个公司在美国从事经营活动时,该公司或许必须同无数的工会打交道,这些不同的工会代表着公司劳动力的一些不同的部分,这使劳工关系的谈判非常复杂,需花费大量时间,也使公司人力资源管理政策的整合与运作更加困难。

5. 劳资集体谈判的方式

在美国和加拿大,劳资集体谈判相对来说是分散的,一般是在地区层次进行的。所以,一个具体公司的管理层与一个具体工会的地区代表进行谈判是非常流行的。在其他国家,如在欧洲许多国家和澳大利亚,劳资集体谈判更集中化,是在更宏观的层次上进行的。相比较而言,当劳资集体谈判是更集中化的,在更宏观层次进行的时候,可以就广泛的协议进行谈判,而更详细的谈判则可以留给地区的群体和工作委员会。

6. 劳工关系协议的建立

在不同的国家中,劳工关系协议建立的形式是不同的。在一些国家中,劳资关系协议采取的是合同式的、具有法律效力的文件形式。这种正式协议的形式在美国、加拿大和北欧国家是标准化的。而在南欧的法国和意大利,人们也接受一些非正式的协议形式,如口头协议形式,而且即使协议还没到期,也可以就有关协议内容重新进行谈判。劳工协议建立的形式也会影响对劳工谈判的管理。例如在美国,由于协议规定了有效期,管理者需要保证的是这种协议将有利于公司的长期利益。同时,如果雇员认为这种协议的条件太苛刻,就有可能导致较低的士气,降低质量与劳动生产率。在那些以不正规的形式进行谈判的劳工关系体制中,保持劳资双方的和谐与认识到双方的共同利益将是更为重要的,如果劳资双方在最初谈判过程中不能认识到双方的共同利益,就会出现撕毁已经达成的协议,并重新进行谈判的可能性。所以,跨国公司的管理者必须根据他们从事经营活动的那个国家的具体情况,选择劳资集体谈判的方式。

7. 集体协议的实施

一份合同只有在一种法律系统中才能获得保证,而世界各国的法律系统的成熟性和强度是极其不同的,这就使得协议在不同国家的执行效果是不一样的。例如,美国的法律系统比较完善和严格,这种法律系统能保证劳资协议得到执行。但是,当一家跨国公司在像印度尼西亚这样的国家中从事经营活动时,由于印度尼西亚的法律系统不够完善,非正式协议有时反而会比正式协议更有利于协议的执行,这是因为人们强调的是谈判双方都同意的永久性协议。

8. 劳资合作的水平

在有些国家的劳工关系体制中,劳资集体谈判方法是一种分配式谈判方法。雇员与雇主将对方视为需要与之"争斗"的敌手。在这种情况下,工会非常好战,常常采取罢工这种工业行动,禁令和停工常使双方付出巨大代价。在英国和澳大利亚的劳工关系体制中,上述情况屡见不鲜。但是在一些其他国家中,如在德国,存在的是一种多样化的和整合的劳资谈判系统。工人与管理层之间采取高度合作态度,他们之间通常将对方视为具有与自己相同目标的工作中的合作者。工会能够认识到以提高公司财富为目标的合作的价值。

从全球管理者的角度来看,在劳工关系方面采用高水平的合作方式,较之于采取敌对和冲突方式,更有助于降低在劳工关系方面出现潜在问题的可能性。

本章小结

■ 国际人力资源管理是对海外工作人员进行招聘选拔、培训开发、业绩评估和激励酬劳的过程。

■ 一个有效的国际人力资源管理体系既包括企业范围内的人力资源管理政策与程序,也包括适应不同国家、地区的人力资源管理政策和程序。尤其对于国际企业而言,通常需要调整公司的人力资源管理方式,以适应不同国家的传统、文化和社会制度。

■ 较之于国内人力资源管理,国际人力资源管理具有以下特点:更多的功能与管理活动;更广阔的视野;对雇员生活更大程度的干预;更大的风险;受更多的外部因素的影响。

■ 国际企业人力资源的员工来自不同的国家或地区,这也是国际企业全球竞争力的一个重要基础。从跨国公司的角度来划分,通常将国际企业员工分为三类:母国人员、东道国人员与第三国人员。

■ 国际人力资源管理研究者根据不同的人力资源配备的价值取向,将国际人力资源的配备方法划分为公司中心主义取向的人员配备方法、多中心主义取向的人员配备方法、地区中心主义取向的人员配备方法和全球中心主义取向的人员配备方法。

■ 母国外派人员在国际企业全球经营中具有重要的战略地位。他们实际上执行的是一种平衡与控制职能,国际企业通过向海外公司派遣母国人员来确保下属公司经营平衡并符合母公司高层的战略意图。

■ 跨国公司派遣到国外工作的人可以被归为四类:第一,首席执行官;第二,职能部门主管;第三,排除技术故障的技术人员;第四,业务操作者。

■ 国际企业外派人员的选择从需考虑文化敏感性与适应性,独立性与稳定性,年龄、经历与教育,语言能力,家庭因素,技术、管理与领导能力六个方面考虑。

■ 国际企业外派的动机包括填补国外空缺岗位、管理开发、组织开发三个方面。

■ 外派人员跨文化培训的内容包括知识认知类和经验技能类两种。

■ 外派人员培训的方式包括:第一,信息培训;第二,归因培训;第三,文化知识培训;第四,认知行为矫正。

■ 东道国和第三国人员培训与开发方式包括:第一,在职培训;第二,基础培训;第三,见习培训;第四,职务外培训。

■ 国际人力资源绩效考核的操作包括多人比较法、书面描述法、关键事件法、评分表法、行为定位评分法、目标管理法和关键业绩指标法等。

■ 典型的外派人员报酬体系包括基本工资、国外服务奖金、各种形式的补助、差别纳税以及福利。

■ 在企业经营的过程中冲突是无法避免的,这主要是由以下的原因造成的:缺乏沟通;资源分配;竞争性目标;工作活动的相互依赖性;知觉差异性;价值观的差异性;企业结构;企业文化;个人风格;责任与义务的模糊;角色不满。

■ 在解决与管理冲突的过程中,存在着大量可使用的方法和技术,如竞争、和解、妥协、回避和合作等

■ 影响国际劳资关系的主要因素包括:劳工工会化程度、政府介入劳工关系事务的程度、劳工关系体制的性质及特征、工会的结构、劳资集体谈判的方式、劳工关系协议的建立、集体协议的实施和劳资合作的水平八个方面。

思考题

1. 什么是国际企业人力资源管理?与国内人力资源管理相比,国际人力资源管理的复杂性体现在哪些方面?

2. 试比较美国、日本和中国的人力资源管理的不同。

3. 一个合格的海外经理人员必须达到的标准和所必须具备的素质是什么?

4. 为什么要对外派人员进行培训,主要内容有哪些?

5. 试比较各主要国家人力资源管理的优缺点。

6. 试分析工会对国际劳资关系的影响。

【章尾案例:可口可乐公司的国际化人力资源管理战略】

可口可乐公司在其100多年的发展历史中,绝大多数时期都是作为国际化公司在全球范围内进行经营活动的。目前,该公司在世界160个国家拥有分公司,在全球雇佣了大约40万人。可口可乐的名言之一是:我们不仅仅需要对资金的投入,而且也需要对人的投资。可口可乐国际人力资源管理战略的核心是,雇佣全球最优秀的管理人才,以保证公司全球经营绩效。为适应全球化发展的要求,可口可乐每年都要将300多名专业人员及管理人员从一个国家调往另一个国家,而且这种跨国调动的人数正逐年增长。

可口可乐公司一位人力资源管理部门的经理对公司的这种战略作了如下的评价:"最近我们得出的结论是,我们的人才必须多国化,再多国化……"为保证公司拥有足够的、可以适应全球竞争的优秀管理人才,可口可乐建立了自己独具特色的管理人才"蓄水池"。公司要求其21个业务部门中的每一个部门,必须寻找、招聘和开发这样的管理人才,即使他们可能现在并不是急需的,但是他们未来必然是公司最需要的管理精英。一旦在全球某一个地区由于业务发展的特殊要求,需要这些管理人才的话,公司可以马上将这些管理人才安排到所需要的管理岗位上去。

可口可乐公司的人力资源管理经理这样说:"用一句体育行话来说,我们公司必须有大量的强有力的'板凳队员',他们随时可以被委以重任。"在可口可乐经营战略中,对未来人力资源来源状况的预测是整个战略的重要组成部分,其中也包括公司制定的人员招聘与雇佣甄选标准。例如,公司期望应聘者一般能熟练掌握两门以上的语言。因为公司认为,这样的雇员可以随时被调往其他国家或地区工作。这种对国际化的强调,在可口可乐高层管理机构中也表现得非常明显。例如,公司总裁罗伯特·戈杰塔(Roberto Goizueta)就是一位出生在古巴的美国人,在公司21人的董事会中,只有4个人是美国人。

大学毕业生招聘计划是可口可乐国际人力资源管理战略的重要内容之一。可口可乐不仅在美国本土之外招聘大学毕业生,而且特别注重招聘那些在美国大学中学习的外国留学生。这些学生一旦在美国被可口可乐聘用,公司便会对他们进行为期一年的培训,然后再把他们派回到他们自己的国家中的可口可乐分公司工作。可口可乐还专门为那些对公司感兴趣的外国留学生提供假期实习的机会。这种实习可能是在美国进行的,也可能是在这些留学生自己的国家中进行的。这种实习通常按小组进行,公司为每个实习小组制定研究课题,实习结束后,每一个参加实习的外国留学生要向公司经营管理人员汇报研究结果。在这种研究结果中必须说明公司的经营绩效如何,特别是公司在经营过程中存在一些什么问题。同时,可口可乐也对每个学生的报告作出评估,以便确定他们未来在可口可乐公司工作的可能性。可口可乐公司确信,这种方法有助于公司在全球范围内物色到出色的未来经营人才,公司通过这种方法,可以获得大量可能被别的公司挖走的经营人才。这就是可口可乐公司在国外的销售收入要比在美国本土的销售收入多得多的原因。

资料来源:艾伦·M.鲁格曼,理查德·M.霍杰茨.国际商务——一种战略管理方法.北京:经济科学出版社,1999.

讨论问题

1. 可口可乐公司是从什么样的角度来看待人力资源管理的?公司为什么要这样做?

2. 可口可乐公司以什么样的基本标准来选择全球管理者?请描述其中的两种标准。

3. 可口可乐公司的管理者要熟练地掌握两种以上的语言,这对可口可乐公司有什么作用?为什么?

【主要参考文献】

[1]查尔斯·W.L.希尔.国际商务(第5版).北京:中国人民大学出版社,2005:635－655.

[2]李尔华.跨国公司经营与管理.北京:清华大学出版社,2005:254－275.

[3]林新奇.国际人力资源管理.上海:复旦大学出版社,2004:255－299.

[4]刘广尧.国际企业的人力资源管理模式比较.中国集团经济,2004(9):34－36.

[5]马述忠,廖红.国际企业管理.北京:北京大学出版社,2007:217－241.

[6]邱立成.国际企业人力资源管理.天津:天津教育出版社2006:1－151.

[7]王玫.跨国公司外派人员的绩效评估.系统研究,2007(3):50－51.

[8]约翰·B.库伦.多国管理战略要径.北京:机械工业出版社,2000:407－512.

[9]约翰·D.丹尼尔斯.国际商务环境与运作(第11版).北京:机械工业出版社,2008:420－422.

[10]张芬霞.跨国人力资源开发与管理模式的比较研究.武汉大学学报(哲学社会科学版)2006.(2):162—167.

[12]张新胜,王湲等.国际管理学——全球化时代的管理.北京:中国人民大学出版社,2002:478—530.

[13]赵曙明,彼得·J.道林,丹尼斯·E.韦尔奇.国际企业人力资源管理.北京:中国人民大学出版社,2000:56—165.

[14]赵曙明,武博.美、日、德、韩人力资源管理发展与模式比较研究.外国经济与管理,2002(11):31—36.

[15]阿尔温德·V.帕达克.国际管理.北京:机械工业出版社,2006:397—412.

[16]杨德新.跨国经营与跨国公司.北京:中国统计出版社,1996:862—902.

[17]赵署明.国际企业:人力资源管理.南京:南京大学出版社,1998:190—205.

8 国际企业的组织管理

Organization Management of International Business

没有组织就没有管理,而没有管理也就没有组织。管理部门是现代组织的特殊器官,正是依靠这种器官的活动,才有职能的执行和组织的生存。

——P. 德鲁克(P. Drucker)

☐ **主要内容**
- 国际企业组织管理概述
- 国际企业组织结构
- 控制和协调体系

☐ **核心概念**
- 组织的管理结构
- 传统组织结构
- 全球组织结构
- 全球职能结构
- 全球产品结构
- 全球地区结构
- 全球矩阵结构
- 全球混合结构
- 垂直差异化
- 水平差异化

☐ **预期目标**
- 掌握典型的全球性组织结构类型的适用条件及优缺点
- 理解典型的传统组织结构类型的含义及优缺点
- 理解影响组织结构设计的四类因素
- 理解影响集权的因素及采取集权与掌控组织结构的优缺点
- 理解影响分权的因素及采取分权与自主决策组织形式的优缺点

■ 理解控制和协调机制的作用

■ 了解国际企业管理的研究对象

■ 了解国际企业组织结构演变中三个不同阶段的主要内容

■ 了解组织设计理论的演进

【章首案例:联合利华的组织变革】

联合利华是世界上历史悠久的一家跨国公司,它为市场提供食品、洗涤剂和个人护理等一系列产品。公司年收益超过 500 亿美元,在各国实际销售的品牌产品达 1000 余种,仅洗涤剂就占公司收益的 5%,其知名品牌奥妙在 50 多个国家广为销售。个人护理产品包括 Calvin Klein 化妆品、Pepsodent 品牌的牙膏、Faberge 护发品和凡士林护肤液等。其食品仍占销售额的 60%,包括大量提供的人造黄油(联合利华在大多数国家的市场份额超过 70%)、茶、冰淇淋、冷冻食品和烘烤食品。

传统上,联合利华是一个分权型组织。在各国每个主要市场的子公司负责生产,营销、销售和分销该市场的产品。20 世纪 90 年代早期,公司在欧洲有 17 个子公司,各自强调不同的民族市场。每个子公司都是一个利润中心并分别对各自的绩效负责。这种分散经营一度还被视为优势的源泉。这种组织结构使当地的经理人员能在产品提供和营销策略上迎合当地的兴趣和偏好,并改变销售和分销策略以适应主流的零售系统。为了推动本土化,联合利华招聘本土的管理者来经营当地的组织,其美国子公司利华兄弟(Lever Brothers)由美国人经营,印度的子公司则由印度人管理等。

要整合这些分散组织,联合利华在其管理人员中努力创建一种共同的组织文化。多年来,公司都招聘具有类似背景、价值观和兴趣的人员。公司声称欢迎能分享公司价值观,即强调管理人员间的合作和意见的统一,具有高度"社交能力"的个人。据说公司在这方面是如此之成功,以至于从未谋面的联合利华高级经理们在机场上能相互认出来。联合利华的高层管理人员相信,尽管他们的管理人员来自不同的国家,但这是由思维相仿的人组成的团队,它解释了为何员工们能共同出色地工作。

联合利华也用心良苦地定期把这些管理人员召集在一起,召开讨论公司战略的年会以及在伦敦郊外联合利华管理人员培训中心举办经理人教育大会等,帮助管理人员之间建立联系。其设想是通过在同仁间建立起一个非正式联系网,互相熟识并不断接触交流经验。公司也经常跨国界、跨产品和跨部门调动年轻的管理人员,该政策建立了联合利华的人际关系,同时也增进了专业技术的交流。

至 20 世纪 90 年代中期,这种分权的组织结构越来越与快速变化的竞争环境不相适应。联合利华的竞争对手,包括瑞士的雀巢和美国的宝洁公司,在某些方面,如建立全球品牌、通过把制造作业集中于精心选择的几个区位来降低成本构成和同步在几个国家的市场推出产品等已比联合利华更为成功。联合利华的分权结构与建立全球化地区的品牌相悖,它意味着许多重复,特别是在制造上缺少规模经济以及成本构成较高。联合利华发现它在向市场引入新产品的速度上也落后于竞争对手。例如在欧洲,当雀巢和宝洁公司转向推出泛欧产品时。联合利华足足花了 4~5 年的时间才"说服"其 17 家欧洲子公司正式通过一种新产品。

90 年代中期,联合利华开始变革所有这一切。在 1996 年,它引入了一种基于地区业务集团的新的组织结构。在每个业务集团中有许多分部,各自集中于特定的某类产品。因此,在欧洲业务集团中,有的分部重点是洗涤剂业务,也有的集中于冰淇淋和冷冻食品等。这些集团和分部负责协调其所在地区各国子公司的活动以降低运营成本和加速开发及引入新产品的过程。

欧洲利华的成立是为了合并公司的各洗涤剂生产厂。17 家欧洲公司现在直接向欧洲利华报告,运用其新成立组织的影响力,欧洲利华将欧洲洗涤剂生产集中在几个关键的地区以降低成本和加速新产品的引入。该新举措的背后有一个协议即 17 家子公司放弃以往市场的自治权,以换得有助于发展和实施统一的泛欧战略的机会。欧洲的制皂厂由 10 家精简为 2 家,而一些新产品只有一个生产点。产品的大小和包装协调一致以削减采购成本,并使之与泛欧统一的广告宣传相适应。通过采取这些步骤,联合利华估计在其欧洲的洗涤剂运营单位每年能节约 4 亿美元。

欧洲利华也试图加速新产品开发并在全欧洲同步推出新产品。但是,它也有其历史局限性。当宝洁公司用统一的品牌在整个欧洲引领其衣物洗涤用品时,联合利华却在用各种不同的名称销售其产品。公司无意改变这一现状,毕竟这些品牌是公司花了 100 年时间才建立起来的,如果为了泛欧标准化的关系而将它们弃若散屣显然是愚蠢的。

资料来源:查尔斯·W. L. 希尔. 国际商务(第 5 版). 北京:中国人民大学出版社, 2005:449—450.

8.1 国际企业组织管理概述

8.1.1 组织设计理论综述

组织设计理论是指有关组织结构和组织关系的系统设想。在组织设计过程中,有许多需要考虑的问题,例如如何进行活动的分类、如何协调处理组织内部各种关系等。对这些问题的不同认识,形成了历史上各种不同的组织理论,具有典型代表意义的如古典组织理论、行为组织理论和系统组织理论。这几种组织理论在组织设计时所考虑的着重点如表 8-1 所示。

表 8-1 各种组织理论的重点

古典组织理论	行为组织理论	系统组织理论
结构因素	行为因素	环境因素
主要秩序	相互之间的关系	组织的生命周期
因素稳定性	群体交往	组织规模
组织目标	非正式的人际交往	技术
标准化	激励	外部环境
规章制度		其他

1. 古典组织理论

古典组织理论可分为科学管理理论、行政管理理论和官僚制理论三大学派。科学管理理论的主要代表是弗雷德里克·泰罗(Frederick Taylor)。泰罗的研究主要是在工厂、车间等场所中进行的,其所强调的"效率"思想及方法对行政组织的研究有很大影响。为了提高效率,他认真探讨了工人的操作方式和工作程序,提出了"工作定额原理"、"标准化原理"、"计件工资制"等方法。这些方法本身都突出了管理的重要性。泰罗主张把计划职能同执行职能分开,并提出将整个管理工作划分为许多较小的管理职能,实行职能管理。同时,泰罗还提出了"例外原理",即高级管理者把例行的一般日常事务授权给下级管理者去做,自己只保留对政策制定、任免等例外事项(或重要事项)的决定权和监督权。泰罗的管理思想为组织机构中职能部门的建立、管理专业化、高层管理者的职能分工、组织效率的提高等提供了有益的启示。

行政管理理论有时也被称为一般管理理论,其代表人物主要有亨利·

法约尔(Henri Fayol)和卢瑟·古利克(Luther Gulick)等。法约尔偏重于对高层管理问题进行探讨,在此基础上提出了管理的五种职能和管理的 14 条原则。古利克的管理七职能论和厄威克的"适用于一切组织的"八项原则进一步发展了法约尔的思想。行政管理理论主要探讨行政管理的一般职能和原则及其运用问题,认为运用这些原则会使行政管理者的工作有更高的效率。

【专栏 8-1】 14 项管理原则

法国古典管理理论学家亨利·法约尔(Henri Fayol)总结的 14 项管理原则如下。

1. 劳动分工原则

劳动分工属于自然规律。劳动分工不只适用于技术工作,而且也适用于管理工作。应该通过分工来提高管理工作的效率。但劳动分工有一定的限度,我们不应超越这些限度。

2. 权力与责任原则

有权力的地方,就有责任。责任是权力的孪生物,是权力的当然结果和必要补充。要贯彻权力与责任相符的原则,就应该有有效的奖励和惩罚制度,即"应该鼓励有益的行动而制止与其相反的行动"。这也就是所谓的权、责、利相结合的原则。

3. 纪律原则

法约尔认为纪律应包括两个方面,即企业与下属人员之间的协定和人们对这个协定的态度及其对协定遵守的情况。制定和维持纪律最有效的办法是:①各级好的领导。②尽可能明确而又公平的协定。③合理执行惩罚。

4. 统一指挥原则

一个下级人员只能接受一个上级的命令。如果两个领导人同时对同一个人或同一件事行使他们的权力,就会出现混乱。在任何情况下,都不会有适应双重指挥的社会组织。与统一指挥原则有关的还有下一个原则,即统一领导原则。

5. 统一领导原则

对于力求达到同一目的的全部活动,只能有一个领导人和一项计划。它与统一指挥原则不同,统一指挥原则讲的是,一个下级只能接受一个上级的指令。这两个原则之间既有区别又有联系。统一领导原则讲的是组织机构设置的问题,即在设置组织机构的时候,一个下级不能有两个直接上级。而统一指挥原则讲的是组织机构设置以后运转的问题,即当组织机构建立起来以后,在运转的过程中,一个下级不能同时接受两个上级的指令。

6. 个人利益服从整体利益的原则

对于这个原则,法约尔认为这是一些人们都十分明白清楚的原则,但是,往往"无知、贪婪、自私、懒惰以及人类的一切冲动总是使人为了个人利益而忘掉整体利益"。为了能坚持这个原则,法约尔认为,成功的办法是:①领导人的坚定性和好的榜样;②尽可能签订公平的协定;③认真的监督。

7. 人员的报酬原则

人员报酬首先取决于不受雇主的意愿和所属人员的才能影响的一些情况,如生活费用的高低、可雇人员的多少、业务的一般状况、企业的经济地位等,然后再看人员的才能,最后看采用的报酬方式。人员的报酬首先要考虑的是维持职工的最低生活消费和企业的基本经营状况,这是确定人员报酬的一个基本出发点。在此基础上,再考虑根据职工的劳动贡献来决定采用适当的报酬方式。对于各种报酬方式,法约尔认为不管采用什么报酬方式,都应该能做到以下几点:①它能保证报酬公平;②它能奖励有益的努力和激发热情;③它不应导致超过合理限度的过多的报酬。

8. 集中的原则

集中的原则即组织的权力的集中与分散的问题。集中或分散的问题是一个简单的尺度问题,问题在于找到适合于该企业的最适度。在小型企业,可以由上级领导者直接把命令传到下层人员,所以权力就相对比较集中;而在大型企业里,在高层领导者与基层人员之间还有许多中间环节,因此,权力就比较分散。影响一个企业是集中还是分散的因素有两个:一个是领导者的权力;另一个是领导者对发挥下级人员的积极性态度。

9. 等级制度原则

等级制度就是从最高权力机构直到低层管理人员的领导系列。而贯彻等级制度原则就是要在组织中建立这样一个不中断的等级链,这个等级链说明了两个方面的问题:一是它表明了组织中各个环节之间的权力关系,通过这个等级链,组织中的成员就可以明确谁可以对谁下指令,谁应该对谁负责。二是这个等级链表明了组织中信息传递的路线,即在一个正式组织中,信息是按照组织的等级系列来传递的。贯彻等级制度原则,有利于组织加强统一指挥原则,保证组织内信息联系的畅通。但是,一个组织如果严格地按照等级系列进行信息的沟通,则可能由于信息沟通的路线太长而使得信息联系的时间长,同时容易造成信息在传递的过程中失真。

10. 秩序原则

秩序原则包括物品的秩序原则和人的社会秩序原则。坚持物品的秩序原则就是要使每一件物品都在它应该放的地方。贯彻物品的秩序原则就是要使每件物品都在它应该放的位置上。

对于人的社会秩序原则，就是要确定最适合每个人的能力发挥的工作岗位，然后使每个人都在最能使自己的能力得到发挥的岗位上工作。为了能贯彻社会的秩序原则，首先要对企业的社会需要与资源有确切的了解，并保持两者之间经常的平衡；同时，要注意消除任人唯亲、偏爱徇私、野心奢望和无知等弊病。

11. 公平原则

所谓"公平"原则就是"公道"原则加上善意地对待职工。也就是说在贯彻"公道"原则的基础上，还要根据实际情况对职工的劳动表现进行"善意"的评价。当然，在贯彻"公平"原则时，还要求管理者不能"忽视任何原则，不忘掉总体利益"。

12. 人员的稳定原则

人员的稳定原则即一个人要适应他的新职位，并做到能很好地完成他的工作，这需要时间。要使一个人的能力得到充分的发挥，就要使他在一个工作岗位上相对稳定地工作一段时间，使他能有一段时间来熟悉自己的工作，了解自己的工作环境，并取得别人对自己的信任。

13. 首创精神

人的自我实现需求的满足是激励人们的工作热情和工作积极性的最有力的刺激因素。对于领导者来说，"需要极有分寸地，并要有某种勇气来激发和支持大家的首创精神"。当然，纪律原则、统一指挥原则和统一领导原则等的贯彻，会使得组织中人们的首创精神的发挥受到限制。

14. 人员的团结原则

人们往往由于管理能力的不足，或者由于自私自利，或者由于追求个人的利益等而忘记了组织的团结。为了加强组织的团结，在组织中要禁止滥用书面联系。在处理一个业务问题时，用当面口述要比书面快，并且简单得多。另外，一些冲突、误会可以在交谈中得到解决。

资料来源：MBA智库百科.14项管理原则.http://wiki.mbalib.com.

官僚制理论以马克斯·韦伯（Marx Web）为代表。官僚制理论主要关心的是官僚制组织如何活动、引起它们活动的原因及其可能会对社会产生什么影响，其研究深入组织内部结构、工作程序、运行过程等。组织效率仍然是其关注的问题。韦伯认为，官僚制组织的优点在于它"准确、迅速、清楚、纵列观念、连续、审慎、统一、严格服从、减少冲突和物资、人力的浪费"。

古典组织理论的特点在于它只考虑组织内部的因素，从静态的角度出发,以效率为目标来研究组织内部结构与管理的合理化,把人看做是机器的附属物,强调等级、命令和服从,并且用一种封闭模式的观点来对待组织,忽视了人的因素和环境的作用。其主要论点有:

①组织的每一单位,无论是横向的部门或单位,还是纵向的高、中、低层,都是根据劳动分工的原则进行区分和设置的。

②组织中每一单位、单位内每一个职位,均有明确规定的职权与职责。组织中每一单位的主管或职工都必须按规定的职权职责进行工作。

③组织中必须划分严格的等级,上级对下级下达命令,下级必须接受和执行。另外,上级不能越级指挥,下级也不可越级汇报,以保证统一指挥、统一领导。

④强调组织中建立规章制度的必要性,要求每一名员工,无论职位高低,都必须依照规章制度办事。

2. 行为组织理论

古典组织理论主要关心的是"正式系统"———一种为达到某种结局而设置的机械结构,行为组织理论则认为组织是一种"自然系统"。他们认为任何一个组织,其成员的行为都会影响该组织的结构和功能,并影响该组织所适用的管理原则,组织成员不仅为组织工作,而且他们本身就是组织的组成部分。

古典组织理论和行为组织理论的最大区别在于它们对于组织中人的地位的不同看法。古典组织理论认为,组织设计最重要的是要建立一个分工明确、非人格化的组织结构。在这样的组织结构中,由于职责明确,因此只要有符合岗位要求的人来履行职责就可以了。行为组织理论则认为,人是组织中的灵魂,组织结构的建立只是为了创造一个良好的环境,使这个组织中的人能比较顺利地实现他们的共同目标。因此,组织结构的设计必须考虑到人的因素,考虑到人的共同目标、人与人之间的关系、人的成长和能力的发挥。同时,如果一个组织中的人改变了,那么即使这个组织的名称未变,这个组织也已不再是原来的那个组织了,因为不同的人有不同的追求、不同的关系、不同的能力。

行为组织理论从动态的角度出发,以建立良好的人际关系为目标,寻求建立一个符合人际关系原则的组织。在行为组织理论中,以美国著名的行为学家利克特(R. Likert)的"第四类系统组织"(即参与型组织)的设计最为有名。利克特提出的参与型组织与韦伯提出的官僚组织的异同点如表 8-2 所示。

表 8-2 官僚型组织与参与型组织的比较

	官僚型组织	参与型组织
领导	上下级之间缺乏信任；下属无权参与讨论；领导不愿听取下属意见	上下级之家互相信任；上级欢迎下属参与讨论；上级虚心听取下属意见
激励	用严格的控制和惩罚，结合金钱刺激来控制员工行为	采用经济激励、自我激励、精神激励等全方位激励措施
沟通程序	自上而下逐级传递，员工认为这样的信息是不可信的	上下左右畅通无阻，大家认为这种信息是准确可靠的
人际关系	严禁个人交往，下属对本组织的目标、活动等无发言权	鼓励人际交往，上下级对于各项工作均有充分的发言权
决策过程	实行集权制，权利集中于上层	相对分权，各级管理者对本部门的问题都有决策权
目标制定	由最高层领导制定，不采用集体制定目标的方法	各级目标由各级管理者集体制定
控制方式	采用集权式控制方式，强调对失职者追究责任和处罚	进行分权控制，强调自我控制和自我解决问题
人力资源	员工士气低落，工作被动，管理者不爱惜人力，不注重对人的培训	员工士气高昂，管理者充分理解人力资源的重要性、注意员工的培训和发展

3. 系统组织理论

系统组织理论的主要代表人物是巴纳德（Chester I. Barnard）。系统组织理论认为，组织是一个开放的系统，它由若干个子系统所组成，并且受到组织内外部各种环境因素的影响。主要的影响因素包括以下几个方面。

（1）组织规模与组织所处的发展阶段

规模是影响组织结构的一个重要因素。适用于小企业的组织形式一般不太适用于大型企业，组织规模越大，工作越专门化，标准化操作程序和规章制度越多，分权的程度越高，也越倾向于正规。组织的规模往往是与组织的发展相联系的，伴随着组织的发展，组织活动日趋复杂，规模也会越来越大，组织的结构也就需要随之进行调整。

（2）技术

这里的技术是指为了完成组织目标而进行的各项活动中所需要的仪器、设备、控制方法等。例如，采用计算机信息系统就需要对权力线进行重组。美国的管理学家伍德沃德（Joan Woodward）曾将企业技术分成三种类型，并据此对其组织结构进行了分析和比较，结果如表 8-3 所示。

表 8-3　不同技术类型的企业组织结构比较

组织结构 技术类型	管理层次	基层管理幅度	行政管理幅度	工人与参谋比例
单一的和小批量生产	3	23	4	8∶1
大批量和大量生产	4	48	7	5∶1
持续性流水作业	6	15	10	2∶1

资料来源:邢以群.管理学(第2版).杭州:浙江大学出版社,2005:211.

从表 8-3 中可看到,随着工艺技术复杂程度的提高,组织内的管理层次和参谋人员数也增加,中级以上管理人员的管理幅度也就增加。伍德沃德认为,在技术简单(第一类型)和技术最复杂(第三类型)的企业组织中,参与型的组织结构形式占主导,在中等技术(第二类型)企业中,其组织结构以官僚型组织形式居多。

(3)外部环境因素

任何一个组织的运作都不能脱离一定的外部环境,有效的组织结构必须与外部环境相适应。一般,环境可分为相对稳定的环境和不稳定的环境。与此相适应,有两种不同的组织结构即机械结构和有机结构。处于相对稳定环境中的组织宜采用机械式结构,而处于不稳定环境中的组织多采用有机结构,两种组织结构的比较如表 8-4 所示。

表 8-4　机械结构与有机结构的比较

	机械式组织结构	有机式组织结构
外部环境	较为稳定、简单	较为复杂、不确定
任务分配	组织按功能进行划分,各功能单元应对具体的工作任务	各部门运用专门化的知识和经验合作应对共同的工作任务
专业化程度	高度专业化,需要专门的技术	工作专业化水平较低
任务范围	针对组织的每一个功能角色,都制定有明确的权利、义务技术方法等	强调权利、义务以及方法等各方面的"责任轮替",从而避免责任推诿的情况出现
组织控制	将权利、义务和方法转变为每一个功能岗位的责任	员工的一致性超出任何技术定义,强调个人对组织整体的责任感和忠诚感
信息通道	由上到下的垂直沟通	横向沟通,即通过协商而非命令
职权集中程度	集中于高层管理者	集中于每一层中有能力的人
影响力基础	建立在职权基础上	建立在个人的能力基础上

（4）其他因素

除上述因素以外，其他如工作性质、组织的发展战略、下属管理人员的素质等，都会影响到组织结构的设计。

系统组织理论认为，由于内外部环境因素的变化，不存在某种一成不变的组织模式，每个组织都必须根据自己的具体情况来对组织结构加以调整。

8.1.2 组织结构的设计原则及演变

1. 国际企业组织结构设计原则

当一个公司设计结构时，管理者首先要回答四个问题：第一，组织单位应当成为什么样的；第二，必须组合哪些构成要素，必须分割哪些构成要素；第三，什么样的规模及形态与不同的构成要素相关；第四，不同单位的相应安排与关系是什么。[①]

在公司国际化发展的今天，由于市场经营环境极不稳定，公司内部关系甚为复杂，文化背景差异到处存在，技术变革前景难以预测。所以有效的国际企业的组织结构设计必须考虑更加复杂的影响变量，并根据这些影响变量，确定组织结构设计的崭新原则。以下四种原则是国际企业组织结构设计过程中需要特别值得考虑的。

（1）平衡全球化与本地化原则

全球化与本地化是影响国际企业组织设计的两个非常重要的变量，如何平衡全球化与本地化，是国际企业在结构设计中必须考虑的问题，对国际企业的组织设计来说，这也是最具有挑战性的任务。

全球化的发展确实正在使全世界的不同市场变成一个"统一的世界市场"。为了在全球市场上获得竞争优势，国际企业需要追求全球经营规模并具有对全球市场变化作出快速反应的能力，这使得国际企业必须强化其在全球范围内的控制与协调能力，以实现最佳的资源配置。同时，每个地区市场的波动及变化同样也会影响国际企业在全球范围内的业务运作。因此，在组织设计过程中，国际企业必须兼顾本地化与全球化的要求，其结构选择必须既有助于全球整合，又能够推进国际企业的本地化。

全球化要求国际企业必须具有全球视野，公司战略必须体现全球经营特点；本地化则要求公司必须考虑不同地区的差异性，并按照这种差异性制定与实施公司全球化经营战略的具体措施。

在一个公司从国内公司向国际公司的演变进程中，其组织结构必须不

---

① P. Drucker. *Management*. New York：Harper and Row，1974：529.

断调整与重构,以适应不同的环境特征、公司国际化水平及公司经营战略的要求。

(2)合理化与灵活性原则

所谓合理化,是指国际企业的结构必须能够将成本、质量、技术与市场进行最佳组合,为每一种产品合理地确定生产地点及市场营销战略,以获取规模经济效益。所谓灵活性,是指国际企业必须使其机构具有对国际市场竞争形势作出快速反应并进行自我调整的机能,同时也具有能显示国际企业结构变革需要的早期预警机制。在全球竞争日趋激烈的今天,企业必须保持灵活、有效,才能够适应不断变化的外部环境,才能够保持竞争优势,以求生存与发展。

从另一个角度来看,合理化与灵活性就是产品取向与市场取向的有机整合。在20世纪80年代曾经被美国管理研究人员视为"最成功的美国公司"标志的IBM公司,自1993年第二季度起出现严重亏损。这一方面是由于IBM公司长期奉行的"高质量、高价格"的经营战略(产品取向)无法适应计算机家庭化的巨大市场需求(市场取向),同时也是由于IBM长期遵循的地区结构组织模式在公司国际化时代显得有些落伍。为了改变在全球市场上的被动局面,从1994年起,IBM抛弃了长期使用的传统的地区结构组织模式,而改为全球产品结构形式,并以此为基础,在公司内部建立了针对不同产业的生产与销售服务团队,以便为每一个产业群提供更专业化的服务。

(3)扁平化原则

扁平化原则的基本思想就是,一个组织的管理层次越少越好,因为企业的管理层次越少就越有利于企业市场竞争力的提升。丰田公司对国际市场竞争的适应性要远远强于美国通用汽车公司的一个重要原因就是丰田公司只有四个管理层级结构,而通用汽车公司的管理层级要远远多于丰田公司。显然,一个公司的组织结构越是复杂,其所需要的管理人员也就越多,出现"社会赋闲"可能的几率也就越大,公司为此所需要支付的成本也就会越高。当然,扁平的组织结构意味着一个管理者的"管理幅度"将被拓宽,它需要与更多的雇员进行沟通,需要控制更多的雇员的活动。

(4)文化适应性原则

国际企业在进行组织设计时,也必须考虑文化因素。"一个组织的结构必须与它的环境相适应。这里,环境包含了组织所在国家的民族文化这一内涵。"①由于文化的差异性,人们对组织的理解、组织中的活动方式、对组织权力分配的态度等都是具有差异性的。在权力距离高的国家如印度、土耳其等,高耸的组织结构能被雇员所接受,而在权力距离较低的国家,扁平的组织结构更能有效运作。在集体主义价值观占统治地位的国家,组织设计常常考虑更多的是人际关系的协调,而在个人主义占统治地位的国家,任务的明确性与责任的清晰性是组织设计过程所强调的重要因素。

需要指出的是,最佳的组织结构必须有助于实现组织的目标,并且与公司所在的产业领域、规模、技术、竞争环境和文化要求相适应。概而言之,国际企业结构的设计必须满足以下的要求:第一,必须有助于有效地实现组织的目标;第二,必须有助于公司资源的全球化有效配置及战略实施;第三,必须顾及国际企业经营环境的复杂性及文化多样性;第四,必须协调与整合公司的全球化与本地化的双重要求,并在公司总部与下属分公司之间建立起符合公司竞争要求的快速沟通渠道;第五,必须能够对环境、市场、技术等因素的变化作出快速反应;第六,必须符合公司倡导的价值观,显示公司的独特经营风格;第七,必须有助于强化公司的核心竞争力;第八,必须与公司国际化发展阶段的要求相吻合,当公司由国际化低级阶段向国际化高级阶段演变时,能够及时发出公司结构需要变革的预警信息。

2. 国际企业组织结构的演变过程

国际企业的组织结构不是一成不变的,而是随着内部和外部条件的变化发生着改变。国际企业组织结构的变化主要取决于以下六种因素:①企业的所有权结构与法定状况;②成立的年限与规模;③所从事的增值活动及其有关交易的数量和特点;④与其他企业(包括供货商、顾客和竞争对手)建立的关系的形式;⑤跨国经营活动的区域分布;⑥制定并正在实施的跨国经营战略。在国际企业发展的不同阶段以及不同类型的国际企业中,这些因素所产生的影响并不相同。一般来说,国际企业组织结构的演变大体经历了三个阶段。

(1)出口部阶段

在凭借出口方式进入外国市场的初期阶段,企业的国际业务通常规模较小、交易频率较低,通常委托独立经营的贸易公司代理其出口业务。随着产品的出口量不断增大,企业可以设立一个出口部门,专门负责出口业务,并逐步在国外建立自己的销售、服务和仓储机构。

---

① Helen Deresky. *International Management: Managing across Borders and Cultures*, 2ed, Addison-Wesley Educational Publishers, 1996:302.

仅依靠出口开拓国际市场,具有很大的局限性。东道国的关税、限额和其他进口壁垒会限制出口业务的发展。为了避开这些进口壁垒,企业可以采取许可证贸易和国外生产。但是在这个阶段,国际企业在国外的子公司数目不多、规模不大,经营的成败对母公司不起决定作用,加之母公司对东道国的情况不熟悉,子公司与母公司之间的关系比较松散。母公司通常不直接控制海外子公司,主要采取控股形式,而子公司往往具有高度自主权,子公司的经理拥有不受限制地制定与执行决策的权力。

随着在出口地区生产的增加,出口部门与公司其他部门的利益冲突会日益尖锐。由于在国外生产会导致出口部门的出口销售份额降低,所以出口部门宁愿继续出口而不希望增加海外生产。但对于大多数成功的国际企业来说,这种情况持续时间不会太长。海外子公司的成功,使它们在公司中的地位得到加强。跨国生产经营积累的经验,使得母公司能够对海外子公司实施更加有效的控制,组织结构也会做出相应的调整。

(2)国际部阶段

随着企业跨国经营规模的扩大,海外子公司不断增加,要求企业建立一个独立的部门,与国内各部门的业务分开,专门负责开拓跨国经营业务,处理跨国经营中的特殊问题。20世纪60年代初,美国的国际企业普遍采用的组织结构形式是设立独立的国际部,加强对国际业务的管理。

(3)跨国性组织结构阶段

当企业的跨国经营规模进一步扩大,海外子公司的数量和分布区域增加到一定程度时,只依靠一个部门来协调和管理跨国经营业务就很难满足组织管理的需要。实际上,在这个阶段,企业的其他部门也都在不同程度上介入了跨国经营业务中。为了适应跨国生产经营活动中组织管理的需要,企业的组织结构也会做出相应调整。一般地说,企业组织结构的调整与它们制定的跨国经营战略是相一致的。

实行多国经营战略的企业通常采取以地区为导向的组织结构,总公司设立不同部门负责管理和协调不同地区的跨国生产经营活动。实行全球经营战略的企业通常采取以产品为导向的组织结构,总公司设立不同部门负责管理和协调不同产品的跨国生产活动。实行跨国经营战略的企业采取以地区导向和产品导向相结合的某种网络一体化式的组织结构,负责不同地区的部门与负责不同产品的部门交叉在一起,管理和协调跨国生产经营活动。总之,国际企业的组织结构是在国内企业组织结构的基础上逐渐演变过来的。在这一演变过程中,组织结构随企业采取的跨国经营战略不同以及跨国经营业务的发展而不断变化和完善。一般的国际企业组织结构的演变过程可表示为：

　　销售部→出口部→国际部→区划分的组织结构→产品划分的组织结构
→地区划分与产品划分结合在一起的组织结构

8.2　国际企业组织结构

8.2.1　垂直差异化：集权与分权

　　组织结构包括三层含义：第一，把组织正式划分为各子单位，诸如产品
分部、在各国的营运点以及各职能部门；第二，在组织结构中决策职责的落
实（如集权和分权）；第三，建立整合机制以协调各子单位的活动。

　　国际企业与国内企业的一个显著差异是，国际企业面临着平衡国际与
地区差异这一艰巨的任务。所有的国际企业都必须列示清楚谁、有什么样
的权限、去做什么样的决策，比如谁为工厂选址做出决定，产品推广决策的
责任应在哪里，由谁来决定如何销售产品。从广义上说，决定在组织的哪个
层级有权来做出什么样的决策就是垂直差异。

　　在一些实行中央集权制的企业中决策往往由高层做出，底层管理者和
员工则主要负责执行层面的事物。然而在一些地方分权主导的企业中，决
策权往往被下放给那些距离具体行为最近的管理者，在这些企业中地方经
理被赋予参与决策的权力，有的甚至被赋予直接做出决策的权力。

　　当然，集权与分权并不是非此即彼的关系，企业的组织原则应体现决策
的集中与分散相结合的原则，对集权层面、分权层面及决策的可分散程度，
应有较为明确的划分。就组织层级而言，在国外子公司层面上作出的决策
应从分权角度上考虑，而在总公司层面上作出的决策则应从集权角度考虑。
就公司职能而言，有关公司的整个战略、重要的财务支出、财务目标等诸如
此类的决策采用集权形式，而经营决策如生产、营销、研发和人力资源管理
则更多的是采用分权形式，表 8-5 所示为集权与分权之间的差异。

表 8-5　中央集权与地方分权的比较

	中央集权	地方分权
假　设	决策由高层管理者做出； 价值链的最有效设置和协调依赖于总公司保留的权力； 决策与全球目标一致	决策由区域管理者做出； 价值链的最有效设置和协调依赖于分公司被授予的权力； 决策指向全球目标

续表

	中央集权	地方分权
优　势	促进价值链的协调； 保证决策与战略目标一致； 给予管理者权力做出重大变革； 避免各子公司的重复行动； 保证涉及权益相关者时的一致性	激发底层员工更加努力的工作； 使公司能够对快速变换的环境做出灵活的反应； 保证决策与本地区环境相适宜
劣　势	不能鼓励底层员工的创造性； 使底层员工消沉于简单的等待被告知去做什么	底层不良决策的影响会波及整个组织； 妨碍交叉单位的协调与配合
外部驱动因素	一般环境要求产品、购买、方法与政策在全球内整合趋同； 相互依赖的子公司共享着价值行动、与相同的竞争者和消费者打交道； 公司需要将它的资源从一个价值行动转移到另一个价值行动； 底层管理者缺乏必要的能力或者经验； 重要决策且决定关联性很大	一般环境要求产品、购买、方法和政策适合于地方； 在一个国家内生产就能够达到经济规模； 底层管理者具备做出决策的能力和经验； 决策相关性小，但必须快速做出决策； 国外子公司对于达到高层总部级别的要求很低

　　组织结构的垂直差异化程度还与企业所奉行的战略息息相关。奉行全球战略的企业必须抉择如何在全球分布各种创造价值的活动，以实现区位和经验曲线经济。总部必须决定研发、生产、营销等部门在全球的分布。此外，必须协调那些价值创造活动的全球分布网，使它们有助于全球战略的实施。所有这些会产生压力要求集中某些经营决策权。

　　相反，奉行多国战略的企业强调地区的调适，把经营决策权下放到国外子公司就显得极为重要。在典型的多国战略中，总公司倾向于集中控制其核心竞争力，而把其他决策权分给国外的子公司，因此国外子公司对大多数生产和营销决策都有自主权。实行多国战略的国际企业通常在母国集中控制研究与开发和营销，或两者取其一而把营运决策权下放到国外子公司。微软实行的就是典型的多国战略，它把其产品开发活动（其核心竞争力）集中在华盛顿的雷德蒙总部，把营销活动分散到国外各个子公司中。在微软的权力分配中，国外子公司的管理者有很大的自主权，能针对它们特定的市场来制定产品的营销策略。

　　跨国战略的情况更为复杂。为了实现区位和经验曲线经济，就要在一定程度上集中控制全球生产中心。但是，对地区调适的需要，又使它必须把许多经营决策权，特别是营销决策权下放给国外子公司。于是，在实行跨国战略的企业中,某些经营决策权相对集中,而另一些则相对分散。此外,全球范围内的学习是实行跨国战略的公司的核心特征。这种学习是建立在子公司之间以及子公司与母公司之间多方位技术转让的基础上的。同时国际企业中的外国子公司应有开发它们自己的技术和竞争能力的巨大自由。只有那样,才能产生杠杆作用,使组织的其他部门获益。

8.2.2 水平差异化:组织结构的设计

1.国内企业基本结构

所有的企业必须水平化划分其业务,也就是说,管理者必须将公司分割成相互分离的单位,以便为专门化的任务分配责任。具体地说,水平差异描述了一个企业如何设计其形式结构来实现以下目的:①明确组织化任务的总体设置;②将这些任务分配到部门、子公司以便工作可以进行;③分配权力和权力关系以保证工作沿着支持公司战略的方向进行。一般而言,企业以职能、产品类型和地理区域或上述因素的综合为基础来进行组织划分。

职能结构是最简单的企业组织结构,绝大多数小公司都采用职能结构,甚至是一些大公司也经常拥有一些职能性的下属单位,图8-1是职能结构的组织图。

图 8-1 一般的职能结构

当组织面临多种环境时,职能结构的有效性就会降低。例如,当企业经营涉及多种产品,面对不同的顾客集团或者经营地区分布广泛时,组织就会失去有效性,并且缺乏效率。管理者对此最普遍的反应是根据产品和地区来组织部门或分部。

依据产品或地区来建立部门或下属单位的结构安排分别被称作产品结构和地区结构,图8-2和图8-3是简单的产品结构和地区结构示意图。

产品或地区组织必须依然履行企业的职能任务(如营销、会计),但是与职能结构不同,产品或地区组织并不将职能集中于独立的下属单位,而是将职能任务重复设置在每一个产品或地区部门。这些职能任务的重复设置通

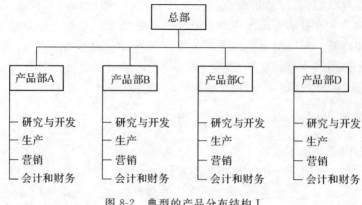

图 8-2　典型的产品分布结构 I

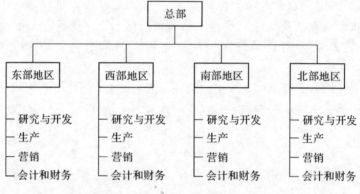

图 8-3　典型的产品分布结构 II

常需要更多的管理者及其他相关人员来管理组织。当然,职能的重复设置也暴露出产品与地区结构的最大弱点,即规模经济的丧失。这些组织的效率通常低于纯粹的职能结构组织。

企业所以接受这种产品或地区结构带来的职能效率损失是出于两个原因:首先,顾客集团和产品多样化的发展,跨职能的协调与控制成本不断提高,这样就抵消了基本职能结构的效率;其次,即使对于小型组织,产品和地区组织相对较高的职能结构也具有竞争优势。

地区结构在每一个区域建立一个较小的职能组织,使企业能满足不同地区顾客的不同需求。与服务所有顾客的大型组织职能结构不同,较小的地区性组织将所有的职能活动集中于服务本地区顾客的特殊需要。由于组织强调特定的顾客集团,所以管理者可以更容易、更快地识别顾客的需要,并相应地调整产品。

当管理者认为一种产品或一类产品非常特殊,需要将职能活动集中于一类产品或服务时,他们就会选择产品结构。这种结构需要跨职能领域强有力的协调来支持产品类型。选择产品结构的主要原因是产品的特殊性、技术的变革或不同产品与不同顾客群之间的联系。

2. 国际分部

企业的国际组织架构通常是国内组织架构的延伸,并随着企业内外部环境及经营战略的改变而发生变化。企业开始接触国际市场时,通常通过设立出口部门或在东道国设立子公司的形式来管理和支持企业的国际经营活动。当国际企业的海外业务上升到一定的比重后,这种形式已不能满足企业的发展。因此,企业把所有的国际活动集中在一个国际分部进行。以职能为组织基础的企业和以产品为组织基础的企业尤其如此。图 8-4 是一个国际分部在国内产品结构中的例子。

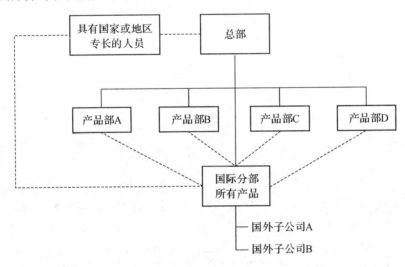

图 8-4　国际分部结构

国际分部结构对于中等规模、经营的产品和国家地区有限的公司来说,是一种较为有效率的组织结构。但是这种组织结构形式存在着国内与国外经营之间潜在的冲突与协调问题。首先,当产品的数量超过了国际分部的能力,例如在销售方面,国际分部人员难以掌握全面的产品线及其在世界范围的销售。或者企业在不同国家的经营地区增加时,国际分部难以进行多地区管理或进行地区性调整。这都会使得总公司无法了解当地需要并进行相应的战略调整。此外,国际分部将设在全球的公司与母国的产品分部相分离,这些分部难以将整个世界市场视为一个整体市场,从而不利于企业利用世界范围产品或实施区位优势的国际战略。

3.世界地区结构与世界产品结构

由于国际分部组织结构的潜在问题,大多数继续扩展国际化的企业都会采用世界地区结构或世界产品结构这两种组织形式。有国内产品分布的公司往往乐于采用世界产品结构;而产品多样化程度低且国内组织结构以职能为基础的公司则乐于采用世界地区结构。这两种选择的发展路径如图8-5所示。

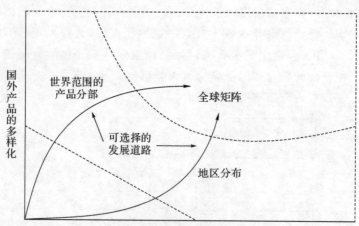

图 8-5 国际组织结构阶段

世界地区结构主要是从顾客需求的相似性和单一产品的效率考虑。整个世界分为若干个区域,每一区域可以是一个国家(如果该市场足够大)或一组国家。每一区域往往都小而全,并在很大程度上是独立自治的实体,有一套自己的价值创造活动(如自己的生产、营销、研究开发、人力资源和财务职能)。经营领导权和与影响价值创造活动有关的战略决策权通常都下放到各个地区。总部则掌握公司总的战略方向和财务控制权。

世界地区结构有助于促进地区调试。由于决策权下放了,因此每一区域都能针对当地情况提供特定的产品,制定相应的营销策略和业务战略。但是这种结构的缺点是容易把组织分割成一个个高度自治的实体。这会使地区间的核心竞争力和技术转移发生困难,也难以实现区位和经验曲线效应。[①] 因此,在此结构基础上建立起来的公司,如果其地区调试不如降低成

---

① 经验曲线效应(the experience curve effect)指的是一项任务越是经常执行,做它的代价越小。任务可以是任何的产品或服务。数量每翻一番,其成本(包括管理、营销、分销、制造费用等)下降一个常量百分比。

本或不如为建立竞争优势而转移核心竞争力来得重要的话,那么这些公司将会遇到严重的困难。

产品分部构成世界产品结构的基本单位,如图 8-6 所示,每个产品分部负责在世界范围内生产和销售其产品或服务。产品结构支持以世界产品生产和销售为核心的战略,它通常被认为是实施国际战略的理想结构。在国际战略中,公司试图通过销售世界产品而将重要活动设在母国来获取规模经济。

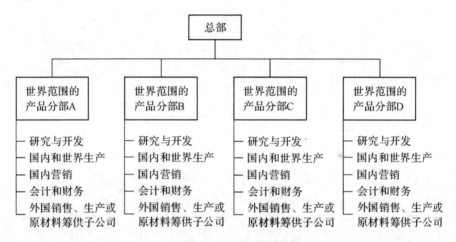

图 8-6 世界产品结构

世界产品结构牺牲了源于地区结构的地方调整优势,但换取了产品开发与制造的规模经济。例如,美国福特汽车公司实施其 2000 年战略,放弃了位于欧洲的公司,而把产品工程与设计集中在底特律。他们创造了产品集团,称之为"汽车研究中心",该中心负责在世界范围内开发新的卡车和轿车。这种更倾向于产品导向的设计通过利用较少的全球供应商和减少产品开发上的重复性来节约成本。同时这种组织结构还有助于分部内部在全球营运过程中转移核心竞争能力,有利于新产品在全球同步上市。但这种组织结构限制了地区或各国经理的权力,他们被视为产品分部经理的下属,从而可能会导致缺乏地区的调适。

4. 前后混合结构与世界矩阵结构

如上文所述,世界产品结构与世界地区结构对于实施跨国战略具有各自优势和劣势。产品结构最适合支持强调全球产品与合理化(利用世界范围内低成本原材料来源和世界营销战略)的战略;地区结构最适合支持强调当地适应性调整(管理者通常是当地人员并对当地需求敏感)的战略。但是,绝大多数国际企业采取的战略既包含对当地市场调整的考虑,又包含对全球化的经济与产品发展利益的考虑。这样一种条件下，便催生出一种新的组织结构前后混合结构。这种结构是将价值链分为上游的全球活动和下游的地区活动两部分。前部的组织单位是建立在地区基础上，强调地区；后部的组织单位是建立在产品集团基础上，强调全球研究与开发的规模经济和产品生产。

图 8-7 是利乐公司的前后混合结构图，该公司生产液态食品的纸包装和塑料包装。在利乐公司，地区和国家单位从全球生产单位处获得原料和生产设备，然后生产满足当地需求的包装，包括尺寸、颜色和商标。

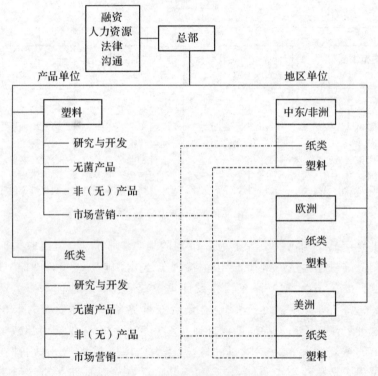

图 8-7　利乐公司的前后混合结构

为平衡地区结构与产品结构的利益和协调混合的产品与地区性下属单位，有些国际企业建立了世界矩阵结构。较之于前后混合结构，世界矩阵结构是一个对称性的组织（见图 8-8），它在产品类型和地区分部两方面具有相同的授权路线。矩阵结构为公司同时实施地区性战略和全球性战略提供了理想的组织结构。地区分部注重对国别的反应能力，而产品分部注重全球效率。一般的，当对地区调整方面的环境需要与同规模经济相关的产品标准化方面的环境需要趋于等同时，矩阵结构就能很好地发挥作用。但如果没有这些接近等同的需要,组织就将根据哪一方面对竞争优势更为重要而演变成产品结构或地区结构。

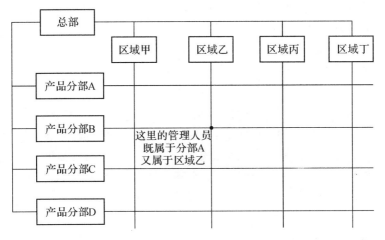

图 8-8 全球矩阵结构

从理论上讲,矩阵组织会产生高质量的决策,因为两个或更多的管理者要就怎样平衡当地与世界性的需求达成一致的意见。处于产品分部和地区分部接合点位置的管理者同时受到来自产品部门和来自区域部门经理的领导。产品经理倾向于强调诸如效率和世界产品等目标,而地区经理则倾向于强调当地市场的调整。这些利益上的冲突意味着要在全球化和地区化压力之间寻求一种平衡。因此,对于所有层次的管理者来讲,矩阵结构要求不断地平衡产品需要和地区需要。

矩阵结构能够有效地解决全球化与当地化在组织上的两难平衡。但是,产品管理者与地区管理者之间的一致性决策是缓慢而烦琐的,这极大地影响了企业对市场的反应能力,造成尾大不掉的局面。

5. 全球网络结构

全球网络结构是一种最新的组织结构,它能对各种复杂需求根据当地情况做出反应,同时能利用全球规模经济寻求比如全球知识来源等地方优势。与矩阵结构一样,全球网络结构试图获取各种组织方案的所有优势,它综合了职能、产品和地区的下属单位。但是,与对称的矩阵结构不同,全球网络结构不具备基本形式,它不具有对称性,也不具有组织的产品和地区之间的平衡。全球网络结构是一种连接世界范围内不同类型子公司的网络,处于网络中心结点的单位协调产品、职能和地区方面的信息。不同的产品类型单位与地区单位具有不同的结构,通常设有两个下属单位的结构是完全相同的。跨国单位的演变是为了利用其所在世界的某一地方的资源、人才和市场机会,使这些资源、人才和思想可以全方位地流动。进入 20 世纪 90 年代以后,全球网络结构成为比较流行的国际企业的组织结构设计模式。正如斯迪芬·罗宾斯所说:"目前正在流行一种新形式的组织设计。它使管理当局对于新技术、时尚,或者海外的低成本竞争,能具有更强的适应性和应变能力,这就是网络结构。"①

全球网络结构是由不同的公司、下属分公司、供应商等组成的一个全球范围的产品与销售网络系统。在这种网络系统中,不同地区中心或不同国家的分公司或许采用不同的结构形式。因为它们是在不同的国家和地区的环境中从事经营活动的,这些国家在经济体制、政治环境、文化特征及社会行为方面具有明显的差异性,因此国际企业很难用相同的标准去协调其遍布于世界各地的业务单位,使它们既能满足当地市场的需要,又能满足其对成本优势的追求。在这种情况下,看似分散、实际则被网络连接起来的各个地区中心、各个国家的分公司及关系企业组成了一个庞大的公司网络,而总公司则通过"部分所有权"、转包、生产许可证、特许经营权等形式直接或间接地控制着这个有形和无形相结合的"网络公司帝国"的整体运作。如图8-9所示是菲利浦公司的网络结构形式。

荷兰飞利浦公司是采用跨国网络结构的一个典型例证。该公司在 6 个不同的国家从事经营活动,其产品多种多样,包括灯泡到国防系列产品等。根据产品相似性划分,该公司拥有 8 个产品分部,下设 60 个产品下属单位,每个产品分部拥有世界范围的子公司。子公司可能集中于一种产品或一系列产品的生产;可能专门从事于研究开发、制造或对世界市场或地区市场的营销。还有一些子公司只从事于销售。一些子公司高度独立于总部,而其他单位则受到总部的严格控制。

在地区方面,飞利浦公司将世界划分为三类地区单位:包括荷兰和美国在内的"主要国家",这些国家为当地和世界市场生产,控制当地销售;包括墨西哥和比利时在内的"大国",这些国家拥有一些当地和世界范围的生产设备并进行当地销售;"当地经营国家"是一些小国,这些国家设立的主要是销售单位,这些单位进口产品分部在其他国家生产的产品。飞利浦公司采用这些设计的目的是最大限度地提高效率,加强组织学习和提高当地的适应能力。

---

① Nancy J. Adler. *International Dimensions of Organizational Behaviors*. South-Westen College Publishing,1997:11.

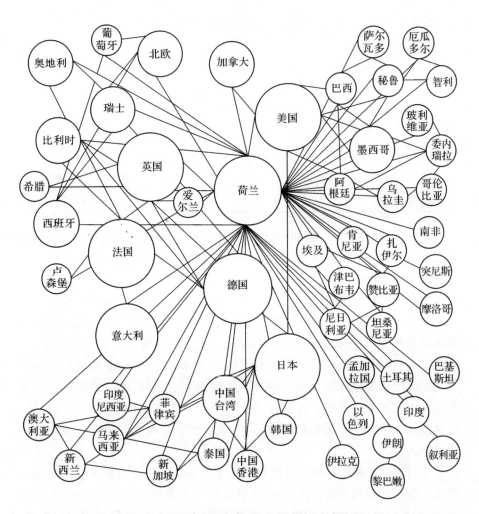

图 8-9 飞利浦公司跨国(地区)结构的区域联系

资料来源：Ghoshal，Sumantra and Christopher A. Bartlett. The multinational corportion as an interorganization network. *Academy of Management Review*，1990，15，603-625.

8.2.3 战略与组织结构

第 4 章定义了四种国际企业战略：多国战略、国际战略、地区战略和跨国战略。上面已介绍了有关组织构架。若干方面的问题，现在讨论国际企业组织设计与企业战略之间的潜在关系(见表 8-5)。

表 8-5 战略和组织结构

战略 组织结构 与控制	多国战略	国际战略	地区战略	跨国战略
垂直差异化	分散	核心竞争力集中;其他分散	某些集中	集中与分散相结合
水平差异化	世界地区结构	世界范围的产品分部	世界范围的产品分部	非正式矩阵
协调需求	低	中等	高	很高
整合机制	无	少	多	很多

奉行多国战略的公司关注地区调适。如表 8-5 所示,可以看到多国公司倾向于采用世界范围的区域结构。在此结构中,经营决策权下放到独立运行的外国子公司中。各子单位(区域和各国子公司)间的协调需求低。这说明多国公司对整合机制(无论正式或非正式),将不同的各国营运点结合在一起的需求并不十分强烈。各部门彼此独立也就意味着多国公司中的绩效模糊问题并不严重,因而控制成本也低。这样,总部能主要靠产出控制、行政组织控制以及例外管理政策来管理国外各分单位,奖励也就能与各国子公司层级的绩效相挂钩。由于整合和协调的需求低,因此对共同流程和组织文化的需求也十分低。如果这些公司不能从实现区位和经验曲线经济,或从核心竞争力转移来获利的话,其简单的组织结构也能使这一战略变得很吸引人。

奉行国际战略的公司通过把核心竞争力从母国转向国外子公司来创造价值。如果它们的产品多样化,公司就采用世界范围的产品分部结构,事实上,大多数国际公司也都如此。总部通常集中控制公司的核心竞争力资源,这些资源多数往往来自研究开发部门和营销职能部门。其他经营决策权则下放到各国分支单位中(在产品多样化的公司向世界产品分部汇报)。

国际公司的协调需求处于中等水平,反映了公司核心竞争力转移的需求。因此,尽管这些公司使用一些整合机制,但并不广泛。由于部门间的依赖程度相对较低,绩效模糊性也相对较低。因此,这些公司通常可采用成果控制和行政组织控制,奖励重点针对子公司层面的绩效矩阵。它对共同的组织文化和共同流程的需求并不很大。一个重要的例外是当公司的核心技能或竞争能力根植于流程和文化时,公司就需密切关注将那些流程和有关的文化从公司中心转到各国子公司。总体上说,国际公司的组织虽然要比多国公司复杂,但其复杂的程度并不高。

奉行地区战略的公司力求实现区位和经验曲线经济。由于多数地区公司都是产品多样化公司,这些公司采用世界范围的产品分部结构。为了协调公司分散在全球的价值创造活动网,总部通常保留大多数经营决策的最终控制权。总之,地区公司的集权比多数其他类型的公司要强。由于要协调公司全球价值链的各个环节,公司的整合要求也较高。因而全球公司通常采用一整套正式和非正式的整合机制,由此产生的部门间的依赖性导致较高的绩效模糊性。除了产出控制和行政组织控制,全球公司还强调建设一个强大的组织文化,以促进协调与合作。它们也常使用与公司层面的绩效相联系的奖励制度,给不同部门的管理人员一个强大的诱因来相互配合,以提高整个公司的绩效。一般来说,全球公司的组织要比多国公司和国际公司更复杂。

奉行跨国战略的公司同时追求区位和经验曲线经济、地区调适和全球学习效应(多方位核心竞争力和技能的转移)。这些公司趋向于采用矩阵结构,其中产品部门和地区部门都有重大影响力;为了协调全球分布的价值链,实现核心竞争力转移,就会有压力要求集中某些经营决策权(特别是生产和研究开发);与此同时,地区调适的需要又产生了向各国营运点(尤其是营销)分散其他经营决策权的压力。结果,这些公司既要高度集中某些经营决策权,又要高度分散某些经营决策权。

跨国公司的协调需求特别高,表现为广泛采用一系列正式和非正式的整合机制,包括正式的矩阵结构和非正式的管理网络。这种整合机制表明各部门间的依赖程度很高,从而导致显著的绩效模糊,增加了控制成本。为了避免这种情况,国际企业除了采用产出控制和行政组织控制外,还需要培养强大的组织文化和建设奖励制度,以促进各子单位间的合作。

8.3 控制和协调体系

8.3.1 控制体系

对于国际企业来说,组织的控制是指将子公司的活动集中于支持公司战略所采用的程序。控制体系有助于建立组织的垂直联系和组织层级结构中的上下联系。

控制体系的两个基本职能是帮助国际企业下属单位将其活动集中于支持公司整体的战略目标。其主要体现在两个方面:一是衡量和监督下属单位在公司战略中发挥作用的绩效;二是对下属单位的有效性向其管理者提供反馈。评估与反馈可以帮助高层管理者与下属单位沟通战略目标。此外,评估、反馈与奖励体系(晋升和薪酬)相结合可以适当地引导下属的行为。

国际企业使用的控制系统主要有四种,即决策控制、官僚控制、产出控制和文化控制。大多数企业同时使用这四种控制,但它们的侧重点随公司战略的不同而不同。

决策控制是组织层级结构中管理者拥有决策权的层次,即上级直接监控下属的行动。组织形式不同其权力分配也不尽相同:在分权的组织中,较低层次的管理者要进行大量的较重要的决策;而在集权的组织中,高层管理者进行绝大多数的重要决策。在绝大多数的世界产品结构中,职能和战略行为(如生产、财务、营销和产品战略)的控制集中在产品分部的总部,当地子公司上层管理者只负责管理当地行政、法律和财务事务。比较而言,分权结构则在世界地区结构中更为普遍,在这一结构中,地区管理者拥有来自总部的很大的自主权。

产出控制是指为子单位设立目标,并以诸如盈利能力、生产率、增长率、市场份额和质量等相对客观的标准来使那些目标具体化,然后子单位经理人员的绩效则根据他们达成目标的能力来判断。如果达到或是超过目标,子单位的经理将受到奖励。假如未达成预期目标,高层管理部门通常会介入寻找原因并采取适当的纠偏行动。各子单位的目标是根据它在公司里所起的作用制定的,自治的产品分部或各国分部通常以盈利能力、销售增长率和市场份额为目标。职能部门的目标更可能与其特定的活动有关。具有跨国战略和结构的公司可能采取不同的方式来评估每一家子公司。比如,对一家子公司可能基于其开发世界产品来进行评估,而对另一家子公司可能依据所占有的市场份额的市场渗透情况进行评估。

官僚控制体系强调管理组织内部的行为而不是结果。典型的官僚控制机制包括预算、统计报告、标准的操作程序和决策的集中化。预算基本上是一组分配公司财务资源的规则。一个子单位的预算规定了它可花费资金的相对准确数字,总部用预算控制各子单位的行动。预算注重成本控制并通常强调效率目标,也就是说有效率的下属单位能在固定的预算范围内生产更多的产品,提供更多的服务。统计报告是指向高层管理者提供有关非财务成果信息的报告。例如,一个服务性部门可能报告每周顾客投诉的数量,制造部门可能报告生产的产品数量和被质量控制部门检验退回的产品数量。标准的操作程序提供了一些规则与制度,用于鉴别被认可的行为方式。例如,公司可能规定所有子公司都应遵循统一的人事考核标准。

文化控制体系是指利用组织文化来控制雇员的行为和态度。强有力的组织文化可以在员工中树立共同的准则、价值观、信念和传统。这种文化鼓励员工对组织尽职尽责,员工和管理者了解管理目标并全力支持这些目标。文化控制在国际企业的多文化经营中十分重要。许多学者的研究表明,一种强有力的组织文化是连接国际企业和来自许多不同文化背景的管理者的唯一方式。

当企业的准则与价值观体系"深入"职工人心时,文化控制就形成了。文化控制形成后,雇员能自行约束其行为,减少了直接监控的需要。当企业文化很强时,自我控制甚至能减少企业运用其他控制系统进行监督的必要。

【专栏 8-2】　审计你的组织能力

人们之所以对通用电气、星巴克或者微软之类的公司心存敬意,不是因为它们的组织结构或具体的管理方法,而是因为它们的能力——例如,创新的能力,或者应对不断变化的客户需求的能力。这些非常宝贵的无形资产,被本文作者称为组织能力——组织的集体技能、才能和专业技术知识。它们虽然看不见、摸不着,但是决定着公司市场价值的高低。

虽然没有一个适用于所有组织的能力清单,但本文作者还是找到了善于管理的企业一般具备的 11 项能力:

人才:我们擅长吸引、激励并留住忠诚能干的员工。

速度:我们擅长迅速做出重大变革。

共同理念与品牌识别一致性:我们擅长保证员工和客户对我们的组织持有一致的正面印象,并获得一致的良好体验。

责任:我们擅长激发员工取得高绩效。

协作:我们擅长跨部门合作以确保效率与优势。

学习:我们擅长产生并推广重大创意。

领导力:我们擅长在整个组织中培养领导者。

紧密的客户联系:我们擅长与目标客户建立持久的信任关系。

战略一致性:我们擅长表达并共享战略观点。

创新:我们在内容与流程两个方面都擅长尝试新的做法。

效率:我们擅长控制成本。

善于管理的企业通常在其中三个方面出类拔萃,而在其他方面则保持业界平均水平。不过,在这 11 项能力中如果有任何一项低于正常水平,企业就有可能经营不善或处于竞争劣势。

如何衡量公司在这些组织能力方面的现状呢? 作者认为,对组织能力进行审计是一种有效的方法。这种审计可以根据企业的历史与战略,判断哪些无形资产最为重要,评估企业在这些能力的发挥上做得怎么样,并帮助企业制订行动计划来予以改进。文中,作者以医疗设备制造商波士顿科学公司以及洲际酒店集团为例,具体介绍了审计流程以及这两家公司根据审计结果采取的措施。

虽然各家企业的审计会有所不同,但一般都应遵循以下五个基本步骤:确定审计对象;设定审计的内容;多方收集对各项能力当前水平和期望水平的评价;综合分析数据,确定管理层必须重视的最关键的能力;制订具有详细步骤和监控指标的行动计划,并指派一个团队去负责提高关键能力。

为了保证能力审计以及后续措施的有效性,你必须遵守一些指导原则,比如突出重点、认识到各种能力是相互依存的、向最好的榜样学习、建立评估与投入的良性循环、比较各方对能力的认识、不要混淆能力与活动等。

能力审计的对象可以是整个组织、一个业务单元或者一个地区。事实上,企业的任何部门,只要它的战略涉及取得财务或客户方面的成果,并且有领导团队的支持,都可以实施这种审计。对组织能力进行审计,有助于公司高管评估整个公司的优势和劣势,帮助高层领导者制定战略,帮助中层管理者执行战略,并帮助一线领导者达成目标。总之,能力审计可以把无形的资产变成具体的优势。

资料来源:戴夫·乌尔里克,诺姆·斯莫尔伍德.审计你的组织能力.哈佛商业评论,2005(12):148-160.

8.3.2 协调体系

组织的垂直设计解决了组织中上层组织机构与下层组织机构之间的权力分配与协调交流问题;水平结构设计强调将功能相近的人员分配到同一子单位中,从而取得最大的学习效应。但是无论是垂直结构设计还是水平结构设计都无法解决非交叉子单位之间的信息交流与协调问题。

在任何一个企业组织中,各子单位的经理有着不同的任务指向与行动方向。例如,生产经理通常只关心生产问题,如生产能力的利用、成本控制和质量控制,而营销经理关心营销工作,如价格、促销、渠道和市场份额。企业世界产品分部致力于成本目标,要求生产标准化的全球产品,而国外分公司致力于提高该地区的市场份额,需要生产非标准化的产品。在这种情况下,目标上的分歧就会导致冲突,这就要求企业必须对组织结构进行整合,加强各子单位间的联系,使公司整体的效率最大化。

虽然任何企业都普遍存在这种协调上的障碍,但对于国内与国外都有大量子公司的国际企业来说,问题尤为严重。以联合利华的洗涤剂产品为例,由于组织结构的庞大和各职能部门间的协调障碍,要解决产品分部与其他诸多国家地区部门的矛盾十分困难,把新产品引入整个欧洲所需的时间长达四年。这使联合利华失去了对建立强有力的市场地位很关键的第一进入者的优势。

1. 基本的水平协调体系

基本的水平协调体系有六种,即日常文书(电子或书面形式的备忘录或报告)、直接联系、联络员角色、专职协调员、任务组和团队(见图 8-10)。

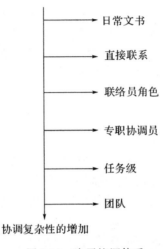

图 8-10　水平协调体系

电子邮件、备忘录和报告等日常文书是被企业广泛用来协调下属单位活动的一种协调方式。关于本部门基本情况的报告可以使其他部门了解有关问题、产出水平、创新情况或其他方面的重要信息。随着计算机的普及和互联网技术的发展,企业的许多备忘录和报告不再采用书面形式,而是使用电子邮件或在企业内部网站上贴出公告的方式。对于国际企业而言,由于各子公司之间要远距离及时传递讯息,这种协调体系就显得尤其重要。

直接交流是指管理者面对面地交流。对于国际企业而言,直接交流常常需要先进的电视会议和一种通用的语言。例如,通用电气公司的医疗系统在一年内召开了近 1000 小时的远程电话会议。福特公司利用计算机辅助设计和生产系统来连接欧洲和美洲公司,从而为其在欧洲和美国的工程师交流设计和工程想法提供了方便。

联络员角色是指部门中有一个人的部分职责是负责与其他部门人员沟通,联络员角色仅是管理者工作职责的一部分。一国的子公司管理者可能被赋予在世界某一地区协调营销业务的职责。专职协调员类似于联络员的角色,但是协调工作是他们唯一的工作职责。通常产品管理者就是专职协调员。产品管理者与设计小组协调产品的开发、与制造部门协调产品的生产以及与营销部门协调产品的销售和促销。在国际企业中,他们经常起着连接生产单位与当地经营的作用。

任务组是为解决如进入新市场等具体的组织问题而临时组建的小组,他们通常连接一个以上的部门。例如,为抓住在中国出现的新的市场机会,联合利华公司从其上百个子公司中挑选出会讲汉语的人,这些人员临时组成一支"排难小组"被派往中国。这个小组成员在中国建立工厂、规划战略和建立组织,当他们完成使命后就返回其原来的子公司。

团队是最强的协调机制。不同于临时组建的任务组,团队是组织的永久性单位。来自组织若干下属单位的团队专门研究一些具体的问题。例如,从事新产品开发的团队可能包括来自研究与开发部门的工程师和来自生产与营销部门的管理者。例如德克萨斯仪器公司组建了一支叫做Nomads的特殊项目团队,为其在世界各地建立芯片制造工厂提供帮助。

在多种多样的控制方案中,大多数国际企业采用多个甚至是所有的协调机制。其中,矩阵结构和跨国网络结构对协调具有较高的要求。这些类型的组织需要尽量采用所有的协调机制,特别是任务组、专职协调员和团队。在跨国网络结构中,由于下属单位的地理分散性,成员之间几乎很少进行面对面的交流,队伍也就显得越来越虚拟化了。

2. 协调机制

8.2节所介绍的水平协调体系,主要是针对各部门及其管理者之间不同利益的协调,而企业对价值活动进行的划分还会导致不同子单位的员工产生不同的关注点和发展方向。员工经常趋向于以一种与其直接责任相吻合的方式来思考和行动。如果没有被制止,这种趋势可能导致在不同的部门、子公司的员工停止为总公司的利益考虑,从而使管理者很难发展那些能协调世界范围内的行动使之成为一个整体的知识形成和决策相关。如果不协调员工该做什么,无论多么优越的设置,价值链的竞争优势都将会被侵蚀。下面介绍三种比较流行的协调方法:标准化协调、计划协调和共同判断协调。

(1)标准化协调

规模较大的国际企业,由于其本身业务与产品的广泛性,其进行深度的运作能帮助公司成倍扩大核心竞争力,同时为组织活动带来规模效益。这些企业都力图建立一个日常结构,在员工工作、与他人合作以及处理客户问题等方面规定一些能够被普遍遵从的规则。这些企业倾向于指定程序来使操作标准化,例如员工手册上清楚地说明应有的衣着和待人接客的礼貌。星巴克将产品、方法和程序的许多特征进行了标准化,以便复制外观、操作和在全世界范围内给美国咖啡店定义出的那种难以用语言表达的气氛。通过规定经理和员工如何来进行各自的工作,标准化建立了协调公司间各单位决定的政策。

许多国际企业在扩大标准化的同时详细列明了关于员工之间相互影响的规则和规章。这种协调方法的目的在于减少因不确定性而使意见和资源的交换变得复杂。比如,通过对产品或者市场更新的清单进行形式化,能够有效减少国际企业在如何选择、加工和散布信息上存在潜在疏忽的可能。

标准化协调下一个重要的假设是公司设计的规则和规章必须适用于其拥有业务的每个国家、每个单位的每种情况。规则的经常例外会破坏标准的权威性和产生阻碍协调的不确定性。通常,标准化协调十分适用于那些恒久不变的以及可以预言的较稳定的行业。因此,实行国际化或者全球化战略的公司倾向于强调标准化协调。

(2)计划协调

行业行为、竞争动力、东道国态度和许多其他因素在不同国家间有巨大差异这一事实使标准化协调变得复杂起来。特别地,相对于那些实行全球战略的国际企业,实行大规模国内战略的国际企业由于面对适应地区需求的压力,可能并不会选择利用标准化协调。显然,由于外部环境的多样性,普遍的规则和规章对于协调价值活动并不能起到很好的作用。在这种情况下,国际企业更多的会选择只建立目标和进度表以便在发展协调系统上给予独立的单位更大的决定权的方式来进行协调。企业不是以规则和规章,而是以总体目标和详细进度表为基础来进行计划协调。

国际企业经常运用一系列的执行发展和教育计划使员工熟悉他们的首选计划形式和将要面临的威胁。比如,许多公司实行六西格玛计划,利用数据和统计分析来衡量和改进一个公司的业务活动、实践和系统。像通用电气、摩托罗拉和杜邦这样的国际企业都用它来决定计划程序。六西格玛计划改进计划协调的能力,使得它变得十分重要,以至于很少有人怀疑其效果,而且大都理解它的程序。

(3)共同判断协调

共同判断协调不像标准化协调和计划协调那样拥有清晰的特征,而是通过一系列非正式的机制来协调价值活动。这种机制为员工更加经常地创造联合价值提供了途径。例如,3M公司在世界范围内超过100个实验室里的技术专家,就以一种支持知识形成与决策制定的方式进行工作。在 3M 公司由实验室主要负责人组成的技术委员会,每月召开例会并且每年有一个为期三天的年度回顾来讨论改善交叉单位间技术转移的方法。另外,3M 公司举办拥有更广泛基础的技术讨论会,通过实验室来方便员工之间最根本的交流,从而大大提高了员工通过共同判断进行协调的能力。

当国际企业面对不能用习惯的规则或者程序来定义的新问题时,共同判断是一种十分有效的协调工具。同时,在它妨碍公司战略之前,国际企业可以通过对员工采取预防措施来对阻力进行特别的主动处理。当然,运用共同判断协调创造了新的挑战。在操作上,因为新观点重新引起了争论,会使讨论中的决策陷入困境。最根本的是,共同判断的前提重新安排了组织的权力,总公司必须接受改革、知识和技巧的原因可以是公司在全球工作网中的任何地方导致的,而不只是发生在总公司,因而总公司也必须做出调整。如果高级管理者希望将一个特殊子公司有价值的改革传递到组织的其他部分,那么他们的角色就要从告诉人们去做什么转变成使他们做什么变得更加方便。

🔲 本章小结

■ 组织设计理论是指有关组织结构和组织关系的系统设想,经历了从古典组织理论到行为组织理论再到系统组织理论的演进过程。

■ 国际组织管理以研究组织的管理结构为主要对象。

■ 国际企业组织管理的实质是要使企业的组织结构设置有利于提高企业的国际竞争力。

■ 有效的国际企业的组织结构设计必须考虑更加复杂的影响变量,并根据这些影响变量,确定组织结构设计的崭新原则。需遵循的原则包括平衡全球化与本地化原则、合理化与灵活性原则、扁平化原则和文化适应性原则。

■ 国际企业组织结构的演变大致经历了三个阶段,即出口部阶段、国际部阶段和全球组织结构阶段。

■ 国际企业的组织结构类型大体可分为传统组织结构和全球组织结构两类。

■ 国际企业的传统组织结构又称多样化组织结构,主要包括出口部组织结构和国际部组织结构。这些组织结构的共同特点是国际企业的国内业务和国际业务是相互分离、各自独立的。

■ 全球组织结构又称一体化组织结构,其总的特征是企业把国内业务和国际业务视为一个整体,按照层级制原则设立组织机构。

■ 全球组织结构可以大体分为五种类型:全球职能结构、全球产品结构、全球地区结构、矩阵式结构和混合式结构,这五种组织结构类型各有优缺点,适用于不同环境条件的企业,国际企业要慎重选择。

■ 组织结构包括三层含义:第一,把组织正式划分为各子单位,诸如产品分部、在各国的营运点以及各职能部门;第二,在组织结构中决策职责的落实(如集权和分权);第三,建立整合机制以协调各子单位的活动。

■ 水平差异描述了一个企业如何设计其形式结构来实现以下目的:①明确组织化任务的总体设置;②将这些任务分配到部门、子公司以便工作可以进行;③分配权力和权力关系以保证工作沿着支持公司战略的方向进行。

■ 组织的控制是指将子公司的活动集中于支持公司战略所采用的程序。控制体系有助于建立组织的垂直联系和组织层级结构中的上下联系。

■ 国际企业使用的控制系统主要有四种:决策控制、官僚控制、产出控制和文化控制。大多数企业同时使用这四种控制,但它们的侧重点随公司战略的不同而不同。

■ 国际企业组织协调机制包括标准化协调、计划协调和共同判断协调。

■ 集权组织结构与分权组织结构各有优缺点,国际企业要根据企业自身实际谨慎选择。

思考题

1. 简述国际企业组织结构演变中三个发展阶段的主要内容。

2. 什么是传统组织结构与全球组织结构? 其特征分别是什么?

3. 试述三种典型的传统组织结构类型的含义及优缺点。

4. 试述全球职能结构的适用条件与优缺点。

5. 试述全球产品结构的适用条件与优缺点。

6. 试述全球地区结构的适用条件与优缺点。

7. 试比较全球矩阵结构与全球混合结构的不同。

8. 国际企业组织结构设计需考虑的因素有哪些?

9. 影响国际企业集权与分权的因素有哪些?

10. 一些跨国企业采用集权控制的方式管理海外分支机构,你认为是什么原因促使他们采用这样的方式? 这种方式会遇到什么样的问题?

【章尾案例:把社交圈转移到网上】

像许多 20 多岁的年轻人一样,星传媒体集团公司(Starcom Media Vest Group)的员工们在工作中总要抽出一点时间登录社交网站。2007 年 4 月,这家广告公司的高管们终于想通了:为什么要跟他们过不去呢?他们一改往日的做法,甚至专门为员工设立了一个名为 SMG Connected 的网站。今天,有超过 1/3 的公司员工即大约 2060 人在这个网站上注册了自己的网页,他们可以在网页上描述自己的工作、罗列自己喜欢的品牌,还可以通过选择诸如"创意"和"幽默"这样的词来表达自己的价值观。公司甚至对人们如何利用 MySpace 或 Facebook 来标榜以自我为中心都睁一眼闭一只眼。星传媒体的副总裁帕姆·丹尼尔斯说:"为我们的员工通过互联网进行全球联谊提供方便是很有意义的,因为反正他们总是要这样做的。"

如今许多大的主流公司都开始把快速增长的社交网络看做是推销其商品的好地方。但是许多公司也运用同样的网络技术来创建自己的内部网络。事实证明它可以有效地挖掘内部潜力、发现新秀并进行内部信息共享。建立公司内部的社交网络本身就是一项挑战。公司必须能对各种讨论和文件的共享进行有效监控,确保公司员工遵纪守法,不会陷入犯罪的泥潭中。

这些公司之所以这样做,不仅仅是被那些刚刚开始工作的精通数码科技的 Y 一代所推动,原有的一些员工也起了很大的促进作用。越来越多的 30 多岁的雇员在 Facebook 上注册,每天都要与同事和朋友进行最新信息交流。他们还在 LinkedIn 的 1300 多万职业人士中挑出自己想联系的人。仅安永公司一家,现在就有 1.1 万员工在 Facebook 上注册了账户。

对销售网络产品的技术公司来说,这意味着一个绝佳的商机。从 IBM、微软到一些新兴公司,比如 introNetworks、Awareness 公司以及 Jive 软件公司,都推出了应用软件和各种服务。一家名为 SelectMinds 的公司为包括洛克希德马丁和摩根大通在内的 60 家公司创建了社交网络,而微软公司推出的 SharePoint 软件成为该公司有史以来增长最快的服务器产品之一,这个软件可以让企业用户在其内部网络的防火墙范围内设立类似 MySpace 个人档案、博客以及 wiki 等网站。微软 OfficeSharepoint 服务器软件的主管罗博·凯瑞说:"刚开始人们接受得很慢,他们还有点担心,但是现在已经有了广泛应用。"

微软和 IBM 都把自己的办公室作为其产品的实验室。

要在充满了技术气息的新玩意儿上花费时间和金钱,管理层对此总是充满疑虑。想想当年的知识管理软件,设计这种产品是为了处理大量的重复性工作,就像现在的公司社交网络一样,它曾一度是 20 世纪 90 年代后期的热门词汇。但是人们最后发现这套系统过于繁琐,需要花费数小时才能将信息转化成数据库。禁入管理层还担心对信息失去控制或者在其网络上留下安全隐患。整个社交网络标榜一种"开放"的特质,大家分享图片、音乐并且让"朋友们"了解你的一举一动,这一点也让大公司的首席信息官们产生本能的抵触。一些公司(特别是金融机构,比如花旗和雷曼兄弟)干脆就封杀了那些公共社交网站。由安全公司 SophosPLC7 月份对 600 名工作人员进行的在线调查表明,50%的人称他们的公司禁入 Facebook。各种规章以及信息披露规则限制了开放的程度。比如会计师事务所必须确保其成员不通过它们的网站提供税收或者财务咨询。有些软件可以让管理层对何人能看何种数据进行限制,并能追查出何人在查询某些特定的文件。曾经为西北共同基金金融网等 100 家公司建立了网站和博客的 Awareness 公司对网络上的帖子进行追踪,并且把任何隐含煽动性词语的帖子发到"控制箱"中,由一位经理进行审核。

但是许多公司也注意到了利用社交网络所带来的积极的一面——特别是它开启了一扇通往全新的人口统计学的大门。随着婴儿潮时出生的人开始大量退出劳动力市场,陶氏化学公司正面临劳动力萎缩的难题:在未来 5 年中该公司大约将有 40%的员工退休,因而这家有着 110 年历史的老店正努力招聘新员工和延长老员工的聘用期。它计划在 12 月份开通 4 个社交网站,分别针对女员工、已退休员工、在职员工和已离职员工。比如在一个员工联谊网站上,在职和已离职的员工可以设立自己的简介网页,并且了解到空缺职位的信息。该公司还有一个网站专门帮助公司与因哺乳离职或减少了工作时间的女员工保持联系。陶氏化学公司一位负责人力资源和营销的公司副总裁朱莉·法颂·霍尔德说:"老员工是我们的智囊团,我们想与他们保持联系,坦率地讲,他们也是我们可以考虑重新聘用的优秀人才。"

一些社交网站看上去与原有的公司网页大同小异。2007 年春天,KPMG 公司设立了一个员工联谊网站,吸引了大约 1 万名新老员工前来注册。首页上列有公司新闻、网站活动和职位空缺。但是仔细看看就会发现一些社交网站的蛛丝马迹:在右手边,每个注册成员都有一个个人简介的小窗口,一如 Facebook,他们可以更新工作或家庭生活的照片和其他信息以及联系人名单。每个成员都可以通过搜索与已注册的人或适合加入的人建立联系。KPMG 声称,网站开通以来已经帮助该公司重新聘用了 137 位前雇员,占公司新聘人员的 14%,而 3 个月前这个数字仅为 72 人。

通过吸引员工加入一个社交网站,有些公司希望能以此提高员工技能并加强沟通。但是它们也希望这种协作能节省传送文件和发送电子邮件的时间。在洛杉矶,电影基金会正在使用 IBM 的产品 Lotus Connection 来帮助其管理一个有关教育类电影的项目。工作人员可以保存调研文件、分享日程表、聊天内容和博客。一个由 60 位研究人员、作家、教师和电影制作人组成的团队正在整理一套课程,免费向全美学校分发,教授学生们如何理解电影的视觉语言。通过成员集思广益、相互点评和在网络上进行预算编制,电影基金会认为,现在准备资料所需的时间仅为原来的一半。

资料来源:希瑟•格林.把社交圈转移到网上.商业周刊,2007(11):40—42.

讨论问题

1. 网络技术的发展给国际企业的组织管理带来什么好处?

2. 社交网站的建立对于企业经营绩效的提升有何好处?

【主要参考文献】

[1]邢以群.管理学(第2版)杭州:浙江大学出版社,2005:206—212.

[2]查尔斯•W.L.希尔.国际商务(第五版).北京:中国人民大学出版社,2005:448—478.

[3]约翰•B.库伦.多国管理:战略要径.北京:机械工业出版社,2000:212—232.

[4]李兰甫.国际企业论.台北:三民书局,1998:623—642.

[5]约翰•D.丹尼尔斯.国际商务环境与运作(第11版).北京:机械工业出版社,2008:374—386.

[6]杨德新.跨国经营与国际企业.北京:中国统计出版社,2000:607—639.

[7]曲慧梅.古典组织理论与现代组织理论评述.哈尔滨商业大学学报(社会科学版),2008(4):44—46.

[8]马述忠,廖红.国际企业管理.北京:北京大学出版社,2007:250—267

[9]李尔华.国际企业经营与管理.北京:清华大学出版社,2008:169—191.

[10]黄崴.西方古典组织理论及其模式在教育管理中的运用与发展.华南师范大学学报(社会科学版),2000(6):3—81.

[11]张新胜,王湲.国际管理学——全球化时代的管理.北京:中国人民大学出版社,2005:301—309.

[12]阿尔温德•V.帕达克.国际管理.北京:机械工业出版社,2006:218—233.

[13]范晓屏.国际经营与管理.北京:科学出版社,2001:244—255.

9 | 国际生产与供应链管理

International Production & Supply Chain Management

追求规模经济与范畴经济的效率,是现代工业资本主义下企业成长与竞争的基本动态逻辑。

——钱德勒(Chandler)

◻ **主要内容**
■ 国际生产管理
■ 国际采购
■ 全球供应链设计
■ 国际企业技术管理

◻ **核心概念**
■ 生产战略
■ 最小规模效率
■ 柔性制造
■ 国际采购
■ 准时采购
■ 技术转移
■ 知识产权
■ 补偿贸易
■ 专利权
■ 研发国际化
■ 研发本地化

◻ **预期目标**
■ 掌握国际技术转移的概念及实施方式
■ 理解国际企业生产战略指导思想
■ 理解影响生产区位选择的因素

■ 理解生产整合程度的概念及影响采购与自制决策的因素

■ 理解国际采购的技巧及其优势

■ 理解准时采购的特点及流程

■ 理解全球供应链设计的方式

■ 了解柔性制造技术的优势及其影响

■ 了解技术转移的方式

■ 了解研发国际化的形式

■ 了解影响国际企业研发选址的因素

【章首案例：走进非洲，初生的资本主义】

没有多少食品采购员能够像史利尼·莫亚德一般自愿冒险。作为位于加州埃默里维尔的皮特咖啡与茶公司（Peet's Coffee & Tea）的咖啡采购主管，为了得到最优质的咖啡来源，莫亚德总是遍寻世界各个偏僻角落。

但2008年一整年，莫亚德的探险次数并不多，这是因为皮特公司加入了一项声势浩大的行动，要在非洲次撒哈拉地区种植咖啡。TechnoServe是位于康狄涅格州诺沃克市的一个非营利组织，由比尔和梅琳达·盖茨基金会创立，目前它正在开展"咖啡行动"（the coffee initiative）。该项行动的目标是：将肯尼亚、卢旺达、坦桑尼亚和乌干达的咖啡卖给发达国家的咖啡拥趸，从而将上述国家的咖啡种植者的收入提高一倍。

TechnoServe帮助种植者改进耕作、加工以及销售方面的技术，教他们种植极品咖啡豆。而皮特公司目前致力于寻找一种特别的配方，将这些咖啡豆完美配比，并于2009年夏天开始在公司网站和191间门店销售。莫亚德表示，这一行动的初衷在于培育新的极品咖啡来源，同时向咖啡种植者提供帮助。当然公司同时也希望借此次非洲行动来提升品牌价值，如果种植者能够培植出质量上乘的咖啡豆，那么皮特公司将支付更高的费用。

许多行业的企业主管对此类冒险计划的热情不断升温，原因是它能够兼顾利润和慈善事业。然而皮特公司此次行动的执行难度却显而易见。卢旺达有45万家庭依靠咖啡种植生存，那里基础设施不完善，购买化肥的资金短缺，供应商不具备产品质量控制所需的专业知识，皮特公司必须面对并解决这些问题。正如公司总经理帕特里克·奥戴所说，你必须心甘情愿播下种子并耐心等上许多年，让它们慢慢成熟。

　　卢旺达项目在许多方面有别于公司以往的采购流程。合作对象并非有足够市场经验的供应商，店铺要开在一个饱受战争摧残的国家，而这个国家去年的咖啡出口总额仅有 4700 万美元。美国公司从贫困的国家购买食品的做法由来已久，但明确指出要提高这些产品在市场中的经济价值的企业却非常少。皮特公司既然决定要对作为公司主要卖点的咖啡豆产生积极影响，就要保证这一影响是能够付诸实践的。同时也与星巴克、绿山咖啡（Green Mountain Coffee Roasters）等咖啡加工企业开展合作的 TechnoServe 希望最终能够有 2000 万咖啡种植者从此项目中获益。

　　尽管受经济危机影响，公司的首席执行官预计市场将进入低迷期并于 2008 年年末大规模裁员，奥戴却并没有退出咖啡行动。他认为现在消费者对咖啡豆产地以及交易公平与否的关注度已逐渐提高。通过这一行动企业的品牌价值可以得到提升。

　　与非洲的农业合作社做生意绝非易事。首先，当地并不存在咖啡市场，因为习惯喝咖啡的卢旺达人非常少。去年春天，皮特公司的名誉烘焙主管吉姆·雷诺花两周时间访问了 9 个 TechnoServe 的种植者组织。他将咖啡豆取样，并指点种植者如何提高咖啡豆的品质。许多种植者从未品尝过咖啡的味道，初尝时的表情就像咬了一口柠檬。雷诺必须让他们学会辨识顶级咖啡豆的品质检验证明。而在埃默里维尔的公司总部，2008 年夏天，皮特公司的采购员检验了数十种咖啡豆样品。最终，他们与其中的 3 家合作社签订了购买合同。

　　由于路况不理想，通关过程也多有拖延，满满一车绿色的咖啡豆运送到肯尼亚港口蒙巴萨，仅 1609 千米的路程就花费了 12 天。而从蒙巴萨港装船后，海运周期几乎要两个月。更糟糕的是，由于路途的颠簸，当货轮最终抵达加利福尼亚州的奥克兰港时，已有部分咖啡豆轻度受损。

　　为此，莫亚德亲赴卢旺达巩固与当地农业组织的合作关系，同时为后期营销而搜集有关种植者的故事。由一名电视制作人陪同，莫亚德驾驶着一辆四轮小卡车，沿着颠簸起伏的道路奔向遥远闭塞的村庄和卢旺达基伍湖畔小山坡上的咖啡种植园。莫亚德计划将她的旅行见闻发布到皮特公司的网站上，希望引起公司顶级忠实客户——所谓的 Peetniks（热爱 Peet 的人）的兴趣。

　　过去，经营咖啡的企业往往在非洲陷入困境。星巴克曾为了能够在产品名称中使用"埃塞俄比亚"国名而与该国据理力争。尽管如此，互惠贸易的倡导者认为 TechnoServe 的合作伙伴们这一次并没有走偏。"这些公司确实称得上优秀企业公民,但它们依然要为自己着想。它们扶助种植者的根本原因在于他们需要足够的高品质咖啡豆",曾为国际乐施会(Oxfam International)发起抵制星巴克运动的赛思·佩彻斯说。

卢旺达项目要想取得成功,皮特公司需要看到有更多优质的咖啡豆出产。上一年度的咖啡豆采收总量仅有 8 吨,尚不足以满足公司一年的消耗。在皮特公司总部,公司咖啡部副总裁道格·威尔士指着他刚刚品尝过的一小份卢旺达咖啡豆样品说:"当地咖啡具备上乘的自然品质,这是个好消息,这也正是开发非洲的价值所在。"

资料来源:史蒂夫·哈姆. 走进非洲:初生的资本主义. 商业周刊. 2009(6):85-86.

9.1   国际生产管理

9.1.1   全球生产战略

不同的企业由于其产品及目标市场的不同而采取不同的生产战略。例如,新秀丽公司(一家在全球范围内生产和销售箱包皮具的美国公司),采用先出口产品到欧洲,然后建立了欧洲子公司并在不同国家建立了生产设施的方式占领欧洲市场。新秀丽公司在欧洲进行投资的一个重要动因是因其在欧洲有巨大的消费需求,它想利用其所拥有的特殊资产(极好的产品线和可靠的生产程序)以及使这些有利条件内化而不是出售给外部制造商,所以它通过国外直接投资进入市场。像新秀丽这样自己控制绝大多数的生产,并不是唯一的生产战略,企业也可以通过转包或外购的形式让其他公司生产。例如,著名的耐克公司就没有任何生产设施,但是它把生产转包给其他公司,因此耐克基本上是一家设计和营销公司。美泰儿在中国没有生产设施生产芭比娃娃,但是它把生产转包给一家在内地投资的中国香港公司。不过,不论采取何种生产战略,全球生产战略的成功都离不开四个因素,即兼容性、布局、协调和控制。①

生产兼容性是指国外投资决策和公司竞争策略的连贯程度。通常需要考虑的因素包括成本、可靠性、质量、适应能力和创新能力五个方面的要素。

成本最小化策略和追求全球效率迫使国际企业建立生产的经济规模,通常通过在低劳动成本地区生产来实现,这也是很多国际企业在亚洲、墨西

---

① Stanley E. Fawcett, Anthony S. Roath. The Viability of Mexican Production Sharing: Assessing the Four Cs of Strategic Fit. *Urbana* 3, No. 1, 1996:29.

哥和东欧建立生产设施的主要原因之一。由于劳动成本低、原材料和零件廉价以及临近市场，在 20 世纪六七十年代发达国家的电子产业的离岸外包①剧烈增加。甚至连耐克等著名运动鞋的生产也离开美国登陆中国台湾地区和韩国。但是，随着韩国工资水平的提高，生产开始向其他低成本国家和地区如中国大陆、印度、马来西亚、泰国和越南转移。很多美国公司利用特殊的关税条款组装保税加工产业的产品。公司可以把零件运到墨西哥免税区在和美国交界的特殊工厂中组装，然后把组装好的产品运回美国，这样就只征收在墨西哥增加的价值的税收。关税条款以及邻近墨西哥使得保税加工成为离岸生产的普遍方式。

但是在使用成本最小化策略时，很多公司忽视了一些重要的因素，如运输距离、额外的存货以及熟练的受教育工人的可得性等，这些因素使得它们低估了低工资国家的外部成本。当然，一些公司已经认识到需要超越劳动力和员工福利成本。当丰田公司决定在北美生产更多的汽车时，它选择把工厂建在和美国相对的安大略湖南部，其主要原因便是加拿大的职工医疗成本是美国的一半。

尽管流行在低成本地区生产，但很多其他因素也要考虑。顾客对可靠性和即时交货要求的增加使得一些像戴尔这样的公司把工厂建在离顾客比较近的地方，而不是低工资国家。此外，很多公司也对创新和质量做出反应。例如在马来西亚外购产品几年后，日本建伍公司决定把生产撤回日本，依靠经过培训的工人和低废品率来提高企业的绩效。佳能公司为了维持"技术边缘"，仍然将其 80% 的资本留在日本。由于国家市场之间的差异，对响应或者适应能力的要求可能导致区域生产为当地市场服务。

此外，企业的生产策略还会随着其竞争策略的改变而改变，而且国际企业对不同的产品线可能采用不同的策略。例如丰田为了扩大其在发展中国家的竞争力，建立了基于以新兴市场为目标的单独的低成本平台。为了保持平台的生产价格低到能够适应发展中国家的竞争水平，丰田放弃了从其日本工厂获得关键部件的做法，而把生产这些部件的工厂建在低工资地区，如南美、非洲和东南亚。这些地区不仅能够利用区域自由贸易的优势，而且和目标市场离得很近。这一新策略使得丰田降低了 20%～25% 的生产成本。当然，这些节省的成本是以牺牲公司被称道的质量为代价的。

国际企业建立全球生产策略时通常会考虑三种基本的布局。第一种布

---

① 离岸外包(offshore outsourcing)：外包商与其供应商来自不同国家，外包工作跨国完成。由于劳动力成本的差异，外包商通常来自劳动力成本较高的国家，如美国、西欧和日本，外包供应商则来自劳动力成本较低的国家，如印度、菲律宾和中国。

局是集中生产以及向不同的市场提供标准的低价格产品。这基本上是一种生产并出口策略。刚开始出口的公司一般采用这种策略,主要通过其本国的生产设施生产产品。这种布局对于一些昂贵的商品如航空器尤为适用,因为在这些产品中生产的规模效应十分重要并且不需要使不同市场的产品差异化。第二种布局是使用当地生产设施为某一特定地区的消费者提供服务。丰田公司在发展中国家市场所采用的就是这种布局。第三种布局是向个别国家市场扩张,当某些国家的需求变得重要时,企业可能更多的会采用这种方法。在这种方式下,企业在靠近其顾客的地方生产产品,使用该国特殊的生产设施来满足当地的需求。例如上面提到的新秀丽公司在进入欧洲市场后,尽管没有在出售产品的每一个国家都进行生产,但它把广阔的欧洲地区战略性地分为更小的区域,建立七个工厂为欧洲市场提供产品。一般而言,除非企业在其经营的每一个国家都有生产设施,否则就必须把生产和出口结合起来。

协调和控制是国际企业生产战略所需要考虑的另一个重要因素。协调是将各种活动连接或者结合到统一的系统中去,包括全球供应链从购买到存入仓库再到运输的一切活动。如果建立生产布局时没有考虑这些问题,协调供应商关系和物流活动就会很困难。当新秀丽在欧洲建立第二个生产工厂时,它就考虑了生产布局和协调的问题。随着欧洲需求以及新的产品线的增加,新秀丽认为需要开设第二家工厂,但是它想维持欧洲集中仓库,因此选择了一个容许其相对容易和迅速地协调运输和存储的关系的地方。

一旦公司确定了将要采用的生产布局,就必须采用控制系统来保证公司战略得以实现。目前一些大型国际企业普遍采用的方式是在重要的市场区域建立总部来协调其在整个区域的所有活动。

9.1.1　国际生产区位选择

国际生产管理面临的一个基本决策是在哪里从事生产活动,以达到成本最小化和提高产品质量的双重目标。对一个打算从事国际化生产的公司来说,必须考虑许多因素。这些因素主要包括国家因素、技术因素和产品因素。

1. 国家因素

回顾本书前面章节提到的特定因素的细节,这里不作详细研究。政治经济、文化和相对要素成本在国与国之间是不同的。由于要素成本的区别,某些国家有生产特定产品的比较优势。政治经济和国家文化的区别也会影响企业在一国经营的利润、成本和风险。企业应该把它的不同生产活动置于经济、政治和文化条件(包括相对要素成本)对这些活动的绩效最有利的地方。这种战略的一个结果就是价值创造活动的全球网络的产生。

对有些产业来说,在特定地方进行全球性集中生产也是重要的。区位外部性会直接影响对外直接投资的决策。外部性包括有适当技能的劳动力资源和支撑产业的存在。这种外部性在决定到哪里制造时会起到重要作用。例如,由于半导体制造业在中国台湾地区很集中,在半导体业务方面有经验的大量劳动力已经形成。此外,这些工厂已吸引了大量支撑产业在这些企业附近建立了生产设施,例如生产半导体基本设备和单晶硅的厂商。这意味着相对于其他缺乏这种外部性的地方,选址中国台湾地区确实有利。在其他条件相同的情况下,外部性使得中国台湾地区成为吸引半导体制造厂商建厂的地方。

相对要素成本的差异,政治经济,文化以及区位的外部性是重要的,但其他因素也赫然耸现,正式和非正式的贸易壁垒明显影响生产地点的决策、运输成本和对外国直接投资的规则和管制,也会影响生产地点的决策。例如,尽管相对要素成本可能使一国作为一个成衣产地似乎很有吸引力,但禁止外来直接投资的法律规定就会排除这个选择。同样,考虑到要素成本可能意味着应在一个特定的国家生产特定的元件,但贸易壁垒可能使这种做法不经济。

另一个国家因素是预期的汇率变动。汇率的不利变动能很快改变一个国家作为制造基地的吸引力。货币升值可将一个低成本地区变为高成本地区。许多日本公司在 20 世纪 90 年代至 21 世纪最初几年都面临着这个问题。1950—1980 年间,日元在外汇市场上相对低的价值有助于加强其低成本制造地区的地位。然而 1980 年至 90 年代中期,日元兑美元的稳步升值提高了日本出口产品的美元成本,使日本作为制造地的吸引力减弱。相应的,很多日本公司将制造活动撤出本土,而转移到东亚低成本地区。

2. 技术因素

国际企业在制造过程中采用的技术,在决定生产地点时可能会起到关键性作用。例如由于技术限制,在某些情况下,只有在一个地点从事一定生产活动以供应世界市场才是可行的。在另一些情况下,技术又可能使在多个地点从事一项生产活动成为可能。这取决于三个因素:固定成本水平、最小的效率规模及柔性制造。

(1)固定成本

在一些情况下建立制造工厂的成本太高,以致一家公司必须仅从一个产地或少数几个产地供应世界市场。例如,建立一个生产半导体芯片的工厂要花费超过10亿美元。那么在这种情况下,企业就会选择在一个(最理想的)地点的一家工厂生产的产品来服务世界市场。

相对低水平的固定成本,能使在不同地点同时从事一项生产活动变得经济。这样做的优势之一,就是公司能更好地适应当地的需要。在多个地点生产也有助于避免公司对一个产地的过分依赖。在一个汇率波动的世界中对一个产地的过度依赖是特别危险的。很多公司将它们的制造工厂分散到不同的地点作为"实际的套期保值",以防范潜在的货币不利波动。

(2)最小的效率规模

当企业产品产量增加时,由于对资本设备的更多利用以及工厂雇员的专门化带来的生产力增进,其单位成本会降低。[1] 但是,在一定的产量水平之上,额外的规模经济几乎不存在。因此,可以说当单位成本曲线随着产量增加而下降到一定的产量水平上时,产量的进一步增长几乎不能实现单位成本的降低。大多数工厂规模经济达到极限的产量水平被称为最小的效率规模。这是一个工厂必须达到的产出规模,以便实现所有主要工厂的规模经济(见图9-1)。

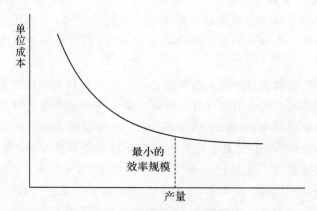

图 9-1 典型的单位成本曲线

一家工厂最小的效率规模越大,出于成本的考虑,集中在唯一地点还是有限几个地点生产的争议就会越大。反之,当生产的最小效率规模相对于全球需求较低时,在几个地点生产一种产品可能是经济的。例如,对一家工厂来说,生产个人电脑的最小效率规模约为每年25万台,而全球总需求量每年超过3500万台。与全球总需求量相比,较低的最小效率规模使得像戴尔

---

[1] P. Krugman. Increaseing Returns and Economic Geography. *Journal of Political Economy*, 1991(3):99.

这样的公司在 6 个地方生产个人电脑在经济上是合理的。

（3）柔性制造

规模经济认为获得高效率以及由此产生的低单位成本的最好方法就是大量生产标准化产品。这也意味着企业必须在单位成本和产品多样化之间进行权衡。一家工厂的产品多样性越大，意味着每种产品的生产时间越短，从而不能实现规模经济。同时，产品多样性使公司很难通过提高制造效率来降低单位成本。可以说，提高效率和降低单位成本的方法就是限制产品多样性大批量生产标准化产品。

但是随着柔性制造技术的出现，这一两难困境正在得到解决。柔性制造技术（通常称为精益生产），旨在：①减少复杂设备的安装次数；②通过更好的时间安排提高各机器的使用率；③提高制造工序各阶段的质量控制。柔性制造技术使公司能够以只有通过一次大量生产标准化产品才能达到的单位成本，生产更多种类的最终产品。研究表明，采用柔性制造技术相对于大批量生产标准化产品更能提高效率和降低单位成本，同时使公司能够最大限度地为客户定制产品。

生产能力利用程度的提高和减少生产过程中的产品（即减少半成品的堆积）以及浪费的减少是柔性机器单元在效率上的主要收益。机器安装次数的减少以及计算机控制的机器之间生产流程的协调能够显著提高企业生产能力的利用程度。机器之间的紧密协调也减少了生产中的存货。计算机控制使得机器具有既能识别如何将投入变为产出，同时生产出最少的废弃材料的能力。由于所有这些因素，一台单独的机器可能在 50% 的时间里得到利用，而在一个单元中同样的机器则能被利用到 80%，并且生产出同样的最终产品，只产出一半的废料。这就提高了效率，降低了成本。

柔性制造技术不仅能提高效率、降低成本，还能使公司根据小客户群的需要定制产品，并以只有大批量生产标准化产品才能达到的成本进行生产。这样有助于公司实现大规模定制，提高对客户的适应能力。对一家国际性公司来说，柔性制造技术最重要的是它能为不同国家的市场定制产品。采用柔性制造技术时，企业可选择在最佳地点建立工厂为各个国家的市场定制产品，而不必承担很大的成本。因而，公司再也不必在每个主要国家市场设厂生产，以满足特定客户的偏好和需要，这也为企业实行多国战略提供了可能性。

3. 产品因素

两个产品特点影响选址决策。第一个是产品的价值重量比，因为它影响运输成本。很多电子元件和药品有很高的价值重量比，它们很贵但重量很轻,因而即使它们被装在船上绕世界半圈,它们的运输成本相对于总成本来说只占很小的比例。在这种情况下,企业一般会选择在最佳地点生产这些产品并从那里供应全世界。而对于价值重量比低的产品来说,情况正好相反。精制白糖、某些大批量的化学制品、油漆和石油产品,其价值重量比都很低,它们不贵但重量颇大。因此,如果长途运输,运输成本将占到总成本很大的比例。所以,在其他条件相同的情况下,应在主要市场附近的多个地点生产以降低运输成本。

另一个影响选址决策的产品特点是,该产品是否服务于通用的需要,即这种需要是否在全世界都相同。很多工业产品(如工业电子产品、钢铁、大批量化学制品)和现代消费品(如袖珍计算器和个人电脑)都属于这类产品。对于这类产品,各国消费者的兴趣和偏好几乎没有差异,地区调试的需要就减少了。这就增加了企业在一个最佳地点集中生产的吸引力。

表 9-1　选址战略和制造

因　素		集中生产	分散生产
国家因素	政治经济差别	相当多	少
	文化差别	相当多	少
	要素成本差别	相当多	少
	贸易壁垒	少	多
技术因素	固定成本	高	低
	最小的效率规模	高	低
	柔性制造技术	可得	不可得
产品因素	价值重量比	高	低
	服务全球需要	是	否

资料来源:查尔斯·W.L.希尔.国际商务(第5版).北京:中国人民大学出版社,2005:579.

9.2　国际采购

9.2.1　自制与外购比较

国际企业经常面临筹供决策,即需要决定那些进入它们最终产品的零部件是应该自己制造还是从外购买,应该垂直一体化生产自己的零部件还是从外部获得。自制或外购决策是许多公司制造战略中的重要一环。在汽车工业中,一辆典型的汽车包括10000多个元件,汽车公司经常面临制造或购买决策。欧洲福特公司仅在它自己的工厂中生产雅斯塔轿车45%的价值,其余的 55％ 主要由来自独立供应商的零部件所构成。在运动鞋工业中,自制或外购决策更是走向了一个极端,像耐克和锐步之类的公司自己根本不生产,所有产品均通过外部采购。自制或外购决策给纯粹做国内业务的企业提出了很多难题,但在企业的国际经营中,由于国家政治和经济的多变性、汇率变动、相对要素成本的变化等,同样的问题往往更为复杂。

企业通过垂直一体化自行制造产品有四个方面的好处。通常企业自制的生产成本较低,能够促进企业的专业化投资并且还有助于知识产权的保护和改进相邻工序间的时间安排。

如果一家企业比其他企业在生产活动上更有效率,那么该企业继续自己生产产品或零部件是有利的。例如,波音公司在就商用喷气式飞机的自制或外购决策时就决定外购一些零部件,但飞机的设计和最终的整机装配仍保留在自己手中。之所以保留设计和整机装配环节是因为它认为在大型系统综合方面波音拥有核心竞争力,在这个环节上,它比世界上其他任何可比的企业效率更高,将这项活动安排在公司外部几乎没有意义。

专业化资产投入也会使得很多公司宁愿自己制造元件也不愿从外部购买。如果一家公司必须投资于专业化资产以供应另一家公司,就会产生互相依赖。在这种情况下,每一方都害怕对方会滥用这种关系以寻求更优惠的条件。设想福特公司开发了一种新的、高性能、高质量、独家设计的汽化器,该种汽化器对燃料效率的提高将促进福特汽车的销售。福特必须决定是自己生产这种汽化器还是向外转包给独立的供应商。制造这些独家设计的汽化器要求投资于专用设备,它不能用于为其他任何汽车公司生产汽化器。这样,在这种设备上的投资构成了对专业化资产的投资。如果福特的供应商进行这项投资,它将在业务上过度依赖福特,因为福特是这种设备产品唯一可能的买主。供应商认为这样就将福特置于一个强有力的讨价还价的位置,并担心如果生产出这种专用设备,福特可能利用它来压低汽化器的价格。而从福特的角度来考虑,它会推测如果它把这些汽化器的生产承包给一个独立供应商,它可能会过度依赖那个供应商生产的重要元件。因为生产那种汽化器必须使用专用设备,福特不易将订单转给其他没有这种设备的供应商(它将面临高转移成本)。福特认为这会提高供应商讨价还价的能力,并担心供应商会利用这一点索要更高的价格。在这种情况下,福特公司必将会选择自己制造该产品。可以预测,当生产一种元件需要大量投资于专业化资产时,企业将选择内部制造元件而不是向外承包给供应商。

如果专利产品技术能使企业生产出具有卓越特点的产品,它就会给企业带来竞争优势。企业当然不想让这项技术落入竞争者手中。如果公司将含有专利技术的元件的生产外包出去，那些供应商可能将这项技术据为己有或出卖给竞争者。因此，为了保持对该技术的控制，公司可能宁愿在其内部生产零部件。例如，当波音决定把许多制造飞机所需的重要元件的生产向外转包时，仍明确决定保留座舱的生产，这样做就不会把关键技术泄露给潜在的竞争对手。

垂直一体化还更易于计划、协调以及对相邻生产工序作出调度。这在有即时存货系统的公司尤其重要。例如，在 20 世纪 20 年代，福特公司由于向上游的钢铁铸造、铁矿石运输和采矿实行垂直一体化，而从紧密的协调和调度中获利。在五大湖区福特铸造工厂的交货协调得很好，铁矿石在 24 小时内就变成一组引擎。由于免除了过度保存铁矿石存货的需要，大幅削减了福特的生产成本。

向独立供应商购买零部件的一大优势是可保持公司的灵活性，企业可以根据需要在各供应商之间转移订货。由于汇率的变化和贸易壁垒的存在，这种灵活性对国际企业来说就变得尤为重要。例如，在某一年中国香港地区可能是某一具体元件成本最低的产地，但下一年可能是墨西哥。很多公司会从两个不同国家（地区）的供应商那里购买相同的零件，其目的就是为了规避要素成本、汇率波动之类的不利因素。

如果产品的最佳生产地受到政治风险的困扰，向独立供应商购买零部件也是有利的。在这种情况下，在该国建立零部件生产工厂会使公司暴露于政治风险中。但如果公司向该国一个独立的供应商购买则可避免很多风险，一旦战争、革命或其他政治变动改变了该国作为供应来源的吸引力，公司可灵活地转向另一个国家的供应商。

当然，维持战略灵活性也有其不利的一面。如果供应商发觉该公司由于汇率变化、贸易壁垒或一般政治情况要改变供应商，这个供应商可能不愿意专门投资于最终能使该公司获利的工厂和设备。

零部件生产的垂直一体化扩大了组织的生产范围，但随之而来的组织复杂化会提高公司的成本结构。首先，一个组织的下属单位越多，需要协调和控制的问题就越多。协调和控制下属单位要求高层管理人员处理一大堆下属单位活动的信息。这些单位越多，高级管理层必须处理的信息越多，事情越难做好。当公司参与到太多的活动中时，总部管理人员不能有效控制所有活动，由此产生的低效率会完全抵消垂直一体化的好处。其次，从从事垂直一体化零部件生产的公司会发现，因其内部供应者有一个稳定的客户，企业将缺乏降低成本的动力。内部供应的经理们可能被驱使以更高的转移价格的形式，将成本的增加转移给公司内其他单位，而不是寻找方法降低那些成本。最后,垂直一体化公司不得不决定公司内部单位货物转移的适当价格。由于国际企业的全球化生产营销,不同的税收体制、汇率变动、总部对当地情况不了解都增加了转移价格决策的复杂性。这增强了内部供应商操纵转移价格,使其对自己有利的能力,使得向下游转移、成本,上升而不是想方设法降低成本。

向独立的供应商购买元件的公司能避免所有这些问题及相关成本。如果进行外购,企业控制的附属单位要少得多。使用独立的供应商时,内部供应者的动机问题就不会发生。独立供应商知道如果要得到这家公司的生意,必须继续保持高效率。而且,因为独立供应商的价格是由市场决定的,所以转移价格问题就不存在了。总之,公司垂直一体化自行制造元件时,官僚主义的低效率及由此导致的成本都可以通过向独立供应商购买元件得以避免。

外购的另一个好处是,企业在向其他国家的独立供应商转包某些生产活动时,有助于企业从该国得到更多的订单。例如,在印度航空公司向波音订购大批飞机之前,印度政府可能会要求波音将一些生产转包给印度制造商。

很显然在自制或外购的决策中,会涉及利益的权衡。当涉及高度专业化资产时,当垂直一体化对保护专利技术是必需的,或该公司从事某一特定活动比外部供应商更有效率时,企业可以选择进行自行生产。当这些条件不存在时,从战略灵活性和组织控制成本出发,企业可以采取向独立供应商转包零件的方式进行生产。

9.2.3　全球采购

全球采购,就是指利用全球的资源,在全世界范围内去寻找供应商,寻找质量最好、价格合理的产品。近年来,在世界经济出现总体低迷的态势下,全球采购市场"一枝独秀",每年以 7% ～ 8% 的速度增长,采购额每年高达 4500 亿美元。同时,全球采购网络在中国也得到迅速发展。一方面,一些跨国企业在中国的采购额已经占到其全球采购总额的一半;另一方面,中国的企业,如海尔、上海大众也开始了全球采购。

实施全球采购对于采购商来说最大的好处就是成本的降低。据统计,一个企业的采购支出占其销售收入的 60% ～ 70%。对于生产型企业来说,采购中每节省 1 元钱,就意味着增加 1 元钱的利润,但是如果根据传统赢利模式,靠增加销售来获取 1 元钱利润的话,则需多卖十几元甚至几十元的产品。对于一个利润水平在几个百分点的大型企业而言,其通过采购如能节省 1％的成本,整个公司的净利润就会成倍增长。

采购商运用全球化采购的平台能够获得更大的"比较优势"。国际企业可以从自身利益出发,比较全球同类商品的供应商后,最后选定最适合自己的上下游厂家并与之合作,建立起自己的一套企业网络,增强其在市场上的竞争力。

而对于供应商来说,全球化采购活动则为其提供了一个开拓国际市场,并建立稳定的销售渠道、带动企业产品出口的机遇。同时,在与跨国企业合作的过程中,不仅能建立起稳定的供销关系,而且能够按照国际市场的规则来进行生产、提供产品,促进企业加快自身产品结构的调整和技术创新,提高自己产品的质量和竞争能力。

【专栏 9-2】 中国优势逐渐消失

作为日本高田汽配公司北美分支机构的采购经理,弗雷德·希甘曾经面临着将生产向中国转移的压力。希甘的公司在美国和墨西哥生产制造汽车部件。每当有客户指出中国的部件便宜时,希甘总是会搬出质量安全、物流和工艺革新等附加成本加以反驳。他说:"将供应链延伸至中国将会带来巨大的隐性成本。"

越来越多的公司在做决策时已不单单考虑劳动力和原材料成本,而要计算"总的拥有成本",也就是说把存货和延迟交货等相关费用计算在内。以此来衡量,从表面上看,卧室家具、电信设备等产品似乎比美国价格至少便宜 40％的所谓中国价格已不再具有明显优势。事实上,位于密歇根州索思菲尔德市的外包研究和咨询公司 AlixPartners 的一项最新研究显示,中国在制造领域一度无人能敌的优势地位在某些行业已经消失殆尽。

AlixPartners 的调查结果显示,同墨西哥的成本相比,三年前,中国产品的平均价格比墨西哥低 5％左右,目前却要高出 20％。同在美国生产产品相比,在墨西哥生产能节约 25％,3 年前则为 16％。

这种巨大变动的最大原因是汇率的波动和劳动力成本。2005 年以来,人民币兑美元升值了大约 11％,而工人工资则以每年 7％～8％的速度上涨。再加上为了控制污染行业,中国政府又废止了某些出口重工业产品的减税优惠。

成本的重新测算似乎使得美国公司 5～10 年前为了谋求在今天看来只是微不足道的收益而一窝蜂到中国进行生产的从众心理有所收敛了。Celestica公司的安德拉德说,像电信交换机、电脑服务器这类高端电子产品的生产已开始向美洲回归,这样供应商就能更靠近美国用户。另一个变数是维修和设备更新成本。对于复杂的电子产品，这种成本可能会出乎意料的高。

对精益库存需求的日益增长对中国来说也是一个不利因素。货物从中国运到美国商店平均要 45 天的运输周期。在经济衰退期，对需求的预测更为困难，制造商不得不将待售产品在库房存放更长时间。加上空运费用和货车运输的额外成本，中国应对应急供应的成本必然更高。

这些因素使高田公司的希甘更加坚信自己的想法，即应该在最终组装地就近购买部件。他举了汽车线束——导电体所用的绝缘导线束的例子，这种产品都是数以百万地进行大批量生产，每件成本不过 1 美元。

希甘表示，他可以从中国采购到价格比墨西哥低 15% 的汽车线束，但如果在中国制造的线束已经从上海装船发运出来，而设计却需要更改，这就意味着公司需要浪费 6 周的运输时间、要为库存成本及过时部件的处理买单。此外还有时差、语言障碍和差旅时间等麻烦。而讲英语的墨西哥供应商可在几个小时内就将产品运到美国的工厂。

资料来源：皮特·恩加迪奥. 中国优势逐渐消失. 商业周刊，2009.(7)：18—19.

企业在进行国际采购时，通常遵循着一定的步骤。尽管各公司进行全球采购时，执行的流程顺序有可能会有所差异，但是要想成功地进行全球采购，这些步骤都是必须完成的。

1. 选择首先进行全球采购的物品

对于那些不熟悉全球采购的企业来讲，第一次进行全球采购是一个学习的过程。国外采购的最初目标可以影响到整个全球采购过程的成功。几乎所有能在当地采购到的产品都能通过全球采购来获得，尤其是基本的日用品。企业应该选择质量好、成本低、便于装运且无风险的商品进行国外采购。企业首先可以选择一个或多个商品进行评价。这里有一些有关这些产品的建议：

（1）选择对现存操作并不重要的产品。如日用品或具有多种采购来源的产品。一旦采购这些产品积累了足够的经验，就可以进行其他种类产品的全球采购。

（2）选择标准化产品或者说明书易懂的产品。

（3）选择购买量大的产品来检验全球采购的效果。

（4）选择能够使公司从长期采购中获得利益的产品。

（5）选择那些需要较为标准化设备的产品。

（6）识别那些在成本或质量等主要绩效标准方面不具备竞争力的产品。这些标准非常重要，因为如果全球采购无法满足买方期望，那么就必须在国内采购。此外,企业进行全球采购时还必须使其他部门知晓全球采购的产品是什么。同时,应该提前通知潜在供应商有关数量和交货要求的计划。

2. 获取有关全球采购的信息

在确定需要进行全球采购的物品之后,企业就要收集和评价潜在供应商的信息或者识别能够承担该任务的中介。如果公司缺乏全球采购的经验、与外界联系较为有限或获得的信息有限,那么获取有关全球采购的信息对于这些企业而言可能就比较困难,下面介绍一些确定潜在供应商的方法:

(1)国际工业厂商名录。工业厂商名录随着互联网的发展而迅速增加,它是产业供应商或者区域供应商信息的一个主要来源。数以千计的企业名录可以帮助公司迅速识别潜在的供应商。

(2)贸易展销会。贸易展销会是收集供应商信息的最佳途径之一,这些产业展销可能会发生在世界各地的各个行业中。大多数商业图书馆都有世界贸易展销会的目录,企业通过互联网还可以搜索到产业贸易展销会的时间和地点以及如何注册。一些大型的、既定的展销会,可以吸引到世界各地的供应商。展销会为企业采购提供良好的机会,企业不仅可以签订采购合同,还可以搜集到产品和生产商方面的信息。中国著名的展销会如广交会就为国外企业订购中国产品提供了便利。

(3)贸易公司。一些中介型的贸易公司可以为买方提供各类服务,在信息搜索成本较高的情况下,企业也可以寻找贸易公司牵线搭桥。

(4)驻外代理机构。企业可以在外设立代理机构,由专门的人员提供全球采购服务。

(5)贸易咨询机构。买方可以与目标国国内主要城市的对外贸易咨询机构进行联系。

(6)其他来源。包括一个国家或城市的黄页、贸易杂志、销售手册和目录。

3. 评价供应商

无论是买方公司还是外国代理机构进行全球采购,企业评价国外供应商的标准都应该与评价国内供应商的标准相同(甚至更加严格)。国外供应商不会主动达到买方的绩效要求或期望。企业在对国外供应商进行评价时,需要考虑以下几个方面的内容:国内资源获取与国外资源获取之间是否存在着显著的成本差别;国外供应商是否能够长期保持这些差别;国外供应商提供的价格稳定性如何;供应渠道增长以及平均存货增加所带来的影响如何;供应商的技术和质量能力怎样;供应商能否协助进行新的设计开发;

供应商是否应用严格的质量控制技术；供应商是否具备稳定的装运制度；供应商要求多长的前置期；本企业能否与供应商建立长期的合作关系；与供应商合作是否能够保证技术专利和所有权的安全；国外供应商如何影响企业与国内供应商的关系。

通常，企业会采用实验性的订货方式来评价国外供应商。买方通常不会与某一个国外供应商签订全部采购合同，而是用少量或实验性订货来建立供应商的绩效跟踪记录。

4. 签订合同

确定了合格的供应商之后，买方就要征求供应商的建议书。如果国外供应商并不具备竞争力（通过评价建议书来确定），那么采购员就会选择国内供应商。如果国外供应商能够满足买方的评价标准，那么买方就可以与供应商磋商合同条款。无论与哪个供应商合作，买方都要在合同的整个有效期内对供应商进行持续的绩效考察。

9.2.3　全球准时采购策略

准时采购包括供应商的支持与合作以及制造过程、货物运输系统等一系列的内容。准时化采购不但可以减少库存，还可以加快库存周转、缩短提前期、提高采购的质量、获得满意交货等效果。准时采购和传统的采购方法在质量控制、供需关系、供应商的数目、交货期的管理等方面有许多不同，其中关于供应商的选择（数量与关系）、质量控制是其核心内容。具体来说包括以下六个方面。

1. 采用较少的供应商

单源供应①是准时采购的基本特征之一。准时采购认为，最理想的供应商数目是对每一种原材料或外购件，只有一个供应商。从理论上讲，采取单源供应比多头供应好，一方面，对供应商的管理比较方便，且可以使供应商获得内部规模效益和长期订货，从而使购买原材料和外购件的价格降低，有利于降低采购成本；另一方面，单源供应可以使制造商成为供应商的一个非常重要的客户，因而加强了制造商与供应商之间的相互依赖关系，有利于供需之间建立长期稳定的合作关系，质量上比较容易保证。但是，采取单源供应也有风险，比如供应商可能因意外原因中断交货。另外，采取单源供应，使企业不能得到竞争性的采购价格，会对供应商的依赖性过大。

---

①　单源供应：对某一种原材料或外购件只从一个供应商那里采购，或者对某一种原材料或外购件的需求仅由一个供应商供货。

从实际工作中看,许多企业并不是很愿意成为单一供应商。原因很简单,一方面供应商是具有独立性较强的商业竞争者,不愿意把自己的成本数据披露给用户;另一方面供应商不愿意成为用户的一个产品库存点。

2. 采取小批量采购的策略

小批量采购是准时采购的一个基本特征。由于企业生产对原材料和外购件的需求是不确定的,而准时采购又旨在消除原材料和外购件库存,为了保证准时、按质按量供应所需的原材料和外购件,采购必然是小批量的。但是,小批量采购必然增加运输次数和运输成本,对供应商来说,这点是很为难的事情,特别是当某些供应商在远距离的情形下,实施准时采购的难度就很大。通常情况下,解决这一问题的方法主要有四种:一是供应商在地理位置上靠近制造商,如日本汽车制造商扩展到哪里,其供应商就跟到哪里;二是供应商在制造商附近建立临时仓库,实质上,这只是将负担转嫁给了供应商,而未从根本上解决问题;三是由一个专门的承包运输商或第三方物流企业负责送货;四是让一个供应商负责供应多种原材料和外购件。

3. 对供应商选择的标准发生变化

由于准时采购采取单源供应,因而对供应商的合理选择就显得尤为重要。可以说,能否选择到合格的供应商是准时采购能否成功实施的关键。在准时采购模式中,由于供应商和用户是长期的合作关系,供应商的合作能力将影响到企业长期经济利益,因此,对供应商的要求就比较高。在选择供应商时,需要对供应商按照一定标准进行综合评价,这些标准应包括产品质量、交货期、价格、技术能力、应变能力、批量柔性、交货期与价格的均衡、价格与批量的均衡、地理位置等,而不像传统采购那样主要依靠价格标准。

4. 对交货的准时性要求更加严格

准时采购的一个重要特点是要求交货准时,这是实施准时化生产的前提条件。交货准时取决于供应商的生产与运输条件。作为供应商来说,要使交货准时,可以从以下几个方面着手:一是不断改善企业的生产条件,提高生产的连续性和稳定性,减少由于生产过程的不稳定导致延迟交货或误点的现象。二是在物流管理中,对运输过程进行有效的计划和管理,使运输过程准确无误。

5. 从源头上保障采购质量

为了保障企业生产经营的顺利进行,采购物资的质量必须从源头上抓起,也就是说,质量问题应由供应商负责,而不是企业的物资采购部门。准时采购就是要把质量责任返回给供应商,从根源上保证采购质量。为此,供应商必须参与制造商的产品设计过程,制造商也应帮助供应商提高技术能力和管理水平。美国 IBM 公司企业战略中的重要一环就是帮助供应商建立供应体系,以实现真正的本地化采购供应。

6. 对信息交流的需求加强

准时采购要求供应与需求双方信息高度共享,保证供应与需求信息的准确性和实时性。由于双方的战略合作关系,企业在生产计划、库存、质量等各方面的信息都可以及时进行交流,以便出现问题时能够及时处理。只有供需双方进行可靠而快速的双向信息交流,才能保证所需的原材料和外购件的准时按量供应。同时,充分的信息交换可以增强供应商的应变能力。所以实施准时采购,就要求供应商和制造商之间进行有效的信息交流。全球知名的沃尔玛与宝洁公司合作后,双方以结盟的方式,通过计算机实现数据共享。宝洁公司借助数据库,及时制定出符合市场需求的生产和研发计划,同时也能对沃尔玛的库存做到连续补货,沃尔玛只需要决定商品的进货数量就可以了。

与传统的采购相比,准时化采购除了在供应商选择、采购批量、交货准时性、信息共享等方面有所差异外,在其他管理运营环节也有很大不同(见表 9-2)。

表 9-2 准时化采购与传统采购

项　　目	准时化采购	传统采购
采购批量	小批量,送货频率高	大批量,送货频率低
供应商选择	长期合作,单源供应	短期合作,多源供应
供应商评价	质量、交货期、价格	质量、价格、交货期
检查工作	逐渐减少,最后消除	收货、点货、质量验收
协商项目	长期合作关系,质量和合理价格	获得最低价格
运输	准时送货、买方负责安排	较低的成本,买方负责
文书工作	文书工作少,需要的是有能力改变交货时间和质量	文书工作大,改变交货期和质量的采购单多
产品说明	供应商革新、强调性能宽松要求	买方关心设计、供应商无创新
包装	小、标准化容器包装	普通包装、没有特别说明
信息交流	快速、可靠	一般要求

企业要实施准时采购模式,以下四点十分重要:一是看板管理;二是企业要选择最佳的供应商,并对供应商进行有效管理;三是供应商与用户紧密合作;四是严格的质量控制。此外,准时采购还必须遵循一定的科学实施步

骤。从经验上来看,企业在实施准时采购时,大体可以遵从以下具体步骤。

1. 创建准时采购班组

准时采购班组的作用,就是全面处理准时采购有关事宜。要制订准时采购的操作规程,协调企业内部各有关部门的运作、协调企业与供应商之间的运作。准时采购班组除了企业采购供应部门有关人员之外,还要有本企业以及供应商企业的生产管理人员、技术人员、搬运人员等共同组成。

2. 制订计划,确保准时采购有计划有步骤地实施

企业要有针对性地制定采购策略,制定出具体的分阶段改进当前传统采购的措施,包括减少供应商的数量、对供应商进行评价、向供应商发放签证等。在这个过程中,企业要与供应商一起商定准时采购的目标和有关措施,保持经常性的信息沟通。

3. 精选少数供应商建立伙伴关系

供应商和企业之间互利的伙伴关系,意味着双方充满了一种紧密合作、主动交流、相互信赖的和谐气氛,共同承担长期协作的义务。在这种关系的基础上,发展共同的目标,分享共同的利益。企业可以选择少数几个最佳供应商作为工作对象,抓住一切机会加强与他们之间的业务关系。

4. 进行试点工作

企业可以先从某种产品、某条生产线或是某些特定原材料的试点开始,进行准时采购的试点工作。通过试点总结经验,为正式的准时采购实施打下基础。

5. 搞好供应商培训,确定共同目标

准时采购是供需双方共同的业务活动,单靠采购部门的努力是不够的,需要供应商的配合,只有供应商也对准时采购的策略和运作方法有了认识和理解,才能获得供应商的支持和配合。因此,需要对供应商进行教育和培训。通过培训,大家取得一致的目标,相互之间就能够很好地协调并做好采购的准时化工作。

6. 给供应商颁发产品免检证书

在实施准时采购策略时,核发免检证书是非常关键的一步。颁发免检证书的前提是供应商的产品 100% 的合格。为此,核发免检证书时,要求供应商提供最新的、正确的、完整的产品质量文件,包括设计蓝图、规格、检验程序以及其他必要的关键内容。经长期检验达到目标后,所有采购的物资就可以从卸货点直接运至生产线使用。

7. 实现配合节拍进度的交货方式

向供应商采购的原材料和外购件,其目标是要实现这样的交货方式,即当生产线正好需要某种物资时,该物资就到货并运至生产线,生产线拉动它所需的物资,并在制造产品时使用该物资。

8. 继续改进,扩大成果

准时采购是一个不断完善和改进的过程,需要在实施过程中不断总结经验教训,从降低运输成本、提高交货的准确性、提高产品质量、降低供应库存等各个方面进行改进,不断提高准时采购的运作绩效。

9.3 全球供应链设计

9.3.1 全球供应链的设计策略

设计和运行一个有效的供应链对企业的发展是至关重要的,因为它可以达到成本和服务的有效平衡,可以提高企业竞争力和企业柔性。对不同的行业、不同的产品,甚至是同一类产品、不同的型号,其供应链模式都可能不同。下面简单介绍三种不同的供应链设计策略。

1. 产品导向的供应链设计策略

以产品为导向的供应链设计强调用户对企业产品的需求、产品的寿命周期、产品多样性、需求预测、提前期和服务的市场标准等问题,注重所设计的供应链与产品特性的一致性。

供应链的主要功能之一就是有效地传递产品,不同的产品对供应链的要求有所不同。一旦产品设计定型,则这种产品在其寿命周期内要发生的成本的80%也就确定了。这是因为产品定型后,为完成这种产品的生产工艺、设备、原材料及向用户交付这种产品的供应链渠道就基本确定了,与此相关的费用也就确定了。因此,企业对自身产品的分析和判断是其建立和完善供应链的前提,不同类型的产品需要的供应链系统不同且相差极大,因此需要不同的供应链策略。

一般来说,产品可分为两大类:功能型产品和创新型产品。功能型产品一般用于满足用户的基本需求,变化很少,具有稳定的、可预测的需求和较长的寿命周期,但它们的稳定性和可预测性并没有形成差异性竞争,其边际利润较低,竞争激烈。为了避免低边际利润,很多企业开始在产品式样上或技术上进行革新,以寻求消费者的购买,从而获得高的边际利润。例如星巴克咖啡公司除了提供传统的功能型产品咖啡外,还试图引入一些新的元素把单纯的咖啡变成一种时尚的消费产品。创新型产品可以使一个企业获得高的边际利润,但其市场风险造成其需求不可预测。此外,创新型产品的生命周期很短——经常只有几个月,仿造者经常会掠夺创新型产品所应享有的竞争优势,企业不得不持续进行革新。生命周期变短和产品种类的繁多大大加剧了生产的不可预测性。

功能型产品和创新型产品特点的对比如表 9-3 所示。正因为这两种产品的不同,才需要有不同类型的供应链去满足不同的管理需要。

表 9-3 功能型产品与创新型产品对比

项　目	功能型	创新型
产品寿命周期	≥2 年	3 个月～1 年
边际贡献率	5%～10%	20%～60%
产品变种	低(每类 10～20 个)	高(每类多至数万个)
预测误差	10%	40%～100%
平均脱销率	1%～2%	10%～40%
平均折价率	0	10%～25%
产品提前期	6 个月～1 年	1 天～2 周

资料来源:张良卫. 全球供应链管理. 北京:中国物资出版社,2005:58.

为了明确区别供应链的类型,可将企业的供应链分成两个截然不同的功能:实质功能和市场功能。供应链的实质功能很明显,包含了将原材料、零部件、组装件转换成成品的整个过程,并将它们从供应链的一点传送到供应链的下一点。市场功能的目的是确保到达市场的不同种类的产品都能符合消费者需求,虽然不像实质功能那样显而易见但同样重要。

两个不同的功能包含了不同的成本,实质成本包括生产、运输、存货的储存成本。市场成本上升则反映在当供应超过需求时,产品削价竞争,或当供给不足时,丧失销售机会,导致无法满足消费者需求。

生产功能型产品的公司最重要的目标是降低实质成本,所以功能型产品通常具有价格敏感性。为了成本最小化,公司通常会制定下个月的物料备货需求,制定时间表。选择适当的物料资源规划系统,可使从订单到生产之间重要的信息串联,经由可预测的市场需求,进而达到库存成本的最小化和生产效率的最佳化。

这种方法对创新型产品则不适合。对于创新产品的需求,市场不确定性增加了缺货或供给过量的风险,短的生命周期增加了过时或过度供给的风险。因而,对这类产品而言,市场成本有着决定性的作用,应该成为经营者考虑的重点。

总的来说,对应于功能型产品和创新型产品,可分别采取有效供应链和快速反应供应链策略。两种供应链的特点如表 9-4 所示。

表 9-4 有效供应链和快速反应供应链比较

项 目	有效供应链	快速反应供应链
适用产品类型	功能型产品	创新型产品
基本目的	以尽可能低的价格有效供应可预测的需求	对不可预测的需求快速做出反应,以减少脱销、折价和过时库存
制造设施	维持高的设备平均利用率	配置过剩缓冲能力
库存战略	快速周转及供应链中库存最小化	配置大量零件或成品的缓冲库存
提前期	在不增加费用的前提下,消减提前期	积极投资以缩短提前期,适应快速变化的市场
选择供应商的依据	成本和质量	速度、柔性和质量
产品设计战略	性能最佳化与成本最小化	模块设计,尽可能延迟产品差别化

例如,某创新型产品边际贡献率为 50%,脱销率为 30%,则边际利润损失为 50%×30%＝15%,对此种产品就需要高度柔性灵活的供应链,以对多变的市场做出快速反应,有必要投资改善供应链的市场反应能力,此时供应链管理的重点在于通过供应链创造价值。为提高即时反应和交付的能力,将产品的完成置于靠近顾客的位置,可产生奇佳的供应链效果。如康柏公司决定继续自己生产一些多变种短生命周期的产品,而不外包给其他低成本工厂,原因就在于希望以此增加柔性和缩短提前期。

对于功能型产品来说,如果边际贡献率为 10%,脱销率为 2%,则边际利润损失仅为 0.2%,对此为改善市场反应能力而投入巨资是得不偿失的。供应链管理的重点在于通过供应链的优化降低成本。如吉列公司在其刀片生产中使用了押后制造,其刀片照常在它的两座高科技工厂里生产,但包装作业却转移到了区域配送中心。其包装类似于制造作业的装配线,先是印制消费包装,然后装进刀片,完全根据订单来进行。这使其标签特性完全根据零售商的要求来确定。另外,每件包装的刀片数量恰好是零售商所要求的,避免了包装过剩带来的浪费。公司预计当押后制造完全实施后,可缩减 50% 的库存。

【专栏 9-2】 迈向敏感型供应链

2003 年,李宁公司明确了未来发展方向,力图"以高端体育用品市场带动大众化产品的消费",并且确立了成为"全球领先的体育用品品牌公司"的愿景。自 2005 年起,李宁公司把物流和配送业务外包给第三方,在生产方面,除了保留一家工厂主要开发和生产赞助产品以及保密要求高的产品之外,李宁基本退出了制造环节,成为价值链和供应链上的整合者。

李宁把产品分为瓶颈型、战略型、杠杆型和一般型四类,把成品供应商分为一般、核心和战略三类,并根据产品性质、产品生命周期、公司业务发展战略等因素,对产品与供应商进行匹配。同时,针对不同类型的供应商,李宁通过调整不同指标所占的权重,甄别供应商对李宁的贡献,并为供应商指明努力的方向。

目前,李宁公司供应链管理的目标是从供应链的整体价值最大化出发,建立敏感型的供应链,即敏锐地捕捉市场需求的变化并快速响应,同时不断提高整个供应链的效率。为此,李宁公司主要采取了如下措施。

1.供应成本管理

李宁公司对成本的管理相当细致。一双鞋或一件衣服由多少块布料和多少个配件组成,有人负责拆解;每一块料的耗用量是多少,有人负责计算;给一件衣服上里子需要缝多少针、耗费多少时间,有人驻厂负责卡表。原材料供应商及其价格由李宁统一招标确定。不过,李宁也不是一味压低价格,而是会充分考虑供应商的质量管理水平,允许核心供应商和战略供应商存在一定的成本"劣势"。

2.物流的平滑化

李宁公司通过提高经销商订货的精度,严格考核订单执行率,提高排产的平滑度以及优化配送制度等手段,大大降低了物流峰谷之间的差距,并且显著缩短了物流周期,降低了库存天数和库存成本。李宁公司目前还在开展从工厂直发至门店的试点。这至少能带来三方面的好处:首先,相比"供应商—配送中心—经销商"的模式,直发能使物流周期缩短 8～10 天。其次,直发可以缩短运输距离,减少一次入库出库,并且降低了货物在配送中心的库存成本。最后,它在不加重上游供应商的负担的前提下,大大降低了李宁公司的库存周转天数。

3.优化网络布局

李宁先后在广州、北京、上海和武汉建立了四个配送中心,它们距离OEM 工厂的车程基本上都在两个小时之内。李宁通常只选择规模中等的物流供应商,要求它们把李宁当作主要客户,以保证自己的商品优先得到分拨。李宁公司还在湖北荆门建立了一个庞大的工业园。汽车从这里出发,在7个小时内所能覆盖的面积,约占中国大陆总面积的一半。

4.建立共同愿景

若想建立市场敏感型供应链,就必须让供应商真正认同李宁的发展战略,并且相信与李宁"绑定"可以取得更大的发展。事实上,李宁的高速发展正是得益于找到了一批抱有共同愿景的供应商。例如,李宁公司在篮球鞋市场的拓展,就得到了全球运动鞋巨头裕元集团的大力支持。荆门工业园占地3200亩,李宁只拥有其中300余亩,其余都分归李宁的供应商。供应商在这里兴建的工厂,在相当长时间内只为李宁服务。

资料来源:陈宏;秦良娟,石新泓.迈向敏感型供应链.http://www.hbrchina.com/c/article-layoutId-12-contentId-4023.html 2009-06-02.

2.产品生命周期的供应链策略

对于一种产品,特别是功能型产品来说,从其产品投放市场到过时淘汰,一般都要经历几个典型的生命周期(见图9-2)。

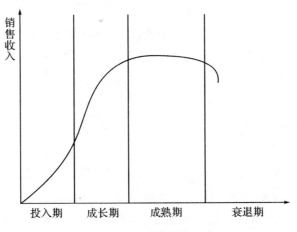

图9-2　产品生命周期示意

在产品生命周期的各个阶段,产品都有其明显特征,对供应链的要求也有所不同。因此,同一产品在生命周期的不同阶段,其供应链设计策略也不尽相同。如表9-5所示。

表 9-5　产品生命周期不同阶段的供应链策略

生命周期	特　　点	供应链策略
产品投入期	无法准确预测需求量； 大量的促销活动； 零售商可能在提供销售补贴的情况下才同意储备新产品； 订货频率不稳定且批量小； 缺货将大大抵消促销努力； 产品未被市场认可而夭折的比例较高	无法准确预测需求量； 大量的促销活动； 零售商可能在提供销售补贴的情况下才同意储备新产品； 订货频率不稳定且批量小； 缺货将大大抵消促销努力； 产品未被市场认可而夭折的比例较高
产品成长期	市场需求稳定增长； 营销渠道简单明确； 竞争性产品开始引入市场	批量生产，批量发运，较多存货，以降低供应链成本； 做出战略性的顾客服务承诺以进一步吸引顾客； 确定主要顾客并提供高水平服务； 通过供应链各方的协作增强竞争力； 服务与成本的合理化
产品成熟期	竞争加剧； 销售增长放缓； 一旦缺货，将被竞争性产品替代； 市场需求相对稳定，市场预测较为准确	建立配送中心； 建立网络式销售渠道； 利用第三方物流降低供应链成本并为顾客增加价值； 通过押后制造、消费点制造来改善服务； 减少成品库存
产品衰退期	市场需求急剧下降； 价格下降	对是否提供配送支持及支持力度进行评价； 对供应链进行调整以适应市场的变化，如供应商、配送商、零售商数量的调整及关系的调整等

在产品的投入阶段，产品需求非常不稳定，边际收益较高。由于需要及时占领市场，产品的供给能力非常重要，相对而言成本是一个次要考虑因素。因此，这一阶段供应链的策略是一种反应型供应链，也就是要对不稳定的需求做出快速反应。

在成长阶段，产品销售迅速增长，与此同时新的竞争者开始进入市场，企业所面临的一个主要问题是需要最大限度地占有市场份额。因此，在这一阶段，供应链策略需要逐步从反应型供应链转变为赢利型供应链，即需要开始降低成本，以较低的成本来满足需求。

成熟阶段中，产品的销售增长放慢，需求变得更加确定，市场上竞争对手增多并且竞争日益激烈，价格成为左右消费者购买的一个重要因素。因此,在成熟阶段,企业需要建立赢利型供应链策略,即在维持可接受服务水平的同时,使成本最小化。

大多数的产品和品牌销售都会衰退,并可能最终退出市场。在衰退阶段,销售额下降,产品利润也会降低。在这一阶段,企业需要评估形势并对供应链战略进行调整。企业需要对产品进行评估以确定是退出市场还是继续经营。如果决定继续经营,就需要对供应链进行调整甚至重构以适应市场变化。在保证一定服务水平的前提下,不断降低供应链总成本。

3. 客户导向型供应链设计策略

一般的供应链往往拘泥于始于供应商、终于消费者的供应链管理模式。它将管理的重心放在如何降低成本、减少库存、协调生产等环节上,虽然确实取得了良好的效果,但在其运作过程中始终存在一些问题。整个供应链仅仅依赖于客户的需求拉动这一被动的方式,虽然在一定程度上体现了以客户为导向的特征,满足了个性化的需求,但却无法克服由于信息流、物流、资金流等在时空上的阻隔所产生的滞后效应。由于在供应链上,客户总是处于末端,而在供应链管理的现实中,却需要将客户的需求放在最前端,处于最先考虑的地位。因此,这种供应链往往难以真正实现理想的降低库存、提高效益、敏捷供应的目标。解决这些问题比较可行的方案是建立客户导向型的供应链及其管理体系。

在客户导向型供应链管理模式中,客户始终处于整个供应链的中心地位,供应链的所有成员必须重视客户的实际需求。互联网的普及和电子商务的应用为实现这一目标创造了条件,供应链的所有成员都可以通过互联网获取客户的需求信息,分析其特征和行为,并相互传递,实现成员间的资源共享。这不仅消除了传统供应链的滞后效应,而且便于统一各成员对市场的理解和认识,以协调全体成员的行动,实现供应链管理的一体化,提高供应链的运作效率,创出新的竞争优势(见图 9-3)。

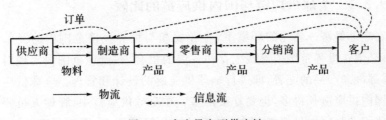

图 9-3   客户导向型供应链

对供应链中的所有成员来说,一个企业既是它的上游企业的客户,又是它的下游企业的供应商,因此,在整个供应链内部也存在着一系列的客户导向问题。客户导向型供应链管理模式是基于价值增值和客户满意的管理思想的体现。而业务流程是创造客户价值与实现客户满意的关键所在,没有合理的流程,供应链的各个环节将无法衔接并协调工作。因此,进行客户导向型供应链设计时必须重视业务流程问题,通过流程管理带动整个供应链中信息流、资金流和物流的良性运作以及供应链中的价值增值活动,创造和提高客户价值,降低其价值成本,达到客户价值最大化的目标。

进行客户导向型供应链设计时应注意以下几个问题:

(1)实现各成员企业之间的信息共享。首先,通过各成员企业的营销策略和信息技术掌握外部客户(最终客户)确切的需求信息,并及时传达给整个供应链,使供应链上各项作业达到与客户需求同步的效果。其次,将供应链中各企业的生产、库存等精确信息与前端各环节联系起来,使处于此位置上的营销人员及时了解不断更新的库存和产品的各项数据,并据此在第一时间里向客户提供准确的信息,使营销活动建立在可靠的基础上。最后,通过供应链中各环节运作信息的集成,使各业务流程协调一致,同时还可起到监测整个供应链的作用,及时发现需求的变化,及时安排和调整作业计划。

(2)实现客户与供应链之间信息的交互。企业一方面通过快速提供优质的产品和周到的服务来吸引和保持客户;另一方面在客户导向型供应链管理模式中,最重要的是要将客户与供应链连接起来,全面维系与客户之间的各种关系。这些关系的管理不只局限于企业现有的客户,还应包括在市场推广中遇到的潜在客户以及企业经营过程中各种关系的管理。

(3)提高供应链中各业务流程的自动化程度。不同业务流程自动化的内容是不同的,对生产、运输等环节主要是各种新技术的运用或新工具的使用,对于管理和营销环节则主要依托计算机及网络等信息化手段,使整个供应链的各个环节始终处于快速响应的最佳匹配状态,以便更高效地运转。

9.3.2 全球供应链与国内供应链的比较

在全球经济一体化的环境下,企业要参与世界经济范围内的经营与竞争,就必须在世界范围内寻找生存和发展的机会,在全球范围内实现对原材料、零部件和产品的配置,即进行全球供应链的设计和管理。全球供应链往往比国内供应链长得多,也要复杂得多。在全球供应链中,管理人员要面对的某些问题与国内供应链相似,只不过这些问题更大、更重要而已。此外,企业还要面对某些全新的问题和机会,特别是相对国内供应链而言,国际供应链常常有较大的距离和时间差,会涉及跨国市场,有时需要在跨国市场进行,当然国际供应链也意味着会有较多的机会。

国际供应链中的距离和由此产生的时间差要比国内供应链中的大得多。国内和国际供应链之间的这种差别使得企业的库存和制造周期变得更长。例如停留在美国国内的服装供应链可能有四周的运输延误，但横越太平洋的整个服装供应链则因关税、海运等的不确定性而需要增加至六周。此外，国内供应链中的某些问题到了全球供应链中就变得非常复杂，协调、物流管理和各项费用比在国内供应链中更重要。

存在于国际供应链中的那些共同的跨国市场，既意味着对国内供应链的某些挑战在增大，也意味着国际供应链带来了某些新的挑战和机会。举例来说，许多国际供应链比同样大小的一国市场中的供应链具有更大的复杂性，运输费用和出入境费用的增加，每个国家所需要的不同的配送渠道，等等。

国际供应链中有一些跨国运营场所。这意味着汇率波动、贸易条例和关税都对产品流动有影响，而且不同的语言和文化也会以复杂的方式影响协调工作。例如，20世纪90年代中期，汇率变动剧烈，使当时的日本和德国相对美国等国家变成了许多产品的高成本产地，这足以抵消较高生产率所造成的优势。另外，语言和文化的差异有可能造成即时协调困难。

不同国家不同的制造与物流基础设施水平，影响着供应链的运作。在发达国家，制造与物流基础设施非常发达。虽然存在地区间的差异，但这些差异主要体现在地理、政治与历史等方面。例如，不同的国家或地区会在路的宽度、桥的高度、交通规则等上有所不同。在发展中国家，物流基础设施的发展不尽完善，在物流设施上的投资十分有限。这些不同将最终影响供应链在全球范围内的运作。

当然，在包含许多运营场所的国际供应链中也有一些新的机会和问题。例如，得克萨斯仪器公司在得克萨斯和印度的班加罗尔有一些可能正在为解决同一个问题而工作的工程小组。当一个地方的工作日结束时，另一个地方的小组尚在工作。与8小时工作日相比，24小时工作能以较快的速度得出问题的答案。

由于国际供应链在供应、成本和商务经验诸方面比国内供应链更具多样性，企业通过它也许能开拓出较多的机会。除了传统的"边际要素成本"、资源探索、国际贸易和国际经营的机会之外，通过进入外国市场并参与外国商务，还能获得创造收入和进行学习的机会。将具有某种竞争优势的业务在竞争者赶来之前抢先扩大到新开辟的市场，就有可能建立先入为主的优势。同时与世界上技术先进的客户合作，还能使企业在知识外溢中获益。

总之，国际供应链和国内供应链间存在许多差别（见表9-6），这些差别是在进行供应链设计时必须加以认识的。

表 9-6　国际供应链与国内供应链的比较

国际供应链的特点	在国际供应链中更重要的问题	出现在国际供应链中的新问题
较大的距离空间和时间差	运输和协调更重要； 订货提前期更长； 沟通和旅行更困难； 信息和通信技术更重要	语言和文化的差异； 汇率、关税、补贴、配额
跨国市场	复杂的供应网络； 各跨国市场之间的竞争	不同的法律法规、语言； 汇率、政府政策和宏观经济的影响； 全球范围的扫描
跨国运营场所	复杂的供应网络	全球范围的扫描； 在全球范围内分担工作； 汇率

9.4　国际企业技术管理

9.4.1　国际企业的技术转移

国际企业的技术管理，是指在特定的公司跨国经营战略中，通过制定和实施技术创新、技术转移以及世界范围的知识管理战略，建立和保持公司的竞争优势的管理过程。国际企业根据所确定的不同战略模式，采用相应的技术管理方法，通过技术的研发、创新和跨国转移以及全球学习体系进行融合、沟通和扩散，建立起完整而高效的技术管理体系。

跨国技术转移，是指作为生产要素的技术，通过有偿或无偿途径从一国流向他国的过程。技术转移包括了技术的传递、吸收和消化，只有当技术引进国企业能够有效应用技术，才算完成了一次完整的技术转移过程。影响国际企业技术转移的因素包括母国政策、国际企业经营战略模式、技术特性、东道国的相关政策四个方面。

跨国技术转移有多种形式，多数技术转移通过市场渠道进行，也有些技术转移通过非市场渠道完成。通过市场渠道进行的技术转移通常称作技术贸易，主要形式包括以下几个。

1. 许可证协议

国际上通用的许可证协议有商标、专利和专有技术三种。在协议有效期内，许可方有权收取技术使用费和服务费，技术引进方使用协议中的各项技术;协议终止后,各方不再享有收取费用和使用技术的权利。根据协议中授权范围的不同,许可证协议分为以下四种:①独占许可,即技术引进方在一定地区对许可使用的技术拥有独占使用权,包括技术供应方在内的任何其他企业无权在该地区使用该项技术。②排他许可,即技术引进方和技术供应方在一定地区内享有使用协议指定技术的权利,任何第三方不得使用该项技术生产和销售产品。③普通许可,即技术供应方在协议规定的地区内除了允许技术引进方享有使用协议指定技术的权利外,还保留把该项技术的使用权再转让给任何第三方的权利。④可分割许可,即技术引进方有权在协议规定的地区将其获得许可的技术使用权再转让给第三者。

2. 特许专营

特许专营是指在经营中已取得成功经验的企业将其商标、商号名称、服务标志、专利、专有技术以及经营管理方法的使用权转让给另一家企业,并由此扩大产品销售或取得使用费收入。特许专营实际上是许可证贸易的一种特别方式,专营许可方不仅转让技术和商标,还传授统一标准的经营方法。

特许专营有三种类型:①产品专销。即专营许可方要求接受方只销售许可方的产品。由于特许专销的产品是名牌产品,市场销路好,专营接受方容易接受。②服务专营。专营接受方使用许可方的商标以及按照统一规定的制度和标准开展服务业务。③营业风格特许专营。专营接受方不但采用专营许可方的商标、商号或服务招牌,而且按照许可方的技术规程和质量标准生产同样的产品,店堂布置、销售方式、管理制度和经营风格也与许可方相同。

3. 承包"交钥匙"工程

"交钥匙"工程是指工程建造的整个过程,从选择工程方案、规划、勘测现场、设计、施工、供应设备、安装调试、试生产和技术培训等,均由承包公司在协议范围内负责。承包公司在技术的选用和设备的采购方面有很大决定权。对技术供应方,即承包公司来说,"交钥匙"工程使其能够以一揽子的方式向海外输出资金、技术、设备和产品,从中获得比单纯技术转移更多的效益。

4. 举办合资合作经营企业

合资经营和合作经营是国际企业通过对外直接投资转让技术的主要方式。许多发展中国家政府希望引进国外先进技术发展本国经济,因此鼓励本国企业与拥有先进技术的外国公司合资经营。外国国际企业则可以通过技术折价入股打入这些发展中国家的市场。

5. 补偿贸易

补偿贸易是指买方在信贷基础上从卖方购进设备,然后用生产的产品或商定的其他商品、劳务偿还设备贷款。在购进设备的同时,买方通常需要购进与使用设备有关的专利和专有技术,如生产产品所需的特定技术知识,设备的操作与维修保养知识,为获得这些技术知识,通常需要卖方提供技术培训与服务。

国际企业向海外子公司或其他企业转移的技术,从与母公司所使用技术的关系来看,可大体分为四类:尚未使用但准备使用的技术;尚未使用亦不准备使用的技术;正在使用且会继续使用的技术;正在使用但即将放弃使用的技术。

尽快回收技术开发中的投资并以技术换市场,是国际企业进行国际技术转移的主要目的。因此,在如何进行技术转移问题上,国际企业根据不同情况,通常采用以下三种策略。

(1)以技术投资和建立子公司为技术转移的优先方案

国际企业对于已有的技术优势,既要设法最充分地加以利用,使之为公司带来更多的超额利润,也要尽力加以保护。因此,国际企业的技术转移相当一部分是以对外直接投资形式来进行的。通过直接投资,国际企业可绕过对方关税壁垒进入该国市场,也可以实现技术转移内部化,即只向子公司转移其优势技术。

国际企业的内部技术转移大量采用纵向垂直形式,即母公司投入大量资金从事研究与开发,发明新技术。除自己使用外,也转移给子公司。子公司只是技术的接受方,其薄弱的科研活动仅仅是为了将引进的技术吸收、消化,以适用于当地市场环境。这样企业就形成了具有技术产生、传递、应用、反馈、调整等多重机制的一体化内部技术转移系统。在不同类型的经营战略模式中,国际企业转移技术的方式是有区别的。对于拥有全部股权的子公司,实行无偿或低价提供系统性技术,以提高其利润率。对于与东道国合营的企业,所提供的技术往往折算成股权投资,或索取较高的使用费。一般情况下,母公司拥有合资企业的股份越多,就越愿意转移其先进的、系统的技术。

(2)根据不同地区选择不同的技术转移方式

国际企业对发达国家主要采取互换许可策略转移先进技术。随着当今世界范围内高技术的迅速发展和高技术产业的兴起,发达国家为保持自己在高技术方面的优势,对一些尖端技术和高新技术实行保护性措施。国际企业为从某个发达国家获得先进技术,就采取交叉许可策略,以先进技术换先进技术,由此可继续保持技术领先地位。

对于发展中国家,国际企业则着重转让其成熟的技术或过剩技术。这种策略所利用的是各国经济、技术发展不平衡等条件。一种技术在发达国家进入到成熟期时,在发展中国家可能还处于开发期。这一技术生命周期的差异现象及由此形成的技术梯度,可使国际企业获得双周期、多周期的技术生命,为国际企业延长其技术寿命创造了机会。

(3)在技术资本密集产业主要采取成套设备转让形式

转让技术成套设备的交易不仅包括巨额产品的出口,而且包括数额颇丰的技术转让费。目前,国际企业40％以上的销售额集中在化学工业、机器制造、电子工业和运输设备等四大资本技术密集部门。

9.4.2　国际企业知识产权管理

知识产权是指创造性智力成果的完成人或工商业标志的所有人依法享有的权利的总称。知识财产主要包括两大类,即艺术财产和工业财产。对艺术财产的保护主要通过版权和邻接权等著作权法来实现,对工业财产权的保护主要通过专利法和商标法来实现。知识产权具有以下特点。

1. 专有性

专有性即知识产权的权利人对于其劳动成果享有独占使用的权利,任何其他人未经许可不得加以使用,该权利专属于权利人享有。这种专有性通过法律来保证,如我国专利法规定"专利权授予后,任何单位和个人未经专利权人许可,不得为生产经营目的制造、使用、许诺销售、销售、进口其专利产品,也不得使用其专利方法"。

2. 地域性

地域性即知识产权只在接受该权利的国家范围内有效,在其他国家并不必然地获得保护。

3. 时间性

时间性即知识产权在特定的时间内获得保护,期限届满后权利即告终止。最初,知识产权的授予与取得只是在一国范围内进行的,随着经济技术的发展,为了适应资本和技术输出的需要,技术所有人不仅要求所拥有的专利在本国得到保护,而且需要在国外也得到法律的承认和保护。因此,各国签订了一系列保护知识产权的国际公约,在国际范围内形成了保护知识产权的法律制度和相应的国际组织。

拥有知识产权的公司通常通过专利权、专有技术、商标、版权和商业秘密五种方式对其产权进行保护。

（1）专利权

专利权是一个主权国家的主管机构依照有关法律经过审查后授予发明者在一段时间内对其发明独占和使用的权利。这种权利往往是以国家颁发一张证书（即专利书）的方式来确认。专利权是一种专有权，具有排他性，受到时间和地域的限制。只有在这个期限内，专利独占权才依法受到保护。如果发明者（或占有者）不再申请，这一独占权就自行消亡，这项技术由此变成公有产权，任何人都可以无偿利用。专利权只能在规定的地域内有效，一般来说只在颁发国内有效，对其他国家没有约束力。

（2）专有技术

专有技术是指产品和生产（服务）过程的特殊技能。可转移的专有技术必须在买方的眼里是新的并具有实用和商业价值，而不只是一种不具有商业含义的科学设想。专有技术可以反映在对外保密的设计、工艺、操作程序中，也可以是非书面的操作或制造技能。专有技术通常是一项技术转移的核心。

（3）商标

商标是指某特定的公司或厂家把自己生产的商品和提供的服务用以区别其他商品或服务的商业标志。商标是一种权利或商业信誉的象征，属于工业产权中的商标权。商标权是指商标所有人在经法律程序申请和批准后对其注册商标所享有的专有使用权，商标注册人所享有的商标专有权受法律保护。

（4）版权

版权又称著作权，是著作人对作品所享有的权利。这种权利主要是指经济上的权利，同时也包括道义上的权利。

（5）商业秘密

商业秘密是指有关生产、管理、市场营销、行业竞争等有商业价值的保密信息或情报。商业秘密是企业的重要资产之一，保护商业秘密或窃取竞争对手的有关情报，是企业竞争的一个重要方面。

在对于知识产权的竞争中，相对于竞争者来说，企业会因为三种方式而失去知识产权：①仿制。对任何竞争优势来说，无论这种优势是以智力资本还是其他资本为基础，仿制都是一种严重的威胁。只要不是支付很高昂的仿制成本，如引起报复及法律纠纷，仿制者都能够从创新者的投资中获得好处，而无须承担创新的成本。②退化。由于竞争者自己开展创新，并能生产出更高级的产品或提供更好的服务，这会对本企业产品和服务构成替代威胁。③侵害和剽窃。竞争者会侵害、剽窃企业的知识资产。

国际企业在进行国际经营过程中,尤其在进行技术转移过程中,应针对国际经济环境及各国的知识产权保护现状,注意以下几方面的问题。

①熟悉各国有关法律法规及国际惯例。国际企业在国际经营中,尤其在技术转让和出口中,若想获得国外的知识产权保护,不仅需在本国申请与注册,还必须在出口对象国申请注册,寻求其知识产权保护。由于各国知识产权保护的内容和范围不尽相同,因此必须研究、熟悉可能对其进行技术转让的国家的有关法律法规,保证知识产权申请与保护工作的有效进行。同时密切关注对象国知识产权保护的状况。

②加强企业自身技术创新能力。在国际企业的知识产权保护过程中,专利保护以其具有的技术性特点在公司的经营发展中显示着独到的功能和作用,也显示出技术创新与知识产权战略的紧密关系。随着科学技术的发展,国际企业间的竞争越来越表现为技术的竞争,而技术创新又与专利技术、商业秘密、商标等知识产权联系紧密,成为企业提高经济效益、增强市场竞争力的内在源泉。在国际竞争日益激烈的现在,国际企业必须注重自身创新能力的增强。以专利和专有技术为基础,并在行业内进行联合开发,形成合力。同时,企业在推进高技术前沿研究开发的同时,可以通过兼并国外科技型中小型企业,获取其技术成果和知识产权。

③设立专门知识产权管理机构。国际企业知识产权保护战略的制定与实施需要各方面的人力配合,须通过对国际企业的经济实力、技术竞争、经营状况等多方面综合分析才能确立。因此,需要在国际企业中设立专门的知识产权管理机构,机构中应同时包括专业人员、技术研究人员、法律事务人员、管理人员及营销人员等。

④建立技术标准。取得了专利以后,技术优势成为产品优势,如果这项专利技术形成了国家标准、国际标准,企业的产品优势就形成了一个产业优势。公司的技术成为行业的技术标准,不仅能有效保护知识产权,同时还可以取得较高利润。掌握某一技术标准的公司,通常意味着是所在行业的龙头公司。获取并控制技术标准,是国际企业追求的一个重要技术战略目标。国际企业之间的技术标准竞争,是竞争的高级发展形式。

9.4.3　国际企业研发管理

研究与开发作为国际企业技术创新管理的重要内容,在技术管理体系中占有极其重要的位置。R&D管理不仅是国际企业占领国际市场、取得技术优势的第一要素,同时也是国际企业实行其经营战略的重要途径。

1. 企业研发国际化

国际企业在实行经营战略时,会根据不同的战略开展研发的国际化进程,从而将研发作为国际企业在全球经营网络中的关键环节,并通过研发的分散和整合,进一步推动国际企业整体战略的实施。研发国际化是经济全球化的产物和重要组成部分。它是指国际企业在特定的经营战略指导下,将研究与开发活动扩散到母国以外的其他区位,利用多个国家的科技资源,跨国界开展研究与开发活动。研发国际化有助于满足母公司全球化生产经营的需要、获取低成本的 R&D 资源、获取先进技术、进行竞争战略调整和推动信息技术进步。

国际企业研发国际化主要表现为以下两种形式。

(1)基于技术搜寻的跨国并购

就技术战略而言,并购的目的是为了获得目标公司所附属的研发机构,但也常常伴随着对相应的生产性公司、销售性公司的购买。在目标企业选择上,技术水平高、科研能力强的企业往往成为选择对象。并购的最大优势在于可以实现原有企业和所购买企业在专业领域上的技术和知识互补以及地理上海外生产与研发之间的搭配,同时也能够控制新机构的研发成果。

(2)与海外国际企业进行合作,结成 R&D 联盟,或进行技术互换,实现技术共享

由某一国际企业单独进行技术研发,不仅投入大、风险大,而且周期长,难以适应当代科技的发展速度。而合作进行研发,可以节约成本,风险也随之降低也可以在较短的时间内实现技术和知识的互补与良性共享。技术作为一种资源,通过流动得以实现优化配置。技术互换协议通常发生在拥有庞大技术开发投资和强大技术创新能力的少数世界级别技术垄断公司之间,互换的不是业已成熟或过时的技术,而是最新技术成果,主要涉及电子、化学、医药等领域。

研发国际化的组织形式与组织职能是紧密联系的,根据不同的经营战略,国际企业国际化研发的组织形式主要有以下四种类型。

(1)母国集权型

在国际企业的国际经营战略指导下,国际企业将所有的 R&D 活动都集中在母国,不在海外进行任何 R&D 活动。公司依靠本国创造新技术、新产品,并将这些产品在全世界范围内销售,获取最大化利润。一般拥有"核心技术",并且远远领先于其他国家的国际企业选用此模式,这样有利于保护核心技术,建立规模化和专业化优势。

(2)全球集权型

当国际企业实行全球经营战略时,以母国的研发中心为中心,设立若干海外 R&D 机构,进行技术搜索,将公司技术向海外转移和围绕子公司所服

务的市场条件进行产品开发,海外 R&D 机构间很少发生联系。此模式可兼顾国际化需求并集中进行 R&D。

3. 多国分权型

国际企业实行多国经营战略时,母公司将其 R&D 职能分散到多个海外研究中心。每个中心负责当地的 R&D 活动,并对当地的管理层负责,拥有高度自主性,独立进行 R&D 研究,为地方性市场或全球市场进行开发。母公司通过协调各海外分支 R&D 机构的活动实现技术创新的总体战略。这种方式可带来本地化市场导向。

4. 一体化网络型

在国际企业实行跨国经营战略下,国际企业母国 R&D 机构与所有海外 R&D 机构通过灵活的、不同类型的协调机制紧密地联系在一起,组成一个有机协调的全球性研发网络。从公司总体创新战略出发,利用全球资源,在全球范围进行知识创造和技术创新。网络中的每一单位都对公司的整个创造过程负责,并专业化于某一产品、某一部件或者某一技术的研发,从而有利于国际企业各 R&D 机构之间的横向学习。

国际企业在全球范围内进行研发的决策中,一个非常重要的决策就是选择海外研究与开发的区位。影响区位选择的因素主要有以下几方面。

(1)东道国因素

①市场规模和市场容量。东道国的市场规模和容量是影响国际企业海外 R&D 投资区位选择的重要因素。市场容量与经济发展水平、规模和人口多少有关。经济发展水平和规模决定市场的有效需求,人口多少影响市场的潜在需求。有效需求和潜在需求大的国家和地区都有可能成为 R&D 投资的理想区位。此外,东道国市场规模还直接影响着国际企业 R&D 的绩效。

②东道国研究与开发的基础条件。先进的科学基础设施和条件是影响国际企业研究与开发区位选择的主要因素,主要包括:与某类研究项目相关的有当地特色的科学、教育或技术传统,有益的当地科技环境和足够的技术基础结构,专业研究人员的素质和可获得性等。东道国的基础设施,即拥有发达基础设施的东道国,尤其是发达的信息通信网络,可使国际企业海外 R&D 机构充分享受由此带来的外部经济效应,其中最为重要的是东道国的通信设施。

③东道国的相关政策。东道国的政策因素,尤其是知识产权和贸易保护方面相关的法律法规对国际企业研究与开发的区位选择有着重大影响。东道国优惠的政策可以吸引国际企业来从事研究与开发活动,而严厉苛刻

的政策则会限制和阻碍国际企业来东道国投资于研究与开发。

④文化差异的影响。国际企业在 R&D 业务延伸到母国之外的市场之时，首先倾向于进入那些在地理位置和文化上相近的国家，以降低经营风险。国际企业更倾向于在相似的文化环境中从事 R&D 活动，以方便与东道国之间的沟通交流和信息交换。其次，在这些国家里，由于国际企业进入较早，同东道国之间有着良好的合作关系，在东道国的市场中有很好的声誉。

（2）国际企业本身因素

①国际企业的规模。企业的创新行为与企业规模之间存在一定的联系，企业规模越大，企业越有能力进行创新活动。随着企业规模的增大，企业创新能力提高，其海外 R&D 的动机也会越来越强烈，R&D 全球化程度也会越来越高。

②国际企业的国际化程度。国际企业海外 R&D 的动机之一是为了支撑海外的生产或为海外客户提供技术服务，随着其海外生产经营活动的增加，海外经营的经验越丰富，其控制国际经营风险的能力就越强，R&D 全球化程度越高。

③国际企业的经营战略。R&D 机构的区位选择受到母公司总体经营战略的影响，是母公司总体战略的一部分。母公司不同的经营模式产生了相应的区位选择决策。同时，由于海外 R&D 机构的主要职责之一是为海外生产的产品和工艺调整服务，因此母公司在海外的生产经营性投资状况也会对其区位选择产生影响。

（3）母国因素

母国对国际企业 R&D 国际化的影响因素是建立在与东道国的比较基础之上的。母国不利于国际企业进行 R&D 的因素正是东道国吸引国际企业进行 R&D 的因素。一个是海外 R&D 的启动因素，另一个是 R&D 国际化的引力因素。当母国的 R&D 成本较高时，可在其他国家寻找更适合的 R&D 环境。如果母国政策限制某些生产，将生产转移至限制较少的国家，与之相应的一些生产性辅助 R&D 活动也转移过去，R&D 国际化程度就随之提高。

5. 研发本地化

研发本地化是指国际企业根据多国和跨国经营战略，将研发活动扩散到母国以外的子公司所在地，利用东道国的科技资源开展研发活动。研发本地化包含两种具体形式：一是在国际企业子公司所在国设立研发分支机构；二是国际企业子公司与所在地的大学或研究机构合作展开研发活动。

研发本地化从职能看大体分为四类：第一是技术应用型研发，其科研活动与企业的生产活动紧密相连,服务于国际企业多国战略中开发本地市场的需要;第二是技术监测类,监测世界各技术领先的地区的技术进展,加速自身的研发;第三是技术开发类,这类本地化在选址时往往靠近东道国的著名大学或直接建立在科技园区,从事技术开发和创新;第四是基础研究类,从事超前性的技术研究工作,进行知识储备,它直接服务于国际企业的全球化战略,并成为国际企业全球研发网络的重要枢纽。

国际企业在海外研发本地化的决策中,一个重要的决策就是区位选择。决定国际企业在海外研发本地化区位决策的因素涉及多个方面。

(1)研究开发的导向相关性

决定有效的研发区位决策的一个重要因素就是与相关利益群体之间的地理距离和时间距离,这不仅涉及公司内部的相关人员,还涉及公司外部的各种利益群体。这个因素对于研发区位的影响主要取决于海外研发本地化活动的导向,因海外研发本地化的具体使命不同而不同。对于在多国经营战略指导下的研发活动,主要服务是对来自母国的技术与产品的调整,以便适应东道国的市场条件,占领海外市场,所以接近主要顾客十分重要。这类研发本地化主要集中于公司海外已有经营的区位,与公司在当地的生产经营活动相结合。

(2)海外扩张的区位相关性

在国际企业海外扩张越来越多的采取收购方式的情况下,国际企业海外扩张集中的地区也往往是海外研发相对集中的地区;国际企业经营扩张较快的国家或地区,也往往是更需要公司对适应当地市场条件的产品与工艺进行调整的地方。

(3)市场当地化需要相关性

一般来说,对于实行多国经营战略的国际企业而言,市场当地化的需要最重要。一方面,对于许多消费产品来说,在那些文化背景不同、居民收入水平不同的国家里更需要进行市场当地化。另一方面,当地成本结构和原材料及零部件的供给情况以及技术与产品规格标准上的问题也产生了对制造工艺进行当地化调整的需要。因此,需要国际企业进行研发本地化,向在东道国的生产单位提供所需的技术服务,包括在东道国市场调整标准化产品和开发新产品等。

(4)竞争对手在当地的研发水平相关性

国际企业海外研发本地化并不都是源于对有关要素的反应,有时是因为一些处于同行业领先地位的竞争对手在国外某个国家或地区设立了研发机构。企业因担心竞争对手抢先进入会获取当地稀缺的科技资源或提高研发能力而增强其竞争力,对自身产生负面的竞争压力,于是相应地设立了自己的研发机构。

以上分析了影响国际企业海外研发本地化的主要因素,但是这些因素对于不同国际企业海外研发本地化区位选择的影响程度是不同的。一般来讲,对于实行不同经营战略,来自不同国家、不同行业的国际企业以及不同类型的海外研究机构,这些因素的影响也是不同的。

▢ 本章小结

■ 不论国际企业采取何种生产战略,全球生产战略的成功都离不开四个因素,即兼容性、布局、协调和控制。

■ 影响国际生产区位选择的因素包括国家因素、技术因素和产品因素三个方面。

■ 柔性制造技术有助于:①减少复杂设备的安装次数;②通过更好的时间安排提高各机器的使用率;③提高制造工序各阶段的质量控制。

■ 企业通过垂直一体化自行制造产品有四个方面的好处。通常企业自制的生产成本较低,能够促进企业的专业化投资,还有助于知识产权的保护和改进相邻工序间的时间安排。

■ 全球采购,就是指利用全球的资源,在全世界范围内寻找供应商,寻找质量最好、价格合理的产品。包括选择首先进行全球采购的物品、获取有关全球采购的信息、评价供应商和签订合同四个步骤。

■ 准时采购包括供应商的支持与合作以及制造过程、货物运输系统等一系列的内容。它不但可以减少库存,还可以加快库存周转、缩短提前期、提高采购的质量、获得满意交货等效果。

■ 准时采购和传统的采购方法在质量控制、供需关系、供应商的数目、交货期的管理等方面有许多不同,其中关于供应商的选择(数量与关系)、质量控制是其核心内容。具体来说包括以下六个方面:①采用较少的供应商;②采取小批量采购的策略;③对供应商选择的标准发生变化;④对交货的准时性要求更加严格;⑤从根源上保障采购质量;⑥对信息交流的需求加强。

■ 设计和运行一个有效的供应链可以达到成本和服务的有效平衡,可以提高企业竞争力和企业柔性。对不同的行业、不同的产品,甚至是同一类产品、不同的型号,其供应链模式都可能不同。常见的供应链如产品导向型、产品生命周期导向型和客户导向型。

■ 影响国际企业技术转移的因素包括母国政策、国际企业经营战略模式、技术特性、东道国的相关政策四个方面。

■ 知识产权是指创造性智力成果的完成人或工商业标志的所有人依法享有的权利的总称。知识财产主要包括两大类：艺术财产和工业财产。拥有知识产权的公司通常通过专利权、专有技术、商标、版权和商业秘密五种方式对其产权进行保护

■ 国际企业研发国际化主要表现为以下两种形式：①基于技术搜寻的跨国并购；②与海外国际企业进行合作，结成 R&D 联盟，或进行技术互换，实现技术共享。

■ 研发国际化的组织形式与组织职能是紧密联系的，根据不同的经营战略，国际企业国际化研发的组织形式主要有以下四种类型：母国集权型、全球集权型、多国分权型和一体化网络型。

■ 国际企业在全球范围选择海外研究与开发的区位主要考虑以下几方面的因素：东道国因素、国际企业本身因素和母国因素。

■ 决定国际企业在海外研发本地化区位决策的因素涉及多个方面，包括研究开发的导向相关性、海外扩张的区位相关性、市场当地化需要相关性和竞争对手在当地的研发水平相关性。

🗋 思考题

1. 试述柔性制造的优越性。
2. 决定国际企业厂址选择的因素有哪些？
3. 简述专业化资产投入对企业采购的影响。
4. 简述全球准时采购与传统采购的区别。
5. 简述企业如何进行准时采购。
6. 简述全球供应链的设计策略及方式。
7. 简述影响国际企业采购与自制决策的因素。
8. 国际企业是如何进行全球采购？
9. 简述技术贸易的基本形式及适用条件。
10. 简述国际企业对知识产权的保护措施。
11. 什么是技术转移？技术转移的实施方式有哪些？
12. 简述国际企业海外研发的组织形式及其影响因素。
13. 决定国际企业海外研发区位的因素有哪些？

【章尾案例：来自新兴市场的灵感】

过去，创新通常是从发达国家向发展中国家市场渗透，但如今这一潮流已开始发生逆转。2009 年 3 月，通用电气医疗集团（GE Healthcare）开始在

美国市场为其最新款心电图仪 MAC 800 造势。这款电池供电的仪器应用了最新技术,仅重 6 磅,相当于目前市面上最小的心电图仪的一半。它的零售价格将仅仅定在 2500 美元,比类似产品的标价低了 80%。但是 MAC 800 心电图仪真正与众不同的是它的出处,这款仪器与通用电气医疗集团 2008 年专为印度和中国医生开发的机型基本同出一门。

透过这台诊疗工具可以看到一种新的思维方式,这种思维方式也许非常适合应对不断加深的经济萧条:先为新兴市场创造入门级的商品,然后迅速以低廉的成本对其重新包装,再投向消费者对价格愈发敏感的发达国家市场,这种新举措被称为"逆向创新"。

这一方法使传统产品的开发过程从源头上得以逆转。多年来,跨国公司瞄准发达国家市场生产价格不菲的高端产品,事业因此兴旺发达。许多企业发现根本不用专门为其他地区的较低收入人群设计产品,只需将成熟市场中过气的型号推销过去即可,就像抛售二手车那样。然而不久前,诸如微软、诺基亚和宝洁这样的大公司发现,可以首先锁定世界上人口众多的市场实现赢利,之后再把这些廉价产品推销到其他市场再度获利。

密歇根大学罗斯商学院的一位战略学教授普拉哈拉德认为,主流观点认为创新源于美国,其后流向欧洲和日本,最后才向穷国渗透。但如今我们看到这种趋势开始逆转。

这种逆流而动的做法甚至能够拉动业已低迷的市场需求。通用电气医疗集团垄断着高端诊疗设备市场,目前在美国医院和诊所使用的心电图仪中,有 34% 都是通用电气的设备。但同时这些客户也有可能购买 MAC 800 机型,这种体积小巧、价格低廉的仪器将面向新的医疗职业群体,包括保健医生、乡村诊所以及巡诊的护士。他们看重的或是设备的便携性,或是价位的低廉。该公司在美国市场第一年的销售目标定为 250 万美元。

这点营业收入对通用电气公司来说是九牛一毛,该公司 2008 年的销售额达到创纪录的 1825 亿美元。但是要兑现首席执行官杰夫·伊梅尔特所承诺的到 2010 年恢复两位数增长并拯救通用电气公司低迷的股价,来自公司主营业务外的每一分钱收入都显得弥足珍贵。该公司的股价已从其 52 周的高点下跌了 80%。为了维持现金流,该公司仅红利就削减了 2/3,这是自 20 世纪 30 年代大萧条以来的首次下降。

将 MAC 800 心电图仪转而推向美国市场,这一想法在通用电气医疗集团内部也是自下而上达成的共识。2008 年 6 月,通用电气医疗集团的一位全球项目经理韦罗尼卡·丘刚刚在中国完成 MAC 800 机型的市场测试。在她回到通用电气医疗集团设在美国威斯康星州沃基沙的运营总部之后,就着手向她的客户宣传这款新设备。附近梅诺莫尼福尔斯地区一家诊所的一名护士听了推介后认为这样的机器很适用，随后，韦罗尼卡·丘向通用电气医疗集团诊疗系统的高管们通告了相关情况。2008 年秋天，该公司开始在美国组建攻关小组，以帮助其决策是否有必要针对美国市场改装 MAC 800 机型。

过去，通用电气医疗集团从头开始研发一台心电图仪需要 5 年时间，成本高达 200 万美元。而这次改装 MAC 800 只是在中国版的原型上新增了 USB、以太网以及电话等接口，从而可以将仪器采集的患者相关数据上传，结果使开发费用削减到 22.5 万美元，上市时间也缩短到几个月。通用电气公司的副董事长、基础设施集团首席执行官约翰·赖斯认为，MAC 800 心电图仪将有可能成为通用电气公司其他部门效仿的一个模板，他说："人们往往会陷入定式思维，认为创新就是造出下一代 iPod 播放器或 BlackBerry 手机。但也许推出产品的低成本简化版也是一种创新。目前我们所有业务的创新主题就是如何降低产品的成本。"

把新兴市场上用过的机型推销到美国或西欧国家存在一定的风险。最大的风险在于价差，廉价的产品将有可能挤占定价偏高的本土同类产品的市场份额。例如，在这种销售理念的驱使下，飞利浦电子公司打算将其为加纳设计的低成本太阳能照明灯具推广到整个发达国家市场。但首席执行官柯慈雷迟迟未采取行动，希望以此来保护飞利浦现有的产品线。他道出了自己的顾虑："如果做得过了头，会伤及我们的既得利益。"

此外，为相对贫困的地区所设计的廉价商品往往存在诸多弊端。Yugo 作为最便宜的车型打入美国市场已有 25 年，但这个品牌到现在依然是用料低劣、做工粗糙的代名词，这也提醒我们：在发达国家，质量与价格同等重要。管理咨询公司波士顿咨询集团的资深合伙人哈罗德·西尔金认为 Yugo 车的例子使许多人对此望而却步。这种做法的关键在于这些产品必须迎合美国市场所需。

尽管如此，基础性产品在亚洲和非洲市场的成功以及西方国家消费能力的下降，促使更多的公司踊跃尝试逆流创新。诺基亚公司最近对加纳和摩洛哥的年轻人如何利用手机共享聊天进行了研究。该公司的目标不仅仅是为非洲市场推出一款更加实用的手机，还要针对 2009 年 2 月末在美国上市的 5800 Express 机型设计出大功率扬声器的安装位置，让手机用户可以与他人共享 MP3 音乐和 YouTube 视频。诺基亚公司的首席设计师阿利斯泰尔·库尔蒂斯指出："来自新兴市场的拉动作用不亚于发达市场对其的推动作用。"

其他企业也正创建规范的流程以简化来自新兴市场的产品转化过程。2009 年 2 月份,施乐公司聘用了两位研究人员,任命其为"创新经理",他们的任务是从印度新兴企业中为施乐公司寻找改型后适合北美市场的发明及产品。与此同时,惠普公司正利用其设在印度的研发实验室来研究如何将亚洲和非洲版的基于 Web 的手机应用迁移到发达国家市场上的手机中。

在微软公司已工作了 15 年的老员工阿米特·米塔尔负责类似项目的开发工作。微软之所以这样做,是因为公司意识到 Windows XP 的低价简化版 Windows XP Starter Edition 可能拥有更广泛的应用。这款软件的设计一直以来面向的是贫困地区使用低端机的技术盲。现在,微软公司要将 Starter Edition 中简洁的"帮助"菜单以及简单易学的入门指导视频放到将在美国推出的 Windows 操作系统中。

一些消费品的生产商也在为它们在发展中国家的产品寻找新的市场。就雀巢公司来说,该公司 Maggi 品牌的速食干面原本是专为巴基斯坦和印度农村地区生产的一种畅销的低脂食品,每份的价格约为 20 美分。2008 年这种产品被重新包装成一种物美价廉的健康食品投放到澳大利亚和新西兰市场。而宝洁公司维克司蜂蜜止咳糖浆(Vicks Honey Cough)的客户群正从墨西哥扩展到西欧和美国。

但是正如通用电气医疗集团发现 MAC 800 心电图仪的问题一样,逆流创新需要保持一种平衡,既要维持新兴市场的价位,又要迎合习惯了多种选择的客户。为了降低产品的重量和成本,新的心电图仪没有内置键盘,而是设计了一个较大的拥有 12 个按键的键盘,就像手机上用来发送短信的按键一样。通用电气医疗集团的首席技术官迈克尔·巴伯说:"这有风险,但这种取舍令人兴奋且充满挑战。"

资料来源:里娜·贾纳.来自新兴市场的灵感.商业周刊,2009(5):61—63.

讨论问题

1.为什么会出现"逆向创新"?

2."逆向创新"对发展中国家的国际企业经营有何影响?对发展中国家的经济发展有何影响?

【主要参考文献】

[1]M. Therese Flaherty.全球运营管理.北京:清华大学出版社,2005:252—277.

[2]阿尔温德·V.帕达克,拉比 S.巴贾特.国际管理.北京:机械工业出版社,2006:469—480.

[3]曹洪军.国际企业管理.北京:科学出版社,2006:233—262.

[4]查尔斯·W.L.希尔.国际商务(第 5 版).北京:中国人民大学出版社,

2005:571—591.

[5]方虹.国际企业管理.北京:首都经济贸易大学出版社,2006:206—280.

[6]黄兆银.R&D全球化研究.武汉:武汉大学出版社,2002:76—107.

[7]马述忠,廖红.国际企业管理.北京:北京大学出版社,2007:283—312.

[8]杨德新.跨国经营与国际企业.北京:中国统计出版社,1994:717—745.

[9]原毅军.国际企业管理(第4版).大连:大连理工大学出版社,2006:203—229.

[10]约翰·D.丹尼尔斯.国际商务环境与运作(第11版).北京:机械工业出版社,2008:438—452.

[11]张良卫.全球供应链管理.北京:中国物资出版社,2005:40—222.

10 | 国际企业财务管理

International Fianncial Management

在任何决策和行动中,管理阶层必须一直把经济绩效置于首位。
——彼得·杜拉克(Peter F. Drucker)

☐ **主要内容**
■ 国际企业财务管理概述
■ 国际企业融资管理
■ 国际企业投资管理
■ 国际企业资金管理

☐ **核心概念**
■ 财务集权
■ 财务分权
■ 金本位制
■ 特别提款权
■ 国际货币体系
■ 布雷顿森林体系
■ 国际资本成本
■ 国际转移价格
■ 国际税收筹划

☐ **学习目标**
■ 理解影响企业财务集权与分权的因素
■ 理解决定企业利润中心、投资中心选择的因素
■ 掌握国际企业资本预算
■ 掌握制定转移价格的方法
■ 了解国际财务的特点
■ 了解国际货币体系发展史
■ 了解国际直接投资的动机

【章首案例：宝洁公司的全球财务管理】

宝洁公司是名副其实的全球消费品制造公司的顶尖代表，该公司拥有245个品牌的纸品、清洁用品、食品、保健品和化妆品，这些商品销往全世界130多个国家和地区。2002年，宝洁公司430亿美元的销售收入中，60%以上是在美国以外的地区取得的。与其全球扩张不相称的是，宝洁公司有关投资、筹资、货币管理和外汇决策等财务运作，直至20世纪90年代初还是相当分散的。各主要国外子公司基本上自行管理投资、借款和外汇交易，位于美国辛辛那提市宝洁公司总部的国际财务管理部仅仅在外债方面对各子公司进行控制。

目前，宝洁公司总部在进行全球财务管理时，采用了更为集中的体制，密切关注着公司在全世界众多地区性财务管理中心的运作。这一由分散到集中的变化趋势，在一定程度上体现了宝洁公司国际交易量的日益上升以及由此引起的外汇风险的增加。与许多跨国公司一样，宝洁公司一直在致力于将某些产品集中在特定地点制造，而不是在其所有从事经营业务的国家制造，这样做的目的在于优化公司的全球生产系统以实现成本经济性。朝着这一方向，跨国海运的原材料、产成品在品种和数量上正跳跃式地快速增长。但这也引起宝洁公司外汇风险规模的相应增加，现在的交易金额往往高达几十亿美元。另外，宝洁公司1/3以上的外汇风险是非美元风险，如在交易中需要把欧元兑换为韩元或将英镑兑换成日元。

宝洁公司认为集中进行外汇交易的全面管理对于公司有重要意义。首先，考虑到许多子公司经常持有各自经营所在国货币的现金余额，宝洁公司可以在子公司之间开展内部外汇交易。由于这一交易过程没有银行的参与，因此降低了交易成本。其次，宝洁公司发现许多子公司每次购买外汇的金额比较小，比如10万美元。倘若把每次小金额的购买合并成一笔大金额的购买，宝洁公司可以从其外汇交易商处获得更优惠的价格。第三，宝洁公司正在把外汇风险汇聚起来，并购买一个"保护性期权"对冲与持有各种外汇头寸有关的风险，这将比为了对冲每次外汇交易风险而单独购入期权要便宜得多。

除管理外汇交易之外，宝洁公司'全球财务管理还取代了当地银行的职能来安排子公司之间的投融资，有多余现金的子公司可以贷给其他需要资金的子公司，全球财务管理扮演了一个银行中介的角色。宝洁公司现已将与其有业务往来的当地银行从 450 家削减到 200 家。用公司内部贷款取代从当地银行贷款,就可以降低总的借款成本,这将为公司每年节约几千万美元的利息支出。

资料来源:R. C. Stewart. Balancing on the Global High Wire. *Financial Executive*,1995(5):35-39.

10.1 国际企业财务管理概述

10.1.1 国际企业财务管理特征

国际企业财务管理是企业国际化与金融市场一体化的必然产物。国际企业财务管理从全球视角考虑企业财务问题,考虑公司跨越不同的文化、政治及经济背景以及国际情势改变所导致利率、汇率、商品价格等因素的变动。与一般国内企业财务管理相比,国际企业财务管理具有以下三个特征。

1. 更大的外汇风险

浮动汇率制度的引入和汇率的动荡不稳增加了国际企业经营环境的不稳定性。汇率的波动影响着国际企业经营活动和国际投资组合的收益与风险。汇率波动给国际企业带来机遇的同时也给国际企业的经营带来了挑战和压力,企业要承受汇率变动所带来的交易风险、经济风险和换算风险等不同形式的外汇风险。如何规避汇率风险成为国际企业财务管理必须解决的重要问题之一。

2. 更多的机会和风险

世界经济一体化进程不断向前推进的同时,世界各国的市场尚存在较大的不完全性,包括不完全的商品市场、不完全的要素市场以及政府对市场的干预等。市场的不完全性给国际企业从事跨国界经营活动带来更多机会的同时也带来了更大的风险。

国际金融市场的快速发展和金融工具的不断创新给国际企业带来更多的机会和风险。20 世纪 80 年代以来,国际金融市场发生了重大变化,货币期货、期权和互换的出现使国际企业在全球范围内筹措资金的风险不断增大。货币市场和资本市场全球一体化进程的进一步发展为国际企业带来了可以利用和发挥的机会和优势。投资者可以通过国际资本市场进行分散投资组合,以降低系统风险和资本成本。

国际企业的全球化经营使国际企业拥有国际资本市场、东道国金融市场、母公司所在国资金市场以及国际企业内部的资金调度等多元融资渠道和方式,从而使其资金融通具有渠道多、筹资方式灵活、融资选择余地大而广等特征,但各国政府的行政干预以及社会、经济、技术等方面的原因使得国际资本市场不断细分。各国资本的供求状况不同,获取资本的难易程度不同,从而使得不同来源的资本的成本和风险各不相同。除此之外,不同来源的资本其政府补贴、税负等也不相同,从而为国际企业实现总体融资成本最小化的战略目标提供了良好的机会。这就要求国际企业凭借其全球化资金调度的能力和信息网络,抓住机会,从全球范围内权衡利弊,选择最适合公司整体利益的融资方案。

国际企业的经营特征是国际化、多样化、内部化和全球化。为了发挥经营优势以及降低风险,国际企业一般在统一的指挥下实现一体化生产体系,无论是横向或纵向的,其产品必定趋于多样化。不完全的商品市场和不完全的技术及劳动力市场,为国际企业充分发挥其所拥有的区位优势、所有权优势以及内部化优势创造了条件,同时也为国际企业在全球范围内获取超额利润和竞争优势提供了更多的机会。国际企业的海外投资自始至终面临着东道国政治体制和政策发生各种不同程度变化的可能。

当今世界正处于重大的转折时期,旧的格局已经结束,新的格局尚未形成,世界正朝着多极化方向发展,从而也使国外投资所涉及的政治风险发生了变化。国际企业的经营与财务活动涉及许多国家,而各国的政治、经济情况不同,货币软硬不同,税率和利率也不同。这种不均衡的世界环境给国际企业提供了多种多样的选择机会。

国际企业的全球化经营,在使其选择机会增加的同时,其所面临的国际政治、经济环境中的各种风险因素也大为增加。由于各国的经济、政治、法律、社会、文化环境不同,这种环境的差异给国际企业的经营活动带来的影响和风险也不相同。因此,企业需要适应环境的变化,调度和运用所拥有的资源,开展全球化业务活动,实现预定目标。在进行国际财务管理时,不但要熟悉和考虑母国的环境因素,而且需要深入了解所涉及国家的有关情况,并充分考虑和关注国际形势及有关国家的政治、经济、文化和法律等政策和制度方面的重大变化,如各国利率的高低、汇率的变化、外汇管制政策等。这是因为这些因素对国际企业的盈利水平和财务状况都有可能产生直接的影响。

3. 跨国界财务控制成为经营的重要因素

国际企业作为跨国界的集团公司,是现代企业制度的最高组织形式。它通过对外直接投资等方式组建起一个由母公司、子公司构成的多层次企业集团,同时也形成了多层次委托代理关系。一方面,国际企业整体作为一个经济实体,其管理当局是公司董事会的代理人,必须以股东财富最大化为财务管理目标;另一方面,国际企业同时又是一个出资者,以对外直接投资等方式形成了众多分支机构。基于此,国际企业董事会、公司管理当局、子(分)公司之间形成了多层次的委托代理关系。由于国际企业的规模大且分散于各国,国际企业的代理成本往往高于一般公司。除此之外,国际企业还需要面对更为复杂的环境、法令及道德规范方面的限制。受传统与习俗的影响,不同国家在法律的制订与执行方面,各有不同的做法。如前所述,国际企业的一体化生产体系实际上是企业内部的分工在国际范围内的再现,并通过母公司与国外附属公司之间以及各附属公司之间的内部交易得以实现和正常运作的。国际企业为了指导各个业务环节的运作,协调国外各附属公司的经营活动,一般需要从全球环境的竞争态势出发,将国际企业所属各机构、各部门视为一个整体,确定符合整体最大利益的总目标及相应的方针、策略和方法。由此可见,根据世界经济和国际金融市场的变化,从公司整体出发,如何在全球范围内合理配置和有效运用公司资金、评估投资项目并对各下属分支机构的经营业绩进行合理评估;根据国际企业的组织结构、经营传统和风格及外部环境的变化,如何将集权与分权有机地结合起来,形成较为合理的财务控制体系,是许多国际企业面临的新问题,也是国际企业经营能否成功的关键所在。

10.1.2　国际企业财务管理策略

1.财务管理决策权的配置

（1）集权与分权

国际企业财务管理决策权的配置依决策权集中程度的不同而有三种选择,即集权、分权和集权与分权相结合。

集权型财务管理将海外业务看做是国内业务的扩大,所有战略决策与经营控制权(财务的与非财务的)都集中在母公司总部,子公司和地方层面的决策只能在总部的详细政策和规定之下做出。集权财务管理的优点在于有利于实现公司整体利润最大化与成本最低化目标,并强化公司总部的全盘调度力度,主要包括以下几个方面:

①利于发挥总部财务专家的作用。尤其是一些大型的国际企业,决策集中能在更大的范围内和更大的程度上利用总部财务专家的才能。

②获取资金调度和运用中的规模经济效益。一般而言,由公司总部根据海内外各生产经营单位的需求,在条件较好的市场上筹措大量资金可以有效降低资金成本。

③在各单位之间调剂资金余缺、优化资金配置、保证资金供应,同时借

以加强对全球生产经营的控制。

④灵活调整整个公司的外币种类和结构,在国际金融市场上进行外汇买卖和保值交易,提高抵御外汇风险的能力。

集权财务管理的缺点有以下几个方面:

①在一定程度上削弱了子公司经理的生产经营自主权,容易挫伤他们的积极性。

②当母公司从全球性生产经营出发,以实现公司整体利益最大化为根本目的来进行集中财务决策时,子公司的具体情况和直接利益就会放在次要位置,这容易损害子公司当地持股人的利益,招致他们的反对。

③集中决策与管理使公司总部能更加方便地采用转移价格等手段抽调子公司的生产要素、产品和利润,逃避有关东道国的关税和所得税,规避当地政府政策法规的限制,从而造成东道国政府与公司甚至母国的摩擦。

④扭曲各子公司的经营实绩,给子公司经营绩效考核增加了困难。在财务集中调度之下,一些子公司不得不放弃本可捕捉的机遇和利益,另一些子公司又获得了本不属于它们的额外收益。在集中财务管理下正式财务报表不能真实反映各有关单位的实际经营状况,国际企业不能借之评价各单位的管理实绩和进行客观的计划与控制。因此,一些国际企业使用多套财务报表制度。一套用于向当地报告的需要,另一套用于和并财务报表,第三套为"真实报表",用于公司决策。显然,准备和记录不同的价格、交易的账目和财务报表是十分繁重的任务。

分权财务管理将决策权分散给子公司,母公司起控股公司的作用,限于不同战略经营单位经营组合分析。各单位绩效考核建立在条件相似单位之间的比较上。每个子公司的财务报告都同时根据东道国和母国的公认会计准则作出。除了新项目和融资决策之外,其他决策也分散化。与集权财务管理相反,分权财务管理有利于充分调动各子公司的积极性,有助于处理好与当地利益主体的关系,却不利于实现国际企业整体财务效益(分权与集权的跨国财务管理模式见图 10-1 和图 10-2)。

为了充分利用集权与分权财务管理的益处,一些国际企业采取部分集权、部分分权的财务管理模式。重要决策集中,其他决策分散,对某些国家的子公司实行财务集中,对另一些国家的子公司实行财务分权。分权的利益取决于子公司的特点与区位。如果一个子公司的管理者自主性和能力都强,分权是有利的。在这样的地方,可建立控股公司并实行多中心管理。相反,如果子公司管理者能力有限,则强化控制。

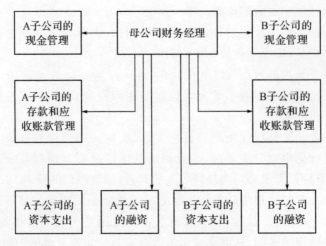

图 10-1　集权式跨国财务管理

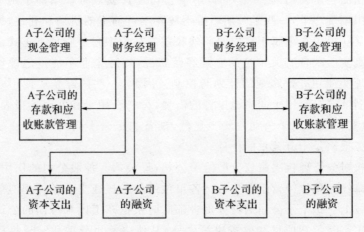

图 10-2　分权式跨国财务管理

（2）影响集权与分权的因素

国际企业财务管理决策权类型的选择取决于一系列因素。国际企业的成长阶段、企业的股权结构和技术水平、企业文化、市场竞争状况是影响企业财务管理权分配的主要因素。

①国际企业的成长阶段。在向国外扩展初期，企业总部缺乏足够的资金和财务专家，往往较多地将财务管理决策权下放给子公司经理，实行分权财务管理。国外各子公司管理财务的经理们的管理活动没有母公司的紧密指导，子公司只关注于增进自己的业绩，有时甚至以损害整体利润为代价。

随着国外经营的增长，母公司开始认识到关注子公司财务管理的重要性，同时企业也有了较强的经济实力和较多的财务专家。这时，企业会通过建立中心工作部门的方式来领导国外经营的财务工作。中心工作部门做出大部分重要的财务决策,向子公司发出频繁的指令,并通过信息交流和规定的报告程序来统一管理和协调海外各子公司的财务活动。此外,母公司还负责子公司的资金保障,当一些海外子公司因东道国银根紧缩或当地资金短缺而面临资金困难时,总部基本上全部承担起向这些公司调度资金的责任。

当国际企业成为大型跨国公司以后,总部的管理集团面临集权与分权的两难境地。一方面,国外经营的规模和重要性,需要管理集团加紧控制海外财务决策;另一方面,由于子公司增长所引起的财务选择权不断增多,使得总部中心工作部门已无力对每项财务交易都单独作出决策。在这种情况下,国际企业较多实行集权与分权相结合的方式。一般,总部颁发标准程序规章手册,详细规定各个项目下各级的权限标准,如当地借款额度、公司间往来支付的标准条款、管理费的标准比率等,各层在相应的权限范围内行事。公司总部主要负责审阅重要的财务决定以及子公司经营的成果,并提供指导、咨询和信息。在必要情况下还会通过建立地区性财务指挥部的方式,对其辖区的子公司之间的交易进行财务优化。

②股权结构与技术水平。在一般情况下,国际企业财务管理决策权的集中度与其对海外子公司的控制度成正向关系。如果国际企业的海外子公司采用独资经营的方式,那么,国际企业在财务集权管理与分权管理的选择上就会有很大的回旋余地,而由于集权更有利于国际企业的全盘财务调度,故通常选择相对集中的财务管理。相反,如果国际企业的海外子公司大多是合资经营,限于合伙方的利益与要求,其财务管理会相对分散。

技术要求高的国际企业,总部大多把主要精力集中在技术开发而不是财务管理上,以便通过不断的技术创新和新产品推出来加强垄断优势,并通过技术来控制海外子公司,因而倾向于分权型财务管理。相反,技术要求低的企业,产品和工艺已成熟,公司的竞争优势主要不是来自于技术,而在于全盘调度以降低成本,需要重视财务管理,因而倾向于财权集中。

③企业文化。企业的传统在一定程度上会影响国际企业财务管理的集权与分权。欧洲的国际企业因其传统的母公司与子公司的"母女关系",财务管理集中度较高。大约有85%的欧洲国际企业是由母公司总部统一管理和协调海内外财务活动的。而美国国际企业股权结构分散,在管理上强调子公司的积极性,大多不直接对海内外财务活动实行集中管理,而是通过间接指导和干预的方法来影响海外子公司的财务管理。

④竞争状况。随着国际竞争的加剧,一方面,对当地目标市场和东道国

经营环境的变化作出迅速反应已成为国际企业成功的重要因素。这要求子公司有更多的经营自主权,包括更多的财务管理决策权。另一方面,随着生产经营国际化的发展,集中财务管理决策的利益也很明显。因此,国际企业一般在资金返回、转移价格制定、授权费、管理费和涉及公司整体利益的财务决策方面趋于集中管理,而在其他财务管理方面则趋于分散化。

2. 利润中心的选择

利润中心的选择是国际企业财务管理策略的一个重要方面。国际企业利润中心通常有三种选择:一是以母公司为利润中心;二是以母公司和各子公司为利润中心;三是选择其中的某些单位为利润中心。

理想的利润中心地区应是税率最低、资金限制最少、外汇稳定以及货币和证券可按预定的汇率自由转换成母国货币或期望的货币的地方。同时,该地区还应易于变化会计方法和使用转移价格,以实现公司整体利润的最大化。此外,利润中心的选择还受到以下几方面因素的影响:

(1)当地股东要求利润最大化的压力。这一点在非全资企业中都会碰到,因为国际企业如果将利润中心设在别处,就意味着非利润中心企业的实际盈利有部分流向了那些利润中心,从而减少了这些企业的当地股东的权益。

(2)当地管理者对自主权的要求。子公司的自主权越大,财务管理的独立性也越大,子公司就会要求以自身为利润中心。一般,财务集权型国际企业比分权型国际企业在利润中心选择上有更大的空间。

(3)当地对利润水平的限制。一些国家法令或政府政策会限定企业的利润水平,这些国家就不适合作为利润中心所在地。

(4)对国际企业进行融资的便利程度。如果国际企业利用利润中心的资金对中心外业务融资,就需要进一步考虑中心所在东道国与潜在东道国在双重课税、对股息、利息以及费用的预扣税、投资保证、政治抵制等方面的关系。设置利润中心的目的在于整体利润最大化,如果利润中心的对外融资碰到障碍,就会侵蚀公司已取得的利润或限制利润中心的其他功能。

(5)向利润中心转移利润的通道。企业利润可以通过建立企业间成本项目从一个企业流向另一个企业。这些转移通常受到税收、外汇管制以及有关规定的限制。国际企业选择利润中心时需要考虑的是能否取得规避这些限制的手段和方法。

(6)利润中心目标点。利润中心的一项重要功能是用以分析和评价国际企业各所属企业和单位的经营绩效,国际企业在确定利润中心的过程中,可能进一步规定利润中心目标点,如销售利润中心、生产利润中心、产品线利润中心等。目标点的选择也会反过来影响利润中心地的决策。例如,当销售利润作为目标点时,销售公司或成品企业所在地更利于作为利润中心地。

3. 投资中心的选择

国际企业的投资中心(即投资决策地点)通常设在母公司总部,在分权体制中也可能有部分投资决策权(主要是限额下小项目投资)下放给有关分部。可见,投资决策偏于集中,而为了利润最大化的利润中心则可以分散,两者不一定重合。究其原因,主要在于以下几点:

(1)投资决策属于长期战略决策范围,决策一旦作出,就带有很大刚性,不仅需要投入大量人力、物力和财力进行项目建设,而且在项目整个寿命期内都需投入相应的资源,具有机会成本大、影响时间长的特点。相形之下,利润中心决策属经营性决策,可适时调整。

(2)投资是为了形成未来的生产能力,扩大国际企业网络的容量,因而项目的确定、地点的选择、技术水平和技术来源、生产工艺与物流设计、产品的营销与市场范围等都对国际企业现有体制的运转和未来的发展产生广泛的影响。只有集中决策和安排,才能充分保证投资效益。

(3)用于投资的资本有不同类型和不同来源,如本地资本来源和国外资本来源,内部资本来源和外部资本来源,产权资本和债权资本等,它们的成本都互不相同。投资决策需要了解不同来源不同类型资本成本的差异,以便于为任何特定企业选择最低成本资金来源。这一点站在局部的利润中心是难以做到的。

从子公司的运转角度来看,资本成本通常只限于本公司自有资本或母公司资本的成本。子公司管理者可能不了解第三国的资本来源,后者包含了一个与国际企业全球体系的成本相等的资本成本。此外,子公司管理者没有能力跳过不同货币障碍来调度资金,也无力利用不同的套汇方法,这些都会产生重要的成本。

10.1.3　国际货币体系

国际货币体系就是各国政府为适应国际贸易与国际支付的需要,对货币在国际范围内发挥世界货币职能所确定的原则、采取的措施和建立的组织形式的总称。它包括以下几方面内容:①各国货币比价即汇率的确定;②各国货币的兑换性和对国际支付所采取的措施,包括对经常项目、资本金融项目管制与否的规定、国际结算原则的规定;③国际收支的调节;④国际储备资产的确定;⑤黄金外汇的流动与转移是否自由等。

1. 金本位制（1875—1914）

人类将黄金作为财富储藏和交易手段的偏好自古有之，而且各种文化都广泛存在这种偏好。国际金本位制主要存在于 1875 至 1914 年间。1914 年，随着第一次世界大战的爆发，绝大多数国家相继放弃了金本位制。

国际金本位制要在各主要国家得到实施，必须满足以下几个条件：①只有黄金可以被自由地铸造成货币；②黄金与各国货币间实现稳定比率的双向兑换；③黄金可以自由输出或输入。为了保证黄金的可自由兑换，必须规定银行券的最低比率的含金量。此外，一国的货币储备也会随着黄金输入和输出该国而相应地增加或减少。

在金本位制下，任何两种货币间的汇率应根据它们的含金量来确定。例如，假定每盎司黄金可兑换 6 英镑或 12 法郎，那么英镑对法郎的汇率就是 1 英镑兑换 2 法郎。从某种意义上说，如果英镑和法郎均以固定的价格与黄金挂钩，那么两种货币之间的汇率就会保持稳定。例如，美元对英镑的汇率在每英镑兑换 4.84 美元到 4.90 美元这一较小的幅度内波动。古典金本位制下极其稳定的汇率为国际贸易和投资提供了良好的环境。

在金本位制下，国际收支的失衡可自动地得到矫正。假设英国对法国的出口大于从法国的进口，那么在金本位制下，这种不均衡是不可能持久的。伴随英国向法国净出口的是相反方向的黄金净流入。黄金的流出会导致法国物价水平的下跌，与此同时，英国的物价水平则会上涨。因而，物价相对水平的变化会减缓英国的出口，增加法国的进口。结果，英国开始时的净出口会最终消失。这种调节机制被称为"价格—铸币—流动机制"。①

金本位制被认为是防范通货膨胀的最有效方式。黄金天然是一种稀缺金属，任何人都无法增加它的数量。因此，如果用黄金作为唯一的铸币材料，那么货币的供应量就不会失控，也就不会发生通货膨胀。另外，如果将黄金作为唯一的国际支付手段，那么各国的国际收支余额将随黄金的流动而得到自动调节。然而，金本位制也有一些致命的缺点。首先，所开采的黄金是有限的，因此，缺少足够的货币储备必然阻碍世界贸易和投资的发展，世界经济就会面临货币紧缩的压力。其次，如果一国政府出于政治考虑而必须寻求某种与金本位制相背离的目标，那么该国可能会放弃金本位制。换句话说，国际金本位制在本质上缺乏一种迫使各主要国家遵守游戏规则的机制。

---

① 只要政府愿意遵守游戏规则，允许货币储备随黄金的流入流出而发生增减，那么价格流动机制仍能起作用。一旦政府使黄金失去通货资格，这种体制就会失效。此外，这种体制的效率取决于进口的需求价格弹性。

2. 战争时期(1915—1944)

随着第一次世界大战的爆发,英、法、德、俄等主要国家便中止了银行券与黄金的兑换,并禁止黄金出口,国际金本位制遂于 1914 年 8 月宣告瓦解。第一次世界大战后,许多国家遭遇严重的通货膨胀,特别是德国、奥地利、匈牙利、波兰和俄国。在 20 世纪 20 年代初,各国间的货币汇率结束了战时的限制,开始持续波动。在此期间,各国广泛采取"以邻为壑"的货币贬值手段在世界出口市场上获得利益。

随着各主要国家的经济在第一次世界大战后得到恢复并开始实现稳定,各国便纷纷着手重建金本位制。此时美国已取代英国成为最主要的经济强国,并率先恢复了金本位制。除了美国以外,英国、瑞士、法国、斯堪的纳维亚国家等也在 1928 年前恢复了金本位制。

然而,20 世纪 20 年代晚期的国际金本位制已不如以前那么为人所赞赏了。绝大多数国家优先考虑的是本国的经济稳定,普遍采用"黄金封存"[①]政策。例如,美联储以黄金凭证作为黄金流通的信用保证方式,将部分黄金冻结,而英国银行也采取了类似的政策,即通过抵消黄金流动对货币供给的影响来保持国内货币供应量的稳定。

两次世界大战期间国际货币体制的特点是:经济民族主义,各国对重建金本位制三心二意,经济和政治动荡,银行业的倒闭以及大量资本的跨国外逃。在这一时期,连贯的国际货币体系的缺乏大大阻碍了国际贸易和投资的发展,但也正是这个时期,美元逐渐取代了英镑成为占统治地位的世界货币。

3. 布雷顿森林体系时期(1945—1972)

1944 年 7 月,来自 44 个国家的代表聚集在新罕布什尔州的布雷顿森林,起草并签订了作为布雷顿森林体系核心的国际货币基金协议,并于 1945 年开始启动。IMF 规定了有关制定国际货币政策的一系列条款,并负责这些条款的实施。

按照布雷顿森林体系,每个国家都建立了货币与美元挂钩的平价制度,而美元与黄金挂钩,即每盎司黄金价值 35 美元(见图 10-3)。必要时,每个国家负责通过买卖外汇将汇率维持在平价±1%的波动范围内。只有当本国国际收支发生"根本性失衡"时,IMF 的成员国才能改变本国货币的平价。在布雷顿森林体系下,只有美元才能与黄金进行完全兑换,其他国家的货币均不能直接兑换成黄金。各国持有的美元及黄金可作为国际支付的手段。

---

① 即通过减少和增加本国货币和信贷的方式来抵消黄金的流入和流出行为。

本质上,布雷顿森林体系就是以美元为基础的"金汇兑本位制"。

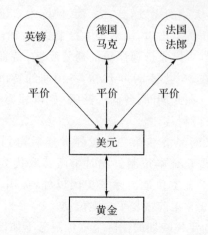

图 10-3　金汇兑平价制的设计

　　金汇兑平价制的倡导者宣称这种制度可以节省黄金,因为各国既可以使用黄金又可以使用外汇作为国际支付手段。这样,外汇储备可以抵消世界黄金储备不足而带来的货币紧缩的影响。金汇兑平价制的另一个好处是各个国家可以从它们持有的外汇储备中赚取利息,而拥有黄金是不能产生任何收益的。此外,金汇兑平价制还可以节省因黄金的跨国运输而引起的相关交易成本。因此,充裕的国际货币储备以及稳定的货币汇率为 20 世纪 50 年代和 60 年代国际贸易和投资的发展提供了一个良好的环境。

　　20 世纪 60 年代,为了给越战以及大社会计划融资,美国实行了扩张性货币政策,从而使得通货膨胀不断加剧。美国的黄金储备已不足以支付其他国家所持有的美元。1971 年 8 月,美国宣布暂停美元兑换黄金,并对进口商品征收 10% 的进口附加税。种压力下,布雷顿森林体系的基础就此坍塌了。

　　在这个时期,IMF 还于 1970 年创造了被称为特别提款权[①]的人造国际储备,其构成如表 10-1 所示。

―――――――――

　　①　特别提款权(SDR):由几种主要货币组成的一篮子货币,只能分配给 IMF 成员国,可用于清算成员国之间及成员国与 IMF 之间的交易。除了黄金和外汇储备,各成员国也可把 SDR 作为国际支付手段。

表 10-1　特别提款权的组成

货币	1981—1985 年	1986—1990 年	1991—1995 年	1996—2000 年	2000—2005 年
美元	42	42	40	39	45
欧元	—	—	—	—	—
德国马克	19	19	21	21	
日元	13	15	17	18	15
英镑	13	12	11	11	11
法国法郎	13	12	11	11	—

资料来源：The International Monetary Fund.

特别提款权不仅可以充当储备资产，而且可以充当国际贸易的计价货币。由于 SDR 是多种货币的组合，所以 SDR 的价值比其所包含的任何一种货币都要稳定。在当今汇率不稳定的情况下，SDR 的这种组合特性使其备受青睐而成为国际经济和金融合约中的计价货币。

4. 浮动汇率制时期（1973 年至今）

在布雷顿森林体系崩溃后不久，国际货币基金组织的成员国于 1976 年 1 月在牙买加开会，同意建立一套新的国际货币体系，从而也正式确立了浮动汇率制。此次达成的《牙买加协议》主要包括以下内容：

（1）国际货币基金组织的成员国宣布接受浮动汇率制度，但允许各国的中央银行干预外汇市场以预防汇率的不正常波动。

（2）正式取消黄金作为国际储备资产（即废止使用黄金作为通货）。将国际货币基金组织所持有的一半黄金返还给成员国，将另一半进行出售，所得收入用来援助贫穷国家。

（3）扩大对非石油输出国和不发达国家的 IMF 贷款限额。

自从 1973 年以来，各主要工业发达国家普遍实行了浮动汇率制度。按照 IMF 组织对汇率的划分，截至 2005 年底，世界各国所实行的汇率制度可分为八类：

第一类是无独立法定货币的汇率安排。这种制度是以它国货币作为其法定货币（完全外币化）或成立货币联盟。货币联盟成员拥有共同的法定货币。采取这种制度安排就意味着放弃了国内货币政策的独立性。货币联盟主要有三个，最著名的就是欧元区国家，其次是非洲法郎区国家①，还有就是

---

①　它包括 14 个共同采用非洲法郎为法定货币的中、西非国家。这 14 个国家在独立前属于法属殖民地，法国加入欧元区前维持西非法郎和法国法郎 100 比 1 的固定汇率和自由兑换关系。在欧盟有关欧元的谈判中，法国坚持欧元启动不能触动上述联系，所以目前西非法郎与欧元保持固定兑换关系，即 655.957 西非法郎兑换 1 欧元。

东加勒比货币联盟。

第二类是货币局制度。实施这一制度就是用明确的法律形式以固定比率来承诺本币和一特定外币之间的兑换。货币发行量必须依据外汇资金多少来定,并有外汇资产作为其全额保证。

第三类是其他传统的固定钉住制。采取这一制度的国家正式或实际上将本币与另一种货币或一篮子货币保持固定兑换比率。这一制度没有保持汇率不变的承诺,汇率可围绕中心汇率在小于1％的狭窄空间内波动。目前共41个成员采用该制度。

第四类是水平调整的钉住制。是指汇率围绕中心固定汇率有一个至少±1％的波动区间。当然不同的水平调整幅度对货币政策的影响程度是不同的。目前有4个成员采用该制度,其中丹麦是发达工业化国家中唯一实行该制度的国家。

第五类是爬行钉住汇率制度。是指本币与外币保持一定的平价关系,但是货币当局根据一系列经济指标频繁的、小幅度调整平价。包括突尼斯、哥斯达黎加等5个国家采用该制度。

第六类是爬行带内浮动汇率制。汇率围绕中心汇率有一个至少±1％的波动区间,同时中心汇率根据所选择的经济指标做周期性调整。包括俄罗斯、印度、印度尼西亚、阿根廷、埃及在内的50个成员采用该制度。

第七类是不事先公布干预方式的管理浮动制。这种汇率制度安排是指货币管理部门直接或间接干预外汇市场来影响汇率变动,但没有明确的干预目标,也不事先宣布干预方式,管理汇率所依据的指标很宽泛,调整可能是被动的,代表国家包括新加坡、泰国、蒙古等,共52个成员采用该制度。

第八类是自由浮动汇率制度。共34个成员采用,包括非欧元区的西方发达国家如美国、英国等以及日本。此外,许多新兴工业化国家,诸如巴西、墨西哥、韩国也采用该制度。

在汇率安排的分类中通常将一、二类归为固定汇率制度;七、八类归为浮动汇率制度;其余三、四、五、六类归于中间汇率制度。

10.2　国际企业融资管理

10.2.1　国际企业资金来源

国际企业在世界各地的生产经营活动需要大量的固定资本和流动资本,如需要资金购置土地、设备和建设厂房,需要资金用于国际间产品运输、市场营销,其他经营支出。跨国公司融资管理就是寻求各种有效资金来源,以低成本和低风险对这些资本需要进行资金融通。

国际企业的资金来源包括公司内部资金和外部资金两个部分。

1. 公司内部资金

(1)企业内部积累

企业内部积累主要由保留盈余和折旧提成构成。企业赢利水平越高,保留盈余来源越充裕。但保留盈余的具体额度,取决于多重因素。一般来讲,企业总希望保留一定的利润,即使在赢利水平提高的情况下也尽量使股息上升水平低于赢利提高幅度,以增加企业内部积累,用于扩大企业和稳定股息水平。当然,这必须以当地股票市场发达为前提。如果股票市场不发达,企业保留盈余增大就不可能灵敏地刺激股票价格上涨,结果是以获得资本利得(即股票买卖价格差)为目的的股东也会与以获得股息为目的的股东一样,希望减少利润留成,而多派发股息和红利。保留盈余再投资,可减少这部分利润作为股息发放时承担的所得税,也减少了对外发行新股的发行费用,因而资金成本较低。

折旧提成在一般企业资金来源中占 40%左右比重,构成重要的资金来源。现在,有些国家采取加速折旧政策,企业也就乐于按法定最高折旧率提取折旧费,一方面加大成本,减少所得税支出,另一方面可以尽早抽回物化在固定资产上的资本。

(2)母公司对子公司的股权投资

母公司在海外子公司进入运转后也可能进一步提供股权资本。一种情况是子公司规模扩大,需要增资;另一种情况是扩大自由资本比重,以扩大控制权或降低债务产权比率。母公司对海外子公司的后续投资,主要是将未分配的利润投资入股。

(3)公司内部贷款

以贷款方式提供资金可以减少用款公司在东道国的税负,因为大多数国家在计征税收时,都把利息支出算作成本。如果海外子公司所在国对资金移动不加限制,母公司可以直接向子公司贷款,姐妹公司之间也可以相互直接提供贷款。如果用款公司所在国实行或将实行外汇管制,则国际企业体系内跨国直接贷款风险太大或成本太高,宜采取迂回贷款方式。

(4)管理费、提成费和授权费

母公司通常要求子公司定期上交管理费,联属企业之间也会因专利、技术、商标等无形资产的转让而发生授权费与提成费支付。这些费用构成企业内部资金转移和融通。由于许多国家认为国际企业的子公司向其母公司或其他子公司支付管理费和授权费是为了掩盖实有利润、逃避税收和转移资金,因而对这类费用的支付往往实施较严格的限制和监控措施。故国际企业的财务管理人员在最初制订费用标准时一定要考虑周密,一旦确定一个水平,就不要轻易变更。

(5)内部交易调度

国际企业各联属企业之间的商品服务交易会形成资金在体系内的流动,企业利用提前与延迟支付、收支冲销等财务技巧,就可以使这些资金偿付达到融通资金需要的目的。

【专栏 10-1】 从公司内部挖现金

在经济繁荣时期,公司的现金资本总是很充裕,管理人员无须费心考虑如何去挖掘更多的现金。然而,经济环境一旦恶化,公司能够获得的资本和信贷就会趋于枯竭,客户纷纷减少采购,而供应商也不再那么好说话(同意延迟付款)。这时候,公司急需的就是现金。其实,公司只需冷静审视一下自己的营运资金管理方式,纠正六种常见错误,就能释放出大量现金,安然度过眼前的经济危机。

1. 不要唯利润是瞻。在经济低迷时期,公司应该抛弃所有赢利能力指标,不要用利润数据而应该以公司的资产负债状况来评估管理人员的业绩。只有这样,管理人员才会通盘考虑所有的成本和收益,避免让不必要的库存和应收账款占用大量现金。缩短客户的付款期,虽可能导致公司利润的下降,但同时也节省了资本成本,因此管理人员必须权衡利润损失与资本成本孰高孰低,再决定是否要缩短客户的付款期限。

2. 不要将销售人员的报酬只与销售增长挂钩。许多公司都根据销售人员实现的销量或销售额给他们支付报酬。这种做法存在诸多弊端。一方面,销售人员会不惜一切代价向客户赊销。另一方面,他们还可能在交易条件上做出让步,给予客户很长的付款期限,并大量持有不必要的成品库存。结果,公司高企的应收账款和库存水平占用了大量现金。其实,公司只要采取适当的方式激励销售人员,他们就会帮助公司很好地管理客户付款。

3. 不要过于强调生产质量。用质量指标来评估生产人员的业绩,虽然有助于降低产品保修成本,树立公司良好声誉,却往往导致生产周期延长,在制品库存大幅增加。公司高管必须考虑自己为提高质量而产生的额外成本能否转嫁给客户。如果略微降低质量要求能带来生产效率的显著提高,公司就既能保持声誉,又释放出大量现金。

4. 不要将应收账款与应付账款挂钩。许多公司都根据供应商给予它们的付款期限,来确定自己给予客户的付款期限。其实,这种做法很荒谬:设想麦当劳支付供应商货款的时间为 30～45 天,难道在麦当劳就餐的顾客也可以在 45 天内付账?管理人员必须明白应收账款与应付账款反映的是两种完全独立的关系,公司与供应商之间的力量平衡也完全不同于公司与客户之间的力量平衡。因此,公司应该根据这两种关系的各自情况和需要分别对应收账款和应付账款加以管理。

5. 不要将流动比率和速动比率作为管理目标。银行在评估客户的信誉时,常常以流动比率和速动比率作为考量指标。于是,许多公司为了能够获得银行贷款,就想方设法提高这两个指标,结果,导致公司的库存和应收账款水平不断提高,最终危及公司的生存。例如,法国一家消费品公司自豪地宣布,它的流动比率已经从 110% 提高到 200%,速动比率也从 35% 提高到 100%。然而,6 个月后,该公司宣布破产。

6. 不要与竞争对手对标。通常,管理人员都会把自己的公司同业内竞争对手进行对照。然而,一旦结果显示公司的营运资金指标达到行业标准,管理人员往往就会自满起来。事实上,那些最优秀的公司常常都把其他行业内的企业作为自己的对标对象。

仅靠数字指标来激励管理人员,是永远也不会奏效的。更好的办法是营造一种人人参与的文化,让所有员工都觉得自己有责任去创造价值。这种态度才能确保公司的营运资金发挥最大效用。

资料来源:凯文·凯泽,戴维·扬.公司内部挖现金.http://www.hbrchina.com/c/article-layoutId-12-contentId-4021.html,2009-06-02.

2. 外部资金

(1)母国资金来源

国际企业熟悉母国的金融市场,并与母国的金融机构有紧密的联系,因而能从母国较方便地筹措所需的资金。这些资金来源通常有:①在本国金融市场上发行股票和债券,为海外生产经营筹集资金;②从母国的政府机构、商业银行以及其他金融机构获取贷款;③利用母国政府鼓励对外投资和商品出口的优惠政策,获得专项资金。

(2)东道国资金来源

当公司内部资金和母国资金不能满足需要时,特别是当东道国资金成本较低时,国际企业便会转向东道国筹措资金。可利用的东道国资金来源大致包括证券资金来源,从东道国政府机构、商业银行和其他金融机构获取各类贷款,寻找当地居民或组织进行合资经营,从母国对东道国的援助项目中取得资金四种。

(3)第三国资金来源

来自第三国的资金渠道多、规模大,可以为国际企业提供充足的资金和不同的选择机会。

①欧洲货币市场。国际企业可以从参与欧洲货币市场业务的银行(称为欧洲银行)取得贷款,这种贷款绝大多数为浮动利率,亦即伦敦同业拆放利率(LIBOR)①+附加利率。根据贷款协议,LIBOR 每隔一段时间(如 3 个月)便随 LIBOR 的市场行情作相应的调整,而附加利率则由贷款银行根据借款企业的资信状况及贷款风险予以一次性确定,在贷款期内不再变更。贷款期限比较灵活,可短至 3 个月以下,长至 10 年以上。如果贷款额度过大,则可采用银团贷款,由某家银行出面组织若干家银行共同贷款。

②国际债券市场。国际债券分为外国债券和欧洲债券,前者是国际借款人在外国债券市场发行的、以发行所在国货币为面值的债券,后者是国际借款人在外国债券市场发行的、以第三国货币为面值的债券。欧洲债券市场是一个境外市场,不受任何国家金融当局的管辖,因而筹资者可以抓住有利的市场机会,在短时间内迅速投放欧洲债券。跨国公司发行的欧洲债券的规模通常在 5000 万至 3 亿美元之间,一般以不记名的方式发行,可以是固定利率,也可以是浮动利率;期限在 2～20 年;通常由国际性金融机构或投资银行组成的银团承购发行。发行欧洲债券筹资的最大好处是成本低。因为欧洲债券市场没有类似国内金融市场那么较严格的法规管制,手续费和其他费用都较低,且多以不记名方式发行,二级市场比较发达,加上欧洲债券的利息发放一般不征预提税,所以投资者也愿意接受较低的利息率。

③国际金融机构资金。一些全球性或区域性国际金融机构出于不同的目的,为工程建设、设备采购和其他生产经营活动提供资金。这些资金来源通常条件优惠,但申请和使用要求严格。例如,世界银行的贷款对象是各国特别是发展中国家能源、农业和基础设施项目,私人的投资计划在得到当地政府保证的情况下,就可以获得世界银行的贷款。国际金融公司的贷款对象则偏重于私人企业,尤其是那些能促进世界经济发展的计划。国际开发协会的贷款对象主要是 50 个"最不发达国家",在这些国家从事生产经营的跨国公司,在一定条件下可以获得国际开发协会的优惠贷款。类似的,亚洲开发银行、非洲开发银行、泛美开发银行、欧洲投资银行等区域性国际金融机构也提供较优惠的贷款。

---

① 伦敦银行同业拆放利率是英国银行家协会根据其选定的银行在伦敦市场报出的银行同业拆借利率,进行取样并平均计算成为基准利率。它是伦敦金融市场上银行之间相互拆放英镑、欧洲美元及其他欧洲货币资金时计息用的一种利率。

10.2.2　国际资本成本

企业的资本包括权益资本(留存收益和发行股票收到的资金)和债务资本(借债)。公司债务成本较易计量,因为利息费用是指该公司借钱时支付的费用。企业希望采用一种特定资本结构,即不同资本的混合结构来使它们的资本成本最小。公司资本成本越小,它对一个与之相关项目要求的收益率也就越低。公司在做资本预算前首先要预计资本成本。因为任何项目的净现值都部分地取决于资本成本。

企业的加权平均资本成本(称作 K_c)可计算如下:

$$K_c = \left(\frac{D}{D+E}\right)K_d(1-t) + \left(\frac{E}{D+E}\right)K_e$$

其中,D 是公司负债额;K_d 是税前债务成本;t 是公司所得税率;E 是公司权益资本;K_e 是权益融资成本。这些比率分别反映了负债和权益资本的比例。

因为债务利息费用可抵减税收,所以负债比权益资本更有利。然而,负债越高,利息费用也越多,公司无力偿债的可能性也就越大。于是,新股东或债权人所要求的收益率会相应增加,以抵减企业更大的破产风险。

对负债的优势(利息费用抵减税收)和劣势(增加破产风险)的权衡如表10-5所示。当负债对总资本的比率提高时,企业资本成本在开始显示时是降低的,然而越过某点后(图中标为 X),随着资产对负债比率的提高,资本成本也增加了。这就意味着增加债务融资,直到破产风险已大到足以抵消税收优惠时才停止。越过那一点将会增加公司的总资本成本。

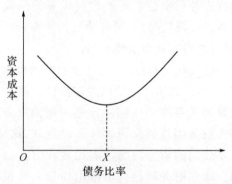

图 10-4　负债的权衡

理解各国资本成本为什么不同,对于跨国投资十分重要。首先,它解释了为什么有些国家的国际企业比其他国家的国际企业更有竞争优势。其次,国际企业可以调整它们的国际经营业务和资金筹措来源,利用各国间资本成本的不同而赚钱。最后,理解资本组成部分(债务和权益)间成本的差异,可以帮助解释为什么一些国家的国际企业比其他国家的国际企业更愿意用高债务的资本结构。本节将说明债务成本和权益成本的国家差异。

1. 债务成本的国家差异

一个公司的债务成本主要由所借货币的风险利率和债权人所要求的风险溢价决定。一些国家的公司债务成本比另一些国家高,这是由于在一个确定时点相应的无风险利率更高,或者风险溢价更高。

无风险利率由资金供求的相互作用来决定。任何影响资金供求的因素如税法、人口状况、货币政策和经济状况都会影响无风险利率。

一些国家的税法比另一些国家采取更多鼓励储蓄的政策,这会影响储蓄的供应,因此也会影响利率。一个国家的公司所得税法与折旧和投资税收抵免相关,也会通过影响公司对资金的需求来影响利率。

一个国家的人口状况也会影响储蓄的供应及所需要的可贷资金数量。各国人口状况不同,资金供求状况也就不同,因此名义利率也不相同。一般年轻人倾向于少储蓄多借钱,所以青年人多的国家,其利率可能会更高。

每一个国家中央银行执行的货币政策都会影响可贷资金的供应,因而也会影响利率,采用宽松货币政策(较高的货币供应增长速度)的国家可能会有较低的利率,当然,条件是它们的通货膨胀率也要维持在低水平。

既然经济状况影响利率,它们就会引起利率在各国间的不同。许多欠发达国家的债务成本比工业化国家的债务成本高得多,这主要是由于经济状况的不同,高通货膨胀预期使得债权人也要求有较高的无风险利率。

为了便于对债权人补偿借款者不能偿付债务的风险,债务的风险溢价必须足够大。由于各国经济状况、公司与债权人关系、政府干预及财务杠杆利用程度的不同,这种风险在各国间便不同。

一个特定国家的经济状况越稳定,经济衰退的风险就越低,公司不能偿付债务的概率也就越低,因此所考虑的风险溢价也会越低。

公司与债权人间的关系在一些国家比另一些国家更密切。在日本,债权人通常准备向陷入财务困境的公司继续发放贷款,这样也就减少了公司的流动性风险。日本公司的财务问题可能用各种方法由公司管理层、企业客户及消费者分担。既然财务问题并不全由债权人承担,那么有关各方就有积极性来帮助解决该问题。这样,日本公司破产的可能性就变小了,这就意味着本公司债务的风险溢价较低。

一些国家政府更愿意参与挽救濒于破产的企业。在英国,许多公司由政府拥有部分股权,挽救它部分拥有的公司符合政府的最大利益。即使政府不是一个部分拥有者,它也可能给濒于破产的企业直接提供补贴或发放贷款。在美国,也有一些政府干预以保护企业,但是濒于破产的企业由政府救助的可能性比其他国家要低。因此,特定债务水平的风险溢价在美国要比在其他国家更高。

一些国家的公司有更强的借贷能力,这是因为该国债权人愿意承受更大的财务杠杆风险。例如,德国的公司财务杠杆就比一般国家的高。如果所有其他因素都相同,高财务杠杆的公司不得不支付更高的风险溢价。然而,所有其他因素并非相同。事实上,这些公司被允许使用更高的财务杠杆程度,是因为它们和债权人及政府间的独特关系。

在资本成本高的国家进行经营的国际企业将被迫放弃那些只有在低资本成本国家经营才可行的项目。在高债务成本国家经营的国际企业更可能从当前项目撤资,因为筹资成本太高。比如由于收益率太低,英国 Lioyds 银行决定卖掉它在美国的商业银行,因为它只需要把钱投资于英国货币市场就可获同等收益。如果英国公司的名义资本成本较低,Lioyds 银行可能就保留了该项目。

2. 权益成本在国家间的差异

一个国家的权益成本代表了一种机会成本,即如果权益资金被分配给股东,那么在同样风险条件下,他们通过投资所能赚取的收益就是机会成本。这种权益收益可用股东投资赚取的无风险利率和反映公司风险的溢价来测算。既然无风险利率各国不同,权益成本在各国间也明显不同。

权益成本也取决于相关国家的投资机会。一个有大量投资机会的国家,潜在收益可能会相对较高,这会使资金机会成本较高,因此资本成本也较高。

市盈率与资本成本有关,因为市盈率反映了一个公司的股价与公司业绩(由收益测定)的比例关系。高市盈率意味着在特定收益水平时出售股票将获得高价,因而意味着权益融资成本较低。

债务成本与权益成本之和为资本总成本。在每个国家,公司的债务与权益资本的相关比例可用来合理估计资本成本。由于各国债务成本及权益成本不同,就使得一些国家的资本成本可能会更低。日本普遍被认为是一个资本成本相对较低的国家,它一般有相对较低的无风险利率,这不仅影响债务成本而且间接影响权益成本。另外,日本公司市盈率通常也较高,这也使得日本公司能以相对较低的成本获得权益融资。国际企业可能期望得到来自资本成本较低国家的资金,但是当这种资金用来支持在其他国家的经营时,国际企业通常又会遇到汇率风险。这样,资本成本最终可能比预期要更高。

10.2.3　影响国际企业资本结构的因素

国际企业要权衡用债务和权益为经营活动融资的优缺点。债务融资相对于权益融资的优势因国际企业自身特点的不同而不同,因国际企业的子公司所在国家的特点的不同而不同。

1.公司特点的影响

(1)国际企业现金流量的稳定性

现金流量稳定的国际企业可承受更多的债务,因为它有稳定的现金流入来偿付定期利息费用;相反,现金流量变化无常的国际企业可能更偏爱较少的债务,因为它们不能确保每一期都产生足够的现金来支付更多的债务利息费用。在许多国家,多样化经营的国际企业可能有更稳定的现金流量,因为任何一个国家的变化都不会对它们的现金流量产生太大的影响,所以,这些国际企业可能接受债务更多的资本结构。

(2)国际企业的信用风险

有较低信用风险(债权人贷款不能偿还的风险)的国际企业更容易获得贷款。任何影响信用风险的因素都会影响国际企业对债务和权益的选择。例如,如果人们认为某国际企业的管理稳健高效,它的信用风险就可能低,这就使该国际企业更易借债。拥有可担保资产(如建筑物、卡车和可变用途的机器)的国际企业更能获得贷款,也更愿意强调债务融资;相反,拥有不易流通资产的国际企业没有足够的可接受担保物,因此可能需要使用权益融资。

(3)国际企业对收益的处理

盈利较大的国际企业可以用留存收益来为大部分投资融资,因此采用的是权益集中的资本结构。相反的,留存收益水平较低的国际企业可能会依靠债务融资。高增长的国际企业不太可能用留存收益为扩张融资,因此倾向于依靠债务融资。而低增长的国际企业需要较少的新投入资金,可能会依靠留存收益(权益)融资而不是依靠举债融资。

2.国家特征的影响

除了企业独有的特点影响外,各东道国独有的特点也会影响国际企业对债务和权益融资的选择,因此也就影响了该国际企业的资本结构。

(1)东道国股票限制

在有些国家,政府限制投资者只能投资于当地股票。即使投资者被允许投资于其他国家的股票,他们可能也难以获得除本国外的公司股票的完全信息。此外,潜在的不利汇率及税收影响都可能使投资者不愿在本国以外投资。对世界范围内投资的障碍可能使一些投资者与其他人相比有更少的股票投资机会。于是,在投资者有较少投资机会的国家经营的国际企业可能会以相对较低的成本增加在这些国家的权益资本。这可能会诱使该国际企业通过在这些国家发行股票,以使用更多的权益资本来为其经营融资。

（2）东道国的利率

由于政府对资本流动施加的限制及潜在的不利汇率、税收和国家风险的影响，可贷资金并不总是流向最需要资金的地方，这样各国可贷资金的价格（利率）就存在差异。国际企业可能会在某些国家以相对较低的成本获得可贷资金（债务），而其他国家的债务成本可能会很高。

（3）东道国货币实力

如果企业关心的外币可能会贬值，那它可能希望用这些软货币而不是母公司所在国货币为国外经营筹集大部分资金。这样，子公司定期汇回的收益金额可能会由于对当地债务支付利息而变得较少。这种策略减少了国际企业的汇率风险。这样，在子公司处于高汇率风险的情况下，这种债务融资方法可能就是获得资本的一个较好的途径。

（4）东道国的国家风险

在国际企业处于高度国家风险的情况下，可能会利用大量的国外债务融资。借钱给国际企业的当地债权人会非常关心该国际企业是否被东道国政府公平相待。另外，如果该国际企业在外国的经营被东道国政府终止，而其经营是从当地债权人处融资的，则它可能会损失较少。这是因为当地债权人将会与东道国政府谈判，以使东道国政府没收该国际企业的资产后能收回他们借出的部分或全部资金。

（5）东道国税法

当汇回收益时，企业的国外子公司可能要缴预提税。因为它们要对当地债务支付利息费用。所以，利用当地债务融资而不是依靠母公司融资，可以减少定期汇回的资金量。通过利用更多的当地债务融资，就可以减少预提税。在东道国政府对国外收入征以高所得税时，国外子公司为了从高税赋国负债筹资中得到好处，也会考虑负债融资（前提是支付的高额税收不能被母公司的税收抵免完全抵消）。概括而言，在当地低利率、货币可能会贬值、国家风险高、高税负的情况下，企业更愿意较多的负债。

10.3　国际企业投资管理

10.3.1　跨国投资战略

1. 国际直接投资的动机

直接对外投资因其能够提高盈利能力和增加股东财富，而成为一种重要的投资形式。直接对外投资提高收益和降低成本的途径有以下几种。

（1）扩张市场

企业销售的产品存在激烈的竞争，因此经常会遇到其增长在本国受到限制的阶段。一条可能的解决途径就是考虑有需求潜力的国外市场。许多发展中国家如阿根廷、智利、墨西哥、匈牙利等都被认为是最具有吸引力的新的需求来源。例如，摩托罗拉近年来在中国以合资公司方式已投资超过了10亿美元，可口可乐公司也已在中国将大约5亿美元投资于罐装厂，百事可乐已将约2亿美元投资于罐装厂。其他的大型国际企业，例如福特汽车公司、联合技术、通用电气、惠普和IBM，都已在中国投资超过了1亿美元以吸引中国的消费者。

（2）进入可能有超额利润的市场

一旦行业内的企业证实在其他市场可以取得超额收益，国际企业也许会决定到那些市场中去销售。这种战略遇到的普遍问题是当销售商试图进入一个新市场时，该市场中原有的老销售商也许会抵御新的竞争者，以削价方式巩固自身的地位。

（3）追求规模经济

在一些竞争性市场上，产品的价格被迫接近于产品的边际成本。因此，在一些固定成本比例相对较高的行业中的企业，必须从事大批量销售以求保本。在这些行业中，生产成本和规模效益对比较优势的形成起了主要作用，从而决定了这些企业必须大批量生产并销售其产品，才能降低其单位产品成本，达到保本盈利的目的。这就要求企业有广大的产品市场，而国内市场毕竟是有限的，因而也就决定了这些企业将视野移向海外，开辟新的海外市场并占领海外市场，据此提高产品销售量，降低成本，实现规模经济效益。

（4）利用国外生产要素

各国间的劳动力和土地成本会有很大的不同。国际企业常试图在劳动力和土地价格相对便宜的地方设立生产点。由于市场的不完善，诸如信息不完善、重新安置交易成本、行业准入障碍及特定的劳动力成本等在不同市场并不必然均等，因此，对于国际企业来讲，通过考察市场来决定其在该市场中生产能否获利是很值得的。

（5）获取国外原材料

基于运输成本的考虑，企业总是试图避免进口某一国家的原材料，尤其是当其计划再将生产加工好的产品返销给该国的消费者时，更可行的解决办法是在这些原材料所在国进行生产加工。

（6）利用国外技术

各公司都竞相在国外建厂或购买国外已建成的工厂来学习国外的技

术,这种技术接着又会被普及其在全球的子公司以完善其生产程序。

(7)利用垄断优势

如果企业拥有其竞争对手所不具备的各种资源或技能,就可能变得国际化。一个特定企业如果拥有先进的技术并将这一优势成功地在本国市场加以利用,它也可能试图在国际化经营中利用这一优势。从某种程度上讲,企业拥有超出其他竞争者的优势时,它就能够从国际化经营中受益。

(8)对汇率变动及时反应

当企业察觉到某种外币会贬值时,它也许会考虑对该国进行直接投资,因为原先的费用支出相对降低了。日本公司20世纪80年代中期及1993年分别在美国、韩国和东南亚的直接对外投资显著增加,因为那时日元坚挺,从而使其建立国外子公司所需的初期支出相对较低。进行这类直接对外投资的相关原因是可以抵消因汇率波动引起的对企业出口需求量的变化。例如,当日本汽车制造商在美国建厂时,他们就可以通过发生的美元成本与美元收益相互抵消来降低汇率波动的风险,但国际企业并不仅仅通过间接的外汇投机从事大的项目,拟开发项目的可行性就取决于目前和预期的汇率走势。

(9)对贸易限制采取措施

有些情况下,国际企业采用直接对外投资与其说是进攻型战略倒不如说是防御型战略。例如,日本的汽车制造商预计其对美国的出口将受到更加苛刻的贸易限制,便会在美国建立工厂,以规避贸易壁垒。

(10)国际性的分散经营

由于各国经济并不随时间同步发展,因此在不同国家销售产品的净现金流量要比仅在一国销售产品的净现金流量稳定。通过国际化销售,企业能够减小其净现金流量的波动。另外,由于更加稳定的现金流量,使股东和债权人意识到国际企业的经营风险在降低,从而使其能够享受较低的资本成本。

企业进入外国市场的最佳方法部分取决于该市场的特性。例如,美国企业在欧洲的直接对外投资很普遍,而在亚洲则不那么普遍,因为亚洲人习惯于购买亚洲产品。因此,当企业扩张进入亚洲市场时,采取营业许可或合资也许会更合适。表10-2概括了直接对外投资可能的利益,并阐明了国际企业利用直接对外投资获得这些的办法。大部分国际企业寻求直接对外投资就是基于期望获得表10-2中的某一个或更多的潜在利益。

表 10-2 对外直接投资的目的及方式

可能的利益	国际企业所采取的方式
吸引新的需求	在新市场中设立子公司或收购一个竞争者
进入超额利润市场	收购控制当地市场的竞争者
追求规模经济	在能够出售所生产的产品的新市场设立子公司
利用国外生产要素	在劳动力或土地成本低的国家设立子公司,将产品销往生产成本高的国家
利用国外原材料	在原材料成本低的国家设立子公司,将产品销往原材料较贵的国家
利用国外技术	建立合资公司以掌握生产过程或其他操作方法
利用垄断优势	在竞争对手不能生产相同产品的市场建立子公司,再在该国销售
对汇率变动的及时反映	在当地货币目前疲软但预计日后会趋涨的新市场建立子公司
防止贸易限制	在贸易限制会对企业出口量造成不利影响的市场建立子公司
国际性的分散经营	在营业周期不同于已建立子公司的市场设立子公司

资料来源:杰费·马杜拉.国际财务管理(第 5 版).大连:东北财经大学出版社,2006:338.

2. 跨国投资的影响因素

跨国经营同国内经营毕竟存在着很大的差别。这种差别集中到一点,就是跨国经营企业面临的是由众多国家和地区构成的国际市场,而国内经营企业通常面临的只是单一的国内市场。这表明,跨国经营企业面临更多的市场选择,从而也使企业在选择和确定具体的目标市场时,必须考虑和分析更多的影响因素。这些影响跨国投资战略选择的因素,大致可以从如下方面来认识。

(1)国际市场的不完全性

所谓市场的不完全性,是指市场的运行及其体系在功能或结构上的缺陷或失效。除了最终产品市场存在着由于交易成本上升或不确定性增大而引起的不完全性之外,中间产品市场也存在着类似的不完全性。这种不完全性或市场失效在价格不易准确判定的技术、知识、信息等中间产品市场上更是普遍存在。

除了由交易成本引起的市场不完全性以外,无论在一国市场还是在国际市场中,都存在着结构性的市场不完全。在国际市场上,各国政府及其代理组织对经济活动的积极参与和直接干预又将造成另一种结构性的市场不完全。主权国家的政治边界以及各国政府不同的经济政策和法规、制度,使得国际市场分割为不同的国别市场和地区市场。在这些相对分离的国别和地区市场中,商品或要素进入或流出将遇到障碍,市场运行的方式和效率也存在着多种差异。正是国际市场这种结构性的不完全,使得跨国经营企业面临着更为复杂的经营决策。这种结构性市场不完全的存在,使国际企业在进入国际市场时,首先必须注意不同主权国家之间的差异因素。

(2)区位优势与区位障碍

国家行政权力造成的国际市场不完全对国际企业的经营发展起着双重的作用。一方面,各国政府通过制定关税及其他税收、利率、汇率等政策造成了不同的市场壁垒和市场壁垒运行差异,使商品和要素的国际流动面临着不同的区位障碍;另一方面,各国政府为保护本国利益而设置的种种壁垒,又使壁垒后面的不同国家和地区在市场容量、要素供给、资源禀赋程度等方面出现多种差异,这为国际企业采用直接投资方式以利用这些差异提供了广阔的机会。国际企业的全球性经营活动,很大程度上正是要绕过多种障碍去获取和利用不同壁垒后面的区位优势。①

在跨国直接投资普遍发展的条件下,外国企业则可以采用在当地投资兴办子公司的方式来获得和利用这种比较优势。国际市场不完全性的存在造成了区位优势的普遍存在。这既为企业采用直接投资方式进行跨国界发展创造了重要的外部环境,又为企业的市场与投资方向提供了多种可能的选择。

(3)行业市场机会与进入障碍

在企业发展方向决策中,国别和地区市场的选择仅仅是第一个层次的决策,它相对较为宏观。在国别和地区市场方向大致确定的前提下,还须进行第二个层次的决策分析,即对相关行业市场的因素进行综合考虑和分析。当然,在企业的决策实践中,这两个层次的因素分析和决策总是紧密结合在一起进行的,很难截然分开。影响市场选择的行业因素,同样应从两个方面来考虑,即市场机会和进入障碍。行业市场容量②和行业发展阶段③是分析

---

①　所谓区位优势,不过是从企业角度所认识的不同国家和地区所拥有的比较优势。它一方面产生于若干缺乏流动性的要素禀赋的分布差异,另一方面则产生于国家主权所形成的市场壁垒。

②　市场容量决定着行业市场的规模和产品的总体销售量

③　特定行业产品的生产发展在不同国家通常处于不同的阶段。行业发展处于什么阶段决定着进入企业将会面临的直接竞争状况。一般来说,在存在市场需求的前提下,进入处于行业空白期和衰退期的国家将是可行和有利的。

目标国家或地区特定行业的市场有无长期投资发展的机会需要考虑的两个比较重要的因素。

市场进入障碍分析一个国家的行业进入障碍,决定着进入企业将为此支付的成本和代价,因此企业必须慎重比较和分析。如果目标市场国家确实很有潜力,企业进入后能取得长期稳定的收益,而且企业也有足够的经济实力来承担进入的成本,那么这些进入障碍也就不足以阻拦企业的跨国界进入。因此,行业市场因素分析与选择的关键,仍然是收益与成本的比较。

10.3.3 国际企业的资本预算

1. 跨国资本预算的基本特性

跨国投资项目是否可行,关键的一步是对投资项目进行科学的经济评价,着重研究经济上是否可行。跨国投资项目的经济评价,其原理类似于国内投资项目的经济评价,但跨国投资项目处于其他国家,其社会经济环境与国内不同,涉及的可变性因素更多,情况更加复杂。与国内投资项目的经济评价相比,跨国投资项目经济评价有以下基本特性:①对跨国投资项目进行经济评价必须区分投资项目本身的现金流量和母公司的现金流量,从而有助于从总公司着眼分析和评价跨国投资项目对公司整体所作出的贡献;②国际企业生产经营会涉及不同国家、地区的多种货币体系;③跨国投资项目有可能会获得特定的筹资机会,如在当地借款或在不完全金融市场上发行证券等,因此很难将投资项目与其筹资行为区分开来;④跨国生产经营涉及不同国家和地区的不同税制;⑤跨国投资和生产经营会涉及不同国家和地区的不同投资风险和经营风险,跨国投资项目必须考虑投资风险及经营风险等因素对现金流量的影响。

跨国投资项目的经济评价,首先碰到的一个问题是经济评价的主体选择问题。[①] 下面将以母公司为主体,从全局出发对跨国投资项目进行经济评价,并以此作为项目取舍的主要依据。

(1)跨国投资项目现金流量构成及其计量

1)原始投资

一个投资项目的原始投资额,通常由厂房、机器设备等项目的投资支出构成。跨国投资项目的原始投资,是由总公司提供的现金、设备、机器和其他资产组成,一般以总公司所在国的货币单位表示。

---

① 由于受税制、外汇管制、汇率变动、国际企业内部的财务结算制度以及出口替代等因素的影响,同一跨国投资项目从不同主体出发进行经济评价,其现金流量差异很大,因而评价结果也不同。

在确定跨国投资项目的原始投资额时,还应考虑"冻结资金"的动用问题,"冻结资金"应从原始投资额中扣减。具体扣减办法有:①如该项资金别无他用,即"机会成本"等于零,则可按其"面值"从原始投资额中扣减。②如该项资金还有其他用途,例如出租给他人使用并取得一定的租金收入,则应以此类收入作为使用原"冻结资金"的机会成本,将之计入原始投资额中。据此,原始投资包括三个方面:①母公司提供的以母公司所在国货币计算的固定资产等,以 $I_{0(H)}$ 表示。②东道国金融机构提供的以东道国货币计价的初始投资,即垫支的"运转资本",以 $I_{0(L)}$ 表示。为了汇总计算原始投资总额,这部分贷款要按即期汇率 $S_{0(H/L)}$ 计算。③解冻并为该项目所使用的冻结资金,以总公司所在国货币单位表示,即 $UF \times S_{0(H/L)}$。上述各项可总括为:$I_{0(H)} + I_{0(L)} \times S_{0(H/L)} - UF \times S_{0(H/L)}$。

2)项目可汇回的税后现金流量

投资于国外子公司的建设项目,建成投产以后,在生产经营中形成的现金流入包括:子公司直接在其所在国销售产品形成的现金流入和子公司对所在国以外的第三国销售产品形成的现金流入等。计算经营现金流量面临的另一个问题是出口替代问题。国外子公司的设立,可能会取代国际企业总公司某一项目的原有出口额,因此,必须计算投资项目对公司整体的实际增量现金流量,公司间交易尽量以公平价值反映。所以,在计算可汇回总公司的现金流量时,应在上述现金流量的基础上,扣减由子公司取代原总公司对子公司所在国及所在国以外的第三国的产品出口,从而使总公司丧失部分市场,并因此丧失原先可以实现的利润。经过调整后的净额,就构成可汇回总公司的现金流量,方可视为子公司对总公司的实际贡献。由于子公司直接在其所在国销售产品形成的现金流入和子公司对所在国以外的第三国销售产品形成的现金流入,一般以当地的货币单位表示。因此,在计算 APV 时应按某种标准将其换算为总公司所在国的货币单位表示。具体表述为:

①子公司直接在其所在国销售产品形成的现金流入(CF_t^{*1}),按 $S_{t(H/L)}$ 的汇率换算为母公司货币单位后,应扣减由它替代总公司对该国出口产品,从而使总公司因丧失这部分市场而丧失的原先可以实现的利润,这部分利润以母公司货币单位表示为(L_t^{*1})。其计算公式即为:

$$\sum_{t=1}^{N} \left\{ \frac{[CF_t^{*1} \times S_{t(H/L)} - L_t^{*1}](1 - T)}{(1 + R_1)^t} \right\}$$

②子公司对所在国以外的第三国销售产品形成的现金流入(CF_t^{*2}),按预计 t 期以其他国家货币 1 单位对母公司货币的比率表示的汇率 $S_{t(H/O)}$,换算为母国货币单位后,应扣减由它替代总公司对该第三国出口产品,从而使

总公司因丧失这部分市场而丧失的原先可以实现的利润（L_t^{*2}），其计算公式为：

$$\sum_{t=1}^{N}\left\{\frac{\left[CF_t^{*2}\times S_{t(H/O)}-L_t^{*2}\right](1-T)}{(1+R_1)^t}\right\}$$

③子公司因使用总公司提供的专利和其他专业技术服务而应支付给总公司的补偿费，按 $S_{t(H/L)}$ 的汇率换算为母国货币单位。其计算式应表示为：

$$\sum_{t=1}^{N}\frac{CF_t^{*3}\times S_{t(H/L)}}{(1+R_2)^t}$$

3）正常借款形成的税收节约额

项目建成投产后，子公司正常的经营活动所需周转使用的"营运资本"，通常是由子公司所在国银行提供的贷款。如果子公司所在国银行不提供贷款，就要由总公司提供所需资金，由此增加了总公司的借贷能力。子公司因使用总公司的借贷就应支付相应的利息，此类借款的利息按总公司所在国当期市场利率计算，由此而相应形成的税金节约额也就构成了总公司的现金流入的组成部分，应按相应的折现率计算其现值。

如果企业确有借款能力，那么无论企业在该投资项目上是否充分利用其借款能力，都以企业实际的借款能力计算确定的应享受的税收节约额，并将其视为该投资项目的收益。因此，该税收节约额应根据企业借款能力、按最优资本结构计算确定，利率应为国内金融市场的借款利率。例如，某企业的海外投资项目总额为 1000 万美元，企业以最优财务结构 50% 进行举债融资，那么项目的借款能力即为 500 万美元（1000 万美元×50%）。其计算式表示为：

$$\sum_{t=2}^{N}\frac{iBC_0 T\times S_{t(H/L)}}{(1+R_3)^t}$$

4）子公司所在国提供的优惠财务安排

由子公司所在国银行为项目建成投产后需周转使用的"营运资本"提供的优惠借款而形成的优惠数，可根据用子公司货币单位表示的借款面额（CL）与该项借款以后逐期偿还数（LP_t）按总公司所在国利率换算为现值之和的差额来计算。其中，该项借款以后逐期偿还数按总公司需负担的利率（R_4）进行折现。可用公式为：

$$S_{0(H/L)}\times\left[CL-\sum_{t=1}^{N}\frac{LP_t}{(1+R_4)^t}\right]$$

5）内部资金转移所确定的现金流量

国际企业通常根据企业总体税收情况，通过内部资金转移的方式实施使国际企业系统内部整体税负减少和递延的政策；或根据公司现金头寸情况,利用内部转移价格实现公司内部的资金转移。这种利用内部转移价格形成的子公司项目公司的额外资金转移,无论其目的是为了额外资金转移还是税负降低,都表现为国际企业对外直接投资的净现金流量的增加。但是,转让价格产生的额外资金转移或税负降低面临着较大的不确定性,因而应选用较高的折现率进行折现。通常情况下,只有在根据初始投资、可汇出现金流量以及优惠贷款三个因素计算确定的调整后现值(APV)小于零时,亦即拟建项目仍不具可行性时,才需作额外资金转移和税负降低的调整。额外资金转移和税负降低的表达式为:

$$\sum_{t=1}^{N} \frac{S_{t(H/L)} \times ATTS_t}{(1+R_5)^t}$$

6)项目终值的预计

跨国投资项目的终值处理方法与国内投资项目有所不同,其处理方法有以下几种:

①如果子公司所在国政府规定,投资项目在经过一定年限后,所在国政府只支付一个象征性的代价,便可将该项目收为所在国所有。则 APV 的计算可以不考虑项目终值的调整问题。

②将项目的预算期终了以后尚可经营的年份视为正常的继续经营期,并假定预算终止年形成的净现金流量将在以后尚可经营的年份继续发生。那么,可用“年金法”按子公司所在国的利率将预算期终止以后尚可继续经营的年份的各年所产生的净现金流量换算为预期终止时的年金现值,作为项目的终值,并以它作为“转让价格”,将项目的所有权转让给当地投资者。

③不将项目的预算期终了以后的年份看做是正常的继续经营期,而是把项目预算期的终值看做是项目转入“清理”时的价值,从而把项目估计到预算期终点时的“可变现价值(清理价值)”作为项目的终值,并以它作为“转让价格”,将项目的所有权转让给当地投资者。

(2)跨国投资项目经济评价指标及其原理

“净现值”和“内部收益率”作为投资项目的经济评价基本指标,对国内投资项目和跨国投资项目都是通用的。在国际投资中,由于筹资行为与投资项目密切联系,子公司由于各种原因可能拥有不同于母公司的独立的财务结构,因此,不加区别地运用母公司的加权平均资本成本对跨国投资项目的现金流量进行贴现,显然是不适宜的。所以,以总公司为主体对跨国投资项目进行经济评价,必须将“净现值”指标改造为“调整后现值”指标,才能更好地适应跨国投资项目的特点要求。

根据这一特点,将前面所述的调整后现值的计算公式扩展为如下公式:

$$APV = -\left[I_{0(H)} + I_{0(L)} \times S_{0(H/L)} - UF \times S_{0(H/L)}\right]$$

$$+ \sum_{t=1}^{N} \left\{ \frac{\left[CF_t^{*1} \times S_{t(H/L)} - L_t^{*1}\right](1-T)}{(1+R_1)^t} \right\}$$

$$+ \sum_{t=1}^{N} \left\{ \frac{\left[CF_t^{*2} \times S_{t(H/O)} - L_t^{*2}\right](1-T)}{(1+R_1)^t} \right\} \sum_{t=1}^{N} \frac{CF_t^{*3} \times S_{t(H/L)}}{(1+R_2)^t}$$

$$+ \sum_{t=2}^{N} \frac{iBC_0 T \times S_{t(H/L)}}{(1+R_3)^t} + S_{0(H/L)} \times \left[CL - \sum_{t=1}^{N} \frac{LP_t}{(1+R_4)^t}\right]$$

$$+ \sum_{t=1}^{N} \frac{S_{t(H/L)} \times ATTS_t}{(1+R_5)^t} + \frac{S_{t(H/L)}(SV_t)}{(1+R_t)^t}$$

式中：

$I_{0(H)}$ 代表原始投资中直接用总公司所在国货币单位表示的部分。

$I_{0(L)}$ 代表原始投资中直接用子公司所在国货币单位表示的部分。

$S_{0(H/L)}$ 代表用子公司所在国货币 1 单位对总公司所在国货币的比率表示的 0 期的即期汇率。

UF 代表用子公司所在国货币单位表现的"解冻资金"的"面值"，该式中假定使用该项"解冻资金"的机会成本等于零。

CF_t^{*1} 代表子公司在其所在国销售产品预计于 t 期形成的净现金流量（用子公司所在国的货币单位表示）。

$S_{t(H/L)}$ 代表预计 t 期以子公司所在国货币 1 单位对总公司所在国货币的比率来表示的汇率。

L_t^{*1} 代表 t 期内用总公司所在国货币单位表示的总公司原先对子公司所在国产品的出口被替代而丧失的利润。

T 代表所得税税率（取子公司所在国与总公司所在国所得税税率中的较高者）。

CF_t^{*2} 代表子公司在其所在国以外的其他国家销售产品预计其形成的净现金流量（用子公司所在国的货币单位表示）。

$S_{t(H/O)}$ 代表预计 t 期以其他国家货币 1 单位对总公司所在国货币的比率来表示的汇率。

L_t^{*2} 代表 t 期内用总公司所在国货币单位表现的总公司原先对其他国家产品的出口被替代而丧失的利润。

R_1 代表将子公司在其所在国和其他国家销售产品形成的净现金流量换算为现值所用的折现率。该折现率是考虑了在子公司所在国投资可能承担的风险程度的折现率。这里所说的风险，包括子公司所在国对外国公司利润的汇出施加限制，使之不能自由汇出而产生的风险。

CF_t^{*3} 代表用总公司所在国货币单位表示的预计子公司根据合约应于 t

期付给总公司的专利费等而形成的现金流量。因为专利费等是列入子公司生产经营成本的一个项目,所以这一项现金流量不存在扣减总公司所得税的问题。

R_2 代表将 CF_t^{*3} 换算为现值所用的折现率。由于依据合约规定,子公司逐年将 CF_t^{*3} 汇回总公司,其金额基本上是固定的。作为子公司成本补偿的资金转移(从子公司所在国转移到总公司),子公司所在国对 CF_t^{*3} 的限制性也减少。也就是说,总的不确定性降低了。这意味着这部分现金流量包含的风险程度较低,因而使 $R_2 < R_1$。

N 代表项目预计的"寿命期"。

i 代表国际企业总公司所在国金融市场的借款利率。

BC_0 代表以子公司所在国货币单位表示的投资项目借款能力。

R_3 代表正常借款能力形成的税收节约额所用的折现率。

CL 代表用子公司所在国货币单位表示的优惠借款的面值(偿还数)。

LP_t 表示该项贷款逐期的偿还数。

R_4 代表将各年发生的"借款偿还数"换算为现值所用的折现率。

$ATTS_t$ 代表第,年的额外资金转移和税负降低。

R_5 代表一个较高的折现率。

SV 代表项目的终值。

2. 案例[①]

(1)基本资料

某公司为美国中西部的一家厨房电器生产企业,专门生产适用于小家庭的中小型微波炉。近年来已经通过设在马德里的销售部将微波炉出口西班牙。由于西欧各国家用电器的规格型号不同,因此,如果没有相应转换装置,那么甲公司销往西班牙的微波炉就难于销往欧洲其他国家。故该营销部目前专做西班牙市场,年销售量为 9600 件,并将以 5% 的速度增长。

该公司有扩大其在欧洲生产能力的计划。营销部经理和生产部经理共同草拟了在西班牙加拉格加市兴建独资生产工厂计划,满足企业在西班牙的产品销售及出口欧盟市场。如果在加拉格加市建设生产厂房,那么甲公司不必再向欧洲国家出口产品。有关资料如下:

①目前出口西班牙的产品每件售价 \$185,其中每件贡献毛益为 \$35。

②销售预测表明,如果在西班牙设厂生产,则生产经营的第一年可在整个欧共体销售 28000 件,以后每年成长率估计为 12%。所有销售都将用西

---

① 该案例摘自毛付根,林涛. 跨国公司财务管理. 大连:东北财经大学出版社,2008.

班牙货币比塞塔(Ptas)开票。

③估计在西班牙工厂开始生产后,每件定价将为 Ptas25900,单位生产成本为 Ptas20500。

④目前西班牙币兑美元的汇率是:Ptas140∶$1.00。估计在可预期的未来,西班牙的通货膨胀率将以每年7%的速度成长,而美国的长期年通货膨胀率将以每年3%的速度成长。产品的销售价格和成本也将随通货膨胀的变动而同步变动。甲公司估计未来汇率的变化将与购买力平价条件①预测一致。

⑤估计建造厂房的资本支出(建设成本)将为 Ptas620000000。该项资本支出将形成$1770000的借款能力。甲公司马德里销售部门可将其经营累积的 Ptas70000000 资金作为该项目建设成本的部分资金来源。西班牙与美国之间公司边际税率为35%。所累积的资金在政府给予特殊税收优惠政策的销售活动初期时赚取,应按20%的边际税率课税。如果汇回美国,将按35%的边际税率课税,但在西班牙缴纳的税金可以从国外已交税金中抵免。

⑥西班牙政府允许厂房按8年的期限计提折旧(包括在此期间的额外投资)。期末,设备的市场价值难于估计,但甲公司相信在这个寿命期的厂房应该状况良好而且应有一个合理的市场价值。

⑦这一计划的诱人之处在于西班牙政府愿意提供特殊的融资安排。如果厂房建在加拉格加市,甲公司可按6%的年利率取得 Ptas450000000 的借款。该公司美元和比塞塔的正常借款利率分别为8%和14%。该优惠借款计划要求在8年内分期等额偿还贷款本金。

⑧该公司全部权益筹资的资本成本(美元)为11%。

(2)计算步骤

根据以上基本资料,可以采用下列步骤来计算该投资项目的 APV。

1)预测未来8年的汇率

根据购买力平价理论预测 Ptas 对美元的汇率变化。由于现行汇率(以美元表示)为:$S_0 = 1/140 = $0.007143/Ptas1$,由题意可知:$i_F = 7\%$,$i_H = 3\%$,利用公式计算结果如表 10-3 所示。

---

① 购买力平价(purchasing power parity,PPP)是一种根据各国不同的价格水平计算出来的货币之间的等值系数,以便能够对各国的国内生产总值进行合理比较。这种理论汇率与实际汇率可能有很大的差距。

表 10-3　未来 8 年的汇率预测

第 n 年底	0	1	2	3	4	5	6	7	8
\$ /Ptas	0.007143	0.006876	0.006619	0.006371	0.006133	0.005904	0.005683	0.005471	0.005266

2）计算直接销售所形成的现金流量

①由题意可知,第一年公司的销售量为 28000 件,以后每年按 12％的速度增长,因此各年销售量为:$28000(1+12％)^{t-1}$;

②第一年单位产品贡献毛利为:Ptas25900—Ptas20500＝Ptas5400,由于每年的通货膨胀率 7％,因此各年的正常贡献毛利为:$Ptas5400(1+7％)^{t-1}$;

③据此计算确定的直接销售所形成的现金流量,如表 10-4 所示。

表 10-4　直接销售所形成的现金流量计算表

	1	2	3	4	5	6	7	8
销售量	28000	31360	35123	39338	44059	49346	55267	61899
单位产品贡献毛利（Ptas）	5400	5778	6182	6615	7078	7574	8104	8617
销售利润	151200000	181198080	217130386	260220870	291450285	393746604	447883769	536726229
汇率	0.006876	0.006619	0.006371	0.006133	0.005904	0.005683	0.005471	0.005266
销售形成的现金流（\$）	1039651	1199350	1383338	1595935	1841160	2124002	2450372	2826400

3）计算替代出口所丧失的现金流量

①由子公司原来在西班牙的年销售量为 9600 件,并以每年 5％的速度增长。因此,在以后各年公司替代原出口销售量为:$9600(1+5％)^t$。

②公司原出口产品的单位产品贡献毛利为 \$35,而美国的通货膨胀率为 3％。因此,以后各年出口替代所丧失单位产品贡献毛利为:$\$35(1+3％)^t$。

③据此计算确定的出口替代所丧失的现金流量所如表 10-5 所示。

表 10-5　出口替代所丧失的现金流量计算表

	1	2	3	4	5	6	7	8
原出口销售量（件）	10080	10584	11113	11669	12252	12865	13508	14184
单位贡献毛利（\$）	36.05	37.13	38.25	39.39	40.57	41.79	43.04	44.33
替代出口所丧失的现金流量（\$）	363384	392984	425072	459642	497064	537628	581384	628777

④计算确定销售所形成的现金流量及其现值。根据表 10-4、表 10-5 所计算的资料,即可计算确定销售所形成的现金流量及其现值,如表 10-6 所示。由表 10-6 可以得出,销售所形成的现金流量的现值为 $4038120。

表 10-6　销售所形成的现金流量及其限制计算表

	1	2	3	4	5	6	7	8
销售形成的现金流量($)	1039651	1199350	1383338	1595935	1841160	2124002	2450372	2826400
替代出口所丧失的现金流量($)	363384	392984	425072	459642	497064	537628	581384	628777
现金流量($)	676267	806366	958266	1136293	1344096	1586374	1868988	2197623
税后现金流量	439527	524138	622873	738590	873662	1031143	1214842	1428455
(P/F,11%,n)	0.9009	0.8116	0.7312	0.6587	0.5935	0.5346	0.4817	0.4339
现值($)	396012	425390	455445	486510	518518	551249	585189	619807

4)计算确定折旧所形成的税收节约额及其现值

根据题意,投资项目按直线折旧法计提折旧,年折旧额为:$D_t = Ptas620000000/8 = Ptas77500000$,结合相应的汇率和税率,即可计算确定税收节约额及其现值,如表 10-7 所示。

表 10-7　折旧所形成的税收节约额及其现值计算表

	1	2	3	4	5	6	7	8
年折旧额(Ptas)	77500000	77500000	77500000	77500000	77500000	77500000	77500000	77500000
汇率($/Ptas)	0.006876	0.006619	0.006133	0.005904	0.005683	0.005471	0.005471	0.005266
折旧额($)	532890	512973	493753	475308	457560	440433	424003	408115
税率	0.35	0.35	0.35	0.35	0.35	0.35	0.35	0.35
税收节约额($)	186512	179541	172814	166358	160146	154152	148401	142840
(P/F,8%,n)	0.9259	0.8573	0.7938	0.7350	0.6806	0.6302	0.5835	0.5403
现值($)	172691	153920	137179	122273	108995	97146	86592	77176

由表 10-7 可以得出,折旧所形成的税收节约额的现值为 $955972,加上直接销售所形成的现金流量现值 $4038120,即可得到项目可汇回现金流量的现值为 $4994092($955972＋$4038120)。

5)计算确定优惠财务安排所形式的现金流量

①计算确定借款逐年偿还数的现值,如表 10-8 所示。

表 10-8　借款逐年偿还数及其现值计算表

	1	2	3	4	5	6	7	8
年本金偿付额(Ptas)	56250000	56250000	56250000	56250000	56250000	56250000	56250000	56250000
利息(Ptas)	27000000	23625000	20250000	16875000	13500000	10125000	6750000	3375000
还本付息之和(Ptas)	83250000	79875000	76500000	73125000	69750000	66375000	63000000	59625000
汇率($/Ptas)	0.006876	0.006619	0.006371	0.006133	0.005904	0.005683	0.005471	0.005266
还本付息额($)	572427	528693	487382	448476	411804	377209	344673	313985
(P/F,8%,n)	0.9259	0.8537	0.7938	0.7350	0.6806	0.6302	0.5835	0.5403
现值($)	530010	453249	386884	329630	280274	237717	201117	169646

由表 10-8 可知,借款逐年偿还数的现值为 \$2588527。

②优惠财务安排所形成的税收节约额的现值为:

Ptas450000000 × \$0.007143/Ptas1 − \$2588527 = \$625823

6)计算确定正常借款所形成的税收节约额及其现值

根据前述的原理可知,如果企业确有借款能力,那么无论企业在该投资项目中是否充分利用其借款能力,每年都以企业正常借款能力(按最优资本结构计算确定的)来计算利息支出所形成的税收节约额,利率应为国内金融市场的借款利率。由资料可以得出,公司最优负债比例为:

[\$17770000/(Ptas620000000 × 0.007143)] × 100% = 40%

由于项目的负债比例为:Ptas450000000/Ptas620000000 = 73%

因此,与由项目形成的借款能力相联系的税收节约比例为:

40%/73% = 55% = 0.55

即为:

\$1770000 × Ptas140/\$1 = Ptas247800000

Ptas247800000/Ptas450000000 = 55%

Ptas450000000 × 6% × (Ptas247800000/Ptas450000000)

　= Ptas247800000 × 6% = iBC_0

由于正常借款能力占企业负债总额的 55%,因此,正常借款能力的利息支出可按负债利息支出的 55% 计算确定,并据此确定其相应的税收节约额及其现值,如表 10-8 所示。

由表 10-8 可知,正常借款所形成的税收节约额的现值为 \$116672。

7)计算投资项目的 APV

由题意可知,用美元表示的项目原始投资额为:

$$I_0S(H/L) = \$0.007143/Ptas1 \times Ptas620000000 = \$4428660$$

而解冻资金(限制汇回资金)为:

$$UFS_0(H/L) = \$0.007143/Ptas1(0.35-0.20) \times Ptas70000000/(1-0.20)$$
$$= \$93752$$

根据上述 7 个步骤计算的数据,即可计算确定该投资项目的调整后现值:

$$APV = \$(4038120+955972+625823+116672+93752-4428660)$$
$$= \$1401679$$

表 10-9　正常借款税收节约额及其现值计算表

	1	2	3	4	5	6	7	8
利息(Ptas)(A)	27000000	23625000	20250000	16875000	13500000	10125000	6750000	3375000
税收节约百分比(B)	0.55	0.55	0.55	0.55	0.55	0.55	0.55	0.55
所得税率(C)	0.35	0.35	0.35	0.35	0.35	0.35	0.35	0.35
汇率($/Ptas)(D)	0.006876	0.006619	0.006371	0.006133	0.005904	0.005683	0.005471	0.005266
税收节约额($)(A×B×C×D)	35738	30102	24835	19923	15343	11077	7109	3421
(P/F,8%,n)	0.9259	0.8573	0.7938	0.7350	0.6806	0.6302	0.5835	0.5403
现值($)	33090	25806	19714	14643	10442	6981	4148	1848

由于 APV 为 1401679 美元,大于零,因此,该项投资可行。

10.4　国际企业资金管理

10.4.1　国际转移价格

国际转移价格也称国际转让价格,是指国际企业以其全球战略目标为依据,在其内部母公司与子公司、子公司与子公司之间进行商品和劳务交易时所采用的内部价格。转移价格是企业经营分权化和内部一体化的必然产物。转移价格并不为国际企业所特有,只要企业划分为若干独立核算利润的责任中心,就会面临如何确定转移价格的问题。但是国际企业对这一问题显得尤其敏感,一方面国际企业的总产量中有相当部分需要以内部价格在公司内部流转,另一方面各国的政治、经济、文化等环境不同,国际企业通过制定有利的内部转移价格有助于其全球经营战略的实现。

1. 影响转移价格的因素

(1)内部因素

影响国际转移价格的内部因素主要有企业的经营战略、集权与分权战略、组织形式、业绩评价、企业目标和管理者偏好、信息系统管理水平等。

1)经营战略

国际企业的经营战略,决定着公司是否采用内部转移价格。经营战略与转移价格间的关系主要取决于两个方面:一是在各子公司的相互依存关系上,是否存在纵向一体化战略。如果不存在纵向一体化战略,则各子公司可以自由选择购销对象。这样,只有当各子公司自愿相互交易,才会发生相互间的转移定价问题。如果是,其内部交易则是根据国际企业管理当局的安排和指示进行的。在这种情况下,国际企业为确保其全球战略的实现,就会面临确定最优的内部转移价格的问题。二是在国际企业的内部和外部交易上,各子公司是否被视为一个独立的企业。如果一个子公司仅仅在对企业集团外部销售时才被视为一个独立的企业,而在集团内部销售时却作为一个制造单位或中转机构,那么需要采用转移定价。否则,该子公司在交易时不需要执行转移定价策略。

2)集权与分权战略

公司采用集权还是分权战略对国际转移价格的制订也会产生很大的影响。集权程度高的公司将制订内部转移价格的权力控制在公司总部,其他下属机构无权自定,往往采用以成本为基础的定价方法。分权程度高的公司则往往将国际转移价格的定价权下放给其下属机构或部门,通常采用市场价格法或协商定价法。有些公司对部分产品价格的制订实行集权,部分产品价格的制订实行分权,分别采用不同的内部转移价格制定方法。

3)组织结构

国际企业内部,子公司和分公司是两种不同的组织形式。分公司基本上完全受母公司控制,无多少自主定价权,但子公司却不一样,因为母公司只是通过控制股权来控制各子公司,不少子公司仍有一定的定价自主权,它们大多数选择以市价为基础来定价,也有的选择以成本为基础来定价。

4)业绩评价

国际企业业绩评价系统也对内部转移价格的制订产生着极大的影响。内部转移价格的制订对业绩评价起到至关重要的影响。特别是当一个子公司被当作利润中心时,子公司管理阶层会特别注意内部转移价格的制订。

如果内部转移价格不符合子公司的利益,会受到管理阶层的消极抵制,从而使公司整体利益不能达到最优。国际企业在进行业绩评价时应充分考虑内部转移价格的影响,同时应力求内部转移价格对所有的子公司(或其他分支机构)都公平合理。

5)企业目标和管理者偏好

国际企业有各种各样的目标,有的是为了控制和占领市场,有的是为了避免或减轻税负,有的是为了防范外汇风险,这些都制约着转移定价。同时,由于制订转移价格的有关财务主管的国籍不同,他们所受的传统文化的影响也不同,因而他们对不同因素的看法、考虑的重点及其程度也不同。美、英、日、法等国的财务主管都偏向于以成本为基础的定价,加拿大、意大利等国的财务主管则偏向于以市价为基础的定价。美国、加拿大、法国和意大利的财务主管大多看重所得税,日本的财务主管则注重企业所在国的通货膨胀等因素。

6)信息系统管理水平

如果公司的管理信息系统良好,可以非常及时地获取下属各公司或部门的相关信息,就可以为统一制订内部转移价格、及时修订不合理的价格创造很好的条件。反之,则往往无法对内部转移价格进行有效的调整。另外,国际企业的经营规模也对转移价格的制订产生一定影响。经营规模较大的企业,大多数都是在垄断的市场中经营,因而在转移定价方面从整体利益出发,往往倾向于以成本为基础来定价。相反,有些小企业只能接受既定的市场价格。

(2)影响国际转移价格的外部因素

影响国际转移价格的外部因素很多,如所得税制的差别、关税壁垒、市场竞争、通货膨胀、外汇及政治风险等。

1)税负差别

由于大部分国家的税制差别较大,因而国际企业有可能利用转移定价人为地调减企业的总体税负,以增加整体利润。抬高或压低转移价格必然会在使一些国家得益的同时损害某些国家的税收权益,从而有可能引起有关国家政府对此采取某些干预性措施。比如,有的国家采用按局外价格的原则来检查、监督转移定价,有的国家则采取"比较定价"的原则对国际企业的转移定价进行监督。这种国家之间利益的冲突往往是难以调和的,征税权益受到侵害的国家固然会强行调整国际企业的转移价格,同时受益国也很可能对这一调整不予承认。为了使转移价格得到各方的认可,国际企业必须为转移价格的制订寻找充分合理的依据。

2)竞争因素

国际企业在运用转移定价以增强其整体竞争能力时,有可能会导致子公司所在国政府采取反托拉斯和反倾销行动,同时也可能会遭到所在国其他竞争对手的报复,其结果会使之处境更为不利。另外,出于竞争的考虑而对子公司所采取的转移定价,实际上是对该子公司给予一种变相价格补贴,这很难激发管理人员的竞争意识。因此,竞争因素在一定程度上也制约着国际企业所采取的转移定价。

3)通货膨胀

为了使货币购买力不因通货膨胀而发生损失,国际企业在转移定价中往往设法使设在高通货膨胀率国家子公司的货币性资产保持最低限度。但这种做法所引起的资产或资金的转移,可能会受到有关国家的限制。因此,国际企业应充分考虑这种转移定价可能产生的后果。

4)外汇及政治风险

在浮动汇率制下,国际企业面临着较大的外汇风险,往往也采取转移定价,将有关收益或资金从软货币国家转移到硬货币国家中去,从而减少外汇风险。在东道国政治局势不稳、存在资产被没收的风险时,国际企业也可以利用转移价格将实物资产转移至国外。

伯恩(Burn)在1980年调查了美国63个国际企业,列出了14个因素,米勒(Miller)也对美国125家国际企业作了调查,列出了9个因素(见表10-10)。

表 10-10   影响国际转移定价的因素

伯恩的研究	米勒等人的研究
1. 东道国的市场状况	1. 东遭国对利润汇回的限制
2. 东道国的竞争状况	2. 外汇管制
3. 国外子公司的合理利润	3. 东道国对合营的限制
4. 美国联邦所得税	4. 东道国的关税负担
5. 东道国的经济状况	5. 东道国所得税负担
6. 进口限制	6. 美国联邦所得税
7. 关税	7. 美国的配颧限制
8. 价格管制	8. 美国母公司信用状况
9. 东道国税制	9. 国外子公司信用状况
10. 外汇管制	
11. 美国的出口蚊励	
12. 汇率的波动	
13. 现金流动的管理要求	
14. 其他美国联邦税	

资料来源:Frederick D. Schoi, Carol Ann Frost, Gray K. Meek, *International Accounting*, 3ed, PrenticeHall, 1999.

可见,国际企业转移定价要受到诸多因素的影响,其影响程度也各不相同,且这些因素相互交织,处于不断变化之中。国际企业管理者应从整体利益出发,并适应市场条件进行转移定价。

3. 国际转移价格的确定

国际转移价格的确定有三种基本的方法和一种混合的方法,即以市场为基础的定价、以成本为基础的定价、交易自主定价和双重定价。

(1)以市价为基础的定价方法

以市价为基础的定价方法就是以转移产品时的外部市场价格作为企业内部转移定价基础的一种方法。[①] 采用这一方法所确定的转移价格基本上接近于正常的市场交易价格,但最后的内部售出价格要从市价中减去一定百分比的毛利。这是因为公司在对外销售产品时会发生一些销售费用,而在国际企业内部销售时就省去了这些费用。采用这种定价方法在企业内部转移产品时,将所属各子公司都视为独立经营的企业,所确定的转移价格基本上接近于正常的市场交易价格。

以市价为基础的定价方法有利于发挥子公司的主观能动性,也排除了人为因素的影响,较为客观公平。但是,以市价为基础的定价使国际企业管理当局在利用转移价格人为调整收益时,没有多少回旋余地,也不利于成本的管理,同时由于交易是在国际企业内部进行的,往往很难找到中间市场和公允的市价。

(2)以成本为基础的定价方法

以成本为基础的定价方法,其转移定价是以供货企业的实际成本、标准成本或预算成本为基础,加上一个固定比率的毛利来确定的。这种定价方法在以降低中间产品成本为目的的纵向一体化战略中常被采用。为实施纵向一体化战略,避免出现各销售利润中心采取对子公司最优而对国际企业整体不利的决策的问题,企业管理当局要求各销售利润中心必须拒绝单独对外销售会产生较多利润的诱惑,遵从企业的总体安排,按生产成本进行内部销售。如果内部销售是按市场价格进行的,将可能使国际企业的纵向一体化战略意图落空。

按成本定价的方法克服了按市价定价的某些局限性,有助于各公司重视成本管理,避免在定价上的随意性,有利于国际企业内部间的相互协作,

---

① 以公平市价为基础的国际转移定价需要具备三个条件:一是存在一个竞争的中间产品市场;二是各公司在生产经营方面有较大的独立性和自主权,有权对外销售其产品和从外部采购其所需的原材料等物资和各种劳务;三是有市场价格可供参考。只有具备了这三个条件,以市价为基础的定价方法才能行之有效。

也经得起各国税务部门的稽核和审查。但是,以成本为基础的定价方法不利于实现企业的分权化经营,同时由于各国所确定的成本,其具体内容和范围不尽一致,因而即使生产和销售同样的产品,其成本也缺乏可比性。此外,该种方法也不利于资源优化配置和生产效率的提高。

（3）交易自主的定价方法

在交易自主的定价方法下,每个利润中心都被认为是一个独立经营的企业,它们可以自主交易定价。这种方法操作也比较简单,转移定价决定了购买利润中心是否愿意内购,也决定了销售利润中心是否愿意内销,总部基本上不予干涉。这种定价方法有利于企业的分权化经营,使各子公司经理人员的权责相结合,也利于企业管理当局对各子公司进行业绩考评和奖惩。但是由于交易是自愿的,对子公司有利的价格可能对企业整体不利,不利于实现企业全球战略目标和整体利益极大化。为此,有些企业则运用双重定价方法或将交易自主定价作为辅助的方法。

（4）双重定价方法

双重定价方法,是指企业管理当局对购买利润中心采取以完全成本为基础的定价方法,对销售利润中心则采取以市场价格为基础的定价方法。它不会产生完全成本定价方法下销售利润中心既作为成本中心,又作为利润中心的矛盾;也不存在以市价为基础的定价方法下购买利润中心不愿意内购的可能。这种定价方法不以任何方式改变各利润中心的职权,却减少了它们的责任。因为它与以成本为基础的定价方法不同,购买利润中心无需对进入最终产品的中间产品赚取的全部利润负责;也与以市价为基础的定价方法不同,销售利润中心不需对内部交易的中间产品的全部盈利负责。双重定价法既有利于企业集团纵向一体化战略的实施,也对各利润中心比较有利。当然,双重定价法也有其自身的缺陷。在这种定价方法下,公司整体的收益小于各利润中心的收益之和,甚至当公司整体表现为亏损时,某些利润中心仍然显示为盈利。而且,双重定价法还可能会出现责任不明、无法承担责任的问题。因此,双重定价法也必须根据公司的实际情况制定,并与其他方法相结合。

10.4.2　国际税收管理

1.国际税收及其特征

税收是具有法律强制的一种无偿课征。它是一国政府凭借其政治权力,同它管辖范围内的纳税人之间所发生的征纳关系。这种征纳关系,既包括本国政府与本国纳税人之间的征纳关系,也包括本国政府与外国纳税人之间的征纳关系。国际税收是指两个或两个以上国家政府,各自基于其课税主权,在对跨国纳税人进行分别课税而形成的征纳关系中,所发生的国家之间的税收分配关系。

国际税收作为一个相对独立的税收领域,有着不同于国内税收的特殊性。了解国际税收的基本特征,有助于对国际税收概念的理解和把握。依据上述国际税收的定义,国际税收具有以下三个基本特征:①纳税人具有跨国性;②课税对象具有跨国性;③国际税收分配关系和国际税法具有两重性。

2. 国际税收筹划

国际税收筹划是指跨国纳税义务人运用合法的方式,在税法许可的范围内减轻或消除税负的行为。具体来讲,它是纳税人在国际税收的大环境下,为了保证和实现最大的经济利益,以合法的方式,利用各国税收法规的差异和国际税收协议上的缺陷,采取人(法人或自然人)或物(货币或财产)跨越税境的流动(指纳税人跨越税境,从一个税收管辖权向另一个税收管辖权范围的转移)或非流动以及变更经营地点或经营方式等方法,来谋求最大限度的规避,减少或消除纳税义务的经济现象和经济活动。

国际税收筹划的主要内容是减轻或消除有关国家的纳税义务。一国纳税义务的多少是由该国相应的税收制度所确立的,跨国纳税人要避免一国的纳税义务,就应有效地避免一国的税收管辖。具体来讲,跨国纳税人可以通过人的流动、人的非流动、物的流动、物的非流动以及流动与非流动的结合等办法达到回避税收管辖权,达到消除或减轻税收负担的目的。

(1)采取人员流动避税

所谓人的流动,是指跨国纳税人通过居所的变化,改变自己的居民身份,从而避免一国人的税收管辖。它包括三方面的含义:第一,这里所说的"人"不仅指自然人,也指法人,即公司企业等。第二,这里所谓的"流动",是指跨越"税境"而言,不一定非得跨国境不可。第三,"人员流动"不仅限于自然人和法人的国际迁移,也包含居民身份的改变。人的流动是跨国纳税人用来进行国际税收筹划的最普遍和最重要的方法之一。

1)税收流亡

①个人住所的避免。许多国家的税法都规定对居民纳税人的全球范围所得课税,对非居民则仅对其来源于本国的所得课税。居民的确定,又主要取决于住所的存在。因此,在实行居民管辖权的国家中一个纳税人只要避免了住所,也就推卸了其全球范围所得应承担的纳税义务,而仅就其来源于该国的所得负有纳税义务。例如,纳税人可以在较长的时间内流动作业,在不同的国家、不同旅馆从事不超过规定期限的活动,或利用对临时纳税人身

份的规定,享受所在地给予的税收优惠。甚至住在船上或游船上,以避免住所地对他的纳税要求。在国际上,这些人被称为税务上的"无国籍人"或"税收难民"。

②公司住所的避免。与对个人居民身份的判定方式类似,大多数国家判断一个公司是居民公司还是非居民公司主要是看其在该国有无住所,也就是说,是否存在公司实施控制和管理的主要地点。例如,在英国注册的公司可以是他国的居民公司。也就是说,一个公司在母国和他国可同时被作为居民公司看待,只要它在两国均有住所。对公司住所的避免,就是要虚化公司住所。

③个人临时纳税人地位。个人取得临时纳税人地位有两种情况:一是被派往其他国家从事临时性工作。当个人被派往其他国家从事临时性工作时,常常可以享受所得优惠待遇,这就为高级行政主管等管理人员进行税收筹划提供了方便。二是"临时入境者",这些人在被确定为"完全居民"之前,可以享受暂时的临时住所的好处。例如,在美国未获得绿卡的人均为临时入境者,他们不承担任何纳税义务。所以,只要不是非法移民,都不必在此期间为缴税大伤脑筋。

2)利用税收协定避税

为解决国际双重征税问题和调整两国间税收利益分配,世界各国普遍采用缔结双边税收协议这一有效途径。在当今资本的跨国自由流动和新经济实体的跨国自由建立的背景下,这便为跨国纳税人进行国际税收筹划和财务安排开辟了新的领域。比较常用的做法是:跨国纳税人试图从一国向另一国的投资通过第三国迂回进行,以便从适用不同国家的税收协定和国内税收中受益。这实际上就是滥用税收协定,即不应享受协定优惠待遇的纳税人,利用种种手段达到享受其优惠待遇的目的。

(2)采取人员非流动避税

人的非流动是指纳税人并不离开本国,也不需要使自己成为移民,而是通过别人在他国为自己建立相应的机构,将自己获得的收入或财产进行分割,从而达到回避税收管辖权、减轻税负的目的。

例如,一个高税国的企业纳税人可以在某个免征所得税和遗产税的国际避税地建立一个控股信托公司。企业把世界各地赚来的收入或财产都归到这个信托公司名下,这样就可以把高税率国家的收入转移到避税地,可以逃避应向居住国政府补缴外国所得税抵免后的差额的那一部分税款,还把聚集各地的收入进行再投资或买卖当地的股票,而这部分消极投资所得又可以享受免征消极所得税的好处。

（3）通过资金或货物流动避税

资金、货物或劳务的流动虽不像人员流动那样直接明了，可在国际税收筹划中却与人的流动有异曲同工之处，在某些国际税收筹划中，可能比人的流动产生更大的效益。因为资金、货物或劳务的流动比较隐蔽，不易被税务当局发现，所以这种方法越来越受到跨国纳税人的重视，成为国际税收筹划的主要方式之一。

1）利用常设机构流动

常设机构是指企业进行全部或部分经营活动的场所。一个企业在对外投资时，有许多组织形式供选择，它既可以设立子公司，也可以设立常设机构。从减轻税负的角度出发，设立常设机构具有更大的优势。因为许多国家的双边税收协定，规定了大量免征税收的常设机构活动。为了躲避税收，纳税人就可以把需要储存或加工的货物转移到对常设机构有免税规定的国家中去。

2）利用子公司流动

当某跨国纳税人决定在国外投资和从事经营活动时，有两种方式可供选择：一是建立常设机构，二是组建子公司。分支机构和子公司之间在享受待遇方面有很大差异，在跨国纳税方面也有许多不同点。因此，需要纳税人高瞻远瞩，从总体和长远把握，做出谨慎选择。常见的选择方案是：在营业初期以分支机构形式经营，当分支机构由亏转盈时再转为子公司。但需要注意的是该种转变产生的资本利得可能要纳税，事前也许还要征得税务和外汇管制当局的同意。

（4）利用转移定价避税

转移定价法也同样应用于国内税收筹划。但在跨国经济活动中，因涉及面较宽，为企业减轻税负提供了广阔的天地。首先，国家间的税收差别比国内行业间的税收差别要大得多，显著得多；其次，母公司与子公司、总公司与分公司、总机构与驻外常设机构之间的相对独立的形式，使它们能更容易实现价格转让。

（5）利用税收优惠避税

一般说来，世界各国都有各种税收优惠政策规定，诸如加速折旧、投资抵免、差别税率、专项免税、亏损结转、减免税期，延缓纳税等。国际企业往往可以利用税收优惠从事国际避税活动。通常企业所用的方法包括利用延期纳税规定和改变所得的性质两种。利用延期纳税规定根据各国税法中有关"延期"纳税的规定，通过在低税国和无税国（指所得税）的一个实体进行所得财产的积累。改变所得的性质是物的非流动法的另一个主要方法。由于在国际税收中，不同的所得项目和不同的企业性质，可以享受不同的税收待遇。在跨国经营中把母公司改为分公司或相反,就可以获得与物的流动一样的好处。

(6)利用避税地避税

避税地又称"避税港",是指对收入和财产免税或按很低的税率课税的国家或地区,即一个国家或地区的政府为了吸引外国资本流入,繁荣本国或地区的经济,在本国或本国的一定区域和范围内,允许并鼓励外国政府和民间在此投资及从事各种经济贸易活动,同时对在这里从事投资、经营活动的企业和个人给予免纳税或少纳税的优惠待遇。

(7)利用税境差异避税

流动与非流动都是特指相对的一段时间而言的。流动与非流动的不断交叉与组合,是实现国际税收筹划的重要途径和方式。其包括双向流动避税、单向流动避税和相对静止避税三种方式。双向流动,是指纳税人(自然人或法人)连同其全部或部分收入来源或其资产一同移居国外的行为,这是准备全部消除本国税收的一种税收筹划。

当纳税人在不同国度之间迁移,而其所得源泉或财产却保留在某一国境内时,就构成了人的流动与物的非流动。其优点是纳税人可以将收入来源或资产安置在某一低税国,同时纳税人又可以将其活动安排在低消费或低费用区。在不同国家来去自由的先决条件下,纳税人可以移居国外而仍在移出国工作,以获得人的流动与物的非流动的双重好处。另外一种十分重要的跨国税收筹划方法就是人的非流动与物的流动。它可以分为两种类型,即转移收入或利润和建立"基地公司"。

相对静止避税,要以有的两种情况意义上的一次较早流动为前提。例如,跨国纳税人可能临时在国外取得收入,该纳税人不必返回居住国,或者直到财政年度终了,或者直到这个收入来源被确认已不存在,因而不再是居住国的课税对象为止,纳税人不再向其母国汇回收入,从而达到减轻或消除纳税义务的目的。因为这种结合具有隐藏性,所以利用它进行国际税收筹划很容易获得成功。

本章小结

■ 国际企业财务管理从全球视角考虑企业财务问题,考虑公司跨越不同的文化、政治及经济背景以及国际情势改变所导致利率、汇率、商品价格等因素的变动。

■ 集权型财务管理将海外业务看做是国内业务的扩大,所有战略决策与经营控制权都集中在母公司总部,子公司和地方层面的决策只能在总部的详细政策和规定之下做出。集权财务管理有利于实现公司整体利润最大化与成本最低化目标，并强化公司总部的全盘调度力度。

■ 分权财务管理有利于充分调动各子公司的积极性，有助于处理好与当地利益主体的关系，却不利于实现国际企业整体财务效益。

■ 分权财务管理将决策权分散给子公司，母公司起控股公司的作用，各单位绩效考核建立在条件相似单位之间的比较上。

■ 国际企业财务管理决策权类型的选择取决于一系列因素。国际企业的成长阶段、企业的股权结构和技术水平、企业文化、市场竞争状况是影响企业财务管理权分配的主要因素。

■ 利润中心的选择是国际企业财务管理策略的一个重要方面。国际企业利润中心通常有三种选择，一是以母公司为利润中心；二是以母公司和各子公司为利润中心；三是选择其中的某些单位为利润中心。

■ 国际货币体系就是各国政府为适应国际贸易与国际支付的需要，对货币在国际范围内发挥世界货币职能所确定的原则、采取的措施和建立的组织形式的总称。它包括以下几方面内容：①各国货币比价即汇率的确定；②各国货币的兑换性和对国际支付所采取的措施，包括对经常项目、资本金融项目管制与否的规定，国际结算原则的规定；③国际收支的调节；④国际储备资产的确定；⑤黄金外汇的流动与转移是否自由等。

■《牙买加协议》主要包括以下内容：①国际货币基金组织的成员国宣布接受浮动汇率制度，但允许各国的中央银行干预外汇市场以预防汇率的不正常波动；②正式取消黄金作为国际储备资产；③扩大对非石油输出国和不发达国家的 IMF 贷款限额。

■ 国际转移价格也称国际转让价格，是指国际企业以其全球战略目标为依据，在其内部母公司与子公司、子公司与子公司之间进行商品和劳务交易时所采用的内部价格。转移价格是企业经营分权化和内部一体化的必然产物。

■ 国际转移价格的确定有三种基本的方法和一种混合的方法，即以市场为基础的定价、以成本为基础的定价、交易自主定价和双重定价。

■ 国际税收筹划是指跨国纳税义务人运用合法的方式，在税法许可的范围内减轻或消除税负的行为。

■ 国际税收具有以下三个基本特征：①纳税人具有跨国性；②课税对象具有跨国性；③国际税收分配关系和国际税法具有两重性。

■ 跨国投资的受到国际市场的不完全性、区位优势与区位障碍、行业市场机会与进入障碍的影响。

思考题

1. 简述国际货币体系发展史。

2. 分析国际融资的优劣势。

3. 分析各个国家资本成本的差异及原因。

4. 分析集权财务与分权财务的优缺点及其适用性。

5. 国际企业资金来源有哪些？

6. 国际企业财务管理有何特殊性？

7. 企业为何进行国际直接投资？

8. 影响跨国投资的因素有哪些？

【章尾案例：国际机器公司】

国际机器公司（IMC）是一家大型经营良好的食品加工设备和包装设备的制造商。2001 年收入总额为 120 亿美元。其中 45％来自于美国之外。IMC 在 23 个国家设有子公司，并与其他 8 个国家签有许可证协议。

IMC 的管理层正计划在墨西哥建立一家子公司。IMC 许多年来一直向墨西哥出口产品，其国际分部相信墨西哥对其产品的需求旺盛，并且这时非常适宜向墨西哥投资。更重要的是，管理层相信墨西哥市场还将扩大，经济在增长，在当地生产这样的产品与墨西哥政府的爱国情绪是一致的。

预期墨西哥和美国每年的通货膨胀率分别为 20％和 10％。目前汇率为 $1：Ps7.2，并且预计在投资期内实际汇率保持不变。下面列出了计划投资的详细资料。

A. 初始投资

1. 预计需要一年时间购买和安装厂房和设备。

2. 进口的机器设备价值 900 万美元。墨西哥政府不征收进口关税。缴纳少量的银行手续费后，结单金额将为 Ps65500000。

3. 工厂建在政府拥有的土地上，这块地卖给该项目，价值 Ps6500000。

4. IMC 计划持有于公司所有权的 60％来维持对于公司的控制。剩余的 40％所有权分散在墨西哥的金融机构和个人投资者手中。由此，IMC 需要向该项目投资 600 万美元。

B. 营运资本

1. 公司计划将最低现金余额保持在年收入的 5％水平。

2. 年应收账款周转天数估计为 73 天。

3. 存货估计为年销售收入的 20％。

4. 应付账款估计为年销售收入的 10%。

5. 其他应付款估计为年销售收入的 5%。

6. 许可证费和管理摊配费每年在年末支付。

C. 销售量

1. 第一年的销量估计为 200 台。

2. 第一年的销售价格为每台 Ps458000。

3. 在项目期限内,销量预计每年按 10% 增长。

4. 预计每年售价增加 20%。

D. 销货成本

1. 预计美国母公司在第一年的经营中提供每台为 Ps59000 的零部件。预计这些成本(以美元计算)按预计的美国年通货膨胀率 10% 平均增长。

2. 预计当地材料和人工成本每台为 Ps137000,每年按 20% 增长。

3. 制造费用(不包括折 IH)第一年预计为 Ps9200000,预计每年平均增长为 15%。

4. 生产设备的折旧费用按直线法计算,在项目的 10 年期限内摊销,假设没有残值。

E. 销售和管理成本

1. 销售和管理成本的变动部分预计为年销售收入的 10%。

2. 半固定销售成本第一年预计为当年收入的 5%。此后,这些成本每年按 15% 上升。

F. 许可证费和管理摊配费

1. 母公司将向每台出售的设备收取 Ps23000 的许可证费和管理摊配费,年末以美元支付。

2. 这笔费用每年按 20% 增长来弥补墨西哥通货膨胀的影响。

G. 利息费用

1. 可以按 15% 的利率在当地为营运资本借款。借款于年末发生,借入金额为下一年全年的预计利息支出。

2. 任何多余的资金可以投资于墨西哥的有价证券,年收益率为 15%。投资在年末进行,下一年会收到全部的利息收入。

H. 所得税

1. 墨西哥的公司所得税为应税收益的 42%。

2. 对许可证费和管理摊配费征收的预提税的税率为 20%。

3. 母公司美国的实际税率为 35%,需要在分析项目时使用。假设母公司对于支付给墨西哥政府的税金和由墨西哥政府预提的税金,能够获得适当的抵免。

I. 股利支出

1. 前三年没有支付股利。

2. 从第四年开始,支付的股利为收益的70%。

J. 终结付款

假设在经营的第10年末,IMC在墨西哥子公司的股东权益中的份额将以终结付款的形式汇回母公司。

K. 母公司的资本结构

1. 国内债务为10亿美元,税前平均成本为12%。新发行长期债务的税前成本估计为14%。

2. 等值于6亿美元的母公司债务以不同的外币标价,在按前期的外汇收益/损失调整后,这笔债务的平均成本(实际成本)为16%。

3. 股东权益(股本,公积金和留存收益)等于15亿美元。公司计划在下一年支付股利,每股为3.2美元。近10年,收益和股利年复利增长7%。普通股市价为40美元,2001年年底(12月31日),在外流通股的股票数为6000万股。

L. 丧失的出口

目前,IMC每年向墨西哥出口25台设备,如果IMC决定建立墨西哥子公司,预计出口收入的丧失对收益的影响在经营的前三年分别为$648000、$742000和$930000。由于墨西哥政府决定在不久的将来在当地生产这样的机器,所以IMC不指望三年后还有出口收入存在。

讨论问题

1. IMC是否应进行这项投资?

2. 对这个项目IMC的要求收益率是多少?

3. 在评价项目时,哪些因素和假设是关键?

资料来源:艾伦·C.夏皮罗跨国公司财务管理(第7版).北京:中国人民大学出版社,2002:537—539.

【主要参考文献】

[1]艾伦·C.夏皮罗.国际企业财务管理基础(第5版).北京:中国人民大学出版社,2002:405—583.

[2]柏汉芳.跨国资本预算决策支持系统的模型.中国管理科学,2002(1):1—5.

[3]查尔斯·W.L.希尔.国际商务.北京:中国人民大学出版社,2005:663—706.

[4]陈向东,哈妮丽.国际财务管理.北京:人民邮电出版社,2007:52—760.

[5]戴维·K.艾特曼.跨国金融与财务.北京:北京大学出版社,2009:352—560.

[6]范晓屏.国际经营与管理.北京:科学出版社,2002:394—407.

[7]杰费·马杜拉.国际财务管理(第5版).大连:东北财经大学出版社,2006:335—378.

[8]李尔华.国际企业经营与管理.北京:清华大学出版社,2006:228—250.

[9]李增刚,董丽娃.国际货币体系:历史、现在、未来.西部金融,2008(3):24—25.

[10]马春光.国际企业管理.北京:对外经济贸易大学出版社,2005:467—488.

[11]毛付根,林涛.跨国公司财务管理.大连:东北财经大学出版社,2002:3—10.

[12]切奥尔·S.由恩,布鲁斯·G.雷斯尼克.国际财务管理(第4版).北京:机械工业出版社,2007:21—23.

[13]王化成,陈咏英.国际财务管理(修订版).北京:中国时代经济出版社,2003:121—385.

[14]王允平,陈燕.国际企业财务管理.北京:首都经贸大学出版社,2007:223—347.

[15]吴丛生,郭振游,田丽辉.国际财务管理理论与中国实务.北京:北京大学出版社,2006:177—304.

[16]夏乐书.国际财务管理.大连:东北财经大学出版社,2006:143—438.

[17]杨德新.跨国经营与国际企业.北京:中国统计出版社,1994:756—799.

[18]杨蓉.国际财务管理.上海:立信会计出版社,2007:193—288.

[19]喻桂华.国际汇率制度演变及启示.中国金融家,2004(12):37—40.

[20]约翰·D.丹尼尔斯.国际商务环境与运作(第11版).北京:机械工业出版社,2008:458—505.

[21]张俊瑞.国际财务管理.上海:复旦大学出版社,2007:376—362.

[22]赵春明.国际企业与国际直接投资.北京:机械工业出版社,2007:126—139.

[23]赵小虎.浅析世界各国汇率制度分类.西安金融,2004(9):51—52.

图书在版编目（CIP）数据

国际企业管理教程／马述忠主编. —杭州：浙江
大学出版社，2010.6
ISBN 978-7-308-07565-7

Ⅰ.①国… Ⅱ.①马… Ⅲ.①国际企业－企业管理－
高等学校－教材 Ⅳ.F276.7

中国版本图书馆 CIP 数据核字（2010）第 072028 号

国际企业管理教程

主　　编　马述忠
副主编　　周夏杰

丛书策划　朱　玲　樊晓燕
责任编辑　朱　玲
文字编辑　王元新
封面设计　卢　涛
出版发行　浙江大学出版社
　　　　　（杭州天目山路 148 号　邮政编码 310007）
　　　　　（网址：http://www.zjupress.com）
排　　版　杭州中大图文设计有限公司
印　　刷　临安市曙光印务有限公司
开　　本　710mm×1000mm　1/16
印　　张　26.75
字　　数　480 千
版 印 次　2010 年 6 月第 1 版　2010 年 6 月第 1 次印刷
书　　号　ISBN 978-7-308-07565-7
定　　价　45.00 元

版权所有　翻印必究　　印装差错　负责调换
浙江大学出版社发行部邮购电话　（0571）88925591